巴巴如立

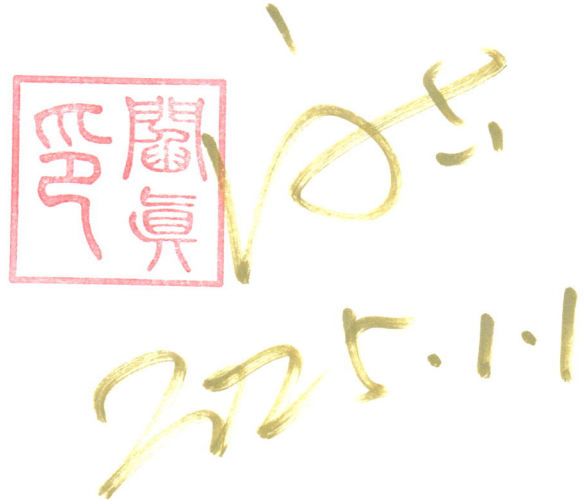

曾在天涯

阎真 著

湖南文艺出版社

图书在版编目（CIP）数据

曾在天涯 / 阎真著. -- 长沙：湖南文艺出版社，2021.3（2024.11重印）
（阎真作品插图典藏版）
ISBN 978-7-5404-9845-0

Ⅰ．①曾… Ⅱ．①阎… Ⅲ．①长篇小说－中国－当代 Ⅳ．①I247.5

中国版本图书馆CIP数据核字(2020)第215815号

曾在天涯
CENG ZAI TIANYA

阎真　著

出　版　人：陈新文
责任编辑：陈小真　袁甲平
装帧设计：弘毅麦田
插图绘制：曹　勇
湖南文艺出版社出版、发行
（湖南省长沙市东二环一段508号　　邮编：410014）
网址：www.hnwy.net
湖南省新华书店经销
长沙鸿发印务实业有限公司印刷

2021年3月第1版　　2024年11月第3次印刷
开本：880 mm×1230mm　　1/32
印张：18
字数：465 千字
书号：ISBN 978-7-5404-9845-0
定价：59.80元

本社邮购电话：0731-85983015
若有质量问题，请直接与本社出版科联系调换

引子

多少年来，我总忍不住想象自己将在某一个遥远的晴朗早晨告别这个世界，这种想象那一年在多伦多一个冬日的黎明出其不意地袭击了我以后，就再也无法摆脱。

这想象这些年来折磨得我好苦。在那个晴朗早晨我正躺在医院的病床上，模糊多日的意识突然清醒，清醒后的第一个念头就是：这是回光返照，是这个生命的最后挣扎。周围站着人，神色凝重地注视着我，注视着这个无法逆转的事变。我似乎听见有人说"醒过来了"就再也听不见什么。隔着人的肩膀我从眼缝中看见倒吊着的输液瓶在微微晃动，瓶中的药液在阳光中幻现出一个亮晶晶的斑点。我仿佛记起护士穿着白衣戴着白帽给我打过吊针。冬日的阳光照到我的脸上，我感到了温和的灼热。我知道这是生命的最后感受。我想对周围的人说，太阳在明天、明年、一万年以后仍然是这样灿然照耀，能够行走在这阳光下是多么巨大的幸福，多么领受不起的命运恩泽，可嘴唇嚅动着却什么也说不出来。有人俯下身子想听清我最后的话，却挡住了阳光，在我眼前投下一片阴影。一种丝丝的凉意在我身体中慢慢扩散，我明白这是死神在最后逼近。这时我忽然想到世界上最重大的变化最重要的事件原来就是生命的悄然移动，逐渐泛开的凉意使我清晰地意识到了生命移动的这每一寸。我知道自己在时间中消逝，它正迅速离我而去。太多的人生遗憾只好带到那并不存在的世界里去了，对一个无神论者来说甚至连天国虚幻的安慰也不存在。在这生命的最后时刻，我莫名其妙地想起几十年前我进小学的那一天，母亲脱下我的开裆裤给我换上了新的裤子，说："一辈子再也不穿开裆裤了。"她当时的神态我记得真切，这种记忆一辈子都陪伴着我。一辈子原来就是如此而已。多少年来一直在心里想，到生命结束的那一天，有什么一辈子不敢讲的话都讲出来。这一天到来了却又觉得没有什么可讲的了。在这一瞬间，岁月纷然退却，多少往事涌上心头却又缥缈如烟，那所有的焦虑、痛苦、希望、失望、抗争，那一切的意义都模糊不清了。在明天，也许就在今天，我将化为烟囱里缓缓飘出的一缕青烟，和我这一生无数次看见过的青烟毫无差别。或者被埋入那没有尽头的寂静墓穴的黑暗深处，就像我曾在那遥远的天涯看到过的无数墓穴一样。这样想着我又感到了从人缝中透过来的最后一丝阳光，四肢的凉意带着轻微的轰鸣均匀地向心脏聚拢，这是自己一生中最明确地意识到心脏的存在。血在加快冷却……然后，心脏轰的一声，头一偏，嘴角扯下了生命最后的微笑。

在那个冬日的黎明我想象着这些，全身冰冷；我试图中途停止这恐怖的想象，然而却不能。没有什么比意识到生命只是一个暂时存在更能给人一种冷漠的提醒，特别是当这意识无限的透明。我不能对自己说这只是一种幻觉，我知道这个日子迟早会要到来，我那么清晰地意识到生命在无尽的时间之流中只是那么迅速的一瞬，它与这个永恒世界的共同存在只是一次偶然的邂逅。好多次我在旷野上疯跑想摆脱这种想象，然而却不能。这些年来被它纠缠着，我觉得一切人生挣扎都是徒然，都是没有意义，对于最后意义的追问也总是被证明了没有最后的意义。但是，就在昨天晚上做了那个梦以后，鬼使神差似的，终于我下了决心要来写点什么。我当时明确意识到了这是这个生命的一次挣扎，挣扎的唯一意义就是不挣扎更没有意义，它至少给这个生命的存在一个暂时的渺小证明。

昨晚我半夜从一片迷茫的梦境中苏醒。在沉重的蒙眬中，意识深处有个闪亮的光点提醒着，我已经脱离了梦境。光点拼命地跳跃着，想驱散沉沉睡意，弄清楚自己现在到底在什么地方。我仿佛记得自己已经回到了中国，怎么现在又还是在多伦多呢？我费力地将眼睛睁了一下，眼前一片漆黑。我不知道这种蒙眬的状态持续了多久，感到这是一段相当长的时间。在长久的昏睡中那闪亮的光点逐渐扩大，终于我能够移动一只手，用力地往床头一拍。"啪"的一声钝响，我马上整个儿地清醒过来。我的手拍到了床头的装饰板上，随着响声我似乎看到了淡绿的颜色。我总算确定了，现在，我是在中国，躺在职工宿舍我自己那间房子里。我马上想起自己是怎样回到了中国，这时宿舍里的陈设、房门的方向、床和窗的位置，都浮现在我心中。我感到了惘然若失的轻松。

梦境是那样生动真切，以至我完全醒来后仍难以相信那只是一个梦。在央街和布禄街（皆为多伦多著名大街）的交汇处，冬日的太阳明朗朗地照着，在银行大厦之间的街道上空开出一条光亮的走道，被阳光照射的白雪发出耀眼的光来。大厦那巨大的阴影越过央街，把对面的建筑截然地分为明暗两个部分，像一幅意味深长的图画。各色轿车一辆辆驶过，贴着地面发出沙沙的轻响。林思文穿着那件粉红的羽绒外套，扶着那辆天蓝色单车，正与我争着分手的事情。旁边是几个棕色皮肤似乎来自南美岛国的青年男女吹打着不知名的民族乐器，曲调特别悦耳。林思文身后的地铁入口处，白人黑人飘浮着，来来往往，入口像一张沉默的嘴吞吐着潮湿的人们。一个身着短裙披发垂肩的白人姑娘轻盈地从我们身边闪过，走下地铁去了。她那优美的身材吸引了我的视线，我避开思文的目光一直斜着眼望着那身影消失。在乐曲停止的瞬间，可以听见从北方来的风呜呜地在空中发出闷响,不时地裹着云把差不多一百层高的皇家银行顶端那巨大的怪兽形银行徽记吞没。

在我从迷茫中清醒过来的那一瞬间,我还记得自己和林思文争了些什么,但当我集中起全部注意力,想把那些对话想清楚的时候,却一句也想不起来,脑海里飘过来飘过去只有思文那幽怨的神态。我在黑暗中闭上眼睛竭力挖掘,却仍然一无所获。终于我放弃了这种努力,在心里对自己说,就当她骂了我一顿。这时我的意识自动地滑入了一种思索:刚才的梦境是梦中的回忆呢还是梦中的想象?我在记忆中仔细搜索,像猎手移动着枪口跟踪目标。为了使自己更清醒,我伸手在大腿上拧了一把,疼得轻轻哼了一声才松了手。想了好久终于我能够确定,梦境中的一切并没有发生过。在漫长的北美岁月里,我和林思文有过无数次争吵,却没有一次是在皇家银行大厦下面发生的。梦是多么奇怪的东西,它竟然可以把人的记忆自动地重新组合起来而又那样生动真切。

昨夜的梦来得没有一点缘由,我怀疑这是命运的一次不可等闲视之的神秘暗示。睡觉之前和朋友们玩了扑克,一个朋友突然怔住了,我在催促他出牌的时候莫名其妙地说:"死了这个世界上就永远没有你了,你想想永远再也没有你了,这个世界对你来说就不存在了,地球还是它转它的,别人还是他活他的,你仔细想想。"大家哄笑起来,我的心里当时猛地一动又想起了那个无法摆脱的想象。然后就有了这个梦。我总觉得这中间有着潜在的联系却怎么也找不到沟通的线索。回国这么久了,我很少再去回想那三年多的北美岁月。一切都成为过去,都只有叹息,一切对过去的叹息都是那样苍白那样毫无意义。那些日子在我心中越来越成为抽象的概念,只有当自己到银行兑换人民币时,才恍惚地意识到原来这钱还是自己从加拿大赚来的。那些日子就像记忆里一片闪烁的灯,又像沉睡中一个飘忽的梦。有时候连我自己想起来都会产生一种不真实的感觉,不像是自己曾经历过的,倒像是从书上看来的故事或是别人告诉我的事情。有几次我试图认真回忆一下的时候,心中就幻现出一条透明的时间隧道,它在阳光下泛着粉红的光影,光在薄雾中闪烁跳跃,我看不清对面的景象。昨夜的梦以一种奇异的力量打通了我心中的那奇异的障碍,紧闭的心扉在那一瞬间轰然洞开,潜藏的记忆奔涌而来,如此生动如此清晰。我躺在黑暗中,过去生活的幻象一幕幕在心中浮现。能够如此无拘无束地回忆使我感到了没有体验过的兴奋,一种突如其来的强烈冲动猛地扼住了我:"应该写点什么,一定要写点什么,在今天晚上,就在今天晚上。"我不能再一次放纵自己以一种说得过去的理由来作为人性躲避的掩体而轻松地压抑了这种冲动。我心里有一个声音在说:"这一次可不能就那么轻饶了你,扼紧了你我再也不会放松。朋友,不要没有勇气承担又像蛇一样滑到那惰性的黑暗洞穴中去,那里潮湿阴暗,有安全却没有阳光。不要扭扭捏捏躲躲闪闪怕周围的人特别是亲人看透了你的灵魂,在明年或几十年后你告别了这个世界压力就会自动解除。"在心里这样说着,我想象着自己面临着深不可测的一潭清水,碧绿的波涛在微风中轻轻荡漾。我要跳了我真的要跳了!在一种向自己挑战的冲动推动下,我冲着黑暗喊了一声:"跳!"猛地掀开被子,在冷空气中打了个寒噤,哆哆嗦嗦地伸了脚到地上去探鞋子,探了半天才踩到一只。我心里冲动着再也来不及找到另一只鞋子,一只脚踩在冰凉的水泥地上,摸索到桌边拧开灯,抓起一叠信纸翻到空白的那一页,把前面几张一把扯掉,心"咚咚"跳着,颤抖地写了四个字:

曾在天涯

写这一篇东西并不为了什么,也许又为了点什么,我也说不明白。多少年来,我总忍不住想象在一百年一万年之后有一双无所不在的眼睛在遥望着今天的人们。从那个熙熙攘攘的世界望过来,今天的嘈杂纷繁焦灼奋起都像尘芥一样微茫。这种想象迫使我反复地自我追问，究竟有什么事情具有最后的意义？我知道这种想象无比虚妄，却又无比真实无可回避。在这种虚妄与真实的缝隙中，我意识到了生命的存在。我想在漫无际涯的岁月虚空中奋力刻下一道轻浅的印痕，告诉在未来的什么年代什么地方生活着的什么人，在很多年以前，在天涯海角，那些平平淡淡的事庸庸碌碌的人，也曾在时间里存在。

1

那一年的八月八日，我抵达加拿大的那一天，是一个幸运的日子。

在沉沉的睡意中我被广播惊醒，知道飞机马上就要着陆。从座位旁的小圆窗往外看，天色已经大亮，远处的云在朝阳中翻滚着一片柔和的金色，仔细看去却又宁静不动，使人很难想象飞机在那样快地飞行。机翼下的云层呈现着青白色，一团团轻柔如梦向后移去。我看一眼手表，醒悟到今天正是八月八日，想到能在这样一个难得的幸运之日来到北美，在迷惑中似乎又得到了一点安慰。马上我在心中又给了自己一个冷面的嘲笑，我从来不相信这些神神鬼鬼的东西，今天这是怎么了呢？

那一年我研究生毕业，六月底我完成了毕业论文答辩，答辩的成功使我着实兴奋了好几天。主持答辩是北京来的著名教授，他建议我去他那儿读博士，并主动提出论文的发表由他负责。我的导师也掩饰不住一脸喜气，答辩完出来他在我肩头拍了拍，这个异乎寻常的举动传达着一种含蓄的赞许。当然我不会去读什么博士，一个更令人神往的机会，到北美去，在等待着我。妻子林思文去年八月去了加拿大，几个月前她寄来了所有的材料，催促我尽快赶赴加国。她办事的迅速使那些渴望过去探亲而等待已久的人吃了一惊，一个个跑到我这里来询问。探亲的护照在五月里已经办好，一环套一环一切顺利。答辩完成的第二天，我登上北上的列车去了北京。由于去年思文签证时遇到过的波折，我去的时候就做好了折腾几个来回的充分准备。可是在北京只待了两天,还来不及去看看大学同学看看母校,我就拿到了加拿大使馆签发的签证。这种意想不到的顺利简直使人难以接受、难以相信,那种幸福感乱糟糟的,简直来不及仔细梳理仔细体验。无法形容的兴奋以一种巨大的力量逼近,压迫得我透不过气来。坐在回家的火车上我等了好久才进了厕所,总算有了个绝对安全的地方让我可以再次品味那种令人昏眩的幸福。我闩好了门,从内衣口袋里小心掏出护照翻到贴有签证标记的那一页,那黄色的小方卡给了一个伟大梦想的真正实现以权威的证明。我抚着那光滑的表面在列车隆隆声中哈哈大笑,把护照用嘴轻轻叼了,双手伸过头顶拼命地拍得"叭叭"响。又呆看着拍得通红的双手晃着头微微地笑,嘴唇哆嗦着自言自语地吐出一些自己也不明白的话来,直到外面的人等得焦躁拼命捶门我才出来。回到座位上不多久,我又一次产生了那种渴望,又一次排队进了厕所,我心痒难熬又抓不着非看看那黄色卡片才能稍稍平静。刚下火车我在广场上遇见了朋友胡大鹏,他妻子两年前去了美国,他正准备去北京办签证。他说:"成了?"我说:"成了!"说着领袖似的一挥手。他说:"真成了?拿到手了?"我说:"骗你呢!"说着一拍胸前的口袋,雄赳赳地把胸一挺。他说:"看看好吗看看好吗?"我把护照翻到那一页递给他,他双手捧着手直抖。我笑起来:"你抖什么手,我自己手也没有抖抖的。"他说:"这就等于多活一百年了。"他见我不明白又说:"这里一百年以后还不见得那么发达,你马上就得到了,这可不是多活一百年么?"我说:"你这个比喻真他妈的太妙了太神了太陶醉人了,一百年呢,你想想真的一百年呢!"他说:"别人搞了几年都搞不通的事你就这样一路通过来,连我都要为那些搞得可怜的人打抱不平了。"我说:"你别嫉妒,过几天就是你了。"他说:"但愿吧。你我都是靠女人出国,男子汉想起来也有点丧气。没有林思文,凭你,你想到北美去?"我说:"那是那是,前几天我把思文寄来的一千美元到黑市上兑掉,你猜那个人说什么来着?嘿,看不出你倒是谈了一个好对象啊!我就点着自己的鼻子问他,嘿,这样子还看不出么?够了!"说着两个都笑起来。

这些才多久的事呢,梦一样的现在就身在北美了。

在这个盛夏的晴朗早晨,加拿大东部边城圣约翰斯凉爽宜人。圣约翰斯,这个坐落在纽芬兰岛最东端的海滨城市,我早就在心中把它生动地想象过无数次了,它和大西洋一起,一年多来是我心中现代人间的童话世界。我家中地图上的那一块由于无数次的指指点点已经变得油黑。今天真的我就来到了这里。尽管思文在信中告诉了我,这里并不繁华,工作也不好找,但在我的想象中它仍是天堂般的美妙。我知道自己是疯了,却还是克制不住地那样去想,这种想象之固执已经不可能被别人告知的事实扭转。我怎么走下飞机来到了候机室我不知道,那种怦然心跳昏眩迷醉的感觉覆盖了一切。候机室只剩下了我一个人,行李传送带空寂地转动,有人走过来提醒我拿下自己的行李,我茫然地对他嘿嘿一笑,他莫名其妙怔了一下,这提醒我回到现实中来,开始理解身外的事情。我想给思文打个电话,却没有一枚一夸特的硬币(夸特:加币单位,为二十五加分)。小商店要到七点钟才开始营业,要换零钱还得等一个多小时。我守着行李不敢走远,就那么呆站着有十几分钟。一个白人警察走过来,屁股后面吊着一尺多长的电棒。他经过我身边的时候朝我一笑说了声:"Good morning.(早上好。)"他这一笑给了我一点勇气,我马上回了一声,把那张十加元的钞票摊在手中向他伸过去,用生硬的英语问:"Can you change money for me?(能帮我换开钱吗?)"我怕他不明白我的话又圈了手指做出硬币的形状,指指电话做出打电话的手势。他"OK(好的)"一声,摸出一枚硬币给我,我连忙把手中的钱递过去,不知怎么表达,含糊地发出"嗯嗯"的声音,他摇摇手笑笑走了。因为这一个夸特,加拿大留给我极好的第一印象。

接电话的是个外国女人,我反复说了"林思文"几个音她似乎听不懂,我也听不懂她说些什么,她说得飞快似乎是对我这么早就打扰了她不耐烦。我冲着话筒说:"A Chinese girl!(一个中国姑娘!)"她说:"It may be Mary.(哦,可能是玛丽。)"她放下话筒去叫人,我又掏出电话号码来看。玛丽?怎么回事!那端一个女人的声音在问:"谁?"这是妻子的声音吗?我有些陌生,没有把握。我说:"我找林思文,我是她爱人。"那边声音急促起来:"高力伟!你现在在哪里?"我说:"我在机场。"她声音更加急促:"上海机场吗?"我知道她又进入打国际长途的紧张状态了。我说:"我在加拿大,在圣约翰斯,我已经来了!"她说:"Wonderful!(好极了!)站着别动,我马上就来。"

一切顺利,太顺利了。我这样想着,一个姑娘的幻象在心中一闪而过,那是舒明明。明眸赤颊、轻盈活泼、披发垂肩。这是我留在中国的唯一遗憾。一星期前我离家的前夜,她在我宿舍里依依地哭了好久,不断有送行的朋友来敲门,我们躲在里面不作声。要出国去只好分手别无选择,带着几分无奈几分狠心,我除了说些模棱两可的安慰话再也说不出什么。几天之后,我这就在地球的另一面了。我把行李移到候机厅门口,缓步走下台阶,下到最后一级,我停了一下,带着一种期待,郑重地把腿跨了下去。这就是加拿大的土地了,它就在我脚下,也并没有什么特别的感觉。我在心里嘲讽地"哼"了一声,这片土地被自己想得太神奇了。在国内那种狂热的气氛中,一个人甚至不能不这样去想。空气纯净如水洗过一般,但我又怀疑这种感觉是出于自我心理暗示。机场前面一片平展的开阔地,绿草如茵、生机勃勃、苍远平旷,一直伸展到远处小山脚下。许多花奶牛星星点点在草地上从容徜徉。数不清的海鸥来往翔掠,在远山的背景前点缀出些许移动的白影,有几只停在我脚边,我抬脚吓一吓,却并不飞走,只是跳开一点。天宇澄清，蓝得透明，我没有见过这么纯洁的天幕。眼前的景象与我想象的那么吻合，这使我对进一步的证实有着一种按捺不住、迫不及待的冲动。正四下张望，一辆轿车在我身边停下。我没有去想轿车与自己会有什么联系，却听见一个声音在喊："力伟！"我一看思文正从轿车里出来。她还是那个样子，精精神神，穿着我熟悉的小碎花连衣裙，亭亭而立。在飞机上设想好的拥抱欢乐那样的场面忽然觉得不合适了，也许就是这辆意料不到的轿车影响了我。我羞涩地笑了说："林思文，你好哇。"说完马上意识到不对劲，这是妻子又不是朋友，却想不起说什么才是最好，又叫了一声："思文！"她笑笑表示了对我窘态的理解，指着行李问："都在这里？"我"嗯"一声。她说："可以带七十四公斤呢，别人都是超重的，你不超至少带满，少带只是便宜了航空公司。又是舍不得买两只大箱子！"车上又下来一个高大的白人，过来提了箱子往车后塞。我想着是她的同学，忙把手提袋提过去。车开了我说："纽芬兰的风景真好，天都是透明的。"她说："早几个月赵霞来，带了一百多公斤的东西。"我说："这里的鸟也不怕人，赶它也不飞。"她说："少带东西想是省了钱，到这边来还贵几倍。"我说："那片草地看了心里就舒服，在上面翻个跟头才好呢。"她说："其实到了上海也来得及买。"我说："上海只待了两天，搞机票去了没来得及买。"她说："好啦好啦，我还不知道你，又是舍不得。"准备了多少话一时都觉得讲着不顺口，搭讪着问："近来还好吧？"她说："昨天在上海起飞？"她提示着，我倒抓住了话头，把旅程讲了一遍。她边听边和司机说着英语，说得很快我听不懂几句。她的手就放在我手旁边，我把手贴着坐垫轻轻移过去想抓住她的手，一碰到又退了回来。我觉得自己真可笑，怎么这也需要勇气，我们之间什么事没干过，抓一下手又算什么，这个人不就是我的妻吗？可心里还是觉得她在西方待了一年，和原来的她就有点不一样了，高雅了，可不能冒昧。

下了车她付给司机二十二加元，我心里陡然一惊，这才意识到这是出租车。车开走了她告诉我，车费二十元小费二元。我说："我还以为是你同学帮忙呢！"她说："你没看见前面的计程器？"我说："我哪知道什么叫计程器？第一次坐了出租车还是白人给我开的。天爷爷，快赶得上我一个月工资了。"她说："要把国内钱的概念搬到这里来，人就别活了，还要按黑市价算。我刚来那几个星期也不习惯，不过要你在心里转这个变，要准备几个月，你我是知道的。"我说："赚了钱我也会花，我现在是穷光蛋，你也不是就富得流油了。二十多加元就没有了，想起也心疼。"说完了又感到自己的抱怨太奇怪，不叫出租车，从机场走过来吗？想是这样想了可心里还是惦记着那钱。

2

　　思文住的是学校的宿舍，一套朝南四间小房，北边是一个厅和厨房水房。她的一间一张小床一张小桌放了就只剩下过路的地方。她说："轻点，她们还没起来。"她告诉我这一套间除她，还有一个印度人，一个巴西人和一个土耳其人。她拿来牛奶面包，我一摸牛奶是冷的，说："冷牛奶吃不惯，面包我在飞机上一路吃，都要吐了。"她说："这里牛奶很好，绝对干净。"我说："干净也要煮开，要放糖。"突然觉得应该回到以前，又说："去热了来，放糖。"她没说什么，去了。我发现隔了这么一年，以前的感觉还是在那里。她热了牛奶来，我喝一口问："糖呢？我已经说过了要放糖。"她说："糖吃多了不好，这里的人都不怎么吃。"我说："饿得要死了你还跟我讲营养学概论，加拿大待一年就跟个假洋鬼子一样。"她笑了说："糖就糖，一扯又扯出这么

吃了早饭她洗了碗进来，我把门轻轻闩了，似笑非笑地朝她笑笑。她马上明白了那笑的意思，也有点羞羞的。

多，营养学，假洋鬼子！"还是去舀了一小勺糖来。我大模大样说："不够甜，要多。"她有点奇怪地望我一眼，还是去把装糖的筒抱了来，说："没有一满筒了，不知你够不够？"

吃了早饭她洗了碗进来，我把门轻轻闩了，似笑非笑地朝她笑笑。她马上明白了那笑的意思，也有点羞羞的。我的心情其实相当平静，昨夜在飞机上强烈地体验到的那种男人迫不及待的渴望，想象中那样的见面后的疯狂，这时却奇怪地消退了，这使我自己也难以理解。可我还是觉得应该做点什么。我在她身边坐下，右手习惯地从她肩头伸过去，徐徐下探，左手把她的脸转过来，舌尖在上面乱点几下，又在她唇边一扫。事情按照那种有些生疏了的程序徐徐展开，她平静地顺从着，并没有我预想中的热情和激动。好一会儿我觉得有了些意思，问她："安全吗，今天？"她说："最不安全的时候。要写论文要做赵教授的工作，紧张得要死，怀孕了就真的不得了。"我说："没关系，我带了'作案'的工具，在箱子里。"她说："你实在想呢那也随你，你要负责就是。"我泄了气说："我实在想，你倒越来越会说话了！还说出负责两个字来，我是你丈夫呢。一年没见面了，见了面还跟我说这些。"她说："不讲清楚出了问题还不是我水深火热，你们男的缩了脖子站在干岸上。去年吓成那个样子哆嗦了有半个多月你不记得啦？"我缩回手，坐在那里不再作声。她也沉默着。外面客厅里传来锅碗碰撞的声音。我想这样沉默下去她心里也不是滋味，于是说："好了你去写论文去工作去，我睡觉了。"她说："别生我的气好不？一年没见面了，见面怎么又这样？想来你就来吧，都随你。"我心里别扭着，犹豫了一会儿还是那种愿望占了上风，说："来吧，来吧就来吧。"

事情别别扭扭不怎么对劲，完了我有些沮丧，在心里骂自己，想象中的威猛都怎么不见了！思文倒安慰我说："你累了你太累了，休息几天精神会好些。"她去了学校，我好久也摆脱不了那种别扭的感觉，却也说不出个所以然,心想可能是分别一年,那种陌生感还没有消除,又想自己以为她现在是个什么高级人,不应该这样。裹了毯子去睡,脑海里却如有千军万马奔腾,好容易才在纷乱中理出一个头绪,集中了精力去想今后可怎么办。这件事在信中和思文讨论过多少次了,现在才感到了事情的切近。上学呢,英语水平有限,做工呢,又没有技能。当年选来选去怎么就学了个历史学!为什么要来北美我没认真想过,我只认准一条,那么多人倾家荡产妻离子散都要来,我轻轻松松为什么不来?一踏上这块土地那模糊的目标马上鲜明急切起来:赚钱。待一天就白待了一天,就是损失。真的我们是穷怕了。我和思文结婚三年,省了两年的钱准备买彩电冰箱,她出国全花光了,还借了别人几千元。去年一年我骑着车满城地跑,到处赶着上课,弄来的钱还不够买出国的东西。思文借了钱才寄给我一千美元买飞机票,我兑了人民币还别人三千,这钱原是思文叫我以后还的,借着心里不舒服我一咬牙就还了,其余刚够买那张机票。前几天她刚把借的钱还完,身上剩下还不到一百加元。她抱怨我东西带得少,其实我哪里还有钱呢。跟她解释我心里愧得慌说不出口,男人呢!想到这里我再也躺不住,一跃而起,想到外面去看看,也许就有了什么机会。思文说丘吉尔广场就在附近,出了门我不知往哪个方向走。想找个人问问,又怕那些黄头发的在心里笑我发音奇怪。看见一个中国人走过来,我就上去问。他给我指了方向,问我:"刚从大陆来?"我笑了说:"你怎么就知道了?"他说:"看得出来的。台湾来的我也看得出。我从新加坡来。"他走远了我把周身打量一番,把西装上下拍一拍,摸摸领结,心想,怎么我穿得不好是怎么着,就看得出我是大陆来的。我心里不快,像是受了点打击,胡思乱想着到了丘吉尔广场。广场上没几个人,一群鸽子在那里啄食,几个印第安人推了车在那里卖龙虾卖海豹肉。我绕广场走了一圈没有发现中国餐馆。走到超级市场门口,摸一摸那张十元的钞票还在，就跨进去。看看物价倒也不像原来想的那么贵。在里面我转来转去，心里琢磨着自己能在其中扮演一个什么角色。当收银员肯定不行，顾客说话飞快我听不懂。看见几个穿绿色马甲的年轻人推着车往货架上堆货，我装作选商品靠近一个，瞟着眼看他怎么工作。一个经理模样的人往这边走来，我在心里措着英文词儿想说找工作的事，动了动嘴唇没勇气说。他跟那年轻人说着什么，我侧了耳听却听不明白，马上在心里我给自己一个否定，经理的吩咐听不懂还找什么工作。我在里面转着，看见一辆手推车上堆了一些蔬菜，黑色粗笔标出的价格，比货架上便宜得多。我拿起来看看，又到货架那边看看，也看不出质量有多少差别。我不好意思买便宜东西，在周围转着看有没有别人也买。一个白人老太太推了小车过来，选了一扎生菜放在车上。我马上有了勇气走过去，发现最好的一扎被拿走了，后悔刚才没有先拿着再说，或者藏在推车下面。选了几种蔬菜，算算还不到五加元。手拿不下，我到出口处也推了一辆小车。忽然发现有铁盒装的丹麦曲奇饼，三加元一盒，算起来比国内便宜得多，我拿了一盒。又看见雀巢咖啡，国内几十块钱一瓶的这里只要两加元，我从来不喝咖啡，但想着这么便宜不买太吃亏了，又拿了一瓶。在出口处交钱的时候我怕排在后面的人会怎么想，把粗笔标着价格的一面朝下放着，出了门我松了一口气。

　　到一个加油站，我问一个学生模样的人哪里有中国餐馆，他指了一个方向说了街名，我听不明白，他又告诉我要订餐可打电话要餐馆送，电话簿上可查到电话号码。他怕我不懂，边说边做出打电话和翻查号码的手势。在上楼转弯的地方碰见了思文，她说："到处找你！坐了一天飞机觉都不睡一个，不要命了！"我说："时差还没倒过来，干脆熬到晚上，白天睡了晚上又睡不着，害得你也睡不着，你瞌睡又是最要紧的。"她又问我到哪里去了，我说："到超级市场看看，想找工作没找到，顺便买点菜。"她说："有病吧，刚来就找什么工作。"我说：

"这里可不是在中国,待一天就浪费掉一天,浪费一天就是国内一个月的收入,心里待得住,怎么可能!"她笑了说:"你倒想起找工作这么轻松,这么轻松失业的人就不会一大片了,纽芬兰的失业率是全国最高的。"我心里正担心着如果找了个不像样的工作她会怎么看我,趁机说:"我也不想什么像样的工作,别人都不要的给我,扫厕所我也接了。到这里这副脸就不要了,反正人都不认识。"她"嘿"地一笑说:"睡在鼓里呢你!以为还有别人都不要的在等着你呢。上个月学校招聘一名清洁工,多少人拥上去,都抢断手!超级市场那些姑娘漂漂亮亮你看见了吧,还不是在收钱,工资是最低的,四块二毛五一个小时,人家还是生长在这里的。"我说:"照你一说我只有死路一条。"她说:"那不至于,至少我还有奖学金,给赵教授工作还有点钱。到加拿大来了,活还不容易。"我说:"靠你养那我还不如搓根草绳吊死算了。管它什么事,火葬场也不怕,有四块二毛五一个小时就心满意足了,人民币二十多块呢!"她伸出手点着我说:"看你看你,又拿人民币来算,还要算黑市价。"我说:"那怎么算?我的理想就是赚一万加元,人民币抵得五万,一个月拿几百块钱利息,一辈子就可以了。"她哈哈笑了:"你这个理想跟我说了就算了,别跟那些人说,别人在心里会笑你没志气没出息。一万加元,哟哟,好伟大的理想!早来一年的都已经有了。"我说:"一万不够多少才够呢,未必还要五万?你去年剩了多少钱,一千多!一万元要十年呢。"她说:"你以为一万元多少,几张机票钱!我们好好干一年,争取存到一万。"我说:"讲相声吧,有五千我就喊上帝万岁了。"说着把胳膊伸了几伸喊了几遍"上帝万岁"。她笑得捂着肚子弯了腰蹲在地上,喘着气说:"你真的好逗,真的好幼稚好好玩。都三十岁的人了!"我说:"嫌我不成熟老练是不?现在才知道后悔了吧!"她蹲在那里说:"不不!这么可笑,好玩,我天天笑还多活几年。"

吃中饭的时候赵霞来拿她家托我带的东西，我开了箱把一包东西给她，她千谢万谢去了。思文不高兴说："总共带这点东西，还有那么多是她的。你给她带两箱东西她心里也不会谢谢你。"我说："你自己要我到上海去她家！"她说："怕你买不到机票要她家帮忙。你不找她家买机票，她对我说只带双袜子，那你就只带双袜子。骗了你去塞这么一包给你，你也接了。你这个人不行就在这些地方。"我说："做做好人也没关系，别人心里会记着。"她哧地笑一声："你不像这个世界的人！"

吃了中饭我催她陪我找工作，她说："绝对不行！你这几天休息，赚钱也不靠这几天。"我说："那说好了明天！"她还是摇头。我急了说："心里下油锅似的煎着，怎么睡得着？待在这房子里门口到墙就是两步，跟个麻雀关在笼子里似的。"她说："这房子我待了一年呢，你就烦了？下午我带你去认识几个朋友，小地方中国人只有这几个，大家都熟都算是朋友。"

3

正睡着思文把我叫醒。我坐起来说："又要我睡，睡了又叫醒我！"她说："有人会来看你，这小地方来个人也算一件事。早上来的人下午看，这是规矩。"我说："看人也有个规矩，到了洋人的地方规矩也是洋的。"她堵着我耳根子神秘地说："这有个故事。"我一听有了兴头，瞌睡也跑了。她告诉我，去年化学系一个博士妻子探亲来，几个朋友上午一起去看，敲了半天门，丈夫在里面说："休息了！"几个人在门口吐着舌头挤眉弄眼，出了门哈哈大笑。以后就有了这规矩，谁家妻子丈夫来了，要留出时间让他们休息休息。

思文催我去洗脸梳头发。我说:"不装饰我也看得过去了!你丈夫也不是什么见不得人的人。"她不由分说把我推到水房里。洗了脸看见她蹲在那里在我箱子里翻寻,找出一件衬衣要我换了。我说:"上午刚换了的又要我换!"她说:"这件好些。"我拗不过只好换了。刚换好就来了一群人,她轻声对我说:"背挺直些别驼着。"我过去打招呼。大家坐在客厅里,思文给我介绍他们的名字,我也记不清,一个个都一本正经握了手。一个女的说:"林思文你今天好精神好爽气,休息好了!"说着忍不住掩了嘴笑。另一个说:"瞧她脸色挺滋润的,啊?"几个男的也抿了嘴偷笑,我愣着眼只装作不懂。又问我国内的情况,我说:"还不是那样。"拣自己有兴趣的说了些。又有人问我会不会跳舞,过几天组织个舞会。我说:"跳舞我可不会。"他说:"你太太说你跳得好。"我说:"信她的呢!"思文说:"信他的呢,他是个舞迷,有一段都跳疯了。去年自由一年没人管,还不是又跳一年。"我说:"过去的事!如今三十岁都过了,还跳什么舞。"那人说:"那不!三十多岁的人瘾才重呢,旧房子失了火,扑都扑不灭!"说了一会儿话他们告辞,送到门口有人说:"晚上得了空到 China Town(唐人街)来玩。"我吃一惊问:"这地方还有 China Town?"思文解释说,有一套房子住的四个都是中国人,就这样叫了。

他们去了我又问思文刚才几个人谁是谁。思文告诉我戴眼镜那个又是什么博士,穿天蓝衬衣的又是什么博士。说了几个,我说:"算了算了,反正都是博士,说多了我也还是记不住。碰见是个中国人叫博士同志准没错。"思文笑一笑,不再说下去。

晚饭后思文要我到小房间里去,我说:"看看加拿大的电视节目。"她说:"你反正看不懂,有些时候我还不懂呢,说得好快!"到了房里,她说:"解完手你把水房打开一条缝,不然她们不知道里面有人没有,又不好敲门,那个印度人在抱怨了。"我说:"好,反正住不了几天要找房子了。"说着想去客厅看电视。她又拉住我说:"急什么急!你碰了外国人要说 Nice to see you(见到你很高兴)。"我答应了。她要我重复一遍,我重复了。她说:"别忘记了,这是基本的礼貌,不然会以为你没修养。"我说:"明白,碰上人这么来一句就证明这个人有修养了。交代完没?我看电视去了,反正慢慢要看懂的。"她说:"你去,保证三分钟你就看不下去了。"我到客厅打开电视,果然听不懂几句。思文又站在门口招手叫我去,我过去了说:"又想起什么要交代?"她把我拉到镜子面前说:"你看镜子。"说着对着镜子抿抿头发。我看不出什么,含糊地"嗯嗯"几声。她说:"你看镜子。"我说:"老叫我看镜子,不就是个人嘛!"她说:"你看镜子,把人照得好清秀,看出来了没有?"我连忙点头说:"真把人照得好清秀,不过主要还是人清秀得好。"她把我推了一把娇声说:"知道别人喜欢听好听的话,又是事实,就是舍不得讲一句。讲一句几句会累死了你吗?"我心里忍不住要笑,说:"我又犯错误了,又犯错误了!"说着伸手在自己脸上刮了几下,"打这个人好不好,打!现成的漂亮话都不会讲一句,又是事实!今天立下保证,以后每天讲三次,每次至少五句。"她笑了说:"要实事求是!"我说:"那当然,虽然我是学文科的,但还是担心找不到那么丰富的词来实事求是这个是!那就定下来了可以翻来覆去地讲,每天要三五一十五句呢。"她笑着把我推到床上,说:"跟我讲讲国内的新闻。"我说:"没有什么新闻,新闻这边的英文报纸上也有。"她说:"不听政治的,要听人的。"我点了头说:"明白了,要听名人轶事,小道消息,小市民感兴趣的东西。"她说:"嗯嗯,知道我的特点就满足我嘛!"我说:"说起来还是个留学生,下里巴巴!"她说:"这些你要保证不告诉别人,他们会在心里笑我的。"我说:"我出去走走,八点钟了天还好亮,那么奇怪!"她说:"这里北方呢,和哈尔滨差不多就在一条线上。"我起身要走,她挡在门边说:"还没说呢,新闻。"我说:"一说北方我就忘记新闻了。刘晓庆离婚正打官司呢。""真的?"她兴奋起来,搬椅子靠近我坐了,"说详细点,离成了没有?"我说:"详细的我都记不得了,只说刘晓庆是坐小车去的,她丈夫是骑单车去的,那一次没离成,刘晓庆说只有结不成的婚,没有离不成的婚。"她说:"那倒是实在的,还有谁离婚了呢?"我在她鼻子上刮一下说:"要天天有名人离婚你就高兴了。"她嘻嘻地笑,又问我熟人的事。我忽然想起说:"胡大鹏就要去美国了,签证都拿到手了,说不定现在就到上海搞机票了。下次我们去纽约,就有个熟人。"她说:"你倒说得轻松,纽约离这里几千里,这里差不多没人去过。这个鬼地方,闷都把人闷死了。明年要想办法离了这里到多伦多,加拿大繁华的就是多伦多,工作好找,离美国也近,一步就跨过去了。萧条的就是纽芬兰。"我说:"纽芬兰是世界有名的渔场,怎么会这么萧条?要不我跟了船出海打鱼,要不去剖鱼也可以。"她说:"纽芬兰渔场早就衰落了,失业的好多是渔民。出海打鱼你倒是想得好浪漫,上个月吴丽曼的丈夫在一条船上找了份季节工,出海几天就在船上趴了几天,胆水都呕出来了。回来大病一场瘦得像个鬼,逢人就说有金子捡也捡不得了。赚加拿大的钱你想得好容易。"我说:"傻待在家里也待不住,待几天人也待傻了,我现在最大的愿望就是和加拿大劳动人民一样有个赚钱的机会,再差再苦再累再没有面子再怎么着,加拿大人能做,我有什么说的?"她说:"钱瘾这么重,叫你学会开车来,你又不学,会开车可以到餐馆去做 delivery(送餐)。"我说:"你以为国内学开车多容易呢,谁肯教我?"她说:"肯钻哪有办不到的事?我出国还要怎么难,不也搞成了。你我不知道,死要面子不肯求人,天下人都跑来低下头求你才好。自以为是清高,其实是无能。""无能"两个字刺得我一跳,气汹汹说:"嫌我无能了你!嫌你丈夫无能了你!"她指头一点一点地说:"看、看、看,看你自己的样子,有本事的人才不发这莫名其妙的脾气。"我看她的手指指点点的,心中的火气一下燃起来,伸手去打她的手,她让开了。我嚷道:"我来第一天你就逗我生气,这是你?"她不作声指指隔壁,示意我隔壁的人会听见。这一指倒真像有种什么不可理解的力量,我不敢再嚷。她说:"你也别生气,有能力的人到哪里也是有能力,我看你的。"我说:"别拿这话噎我,我总不会像你,一年只剩一千块钱。"她说:"我一千块钱都做什么了,你自己说。做人总要讲良心。"我"啊呀"叹一声说:"你说话还有个逻辑性没有,留学生!又扯到良心上去了。"她跟没听见一样说下去:"你这一趟来得好容易,身在福中不知福,跑一趟北京就完了,旅游一样。我呢,"她停一停又一句一停地说下去,"借钱担保、银行证明、移民局证明、学校证明,你自己都不知道自己怎么就到了北美。"她说一句,我点一下头,说:"上帝,上帝啊!"她说:"你自己说!"我说:"我不是说了吗?上帝!"她说:"你说真的。"我说:"说真的?我是探亲来的,对不?我的探亲签证是附在你的学生签证上的,对不?没有你我绝对到不了这天堂,对不?这样我就得乖乖的,对不?你说!"她呆望着我,似乎很意外,一言不发,眼泪从眼角沁出。看着她我心软了,搂着她的肩说:"这就哭了?值不值得嘛。"哄了半天她才破涕为笑。我牵了她的手说:"带你出去玩一下,这个地方这么奇怪,都九点了天还不黑。"她很顺从地跟了我出去。

我们坐在草地上说找房子找工作的事,一会儿天就黑了。风从大西洋那边吹过来,在高空发出呜呜的轻微闷响。她说:"我们到 China Town 去看看。"我说:"你去吧,我在这里等你。"她说:"不要以为呢,博士在这里也没有什么了不起。"我说:"我没有以为什么呢,我只是今天懒得去。"她说:"那你回去,我马上就回。今天我们早点睡,你累了。"她去了我还坐在那里,看着白人学生一对对的手牵手在黑暗中走过,心里琢磨着"我们早点睡"的意味。懒懒地站起来往回走,想起那些人在国内读的大学比我差,还有本科文凭也没有的,在这里居然都混到了博士。想当年自己全省前几名考到北京,凭这一点也维

她去了我还坐在那里,看着白人学生一对对的手牵手在黑暗中走过,心里琢磨着"我们早点睡"的意味。

持了多年的自信,现在却觉得内心什么东西受了损伤。我出国之前有着心理准备,在洋人面前我头得低一点,他们的国家嘛!在自己人面前心里会有这种滋味,却是没去想过的。我在心里对自己说:"有什么呢,我的能力不要跑到加拿大来证明,我来是看世界来的,赚一把钱就跑。"这样想着心里酸酸的意思减了些,也决定了少跟他们来往。在一言一笑中把那种优越感传递过来,谁爱看呢!心里盘算着谁要在我面前做出那一副不堪的嘴脸,看我不反过来噎死他我就不姓高。

思文回来了说:"睡吧,今天我们早点睡。"我隐约明白了这话的意思,试探着说:"怎么睡呢?"她一怔,似乎对我的话有些意外,说:"你说呢,你说。"我拍了拍床说:"床这么窄,床。"她说:"要挤也能挤,不过你今天累了,要好好睡一觉。不过要挤也能挤挤。"我说:"真的是好累了,这时候才觉得。"她说:"那等会儿我睡地下。"我说:"地下我睡。"争了一会儿我让了步,她抽出床下的抽屉说:"这里好多毯子呢,你看。别人不要的,我都洗了收在这里。"看她在地上铺毯子我心里触动一下说:"要不干脆挤一挤。"她说:"没有关系,你累了,好好睡这一晚。"她又赤着脚踩在毯子上说:"等会儿我就睡在这里。"我说:"等会儿你就睡那里,现在——"我又拍一拍床。她铺好毯子,挨到我身边坐了,不动也不作声。我知道她的意思,说:"先抱你一下好不?"她说:"好。"就熄了灯躺了下去。我也躺下去,她把毯子拉上来将两人的头都盖了。我说:"盖什么盖。"她说:"好羞的。"我说:"羞什么羞,你把房子都封起来别人也想得出林思文昨晚干了什么勾当。"她说:"其实又没有。"她手在我身上摸索着又说:"你瘦了,怎么自己一个人还瘦了。"说着慢慢把我的汗衫推上去,我很自然地伸出一只胳膊穿过她颈下把她搂了,她把脸埋在我颈边。我说:"在西方学了一年,还是这一套,你学了什么新经验没有?"她说:"我到哪里学?"好一会儿她把身子移下去,把脸埋在我胸前说:"好多次我梦见自己睡在你怀里，醒来又没有了。"我两只手在她身上摸索，她不时轻轻哼哼几声。做着这些我心中并不激动，与我想象中的感觉都有很大的距离，我只觉得作为丈夫应该如此。结婚那两年我们已经习惯了这些，可是在去年她办理出国那几个月的焦灼和疯狂中，一切都改变了。我只以为这次出了国断了的线索就会很自然地接上，可是并没有。思文显然也察觉了什么，身体接触中传达的信息，是个什么情绪什么感觉都瞒不过她。她坐起来在黑暗中把胸罩系好，内衣拉下来，说："你累了，你今天累了。"我连连打着哈欠说："困得眼睛都睁不开了，没一点精神了。"她摸到地上睡了，不再说话。

这是怎么了？怎么会呢？我蜷缩在黑暗中回忆着刚才的感觉。等了一年盼了一年，第一夜就是这样的心情。我想为自己这种情绪找到一种解释，想来想去却想不清楚。因为太累了吗？因为舒明明吗？因为环境陌生吗？想得迷迷糊糊将要睡去，看见思文在黑暗中站起来。我问："怎么了？"她说："地板太硬了我睡不着，我睡隔壁去，土耳其人旅游去了，房子退了空在那里。"我答应着她就去了。她去了我心里不安，想起结婚时到黄山去旅游，在山下那一夜两人不愿分开，找到好晚才在一个偏远的招待所找到一个单间，在那张窄窄的床上挤了一夜，也没觉得有什么问题。我披了毯子起来想把她叫回来，走到门口发现自己心里并没有这种愿望，又摸回床上躺下，裹着毯子沉沉睡去。

4

我一惊而醒，看看天已经亮透了。第一个念头想起昨天已经和思文说好，今天去职业介绍所。看看表已经七点多钟。我打开门探头一看，客厅里没人。蹑手蹑脚走到客厅，也不知道思文在左边还是右边的隔壁。轻轻咳嗽几声，也没人应。一推水房的门，推不开。我正犹豫是不是拧一拧把手，忽然听见里面水冲得哗哗响，不知是思文还是别人。我连忙缩回房把门留着一条缝，往外面张望。半天又没动静，想起要去找工作，心中焦躁起来，打开门正想到客厅叫几声，听见水房门闩"哗啦"一响。我又退回去从门缝张望，只见那巴西姑娘穿着短裤裹着浴巾出来，从门边一晃而过。我本能地把门一推，门关上发出一声闷响。我心里一急，完了完了，以为我在偷看呢。我似乎记起她朝门缝里望了一眼。听听外面没了动静，我出去把门留一条缝，从门边走了一遍，瞟着门缝心里计算着她刚才是否能看清我。试了一遍还不放心，记不起门缝开始留了多宽，推开一点再试一遍，心里越发不安起来。这么宽的缝，天这么亮，看得清是个男人在张望嘛！急了一阵心里又想："管他娘，总不会向什么人汇报说我是个流氓。"心一宽不再想这件事，又大声咳嗽几声，哼着"东方红，太阳升"，还是没动静。我在心里气起来，都什么时候了！想到刚才那巴西姑娘往左边去了，右边这一间一定是思文在里面了。我坦然地敲了门，里边问："Who?（谁?）"我想你还跟我吊洋腔，又用力拍几下，里面的声音呱呱说着听不明白的话。我心里一惊飞快地逃回房里，轻轻关上门。我心中充满怒气，又不敢开门，躺到床上尖着耳朵听外面的动静。那个声音在客厅里抱怨着说什么，好一会儿才消失。过了好久，客厅电话铃响了，我跳下床，揉着眼打着哈欠开了门，看客厅没人，就跑过去接了电话。是一个男人打给"Julia"的。我高声叫："Julia!"门闩一响，巴西姑娘从最左边那间房出来，乳罩短裤，很坦然地走过来。我心里有些慌，拿本画报来看挡了自己的视线，又忍不住把画报移开一点转了眼珠子去看。她打完电话走了，我就敲了左边隔壁那一间的门，叫道："林思文，都八点钟了！"她睡眼惺忪打开门说："还没睡饱。"我生气说:"说好了去职业介绍所的。我都起来一个小时了。"她说:"这里人九点钟上班。昨天来的,哪里就急成这样!我还要睡半个小时。"说着又闭了眼倒在床上。我看着她心里一恨一恨的,又没有办法,只得等着。

  在去的路上,我心里想着早上的事要不要告诉思文。我不说那巴西姑娘跟她描绘那一番情形,岂不被动。我自言自语骂了一句:"他妈的。"她没注意。我又骂了一句,她说:"当着别人的面可别骂娘,这里可不是中国。我倒是听惯你的了。"我说:"又抬出加拿大来压我!"她说:"看你看你,神经这么过敏。"我把话说回来:"今天早上……"她马上问:"早上什么事?"我说:"有什么呢,好笑。"一直往前走并不往下说。她说:"什么事好笑我偏要你说。"我嘿嘿笑了说:"什么呢,没什么呢。"她说:"你不说我就不走了。"我说:"下里巴巴好奇心又来了。"于是把早上的事给她说了,问她:"那巴西人不会当我是偷看她吧,可别以为中国人就那么没见过世面。"她说:"有什么呢,这。你还以为他们呢,她和男朋友做爱房门都开着一条缝,后来我提醒她,她挤着眼跟我笑呢。有时候做着在里面嗷嗷地叫,满屋子都听到。你偷看她她心里可乐。"我说:"我不是想偷看。"她说:"想也没什么了不起,半裸的外国真人你还没看过呢,好个奇也是应该的,下午你没事了到处蹓蹓,三点式在晒太阳你看个饱,看厌了还有更开放的,在加拿大这有什么呢。"我说:"你当我就那么馋呢,没吃过猪肉总见过猪走路。那年别人送我们一幅三点式的挂历,我们还不敢挂出来,记得不?"走着她看看前后没人,停下来指头点着自己面颊说:"这里亲一下。"我说:"说别人倒把你的情绪说上来了,不甘寂寞。"说着搂了她的头亲了一口。她很高兴说:"以后不要我再提示了是不?"我说:"快走,那里早就开门了。"她牵了我的手走着又问:"你喜欢我不?"我说:"都问过几百几千次了。"她说:"这是最后一次,真的最后一次。"我说:

"已经有几千个最后一次了。"她笑了说:"要是可以把脑袋剖开把这句话拿走就好了。"走着又说:"你还没回答我呢。"我说:"喜欢呢喜欢呢。"她说:"一点都不认真。"我说:"怎样才算认真呢你说?"我停下来,两手交叉了抱在胸前,偏了头扭着身子说:"喜、欢、呢!这算认真不算?"她笑得直跺脚,说:"看你,看你!"又说:"反正你是不是真的我心里知道,我的第六感觉你知道是最敏感的。"我听了心里一惊,拿找工作的话岔开了去。她又指着路边的景色给我看。我说:"快走快走,饭碗都没端着,有心看风景!"

职业介绍所是政府办的,工作机会的介绍都制成一张张小卡片编了号插在架子上。我和思文分头去找,能沾上一点边的,就把号码抄下来。我在心里算了一下,按政府规定的最低工资和工作时间,我一年扣了税只能赚八千加元,思文的奖学金和助教工作报酬加起来比我还多。看着介绍上有五六万一年的,我心里恨得痒痒。我把自己的愤怒对思文说了,她说:"凭什么你和别人去比,这是中国?和国内比你就想通了,八千加元抵几万人民币呢。要那样去比自己先气死算了,别活着做个人。"我说:"八千加元还不是要用掉了,这么贵的房租。"她说:"你还想像中国房租只要几块钱一月吧。加拿大又没邀请谁来,都是自己削尖脑袋钻来的。再怎么样,也要存一两万人民币一年吧。"我说:"找中国餐馆吧,反正四块二毛五一小时,中国餐馆还可以超工时,一天让我做十几个小时我就高兴了,做二十四小时也没什么。"她说:"华人老板太厉害了,他要榨干你的血,让你做死这条命。外国老板人道些,依法办事。"看那些卡片眼睛都看酸疼了。抄了七八个号码比较一下,确定了两份工作。一份是医院洗衣房,上通宵班,一份是郊区的中国餐馆。排了队和工作人员谈了话,她查了电脑两份工作都还在。她把电话号码抄给我们,要我们自己去联系。出了门我说:"操他娘的落到这种地步。"思文说:"早就告诉你要有精神准备。看不起这样的工作，能找到还是好事呢。"我说："说着玩呢，其实我心里很高兴，至少路还没有绝。昨天我都有点绝望了。这是加国，不是中国，这点我还是懂的，你以为我那么不明白吗？"

出了门思文问："搭车回去？"我吃一惊问："出租车？"她笑了说："胆都被出租车吓虚了。这里有 bus（公共汽车）到丘吉尔广场。走路要一个小时呢。"我说："多少钱一个人？"她说："上车不管几站都是一块。"我说："中国钱？"她说："神经，有病吧，这里谁跟你说中国钱。"我说："我还以为你折算成人民币呢。加拿大搭个车怎么这么贵？反正没事走回去算了，天气这么好，我一路也看看风景。"她说："看风景！来的时候要你看你又说没心思看。尾巴一翘就知道你拉什么屎。"我四下张望着说："真的，这天气真好。"

一路上我心情很好，把昨天思文给我的几张钞票卷成一卷，丢向空中，掉在地上又捡起来，嚷着："喔，捡了钱！"思文说："高力伟你还小了吧。你还记得那一年，我们刚结婚，你把几百块钱丢着玩，掉了一张十块的你还不知道，还是过路的人喊醒你，你脸都吓白了。"我说："那是的，丢十块钱我脸就吓白了！我没有钱总还看过别人手里拿过钱吧！"说着把钱又抛了几次。走在我们前面的一个白人中年男子，回头正看见我从地上把钱捡起来，走过来问："Have you picked up some money? I lost it.（你捡到了钱是吗？我掉的。）"我怔了一下，思文说："It's ours. We are playing with it.（这是我们的钱，我们这是好玩。）"我心里想着，加拿大怎么还有这么操蛋的人！于是说："How much is it? Tell me!（多少呢？告诉我！）"我说着把钱举起来挥舞着胳膊。思文说："别开玩笑。"又向那人解释。那人悻悻地转身走了，我在后面喊："I picked up some money just now. I'll keep it if nobody wants it.（我刚才捡到了钱，没人要就归我了。）"那人没听见似的不回头。我问思文："我骂一句 something wrong（有病吧）犯不犯法？"她说："别玩钱了，有事跟你讲。"我说："我玩我的，你讲你的。"她说："你答应了我我才讲。"我说："不讲就算了，你以为我有你那样好奇？来逗我呢。答应了才讲，你要是要我抢银行呢？"她说："你来了，星期天晚上要请一次客。"我笑着捏了她的下巴说："张开嘴。"她张开嘴。我说："看看你的舌头还是原来那一条，不知不觉着倒越要越滑溜了！"我尖着嗓子学着她的声调说："'你来了，明天晚上要请一次客。'你想请谁就请谁，把我抬到前面，我可有那么大一张脸？"她说："趁机请一请赵教授和几个朋友。"我说："多少钱够呢？"她犹豫一下说："五六十块差不多了。"我吓一跳说："这里吃的那么便宜，怎么要这么多钱？"她说："你以为买几磅猪肉塞了人家的嘴就够了？两只龙虾二十多块，两箱啤酒，加起来就五十多块了。"我说："那没有八十一百块钱这个客就请不成！"她说："可能八九十块就够了。"我说："龙虾是我们这样的人吃的吗？啤酒也不用买两箱。"她说："主要是请赵教授，他给我这份工作，一个星期有一百多块钱呢。他们海洋系几个学生都在抢，他给了我这个学民俗学的。"我说："你长得漂亮，舌头上又涂了蜜，要是你歪瓜裂枣的斜着眼歪着嘴塌着鼻子又一脸阴麻子，看他给不给你！"她赌气说："反正跟你讲了，这个客是要请的。"我说："一只龙虾，一箱啤酒算了。"她说："知道你就讲不通，太固执了。这件事就是这样定了。"我说："咦，咦，出国一年就威风多了，什么事我问都问不得。"她说："算了算了，刚来一天就气我。我还懒得气，气坏了我的身体。没见过男子汉这么抠的，别人都是用丈夫的钱，我用自己的钱还要怄气。"她的话激活着我心中一点什么，我一股蛮劲上来说："什么女人男人！再说我就一个人先走了。"她不作声默默地走。走了好久我觉得还是应该由我来打破沉默，我是男人，我不必这么小心眼。她陪我走了这么远来找工作，因为这个我也应让她一步。我心里犹豫着想开口，但又有一种自己也说不明白的本能力量在反抗着。以前有很多次这样的情况,都是我笑嘻嘻地先搭讪着说话和解,但今天却心里有鬼似的没有笑起来的意思。好几次笑意都荡到了脸上想开口说话,又咽了下去。我没有料到这样一件小事却在我心中激起了这样顽强的抗拒。就这样一直沉默着走回了学校,我松了一口气,淘了米放到电炉上去煮了。

5

不知是谁先突破了那一层沉默的屏障,到了吃饭时我们又跟没事一样了。我用调羹敲着饭碗说:"给你说个好笑的故事想不想听?"她马上抬头问:"哪个电影明星的故事?"我说:"古时候人的故事。"她低头去吃饭,说:"那你说。"我说:"古时候有 A 和 B 两个人——"她马上打断我说:"一听就是在造谣。"我说:"古时候有甲和乙两个人吵起来了,甲说四七二十四,乙说四七二十八。争不清楚争到县太爷那里。县太爷扔下签来叫差人打乙三十板。乙叫屈说,我对了怎么打我?县太爷说,他说四七二十四,你还跟他争,不打你打谁?"思文听了直乐,又说:"你就是那个四七二十四。"我说:"那县太爷要打你三十板,要不我代替县太爷打算了。"她一撇嘴说:"四七二十四还想打别人。"饭后我催思文打电话问工作的事,她问我先问哪一个,我毫不犹豫地说:"当然是医院。"她说:"上通晚的班你可想好。"我说:"通晚的班更好,我一个人把事做完就算了,不要看见谁。"电话打过去,那边说要男的,思文说是自己丈夫找工作,他现在出去了。放下电话思文说:"要你去看看,去不去?"我说:"就我一个人去?"她说:"那个人讲话飞快,你听不懂的。只好我陪你去。"我坐着不动。她说:"怕什么呢，你怕？了不起白跑一趟。"我说："白跑一趟倒没事，不知道别人心里会怎么想，话都说不清楚听不明白，找工作！那不是不要脸吗？"她说："你要想这是寻官不到秀才在的事，又不挖你一块肉。"我说："去了去了！死就死活就活，人到了加拿大还要脸干什么。"

　　快走到医院了思文说："话没听懂你别回答，由我来说。"我说："那不一下就露底了？"她说："有什么办法，要你练好口语，你又不听我的。"我说："这几个月写论文，哪有时间。到北京去火车上我还带个小录音机听九百句呢。这里人讲话都那么奇怪，跟外国人似的。"她在我胳膊上用力一捏说："还说别人奇怪，不说自己只会说ABC，又有道理！"站在医院门口她又教了我几句口语，我跟她念了几遍，说："记住了。"

　　进了医院的办公室，桌边一个红头发的中年女人跟一个高大的年轻人在说什么。思文碰碰我的手说："找工作的，要他回去听消息。"我说："是不是我那份工作？"她说："不知道。"我拉了拉她的手指指门说："算了，没戏的。"说着想退出去。她一把攥紧了我的手，站着不动，眼睛看着那个女人微笑。那年轻人离开的时候，女人站起来送了几步，很热情地握手说："See you later.（再见。）"然后坐回到电脑旁，一边敲打着键盘一边问我们有什么事。我说："I want to find a job in the laundry.（我想找份工作，在洗衣房的。）"她一指桌上一叠表格说："Fill in this table.（填好这份表。）"又低头去打字。我在桌子下摊一摊手，思文手轻轻摇一摇，朝桌上的表格微微一努嘴。我拿一份表退到门边沙发上去填，几个看不懂的地方，思文背对着桌子，挡住了那女人的视线给我指点。交了表女人要我们回去听消息，我转身就想走，思文对我一使眼色，又跟她描述我怎么能干，工作认真，力气大，随时可加班，等等。那人把电脑打得飞快，不时抬头说一两句。后来有点不耐烦了，停下来对思文说："I hate to tell you...（我很不情愿地告诉你……)"下面的话我听得有点模糊，意思却还明白。她在说很多加拿大人都没有工作，这份工作是不可能给你的。最后拉长声调说了一声"OK？"思文道一声谢和我出来。我阴沉着脸，心里反复念着"I hate to tell you"这句话。思文说："这有什么呢，想一下就找到工作怎么可能？"我说："没有就算了，放那些狗屁干什么！就因为我不是白人？"思文说："要想得通，人家自己的国家嘛。"我说："那这不是种族歧视吗？怎么加拿大也有种族歧视？"她说："白人心里都有那么一点意思，表面看是看不出来的。其实这也不奇怪，你自己看黑人看白人心里的味道就不同是不？我来了一年，也很少碰到今天这样的事。她是不耐烦说漏了嘴。"我说："照这么说我找工作更是一片黑暗见不着曙光了。"她说："你急什么急，你！昨天才来的。两个月找到了你福大命大。"我说："两个月不又等于丢掉几千万把块钱了。"她跺着脚说："又拿中国钱算，什么时候把你脑袋中的那根筋抽掉才好。"我说："两个人出国钱都用得光光的了，我只想捞点回来。走投无路找中国餐馆算了，洋人他总不会用中国的菜刀。老板再厉害，我反正只用两只手跟他做事，第三只手暂时还没长出来。"她说："找中国餐馆算了！好轻松哟！起码你要做碰壁三十次的准备。"我说："那加拿大对我就太残酷了。昨天早上我还想着这里跟天堂一样呢。"她说："放宽了心，你只管放宽了心，加拿大怕只怕来不了，来了不怕没有活路。"

思文牵了我的手在街上一路指指点点看过去。我说："怎么你现在变成牵手了？以前你都是挽着我胳膊走的，那样我感觉自然一些。"她说："加拿大没有挽胳膊的，你看哪里有挽男人胳膊的？"我四下张望了说："倒也是，这里男女平等，手牵手最公平，谁也不依附着谁，你这倒学会了，别的又学不会。"她把我的手一捏说："流氓分子。"

走在异国八月的阳光下我感到了舒适，风从大西洋那边吹来，皮肤爽爽的。我抖擞着精神去看街景，觉得一切都有些怪怪的不那么自然，像走在一个虚幻的世界里。我把这种感觉对思文讲了，她说："刚来都这样，过几天就好了。"我指着来往的小车说："说不定哪天我们也就买了一辆。"她说："什么说不定，这还说不定？肯定的！还有房子，也是肯定的。"我说："你这么大的野心我压力就大了。"她笑了说："先不跟你讲这些，现在你胆就虚着，再一吓非破了不可。"

走着我忽然注意到一家小小的书店，橱窗里陈列的杂志色彩艳丽，富于刺激。我停下来指着对思文神秘地说："看，看。"这时我又注意到书店门口挂着纸牌，写着"Adult only（儿童不宜）"。思文说："想看就进去看一下，故意问什么。"我说："既然到加拿大来了，什么都见识见识，也算增长知识。"她说："你们男人！想什么我不知道？增长知识！"我说："走，走。"她说："下次又一个人来看是吧？想见识就见识一下，我可没拦着你。"我说："我一个人不敢进去，你带我进去。你自己一个人参观过没有？"她说："到书店我没看过，我一个女的怎么好意思，里面都是男的。"我说："你还狡辩，没进去过怎么知道都是男的。"她说："有人告诉我。杂志别人拿给我看过，这我承认。"我说："一起进去。"就一起进去了。里面一个女人懒洋洋守在柜台边，几个男人慢吞吞地翻着杂志。没想到里面的杂志还放浪得多，一切人间存在着的都用彩色大特写镜头拍下来，男男女女的堆在一起。一些封面特别刺激而放浪的用塑料袋装了，在画面关键之处贴上一枚价格标签。这些画面大大超出我的想象，一些可以翻阅的我也没勇气去翻。我看着那些杂志对思文努嘴，使眼色，她也不理我。浏览一圈我浑身开始燥热，头皮也一刺一刺地发炸，周身热血涌流。我一看思文不见了，就走到外面。她说："看就看饱一次，我心里不会说你，有什么呢？"我说："你怎么不看？"她说："没意思。"我牵了她的手说："走。"她说："门口那些东西你看见没有呢？"我说："要有的都有了，还能有什么呢？"她说："进门柜台对面的橱柜里，我都吓了一跳。"她这一说，我又好奇着推了门进去，先望着柜台，再把脸慢慢转过去，瞟一眼看见一些塑料的模拟器官，头发"刷"的一下几乎要立起来，心里恶心着马上转过脸去，不敢再看一眼，推了门出去。我对思文说："加拿大怎么这么流氓呢？我再怎么想也想不到会流氓到这种地步。"她说："自己看了又说别人流氓。这还不算，还是照片，真人都有。"我问："脱衣舞？"她说："下次要他们带你去看，一根纱都不带的。"我说："你怎么知道？"她说："听他们讲的。"我警觉起来问："他们到底是男是女？男的跟你讲这些，没安好心！"她说："上次一起包饺子，他们说我听到了。"我追问说："上次拿杂志给你看的是男的还是女的？"她说："又多心了，女的！"我站着不走，指了她说："说真的！"她说："是赵霞不信你去问她。"我说："是男的呢肯定别有用心，拿本杂志跑来说见识见识，试探着就打开一个缺口。你没上过他们的当吧？"她说："你怎么会这样想，傻瓜瓜！"我嘿嘿笑了说："不这样想才真傻瓜瓜呢！这样的世道谁放心谁。第一个不放心的就是我，我得去考证考证。"她说："你还不放心我，谁放心你，你们这些男人，什么好东西呢？"我说："人到了地球这一面，什么都翻了个跟头。这里一个男人跟几个女人有感情上的来往，是人性允许的。"她说："那你想跟几个？"我说："九个就算了，相信不？"她说："相信。那以后对我来说你就是第一个。"我乐得拍腿笑说："你是女的！"她说："刚才还说男女平等呢。"又说："感情上的来往，这说法倒妙得紧，还带了几根纱。看看你舌头也还就是原来那一条，不知不觉着倒越耍越滑溜了。"我忙换了话题说："那些人一根纱都不带，怎么好意思呢？她们出去总会碰到熟人。"她说："问我我问谁去？下次你进去了问她们自己。你想长那个见识，要他们带你去看。里面的姑娘个个年轻漂亮，身材好得很呢。"我说："那她们怎么不嫁个有钱的人，要干这个？"她说："下次你进去了你问她们自己。她们也是工作，自食其力，政府批准了要收税的。"我说："你放心好了，我不会去看。"她说："看不看随便你。跟别人你别说我不要你去。"我说："思想很解放啊！"她说："别故意奉承我，奉承也没有用。你想找女朋友我可绝对不答应。"我夸张地笑起来说："我，找女朋友？我一个穷光蛋，跟个落水狗也差不多了，找女朋友！"她说："谁跟你笑。在这里我知道你没什么戏，我说在中国。我一年不在，谁知道你干了些什么。"我心里一跳，偷眼去看她的脸色，倒也没什么特别的表情。她说："还调查我呢，我经得起调查你经得起不？"我笑了说："要不要组成一个调查委员会，开赴大陆？"她撇一撇嘴说："别跟我打哈哈，你有什么事迟早我会知道。"

6

　　第二次找工作又没有成功，这时我才真正明白了找份工作的困难性大大超出我原来的想象。
　　这天回到宿舍我马上给郊区那家餐馆打电话，又看了电话号码才知道是长途电话，心里凉了半截。抓着电话筒望着思文，她说："打！不行了就住到那里去也没什么。"我拨通了电话，一个女人接了。我问："Can you speak Mandarin?（你会说普通话吗？）"得到肯定的答复，我说找老板。她说自己是老板太太，什么事跟她讲也一样。我说了想找工作，正准备详细说明，她急匆匆说，现在是餐期，very busy（很忙），要我晚上九点钟以后再去电话。我还想再问一句那份工作还有没有呢，她已经把电话挂断了。我坐在沙发上半天说不出话，思文说："又怎么呢？"我说："想不到那么远的餐馆派头也那么大。"她说："才知道吧！早就告诉你你还不信。"我把脚往前一踢说："什么鬼地方圣约翰斯，恨不得就踹它一脚。"说着把脚又踢几下。她说:"急什么呢,晚上再打过去,不行了再找,再找,二十次三十次,总有个地方就要了你了。"我说:"好人,求你麻烦你谢谢你喊你做奶奶姑姑姨,快点修完那几门课,把论文写了早点毕业,离开这个鬼地方。到多伦多去我就解放了。"她盛了饭来说:"先吃饭。"我说:"气都气饱了,没心思吃。"她说:"急什么呢,你?你急得在墙上碰死这条命也没人就送份工作来。聪明人才不跟饭赌气呢。"我说:"那我是蠢人,蠢猪,蠢家伙。"她轻声说:"我这么说你了吗?"我扯过碗来闷闷地吃。她说:"你刚来比我刚来好多了,至少还有了打商量的人。实在找不到工作,看能不能搞到奖学金读书去,我已经跟历史系主任讲几次了,彭波他妻子申请到了奖学金又跟他到渥太华去了,看能不能转给你。"我说:"托福也没考,有什么希望?我英语麻袋布底子你又不是不知道,读小学呢还差不太多,读研究生?!"她说:"事情都是人做成的,说不定就争取到了。英文呢,逼一逼也许就逼出来了,你又不蠢。"我只是叹气,摇头。她说:"你有决心就试一试,奖学金归我去搞,就当是打工赚钱,钱可能少一点但至少学了外语,真的拿到张文凭也让你爸爸妈妈我爸爸妈妈惊喜一下,对亲戚朋友也有个交代。"我说:"我欠谁的了,我要交代!搞得自己痛苦不堪就为了别人一句好听的话,我那么傻!那我真的就是傻瓜瓜了!我还是先找工作,你那边也联系着,实在不行了留条后路。想起读书我就哆嗦,我才认识几个单词能说几句话呢?"我说着颤抖着身体,"你看我都筛糠起来了,怕呢。"她乐得直笑说:"人家跟你说认真的!人生关键时候就要咬牙挺一挺,挺一挺很多时候就挺过来了,挺了也就挺过来了,不挺也就不挺,挺一挺跟不挺一挺是不同的。"她说一句,我就把身子往前挺一下,她说着乐得伏下身子笑得喘气,手直拍桌子。她笑完了,我又掩了口望着她直笑。她说:"你笑什么,我说的都是真理。"我说:"想不到呀,今天居然轮到你给我讲起人生这一课了，我可是在大学里讲这一套的人。"她说："那些道理可惜太大了点，我讲不赢你，你只讲我挺一挺的理论对不对？"我拍一下桌子吐出一个字，说："对，对，对！"她说："对是吧，明天我再去历史系联系。"我说："先看今天晚上找工作的情况，找工作优先考虑。"她说："把话讲好点，我告诉你怎么讲。"我说："这也要你告诉，你再告诉我怎么张嘴吃饭！"她说："那好，我就不操心了，我这就去做赵教授的工作去了。反正一条，"她看看我的脸，一顿，"反正一条，不怕吹牛，问你了你说样样都做过，炒菜呀什么的你本来也是做过的，今天中午和晚上你还炒了菜呢。在这里只有傻瓜才去谦虚，聪明人都吹牛。你要不好意思吹牛，诚实起来，那电话干脆别打了还省几块钱。"我说："好，好，好，反正牛皮不怕吹得大，觍着点脸皮吹就是的了，混进去再说。问我会不会杀猪杀人我也说杀过。"她说："还有，问一次就什么都问清楚，先写下来问哪几个问题，虽然不是国际长途，多用不了多少钱，可是少打一次不也就等于省了钱？"我说："好好好！你交代这么仔细，下次我上厕所你别忘了交代我完了要擦屁股。你当我多大呢，三岁？"她说："哦，你三十岁了。找不上呢也好，逼得你去读书。"

离九点钟还有两个小时，一个人待在小房间里实在乏味。我忽然想起是不是趁她没准备搜寻搜寻，说不定从哪个角落摸出一封信一张条子一点蛛丝马迹，这里这么多博士生都是优秀青年，这一年谁保得准？我翻了抽屉没找到什么，又揭开毯子去看那床单，仔细看了也没有什么，心里想着床单也许是我来之前刚换过的，犹豫着是不是揭了床单再看。正想着忽然觉得非常惭愧，一个男子汉做这些事太猥琐了点，站在那里脸上就烧热起来。走到客厅里，那巴西姑娘和一个男人搂着在看电视，我一低头就开门走到了外面。七点多钟了外面亮亮光光的和下午三点钟一样，这提醒着我，自己现在是在北方。家里那张地图的轮廓浮现出来，那上面一条纬线从圣约翰斯拉到了哈尔滨附近。又想起爸爸妈妈的老态，送我上火车时那颤颤巍巍忧心忡忡的样子，这才是几天以前的事情却恍如隔世。

  在清风里我漫无目的缓缓走着。我知道自己是在时间里行走，它正迅速地离我而去。它什么也不是却又是一切。人有了这点感悟，就扼杀了自己的幸福，与痛苦结下了永恒的姻缘。我想象着自己正存在于一百年一万年之前或之后，我就在那时的天地间缓缓走着。我感到了自己的渺小，在时间深处化为乌有。这样想着我嚅动着嘴角给了自己一个嘲笑。大西洋吹来的风挟着一点温热抚过我的面颊，一方小小的池塘上两只鹅娴静地浮着，几只野鸭在鹅的周围转来转去。远处高速公路上，无穷无尽的小轿车贴着地平线移动。我在草坪上躺下，感到了太阳留在草中的温暖气息，还有难以捉摸的那一丝草的清香。我望着天空，白云一朵朵如镶在蓝色天幕上，似乎不动，看久了又发现它们在移动，在改变着形状，从大西洋上飘过来，缓缓地向西边向纽芬兰岛深处飘去。我久久地望着这片天空，觉得它高得有些奇怪有些陌生。我凝神仔细去体会这种陌生的感觉，想把这种感觉抓住了用语言表示出来。这种感觉飘来飘去模模糊糊似有似无，我一次次努力使它变得清晰结果归于失败。我实在也说不出这高得奇怪而陌生的天有什么特别之处。也不知躺了有多久，周围房子里的灯一间一间亮了起来。我忽然一惊而起，看看表已经九点多钟，这时候天还没有黑透。

  通电话的结果又给了我一次打击。老板娘说，一星期工作六天，每天上午十点到晚上十二点，周薪二百二十块钱。我向她指出如果这样一小时的工资不到三块钱，提醒她政府法定的最低工资是四块二毛五。她说："包吃包住呢，吃两餐饭一天就没有多少时间了。"我还想讨价还价，话没说完她就打断我说："那就是这样。No bargain（没有商量），家家中国餐馆都是这样。"我抓着电话筒怔了一会儿，那边忽然又传来一句："想好没有？"我突然意识到这是按时间收费的长途，也没有回答就挂上了。

回到小房间里，我摸黑倒在床上，头脑中一片麻木，又像有无数小斑点跳动着布满了那黑暗的空间。我感到了心脏跳动的节奏，应和这节奏，心中不断地跳动着"怎么办"这三个字。倦意涌了上来，心中的声音越来越微弱，渐渐被倦意所覆盖……忽然灯一亮，我睁开眼看见思文站在床前。她说："睡着了？"我说："不知道，几点钟？"她说："十一点。"我说："那可能睡了一下。"她说："睡了一定要盖东西，这里晚上冷。"我扯过毯子盖了。她又问："电话打通了？"我这才记起打电话的事，心里觉得窝囊，说："问是问了一下，太远了，工资又低。"她说："早就跟你讲，不要抱希望，碰上了就碰上了。"过了一会儿我说："我还想睡。"她不作声，眼睛若有所询地望着我。我明白那意思，却一点心情也没有，只装作不懂。她说："那我隔壁睡去了。"却站着不动。我把身子往里面挪一挪说："要不你睡这里，挤着睡。"她又说："那我隔壁睡去了。"我迷糊着眼说："今天还是好累，没有精神。"她马上说："那你睡吧，我也去了。"说着关了灯，门一晃，客厅里一束灯光射进来，马上又消失了。

7

星期天还是照着思文的意思请了客。我越是找不到工作就越是想省下每一块钱，但终于拗不过思文，一切按她的主意办了。那天下午我提着两箱啤酒跟在她后面，垂头丧气懒洋洋地打不起精神，嘴里忍不住嘀咕几句。她回过头来说:"男子汉,男子汉!心放宽点就不行?都窄成一条缝了,几十块钱的事,有什么老嘀嘀咕咕的呢,老太婆!"我说:"听了你的还不可以?现在什么事都听你的了。"她说:"那你还麻雀喳喳地念个不停。"我说:"我才念了两句。"她说:"跟你说要生我的气现在就生完,可别到了晚上还是这阴沉沉要下雨的脸,别人还以为我们怎么样了呢。看到了什么他们一回去马上就打电话都通知到了,第二天人人见了面就有了话题。中国人到哪里都是中国人。"我"嗯"了一声。她又说:"你心里不要想那么多,也不是谁一定要听谁的,谁对就听谁的。你刚来有些事又不清楚,我是对的就照我的办,有什么呢。"我说:"买都买了,还要怎样呢。"

两人忙了一下午把菜一份份备好,只等人都来了就炒。思文又去问了同屋的两个姑娘,请她们早点做饭。巴西姑娘出去了,印度姑娘就在厨房做起来,满屋子都飘着咖喱味儿。

赵教授迟迟不来,思文打电话去他家问了,也不在家。思文拿了啤酒要另外几个人先喝着。魏力过几天就要去哈利法克斯读博士,一个劲地鼓动我们搬到他那间房去住,说那里便宜。思文:"离学校太远了点,冬天在风里雪里走半个小时才到学校,又那么大个上坡。"魏力说:"七九年开始,到我那间房是第六代大陆留学生了,有人走了总有人接上来,可别在我手里断了。你们去了是第七代,交了班我就安心了。"我听说便宜就有了兴趣,魏力说:"两个人住才两百二十五块,还怎么便宜呢。"思文说:"贫民窟还能不便宜。"

这时一个人兴冲冲进来,思文给我介绍是海洋系老李。我老朋友似的一本正经跟他握了手。他把手中的一封信摇得哗哗响,对思文说:"你看这怎么得了,这怎么得了!"思文问什么事,他说:"刚从渥太华开会回来,纽约又来了信,要我去开会,又要准备大会报告,你看,你看,刚来的!"思文拿了啤酒给他喝说:"好事呀!"他喝着啤酒说:"手里的研究放不下来!"思文敷衍着去了厨房,老李又挪到我身边坐了,告诉我自己手中那个分子工程的研究项目最近有了突破性进展,又叹息关键性的突破是出自他的构想,成果却主要归了老板。我说:"那太不公平了!"他说:"就是,就是!"又抱怨那看不见的种族歧视,中国人很难独立地主持研究项目,总依附了别人。思文从厨房出来把话岔开,他转个弯又回到了原来的题目,满嘴的术语听得我似懂非懂。我看见他这样固执,心里涌上来一种恶毒的冲动。我朝他那边探了探身子,特别关心似的问:"生物方面有没有诺贝尔奖呢?不好意思我连这个都不知道。"他说:"有医学生理学奖。"我说:"也包括你那个分子工程吧?"他警觉起来摇摇头说:"不包括不包括。"我叹息一声说:"那太可惜了,这又不公平,不然明年你就是世界名人了。人在这世上活着,大半也就是为了名是不是?"他把身子往后一缩,斜着身子望着我脸上,想研究出我这些话到底是什么意思。我特别真诚又好奇地望着他,等他回答,心里却幻现出一张脸挤着眼睛在嘿嘿地笑。也许我脸上的真诚过分了点,他似乎品咂出一点意味,这并不是什么好话,口里嗫嚅着:"这嘛,这嘛……"我忽然一拍手,恍然大悟说:"有有有!牛满江就得了诺贝尔奖的,他是搞分子工程的不?"魏力在一旁说:"老李呢,没得说的!"他涨红着脸说:"开玩笑,开玩笑。"思文从厨房探出头问:"谁来帮帮忙?"他马上站起来说:"我来我来!"放下啤酒瓶去了。魏力对我眨着眼朝他的背影努嘴一笑,我不笑也不搭话,把头偏开了去。

  赵教授来了,大家站起来表示客气。我注意到老李头向另一边偏着,坐着不动拿本杂志看着。不一会儿思文开始上菜,两只龙虾切成几大块,红红地炒了一大盘。斟啤酒的时候我看那满桌的菜,没有那盘龙虾还真撑不起场面。思文举了杯说:"高力伟你讲一句,大家到这里都是欢迎你来。"我也举了杯说:"欢迎我来,欢送魏力走,大家干了这杯。"思文说:"高力伟你忘记赵教授啦!"说着把杯举向赵教授,"您到我们这宿舍来,真是寒舍生辉!"我连忙说:"感谢感谢!"又怕不能传达对他的谢意,我敬了赵教授三次酒,"感谢"也念了几十次。我看龙虾就那么十几块,心里一直犹豫着是不是自己也夹一块过来吃,从没吃过的东西。看见老李夹了一块又一块,心里恨恨的却作不得声。还剩两块思文夹一块给赵教授,我马上伸过筷子把最后一块夹过来。吃了又觉得并没有什么了不起,怎么这一块就抵我国内几天的工资?

说说笑笑大家吃完了饭,又听赵教授讲自己征服北美的经历。我尽了做主人的责任伸直脖子认真去听。他说起二十多年前自己刚从台湾来的时候,出海捕过龙虾,餐馆洗过盘子。又说起自己现在是个什么委员会的什么委员,经常在渥太华等地飞来飞去,东海岸每年捕杀海豹的数量都要由他批准,因此他从来不轻易说 Yes 和 No。几个人听得入神,脸上生出兴奋的神色,似乎看到了自己的明天。但我的野心却一点也没被激发起来,这一切离我非常遥远。只有老李在一边看他的杂志,嘴里自言自语地嘀咕着说:"都听多少遍了。"不时轻轻抽动一下嘴角,不屑似的哼哼几声。我凑到他身边悄悄说:"是你们系教授呢。"他又哼出一声说:"怕什么,又不是我老板。"说着手放下去跷一跷大拇指说:"我老板。"又跷一跷小指头,"他。"我本来觉得吃饭前噎他厉害了点,毕竟是客人。心里悬悬地过意不去,凑过来想委婉地赔个小心,见他气还这么盛,也就算了。

赵教授走了气氛更加活跃,几个人抢着说话报告最新动态。一个说,赵霞这个月打了七个长途回上海,联系她先生来的事,电话账单来了却不肯认账,气得她同屋的加拿大姑娘跑到电信公司查了电话号码是打到上海的,她这才付了钱。一个说,小刘为了一个月省 share(共用)电话那五块钱,对同屋的人申明自己不用电话,要打电话了跑到我这里来打。可老有电话找他，最后不好意思还是出钱了。说完故事又评论说："看看同胞们都做了些什么事，我脸上都臊得发烧。他宿舍我可没勇气去，见了他的同屋我脸上都挂不住。同胞们被人看不起呢，也不要都说是种族歧视。"又一个说："要听真正的最新动态啊……"说一半又不说了，说："晚了吧，该回去了。"思文把门堵了说："你说，不说今天不能走。"他又说："要听真正的最新动态啊……这才算真正的新闻呢。"有人说："什么神神秘秘的东西，羞羞怯怯半天也说不出来。"思文说："你今晚可喝了我两瓶啤酒的！"那人说："都记着了！我刚好是喝了两瓶。林思文的东西可不是吃了就吃了的，都记本子上。"思文说："不讲也随你，反正讲了才能回去。"那人说："看在两瓶啤酒分上我这就讲了，再开瓶啤酒给我，喝着讲着，有情绪。这新闻不说三瓶啤酒，三十瓶也抵得。"喝口啤酒伸直了脖子"咕噜"一声吞了，压低声音说："知道不，文静上星期又换男朋友了。"一圈人情绪马上调动起来，催问那男的是谁，这消息又是怎么传出来。那人详细报告了。有人说："文静有句名言大家知道不，她说这一辈子不结婚也不要孩子，潇洒着活到四十岁就去自杀。"别人插话说："活到四十岁她哪里就舍得去死，"说着扮个鬼脸，"起码要活到四十九。"大家哄地笑了，都伸直了身子，头一起向后仰去。我笑得打跌说："都还是留学生博士生呢。"马上有人说："留学生也是人嘛，博士生也是人嘛。"那人说："这算什么名言，还有一句才算真正的名言呢。我这可不是听传说来的，是不转弯听她前面男朋友说来的。她说——"顿一顿说，"两位女士到厨房里去一分钟好不好？不去？反正我今天有点醉了，就着说句醉话。她说，听着了，枕边的话！她说，男人呢，怎么对她好爱她说好听的话都没有用，要把男人的本事拿出来，真满足了她才行。"大家又哄笑起来，直了身子头往后仰去。思文拉着另一个女士的手说："看这些男人，看这些男人！"那女士说："这男的是谁，也太缺德了，占了便宜还往外炫耀。"魏力说:"你这个论点就不对了,封建!男女平等,谁占谁的便宜呢。来加拿大都几年了,封建思想还没肃清,一冒就出来了。"又催那人招出那男人的名字。那人说:"我醉是有点醉了,机密我还是知道泄露不得的。"大家掰着手指数着文静有过的男朋友,一边说:"一定是这个了。""一定是那个了。"那人一概摇头说:"别套别套,套也套不出。我这里说了明天他不掐死我!你们愿意我被掐死?"一共数出来七个,听了这话又把两个走了的刨去,再刨去文静的白人老板,在那四个里面猜来猜去定不下来。有人说:"这七个是公开的,还有秘密的要进一步考证。说不定这屋里就有一两个。"互相指着鼻子说:"下个被考证出来的就是你了。"又嬉笑一回,都说文静还算是个女中豪杰,她那样想了,就那样做了,她居然就敢。喝光了啤酒,一个个舌头醉里打着滚说:"你喝醉了。""你自己才喝醉了。"醉意蒙眬地离去。

8

和思文天天买了报纸来看,在外面跑了三天,也没有找到合适的房子。在魏力走的那天,我们搬到鲜水街的那幢房子里去了。魏力说:"这我走就把心给放下来了,传了六代的香火没有断在我手里,你们将来搬走也传给新来的人。"又指着墙上贴的春、夏、秋、冬四幅山水日历画说:"还是七九年的,都这么多年了。画的主人的名字都没人知道了。"我说:"怎么就知道是大陆人,说不定是台湾香港人。"魏力指一处圈了日期的小字说:"打电话做的记号,简体字。"我凑近看了是"上海长途,三分钟"几个字,于是说:"将来有人修留学生史,这就是文物了。将来的博士总要找个题目做论文。"

学校附近实在找不到便宜点的房子思文才答应搬到鲜水街去的。搬去之前还抱怨我不肯耐心点好好找。我问她怎么学校附近房子就贵了这么多,她说:"这是夏天,到冬天你就知道了,这么深的雪,"说着在膝盖上划一下,"这么大的风,"说着晃一晃身子,"人都会吹跑。去年我从教室到宿舍。都是弯了腰退着走回去的。"我问她学校有没有小套间租,她说:"有的,一室一厅,五百块一个月你住不住?"我一吐舌头说:"别吓我,我胆子小。"她说:"文静就自己一个人住了一套,她想得开。"我说:"跟她比,她活四十岁就算了,一年是一年。"她说:"学生总有有钱的,加拿大学生很多两个人同居了租一套,到下个学期男朋友女朋友又换人了,不算奇怪。他们不像我们几块钱也算着要省。我们的留学生靠奖学金养了老婆孩子,还开辆破车,还有钱存到银行去,外国学生没人相信,都说难以想象。"我说:"中国人生存能力是强,穷惯了嘛!"

鲜水街到纽芬兰大学要走半个小时,是凯塞琳开了小车为我们搬的家。凯塞琳是思文系里的助理教授,思文叫她小老师。我看着她一点都不小,快四十岁了。偷偷问了思文才知道比我大不了两岁。于是我也叫她小老师,她听了一脸的高兴。思文告诉我说:"小老师最善解人意,每次来看我都戴着我送给她的景泰蓝手镯,提着蜡染的手提袋。"我一看果然是的,偷偷地笑。凯塞琳一边开车一边问:"Are you talking about me?(你们在谈论我,是吗?)"我吃一惊,怎么外国人也这么善于察言观色。我用英语说:"你听不懂中文,怎么知道我们在谈论你?"她说:"I know.(我就知道。)"我对思文说:"可见世界上人心都是相通的。"思文翻译给她听了,她连连点头说:"I think so.(我想是这样。)"我又说:"在国内只以为西方人自行其是,看来并不是这样。"说了要思文翻译给她听,思文说:"你讲话也要看人看场合。"思文用了家乡的口音讲这句话，似乎这就可以隐匿得更深一些。几口箱子和一些炊具分两次运完的，第一次我抱一只捡来的黑白电视机坐在前排，第二次后排塞满了，思文就坐在我身上。小老师说："Each time Gao has something on him.（每次高的身上都放了东西。）"乐得我和思文笑个不止。搬完了思文留她吃晚饭，她一口应了。又问能不能把她丈夫麦克也叫来。思文说："Of course.（当然可以。）"她马上就打了电话。做菜的时候思文说："外国人观念和中国人不一样，凯塞琳是美国加州大学毕业的博士，麦克是餐馆烤面包的，想不到吧？"我说："那她丈夫还不是个出气筒，怎么活下来的？"思文说："我看也挺好。"我趁机说："要是中国人，这做丈夫的要倒血霉了，别在阳世上做个什么人了。"思文警惕地望我一眼说："你这是说谁呢？"我说："说那些得了势的中国太太呢，当然你是例外。你不例外那还有谁例外！"说着麦克来了，提着一个巧克力蛋糕，凯塞琳把蛋糕提得高高地说："Mike made it, Mike made it.（麦克做的，麦克做的。）"吃饭的时候麦克问我到加拿大这几天什么事情最感到新奇，我心里想："最新奇的就是你后脑勺的那根辫子，跟中国清代男人一样。"又不知说了他会不会不高兴，于是说："最奇怪的是那么大墓场就在市中心，总是给人一个提醒，不怕伤了每天来来往往的活人的心吗？"思文译给他们听，他们一齐笑了。

　　他们走了我问思文："这里算不算贫民窟呢，这么脏的地毯。"她说："也许就算，谁知道呢。"我说："有电炉、暖气、热水和冰箱，在中国也算好的了。"她说："你又拿中国来打比，你现在站在加拿大土地上，你知道不？不知道多少人羡慕你嫉妒你，可你呢，身在福中不知福。要不怎么大家都想往这里跑，来了就不想走？"我说："那得谢谢你，让我跌到福窝里了。"她说："要换了别人的丈夫会这样想，你心里却无动于衷。"我说："电炉呢，暖气呢，有了也就这回事，没有什么了不起。"

她说:"没有也就那回事,更没有什么了不起。当个总统皇帝,亿万富翁也就这回事,也不会长生不老,所以跟当个讨饭的也一样,埋到那坟场都是一样,大家都公平了,对不?"说着微笑着望着我。我说:"咦,看不出啊,留了一年学,想得多了!进步了!"她说:"天下事什么不是有了也就这回事,可没有就不行!死了的皇帝和叫花子也没有区别,活着时这点区别对一个人来说就是所有的一切了。很多东西你不到加拿大来就不会有。"我说:"看你现在假洋鬼子样的!"她笑了说:"人家好你也不想承认,以为这就卫护了你心里那点可怜的自尊心,是吗?我还不知道你!"我说:"要崇洋你去崇好了,只是别沾了个洋字屁也是香的。还起了个名字叫玛丽呢,你知道玛丽是谁,是《霓虹灯下的哨兵》里的那个女特务!"她倒在床上笑得直滚,上气不接下气说:"高力伟,你真的逗死人,真的可爱真的好玩,跟了你我真的会多活几年。"说着爬起来抱着我的头吻了一下。我说:"严肃点,什么可爱,好玩,以为你是幼儿园的阿姨吧!"她又笑着倒在床上,双手在空中乱抓乱舞。笑完了又喘着气说:"你记错了,那个女特务是曲曼莉,不是玛丽。"我说:"那证明你还不是女特务。"她又乐得从床上跳起来,笑着嚷着来抓我的脸,"这一年你怎么学油了,看我不撕掉你的嘴。"

9

那天晚上我们几乎一夜没睡。睡下去才知道那张席梦思的弹簧完全松了。睡着睡着两个人都往中间滑。思文说:"也不知魏力和他太太这两年怎么睡的。"我说:"这床都睡过六代留学生了,多少对人在上面干过事儿,它能不松吗?它的历史使命早完成了,现在是超期服役。"思文说："要算也可以算文物了，和那几张画一样有历史意义。"我在黑暗中搂了她说："两个人又滚到一起来了，这是天意，不知你现在有情绪没有？"她说："你今天搬东西累了，明天好不？"我说："好容易有了一点情绪，你还推来推去。我也不一定要，只要你以后别怪我没有热情。"她说："今天不安全，过了这几天就好了。"我说："随你。"说着想把手抽回来，她用脖子压住了不放。我说："怎么啦？我瞌睡了。"她凑在我身边说："抱一下也不行吗？"声音轻柔不胜娇羞。我说："抱有什么意思，抱得我有了情绪你又不肯来，害得我自己睡不着。"她说："你要来就来。"我说："什么叫你要来就来，算了！"她说："光是抱一抱不行吗？你总是叫我不满足。"我说："你总是无法满足。"她说："我不是，我不是。"我说："你不是不是，你是是。"她说："不肯抱就算了。只有我们，一年没见面，倒好像天天在一起待了一辈子都厌烦了。"我说："这怎么怪我，我说要来你自己不肯。"她说："你只知道来，来！除了这个总还有点别的内容。"我想也是，这几天竟没说过几句亲热的话，平平淡淡就过来了。我想来想去，想想出一句好听又显得自然的话，想来想去却想也想不出来。"我爱你"呢，太做作了，"亲爱的"呢，又太肉麻了。正为嘴笨生自己的气，情急之中突然冒上来一句说："其实这一年我真的很想你呢。"这话我自己听去也空空洞洞，觉得言不由衷，幸亏在黑暗的掩护下她看不见我的表情，不然以她那么敏锐的观察力，会要当场揭穿我的做作了。我正担心着她会不会察觉我话语中的虚伪，克服着心里那种莫名其妙的力量的阻拦，鼓起勇气，准备她提出疑问我就以坚定的口气坚持下去，忽然感到她的头往我肩头靠拢，一只手也慢慢摸索过来，犹犹豫豫似乎在克服着心里的羞怯，终于停到了我的胸前轻柔地触摸。这温情的举动使我感到了惭愧，也有点难以接受。心想女人真是感情的动物，一句好听的话就把她的判断力瓦解掉了。我正想再补充说点什么以巩固她的印象，听见她在我耳边说："是真的天天想我啦，你没骗我吧？"语气中并没有一丝怀疑，而是想催促着我把那句话再复述一次，而其中所包含的娇羞，我相信一个近三十岁的女人只有在黑暗的掩盖下才有勇气表露出来。我忽然感到，思文，这个女人，我的妻子，虽然整天地在外面冲锋陷阵，精明强干咄咄逼人，但内心依然非常软弱。这种软弱使我心里产生了一种奇妙的快感。这些天来，我心中的自卑越来越浓厚，在她面前也越来越没有勇气表露出男人的自信，越来越依仗那种执拗来掩饰内心的虚弱。现在忽然觉得，生活中居然还有一个人在感情上需要我，在这天涯海角，我存在的意义还可以得到一种渺小的证实。在这一瞬间，我内心的自卑消逝了，用胳膊把她搂得更紧，直到她发出几声轻轻的呻唤，似乎这样就能够更充分地证实自己作为男人的力量。她陶醉地把头贴着我的肩，呼吸有点急促，吹得我耳根子痒痒的，在黑暗中听得清清楚楚。这时，我心里有一种自责，无论如何，思文对我的忠诚是无可怀疑的，我却怀着一种阴暗的心理想探究她是否在这一年中有着什么隐私。而且，她直到今天还生活在占有我全部感情的幻觉之中，她不知道在过去的一年，名义上属于她的东西已经有人在分享，甚至有了喧宾夺主的意味。在白天，她那种精干引起了我不可抗拒的反感，现在，却又觉得她有些可怜。毕竟那种气度，也是被沉重的外在压力逼出来的，在这异国他乡你不关心自己就没有人关心你。我这时第一次清醒地认识到，出国对我们之间的关系产生了多么大的损伤。可她现在正沉醉在征服北美的梦幻之中，对这一点毫无意识。也许，我得强迫着自己调整了心理状态，去接受这样一个新的妻子的形象。正想着思文的头在我肩头动了一下，含含糊糊说了几句什么，我没听清楚。嘿，女人撒娇起来连话也说不利索了！我在心里暗暗发笑，似乎在黑暗中看见了自己的笑脸。我忍着笑，我知道一笑她就会把羞怯全撤了回去。我凑在她耳边尽可能轻柔地问：

"你说什么？再说一遍好不好嘛。"我在语气中掺入了一点玩笑似的温柔，为了给她的娇憨一种鼓励。她果然领悟了这种鼓励，舌头含在口中几乎说不清话："问你呢，你刚才讲的话是真的？"我吃了一惊，在心里重复着："你刚才讲的话是真的吗？"我刚才一直想着自己的心事，哪里讲了什么话呢。我在心里紧张地思索一遍，想不起自己讲了什么话，值得她来反问，又疑心自己心里想着的什么，被她用一种难以说明的方式偷听了去。我试探着说："我刚才讲了那么多话，你问的是哪一句？"她把蜷缩在我怀中的身子一伸腿一蹬，又回到原来的状态说："这你都不知道，可见你不是认真说的。你说这一年天天想我！"我没料到她这半天没有作声，是一直在想着这句话，而且被改造成"天天想我"了。我心里惭愧着，含糊其辞地说："我讲的话句句都是真的。"但思文不放过我，说："不说句句话，后面的话我都没听清楚，我只问这一句。"我这时很恨自己还没有修养到睁了眼说瞎话也脸不变色心不跳的程度，被催逼着说出漂亮的话，感到非常痛苦。每逢遇到有这种必要性的时候，我心中总有一种本能的力量在抗拒，以维护内心的骄傲。我知道这是一个很大的缺陷，它除了说明自己的不成熟再也不能说明什么，但却很难克服这种内心的反抗。现在思文又在催逼着我，我如果滔滔不绝说出一大篇动听的话，她也不会有什么怀疑，或者一边表示着不相信一边就全盘接受了。但这些动听的话即使是我内心的真实想法，我也不愿因为迎合别人的欢心而说出来，特别当这个人是我的妻子。我掩饰着打了一个长长的哈欠说："睡吧，我瞌睡了。"她把我一推说："最不喜欢听这句话！"我笑了说："瞌睡了都不准，都快两点钟了。"她说："你还没回答我呢，回答了我就让你睡。"我心里暗笑女人真是奇怪，多听一遍就过瘾了还是怎么的呢。于是说："我说的话每句都是真的，当然那句话也是真的。"为了自己内心的骄傲，我绕了个弯子回答她，又生怕她会不满意，非要我把原话重复一遍。我在心里做好了妥协的准备，打算她再追问就放弃这种含蓄的抵抗。不料她很满足地说："好，就相信你了。我最喜欢的是别人喜欢我，最不喜欢的是别人不喜欢我。别人喜欢我我才喜欢他，别人不喜欢我我就不喜欢他。我喜欢不喜欢一个人主要看他喜欢不喜欢我。"我忍着笑，对着黑暗伸伸舌头做做鬼脸，说："那你这个人没有原则。"她马上说："那你说谁有原则？人都这样。"我说："人都这样。要是人只有原则没有偏见人都不是人了，而且人的偏见都是从自己的立场出发的，这是理解人的一个最基本的道理。"她说："那你对我有没有偏见？"我说："那当然有，不然我怎么喜欢你不喜欢别人？"她说："我怎么就没怎么感到你喜欢我？"我意识到这又是个扯不清的话题，避开了说："今天月亮好，都照到屋里来了——好啦，我睡了啊。"说着向另一侧转了身子，把毯子拉紧。她把我的身子掰过来，把我的手从她颈下拉过去绕到胸前安放好，轻轻拍一拍，似乎对那只手做了某种暗示性的交代。我只装作不懂，手停在那上面却一动不动。她又按一按我的手背，让我体会那一团柔软。我的手这才盘旋起来。这时她把身子滑下去用头抵了我的胸说："那我再问你，你是怎么想我的？"我暗暗叫苦，这问来问去没完了。我说："怎么想你？还不是放到心里想。总不能向世界宣布说，我想着林思文呢，那不合适吧。你问也问得太奇怪了。"她也意识到问得没有道理，却仍不放过我，说："我再问你一句，真的是最后一句了。"说完又不往下说，等我催促她：我偏不催，故意出几口粗气又打起鼾来，她一推我说："装什么傻，你又不打鼾的。"我说："那你快说，我真的眼睛也睁不开了。"说着夸张着打了个哈欠，把手从她胸前移开，想从她颈下抽出来。她压紧了我的手，又把它放回去说："问了这句就让你睡去。你说真的，不准说假的，这一年有别人到我们房里去过没有？"我又在暗中一笑说："有啊，好多人去过，胡大鹏也去过。我们打牌还打过通宵呢。一年没去过人那怎么可能？"她说："别扯，有别的女的去过没有？"我说："别的女的，让我想想，哦，隔壁马老师爱人来借过餐票，对门方老师爱人还来借过拖把。"她在我胳膊上一拧说："讲真的不？不讲真的我又用大劲了。"我恍然大悟说："搞半天你问的是莉妹子！"我们把第三者都叫作莉妹子，"让我想一想——想清楚了，有莉妹子来过，这一年十多个都不止。"她把手用力一拧说："你说真的，不说我又用大劲了。"我"哎哟"一声说："轻点轻点，我说真的你又要揪疼我的肉，道我说假的。没有呢！"她松了手说："假的是没有真的那就肯定是有了。你告诉我她是谁。其实这一年你一个人在家里很寂寞的，有也可以理解是不？你知道我也不是那么喜欢吃醋的人。真的她是谁呢，长得漂亮不？漂亮还好，不漂亮我都没面子了。"我嘿嘿笑了说："林思文呢，你当我真的瞌睡糊涂了是不？"我尖了嗓子学她的声音："有也是可以理解的，你知道我也不是那么喜欢吃醋的人。"她又要拧我，嚷着："你说真的，你说真的！"我说："说真的我倒要问你，你是为自己在这里有了莉伢子造舆论吗？你一个人在这里很寂寞的，有也可以理解是不？真的他是谁呢，漂亮还好，不漂亮我都没面子了。"她说："放不得心的只有男人！一个个都是花心花肠子花脚猫。"我说："那文静是男人还是女人？"她说："好啊，你把我去比她！"伸了手又要拧我，我抓住了说："再拧我的神经兴奋了，这一晚又没有了。我怎么会有莉妹子，我只有你。"说着这话我心里想起舒明明，惭愧着夹在这中间，两方面都在迫不得已地背叛。思文松开手说："这还差不多，好，你睡吧。"她说着在我肩上亲出一声脆响，转了身过去说："我睡了你别动我，要是明天做事没有精神，那我要怪你。"

在黑暗中我眍了眼，呆望着天花板的一片漆黑。偶尔有车从门前马路上驶过，车轮擦地的沙沙声听得真真切切。一束街灯从窗帘的缝隙中射进来，在玻璃茶几上幽幽地泛着淡白的光。我想着舒明明在地球的那一面是不是睡了，马上又省悟到现在是国内的白天。来了这么些天，我没给她写信，我们之间的事就这么完了，又何必再去招惹。再说我也不知道她回信寄到哪里才不至于泄露了秘密。我极力想回忆起她的面容，却怎么也想不清晰。我感到有点恐惧，这么熟悉的人，这才二十多天，怎么会呢？我又想着如果地球可以打个洞，是不是可以用一根绳子吊到那一面去。我在北方她在南方，而且又不是在正对面，这个洞得斜着打。我考虑着怎样在头脑中那个想象的地球上打这个洞，角度该怎么倾斜，想来想去越想越不明白，头脑里丫丫权权的像架着许多树枝。这时突然像有一道电光掠过我心中，一下子把舒明明的面影照得如此生动如此清晰。我想象着舒明明那小巧的身影正慢悠悠地走在我房子前面那条林荫道上，手里提着那只缀着蓝色小碎花的布袋，眼睛痴痴迷迷地望着前面的路口，我就在那里等她。互相看见了交换了眼神，却又装作不认识，我推了单车，她就跟在我后面走。到了僻静之处，我跨上单车脚点了地，也不往后看，感到她在后面坐上了，猛地蹬一下就飞驶起来，她的一只手就抓住了我的衣角。正想着思文轻轻叫一声："高力伟。"我吓了一跳，闭上眼不动，她又轻叫几声，把身体往我这边靠一点，我还不动。她又靠近一点，贴近了轻轻碰我，见还是没反应，坐起来把电灯打开。我含糊地哼哼几声，用手遮了灯光。她说："人总是往中间滚，这个席梦思要不得了。"我叫她下了床，把装书的纸盒一掀，书都倒在地毯上，把纸盒折起来塞到席梦思中间，试一试果然好得多。我说："下次去捡一张好的来。"重新睡下，她推着我说："睡不着。"我说："别想那么多就睡着了。"她说："好，不过我还要问你最后一句话。"我说："My Cod！（我的天啊！）都有十几个最后一句了。要是明天做事没精神，那就要怪你。"她说："我只问你，你到底还喜不喜欢我？"我说："都问过多少次了。这傻问题我再不回答了。"她说："跟你说认真的你别绕来绕去。我刚才睡在这里想这件事,想也想不明白。"我说:"我是喜欢你呢,不喜欢跟你结婚干什么?"她马上说:"那是以前,我问的是现在。"我说:"天,天!要我怎么说!"她冷静地说:"心里怎么想就怎么说。"我说:"还是和以前一样的。"她说:"你来有这么多天了。我没有觉得你喜欢我,我觉得你变掉了。我等待了又等待,今天实在忍不住了才来问你。"我想,女人的直感你想骗也骗不过。我说:"思文你抱怨我我也不为自己辩护,到了这里我心情一点都不好。我觉得自己一钱不值,一堆垃圾,我一个男人最起码的自信都没有,这叫我怎么有心情?真的我没有心情,没有心情。"说着我鼻子一酸,声音也颤抖了。她一只手慢慢地摸到我脸上,又摸我眼边有没有泪,说:"我理解你,力伟,我理解你。我实在忍不住了才问一句,你没变心就好,就好。是我不对,我不该惹你不高兴。我没想到这一点,现在我放心了,睡吧,天都快要亮了。天四点钟就会亮了。"

10

这天思文去了学校,我在房子里闲得无聊,懒洋洋地在街上走。我毫无感觉地走过了许多街道,也不知走了多久,终于想起应该回去了。对走过来的路我完全没有印象,就在路边的草地上坐下来,拿出地图查看,原来已经走了这么远,都快到港口了。我干脆再往前走,去看看大西洋。到了港口才知道这是一个海湾,对面的山遮挡了那一望无际的波涛。我靠在水泥栏杆上看下面的船只在卸货,吆喝声一阵阵传来。北方的太阳温和地照在我身上,有了一点醉醺醺的感觉。我解开衬衣敞着怀对着太阳,海风吹鼓着衣襟哗哗响。我忽然想起了阿

Q，靠着墙根在太阳下捉着虱子，在嘴中咬得毕剥响，身上也麻酥酥痒起来，心里知道不会有那小动物，仍在肩上背上摸索了一回。又想起那个太阳就是这个太阳，永远照耀人间却永远无动于衷，这似乎有着不可思议的可笑。我摸索着身上想着阿Q如果真有其人，他再也想不到，在几十年后在地球的另一端在同一个太阳下，会有我这么一个人想起他来。那年他肚子饿着在未庄看见熟识的酒店熟识的馒头，都走过去并不想要，原来是他知道那都不属于他，正像我刚才走过那些挂着Help Want（需要帮工）招牌的小店，却木然地走过并不想进去问一声，知道那都不属于我。我在心里把阿Q当作了一个朋友，又想起去年自己写的那篇论文对这个朋友的批评太严厉太苛刻了一点，无可奈何的人总要找到活下去的理由。

　　正想着忽然有人碰了我一下，我一看是个长着雀斑的白人小孩，他伸着一只手望了我说："Give me some money.（给我一点钱。）"我觉得可笑，我自己正恨不得跟别人讨点钱呢。我摇摇手说："No money, I'm poor.（没有钱，我是穷人。）"他仍固执地伸着手。我龇着牙做了一副凶狠的嘴脸，又张大了嘴望空中咬一口，把他吓得一退，飞快地转身逃跑，逃到安全的地方又回头来望我。我在心里一笑，摸一摸口袋还有一些硬币，又招手叫他过来。他迟疑着走到离我几步的地方，眼睛盯紧了我随时准备跑开。我手伸进口袋把硬币捞在手心，仔细摸一摸把两个二毛五一枚的弹出去，把那些五分一分的掏出来，手掌合起来摇得哗哗地响，又把右手捏成一个空心拳头，再把那些钱摇得哗哗响，伸向他。他走上来在我拳头下伸了小手。我让硬币一枚一枚地从手缝中漏下去，每漏下去一枚停顿一下，去享受那一声轻微的脆响，心里有着一种痒痒的快意。有一枚二毛五的漏到他手中我才看见，伸了左手想抓回来，小孩把手一捏拢，捅到口袋里去了。我摇一摇拳头还响着，他又伸了手。最后几个我拖延着，他以为没有了手想缩回去我又漏下去一枚，最后我手中空了仍在他手心上悬着，他等着见没有动静，用询问的目光望着我。我慢慢张开拳头朝他一笑说："No more.（再没有了。）"他说声"Thanks（谢谢）"，就马上跑开了。我望着他的背影心里计算着刚才大概送出去了有一块钱，有点后悔起来，但又觉得一块钱也值得，到底还是值得的。

往回走的时候路边有一处超级市场，我并不想买什么却还是漫不经心地拐了进去。在里面游荡着忽然眼睛一亮，发现货架上有几包豆芽，心里怦怦直跳喘不过气来。出国之前我特意到豆芽作坊去看过几次，详细地问了每一个细节，心想到加拿大万一不行了就去发豆芽。看到丘吉尔广场上那个超级市场没有豆芽还很失望，以为这里的人不吃豆芽，就把这件事忘了。这里居然还有豆芽卖。我跨过去一看价钱，竟然要一块二毛钱一磅，还贵过别的蔬菜。我想着豆芽四五天就长好了，为什么这么值钱？我仔细研究了豆芽的质量，也很一般，包装也简单。想买一包回去再做研究，拿起来又放下了。出了门我差不多要飞跑起来，跑了一段路想起应该去看看绿豆的价钱，又返回去一看，绿豆只要九毛九分一磅。我在心里盘算着一磅绿豆可发出八磅豆芽，这样九毛九分钱差不多就可以变成十块钱。这样想着我感到了自己的心在一下一下地跳动，好像胸腔已经无法容纳那颗激动的心，一种窒息性的兴奋使我张开着嘴站在那里喘着粗气。买了十磅绿豆提着，快到家的时候我又犯了愁，用什么容器来发这豆芽呢？在国内看别人用的是大水缸，这里不会有的。而且，每天浇那么多水，水又流到哪里去？想到这些我心里又沮丧了。要是自己有一个独立的单元，不和别人共水房，我就在浴池里发。现在是七个人共着水房呢。要是去租一个独立单元，起码也得四百多一个月，冒不起这个险。走到家门口我又懒洋洋的了，后悔不该一时冲动买了这一袋绿豆。

我把绿豆藏在楼下厨房的柜子里，对思文不敢说这件事，怕她说我乱花钱。到了晚上还是忍不住告诉了她。她说:"买了还不是算了,慢慢煮绿豆粥,总有一天会吃完。"说着她踢一踢脚下的塑料小字纸篓说:"用这个成吗?"我跳起来把里面的废纸倒在地毯上,观察一番把字纸篓举到空中说:"有了,有了!在底下钻几个孔流水,下面再用一个接水就成了。"她说:"又得意忘形了,这么小的桶发了给自己吃还差不多,卖钱?"我说:"不,不!你的发现太伟大了,我先试一下,以后用大垃圾桶,上面一个发豆芽,下面一个接水,接满了用桶提出去倒了。"我当即就用温水泡了一点绿豆,四天以后就吃上了豆芽。那天炒豆芽吃,我对思文说:"不卖钱,自己吃也好,比在外面买小菜便宜多了。"她说:"碰鬼!几个小时浇一次水,半夜还起来浇,水提进提出的,合算?"我说:"发得多就合算了,半夜起来我只当是起来上厕所。"她说:"发出来谁要呢?"我说:"我比别人便宜点,八毛钱一磅送到超级市场,总可以了。慢慢把别人挤出去。"她说:"你发,真的发出来了,我帮你推销。"我跑过去亲她一口,她说:"前世也没看见过外汇,看见就笑!可惜现在影子毛都见不着一根呢。"我说:"五天之后,想象中的钱就会捏在手心了。"

　　天黑之后我对思文说:"陪我出去走走。"她连忙摇头说:"你想去你去,赵教授的事我做不完。他今天催我了,叫我 work hard(努力工作),这在这里就是很重的话了,我听了难受了半天,心里猫抓似的。这些生物方面的文章我要看好多遍才能决定 key words(关键词)。"我说:"晚一点就晚一点,他杀了你不成!"她说:"你以为钱那么好赚,我都急得睡不着了。"我说:"其实呢,我也不是出去走走,我哪里有心思去走走!我要你帮我看着点。"她不解地望着我,我说:"我到外面四处去看看,人家没收进去的垃圾桶,我捡一两个回来。你给我张望张望。"她睁圆了眼轻声问:"你偷啊?"我说:"捡一个,捡。"她说:"案板下面有鸡腿捡!偷。"我说:"说那么难听!买要十几块钱一个呢。"见她犹豫着我又说："你不去我一个人去了。"说着作势往外走。她拦了我说："陪你去我陪你去。被别人抓起来了你说也说不清。"我笑了说："你真当这是做贼啊？怕什么怕，谁叫他晚上不收进去的？我只当是谁丢在路边我捡着的。"我们在黑暗中走了几条街，没有发现。看见人家的台阶上有，我想走上去拿，思文拖着我不放，说："那就真的是偷了！"又走了好远发现了一个。思文站在对面马路上张望，约好了有人来了她就咳嗽。我吹着口哨走过去，手插在口袋里前后走了几个来回，看看前后没人没车了，提起来就走。回到了家里洗刷干净，用起子在桶底钻几个眼，可起子拔出来，眼又被挤紧了，水还是流不畅。我找到一把汤勺。把小的一端放在电炉上烧红，再在桶底钻眼，满屋子都是塑料的焦味儿。三楼那个酒鬼站在楼梯转弯处探出头问："What's the matter? Something is burning?（发生了什么事？有什么烧焦了？）"我听到脚步声已把桶藏过一边，笑了对他说："Nothing happened, don't worry.（没什么事，别担心。）"

我正策划着怎么把发豆芽这件事好好做一下，这天思文回来兴冲冲地说："今天有好消息，真的好消息。"我问她她不肯说，要我猜。我说："会有什么好事轮到我？最大的好消息就是豆芽有人要了。"她还要我猜。我想着是不是奖学金有希望了，却说："别弯弯绕了，你！"她说："你只管往最好的方面去猜，胆子大一点。"我心想，你弯弯绕我也绕弯弯，于是说："那一定是家里有信来了。"她摇头得意地笑。我猜来猜去就是不猜奖学金的事，她自己忍不住了说："奖学金得了！"我问："你见到逊克利尔啦？"她说："见了！"逊克利尔是历史系主任。这些日子思文一直与逊克利尔联系，总是告诉他说，高力伟就会来加拿大了，却不让我出面，怕一见面我的英语露了底就没有希望了。在国内时我按历史系的需要设计了课程，编造了成绩单，又在杂志上找一篇论文请别人翻译了自己抄一遍，把中文原文上别人的署名用自己的名字贴了,复印后做了技术处理再复印一遍,毫无痕迹,然后几样东西一起寄出,得了录取通知。没料到现在奖学金也有了。思文说:"逊克利尔一见我就说,"Keep smile（保持笑意）"。我知道奖学金有了,马上告诉他你昨天已经来了。明天陪你去见他。"我沉默不语。她问:"又怎么呢?"我说:"我的英语出不得场还是出不得场。结结巴巴的英语也讲不来倒敢去见他,那不是不要脸吗?"她说:"我已经说了,你的口语不好,读和写没有问题。"我说:"那又能骗几天,暴露是迟早的事。外国人他再也想不到,成绩单和论文还可以编造,连文凭是造出来的还不知多少,我至少还有文凭这一样东西是真的。"她说:"现在都定下来了,你再出面也不怕了。"我说:"我心里畏怯,压力好大。别人在心里笑呢,这种水平还读研究生!我一辈子也没做过这么不要脸的事!"她说:"你呢,你呢!你那张脸是什么脸,倒比总统的脸还威武些!你那么多自信都到哪里去了,恨不得就吹口气把你吹起来。反正人都不认得,你怕什么怕!"我说:"我跟自己心里说,不怕,不怕,可还是怕,这是没办法的事。"她生了气说:"跟你搞好了现成的还不敢上阵,那现在连我都要靠你这个男子汉怎么办?"我心里一动,像有什么东西要拼着冲出来,又像被什么压住了,吸一口大气把闷气强压下去。她说:"出国,拿到奖学金,别人拼了半条命才能得到呢,你倒是坐在这里就有了。好多人要他少活十年他也会愿意!生在福中要知福。"我说:"怕听不懂课,丢了中国人的脸。"她说:"别想着自己就代表了中国人,你还没有那么大的面子。英语不行不会学吗!万一拿个文凭也好向国内交待,万一不行了退出来再找工作,就当是拿了钱学几个月英语,进语言学校还要交钱呢。"我心里沮丧得要命,豁出去说:"明天一定去,坚决彻底去!大不了不要我,会死人呀!"思文笑了说:"看,看,这个人!要你去读书又不是要你去上刑场,有那么可怕吗?"我说:

"只是我又欠你的了。"她上来捂了我的嘴说:"你是我什么人,说什么欠不欠的!"她就在我身边。我想一把搂了她,含蓄地表现一下感激,可心里那鬼鬼怪怪的力量在反抗着。她顺势在我腿上坐下来,搂了我的脖子撒娇着说:"只要喜欢我就什么都有了。"我抱了她倒像抱了什么,别别扭扭着很不自然。她凑在我耳边说:"到底是天无绝人之路。"我也应了说:"天无绝人之路。"一下子我想起二十年前,"文革"中学校不上课,我和另一个孩子去捡玻璃卖钱,有一天看见一整块玻璃碎在地上,欢呼起来说:"天无绝人之路。"都二十年了我还记得清清楚楚。正想着思文仰了脸问我:"又怎么呢?"我掩饰着搂紧了她,在她肩头一下一下拍着。她闭了眼一动不动。看看她的脸,我想,不知别的男人是不是也像我一样,没了心理优势就没了情绪。现在我是死鱼一条了。有什么办法,我想活,可活得起来吗?

11

见到逊克利尔把奖学金的事最后定了下来,但见面时的尴尬我事后还心虚了好久。走进办公室的时候,逊克利尔从安乐椅上转过身来,我按照思文在门外交代的,说:"Nice to meet you.(很高兴见到你。)"又上去握了握手。他也不起身,指指沙发要我们坐,思文坦然坐了,我也在沙发的边沿坐了,欠着点身子,似乎这样就能表示一点谦卑,对自己的资格不足有点弥补。思文跟他说话,说得很快听不明白。我竭力想去听懂,又装作明白了似的不断微微点头。逊克利尔两个指头不停地在桌面上敲着,目光转向我的时候,眍进去的双眼像是在很远的地方审视我,我鼓了勇气坚持着迎了他的目光也不避开,仍然点头微笑。墙上那幅东方仕女图，是去年跟思文在王府井买的，不知思文什么时候送给了他。我装作去看那幅图避开逊克利尔的目光，怕点头点不到点子上。思文说话时很快地夹了一句中文："别看着别的地方。"又把英文很快地说下去，眼睛并不望我一望。我又把目光移过来看着逊克利尔，点头微笑。有一次我得了机会以为听懂了，插问了一句，问原来那个得奖学金的人还会不会来？思文挨着我脚的那只脚用了点劲给我一个提醒，我再也不敢插话。逊克利尔拿出一封打印的信，飞快地签了名递给我，一边昐咐什么。我听不懂但知道是告诉我奖学金的事，站起来双手捧了，微笑着深深点头，一边说着 Yes。出了门我问思文碰我一下是什么意思，她说："我急得要跳！他刚说了那个人不会来了你又问。他说你听力还是有问题，要我快帮你提高。"我说："读小学我也许差不多，读研究生！他以为英语几个月就可以过关的！"她说："他又没欠你的，你还抱怨他。"我说："怪只怪自己争不了这口气，还怪谁呢？拿了这份奖学金通知我心里铅球一样坠沉沉的。"她说："怎么办你自己想好，该做的我都做了。路在你脚下你自己去走。注册就在这几天了。千辛万苦得来奖学金，你又犹豫了。"我说："真的我宁肯去做工。"她说："做工好啊，可谁要你呢，找工作你试也试过了。"我心里憋着气默默走着，走到公路边，在来来往往的小轿车喇叭声掩护下，我冲着天空喊着："他妈的他妈的他妈的！"思文冷冷瞟我一眼，嘴角挂着一丝嘲讽的笑意。我装作没有见，心里却是恨恨的。走了好久思文说："反正就是这样，你自己决定，不想读书在家里学几个月英语也可以。到了北美英语反正要过关的，反正又不是没有饭吃。"我说："是的是的，反正加拿大没有饿死人这一说。"心里想着："吃你的饭，这口饭我能咽得下去吗？"

思文不再提这件事，每天仍然是早出晚归，我决心在注册之前再挣扎一下。每天思文一去了学校，我就去买份报纸，看上面的招聘广告。看了三天有几个稍微沾点边的，我鼓了勇气打电话过去，又结结巴巴讲不清楚。放下电话我就跟自己生气，对了镜子龇牙咧嘴地作出种种嘲笑的表情，又指了镜子里的影子，手指一点一点的，在心里骂那影子是猪是狗，是豆腐渣，又撮了嘴唇作势要唾。骂了自己又伤心起来，几乎要落泪，闭了眼强忍住了。还有两次，通话后我说要找工作，对方说了些什么我根本听不懂，没等说完就把电话挂了，心里像做了贼似的跳得厉害。又想象那边的人拿了电话筒在发怔，生气，觉得自己还有点用，能够害人。想来想去唯一的出路还是找中国餐馆，就把电话簿上中国餐馆的地址抄了满满一张纸，标了东南西北几个方向，骑车过去挨家去问。有时推门进去，侍应小姐以为我是食客，笑盈盈迎上来引我入座，我连忙申明是来找工作的，马上就收了笑脸，淡淡地往里面一指。这时我心里像被钝器打了沉重的一下，隐隐作痛。心想，我是来找工作的，又不是来讨饭的。恨恨地想踏这些香港台湾来的小姐一脚，骂一声"狗"，又不漂亮，傲什么傲呢。那种神态一次次打击了我最后一点信心，明白了找工作原来是一件讨人嫌的事。每次被拒绝我都羞愧得无地自容，觉得自己一钱不值，根本就不配来问什么工作，也不配在这个世界上活什么命。有一家老板会说普通话，问我会不会炒菜，我回答说会。他见我回答不坚决，很和气地一笑说："跟家里炒菜不同呢。你在餐馆做过大厨没有？"我只好说没有。他告诉我，他的一个厨师下个月去多伦多，想招一个新的。我厚了脸皮说："让我试行吗，不行了你把我炒了我不说二话。"他说："冒不起这个险呀，顾客一次没吃好就再不回头了，中国餐馆太多了。"我看他好说话，问他要不要豆芽。他说有人送了，要我留了电话号码，下次要了打电话给我。我说声谢谢准备走，他说："不忙，坐会儿嘛。"又问我在国内干什么，我说："教书的。"他说："同行，同行！"我以为他是台湾人，他告诉我是上海人，姓顾，都来了九年了。又说："听说国内变化很大，九年没回去，也不知上海怎么样了。"我说："我也不知道九年前上海什么样子，这次在上海上飞机看了，很繁华的。"他眼睛向上翻着，似乎在想象着上海的繁华，自言自语说："该回去一次了。"我想跟他拉拉关系留条后路，干脆多待一会儿，说："你当老板了，回去威风很大呢，现在国内摸着外字的边就吃香，什么时候你也回去把威风甩出来抖一抖。"他说："有这么个理想，过几年吧。"我说："你们回去还不容易，今天想走明天就到上海了。"他说："走不开呀，自己的生意要自己守着，一下不守就砸了再扶不起来。一年三百六十五天，每天早上十点晚上十二点。No choice.（别无选择。）"我说："要是我有这赚钱的机会，每天工作二十四小时也可以，有钱赚了还睡什么觉！"他又问我住在哪里，我告诉他是鲜水路二十一号，他惊奇地说："是吗？九年前我刚来就住在那里，八二年博士毕了业才搬走。"我有点激动说："那春夏秋冬的年历画是你贴的？"他说："山水画，还在吗？都六年了！"又摇摇头，"六年了，六年了。"我说："大陆第一个来纽芬兰留学的就是你？"他说："是啊是啊。"我说："你都读了博士还干这个？"他说："干这个不好？有钱就好。"他告诉我他夫妻俩都是"文革"中从中国科技大学毕业的，学量子化学。他在这里拿了博士学位却找不到工作，他的同学比他差，因为是白人，毕业就留校工作了。讲到这里他一笑说："现在他们都当教授了，不过我赚的比他还多。当时我那个气啊，不公平！又挣扎着找了一年，放不下那个事业的理想。突然一天就恍然大悟了，事业是什么，说到底不就是活得好点吗？活得好不就是钱吗？"我抓住这个机会说："是啊，钱，钱都把人逼死了。我太太在大学读书，也没奖学金，还靠我挣钱供她呢，我找来找去也找不到一份工，心里那个急啊！"他也叹气说："难啊难啊，刚来谁也是难，我刚来的时候还难呢。"我见他并没有帮忙的意思，心里急着再去找工作，便告辞出来。他送我门口说："苦几年自己找份生意做，当自己的老板，还是有希望的。"我心里一动问："你这餐馆多少钱开的张呢？"他伸出手张开五指张合几下说："五万块。铺面租金每月三千五，我心理压力比你还大呢，生意不好就要了命了。"我说："五万块我想着就是天文数字了。"他说："刚来你这样想，明年你想法就两样了。"我念叨着："五万块，五万块。"觉得这个数字有着某种神圣的意义，它在很远的地方向我遥遥呼唤。他又告诉我去年在城北富人区买了一幢房子二十多间，分期付款二十五年付清。他现在的理想就是提前十年付清。我说："你前前后后二十多年辛苦，就是一幢房子啊！"他连连点头说："加拿大就是这点理想。想着那房子，梦里醒来也笑一笑。在上海我们是挤怕了。我们一辈子这样了，为了孩子嘛。两个女儿都念中学了，成绩是这个。"说着伸了大拇指跷一跷。我怕他又要跟我谈自己的女儿，连忙赞道："好幸福啊，好幸福啊。"跨上单车准备走。他给我一张名片说："有什么生意带过来，凭名片就是特价。"我说："等我有生意带，我就出头了，还早了点。"他说："不要小看自己，什么事也是可能的，有朝一日，有朝一日嘛！"

踩着单车我在心里问自己，就算走运，有朝一日我混到了这一步，会不会觉得很满足很充实呢？这条路太艰难也太可怕了。我没有这份勇气，只能赚一把就跑。这样想着心里更急起来，觉得那颗心在油锅里煎着，恨不得到什么地方去抢一份工来做。回到家里思文还没有回来，我把标了记号的报纸丢到楼下垃圾桶去，用废纸盖住，计算着明天该怎么行动。听见楼梯上思文的脚步在响，我马上拿起《新概念英语》第四册歪在床上看。晚上思文在桌子上写东西，我捧着英语书坐在床上，心里乱糟糟的哄哄一片，像是有很多小蜂子爬在蜂窝上嗡嗡地响。手中的书看不下成句的话，心里沮丧着悲哀着，脸上仍作出若无其事的神态。我明白自己纸老虎的本相越来越难以掩饰，男人的最后一点自尊自信也越来越难以维持了。

第二天思文一走我又出了门。在门口我停了一下，心里有一种豁

在门口我停了一下,心里有一种豁出去的慷慨,自己激动着似乎有了告别这个世界的勇气。

出去的慷慨，自己激动着似乎有了告别这个世界的勇气。骑车到了一家大的中国餐馆门口，那勇气又荡然无存。我觉得自己不是去找工作而是去讨钱。自己一无所长，老板凭什么要你？还没有进门我就预想到了失败的结局，这几天的忙碌使我有了这样的经验。算一算我已经跑了二十几个地方了。我把单车停在马路对面，来来回回地走，想等到中午看看这餐馆生意怎么样，一边在心里骂自己没有用，昨天还敢问一问呢，今天这都怕了。可骂完了还是没有用，不敢还是不敢，真没有办法。我想着如果它生意好，马虎一点凑合着也许就要我了。我又恨自己戴副眼镜不像个能做事的样子。到了午餐的时间，进去的客人不多，我心里凉了半截，每一个过路的人我都盯着他，希望他进去。又把自己的目光想象成一双无形的爪子，每一个从那门边路过的人被这爪子那么轻轻一拎就进去了。餐期快过去了，我越过马路从餐馆的窗下走过，窗帘遮住了看不到里面的情况。我发现最边上的窗帘张开了一条缝，便凑在那里朝里面看。还没看得太清楚，发现一个侍应小姐端着盘子停在那里，以哑口的惊讶注视着我。我马上往旁边一躲，绕一个大圈子越过马路，跨上单车飞踩。回头看时，那小姐正站到了门口朝这边张望。

12

完全绝望了。明天是注册的最后一天，我不得不回过头来认真考虑去读书的问题。无论怎么说服自己，我也不能消除内心那种恐惧感，没有办法。对自己的英语我完全没有信心，发音也经常是奇奇怪怪，生硬着经常被别人模仿调笑，没有办法。平时话都听不明白说不明白，能听懂课吗？可惜逊克利尔不知道我那论文是怎么问世的。我在想象中描绘着自己那一副狼狈的样子：低了头夹着书包走进教室，不敢看老师也不敢看同学，瞥见靠墙有一个空位，就溜了过去，至少墙的一面能给我一种安全感。往那儿一坐浑身就冒出汗来，脸上发烧，不知老师讲些什么，却紧盯了书掩饰着。想到这些我身上潮起了汗。但回过头去想找工作的绝望，想起那六千元奖学金，我又有了勇气。除了交学费，我的奖学金也够我们俩过最俭朴的生活了，思文的奖学金和助教收入可以存下来，这样一年的辛苦艰难也有一点结果，否则苦就白苦了。我在心里把读书当作一个缓冲阶段，一旦有了工作机会，就不读了。这样想着我打定了主意："管他妈的娘的，丢脸怕什么！面子是有钱人的奢侈，轮得到我操这个屌心吗？"

　　我想要思文来提及去注册的事，这样至少对自己走投无路的窘境还有一点遮掩。但她回来对这件事只字不提。我心里气愤着，甚至有点恨她。我知道自己这样是毫无道理的，却无法消除那种愤恨。我感到了我们之间有一种隐约的对立，似乎是在进行着一场意志的角力。闷闷地吃了晚饭，我更加觉得她的沉默是一种预设的姿态，想找一个借口来找她一点麻烦。吃完饭我把汤勺一丢，"咣当"一声在碗里跳着发出一声脆响，然后看了她会有什么表示。出乎我的意料，思文毫无反应，默默洗了碗上楼去了。我看着她的背影在楼梯上一步步走上去，感到了一阵羞辱，一种轻蔑，恨不得拖了她下来逼迫她和自己吵一架。我上了楼，她伏在桌子上看书却并不抬头看我一眼。我捧了英语书靠在床上去看，好久好久，眼睁睁的一片模糊。终于我坚持不住，装着漫不经心地问："这几天要报到了吧？"说了马上知道自己装得并不很像。她说："注册？我今天已经注册了。"接下来又是沉默，并不提到明天是最后一天。我意识到她是打定了主意要我折了腰，自己把问题提出来。我把书放下一点，目光越过书去观察她的侧影，忽然觉得她并不是像我既定概念中的那么漂亮，甚至有点丑，举动中也有着一种说不明白的不顺眼不对头之处。我惊异自己为什么结婚几年来从没意识到这一点。当她的头一动，我马上把书举起来，挡住自己的脸。她又把打字机打得"啪啪"地响，我想到这声音妨碍了我看书，正可以作一个生气的理由，心中像捞着一根稻草正想生气，她却又停了。我准备着只等响声一起，就毫不迟疑马上发作。一口气停在喉咙里随时准备冲出来，等了半天却没有动静，心里恨得痒痒的。我鼓着气，想象着自己是关在铁栏中的一只狮子，四面奔突也冲不出这拘禁的樊笼，只好伏在那里，竖起头上的鬃毛，发出低沉的吼声，眼睛四面搜寻，肌肉紧张着做好了不易察觉的进攻姿态，一旦发现目标就奋力扑了上去。

快睡觉的时候来了一个找思文的电话，她通话后忽然转换了话题问对方注册了没有，又提到明天是最后一天了。我知道她这是给我一个侧面的提醒，启发着我主动去问她这件事。我心里赌气地想，你想要我去注册我偏不去又怎么样？又一想这是跟谁赌气呢，不是跟钱赌气吗？只有这一条路可走我别无选择。想清楚这一点我决定妥协了。明天注册还得她陪了我去，我怕搞不清程序又怕听不明白别人的意思。这样想着心里又有了那种豁出去以后视死如归的慷慨，不管她对这样一个低能的丈夫有什么想法，爱怎么想就怎么想，没有关系。我想象中浮现出一个古雅的瓷瓶，上面那暗红色花纹的立体感真真切切，往墙上一碰，就粉碎了落在地上。我耳边似乎听到了那一声清脆的响声，嘴角便也浮了一丝刻毒而残忍的微笑。

我想着怎么开口。我感到了内心那种顽强的抵抗。我记起有一年春天到河边去游泳，河水很凉，我在岸边犹豫了很久，先用脚去水里探了探水温，又掬了几捧擦在胸前微微瑟缩着，并没有下最后的决心，却不知怎么一来便一跃入水。在水中马上就获得了那种安全感，意识到水中并没有那么可怕，先前的犹豫简直毫无必要毫无意义。这样想着就知道了自己现在的内心挣扎也毫无意义。下了决心我心里轻松起来，用尽量温和的语气问："你今天注册人多不多？"她侧过脸来说："要排队，明天人就少了。"她并不像我期待的那样把话题转到我身上来。我知道她在心里已经暗暗设计好了，哪怕我给自己铺下了一级台阶，她也不接续着，要我自己一直铺下去。我在心里骂了一句"他妈的"，又问："那我呢？"我顿顿看她仍不接口，马上又说下去，"那我明天下午去可以不？"她说："下午人更少，办得快。"我启发着说："办手续麻烦不？"说着我心里想，你再装傻我就硬着头皮自己去了。她说："还是我带你去吧，怕你说不清楚。"我说："好好，你带我去。"我把"带"字咬得很重，她笑了说："又咬文嚼字了，陪你去，陪你去不行吗？睡吧。"

睡下去的时候她在毯子那边伸过手来轻轻拉了我胳膊一下，示意我主动靠近她。我心里忽然有了一种报复的快意，心想，也轮到我来装傻了，想不到这么快我就有了机会。我熄了灯就侧过身，背对了她一声不吭。她的手在我肩上轻轻触摸了一下，犹豫着又缩回去了。我心里好笑着想，你自己再铺两级台阶我再接续下去，等了好久却再不见动静。我又有点于心不忍，轻轻哼哼几声又咳嗽几声，等她来问"睡着没有感冒没有"，她却也一声不吭，看她倔着我也就算了。

我睡了好久总也睡不着，身上却渐渐潮起了一种欲望，这种欲望近来变得有些陌生，今天却出其不意地袭来。我想置之不理仍闭了眼去睡，心里却像有轻柔的波涛一波一波拍着似的痒痒。我终于忍不住，大声咳嗽几声，又叫了一声"思文"，没有反应。我想她是睡着了，于是把身体往床边挪挪离她远点，一只手往身下轻轻移动，头脑里也随着生出一些难以告人的幻象。

渐渐地靠近那种令人喘息的时刻，忽然思文伸过一只手来抓住我的手，说："干什么呢！"我一惊，吓得浑身剔除了骨头似的瘫软，那些幻象消逝得无影无踪。我屏住呼吸，装作睡着了伏在那里一动不动。思文说："有个 wife（妻子）在身边你还这样！"我想不到思文也明白这种男人的秘密，惭愧得无地自容，含糊地哼出几声说："瞇瞇了瞇瞇了。"思文听着我话语中的恳求，也不再深究，只是说："下次可再别这样！"我蜷缩着不动，夸张着呼吸声假装睡着。

13

这么着我也算个留学生了。联谊会主席老宋拿着驻渥太华的中国大使馆寄来的调查表格要我登记，我还不好意思，心里觉着别扭。看他也并没有嘲笑的意思，就在写着我名字的那一行把自己的情况写了。从"留学生"这个词儿想到别人，总还有几分神秘几分崇高，想到自己却只是几分滑稽几分荒谬。我正经也是个留学生了，这真太可笑了。我在自己脸上抓摸了几把，也没有什么特别的地方，对着镜子照了自己的脸，嘴里喃喃着："留学生，留学生了。"心里直想笑。

我从此在一种沉重的心理压力下度日。英语太差，又没有感情上的投入，度日如年地活在这天地之间。我尽量少选课，但至少要选两门。我把选课表分析了半天，选了历史分析方法和社会发展史两门，猜测着比较容易。历史分析方法和大学生一起上课，老师就是逊克利尔。第一次上课我夹着书包走进教室，不敢看老师也不敢看同学，瞥见靠墙有一个空位就溜了过去，想着至少墙这一面能给我安全感。往那儿一坐浑身就冒出汗来，脸上发烧。逊克利尔给同学介绍说，从中国来了一个研究生一起上课。所有三十多个学生都转了脸看我。逊克利尔朝我微微一点头示意着，我什么也没想，充了电似的站起来，呆站着竟不知说什么。过一会儿才明白应该自我介绍，腿在颤抖着，恨没有地缝可让我掉进去。结结巴巴似通非通地介绍了自己，坐下来浑身更加燥热，背上的汗一滴滴痒痒地往下滚，像一只只甲壳虫在爬着。头发也一炸一炸的像埋了许多小针，又不敢伸了手去挠，咬了牙强忍着。一堂课我眼睛盯了课桌不敢望讲台上，像是要把桌子盯穿似的。第二堂课看见逊克利尔捧了书坐在讲台的台面上讲，又有女学生在若无其事地嚼着口香糖，心里才轻松了一点。教科书要自己到书店去买。我也没听清那书名，记着那封面的样子。到书店也不敢问，找了好久才找到了。一看要五十多块钱一本，吓了一跳。我想借别人的复印一本，要思文到民俗学系去印根本不要钱。但一想别人都是成本的书我却是复印的一叠纸，实在丢不起这脸，犹豫好久，来来回回走了几趟，还是狠心买了一本。买了心里总也想不通，觉得不踏实，这书就抵我在国内两个多月的工资？

　　历史分析方法这门课混在众人中间还能够暂时地逃避，社会发展史这课可真要了我的命了。学生只有我一个人，威尔逊教授就隔着桌子给我上课，有时在黑板上画画写写。每当他讲着笑了起来，我并没听懂也傻子似的跟着笑，点头，表示对他的笑有所理解。我觉得自己是个不成材的演员。这个美国来的教授是个非常和善的老头，对我蹩脚的英语也表示了理解。每星期两次我经历着心灵的煎熬，每上完一次课我都如释重负，想到下一次课还要隔几天，心里就充溢着一种巨大的幸福，我可以暂时地逃避了。每次去上课我想起教授有了我这样一个学生，在心里无可奈何地叹气，就有了赴刑场的感觉。征得了他的同意我用小录音机把讲课内容录下来，拿回去要思文翻译了给我听。这样我在思文面前也做不出有志气的样子。我隐约地感到了一种现实原则在我们夫妻之间也同样在起作用，一个男人，他不能征服世界，就不可能征服女人。我不愿承认它想反抗想挣扎，却又觉得那将是徒劳无益。我心里感激着她,但却羞于将这种感情表露出来。而且,这种感激并不掺杂爱的体验。

这期间有一个发现使我心里小小地快乐了一阵子。那天上完历史分析方法的课,我去厕所坐在那里看见三面隔板都写满了污言秽语,还有一些不堪的画。以前我总是撒了尿就走了,没有注意到这些。发现了这一点我心里想着,干吗要把自己看得低人一等,那些白人学生一个个温文尔雅风度翩翩其实也不过如此,这就是他们的杰作。这样想着我似乎恢复了一点自信。我把那些句子都仔细读了,在心里翻译成中文,明白了天下的人原来都是一般心思。突然发现了几个中文字"五号雅座"我就笑了。走了出来我只记得了一句:"感谢上帝,发明了艾滋病,杀死同性恋者。"以后我看见他们,心里自卑了,就想起那些话那些画都是出自他们的手笔。

这种令人沮丧的生活持续着,我心里充满了悲哀和凄凉。有几次我半夜里睡不着,蹑手蹑脚摸索着下了床在楼下的公用客厅里呆坐。周围一片浓黑一片寂静,黑暗中像有什么东西沉沉地压下来。我想象着自己是困在一口很深的枯井里,四周都是黑暗,洋溢着潮湿的瘴气,不时闪现出厉鬼狰狞的面孔,不时又传来一两声似人似鬼的嘻嘻之声,又似有什么人在一个隐秘的角落轻轻诉说轻轻叹息,使我毛骨悚然遍体冰凉。我抬起头,穿越那浓厚沉重的黑暗,望见了枯井顶上小小的一方光亮。那是天空,是解救之所在,是我的一线希望。我悲切地跪在湿润的枯井深处,向着天空徒然地伸出双手,天空中那一双无所不在的眼睛却忽略了这黑洞洞的深处,目光木然地从这井口边扫过。我从想象中惊醒过来,果真遍体冰凉。我抚着自己的胳膊听着自己的呼吸声想着,这就是世界的一个遥远的渺小的角落,这就是无尽时间之流的某一个瞬间,这就是在这个角落这个瞬间呼吸着的我。

14

  我们住的地方也许就是所谓的贫民窟了。

  隔壁邻居比尔高高大大，一副大胡子绕脸一周，很威风似的。据说他在那间房里已经住了八年。我们共用一个电话，这是魏力留下来的传统。每次电话来了若是他的，我们就叫一声："Bill, your phone.（比尔，你的电话。）"等他接了电话再把话筒挂了。每个月的那一天，他就拿了账单来向我们收电话费。他平时不理人，见了我们连头也不点一下，若不是共用电话，那大概住上一年也不会知道他的名字。他一天到晚待在家里很少出门，也不知道他凭什么生活。最奇怪的是从来没有姑娘来找过他，我很难想象一个外国人竟是这样窝囊地生活。我对思文说："怎么他们加拿大人也省这几块钱，和我们共电话？这家伙到中国去了不知该多威风呢，屁股后面姑娘跟着一串，谁知他在这里是个废人。中国不知多少好姑娘都被这样的人骗了，真可惜糟蹋了。我要是他呢，就到中国去。"思文说："要是你去了就不可惜糟蹋了。"我说："思文你一开口就是酸的。"她说："别以为呢，你去了谁跟你屁股后面？他可以把她们搞到北美来，你可以吗？"我说："原来到北美还要付出如此的代价，我真的是忘记自己有多么幸福了。"

  有一晚上我正捧了教科书在看，忽然隔壁什么东西倒了似的一声巨响。我和思文跑出去，比尔的房门虚掩着，里面有呻吟之声。我做了一个推门的动作，思文点点头答应了。我们开门，看见比尔穿着一条短裤光着身子在地毯上筛糠般地抖动，肥大的肚子往一边垂着。我们叫了他几声毫无反应。思文忙去打电话叫医生。几分钟后医院来了救护车，几个人抬他去了。我们猜他是吸毒，又猜是羊痫风。几天后比尔回来了，见了我们理也不理。最后我们也不知他那天晚上是怎么回事。

我们的楼上是一对从家里逃出来的少年同居男女，经常半夜在上面打架，踏得楼板也"咚咚"响。我忍不住就沿用大学读书时的方法，拿根棍子戳得天花板"咚咚"地响，这样他们就安静一些。以为他们打了架第二天会生气互相不理，谁知道还是缠在一起亲密得不得了。有一次我在厨房做饭时那姑娘也在做饭，问了她知道她名字叫安妮，在一家餐馆做侍应，工资很低。她那么年轻又那么漂亮，眼睛亮亮的惹人想入非非。说着话我们忽然交换了一个眼神，我从她眼中似乎看出一种轻浮的允诺。我全身的血一涌，双手像通了电似的就要伸了过去。她忽然就不作声了，我也不作声。沉默中有一种令人窒息的气氛。我感到周身的血在流动，激荡着使人憋涨，又如饥鼠般的心痒难熬。犹豫着终于决定了放弃，放弃了又觉得遗憾。站在那里感到了头脑中的血带着轻微的隐约的隆隆声流回四肢，发烧的面孔带着微痒渐渐平静。我体会到有些遥远的梦想要实现了是多么容易，在心里暗暗叹息自己没有钱也没有勇气。还有一次思文告诉我安妮借了她五块钱几个星期了问她要她竟不肯还。思文一定要我一起上楼去。我说："五块钱就算了，加起来也只有五块钱。"她说："五块钱只有五块钱，让她赖过去我就不心甘。"我说："吵一架费去的精神也不止五块钱。"她说："你反过来包庇她？照你的意思是算了？"我只好去了。安妮和另一个姑娘在脸上涂着什么，花花白白的。她抽着烟说："I am broken.（我破产了。）"不肯还钱。说着要把门关了。我用脚抵了门一声不吭，听思文和她争吵。最后安妮答应过一星期还钱。我真的难以想象她一个加拿大人连五块钱还要赖账，就一包烟钱。

楼上还住着两个单身男人。一个五十多岁，说话结结巴巴。他住着一间几乎只能放一张床的小房间，从来没有人来看他。他从不做饭，每天靠喝啤酒为生，我和思文叫这个可怜人做"啤酒老倌"。另一个是年轻的酒鬼，我们搬来不久的一天晚上，他喝醉了倒在我们门口，拼命地拍打我们的门，嚷着："We are good friends.Open the door.（开门。我们是好朋友。）"我和思文吓得不敢开门，隔着门叫他走开。这样僵持有一个多小时，思文打电话到警察局，不一会儿来了两个穿着深色制服的高大的警察。听见警察在上楼我们开了门，酒鬼看见警察似乎有了一点清醒，四肢着地从楼梯上爬到三楼去，一边回头望着警察。思文怕他等会又要下来敲门，建议警察把他送到医院去醒酒，警察说，他自己不愿意去我们也没有权利。只好算了。

过了几天在一个周末的中午，那两个警察又来了。我正在厨房做饭，他们自己推了门进来问："Does Lin Siwen live here?（林思文是住在这里吗？）"我拍拍自己的胸说："My wife, my wife!（我妻子，我妻子！）"警察诡秘地一笑，指指门外。我跟他们说不清楚，把电炉拧关了说："My wife is upstairs!（我妻子在楼上！）"警察像是吃了一惊，交换一个眼色，我拿着英文的调儿喊着"思文，思文"跑上楼去。思文跑出来，警察也跟上楼来。思文跟他们谈了一阵，才明白有人shoplifting（商店行窃）被逮住了，自称是林思文，住在这里。思文冲到楼下隔了玻璃车窗看见警车后面坐着的是赵霞。警察问她可认识这个人，我在一边悄声要思文说"不认识"，思文不理我，马上告诉警察说认识这个人，是纽芬兰大学的学生。警察把赵霞放出来，赵霞说要解手了，拉着思文的手上楼去，说了好一会儿又下来。思文下楼时慢一步，告诉我赵霞已经哭着给她道歉了。赵霞装着不懂英文，警察问什么她都摇头。警察要带她去警察局，请思文去做翻译。赵霞恳求她不要跟去，我也拉拉她的衣袖要她别去。思文等赵霞进了警车，把我的手甩开说："干什么呢！以为做了好人她会惦你的恩吧。一个人再没有用至少也得能保了自己！"钻进了车子。

到了晚上思文才回来。她告诉我，赵霞在商店偷了一支口红一瓶洗发香波，被老板发现，问她三次是不是有什么东西忘记付钱了，她都否认，老板打电话叫了警察。在警察局她不肯说自己的姓名住址，最后告诉她不说就要在警察局过夜了，她才说了。为了这八块钱的东西，赵霞还要在两个星期后上法庭，警察已经请了思文去做翻译。

吃了晚饭思文兴奋着开始打电话。我说："你答应了赵霞保密的，放她一马算了。"她说："她偷东西冒我的名我还替她保密！傻瓜也没有那么傻！"她搬张椅子坐下来一个接一个地打电话，把事情告诉每一个要好的人，最后又嘱咐他们一定要保密。电话打了一两个小时，完了思文说："高力伟我说你这个人就是没有用，别人都骑到你头上来拉粪了你还做好人，做好人也要看对谁！"我说："你自己说多一个朋友就多一条路，多一个仇人就多一把刀，今天你又多一把刀了。"她说："好人啊，看着你可怜呢，好人！这世界人自己没有几拳几爪可怎么活！"这时电话铃又一个接一个响起来，那些间接听到消息的人不满足，打电话过来追问细节种种。思文不厌其烦，一遍一遍复述详细过程，打完电话已经十一点多钟，我说："你舌头起茧了没有，我耳朵听了十多二十遍可真听起茧来了。"

这件事当晚就在纽芬兰大学几十个留学生中传遍了。大家愤怒着也满意着，异口同声地责骂赵霞丢了中国人的脸丢了留学生的脸，同时又为能有这么一件新奇的事给平寂单调的日子带来一点活力感到一种莫名其妙的兴奋。有人又把赵霞打了国际长途拒绝交钱的故事拿出来重新传播，还有人补充说，有一次赵霞在旧货市场买了一张沙发，在门口拦了几个白人帮忙抬回去，说是只有几步路，路上几次说快了快了，结果差不多一个小时才到，使那几个人哭笑不得。以后几天总有人打电话来问事情的最新进展，对"上法庭"这样一个富于刺激性的事件兴奋不已。一星期后思文收到了警察局的正式通知，请她在某一天去法庭当翻译，并告知了报酬的多少。到了那天早上，赵霞突然打了电话来说，开庭已经取消。思文马上打了电话去警察局询问，得知开庭如期举行。她马上换了衣服就走，一边说："跟我耍小聪明！

以为我是谁呢!我不奉陪到底那我还算个人!"我说:"关你什么事呢,你就是好奇!不管这闲事心里就痒抓抓的吗!"她也不理我,把两块面包涂了黄油果酱,急急地骑车走了。

从法庭回来她有些失望,说,有个华人律师帮赵霞出了主意,要她说当时手里拿了伞,把东西塞在口袋里,加上考试昏了头,忘记了。法庭竟倾向于同意这种解释,等第二次开庭再做结论。然后补充说:"加拿大的法官太蠢了,so foolish(这样傻)!"我说:"那下次你再去,又好了奇又报了仇又赚了翻译费。"她说:"懒得去了。"这件事就这样过去,第二次开庭的情况无人知晓。

15

对那天的事情我完全没有料到,然而发生了。事后回想起来,我仍然疑惑为什么那样一件小事会在自己心中产生那样绝望的感觉,人常常会连自己也难以理解。

和思文结婚这几年来,我们争吵过很多次,但我从来没有认真觉得这是一个问题,也没有感到两人之间已经不可理喻已经无可奈何。我还常常有意制造一些小小矛盾,使平静如镜的生活湖面也有轻微的碧波荡漾。如有时她要我陪着上街,我偏说不想去,一定要听她诉说别人的丈夫多么有耐心,外面天气多么好,商店的东西多么诱人,直到她拉下脸来,我才恩赐般地姗姗起程。又有时她要我到她家去,我马上说前不久刚刚去过,等她说尽好话作出种种许诺,我才勉强同意。哪怕是她出国之前发生过几次真正的争吵,我也不觉得自己就丧失了主动,因此也不必认真。然而这一次,我却产生了真正的无奈之感,随之也对她产生了一点厌恶性反感。我当时根本没有意识到，那心灵的轻轻一动，就预示了一种完全相反的感情方向。

那天晚上，思文说要准备写论文了，要我把从国内带来的资料找给她。我很高兴地说："你快写，明年离开这个地方。你快写叫你外婆奶奶也做得。"她说："外婆奶奶，我不喜欢听！"我说："一高兴忘记就把你叫老了，叫你小姑娘你喜欢听不？"我从箱子里把资料找给她。我在国内的时候她写信给我，要我从三个可能方向去为她的论文找资料。她所列的方向都很狭窄，我花了十多天在图书馆反复查找，复印了二三十篇文章。她接了资料吃一惊似的说："这么一点，我以为有多少呢！"她说着比画了一个厚厚一摞的手势。我说："你列出的方向，要找的我全部找了，几十年前的杂志都翻到了。"她拿了资料在灯下一篇篇翻看，我坐到床上去看《历史分析方法》。她把那些资料翻得哗哗地响，脸色越来越难看，我用书挡了脸装作没看见。突然她把那些资料往地上一扫，站起来说："Garbage, garbage, all garbage!（垃圾，垃圾，都是垃圾！）"我放下书看着她不作声，撇嘴望着她。她更加生气，跺着脚去踩那些资料，又踢得到处都是，然后双手搂起来抓成一团，用力地拧塞到字纸篓里。我感到非常意外，这不是我认识的林思文，我无法回避心里涌动着的那种生疏的感觉。我又感到了一个男人在不能过一种有自信的生活时的悲哀，这悲哀迅速地化作一种抗拒的心理冲动。到加拿大来这些日子，我在屡屡碰壁之后，已经在心里承认了自己的无能，承认了现实的冷酷，任何一件事在尚未开始之前我就准备接受否定的结果，只有对思文我不是这样想的。毕竟她是我的妻子，我在心里很难以现实的态度去看待两人的关系，也没有任何随着环境的变化调整自己在家庭中的角色的心理准备。至少她可以理解，我的能力不必在这个社会得到证明。现在我觉得现实又以不动声色的冷漠向我逼近了一步。

我默然望着她，把她的举动看作一种表演，平静中带着一点忧伤一点嘲讽。她怒气冲冲地望着我，用挑战的眼光回答我的冷漠。我不动声色，心想，她一点都不傻，她能够理解我目光中的冷漠和轻蔑。我知道她在期待着我的反击，这样她的怒气的进一步爆发就有了足够的动力。我偏不生气。对视了一会儿，我干脆把目光转开了去，又开了门准备下楼去。她挡到门口，把门用力一拉，压得我手指生疼。我火气一冲，点着了似的要燃烧起来。但自己也不明白为什么，又压了下去。我从容地走到字纸篓边，弯了腰想把那些资料捡起来。她像终于发现了挑战的方向，冲过来推开我，把套在字纸篓上的塑料袋扎起来，"噔噔"地跑下楼，丢到垃圾桶里去。我抱了头坐在椅子上，脑中空空洞洞一片麻木。她也坐在那里，怔怔地望着灯出神。桌上的小闹钟合着心脏跳动的拍节，发出清脆的声响。我斜了眼去偷看她，觉得她是另一个人，与我没有关系。怎么可能呢，我的妻子，我对她却毫无办法。这事情何其荒谬又何其现实，荒谬得难以理解又现实得无法摆脱。人世间一定有许多这样的故事，两个最亲近的人却相距最遥远最难沟通最难理解。

也不知过了多久，一个哈欠涌上来，我又感到了自己的存在。我开了门走下楼去，和衣躺在客厅的沙发上。我冷落她，也折磨自己，我在这含蓄的报复中感到了快意。窗外几个小孩敲着窗子，鼻子贴在玻璃上，举着手中的啤酒瓶，想问我有啤酒瓶没有。我对他们做个吓人的鬼脸，他们也对我吐舌头做鬼脸。我又嘻嘻地笑，他们也做了笑脸。我拉上窗帘，他们又敲一敲玻璃，走了。我轻手轻脚走进厨房，把思文丢掉的塑料袋打开，把资料拿出来，压在沙发下面。三楼的那对少年男女从外面逍遥回来，安妮嘻哈着问我为什么这么晚了还躺在沙发上。我说，学你丈夫的，吵架了就在这里过夜。两人爆发出一阵大笑。男的说，今晚我们不能吵了，再吵我只能睡地毯了。"So dirty!（这么脏！）"说着两个搂抱着上楼去了。

半夜的时候，我被一只冰冷的手触醒了。蒙眬中看见思文站在那里。我又闭了眼装睡,她说:"都看见你眉毛动了。"我忍不住要笑,说:"别吵,我睡得好好的又被你吵醒了。"她说:"上楼去,这会着凉的。"我说:"着了凉也不关你的事,我自己凉自己的。"她说:"不关我的事,谁带你去看医生呢?跟你说好的,你就别再固执。"我还赌气说:"你以为我是小孩子,你拍拍左边我就左边走,拍拍右边我就右边走。"她说:"你躺在这里,我也睡不着。你不生气了好不?你生病了买药又要花几十几百块钱呢!"我说:"我身子骨棒,病在我身上扎不住。"她说:"跟我充什么好汉大爷!"说着把我用力一拉。我起来跟她上楼说:"把我的瞌睡吵醒了。"她说:"说什么都没有用,求你也没有用,一说要花钱剜你的肉你就怕了。"我挣开她的手说:"那我还睡回去。"她一把拖住我,笑着说:"高力伟,你好玩,真的很好玩。"

一觉醒来天已经大亮,思文不在了。我走出去,听见厨房里有琐细的声音。我轻轻走下几级楼梯,弯腰探头一看,思文正在垃圾桶里翻找。我心里好笑,故意弄出点响声,又把楼梯踩得"咚咚"响走下去。她马上回到电炉边,从冰箱里拿了牛奶去煮。我说:"干什么呢?"她说:"煮牛奶。今天早上吃牛奶麦片粥好不?"我望了窗外说:"哦,煮牛奶,牛奶在垃圾桶里。"她不好意思地笑笑说:"那些资料呢,你捡到哪里去了,我想再看它一看。"我说:"还看什么,Garbage, all garbage。"她说:"你是男子汉胸怀就宽广点,跟我这样的人认什么真生什么气呢,你知道我一气起来就什么都不管了。"我说:"这倒是你的新脾气,在加拿大培养起来的,你别急,马上我就会适应了。昨天还是有收获,起码我知道了,你一生起气来就什么都不管了。"她说:"高力伟你不要太敏感,我是,是心里着急,只想赶快写完论文离开这鬼地方。你不也想早走?"我说:"你急找我生气,我急又找谁,找逊克利尔成吗?——资料在沙发底下。"

喝着麦片粥她又说:"明年你真的准备走?"我说:"跟你开玩笑

呢！这里再多待一年，我得不得神经病也难说。"她说："书你也不读了？"我说："读？读个鬼屁！奖学金能骗多久骗多久暂时就这么骗着。"她说："那太可惜了，你会后悔的。"我说："要后悔只后悔到这鬼屁地方来了。心呢，天天下油锅一样，煎也煎焦了。要不挖出来你看看，真的焦了。"她笑了，用勺敲着碗说："吃不下了吃不下了！这么说是我害了你了！"我说："别的都算了，你把论文快点写完就是做了善事积了德。我恨不得今天就到多伦多去。"她说："那你不走！"我说："要是我英语好有手艺，我不走？那么大的城市，好恐怖的。"她说："不是放不下我呀？"我说："放不下你，你气得我好！"她说："你个男子汉呢，记仇记这么久！"说着丢了碗把头伏在我大腿上说："这次我不对，你胸怀好宽广，原谅了我这一次，我下次改正好不？"我看着她的后脑勺心里挺不自然，又没想到她会这样，含糊着说："好，好，好啦，好啦。"她侧了头仰起脸说："你真的原谅我没有？你说清楚。"我说："好好好，就这样了。我洗碗去。"她抬起身子说："你说清楚一句话，就让你去了。"我说："我本没往心里去，这些小事我还放在心上？你一定要我说，我反而就不说了。这你是知道我的。"她说："变得好倔个人！反正你已经答应我了，下次再提昨天的事，你就不是男子汉。"我说："绝对的，绝对。你现在又记得我是男子汉了，再别说什么男子汉男子汉，太羞人了。这三个字有几万斤重，我都扛不动了。"

16

那一阵子思文每天伏在桌子上看那些资料。她说："高力伟，我怎么办？材料都看完了我也不知道写什么。"我说："别看你是留学生，你的思维能力我一点都不佩服。"她说:"那你帮帮我。"我说:"民俗学我听都没听说过,我怎么懂!我开口都是胡说八道。"她说:"那你胡说八道我听听。"我说:"你不能写纯理论的题目,这你没有优势,承认不?"她说:"这是事实。"我说:"今天倒挺谦虚的。还有,你不能用北美的资料去做文章,这你也没有优势,承认不?"她说:"我才来一年多,北美我知道多少呢。"我说:"承认就好,那你说怎么办?"她说:"那我用这里学的理论分析中国的事情。你一说我心里就清楚了,我题目也有个方向了。"

她又伏到那里去看那些材料。到了晚上忽然拍了桌子说:"有了有了!"说着拿了一篇给我看,是分析中国现代离婚状况的历史变迁的。我说:"这也算民俗学吗?"她说:"算的算的,我把它转一下就变成我的论文了。"我说:"硕士论文,混一混就过去了。"她说:"至少要保证拿到文凭。我自己写一点,这上面抄一点,再到图书馆抄一点。我最会抄了,别人不查对原书看根本看不出痕迹。谁会那么勤快找原书查对?几次作业都是这样得了 A。"我说:"这篇论文还不是垃圾堆里捡来的。"她说:"你答应我了你又提它,你不是男子汉。"我说:"那就把我的脑袋剖开把那件事拿走好不?"她说:"今天我再向你赔一次礼好不好?"说完诡秘一笑。

她把桌子让给我看书。有些单词我带的小词典查不到,就用她《新英汉词典》。她说:"这多不方便,读研究生没本正经词典。要你家再寄一本来。"我说:"值得寄吗,豆腐盘成肉价钱!"她说:"说起钱又触到你的痛神经了。"我望她一眼,她不再说话。过一会儿她扔了手上的书说:"今天早点睡好吗?"我说:"才十点钟呢,十点钟!"她说:"你就今天一次早点睡不行吗?"我在心里笑着,嘿,倒撒起娇来了。于是说:"睡觉的时间也要由你决定。"

我从水房回来,她已经睡到毯子里去了。我说:"这么快就睡了!"

她把毯子拉到眼睛下面，只露出双眼追随着我，一声不吭。我说："我再看几分钟书引一引瞌睡来。"一边把衣服脱了，钻到毯子里看书。偶然瞟她一眼，她望着我，眼神好奇怪。我说："把鼻子嘴巴露到外面！里面有香气吧。"她不作声，把毯子褪到脖子处裹紧，眼睛依然望我。我用眼角去瞟她，想起自己很多次在灯下观察她的侧影，她现在也观察我了，只是不知她想什么。恐怕她看久了，也发现了我的毛病。又想着还不至于，自己鼻子长得直，还经常跟她开玩笑说是"国标的"，以前的侧影像张张都成功。看她眼神怪怪的，想问一句，马上又觉得没意思，搞不好又引出"喜欢不喜欢"这种永无休止的令人难堪的话题。在这世上有很多男人，他们对婚姻生活已经麻木疲惫甚至厌倦，在内心渴望有一次出人意料的艳遇再次激发起如火的热情。但他们在妻子永无休止的追问中，仍然从容不迫镇定自若，千百遍不厌其烦地回答那些毫无意义的追问。我做不到这一点，我被追问着说出那些缠绵的话，就会感到心里受了损伤。我觉得那些花言巧语说出去虚伪透顶可笑之至，飘在空气中有一种金属般空洞的轻响。虽然我也明白，那些话尽管已经重复千百遍，在妻子的耳中却永葆青春。我内心那种执着的清高，阻止着我违背自己的意志去逢迎他人。有时在一种迫不得已的情势下，偶尔说了几句，脸上就热烘烘地发烧。我打着哈欠说："好瞌睡了。"马上又意识到这话说漏了嘴，又说了她最不喜欢听的一句话，于是默默熄了灯，一片浓黑马上布满了四壁。在黑暗中我获得了一种安全感，在夜的掩护下，我可以自由地与自己的心灵对话。我在睡觉之前经常有这种期待，这是一天中最美好的时刻。

　　我忽然听到了一阵沉重的吸气声，渐渐地化成了一阵抽泣。我吃了一惊，翻身去摸思文的脸，湿漉漉的一片，显然她已经默默地哭了好久。我把左手伸到她脖子底下去搂她，心忽然"咚"地一跳，我的右手顺着她的肩膀一直摸了下去，天啊，原来她赤裸着身子躺在这里，

我觉得那些花言巧语说出去虚伪透顶可笑之至,飘在空气中有一种金属般空洞的轻响。

而我却根本没有去碰她一下!

我身子挨了过去说:"思文,对不起,真的对不起。怎么不告诉我呢,我怎么就没想到,原谅我好吗?原谅这一次,你胸怀宽广。"我说得语无伦次,回答我的是一声突然迸发出来的恸哭。她哭着用力把我推开,我又用力挨了过去,把她的头搂过来,去吻她的唇。她竭力闪避着,我胳膊搂紧了她的头,舌头想抵开她的嘴唇。她的牙齿紧紧咬着,无论如何也不张开,喉咙里发出含糊的反抗声。她又两只手撑着把我推开,双脚也弯曲了抵住我的身体,我想用力突破她的抵抗,她双手狠命一推说:"不要碰我!"一边大口地喘息。我还想挨过去,她的指甲掐入了我的胳膊,我感到了一阵尖刻的刺痛。我忍了疼说:"思文,你一定要原谅我,我就混蛋这唯一的一次。我心情不好,做什么都没有情绪,这是真的。没有别的意思真的没有。"我不知她在哭泣中是不是听明白了我的话,她在黑暗中冷冰冰地说:"高力伟你不要碰我,说了不要碰就不要碰,碰了我只会感到不舒服。"她说着松开双手。一股凉意倏地在我心中划过,我身子哆嗦一下。在这冷峻声音的沉重压力下,我只好放弃了靠近的努力。她坐起来,在黑暗中摸索着穿内衣。我伸手开了灯让她看得清些,她在灯光亮的那一瞬间用衣服遮了胸说:"关灯。"见我不动,她又用更严厉的声音说:"关灯!"我只好把灯关了。她穿好衣服说:"睡吧,明天还有很多事呢。"我说:"思文,你一定要听我说——"她打断我的话:"算了,你也不必解释,那都是多余的,还可以说是滑稽可笑的。我知道你的心。你来这么久了,我再怎么迟钝也明白了。"我说:"我承认的确是在逃避,但不是为了别的。我情绪太压抑了,没有心情,在情绪压抑的时候没有心情就只好逃避。这是真的,你别想得太多。"她很平静地说:"睡吧,明天还有事呢。我不怨你,真的我一点都不怨你。"

我还想解释什么,但就是想不出一两句有力的话来。如果我是一个善于矫饰的人，也许还可以在她心中维持更长久一些的幻觉。我知道在男人和女人之间，接受对方首先是一种生理性的接受，排拒也首先是一种生理性的排拒。这种接受和排拒没有足够的理由可以说明，力量却异常强大。我自己也不明白为什么，到加拿大以后我对她渐渐地有了这样一种排拒，这是我心中秘不示人的、结婚几年来从未有过的感觉。当她生气起来，眼角皱纹的线条一道一道清清楚楚，在我心中就引起这样一种感觉。我奇怪自己为什么以前对这一点没有一点意识？我内心有一种很执着的心理定式，促使着我接受一个柔弱的而不是强干的女性。女性的柔弱在我心中激起一种怜爱，这种怜爱又会化为强大的心理动力，我在荫庇了对方的同时证实着自己。而强干的女性则总是不断地证明着我的无能，使我感到自己的多余感到沮丧。这种心理好奇怪，我自己也在心里给自己以严厉的批评，却是徒劳无益。后来我知道这已经成为一种无法说明的本能，也许在我一生中已经无法改变。

月亮升起来了，冷冷的圆圆的，嵌在窗框里。天边的圆月使我产生了昏眩的遐想。在这岁月长河的某一天，我为什么会在天涯海角遥望着他乡明月？为什么这样一个遥远的女人会睡在我身边？这一切是不是有着什么永恒的神秘意义？好像隔着茫远的空间和悠长的岁月，宇宙中有一个苍老的声音在轻轻诉说。我在寂静中感到了一个巨大而无形的影子的迫近。

17

这么多年过去了，我还清楚地记得那一夜的月亮。这些年来它一直明晃晃地悬在我记忆中的某一个地方。那一夜的月亮特别圆也特别明亮，没有风，也没有云。碎小的星星在遥遥闪亮。苍穹在淡黑色中透出一点幽幽的蓝，久久凝望着，又似乎泛着白色的微光。月亮的边缘非常清晰，并没有我记忆中那种毛茸茸的潮湿的感觉，它白白大大，在窗口缓缓移动，像有一只神奇而无形的手在艰难地推着。我忽然就强烈地感到它是有灵性的，正默然注视着人间多少正在展开的故事。我记起了今天是中秋节，白天上课时想起来后来又忘记它了。我真的没有见过这么大而白的月亮，我奇怪地想着家乡的月亮是不是就是这一个。为什么看上去不同？想了很久也没有想清楚。也许因为这是遥远的北方，北方的一切都是这样陌生而凄凉。

　　这么多年以后我有时还在心里问自己，如果那天晚上，思文不用那么冷漠的声音镇住了自己，或者，如果我的心不是那么脆弱，而执着地请求她原谅哪怕一直到天明，以后的一切会不会以完全不同的方式展开？如果我是学的其他专业，在北美能够如鱼得水，我和她的结局会不会是另一种样子？如果……但是，人的一生是用偶然的碎片组合起来的拼花图案，每一块碎片都不会有第二次安排，却又决定着图案是否完美的最终结局。没有如果……但是，如果不是我在前年记不清的那一天，随口说了一句，要思文写信给已经回国的外籍教授贝克，请他寄三十美元考托福，那就根本不会有后来的一切。那时她的同学一个个都赶赴北美，由于我没有兴趣，她也没动过心。那时候，我的话对她来说几乎就是上帝的声音。就是那三十美元，作为最初的动力，推动了一个不可逆转的过程。如果，贝克寄回的那封信，偶然地被别人拿走或退回……思文怕寄到她的系里引起议论，要贝克回信到我们系里。信封上有人在英文名字旁批了一个"凌"字，搁在办公室桌子上起码有两个月，我天天看见却毫无感觉。我已经忘记这件事了，思文也从不提起。当有一天，我突然莫名其妙地醒悟到这封信是写给她的，拆开来看里面夹着三十美元的时候，我的心怦怦跳了好半天。那是我第一次看见美元，那暗绿色的图案引起人的多少幻想。几天之后，我陪着她南下广州，怕只是写信会报考不上托福。如果，思文的托福考试再多错一道题……纽芬兰大学是当时唯一考虑提供奖学金的学校，最初发出的三十多封信经过几个回合，只剩下这最后一线希望。学校要求托福成绩过六百分，而思文是六百零一分。真的好悬。以后每当她说起这件事，就说冥冥中有个看不见的上帝在保佑，这使她对一切总是充满信心，从不退缩。她的信念是，是困难就可以被克服。很多小事中暗含着生命的转折，它恢宏的内涵和重大意义在很久以后才会呈现出来。如果……还有很多。一切生命的谜底都潜藏在这两个字之中。但是，没有如果。如果有的话，每一个生命都会是另一个样子。一切都如大江东去无可逆转无法挽回。

那一夜的月亮很亮很圆，在那个圆月之夜我想得很远。

跟思文认识的那年，我刚大学毕业。在找女朋友的问题上，我有着所向披靡的自信。思文虽然无可挑剔，但我还是有几分犹豫。我没有把握她是不是自己所想象所渴望的那种女性。有一次她说："husband（丈夫）说的都是对的，因为他是husband。"正是这一句话彻底地征服了我，使我消除了最后的犹豫。对女性我需要有一点精神优势，需要她对我有一点小崇拜，这使我感到自己在生活中占有很重要的位置。尽管有时我也想到这不过是一个无能的人想自我证实的愿望，是幻想中的附加抚慰，是一个自己设置的人生骗局。但既然人一生都在认为自己是个重要人物的自欺中度过，并在这种幻觉中维持着心灵的平静，那么这种幻觉就不必残忍地打破。明白了这一点我就不再往深处细想。当我的一个熟人，也是思文的中学老师告诉我，林思文曾是校学生会主席，是一个很能干的人的时候，我吓了一跳，随之又付之一笑。我觉得他们并不理解她，认真考虑一下这话的念头在我头脑中一闪就过去了。婚后的生活似乎也证实着我的判断。思文多次说到她的最大愿望就是做一个贤妻良母，事业只是附带的追求。反而是我多次督促她不要无所作为。在家庭中我感到自己很有力量，这种感觉持续了两年直到出国之前。直到今天我还无法判断，思文在结婚前所做的姿态到底是出于一种实用主义的考虑，还是她的确真心实意地打算扮演一个柔顺的妻子的角色。可以肯定的只是，她的确是一个精明能干的人。如果没有出国这件事，她的这种素质也许永远不会如此强烈地表现出来。

出国打破了生活的平静，我和思文在几年的生活中形成的种种默契顷刻瓦解。随着目标的逐步靠近，出国在她心目中由一个淡漠的概念变成一种狂热的奋不顾身的追求。从收到奖学金通知书那天开始，思文陷入了一种半疯狂状态。在她的面前还有太多的困难需要克服。那时她正在读研究生，而研究生按规定不能出国，她必须找到足够充分的理由退学。她又是从本系考上的研究生，退了学回到本系，这时申请出国，马上会暴露出退学的理由是一场骗局，所以又必须立刻调动工作，这又要得到系领导和校组织处的同意。然后，还要找到一个接收单位，这个单位不但要同意接收她，而且还要同意她马上办理出国手续。还有，她的奖学金只有六千加元，而签证至少要八千五百加元，她必须另外找人作经济担保。而这一切，必须在两个多月之内完成。

一开始我就和她发生了矛盾。我建议她对校研究生处说明退学的真实理由，这样就不存在同意调走和找接收单位的问题，直接在本校办出国手续。在我看来这么短的时间内办好调动根本不可能。但她要一步步走，宁可麻烦也要稳妥。她毫不迟疑地否决了我的建议。几天之后有消息传来，另外一个研究生想退学去日本，对研究生处说明真实理由，遭到坚决的拒绝，还找了文件给他看。得到这个消息思文拖了我连夜拜访了他，那研究生直赞扬思文精明，骂自己糊涂，不懂世事，又说自己能变个女的就好了，装作有了身孕就可以退学。思文说：

"这一点早就想到了。"出了门思文说:"看到了吧!听了你的我就完了,你的话真的信不得。本来我想靠你,看起来是靠不住的。以后你最多只能建议,不能做决定。"

思文从一个怀孕的女友那里弄到了尿,要我填了她的名字去化验。然后取了证实怀孕的化验单,找到一个与她有一面之交的副校长,请他帮助说服研究生处同意退学。她说:"我都快三十岁了才怀了孕,想去做掉他又不同意。"说着指一指我,我马上硬了脸上的肌肉做出坚决反对的神态。"想读下去又实在无法兼顾……"她说着这些的时候神色凝重,讲到研究生学位丢了太可惜但实在没有办法的时候,声音哽咽,掏出手绢侧了脸去擦眼泪。副校长显然被感动了,答应明天就打电话给研究生处。我木偶似的呆在一旁,如此生动的表演使我如坐针毡,我万没想到思文还有这么一手。我相信在那一瞬间她自己一定也动了感情,连我这个知情人也看不出丝毫的做作,细想之下就甚至感到些许恐怖。出来我说:"思文凭你这张嘴,说水上能点灯我也会相信的。你去加拿大怎么学民俗学呢?"她望了我不知什么意思。我又说:"你应该学电影表演才是,你肯定有天赋,得奥斯卡奖也没问题。"她说:"你在心里笑我了吧,被逼成这样又有什么办法。"我说:"你倒是心里放得下架子做得出来!"她说:"不做有什么办法你倒告诉我!你当我是有表演欲呢。活在这个世界上只能按达到目的的需要去做,不能说自己想怎么做。算了算了,你心里的傲慢先收拾好了,要不你有本事把路都走通了什么都不要我管。"第二天中午她说副校长电话已经打了,要我陪她到研究生处处长家去,我知道她心里想着我在场可以加强现场效果。想到她又要把那番表演重新来一遍,我忙不迭地推辞。她说:"好,你在外面等我。下次到组织处长家你一定要去。"我只求当时脱身,一口就答应了。半天她从里面出来说:"有希望了。"我看她眼眶湿湿的,说:"又伤心一场,白死了一批细胞。"她不好意思地笑笑。果然过几天就办了退学手续。办了手续她说:"现在学也退了,只有背水一战,不是死就是活。万里长征才走了一步呢。"我说:"你别吓我,死死活活的!"她瞪了眼说:"吓你?现在谁有心思吓你!"看着她的眼神我心里一惊,说:"你是林思文不呢?"她又瞪了眼说:"别开玩笑,现在刀都架在脖子上命都去半条了,你还开玩笑。"看她那陌生的眼神我心里恐惧着不再作声。

　　下一步要去找组织处长,请求调动。她认识处长先生的女儿但没有深交,找上门去要求帮忙够不上交情,也太突兀。她设计好了,在处长家附近路上等着,装作在外面碰到,再谈拢了到她家去玩,这样去接近处长,等了几次没有等到,回来就找我发脾气,我稍一反抗她就表现出失去控制的疯狂,说:"别跟我吵了,你,你!我会拿刀砍会放火的!"我只好摇头叹气不再吭声。这天她回来说:"到戴处长家去了,在外面碰上了他女儿,说上了路就跟着去了。今晚你陪我去。"我说:"我去干什么,我去一点用都没有,我最不喜欢求人,你就饶了我这一回。"我说着抱拳作揖打拱。她马上沉了脸说:"我喜欢求人,我最喜欢求人,这是我的爱好!我是求人的专业户!高力伟我跟你说,现在学也退了,死路一条,不成功便成仁,不成功我会发疯,你总不愿有个神经病妻子吧?"我说:"又吓我了,你这个人命最要紧,不会神经。"她"嘿嘿"笑两声,我心里直发凉。她笑了摇着头自言自语地说:"不会,不会。"我怕她的神态,说:"主要是我去了也没有用。"她说:"戴处长凭什么帮我的忙?有内容呢!她女儿只比我小一岁,在市政府工作,还没有对象。我们学校找遍了没有合适的,现在要把范围扩大到你们学校去,所以你非去不可。"我吓一跳说:"我们这里自己还有很多大姑娘呢,我到哪里去找?要不我们先离了婚,你把我介绍给她。"她说:"成不成是另外一回事,做是一定要做的。"我还想找理由推托,她叫起来:"去也要去,不去也要去!谁叫你开始叫我写信要美元考托福，把我推到水里你想袖了手站在岸上不管我？"我只好答应了陪她去。走到戴处长家门口我站了不肯进去，她也不作声，直了双眼盯着我，一只手抓着我的肩，指甲深掐进去。我疼得想叫又不敢叫出声来。她忽然又松开手，"扑哧"一笑轻声说："求你还不行吗？一辈子我又能求你几回呢？"她那一笑惊得我打了个哆嗦，一身起了鸡皮疙瘩。我心软下来，点点头，抱着豁出去的心情看她按了电铃。里面人应了来开门，她又匆匆吩咐我说："表情自然，笑。"进了门她像老朋友久别重逢笑得生动，并不提出国调动的事，也不提他女儿的事，和处长天南地北扯得热火朝天。处长女儿娴静地坐在一边竟插不上嘴，只是含笑听着。扯了好久又很自然地转到他女儿的婚事，指了我似乎是不经意地随口说："他们学校还有一些不错的小伙子，要他去说。"我连忙点头应和。要走了站起来到门口，思文才说到调动的事要请戴处长帮助。戴处长一口应了说："组织处放你没问题，你们系里肯不肯？"思文说："系里的工作我会去做。"处长送出好远，分手时思文又把话题转到他女儿身上，说："这几天就会有消息。"处长说："把漂亮放在第一位的年轻人没有出息，还是要找有出息的。"我想笑又不敢笑。

处长去了，我说："思文你胆子太大了，怎么敢说这几天就有消息的话！"她说："那归你负责。"我急得出汗搓着手说："我没有办法，他女儿又长得不漂亮。"她说："漂亮还劳驾你，早抢跑了。"我说："真的我没有办法，我自己的堂妹我还……"她猛地一推我，我说："你打人？"她说："打人？明天杀不杀人还不知道，放火不放火也不一定。你这样实在的人，那是应了我爸爸一句话，吃屎还没有人开茅厕。谁规定了一定要搞成呢，你现在的责任就是找几个去见面。"

只好硬了头皮上了。说真的我自己找对象都没有用过这份心思。辗转托朋友物色到一个，思文把处长女儿夸成一朵牡丹。我心想恐怕一见面男的就会摇头，谁知道处长女儿还不愿意。我说："她眼界这么高，哪里会有戏？"她说："有没有戏不要紧，要紧的是见面，你再找。"她提到我最好的朋友黄天庭。我说："他眼界高得不得了，怎么可能？你自己摸了良心说两个配不配？我想说给堂妹也不敢呢。"她说："又讲实在了，我真的要咬牙切齿骂你一句，蠢人啊！要紧的是见个面，懂不？再说世界上的事有时候也说不定。"那几天总是在和她讨论这件事，说来说去我都有了一种媒人的眼光，发现市场原则在这中间起了支配性作用。我冷笑一声说："你别指望有奇迹发生，不会有奇迹发生。明明看不上，你把黄天庭叫去了，不说我对不起朋友，你就不怕伤了他女儿的面子？"她说："按你这么说，我的事就算了？"我说："我最怕做这些尴尬的事，你就饶了我，好吧？"她睁了双眼说："固执的人，喉咙讲枯了也没有用！小心我扑上来咬你一口！你到底说不说，你不说你叫他来玩，我说。"我见她情绪又要失控了，于是说："又来吓我，胆吓破了会变残废，你总不愿自己有个残废的丈夫吧。"我约了黄天庭来玩，思文跟他东扯西扯，突然记起似的问他可有了女朋友。黄天庭说："也可以说没有。"思文转了眼想了一阵，像记起了处长的女儿，跟黄天庭说了，说她文静贤淑，才华出众。黄天庭开口就问长得怎么样，我心里直想笑，又是一个没出息的年轻人。思文毫不迟疑地说："漂亮啊，知道你爱漂亮的，不漂亮敢跟你说？"我这才知道"天花乱坠"是个什么意境，在一边听着浑身大汗。黄天庭还爱去不去犹犹豫豫，又问我见过没有。我想着这样哄朋友，真不地道，也只好觍了脸把戏唱下去，只差没作揖说，朋友，帮个忙，戏也帮我去演一遭。答应去看看了，我和思文陪他去了戴处长家，在门口思文笑笑说："看人各人眼光不同，你如果看不上，脸上别表现出来叫高力伟难堪。当然我这话也是多余的，黄天庭你哪里就是那样没有修养的人。"结果可想而知，女的乐意，黄天庭哪里会肯。走出来我看他脸上不自在，装作不懂，拉了他去餐馆吃饭。

以后又介绍了几个，没有结果。有一个是在报上看到征婚广告，觉得合适，大热天在太阳下骑了好久的车找上门去，那人说："我已经有女朋友了。"我一听火气冒上来说："那你还登广告！"思文却温和地问："你那女朋友定了没有？没定多接触几个说不定还是机会。"那人说："定了，我父母不同意。广告是他们登的，要不你去找他们。"我差一点就要当场骂娘，思文却很有礼貌地说："对不起，打搅了。"走到街上思文不停地说："怎么办，高力伟你说怎么办！"我只能用空泛的话去安慰她。

最困难的还是找到一个同意思文马上出国的接收单位。我和她每天骑了车在太阳底下跑，找遍了全市二十多所高校和中专，没有一家愿接收。第一次就在我所在的学校碰了钉子，以后连续地碰钉子，几乎要绝望了。思文完全变了个人，瘦得只剩皮包骨，晚上刚入睡就惊醒，再也睡不着，还要把我也叫醒了陪她整夜地讨论。听我把那些空洞的安慰之辞说了一遍又一遍，她才安心一些。她的神经特别脆弱而敏感，我一句说不好，她就会发脾气。我疑惑着一个人怎么会变得这么厉害，那个温柔的思文到哪里去了。又担心这种局面以后无法改变，那我真不知怎样跟她生活下去。为了使她那种带有神经质的激动有所中和，我尝试着不动声色地抵抗，但这种抵抗除了引起她发泄式的激动之外再也没有意义。我在几次尝试之后无计可施，便采取了完全退让的态度。对这种家庭角色的急遽转换我根本不能适应，只能把希望寄托在事成之后回到原来的状态。面对冲动的思文我压抑着自己，心情沉重。有天晚上，我一句话说得不合她的心意，她马上激动起来，冲到我面前和我吵。我觉得她实在太没道理如此冲动，回了几句嘴，她就做了拼命的姿态把我顶到墙上揉搓着，说："到今天我还要命干什么,把这条命拼死算了。"我只好垂了头不再作声,再要记起引起这一场冲突的那句话,却怎么也想不起来,在心里叹息着世事的荒诞。沉默着经过一片废墟,我躲到一堵墙后解了手。看见周围一片空旷,我一股气从心底涌出来,忍不住拼命吼了几声,像野狼的嚎叫回荡在旷野。我回到马路上,路灯下思文露出嘲讽的笑,自言自语似的轻轻吐出几个字:"蠢气,别丢人了。"这使我觉得自己成了一个笑话,伴随着一种耻辱感我心底漂移着一阵憎恨。

那个月思文月经又来得特别迟,超期一个星期还没有消息。思文劈头劈脑骂我说:"叫你不要碰我,你要!你图了自己痛快又不顾我的死活。"我想来想去实在记不起自己何曾犯过错误,申辩了几句她哪里肯听,声称"你要负全部责任"。逼急了我说:"不可能,除非你自己在别的地方……"她像一只小兽似的扑过来,伸了五指抓我的脸,我吓得推开门就跑。她追出来站在楼梯上,怕邻居听见,用手势比画着打的动作,我在楼梯下,嘴张合着不发出声音,一次一次地摊开双手,比画自己没有错,两人手比画着演哑剧式的。好一会儿,楼上有人下来,她马上回屋去了。那人过去了,我上到楼梯中间,看着没有动静正想走上去再解释。她突然冲了出来,我转身就跑。她站在上面说:"男子汉,男子汉呢。"我在下面昂了头说:"我不跑你要打我呀。"后来拿尿去化验了,并没有怀孕。她看了化验单还不信说:"从来没有过这样的事,都过有十天了。"我说:"那你从来没有这样忧虑激动过。"又过了一个星期,她高兴地告诉我说:"怪你怪错了,你别生我的气,要是平时我也不会那样呢。"我叹息说:"出国都把人折磨成什么了,北美有钱捡吗?!"时间一天天过去,接收单位还是没有希望,思文需要的只是一纸证明去市公安局办护照,但就是没有哪个单位愿盖这个章。我们的亲友全部出动,活动了一个月也没有进展,思文几乎就要疯了。有一天我开玩笑说:"不就是一个章吗,实在没办法,自己刻一个算了。

多出点钱找街上那些流动的刻章人。"她说:"那怎么行,到公安局开玩笑。露了馅我这个国就出不成了。还要判刑。"我说:"说笑话呢,谁真的敢?"她沉默一会儿,像在进行激烈的思想斗争,又下决心似的说:"最后没有办法了,判刑也要试一试,我反正是不要命了。找人刻也要坐了火车到别的城市去找,万一出了事也不连累到他。"我看她认真起来,想得这么细,心里怕了说:"开玩笑的啊,你当什么真!你想要我坐几年牢吧。"她说:"你自己说出来的,那自己去做,我不管你怎么做,不问过程只问结果。出了事我就说都是我一个人做的,坐牢也是我去坐。"看她那神态我心里想,出国不成恐怕要闹出人命来的。

在一筹莫展走投无路之际,事情忽然轻易解决了。我的一个朋友一天来访,知道后自告奋勇说,他在一个研究所有熟人,关系不太密切但可以试试。我说:"早就试过了,想送东西也送不进去。"思文却马上提出陪他一起去,当天就得到消息同意接收,几天后派人去思文学校拿了档案,又开出了接收调令。两天之内办完了调动手续,马上又开出了申请护照的证明。有些事情真是想都想不到。拿到护照那天思文捧了在嘴上亲吻"啧啧"有声说:"为你这鬼东西我都差点死了。"又贴在面颊上摩挲。我说:"还不是靠了我,我的朋友。"她说:"靠你我还有今天?以后你讲的话我要多想几想。"以后我再说什么,她也不反驳,只是从喉咙里哼出一声冷笑,那轻轻的一声像刀片一样刮得我心里生疼,我在心里发出一声压抑着的绝望叹息。

一个多月以后,我还没来得及仔细体会一下自己内心的感受到底具有什么样的意义,思文就去了圣约翰斯。

那天夜里的月亮又白又大又圆。我在天快亮的时候才沉沉睡去。我在睡着之前的最后一丝印象是,那冷冷的圆圆的月亮不知什么时候已经从窗口消失。

18

  和思文的感情一旦开始走下坡，就以加速度下滑。这是一种难以扭转的恶性循环，我和她都无意出于理智的考虑做出妥协，把发展引向另一个方向。对事情的危险前景我有了模糊的意识，却没有情绪去补救，倒像自己是个听之任之的旁观者。我并没有在内心精心计算过利弊得失，只是凭着直感去行事，这种直感是理智不能驾驭的强大心理力量，连自己也无法解释。后来想起来，当时我潜意识中有一种破坏性的恶意，它裹挟着任性、固执和些许残忍向前滚动。不知思文对事情的前景有怎样的认识，她并不是缺乏想象的人。

  于是很小的冲突也有了很强的破坏性。这一天思文说，要想办法把自己的妹妹思华弄到圣约翰斯读语言学校。我说："自己压得气都喘不过来，再背上几十几百斤。思华外语不懂几句，体力又没有，娇娇的弱不禁风，来了干什么？"她说："思华是做工人的，没有你这么多麻烦，只要能赚钱就行。她端盘子总端得起吧。"我说："你想清楚，林思文！我工作还找不到她找得到？读语言学校工作许可证也申请不到。"她说："打黑工，总比中国赚得多。"我说："来了还不是天天闲在这里，起码房子你要给她租一间。"她说："这你别怕，不要你养她，不要你拔一根毫毛，不要你去找工作，都归我包圆。"我说："你能负责包圆，你能负责我还会落到这一步！你只能负责一个屁！"她马上说："我就能负责你这个屁，不是我你这个屁能放到北美历史系来？"我一次次鞠躬说："感恩戴德，感恩戴德。"又说："那我的弟弟也要来。"她说："那也可以，等思华来了再说。"我说："他是男的先来。"她说："我先来思华先来。"争了半天她不再理我，到楼下去做饭，我心里静不下来，又追到楼下去说，她把饭锅往电炉上一顿，水溅起来在烧红的电热盘上腾起一股白气,说:"这件事就这样定下来了,不要再商量了,你再说我也懒得听了。我一天到晚忙得一塌糊涂,哪里有精神来听这些闲话空话,跟你说我口水都讲枯了。"说着吐了舌头给我看,我气得腿直抖,一恨一恨地咬了嘴唇,实在咽不下这口气,说:"害了我们自己还要害思华。"她冲过来说:"我害了你是吗,我害了你!你良心都喂给狗猫吃去了!"又瞪了我咬牙切齿说:"固执的人,固执的人!你这个人真的不是人!"我说:"那你找了我这个不是人的人!"她嚷道:"是我自己瞎了眼!做个男人就这么狭隘,你什么时候才会像个男人!"我浑身的血燃烧着,把冰箱踢了一脚说:"放屁!"冰箱的门开了。她把它关上,笑一笑说:"踩着你的疼脚了是吧!"我说:"放屁,放狗屁!"她说:"你再骂,你敢再骂一句,我拳头都捏得叫了。"我笑起来说:"嘿嘿,你还想打人!放——"话没说完她一掌打在我脸上,我疼得一叫说:"真的你打了,你打了!被你打了脸我还是个男人!"我用手挡了第二掌,她又朝我身上打。我从后面抱住她,抓住她的手,她弓着身子挣不开,就踩我的脚。我松开她说:"你打,让你打!"她不再打我的脸,使劲打我的身上。我闭了眼站在那里不动。她又打了几下说:"没有劲了,手打疼了。"我的神经似乎已经失去了知觉,痴呆呆地站在那里像一尊木偶,无法理解身外的一切。她喘息着,坐在椅子上呆望着我。我一时竟不明白发生了什么事,站在那里痴待着不知多久,时间似乎也停止了。突然一滴泪从眼角沁出来,缓缓流过面颊带来一点微痒。这痒痒的感觉唤醒我的意识,我回到了现实,想起了刚才那一幕,鼻子一阵酸痛,抿了嘴眼泪默默地流,一颗颗挂在下巴处,再滴下去。思文开始木然地望着我,像是看一个陌生人。这时看到我流泪,她似乎省悟到了什么,低了头避开我的目光,盯着自己的双手,不断地用力去擦手背那碰破了皮出血的地方。她的动作中带着一种自虐的残忍,像是要平衡一下刚才对我的粗暴。

突然一滴泪从眼角沁出来，缓缓流过面颊带来一点微痒。这痒痒的感觉唤醒了我的意识。

我装作不理解她这动作的意义,麻木地望了她不作声。这样持续了很久,直到我站得有点累了,才长长地叹息一声,颓然地倒在肮脏的地毯上。我听到她开始轻轻地啜泣,又不住地抹去眼角的泪,这也没有引起我心里的那种爱怜的感情。平生第一次,我拒绝了女人的眼泪。

要是我对痛苦的体验不那么敏感,那就好了,那样我会活得轻松得多。有时候我遗憾自己情绪的触角那么脆弱,轻微的伤害也会引起强烈的难以摆脱的痛苦。我经常在内心说服自己,"这是一件小事",可内心深处又有一个声音提醒着我这种说服是一种善意的自欺。我甚至对自己有着一种痛恨,在心里责骂自己是"没有用的东西""狭隘的小男人",但内心的沉重仍然无法消除。这种责骂成了徒劳无益的挣扎,反而提醒自己更尖锐地意识到那种沉重,在里面越陷越深。在这次事情之后,我忽然感到思文脸上说不清楚的一点什么是那样难以忍受,潜意识中那种生理性排拒忽然明确化了。四年多前,我和思文认识的时候,这一点使我有一点犹豫,我无法装作视而不见。人唯一不能欺骗的就是自己。好多次我下决心想咬紧牙关冲过去,心想结了婚就不会再想那么多,但又怀着一种很深的恐惧,怕结婚以后那样的感觉更加强烈。人人都说思文长得漂亮,连我那些挑剔的朋友也没有人提到这一点,这使我想与他们交流一下感受也难于启齿。我在心里叹息着,自己这么敏感可怎么得了。有一次我似乎是不经意地提到这一点,朋友马上反驳说,天下没有十全十美的人,真的十全十美又轮不到你了。他的话马上解开了我心里的疙瘩,这话真是太对了真是无法反驳。思文的柔顺消除了我最后一点心理抗拒,我告诉自己这种弥补已经足够。她对我那样爱那样痴心,我不忍也舍不得叫她失望。何况我周围也没有几个姑娘经得起那样近距离的仔细审视。结婚以后我几乎忘了这一点,偶然有点感觉也没有觉得那就是一个问题。可是现在,这种排拒的感觉又强烈起来,它阻挡着我从内心去接受思文暗示性的和解信号。对思文的感情究竟是怎么回事，我不再在内心躲躲闪闪遮遮掩掩，对自己长时间地装聋作哑。"离婚"这样一个念头一旦在心里闪过，就再也不能抹去，它在内心看不清的什么地方发出诱人的遥遥召唤。

思文对那天情绪的失控显然很后悔。她也许没有料到我根本就不回手，也不遮挡，这样使她的冲动找不到合理性的借口，也找不到充足的理由安抚自己的内心。如果我还手，她心里反而会舒服一些。她已经意识到了，这样一种木然的态度比粗暴的反抗更加可怕。我对那天的事并没有特别计较，没有提及一句，只是用一种淡漠来回答她表示悔意的暗示。那几天我无心看书，上课也集中不起精神，整天的神思恍惚。我知道思文需要一个台阶，使她得到我的谅解而又不至于太突兀羞于出口。我在一种阴暗的心理支配下，以一种刻意的冷漠来阻挡她和解的意愿。该说什么该做什么我还是说还是做，可是语气和神态中却渗透着一种拒绝。晚上睡觉时我说一声"瞌睡了"，就熄灯背对了她，在黑暗中我似乎看到了自己嘴角那一丝冰冷的笑。

思文对我有意的拒绝已经理解，这使她羞于再做出和解的姿态。于是她换了一种方式。那天晚上她吃饭只吃了几分钟，一碗饭还剩下一大半，就推了饭碗，懒懒地倚在沙发上。推开饭碗的时候调羹掉在桌子上"当"的一响，这响声使我领悟了这一举动的特别用意。我想问一声，犹豫着还是装作没注意到，沉默不语。这种沉默使我非常痛苦，我已经完全体会不到自己的冷漠带来的报复的快意。整个晚上我都在进行着激烈的内心冲突，想着是不是该放弃这种冷漠。好几次我几乎就要换一种口气去问她，为什么只吃这一点饭，是不是病了，但总是在心里害羞着鼓不起勇气。又想到前几天的事对自己来说甚至是一次机会，它使我有被良心允许的充分理由保持这种冷漠。于是我装作没意识到她的自虐，说几句平平常常的话，大多数时候用漫不经心的阅读来掩饰沉默中包含的残忍。睡觉之前我几乎要崩溃了。不经意似的问她："我肚子又饿了，煮了牛奶你也吃一杯好不？"她淡然地说："算了。"得不到回应我马上退了回来，默然地睡了。

半夜我突然醒来，像心里有什么在提醒着自己。我伸了脚慢慢地朝身后探过去，空空的使我吃了一惊，睡意顿消。装作翻身侧了身子我发现思文裹了什么坐在床上，一动不动。我偷偷移了胳膊看着夜光表，是凌晨三点。我在黑暗中等了约有十分钟，她还是一动不动像一尊塑像。我眯着眼仔细观察了一下，她只裹了一件单衣。我缩在毯子里顿时感到一阵凉意，心里震颤着，再也没有力量坚持。我咳嗽几声，轻轻翻了几次身，又睡意蒙眬地呻吟几声，她还是一动不动。我用含含糊糊的声音说："睡觉了，半夜了。"说了几遍她还是像塑像一样在黑暗中沉默。我支起身子，用力把她按下去，说："有点蠢吧！"她说："睡不着。"还想坐起来。我伸了胳膊搂了她说："有什么心事睡下来想，要感冒了发烧了好些罢！你是最爱惜身体的人呢。"她呜呜地哭起来，哭着就气喘吁吁身体抖动。我说："你还在想那天的事情呀？算了，连我都忘记了。"她缩在我怀中说："你没有忘记，你记仇，你心里记仇。"我说："我真的没放在心上，谁老放在心上呢，不就是打了几下吗，这点小事。"她说："我知道，我心里知道。"我知道那些空空泛泛的话再也含混不过去，就说："我们两个人在异国他乡天涯海角，好难好难的啊！同心协力还应付不了，还要互相折磨。我们心里苦了在流泪滴血有谁会知道呢？加拿大好是好，但不是对我们的好，特别是我，人都是个废人了。我们还是按原来想的，赚点钱，生个儿子是加拿大公民，给他多留一条路，你再拿了学位，回去算了，好不？"她止了哭说："好。"又说："那你不记我的仇了？"我说："不记。"她说："要是你得健忘症还好些。其实我没有觉得自己有什么了不起，你不要多心，我只是没有耐心。外面压力这么大，几千几万斤压在身上，我都觉得腰要折了神经要断了。我没有耐心你原谅我一点，心里知道我没有别的意思就别跟我计较，你是男子汉心怀宽广。在这茫茫的世界你再不理解我还有谁理解我呢。我抱了好大的希望，苦苦等一年把你等来，谁知又是这样，我有什么想头？"说着又哭起来，肩在我胳膊中一耸一耸抖动。我感动着，却再也说不出什么，摸了她的头说："睡吧，睡吧。"

第二天早上她情绪很好，去学校之前说："高力伟，那天是我不对，是我犯了错误，你真的不记我的仇好不？我保证下次再不这样了。"又羞涩地笑起来。我说："好好，我都忘了你还老是提起！"她说："知道你是男子汉胸怀海一样辽阔，怎么会跟我这样的人计较呢。"我说："别拍我的马屁，拍也没有用，我不要你说好听的，下次别这样就没事了。"她说："不会了，哪里还会呢，我又不是疯子。"她去了，我心里怅然若失。这种感觉如此明显地在心中凸出来一块，我却不知道为什么。我知道一定有什么原因，坐在那里想了很久，把所有的事都想了一遍，还是不明白这种感觉的来由。我干脆抛开了去，拿起教科书一句一句地读下去，但那种感觉依然在意识的边缘飘荡，让人感到它的阴影。我放下书，下楼从冰箱里取了一听可乐来喝。在嘴唇触到冰凉的可乐那一瞬间，一个念头在心中一闪而过，我明白了自己。原来我在深心已经把这件事当成了一个机会，一个通向解脱的起点，而现在这个机会却失去了。明白了这一点我有了一种懊恼，怨恨着自己没有足够硬的心肠把冷漠坚持下去。

连我自己也不明白，为什么就产生了分手这样可怕的想法，而主要的原因又是什么。唯一明确的是，我现在本能地希望自己是一个没有牵挂的人，这想法连我自己也感到了恐惧。

在寂寞的时候，我常常与自己的心灵对话，我觉得在深心自己也看不清的地方，还有另外一个自己，他把我当作另一个人来审视。我想了好久，试图弄清楚自己为什么会产生这么可怕的想法。有些男人在结婚以后，会因为生活的平淡缺乏预期的浪漫而对妻子失望，这也许并不因为妻子有什么不好，而只是对平淡感到厌倦。他们在深心渴望着奇迹，有时单独赶赴舞会，想有意料不到的艳遇使乏味的日子富于新鲜的刺激。在思文出国以后，当舒明明以稚气的崇拜昏头昏脑地闯入我的生活时，我没有拒绝这种热情。在惶惑中我安慰自己，想着这并没有超出人性允许的限度。对舒明明我小心翼翼地保持着最后的距离，这不是因为有多么道德，而是没有勇气承担那么沉重的良心责任。好多次我在激动中想做那种我渴望着而又能够轻易做到的事情，这时那种畏惧就提醒着我就此止步。我还不至于为了追求刺激的渴念去凿沉家这条小船。舒明明好几次对我说："给我一点希望，给我一点希望。"我坦白地告诉她，我不能那样做，我没有那么强大的勇气。我心里喜欢着她，又觉得自己虚伪透顶。到加拿大之后，我想着过去已经成为过去。可近来我又开始了有意识的回忆。在自己的想象中，我已经把和舒明明在一起的情景温习过许多遍了，那些平平淡淡琐琐细细的事情，忽然都有了非同寻常的意义。每次与思文发生冲突之后，对过去的回想就特别活跃。舒明明的幻象就更生动地浮现在眼前。那怯生生的羞涩，那迷迷惘惘的询问眼神，使我的心感到快意的安慰。这样的安慰我从思文那里也曾得到过，但现在已经很遥远，出国这件事改变了一切。我需要这种感觉，当我在现实中得不到，就到回忆中去寻找。在这种可悲的处境中，舒明明那小鸟依人般的身影就显得更加珍贵，更加执着地在我心中闪现。犹豫着我给她写了一封信，非常平淡，对自己内心的感受只字不提，这时我明白了自己对她的真实感情，明白之后更加小心谨慎。我不知道自己的前景，我怕她造成幻觉而做前途渺茫的等待，那样会害了她，对她太不公平。生活中往往就是这样，你越是想念一个人就越是不敢表达。人真的是很怪，越是得不到的东西就越觉得珍贵，所有的心神都集中到了那一点，觉得那是最重要的，把它看成了幸福的全部。在这万里之外，地球的另一面，我想起舒明明那信赖的轻轻一点头，那求助的微微一笑是多么难得的幸福，多么领当不起的生活恩泽。可当时我并没有意识到这些。连我自己也看不透也说不清楚，难道因为这些我竟动了离婚的念头？在这种种回想的映衬下，思文的种种优越都失去了色彩。在国内时，听见别人说思文是女性中的出类拔萃者，我心里还很得意，觉得她真的是无可挑剔。而在这里，当其他留学生，还有她的老板等人众口一词这样说的时候，我却感到了沮丧。我总觉得这些话的后面的意思就是，你高力伟配不上她。那天去化学系一个博士家里玩，他太太对我说："高力伟你真是幸运，有了这样的太太还有什么可complain（抱怨）的呢？"我当时点头微笑称是，心里却是一声苦笑。人有时对自己就是不理解也看不透。为什么离婚的念头一旦产生，就这么强烈，我说不出充分的理由。这是一种直感，我相信这种直感一定有着充分的理由，或者，根本不需要什么充分的理由。

19

纽芬兰的冬天来得特别早，几乎还没有感觉到秋天，冬天就来了。十月，强劲的风从北方吹来，从大西洋上吹来，天气迅速地变冷。这天我从学校回家，在那个很陡的坡下我下了单车推着往上走，走到坡中间风吹来一片树叶粘在我脸上，我摇一摇头它还是被风贴在我的脸颊上。我伸手摸着想顺手丢掉，那瞬间却发现是一片红透的枫叶。这才注意到马路的另一边是一片枫林。我天天路过，眼睛却总是望了路那边的那片墓地，从没有注意这边还有这么大一片枫林。我早已忘记在来加拿大之前，心中一个小小的愿望就是在这个枫叶之国看一看枫林。好多次在画册上看到加拿大的枫林，心里就有那么一种神往。现在枫叶开始飘落，我才想起了这一点。走到坡顶我把单车立了，回头去望那一大片枫林。看了却有一点失望，加拿大的枫也不过如此而已。我想起上大学的时候，我和几个同学骑了车去西山看红叶，当车转了一个弯，那一片燃烧的火红向我们扑来的时候，大家兴奋得欢呼起来。上了山他们在树下铺开一块塑料布玩扑克，我躺在树下，细眯了眼透过树叶躲躲闪闪去看太阳，阳光射了眼睛又马上偏了头把目光藏到树叶后面。头轻轻晃来晃去。枯叶在耳边簌簌作响。我们买了面包，就着带来的水吃了，在林子里待了整整一天，太阳落了下去，才饿着肚子在暮色苍茫中归去。我把目光从坡上那一片枫林移开，抬起头去看被风吹向天空的树叶。我盯住了一片看它上下飞舞，越飞越高越远，渐渐在空中消失。我想象着那片枫叶的最后归宿，也许它还有漫长的路要走，飘啊飘啊，最后落在大西洋上，随波逐浪，慢慢地沉入寂静的海底渐渐腐烂，或者在一片陌生的土地上悄悄化为泥土。

无论如何，我该去看看大西洋了。我来圣约翰斯已经这么久了，大西洋近在咫尺，却没有去看一看，纽芬兰的风到了冬天可以吹倒人，趁现在那可怕的风还在北方，我得去看一看。思文说，看大西洋到圣格雷峰去看最好，前面大西洋一望无际，转过身就是圣约翰斯全城。我说："明天是周末，狠了心我一天不看书，去看大西洋。"思文说："我也要去，你带我去。"我说："你去难得爬山，你去过了。"她说："是不想要我去是不？你只有一个人去的情绪。"我说："一起去一起去，不去你又要想那么多了。"她说："我去过是我自己去过，你又没带我去过，我就是想要你带我去。"

第二天阳光很好，我骑车搭了她到山脚下，把车在路边树下停了，走着上山。爬了两个小时，路上休息了几次，才到了顶峰，到了她坐在栏杆上说:"都爬累了,让我喘喘气,你先过去看。"我走到平台那边,当那波涛无际展现在我眼前,出于自己意料我没有一点激动。山顶风很大,我的头发被吹得竖起来。极远处青天白浪连成一体,看不见边界。我将视线在波涛上慢慢往前推移,想发现海天相接处地平线似的一线,却没有成功。我攀了石栏杆探了身子往下看,山体陡峭地斜插入海中,风裹着海浪一波一波冲过来,一次一次扑在岩石上摔成白色的碎沫,传上来一种夹着清脆声响的隆隆声。思文跑过来拖了我的衣服说:"不要命了你!作死呀!"我说着"没关系"身体缩了回来。风在高空呜呜地叫,峰顶上有数不清的海鸥飞掠,远远近近黑影白影舒开了翅膀在风中飘浮,不时也扇动几下。我疑惑这些轻盈的鸟儿怎么就能够抵抗这强劲的风,而不被吹到遥远的南方去。我想盯紧了一只海鸥看它是不是被吹走,可怎么也盯不住,它翔掠着融入了那天边的海鸥之阵。旁边有个金发的年轻姑娘,指了海鸥对一个白发的老头兴奋地大叫,那老头就举起长焦距镜头的相机昂了头去拍摄。拍完了又用眼看那姑娘,像是问她满意不满意。我看那姑娘长得性感,正猜测是不是父女俩呢,那姑娘又扑上去搂了老头的脖子亲吻,原来是一对情人。这种情景我已经习惯了,在课间的时候我的那些同学在楼道里就是这样干的。思文的眼神忽然变得含情脉脉,眼瞟着那亲热的一对示意着我也来一点浪漫。我轻轻摇摇头表示不好意思,手往周围划一圈示意着,这么多人呢。她马上放弃了那种意愿,侧过脸去不再望我。我转身投了一个夸特到望远镜中,开关打开,我看见天海相接之处有一条隐约的弧线,又看见一个小黑点,以为是海岛,看清了原来是一条船。我又抚着漆黑的钢炮,想象着自己是一两百年前守卫在这里的战士,头戴欧洲武士的盔甲,凝视着永恒的大西洋。又想象自己是一个游泳健儿,从这峰上一跃入海,一直游到欧洲,在英吉利海峡登陆,轰动世界。海边举行了盛大的欢迎仪式,红衣白帽的仪仗队奏着歌曲，一个甜甜的金发少女向我献花，并在我脸侧亲吻一下，我出乎自己的预料趁她头一偏的时候舌尖在她脸上轻轻一触。我自己也吓了一跳，怕她会叫起来，她却还是崇拜地望了我笑。在欢呼声中我注意着她会不会用手在脸上那个地方擦一下，没有，这样我放了心。

　　正胡思乱想着，思文在那边喊："回去吧，风太大了。"我说："你还没看海呢，走这么远来。"她说："我坐在这里已经看到了。"往回走思文沉默不语，我故意扯出一些事来问她，她爱理不理。我碰一碰她的手，用一个指头去勾她的指头，想牵了她的手，她却轻轻避开了。我说："又不高兴了！"她说："脚走疼了。"我说："脚走疼了到草地上去休息一下。"她说："风这么大人都要吹病了。"我说："要不我脱了夹克给你穿了，我不冷。"她说："明天是星期天我还要去学校有事"我说："星期天有什么事，星期一去做算了，难得跑一趟。"她说："脚走疼了，真的走疼了。"她又坐到路边一块岩石上，脱了鞋揉脚，我站在旁边眺望圣约翰斯城。她说："高力伟，和你商量一下，叫一辆出租车下山。"我说："下山多少钱呢？"她说："十块钱不得了。"我说："今天反正没事，慢慢走到山下你就不要走了，我单车载你回去。"她说："走不动了。"我说："十块钱别小看它，抵我国内半个月工资呢。"她一撇嘴说："还是老一套。怎么加拿大这几个月就不能在你心上烙上一点什么？"正说着一辆出租车驶下来，思文招手就停下了。我说："问问到山下多少钱，就到山下。"思文已经打开后门坐了进去，我只好也跟了进去。车开了我说："又不先问问多少钱。"她说："这里都是看计程表，没有问钱的。"十几分钟到了山下，连小费花了十二块钱。下了车，我单车载了她说："出租车哪里是我们享受的，几分钟就去了十几块钱，赚这点钱要几个小时，还要有地方去赚呢。"她说："节约了时间就是省了钱。"我说："洋人为你服务，你开心啊，满足了。"我说着又一只手拍了胳膊拍了大腿，"你说这把骨头，配要洋人服务不？我倒是想为他服务，可服务不上！"

她说:"十二块钱剜了你一块肉吧,我们一个月还可存几百块钱呢。"我说:"几百块钱那是牙齿缝缝里抠出来的,什么时候才到一万?"她说:"你只会想一万,不敢想十万,想象力太贫乏了。"我说:"一万就是伟大理想了,人民币五万元,在中国一辈子敢想不?豆芽呢,我还是想发起来,当它是读书累了调剂一下情绪。每星期赚几十块钱也好。"她说:"你想搞呢也由你去,我看你还是专心读你的书。"我笑了说:"读书我没兴趣,洋学位我也无所谓,我也不必去想向谁交代。赚点钱回去是硬邦邦的。"她说:"别人拼了命出来哪里轻易就回去?谁不想移民呢,只有你。"我说:"咦,前几天你还答应了我回去的,又变卦了。要移民你自己一个人移去,你可想好!"她不回答,在车后轻声"哼"的一笑。我回头去看她的神态,她溜我一眼把目光转到别处,又是轻声"哼"的一笑。我心往下一沉,也轻声笑笑说:"好,好,好。"不再说什么。

20

我要思文从化学系搞来一个温度计,用桶在水房里接了冷水热水兑在一起,测了水温,把上次买的绿豆分一半泡了,又把房子里的电暖气开大一些。过一天绿豆吐出一点小小的白芽,我把绿豆倒入那只塑料大桶中,用湿毛巾压好,每天从水房提了温水浇几次。水流到底下一个大桶里,快满了就舀出来提到水房倒了,一天几次。晚上把水准备好,半夜也起来浇一次,怕烧坏了。豆芽一天天长上来,四天后竟长满了一桶。我抽了几根看了,一根根长长的,白嫩嫩脆生生的惹人爱。我说:"好了。"便和思文把塑料桶抬到水房里,闩上门,在浴池放了半池水,把豆芽倒进去,再一把一把捞起来,这样洗掉绿豆皮儿。

洗了两遍洗干净了，有一大桶，称了有四十多磅。我心里高兴着，多搞几桶就来钱了。我给顾老板打了电话，问他要不要。他问多少钱一斤，我说："八毛可以吗？"他说："这个星期生意好，七毛五，你送点来吧。"我问四十磅可不可以，他要我都送去。我用一个纸盒装好豆芽，绑在单车后面，骑车去了。顾老板看了说："不错不错，挺能干的啊，挺能干的。"他称了后给我三十五块钱，我说："多了点吧。"他说："按八毛算了。"我接了钱心里高兴得想笑，一桶豆芽就抵中国一个多月工资了，到底天无绝人之路。我说："下个星期要多少呢？"他说："生意算不准呢，有个人会送八十磅来。"我说："我比他便宜点。"他说："他都送几年了，不好意思呢，不好意思。要了再打电话给你，好不好？"

　　回去我把钱掏出来给思文看，她也很高兴，又担心我误了学习。我说："学习学不学都行，钱可不是赚不赚都行。"她又说，赵教授已经通知她，到明年一月助教工作就没得做了。我说："刚可以多赚几块钱，又一个洞，豆芽的钱也填不满。不过也好，舍了那点钱你论文就快马加鞭了。早点到多伦多去赚是一样的。"她说："不做也好，做了我心里好紧张的，生怕一点没做好。"我说："下个星期豆芽再多发一桶，什么地方有那种大桶呢？"她说："学校教学楼有，有些都空在那里。"我说："那今晚去拿一两个来。"她说："还是买吧。"我说："拿一个算了，买一个也要到超级市场跑一趟，还远些。今晚没有机会拿到，买也要买一两个。"她犹豫一下同意了，说："十点钟你到赵教授实验室来找我，十点钟以后教室里就没有人了。"晚上我骑了车到赵教授实验室找她，她说："我有点怕。"我说："怕什么呢，我真的当这是偷，我就不去拿了。我只当家里没有垃圾桶，顺手拿一个。"她说："如果碰了人问你，你就说，I think it useless.（我想这是没有用的。）"她要我复述一遍，我复述了。她说："有人了我就唱歌。"我说："干什么呢这么紧张，自己吓自己吧。有人来了又怎么样，我当他的面也拿了。"她说："小心，去吧。"

上了楼我看了看教室都空着，便熄了走廊里的灯，教室里的灯射到走廊来，静静的反而有了一种紧张气氛。我轻声自言自语壮胆说："自己吓自己呀。"又把灯开了，心里反而坦然起来。我提了两只垃圾桶，把里面的垃圾倒到另一只桶里去，又把两只桶摞起来拎着。快走到转弯的地方思文忽然站在那里唱起了歌，背对着我一只手在后面摇着。我马上把桶靠墙放了，手插在口袋里慢慢踱着步。一对男女学生牵着手下楼，望也没望这边一眼。下了楼我拎了桶在前面走，她推着单车远远跟在后面。到了马路上她跟上来了，我说："进了安全地带了。赵霞为了八块钱上了法庭，这两只桶要三十块钱呢。"她说："那不一样。"我也笑了说："那不一样。"我要她上车，她说："风这么大，又拿这么大两个桶，会吹倒的。"我说："我骑车你还怕，你搭我的车也有几年了，出过事没有？"她说："出事还用两次！"却一边在车后坐了，一只手拎了两只桶。我骑起来，她说："小心啊，两条命！"我说："死也不是你自个儿去死。"后面来的车经过我们的时候都放慢了速度，鸣着喇叭小心地开过。有辆车开得很慢地经过，一个妇女摇下车窗说："Too dangerous, be careful!（太危险了，小心！）"思文说："我还是下来。"我踩得更快说："外国人命要紧，没有事也说危险。他们又没有骑过单车，知道什么！"

这一次发出来的豆芽有七十多磅。我和思文在水房里洗了半个上午。听见三楼有人下来，脚步声在水房门口徘徊，知道有人等着解手，我急得汗都出来了。外面的人等不及了敲了门，我们又不敢开门怕他进来看见这种场面。匆匆洗完一遍，听听外面人走了，开了门赶快把豆芽抬到自己房里。等啤酒老倌解了手，再抬进去洗一遍。俩人累得直喘，怕水房占得太久，别人不高兴了报告房东。洗完后思文翻着电话簿打了十几个电话，有两家超级市场要我们一袋袋装好，拿去试试。我又临时去买了塑料袋，一磅一袋装好。下午我送过去，有的说包装还不行，有的说质量差点，总还是接受了。最后剩下十几磅，我说："算了，留着自己吃，这个星期不要买小菜了。"思文不肯，又抓起电话去联系，好不容易找到一家小餐馆要十磅。我说："我送去了，你在家做饭。"她说："反正今天是没心看书了，一起去吧，当它是散步。"在地图上找到位置，俩人一起送过去。谁知走起来比想象的远得多，差不多一个小时才到。拿了八块钱又往回走，思文说："脚又走疼了。"我说："这八块钱坐出租车回去不知够不够？"她说："来得这么苦的钱，真的舍不得用。"走到半路她说："肚子饿疼了。"我说："坚持一下马上就到家了。"她说："我饿不得，饿了头就发晕。"花一块钱买了一包炸土豆片。我说："俩人跑这一趟赚了七块钱。"她说："肚子饿疼了那没办法。"回到家一算，得了六十多块钱，除了成本赚了五十块钱。思文拿着钱呆呆地看了一会儿，一张张摸索着，说："这是钱，力伟，你看这是钱。"我说："是的，是钱，还是外汇。"她忽然哭了起来。我说："哭什么呢，你买土豆片我又没有说你。"她只是哭不说话。我说："怎么我又得罪你了？"她用衣袖擦着泪说："下次别发豆芽了好不？"我说："好不容易找一条缝能赚几块钱，又不搞了！"她说："两个人忙这一整天，那几天天天要浇水还不算，半夜还要起来，算起来两块钱一个小时也没有。我想起我们自己，真的好可怜啊。国内的亲戚朋友，只以为这里有钱捡，我妈妈知道我们这样，真的会哭的。我们有苦也说不出来。"我说："有办法谁愿这样？没有办法！这也是没有办法的办法，哪天有好办法了我们按那个办法去做，现在没有办法还是按没有办法的办法去做。"她说："我知道没办法说服你，没有办法。"我说："一大袋绿豆还剩几十磅呢，吃得完不？扔了它不？你不想搞你就不搞，我反正要搞。"她说："你反正不会听我的，我也没抱希望说服了你。没有办法。"

21

　　这天思文告诉我说，她大概是怀孕了。我的心一跳，身上紧张着感到了燥热，一时不知是惊是喜。我马上镇定下来说："到医院验了没呢？"她说："还没呢，我想就是的。"我说："怕又是情绪波动作怪了，要不我明天陪你去医院。"她说："也可以吧。这次感觉不一样。"我说："也好，也好，既来之，则安之。"她马上说："什么叫也好也好，生个加籍公民不是我们一个主要的目的吗？"说着眼睛直望着我。我避开她的目光说："很好，很好。"她说："你心里不太高兴？"我心里还没来得及把自己的情绪体验明白，被她这一问，倒真像心里不高兴被她发现了，便昂了头迎了她的目光说："怎么不高兴？怎么会不高兴？怎么会呢？"她冷冷地说："我倒真的看不出你有多么高兴。"她这一说我倒像在商店行窃被现场抓获，已经无可抵赖非得找一个说明的借口了。我机械地说着："很好，很好，很好。"我说得很慢，拖延着时间，自己也感到很虚假在掩饰什么。当说到最后一个"很好"时，我忽然想到了便有了勇气，说："只是我们现在太难压力太大了，我简直就不敢想象……不敢想象再有个孩子怎么应付得过来。"说了这句话我觉得轻松了，又想起赵霞在法庭上说手里拿了一把伞。可是我并没有做贼的心态怎么神态却像个贼！思文听了这句话，脸上却柔和了，说："怕什么呢，这么多人都生了，也没见有谁就过不去。没想到他会来，可来了就来了，还等到什么时候呢。我都快三十岁了，难道去把这孩子做了他不成！苦也要熬，难也要熬，都是熬过来的。人一辈子就这么回事，没有容易那么一说。"听她说"这孩子"的时候，我心里也泛起一阵温柔，仿佛一个赤裸的大胖小子的影子在眼前一闪。

　　晚上我感到心神不定，想好好考虑一下这件事情的意义，又怕思文看出我有心事的样子。我拿了教科书说："我到楼下客厅里去看。"把书翻了几下，就那样打开了捧着下楼去了。下了楼我把一张沙发移动一下，背对了楼梯坐了，又把书摊了放在膝上。我坐在那里心里乱七八糟，一会儿想会有个孩子了，加拿大公民，又完成一件事；一会儿又想这一来跟思文的关系就板上钉钉再也无法改变，要她改变现在的性格几乎不可能，一辈子感情生活就这样没希望了，怎么甘心！我心里还萌发着一种新的期望呢。想过来想过去总想不清楚，在心里对自己发狠说："想什么想呢，想！想也罢不想也罢，你想他生下来他会生，不想也会生，想不想都是一样，想也是空想了，干脆别想！"这样想了心中一阵轻松，用力合上书站起来准备上楼去。书合上时"叭"的一响，一瞬间我忽然感到一种沮丧，脚再不敢迈动，仿佛跨一步就是做了一个无可挽回的决定。我站在那里呼吸紧张，胸口感到了巨大的压迫感，渐渐地沮丧变成了恐慌和绝望。我喉咙里哼着"怎么得了怎么得了"，声音含糊，只有我自己能懂得那声音的意义。这样哼着我又颓丧地坐下去，这时心里已经明白，这件事对自己是一个确实的打击。

第二天我骑单车搭了思文去了医院。我对自己心中的阴冷感到害怕，可又没有办法很自然地做出兴奋的样子。我那愁苦的心情一定被她看出来了，她说："难道你真的怕到这样的程度，我一个女人还不怕呢！孕是我怀，生是我生，你实在要怕还有几个月呢。"我放宽了心，像是被她说中了心事，做出愁苦的脸说："我真的怕，真的生下来怎么办，自己也顾不过来呢。"我不会扮演一个假面的角色，内心的高傲也使我不屑于这样去做。现在勉强做着，自己也觉得不自然，心里也有一股强大的力量在反抗。幸好思文转了身去问护士小姐什么问题，没有注意我的表情。

在服务台我们交了社会保险卡和医疗保险卡，领一张卡片填了。

护士叫我们等着。为了掩饰自己不安的神态,我拿了桌上的 TIME(《时代周刊》)来看。上面报道苏联的亚美尼亚和阿塞拜疆发生大规模冲突,这对戈尔巴乔夫民主化进程是个巨大考验。又有麦当娜在多伦多演出,全城轰动。我想现在要在多伦多的话,说不定有机会一睹麦当娜的风采,但还没想得太明白又否定了,门票起码几百元一张,我进得去吗?正胡思乱想,护士叫她,思文就进去了。我想跟进去,护士微笑着扬手挡住了我。我不断地来回踱着,脚根本停不下来。心里祈祷着,希望此事非真,又是一场虚惊。又想着当年母亲怀了我去看医生,父亲的心情不知如何?这时候我对自己的心看得特别清楚,甚至觉得,如果没有这个事实,自己和思文的分手已成定局。这样想着我更加感到了这个事实对我的残酷性。在内心我并不是一个硬心肠的人,我很怕伤害了别人,哪怕无意中给了别人轻微的伤害,我会感到非常不安,这种不安可能还会持续很久,我甚至没有力量去拒绝别人的意愿。但是这一次,天啊,我真的没有办法!如果这个念头对思文是残忍的,那么也请上帝原谅我在这一生中唯一的一次。我在走道里来回地走着,心被撕成了碎片。这一刻与思文分手的愿望是这样强烈,简直在这一瞬间成为铁一样的决心。我这时觉得痛苦绝对不只是一种精神感受,一定也是一种肉体的感受,不然它为什么这样具体到可以触摸,使我的心如此沉重?我不能解释这时自己这种愿望为什么会这样强烈,以至对于钱的愿望也变得渺小而微不足道了。我感到了害怕,我想在心里向自己证明,这不过是一时的冲动,是由于要接受一个新的事实而激发出来的过分恐惧,由于人的那种越是难以实现的意愿就越强烈的可悲天性。但不幸这种证明却是乏力的,内心的呼声是那样清晰强烈无可回避。我觉得过一会儿如果这个事实被最后证明,我这一生就再也没有幸福可言。

这时思文从诊室里出来说:"医生叫你。"我从她脸上看出,怀孕的事已经确证。我心往下一沉,马上又恢复了冷静,反而有了一种痛苦的顶点已经度过的轻松。医生是一个中年男人,他笑容满面向我祝贺,我也微笑着点头回应。他的话我听不明白,知道是在吩咐做丈夫的要注意什么。出了门思文问:"医生说的你都听懂没有?"我说:"半懂不懂。"她又把医生的话转述给我听,我都应了。单车搭了她往回走,走不多远我停了说:"不知单车能搭不?有震动。"她说:"没有事,医生说该干什么干什么,和平时一样。"继续骑了车走。思文在后面说:"不知道是男的还是女的?要是个男的就好了。"我说:"加拿大分什么男的女的,又不是中国。中国城里人也不分了,加拿大女人权利还大些。"她说:"是个男的呢,幸福操在自己手里,女的呢,幸福操在别人手里。还是男的好。"她居然说出这样一番话出来,我真没想到。看起来她已经领悟了男女之间的另一种奥秘,想起来也是我伤了她的心。我敷衍着说:"有出息呢,幸福都在自己手里,没出息呢,幸福都在别人手里。你看我不是个男的,工作机会和奖学金都操在别人手里。"她说:"你是特殊情况,不算。我说的是男人女人的区别,你别打岔。毕竟三十岁的男人和三十岁的女人就不是一回事,老天爷设计人的时候就没有特别公平。"我说:"那我们生个男的。"她说:"已经都定了,你这都不懂。"又说:"如果生了就把我妈妈接过来带,满一岁了让她带回国去,我们再好好干几年。"我说:"连怀孕这两年差不多就完了。"她又说了很多,我心里正痛苦着,没听清她说什么,她说一句,我"嗯"一声。她忽然提高声音说:"高力伟!"我吓一跳,回头望她一下说:"怎么,又犯错误了?"她说:"你不高兴?"我说:"没有啊,就是想起有点怕,这两年差不多就完了。"她说:"问你什么都是一个'嗯','嗯'什么呢?"我说:"我想着总有点怕。"她说:"谁知道你想什么呢,你的心思我永远不懂。"

  那几天我心事重重,总想着"怎么办"这几个字,却想不出一点办法来。有时候人在某种处境中想挣扎一下，可就是用不上力，眼看了自己的余地越来越小，这时才明白了人也只能如此。他生存的空间就是那么一点，已经被一种看不见的力量规定好了，并不因为这个人是自己，老天爷就做出一种特别的安排。这样想着我试图豁达起来，竭力掩饰着自己的内心活动，想做出若无其事的样子。可总是越注意就越不自然，内心的清高也在反抗着这种矫作，反而显出一副遮遮掩掩做贼心虚的神态。思文显然已经有所察觉，"处境太艰难"这样的理由开始被她怀疑。有时她以审视的目光望着我，或者，在我做着什么的时候，她静静地坐在那里，双手悠闲地交叠着放在小肚前，以冷冷的目光追随着我的行动。这种沉默使我感到了沉重的压力，我想说几句轻松的话使气氛不要这么凝重，可思维特别的迟钝，勉强笑着说几句，思文也不像平时那样感兴趣，只是淡淡地反问一句："是吗？"这简直就是在告诉我，你的表演蹩脚透了，还有必要继续下去吗？这更加强了我那种心虚的感觉。有几次我真的差不多就下了决心要和她开诚布公地谈一谈，免得这样相互折磨，但总是话到嘴边又咽了下去。事到如今，谈一次除了彻底打破幻想之外，又能有什么结果？

那几天的内心挣扎使我简直要发狂，我感到了神经由于过度紧张而快要崩裂。我想象着大脑中那根细细的肉质的线，渐渐地拉紧再拉紧，临到极限，终于在一瞬间断裂，发出一声轻微的脆响。然后，大脑中只剩下黑洞洞的一个空间。想到这里我打一个冷战，拼命摇一摇头似乎想把烦恼甩开。就在这样的心情下，我还要勉力做出若无其事的神态，有时候拿起书来看，在书的掩护下尽情地沉思默想。虽然书上写了些什么我全然不知，但我还是过一会儿翻动一下书页，翻得很响，似乎证明着一种事实，并不时地悄悄转了眼去观察思文，看她是否已经相信我沉浸在书中了。

终于我彻底意识到这种挣扎毫无意义，也不会有什么结果。我必须面对现实，唯一可能的出路，就是缓和与思文的关系，除此之外我别无选择。当"别无选择"几个字在我心中一闪而过，我感到了一阵痉挛性的痛楚，想着人生这唯一的过程竟如此可怜，在自己最关注的问题上受到如此的制约，不能按自己的意愿去选择。我把"别无选择"这几个字含在口中啧啧有声反复品味，我从没想到这样的处境在某一天竟会轮到了自己。既然别无选择，那就不必多想，不必任性地放纵了内心的痛苦，徒然增添自己的烦恼。正如走向衰老走向死亡，这事实又何等残酷，但既然别无选择，也就不必焦虑，真的，人不能为别无选择的事情焦虑。命运已经做了这样的安排，我没有力量反抗。这样想了我在内心推卸了责任，心境也开朗了一点。

  沿着这个方向想到了极限之后，我又回过头来想。毕竟，思文是一个很不错的女人，她变了，这不是她的错。在这个陌生的国度什么都要自己去争取，什么都是从零开始，要她在外面应付裕如而在家中温柔谦顺，这种要求也太不现实。她不可能随时完成这种角色的转换，毕竟女人不是上帝为了谁的需要造就出来的。我能够理解她但却仍然难以接受她。在这里我们在家庭中的角色已经转换，我想不清楚这种家庭角色随着环境变化而转换是不是必然的。别人都羡慕她，称赞她，我却从这些话中听到了一种别的意味，一种判断，一种嘲讽。这使我的心更加敏感。我心里伏着一只反抗的兽，等待着，窥视着，渴望着一切反击的机会，让这个机会给自己一种力量的证明。世界上也许真的就有那种强干而温顺的理想女性，这是奇迹，奇迹培养了人们的幻想。但谁去设想奇迹就会发生在自己身上，那这个人将是注定了的悲剧人物。尽管如此我也不能就这样承认了眼下我们之间的关系的格局，我总还是个男人，这一点无法改变。我在心里设计着，要软硬兼施想办法改变了她，回到从前。不然我不能想象以后几十年该怎么度过。

  我平静下来，再也不愁眉苦脸，也能够看一点书了。历史分析方法这门课的期中考试，我居然也通过了。试卷发下来，逊克利尔在上面批道："Your English is better than I expected.（你的英语比我想象的要好。）"他不会知道，这是我花了几天的时间，把重要的地方硬背下来，考试时机械地抄上去的。要我临场去组织文字，我恐怕写不出成句的话来。通过期中考试并没有增强我对学习的兴趣，我的心像散沙一样收也收不拢。我还在想着有机会了还是去找份工作，而不能想象这样再过两年直到毕业，那样我在精神上会拖得筋疲力尽。圣约翰斯，这个天涯海角的城市，曾给了我那么多美好的想象，我现在对它却已经完全失望了。

22

现在我能够以平静的心情对待思文，但要说到爱，却仍难爱起来。我没有办法勉强自己的感情，仿佛那是被鬼而不是被我自己控制着，说是说不明白的。生活又回到正常的轨道，但那一层阴影却再也难以拂去。好几次我突破内心的抵抗，让内心的骄傲在那种游戏的口吻和掩护下，对她做出亲热的举动，玩笑似的说着亲热话："林妹妹什么事又不高兴呢？《红楼梦》里那个林妹妹是世界上第二喜欢生气的人，第一我就不知道是谁了。其实她心里没有生气呢，你以为她心胸那么狭窄吧。"说了就去拉她的手，在她的手心搔几下。又抱了她说："大家来看啦，高力伟和她太太好亲热呢，就是他太太有点不好意思。"思文把其中的矫作看得透彻。她温和地抗拒着我，把我轻轻推开。我说："又不理我！又不理我！你猜是你不理我我急些还是我不理你你急些，你自己猜吧！"她淡然说："算了算了，又何必呢。"我像被扒了衣服，赤裸裸地站在人面前一样羞愧，尴尬地笑一声说："你这样对我，你以为我脸皮有多厚呢？只有九寸可没有一尺那么厚，我还想给自己的自尊心留一寸余地呢。算了算了，可是你说出来的，以后别怪我。"她说："是我说的。说了又怎样，可不说又怎样？我要的是真的，不掺水的。别以为自己的自尊心是西瓜，别人的是芝麻。"在茫茫暮色中，她的表情平静如水，让我感到恐惧。我猜不透究竟她已是心如死灰，还是在酝酿着一场新的爆发。

幸好我们都很忙。思文忙着写论文，上选修课，还要帮赵教授工作。我除了上课，看书，做作业，还要时时耳朵塞了小耳机提高听力。其他时间我就弄我的豆芽，一个星期也能赚五十多元，比我的奖学金也少不了多少。星期天我去华文学校上两节课，教那些华人小孩"人手口，牛马走"，也有二十块钱。忙能够使人暂时地忘记烦恼，痛苦也要在时间中去体验。

有一天中午思文问我："我们现在钱有多少了？"我说："三千来块吧。"她问："什么时候可以到一万块呢？"我说："明年五六月吧。看起来一年一万块的目标可以实现。"她说："我想求你一件事。"我想，嘿，她倒学乖了！转念又一想，她一定有什么不同寻常的事，要打这钱的主意了。想着心中警惕起来，本能地想去保护那点钱。于是我收了脸上的笑意："什么求不求的，钱又不是我一个人赚的。"她说："那也有你赚的在里面。我是这样想，我想把这些钱拿了，再找谁借几千块钱，凑齐了一万块，买一张 money order（汇票）寄给思华去，只周转一个来回，办了签证马上寄回来，她现在快申请到护照了。"我问："借钱要付利息不呢？"她说："那是要付的，这是在加拿大。"我说："真的我倒不是舍不得钱，的确你妹妹来了毫无意义，白白地劳民伤财。"她说："那不关你的事，你不用着这个急。"这件事我本来觉得不合适，她又口口声声说"不关我的事"，我心中的抵触更加强烈。我说：

"不关我的事,你倒是说得好听!我们还是夫妻不呢?"她烦躁起来说:"你是个什么意思呢,我说什么你也不听,只要是我说的就一定不听,对也不听!"我说:"可惜你从来没错过。"她说:"我没有精神跟你喷口水,这样固执的人天下少有,舌头讲枯了也没有用。对你这样的人只有——"我马上说:"杀一刀。"她说:"杀一刀也杀不出血来。我找了那么多年找一个人,到底还是误会了,想起来心里一抽一抽的疼。"我说:"那还来得及消除这个误会。"她说:"消除就消除,我舍不得!你吓我吗?我怕!以后再跟你啰唆七八,现在道理不跟你讲,就算你是积德,做一次好事好不?"我说:"我没有做过一次好事,是吧?"她说:"那也可以这样说,你还以为你是谦虚吧。"我不作声,想起了那天计划好了要改变她,现在该怎么办?看起来要相安无事只有什么事都听她的,在大事情上她一定要坚持的,不会妥协,只有我退让。我心中怎么也服不下去,坐在那里细眯了眼不作声。她过来扯我的手说:"别又想装无赖装过去,存折拿来。"我用力把她的手甩开。她睁大了眼说:"那天医生跟你讲了,我现在情绪不正常是正常现象,你记得不?"我说:"知道自己不正常就是正常。你倒是想威胁我是吗?不要为自己瞎胡闹找理由。"她说:"我威胁你是吗?我心里其实怕是吗?"说着靠拢一步,把拳头虚晃一下。我吓得一让,笑了说:"又来了又要来了。又想打人吧!"她晃一晃拳说:"我是看你值得打才打的,到哪天我恐怕自己打也没情绪打了。"我说:"以为自己是什么大人物吧,瞎胡闹。"没料到她真的一拳打过来,落在我肩上,说:"我瞎胡闹了!"说着又打过来。我用手拦了她说:"打不得了,再打不得了,再打就会出事了!"她哪又肯听,边打边说:"打,打!就是要打!对你这样固执的人就是要打,你不喜欢我我就是要打。对你除了打还有第二个办法没有?你自己说!"我一边拦她,一边嚷:"打我还要我喜欢你!"她说:"你不喜欢我就要打!"我说:"打一个人还要一个人

她说:"你不喜欢我就要打!"我说:"打一个人还要一个人喜欢她!"

喜欢她！"她说："一个人不喜欢我我就是要打！"我开了门想跑出去，她用脚把门抵了，又打过来。我迎面抓住她两只手，她说："你松不松？不松我数三下！一、二、三！"我还不松，她弯了腰一口咬住我的手背，我疼得叫一声松了手，说："我跟你说，再打就会出事的，到时候别怪我！"她边打边说："出事怕什么，要离就离，以为谁稀罕你！还在想着自己是个什么了不得的人物吧！"她追得我满屋子跑，我东窜西窜几次想打开门跑出去都被她堵住。这样跑着我感到了羞耻，一股倔劲上来站住说："你打，你打，反正你现在打人是打惯了。"她扑上来又打几下，说："我还懒得打了，今天够了。"说着坐在椅子上喘气。我看着她，冷笑几声，冷笑的声音渐渐增大，突然，莫名其妙地，爆发出一阵哈哈大笑。停住了笑我把手拍得叭叭响说："打得好，打得好！"说着开了门说："太好了，太好了！"慢慢走下楼去。

　　一出了门就被强劲的风裹住，我哆嗦一下，想上去加件衣服，想想又算了，到厨房里把房东搞卫生穿的塑料雨衣披了。站在门口我歪了嘴朝空中笑一声，自己也不明白是嘲笑还是苦笑，沿着街道漫无目的地走过去。走了不远忽然听见思文在后面叫："高力伟，高力伟！"我忙躲到人家的门边，看见她在风中艰难地走着，一边叫着急急地过去了，头发在风中一飘一飘的。我又往回走，心中非常平静，没有激动也没有伤痛，只是手足沉沉的有些迟钝。我沿了街慢慢地走，街上没有人，人都被大风吹到屋子里去了。阳光带着一丝温热在大风中照出一个明朗的白天。走了很久我不知到了什么地方，折回去又不知怎么走到没有到过的街道上去了。忽然听到肚子"咕咕"一阵响，记起还没吃午饭，摸摸口袋有几个硬币，掏出来一只一只数了，有一块多钱。在路边的小杂货店买了两个面包，边走边咬，不知道有什么味道，真跟嚼蜡一样。心想可以骗肚子就算了，勉强塞进去几口。想冷静地考虑一下与思文的关系，想一会儿也想不出什么名堂，又觉得毫无意义，干脆抛开了不想。我对自己这种平静感到奇怪，想着大概是习惯了。面包还剩下一个实在难以下咽，就丢到路边，心想过一会儿就会有路过的狗叼走了，又想加拿大的狗可能不吃面包，要吃肉，刚才只买一个就好了。忽然我抬起头，发现自己面前是坡侧的那一片墓地。

23

站在那里可以看到墓地的全貌。

墓地四周被铁丝网圈着，高高低低不同式样不同颜色的墓碑一层一层斜斜地排下去，一直到坡底，大概有几千个，在太阳之下显得格外沉寂。风吹着落叶在墓碑间滚动，发出簌簌的轻响，又有几片被卷着向空中飘去。枯草在风中摇晃。几只白色海鸥停在碑顶一动不动，又有几只在墓地上空盘旋，渐飞渐低，发出嘶哑的叫声停到墓碑上。我慢慢绕了过去，往下走，我记得马路那边坡侧有一张铁丝网的门。

几个月前我第一次经过墓地，心中一动，又奇怪这么大一片墓地却在城市中心。每天经过，好几次想进去看看，但忙忙碌碌把这件事淡忘了。我绕到门边，马路对面的枫林完全落叶，黑色枝杈铁似的举向空中。小车在马路上来来往往。我从铁丝网门中走进去，里面安安静静没有一个人。我沿了一条小路往里面走，枯叶在脚下发出轻微的断裂之声。这些墓碑高的有一人多高，矮的只齐膝盖。一个大理石的墓碑两米多高，我伸出指头在上面一按，马上感到了那光滑的质感，一种冰凉的感觉传过来。手指移开，在碑面上留下一个清晰的指纹印，一圈一圈的看得清清楚楚。我仔细去读上面刻的碑文，在心里翻译过来：这个男人1836年生于圣约翰斯，1905年死去，生前曾经做过二十多年的市政府议员。又一个墓碑只有腰那么高，石质碑的下端生着绿苔。碑前放着一束花，已经枯萎，干枯的花朵还显出最后的残红，在风中颤抖。碑面没有尘埃，显然不久前有人擦拭过了。我在墓前蹲下去看碑文，这是一个女人的墓碑，她死去也已经有四十年了。我惊奇地发现碑文上记载着她生前竟是纽芬兰大学历史系的教授，心跳起来，怕是自己看错了，又一行一行看一遍，在心里翻译着，的确如此。我努力去想象四十年前的历史学系是什么样子，不知系图书室中可还有她的一部著作？一种空漠而怅然的感觉在心中涌动。四十年后的今天，居然还有人来扫墓献花，难道是她女儿？我想象着四十年前的那个风华正茂的金发少女，如今已成白发老妪。几十年只是时间的一瞬，但把一个少女变成老妇人却已经足够。她还记得自己的母亲，就在不久前，她颤巍巍地走过这条小路，在墓前献上一束鲜花。也许，不久以后，她也将告别人世，这个墓碑将永远地被人遗忘。在这个墓碑前我停了好久，看那凹进去的碑文轮廓依然清晰。我似乎朦胧地意识到了一点什么，突然发出几声自己也不明白的"嘿嘿"冷笑，那声音空洞洞的，使我自己打个冷战。我默默穿过整个墓地，然后沿着尽头的小路向上走。墓地最上端是一道石砌的矮墙，我顺着矮墙往回走，一边检阅似的俯瞰整个墓地。我走了十几步，忽然发现我所站的这个位置，可以看到大西洋的一角。我坐在矮墙上，凝望着眼前的一切。在凝神中我听到一种沉闷的隐约声响，这种声音我开始也听到了却没有注意，这时忽然领悟到了可能是大西洋的涛声。我静下心来侧了耳仔细辨别，终于确认了这是真的。

　　太阳渐渐偏西，大西洋的波涛在疲惫的阳光下远远地闪着万点粼光。我，一个孤独的异乡旅人，在这遥远的地方，沉默地望着墓地、太阳、波涛。海鸥们在碑顶断续地发出悲戚的叫声，人死去真的还不如一只鸟呢。面对这大片墓碑，生命的有限性不再是一个遥远的概念，它像墓

时间什么也不是却又是一切,它以无声的虚空残酷掩盖着抹杀着一切,使伟大的奋斗目标和剧烈的人生创痛,最后都归于虚无。一个人一旦理解了时间,他就与痛苦结下了不解之缘。

碑表面一样有着真实的质感。如果不是有这么大一片墓场作证，我很难想象在这么偏远的世界一角，也有那么多人曾经在时间里存在，在这片土地上诞生、成长、奋斗、成功，然后，寂然而逝，在时间之流中化为乌有。曾经存在过的全部痕迹，就是这一座墓碑，这静穆的矗立就是生命的凝结。来了，又去了，如此而已。没有人去追问他们曾经是怎样存在，他们的存在又有怎样的意义。时间什么也不是却又是一切，它以无声的虚空残酷掩盖着抹杀着一切，使伟大的奋斗目标和剧烈的人生创痛，最后都归于虚无。一个人一旦理解了时间，他就与痛苦结下了不解之缘。时间使伟大变成渺小，骄傲变成悲哀，使少年的意气风发变成老年的沉默不语，使一切变得意义模糊，唯有它永恒存在。它以寂然的平和把许多趾高气扬的人都打败了，想到这一点我感到了一种公平，一点安慰。从小我就在内心强烈地感到历史深处有一双无所不在的眼睛在注视着，这使我有一种模糊的使命感，觉得自己这生命存在的重要。在这一片墓碑面前，生命的短暂渺小无可掩饰地显示着本来面目，我感到了那些幻想的虚妄。一个人当他成熟到能够明白自己在时空坐标中的人生定位，他就再也没有勇气骄傲。这时我觉得自己与这些长眠于地下的异国人有了一种精神感应，他们并不像我以前设想的那样，在对生命的迟钝麻木中混混沌沌度过一生。他们与还生活在这个世上的人唯一区别只是生活在不同的时间之中，他们已经被岁月漫不经心地轻轻掩盖。眼前的岁月显得重要，这只是现在还存在着的生命的感受，时间在均匀地冷漠地移动，它并不理会这些。历史以不动声色的沉默，掩盖了这些逝者的奋斗足迹，他们的伟大和荣光。只有回到历史的情境中才能体会到历史的无奈，前人其实已经做了他们能够做的一切。哪怕是自己吧，就这么回到历史中去，其实并不能真的就做点什么，真的不能。一切尖锐的呼唤和强悍的突入，都将幻化到那漫无边际的广阔和不动声色的绵长之中去。我想象着几十年一百年之后，我早已长眠在地下，和这些墓中人待在一起。也还会有人来这里作哀伤的凭吊，并惊异地发现一块刻有中国人名字的墓碑。就在这一瞬间，我觉得自己洞悉了一切世事的秘密，参透了生死。生与死、痛苦与欢乐、伟大与渺小、成功与失败、希望与绝望、爱与恨……扭结着，渗透着，汇聚掺糅，相互激荡，直至最后的界限渐渐消失。我忽然有了一种滑稽感，为什么名和利会像木偶后面的提线人，用苍白的双手操纵了人世间的一切。太可笑了，真的太可笑了。就在历史这一瞬间，世界上有多少地方在沸腾着，喧嚣着，上海街头人头涌动，华尔街笑语喧哗。同时，非洲丛林大象在安详地散步，暗处的猎人已经悄悄伸出枪口；北京机场飞机正在升空，送别的亲人向一闪而过的飞机招手；克里姆林宫戈尔巴乔夫正在敲定决定世界面貌的最后计划；好莱坞一座豪华住宅中曾红极一时的明星正与艾滋病做最后的搏斗。就在这一瞬间，在圣约翰斯这偏远的人间一角，人们生活着，为了生活忙碌着，这些与世界都没有关系。世界已将这人间一角忘记。生活着，为了更好的生活忙碌着，过去如此，永远如此，这就是生命，这就是被重重蒿莱掩盖着的简单事实。如此透彻地意识到真相我感到沮丧，心中充满悲凉。这一切正在成为不可逆转的过去……而我，一个异乡的旅人，在这偏远的人间一角，正默然凝视着这一片墓地。没有什么景观能够更强有力地启发人们的心灵，在它面前你的心无法回避。这时，我体验到了一种不清晰的感悟，一种强烈而意义暧昧的冲动，浩荡邃远，汹涌澎湃，深不可测，它像一条大鱼在水中游动，我平心静气想抓住它。我已经清楚地看到了大鱼的脊背和鳍翅，看到了它在阳光下闪烁的粼光，在水中游动卷起的漩涡。可是，当我快要抓住它的那一刻，它又倏然而逝。生命的感觉千聚万汇激越奔涌却无法表达，使人痛切地感到了人类语言的苍白。一遍又一遍，我竭力在心中挖掘，却是徒劳无益，徒劳无益。

　　我在冥想中忘记了时间。似乎在一刹那，太阳已经西沉，遥遥地透着殷红,大西洋的一角在夕阳中一片金光闪动,北风在高空呜咽,海鸥低翔,衰草颤动,墓碑排列着整齐的方阵,在金色阳光的点染下,庄严肃穆,雄伟悲凉。历史上一定曾有过无数像这样在北风夕阳中伫立的瞬间,在那些瞬间先人们也曾无限悲凉地感受到了这所有的一切。在这一瞬间,岁月如雪山般纷然崩塌,千万年历史像几页书一样被轻轻翻过。就这么简单地,历史在我眼中裸呈着,一片宁静的惨烈。我感到了一种神圣的召唤,想象着自己迎着夕阳飘过去,在大海上飘逸如飞,履水无痕,前面是陡峭的岛屿,晶莹的冰山。我在岛屿冰山之间飞驰,刀光一闪,剑影一飞,刀光剑影中开拓出一片纯净的天地。那里没有忧虑没有烦恼直至永恒。于是在凛冽的北风中仗剑立于天地之间,凝视着夕阳中浩渺的一片金光闪动,嘴角浮出沉静的微笑。这样想着我缓缓站起来,以一种压抑的平静凝望着眼前的一切,似乎在等待着一个最后的宣判。人生最宝贵的东西是生命,这生命像无尽时间之流中的电光一闪,无法也没有必要去追寻最后的意义,那电光一闪的瞬间就是终极的意义。人不是为了承受苦难而来到这个世界的,苦难没有绝对的价值,苦难使苦难的意义化为乌有。在时间之流中每一个生命都那么微不足道,却又是生命者意义的全部。时间的伟大和冷漠无情使人只有站在个体生命的基点上去体验世界,他别无选择。时间像太阳的黑子,把一切都吸摄了去,而不留下一点痕迹。站在那里我感到了一个巨大的阴影正从容地、沉静而执着地向我逼近。隔着茫远的空间和悠远的岁月,我似乎听到了宇宙间那个苍老的声音。

  我迎着夕阳走过去,许多逝去的圣人的身影浮在夕阳那端,孔子、屈原、曹雪芹……峨冠博带,面孔模糊,一个一个向我飘来。我想象着圣人们的步态,把手操在背后,挺直了身子,从容地一步一步地走着,塑料雨衣擦得嚓嚓地响,我心里满意着自己的姿势。走到铁丝网门边我忽地打了一个冷战,我突然意识到在风中已经待得太久,浑身冰凉。这种冷的感觉使我回到了现实,刚才的万端思绪像一个飘忽的梦倏然逝去。我心情沉重起来,想到了思文,想到了中午那一幕。北风呼啸,野旷天低,夕阳宁静地在地平线上射出最后的光,在天边点染出一片绚丽。我沉默地走着,我心里明白自己只有一个去处,那就是回家。我的心猛地一紧,想起了出来已经有几个小时,不知思文可给豆芽浇了水?心中焦急着加快了脚步,恐怕会烧坏,这个星期的几十块钱又没有了。走着我想象着那些圣人们是否也曾面临只属于他自己的平凡琐细的苦恼,如此卑微却无法超脱?路边那远远近近的一幢幢别墅式的房子与我都没有关系,属于我的只有鲜水街的那一间。我实在太冷也太饿了,无论如何,那是我在这大千世界的唯一归宿。我要赶快回到那里,给豆芽浇水。

24

凛冽的风从更遥远的北方带来了雪,一夜之间世界变成了一片纯白。早上我下楼去开门,门已经被雪堵住,推了半天又踢了几脚,还是打不开。安妮从楼上下来,站在我身后"咯咯"地笑。我说:"I can stay at home for a whole day.No problem.(我在家停一整天都没关系。)"就趴在窗口看外面的雪景。安妮烧了一壶开水,从门缝中倒下去,一推,门开了。她站在门口笑,显出少女天真的神态,又上楼去换了雪靴,出门去了。我站到门口看雪,雪又下起来了,越下越紧,被风扯着在空中横飞,连街对面的房子也看不分明。铲雪车在门口马路上隆隆开过,车后就撒下一些大颗粒的盐来。思文从楼上下来说:"又呆了,又在心里抒情吧,可早饭还没吃呢。"

那天回家以后，思文问我到哪里去了，到处找也找不到。我说："看坟去了。"她没听明白也不追问，说："高力伟，是我错了，是我不对——"我打断她说："是我不对，下次我再也不这样了。"她"扑哧"一声笑了说："真的我心里好后悔，我总是管不住自己。"我说："管不住自己也要看情况的，在国内你一定就管住自己了，现实得很。"她说："你想得太多了，我从来没有那样想过。"我说："你从来没有那样想过，你从来就是那样做的。不怪你只怪我自己，男人争不来那口气就该打！打死了也就打死了，打废了也就打废了，谁叫他自己没出息呢？"她说："你一定要这样想我也没办法，反正我没这样想，骗你是狗。"我笑一声说："我也不指望你承认，你心里明白。"她说："你就原谅了我最后一次，你考验我再给我一次机会。不过真的你太固执了，我没有办法。"我说："没办法就用老办法，那也是办法。"她说："那我倒不会了。不过医生说，我情绪不正常是正常的，我怀的是谁的孩子呢？我脾气不好你就体谅一点好不？"

也许，我是应该体谅一点，可我没这份心情。我也再懒得去装出热情的神态，我觉得自己现在有资格有理由不去尽这一份责任。于是就这么平平淡淡地过着，思文对我也不提更高的要求。我希望心中的冷淡会渐渐消失，但日子一天天过去，我心中却毫无变化。我对自己感到绝望，在恐惧中等待着现实的临近，这使我对生存的残酷性有了更深的体会，人必须去接受自己不愿接受的东西，无可逃脱。我咬紧牙关硬撑了去面对现实，而且，我更加执拗起来。我已经把自己的坚持当作对思文的一种考验，在这个世界上我现在能坚持的也只有这一点点了。思文说："高力伟你越来越固执了，真的叫人没有办法没有耐心。"我说："那你把惯用的伎俩又展现出来。"她说："你心里对我有什么就明掏出来，也用不着转了个弯这样表示。"我说："你真要我说呢还是假要我说？我真说了你别又骂我打我。"她认真严肃起来，说："那你说，说真的。"我也认了真说:"说了也好,不说透事情也还是那么待着。"我看她的脸色还平静,说:"我这个人呢,有些怪毛病,我自己也挺恨的,可就是改不了,我拿自己也没办法。我心里吧,就是没有办法接受一个精神上压倒我的女性。其实压倒我又怎么样呢,人家比你强嘛,一个人总得实事求是!可明白了还是没有办法,你说这有什么办法?要不我到医院里去动了手术把心换一个算了。"她轻轻冷笑一声说:"你以为这就是男子汉了?你有本事把一切都操心完了,我多操心一件事我还算个人!我还愿意在家里做太太呢,和赵教授太太一样,看看电视、录像,开了车去超级市场,到健身俱乐部去待半天,回来做做饭。我不愿意吗?可是行吗?行吗?你英语又不好,我不去活动,靠你,你行吗?"我说:"你讲的都对,因为我无能,所以我就该挨打挨骂。"她说:"跟你讲话好难,越讲越讲不清了。我也懒得讲了。"说着扭了头过去不再理我。

在旁人看来,夫妻之间为了那么一点说不上口的小事发生了激烈的难以调和的矛盾,是很可笑很难理解的,他们不了解这种冲突的心理背景。我和思文也是这样。我和她之间有着一种隐约的对立,这种对立很容易地就引发一些毫无理由的冲突,这简直成为一种惯例了。冲突有时就在我自己也难以预料的地方爆发出来,真叫人防不胜防。固执己见已经成为我一种习惯性的本能的反应,而思文,她的习惯性反应就是动手。医生的话使她放弃了任何克制情绪的努力,在这种理由下,她在事后也不再像以前那样过来请我原谅。我简直连想下台也下不去了,挨了打倒还要我去赔不是,那怎么可能?有一次她问我:"要你给家里写信,寄本《新英汉词典》来,写了没有?"我说:"我不要,我没有写,我万一要查个什么字借你的用一下。"她说:"我的不借。"我说:"不借也可以,我就用自己的小词典。"她说:"你不写我写了。"说着提了圆珠笔就趴在桌子上写起来。我探头看她是写给我父母的，推她一下说："要写你给你自己家里写，别给我家里写。"想也没想到，她把圆珠笔一横就在我手背上用力敲了一下。我疼得手一弹，连连甩着手说："这圆珠笔是铁的呢，你下毒手！"她又趴到那里去写，一边说："这还算轻的，下一次就没有这么便宜了。对你这样的人还有第二个办法我就不这样了，你愿意说我下毒手就毒手。"我手背上红红的一道，热热地疼。我把手伸到她面前，另一只手指了说："你看，你自己看，肿了，肿了。"她看了说："肿了？好，好。这样印象深些。"又有一次，晚上不知为什么事争吵起来，她扬了手作势要打我，我说："又来了，又来了！"她把手放下来说："跟你这样的人讲也讲不清，吵也吵不清，一件简单得要命的事就是弄不清，不知道是我错了还是你错了！"背了书包下楼去了。我站在楼梯口，看见她竟开了门走到外面的风雪中去了。我追到门口，看见她往学校方向走去。我赤着脚踩在雪中追了上去，一把抓住她。她挣扎说："让我走，让我走！"我说："都十点了还到哪里去！这么大的风雪，不得死了吧！"她还不肯回去。我说："我是赤了双脚踩在雪里啊！零下二十多度！"抬了沾着雪的脚给她看，她才跟了我回屋子里去。回到房里我说："思文你原来脾气好，现在变坏了。"她说："我只是对你脾气不好。"我说："我又不是特别坏的人，坏蛋。"她说："那总有原因，那怎么警察抓小偷又不抓别人呢。"我忍不住笑了说："照你说那我是活该。"

还有一次，发出的豆芽还剩下几十磅怎么也推销不出去。思文说："浪费了也是浪费了，你都送到前面那个超级市场去，便宜点。"我说："不行，这个超级市场一个星期只能卖掉十几包，你把这几十包送去，也是卖不完，还把印象搞坏了，下次他们也不稀罕你的了。"她说："那你说怎么办，辛辛苦苦发出来都包好了，又去丢掉？"我说："下个星期我少发点。"她说："送呢还是不送，你一句话！"我说：

"送去也是白送，送给朋友也好。"她说："送给朋友？你等于是去告诉每一个人，我们在这里发豆芽赚钱，你不要脸了，我还要脸见人呢。睡觉的房子里摆几只垃圾桶，多好的风景！让人背地里笑得打滚！"我说："丢掉算了。"她不再说话，把豆芽一包包放到纸箱里，吃力地想抬到单车后座上去。太重了放不上去又放下来。我说："你怀孕了你不要忘记了，你自己要对自己负责。"她也不作声，把豆芽一包包拿出来放在地上，把纸箱放上去，学了我平时的样子用弹力绳扎好，再把豆芽一包包塞进去，推了车子就要出门。我抓住单车龙头说："思文，你别感情用事，说了送去没用就没用，我送了这么久了我不知道？不信你试试！"她说："让我试试！"我说："试也是白试，让他们说我们的东西不值钱，以后就当我们的豆芽是草了！"她说："你松不松手？"我说："我求你了。"她一拳就朝我抓着龙头的手打来，我手一缩，她自己的手打在龙头上，疼得皱眉，却也不吭声。她推了单车就走，出门下台阶时跟跄了一下，差一点摔倒。我跑过去扶她，她已经上了马路。我追上去说："我去送，我去送。地上这么厚的雪。"她说："不要你去，你转个弯就丢掉了。"我拉了扎纸箱的弹力绳说："思文告诉你送去没有用的。"她说："松开了手！"对面有小车开过来，我们让到路边一点。我说："告诉你……"她说："还不松是不是？"她一只手扶稳了车，腾出一只手举向空中说："松！"我相信她会打下来，却还是拉了绳子不动。她一拳打在我手背上，我说："你打吧，反正你自己的是一样疼，作用力等于反作用力，我还是男的，没那么怕疼。"她说："那是你要我打的，作用力等于反作用力！"又是几拳打下来。我松了手说："你这个人太没有修养了。"她气汹汹说："修养？跟你这样的人讲修养两个字，那是白讲了。修养？哈哈，我早就说了，除了打没有第二个办法。"说着推单车走了。我站在那里看着她渐渐远去，来往的小车将残雪溅在我的裤腿上。

25

　　还有好几次这样的事情我现在都记不起来了。但是那一次因为后来经常想起，至今仍记得清清楚楚。那天下午也不知为什么，我心里有鬼在催似的，竟主动对思文说起思华的事，想说服她不要去借钱，等我们自己凑够了一万块钱再去办这件事。我刚说了几句，意思还没有说明白呢，她就把手中正拿的一卷透明胶带朝我脸上扔来。我没有一点防备，胶带正打在我鼻子上。我对她动手已经有点习惯，没有太强烈的反应了，可今天我本来还是想告诉她我同意这件事了呢，心里一委屈火气冲上来，骂道："神经病！疯子！"她扑过来朝我身上乱打，嘴里说："神经病就神经病，神经病打死人正好不犯法。"我一边让，抓住她两只手说："你有劲是吧？"一直推把她推到墙上。她挣扎着，用脚来踢我。我用膝盖顶住她的腿。她用力挣扎，我只是使劲按住她，也不作声。她喘着说："好，我看你一辈子不松手。"不再用力挣扎。我说："你太过分了，我话还没说完呢，你就动手，你打我真的打惯了，我妈妈生了我是给你打的吗？她自己还舍不得打呢。"她说："你这样的人不打还有办法没有，你自己说！谁有那么多空闲跟你啰唆。你这样的人又是能够说得服的人不？世界上还没有那样一张巧嘴。"僵了几分钟，我看她情绪平稳了一点，就放开了她，坐到椅子上去。她不声不响，操起一把钢丝发梳用反面照我腿上就是一下。我一跳说："好啊，开始用东西打人了，明天还会备刀子吧！"她说："有这种可能！"说着又是一下。我坐着不动，骂道："混蛋，你自己说你有多混蛋，你自己说，跟个泼妇一样！"她听见"泼妇"两个字，把发梳转过来，用装有钢针的那一面打在我腿上。我疼得一弹，横了一条心嚷道："你打，你打，你这个泼妇！"她又打我几下，嚷着："你骂，你骂，你骂得我就打得！"这时外面有人敲门，有人在问："What happened?（出什么事了？）"又是一阵议论声，是楼上那一对小情人。思文把发梳丢在地上，两个人相视喘气。停了一会儿外面的人走了，我说："你下毒手，你别怪我，离婚！"她轻蔑地一笑说："总算这句话你今天甩出来了，你憋了好久了。我怕离婚，你这样的丈夫我还舍不得，是吧？还以为自己是什么宝贝疙瘩呢！"我说："好，你别改口，改口你是猪！"那把扔在地毯上的发梳，我呆呆地望着半天，突然意识到那带钢针的橡皮翻出来是打我打的，眼盯了发梳"嘿嘿"笑几声，又笑几声，心里一酸，失声痛哭起来。我用衣袖去抹眼泪，抹了又涌出来。我还想克制，越克制越觉得委屈泪越流，哭得上气不接下气，一边哭一边张了嘴大口喘气，我一生都没有这样失态地伤心痛哭过。哭了好久，声音渐小，变成了抽泣，可眼泪还是不断。思文吓呆了，痴痴地微张了嘴望着我，毫无表情。我哭得有些疲倦了也麻木了，头脑中像有许多大树支撑着，又像铺了几根笔直的轨道，就摸到床上去，倒下去昏昏欲睡。

　　不知道睡着了还是没睡着，我清醒过来时天色已晚，思文也不知哪里去了，她在我身上盖了毯子。房子里亮着灯，安静得出奇，小闹钟一声声地响听得真切。我支着身子坐起来，看着房子里的一切，都觉得很奇怪，有一种陌生的感觉。我隐隐约约记起了下午的事情，脑袋沉沉的，又倒下昏昏睡去。迷糊中有人推我几下，我勉强睁开眼看见思文站在床前。我说："有什么事？"她冷冷地说："吃饭吧。"我说："我肚子不饿。"她说："不饿也吃一口。"我做梦似的爬起来，机械地摸到桌子边坐了，在神志不清中吃完一碗饭，又摸到水房撒了一泡尿，和衣倒在床上沉甸甸地睡去。

　　天亮时我醒来了，我马上记起了昨天的事情，又呜呜地哭起来。泪眼蒙眬中看见思文和衣睡在身边。听见我的哭声，她坐了起来，靠了墙望着我，也不作声。我哭了一会儿，坐起来说："思文，我们离婚可以吗？"她说："随你，你想离我也没办法。只有结不成的婚，没有离不成的婚，不是吗？今天轮到我了。"我慢慢镇静下来，说："这样下去，我们的关系也没有办法挽救，还等什么呢？要试什么都试过了。既然没有希望，早分手对两个人都好，特别是对你好。"她不作声，眼睁睁地望着我。我说："你也不要怪我，我伤心是伤透了，昨天的事我很难忘记。"她说："要离婚我也随你，我没有话说。不过昨天的事是我不对，我可以保证这真的是最后一次了。"我说："保证也没有用，你保证过很多次了，我没有办法相信你的保证。难道你自己还相信？"她说："我这次保证了就一定做得到，不过你不信也有你的道理，我没有办法。"我说："现在保证是不是晚了点，回到昨天的现在事情还没有到无可挽回的地步。"她说："你已经这样说了我就没有可说的了。"我说："离了婚我想回国去算了，加拿大虽好不是我待的地方，我在这里是个窝囊废，你心里看小了我也是应该的，我不怪你。我这副嘴脸不被别人小看，那也是不合逻辑的。压力太大了你心里烦，没有耐心，这我也理解。只是我受不了，再也受不了了。这错不是你的错也不是我的错，不知是谁的错反正错是错定了。一件事弄坏了也不一定就是谁错了，就算是错事情它自己的错吧，错还是错了。我并不恨你，但我无论如何不能再这样下去，我会疯了的。我今天可以坦白地告诉你，我对你没有那份心思了，被你打掉了。所以我对你就毫无意义了，毫无意义，毫无意义就是什么意义也没有。"我的声音非常平静，一点怒气也没有，甚至有点懒洋洋漫不经心的味道。她说："我知道，我都知道。我没有这个命我也只有认了。我实在想不起除了脾气克制不住还有什么不好，我又不是真的心里坏，毒。我怪来怪去只怪自己命不好，我不信命，但不怪命又怪谁？"她说着呜咽起来，捂了鼻子拼命想忍住哭，但终于忍不住，哭出声来。我说："你也不要哭，我也不要哭，在这个天涯海角，没有父母亲人，哭也没有人听见，哭也是白哭了。"听了我的话她倒在床上痛哭失声。我看她肩一耸一耸抖动，心软下来，又想起昨天的事，硬了心坐在那里，咬紧了牙沉默不语。思文哭了一会儿，全身大动几下，直起身子，理一理头发，平静地说："你说，把要说的话这一次说完了。"我说不出话，眼睛盯了墙角不开口。她说："你有什么话趁现在都说了，现在不说，以后没有机会说了。"我一狠心说："别说我狠心，人的心有时走投无路了也非得狠一狠。我不想在纽芬兰待了，我要走。我本来想回国去，但想起到北美来一趟，来回的机票钱都没赚到，几件电器也买不起，太不甘心了。钱这个东西真厉害，真太厉害了，到了这里才有这样痛心的体会。"她说："你就这样回去了，别人会笑你。"我说："事到如今我还怕别人笑？我让他们笑去，有时候想起来死都不怕了还怕笑？笑话！"她说："那你真要回国，把我一个人丢在这里？"我说："圣约翰斯赚不到钱，我想到纽约去找胡大鹏，打黑工就打黑工，拼出命来干半年，再回国去。"她说："美国你去不了，你签不到证。"我说："办旅游签证试一试。"一提到这些具体问题，我又灰了心，我还是没有足够的勇气将生死置之度外独自面对一个未知的世界。我又说："国回不了，美国去不了，纽芬兰又待不下去，那我真的走投无路了。"她说："你实在不愿在这里你回国去，我们还有三四千块钱，你拿去，给我剩几百就够了。你买了机票还可以买几大件。"停一停她又说："你回国去倒什么事也没有了，我留在这里，比你要苦得多，要工作，要写论文，还要准备生孩子，以后会怎么样，我想都不敢去想。"天啊，说了这么多话，我倒把最重要的一件事给忘了，孩子！我垂了头，反复在心里问自己"怎么办"。让她一个人带了孩子在这里？还是这样维持下去？我面临的现实是多么残酷！我的心疼得都麻木了，压抑得几乎喘不过气来。过一会儿缓过来我说："孩子不能要，到医院去做了，他生下来没有父亲，那他太惨了，那等于是害了他。趁他现在还不是一个人，他还不是一个人。"思文身子往后一缩说："不行，我要把他生下来，我一个人在这里太孤独了，让我也有一点希望。他生下来就是加拿大公民，政府会出钱养他。反正你的儿子种还可以，不丑也不蠢。你心里再怎么恨我，有了他我将来也会在心里感谢你。"我说："林思文，你不要感情用事，生下来他苦你更苦。以后你还要结婚的，带了孩子你怎么办？你要为自己着想为自己留条路。你想孩子了以后还可以生。"她被我说动了心，双手捧了头不作声。过了好久抬起头说："那就听你的，到医院去好了。"我说："走。"她说："走。"两个人都站起来，走到门边。她又回过头去，在地上把那把钢丝发梳捡了，扔进垃圾袋，把袋口扎了。我意识到现在已经到了人生的关键时刻，任何一个想法，都会影响我和她的一生。我心里突突地跳着，下了楼，我说："搭单车去？"她说："外面有雪。"我说："拦部出租车？"她说："只要你舍得。"我使劲地拍着头说："这么沉，这么沉。"她说："怎么办，你说。"我说："让我再想想。"双手叉在颈后蹲了下去。她坐在沙发上说："想吧想吧，你想吧。想好了不想了再把你想的告诉我。"

　　蹲在那里我心中像踏过千军万马。半天我长叹一声说："走投无路，真的走投无路。"思文说："高力伟你这么苦那还是去医院算了。你回国去，我一个人在这里慢慢混下去，天也不会把人的路绝了。"我说："你也想离婚？"她说："我倒是不想，你要我也没有办法。"我连连叹气说："家破人亡，吃亏太大了。想起来都怪我那时候心血来潮，怎么想起就顺口溜出一句话，要你去要美元考托福。不然现在在国内过个平安的老百姓日子，又有什么不好！苦是苦点，也不至于苦成这样子，惨成这样子。想一想人又何必呢！"她说："那不离婚可以不呢？"我说："不离婚不知道明天你又拿什么打我，皮肉疼我没什么，心里疼得受不了！"我用一根指头戳着胸前说："这里，这里！"她说：

"我绝对错了，绝对是我错了，我心里清清楚楚是自己错了。但是你可不可以给我最后一次机会？只要你固执改百分之五十，我保证改百分之百。我结了婚的理想就是做一个贤妻良母，可就是被事情逼成这样！我能不能有最后一次机会？这一次是真的最后一次。你不信我，我写个保证放到你那里，我没做到以后你拿出来，要怎么样我不说一句话。"我说："机会你已经有过好多次了，早跟你说再动手会出事的。到现在我怎么相信你，你自己说！老实说我心里最后一点感情被你昨天一打都打跑了。"她叹气说："我现在也不是求你，只是心里还是舍不得你。"又低了头半天不作声，眼泪直往下滴，落在地毯上。突然她使劲把脚一跺，双手握拳用力打自己身上说："只怪我自己，只怪我自己！"我连忙跑过去抓她的手说："不要这样，思文，不要这样！"她发疯似的挣开我的手，往身上打得更重，哭嚷着："打，打！都只怪我！让我打，让我打！我心里好恨我自己啊！"又抬起一只脚使劲踩另一只脚，疼得咧着嘴倒在地上，伏在肮脏的地毯上号啕痛哭。我一把抱住她，说："思文，你别这样，我们不离婚好吗？以后我们不吵架，在这里苦几年回去好好过日子。"我说着也流出泪来。安妮和酒鬼在楼梯上探了头往下看，见我望着他们，马上又缩回去。我冲着他们拼命叫一声："滚！"也号啕痛哭起来。两人痛哭着站起来，搀扶着上楼回到房中。

渐渐地两个人都哭累了，声音微弱下来，最后只剩下相呼应着的一吸一呼的声音。两人相望着，都不说话。我看她脸上点点泪痕，楚楚可怜的样子，一种突如其来的欲望涌上来，在我血管中游走，模糊的一片终于凝聚成一种明确的指令。我不好意思地推她一下，她莫名其妙地望我，询问似的"嗯"一声，见了我的眼神，马上又明白了，脸上浮出一丝羞怯。我抚摸她的头，她像羊羔一样软倒在我怀中。我搂了她爱抚着，有一种新奇的感受。我一只手用力掐她的胳膊，她忍着疼轻轻呻吟几声，却一点也不抗拒。这种顺从使我更加亢奋，便去解她的衣扣，她软手软脚地用细微的动作配合着我，钻到毯子底下。我问："行吗？医生怎么说？"她说："没关系吧。"把头靠在我的胸前。

26

我心里经常疑惑着，红尘俗世中有着某种难以理解的神秘力量早已做了既定的安排，不然事情为什么会是这样而不是那样？我从来不信上帝神仙之类的话，可有时还是忍不住这样想。有时候一念之差对一个人命运的意义，要大于他多少年改变命运的艰苦努力。那种超然的力量有时真的使人们感到了生命挣扎的徒劳无益。

圣诞节前的一个星期天，我清早起来去华语学校给那些小孩上课。走的时候思文还睡着。我怕浇豆芽有淋水的响声惊醒了她，就给她留了一张条子，写了"浇豆芽"三个字。上完课联谊会主席老宋开了车来接他的女儿，跟我讲起圣诞节准备组织一次活动，问我愿不愿参加筹备。我毫无兴趣，为了礼貌我跟他讨论了一个小时，最后又告诉他我想退学了。他见我不断看表，说："你该回去了，林思文等你呢。那天一定来啊。"回到家里思文喜气洋洋地说："豆芽已经洗了。"还表功地伸了漂得红红的手指给我看。我说："怎么就洗了，到晚上明天早上才发好呢！"她说："你自己留条子要我洗的！"我说："我要你浇豆芽。"她从垃圾袋中把那张条子翻找出来，说："哦，真的是个'浇'字。"我说："本来要到晚上，你提前了质量会受影响。"她不高兴说："我刚洗的，你自己又不早点回来。我还累得腰酸背疼呢。"我说："你现在是孕妇呢，也不小心一点。"她笑笑说："没事，医生说了要多活动，该做什么就做什么，和平时一样。"既然洋医生都说了，那一定是对的，反正我也不懂。

第二天早上，思文一起来就说肚子疼，去了水房，回来神色大变，说："有血。"我大吃一惊问："多不？"她脸色苍白，说："好多。"我从床上跳起来抓过电话想打给医院，又不知道号码。我急急地翻着电话号码簿，想叫一辆出租车。思文伏在桌子上捂了肚子脸色煞白冒着汗珠说："我来。"我在一旁说："救护车！"这提醒了她，她指指床上的外衣，说："号码本！"我从衣服里摸出电话号码本给她。她伏在桌子上给医生打了电话，说："救护车就来。"我扶了她到楼下去等，心里想着："流产了。"不敢说出来。

外面很快响起喇叭，一辆白色救护车停在门口。我扶着思文到门口。车上跳下几个穿白衣的人，迅速从车中拉出一副担架放在雪地上，扶着思文躺下去。担架把我吓坏了，腿子直发抖。她躺下去的时候我发现她裤子上有血浸出来。在车上我拉着她的手，冰冷冰冷的。

思文被推进手术室去，我在外面坐着，似乎想了很多又似乎什么也没想。我的脑海像一片辽阔苍白的天空，各种念头像一只只大翅膀的鸟飞越而过。当我想盯住一只鸟仔细观察，它却振翅遥遥远去。终于我在心中确定了流产是已经无可挽回，可不知会有什么后遗症没有？接受了这一事实之后，我想到了它的意义。把我和思文连在一起的链条，现在已经断了。这种阴暗的想法使我全身发冷，那念头却不由自主地冒出来。潜藏在心底的思想又开始活动，我竭力想避开不去细想，但越是想避开就越是被自我提醒着避不开。我想象着许多神色阴沉的人在微雨的街道上走着，一张张苍白潮湿的面孔高低起伏，忽隐忽现，其中一个似乎就是自己，想看清楚时忽又闪到人群中不见了。坐在我对面的两个人神色凝重，沉默不语。墙上的挂钟在他们头顶滴答响着，越过沉默的时光，那均匀的不动声色的声音应和着我心跳的节奏，把时间切成细碎的残片。我忽然想着人是一种很不安全的动物，不然自己并不是个狠心的人，为什么会在这个时候产生这样的念头。这时我对世界产生了异样的感觉，觉得对世人世事要重新理解，强烈的怀疑和灰心情绪在心中弥散开来。

正默想着，有一个声音在我旁边说什么，我听不懂也没有注意。有人轻轻触我一下，我一看是个女护士，我呆望着她，她把手中一张表格放在矮桌上要我签字，并做了一个签字的手势，我才明白她是找我。我很快地在她手指着的地方签了名，她面无表情说声"Thank you"，就走了进去。我呆站着感到一阵窒息，难道问题很严重？我想追上去问一声，跨出几步，声音滚在喉咙里，又停下来，看着女护士走了进去。

思文终于被推出来了，眼睛睁大着毫无表情。我跟了担架车走，一边问她"怎么样"，她眼睛眨一下算是回答了我。我想说几句宽慰的话却说不出，沉默着随推车进了电梯到三楼病房。医生吩咐几句，又拿来一些药和手纸离去了。我坐在床边望着她，她也望着我，都没有话。我想着实在应该说几句什么了，却说不出，也不知说什么好。她一只手露在毯子外面，我抓住了说："冰凉的。"她轻轻挣开缩了进去，双眼毫无表情地望着我，像要把我的脸看穿似的，我没有勇气迎接她的凝视，把目光转向邻床，那个女人正在看床头小电视，对着电视自己嘻嘻地笑。思文的目光追随着我，我倒觉得自己心里有什么鬼被她看透了，一举一动一言一笑都不自然起来，好像都是故意做出来给她看的。我问："还疼不疼？"她轻轻摇头。在难堪中，护士送来了三明治和牛奶，我接了盘子说："吃点东西。"她又摇摇头。我得救似的问："我回去给你做点中国饭菜来好不？"她点点头。我马上跑下楼，踩在雪地里深一脚浅一脚往家里跑，一路上张开嘴喘着，在冷空气中吐着白气。

思文在医院只住了一晚就被催着出了院。我只签了个字就算结了账。签完字我问那个人,如果要自己出钱得付多少钱,他说:"May be three thousand.(可能三千块吧。)"我吓了一跳。思文出院这天我给威尔逊教授打了电话,告诉他家中有了麻烦,问考试能不能推迟几天,到圣诞节前两天再考。他说圣诞节要回纽约,机票已经订好,能不能推迟到下个学期,还要请示一下逊克利尔。不知为什么,我没有经过细想,心里一冲动,就告诉教授说,我想放弃学习去找工作了。他问我是不是最后的决定,我说是的。思文在床上听了,急得直摇手,掀开毯子就下床来阻止,想抢我手中的话筒。我用严厉的眼神止住了她,又匆匆和教授说了几句,道了歉也致了谢,放下话筒。思文脸上阴沉沉的,我只装作不懂。她终于忍不住说:"这么呵一口气就决定了,也不商量一下!"我说:"心里早就决定了,就凭我读这个书还不是坐精神监狱?"她说:"你逃避困难,你没有勇气接受挑战。"我说:"谢谢你理解了我,好同志,能不能握一握你的手表示感谢?"说着强拉了她的手握了。她甩开说:"这样难得的机会,你就这样放弃了。国内的人都知道你读研究生了,看你回去怎么交代,我真的为你着急。"我说:"我欠了谁的,我要交代?我的面子观念可没有那些人重,为了一瞬间的光彩付出那么多,再说是不是真那么光彩还没讨论呢。"她说:"只有你对,别人都是傻瓜?你不为了面子也要想想在加拿大待下去不拿个学位怎么行?"我说:"又说到这个地方来了。我这样无能的人在加拿大待下去?我也配吗?你干脆拿把刀杀我一刀算了。"她说:"加拿大是地狱!打个电话救护车几分钟就来了,别的地方可能吗?人家都想移民,是有道理的。"我说:"各人有各人的情况,各人有各人的心思。我不勉强别人,别人也别勉强我。我不说别人错了,别人也别说我错了。就算错了,也就错了,我错有错的道理，世界上的事也不见得一定要对才是对的。"思文回到床上躺下去，说："固执又来了。答应改百分之五十，一点都不改。我病了，我懒得生气，我刚才怎么这么蠢。"说着自嘲地摇摇头，表示不理解自己怎么又跟我认真了。我说："对不起了，你丈夫没法给你争脸。退学的事，借你一句话说，这件事就这样定了，不要商量了。"她躺在那里噘嘴冷笑一声，说："随你，莫把你自己气病了，我的病还没好呢。"我说："还是要谢谢你让我过了一回留学生的瘾。"她说："早知道呢，又何必呢。"我说："早知道他这么没出息没志气呢，又何必嫁给他呢。"她赌了气说："那也可以是这个意思，可惜世上没有后悔药吃。"我没想到思文这么重视这件事。女人有虚荣心，希望丈夫强大，这不奇怪，没有才怪呢。这个我懂，可是懂也没有用，越是懂了我越是想反其道而行之，心中好像有鬼一般。

我在心里反复体会自己的感情，有时在寂静中闭了眼潜心去思索，觉得对思文也难得再有那种热情，我现在是机械地扮演着丈夫的角色。我说不出更多的理由，但心中就是被什么追着缠着似的丢不开那种念头。圣诞节前最后一次去学校，我收到了舒明明的回信，她的热情大大出乎我的意料，说她等我到明年十月一日。我竭力回想自己给她的信并没有什么特别暗示，值得她给我这样一个承诺。我心中突突跳着，把信叠好了放在衬衣口袋里。我担心自己对思文的感觉是一种自我误导，悄悄在心里将她和舒明明做了比较。有一天思文不在家，我拿信纸列了表，把两人去做对比。思文虽然更聪明更能干有更高的学历，甚至身材更好更漂亮，而舒明明唯一的好处便是性格温和，我的感情本能地倾向于这一边。连我自己也不理解，一个好处便压倒了那么多好处么？但我还是不能用思文的优势从理论上说服自己。我疑神疑鬼地怀疑自己有点心理变态，不然怎么会呢？我记得朋友曾说过，一个男人心中有两个女人，他想念的肯定是不在眼前的那一个，恐怕这就是最后的解释。沉思之间，思文开了门进来，我竟没听到她上楼的脚步声。急切之间我把那叠信纸翻个面，在上面乱涂乱画。思文凑过来看一眼说："写什么？"我一边画个人头像淡然说："鬼画符呢。"显然她对我在信纸的反面画写有一点疑心，以为我是在给家里写信说她的不是，很自然地伸手把那叠信纸翻过来，看见有两行字，却不是信，没有细看也就算了。我紧张得心直跳，幸而她并没在意。又一想自己是用 A 和 B 代替的名字，她看了也看不出什么。趁她去了水房，我把那张信纸撕下来，把窗户打开一条缝。冷空气进来吹得信纸哗哗地响，我把信纸从缝中塞出去，看它飘啊飘，飘过屋后的小坪院，挂到街道对面冰裹着的无叶的树枝上。

27

那一年的圣诞节我已经没有一点印象了，但前一天的事还记得很清楚。中午，大学的中国学生联谊会在学校国际学生中心举行圣诞联欢，早上我问思文能不能去，她说："去，怎么不能去，我还能老病着吗？"

联谊会通知每家带一样菜去聚餐，我说："搞个土豆丝炒肉可以了，你的拿手戏。"她说："土豆丝炒肉别人一看就知道你想省钱。要省也不省这几块钱，丢不起这个脸。我又不是赵霞，只要有利可图不要脸也可以。带去的菜要编号比赛的，你抠了，别人在心里还不嘲笑你骂你。我也不搞龙虾，不想得奖。只要别人心里不骂不笑就好。"她和我一起到超级市场买了一只宰好的大鸡，抹上酱油和盐，塞到烤箱里烤了。我说："鸡有什么好吃，大家都吃腻了。土豆丝炒肉其实还受欢迎些。"她说:"又讲实在了!也不看场合,自己吃讲实在,这种场合讲脸面子。我跟你讲,太实在的人就实在太蠢。"她的理论我很难反驳,也很难接受。

国际学生中心建在一个山坡上,是一幢两层楼的白房子,我刚来的时候去过一次。那天有人指着窗外大西洋渺远处一弯小岛告诉我,那就是北美最东端。我一直想到那个小岛去玩一次,没去成。我和思文上了楼,会场已经布置好了,老宋领导似的站在门口和每个人打招呼。里面一个大厅,桌子拼成长长两条,一条放着苹果、香蕉、腰果、松子、饮料等,我们带去的鸡就放在另一条拼桌上。马上有人把编了号的条子放在那只装鸡的盘子里。老宋又跑过来跟思文说话,告诉她买水果饮料的钱是大使馆寄来的,还不够,赵教授出了两百元。我看见赵教授被一群人围着说话,容光焕发。

还安排了几个人讲话,说"远在他乡,怀念祖国亲人"之类,大家都不听,就吃起来。厅里挤着一百多人,热烘烘的。我把羽绒衣脱了,把菜挨个吃过去,都不好吃。有人在叫,把暖气调小点!过一会儿果然没那么热了,学校国际学生联谊会主席也来了,是个胖胖的加拿大姑娘。她很热情地和每一个人讲话,走到我身边时我踱开去,怕自己英语结结巴巴难堪。有人指着她的背影告诉我,她在这所大学已经读了八年,太喜欢社会活动,到现在还没有毕业。看见赵教授走过来,我迎上去说:"赵教授,今天这么丰富,要谢谢你的捐助。"他却像没听见似的跟我说起别的。我以为他没听清想再说一遍,思文站在他后面挤眼,伸了一个指头轻摇。赵教授离开后我说:"又怎么啦?"她说:"说话也不看看场合,没看见他太太在旁边?"我恍然说:"又错了我又错了,拍马屁也没有拍到马屁股上,倒拍到马蹄上去了,没有被甩一蹄算是我走运。"

吃得差不多了,我看桌上十几只鸡都没怎么动,我们那只还是整的。思文过去撕一条腿下来,放在嘴边啃,我也撕一大块拿在手里,做着吃的样子。退到一个角落,思文把鸡腿丢到垃圾桶中,我也丢了。老宋发给每人一张纸条开始评奖。老杜的太太用红白萝卜、牛肉和青菜拼出一只凤凰,引人注目,大家也懒得写编号,都把纸条放在凤凰的绿尾巴上。老宋也没数纸条几张,宣布老杜获奖,奖品是一只不锈钢的平底锅。老杜说:"啊呀呀,我家都五六只了。"马上有一个人说:"我前天才来的,还没有锅呢,不要我就要了。"老杜说:"拿去拿去,谢谢了。"对那人鞠了一躬,大家都笑起来。

  物理系的访问学者刘晓冬坐在我旁边叹气,我说:"什么事不开心?过节了还叹气。"他告诉我说,女朋友在北京,怎么也来不了。他正在联系转读博士学位,也回不去。都分手快一年了,怕会出问题。我说:"老刘这你就叹气了?你把每个细胞的劲儿都使上联系你的学位,联系上了她保证不会跑。我都不要问她是谁就敢给你打保票,跑了我照着赔你一个。"他说:"怕出问题。"我说:"女孩挺风流的是吧?"他直笑。我说:"她找不找个临时情人我就不敢保证了,风情女孩寂寞了免不了要动心思。周围的也一诱一诱的,诱诱就诱上了。"他说:"就是,就是!"又叹气。我故意刺他说:"你又爱个风情,有了这一壶才可你的心,又想那风情只对你一个人,对别人都横眉冷对,可能吗?这你就要想得通了,男男女女的!好在也不失去什么,拔了萝卜眼还在。"一句话他神色都变了。我连忙说:"开玩笑开玩笑,其实那女孩心里只有你。"这时有人跑来递封信给他,说是昨天从系里给他带的,放在口袋里忘记了。他接了信马上去拆,手轻轻颤抖。我望着那人的背影说:"真的不是东西,害我们老刘多淌了一晚的泪。"他看完信一拍大腿,高兴得直跳,跑到窗边对着外面曲了手臂反复抖动,嘴里压抑着兴奋喊:"嘿嘿嘿嘿!"又告诉我,信是美国一个远亲来的,愿为他女朋友来读语言学校作经济担保。他反复说了几遍,让人分享他的幸福，又对着窗外抖着手臂喊："嘿嘿，嘿嘿！"

老宋宣布开始跳舞。音乐刚响起来，有人说："先唱个歌。"跑去把音响关了。又起了个音"一条大河"，几十个声音唱起来，那个加拿大胖姑娘不会唱，嘴巴也跟着大家一张一合。刚唱完，一个女声又抢着起了"五星红旗迎风飘扬"，大家又都跟了唱，记不起歌词的也跟了吼，气氛很热烈。有个人起了"毛泽东同志是当代最伟大的马克思列宁主义者"，有人说："这是林彪的语录。"但没有人理，只管唱。大家唱得来劲，差不多有一个小时，难得有这样一次机会，有的人喉咙都唱哑了。记得还唱了"要学那泰山顶上一青松"和"我爱北京天安门"，其他都记不清了。

唱完歌开始跳舞，音乐一起思文就被人邀去了。我拍拍肚子提醒她注意，她又伸一个指头轻轻摇一摇。我最喜欢跳舞，但只有几个漂亮点的姑娘，我也不好意思和别人抢，再说我也怕跳舞时姑娘问起"哪个系读博士"之类的话，就站在旁边看。音乐又响起来，有人邀思文，她谢绝了，过去请赵教授跳了一曲。跳完又问我怎么不跳。我说："懒得跳。"她说："我们跳一个。"我和她跳了一支慢四。老宋过来要我去打双百分，我说："双百分我是专家，绝对赢。"他马上表示和我打一对。第一轮我们很快就赢了，我洗牌说："沧海横流，方显出英雄本色。"对手说："抓到那样的牌，小学水平也会赢。"我说："水平倒也只有小学水平，败在小学水平手下的是幼儿园的。"对手说："笑也笑得太早了，子系中山狼，得志便猖狂。"谁知对手精得很，接下来我们连输两盘。老宋抱怨我出错牌，提出要重新摸对，我脸上都有点挂不住了。正好有人跑来在我肩上一拍说："你是历史系的？"我一看是那个要了平底锅的人，便说："我已经退学了！"他说："我们那边去说说话。"老宋马上叫另一个过来打。我丢下牌就过去了。

我们在窗边坐下，看着窗外的雪景和远处的大西洋。他自我介

他自我介绍说:"周毅龙,周恩来的周,陈毅的毅,贺龙的龙。"

绍说:"周毅龙,周恩来的周,陈毅的毅,贺龙的龙。"我说:"这名字很熟。"他望着我不作声,等我回忆起来。我说:"记不清了,反正见到过这个名字。"他说:"我也是学历史的。"我一下记起来说:"前两年在《历史研究》上发了文章引起一场争论的,那个周毅龙就是你?"他点点头,对我记起来表示满意。我说:"博士毕业啦?"他说:"还差一年,急着出来就放弃了。"我说:"太可惜了。"他说:"有国出不出更可惜。"我以为他过来读博士,谁知他是探亲过来的。他摸出一包中华烟弹出一支叼了,又弹一支让我拿了,又详细问我进历史系怎么申请,奖学金怎么弄。我说:"在国内你应该再坚持一年,太可惜了。"他哧地一笑说:"可什么惜,国内有什么搞头?一辈子,不说一辆车一幢房子,就是一套电器都搞不到。不出国这一辈子要穷到头了,想起心里发冷。有些东西骗别人可以,骗自己就太没意思了。什么是真的,什么是假的?中国的文化人看不穿,一个虚名哄他吊着他一辈子,可怜呢。"我说:"找点心理安慰吧,出本书死了可以当枕头,在人世上过一遭也留了点东西在人间。"他喷一口烟不屑地说:"连你也这样想,中国文化真他妈厉害,说得不好听点是杀人不见血。说句不谦虚的话,我也写过一本书呢,送了十本给图书馆,过了一年我到书库里去看,倒有九本没有人动过。我当时中了电似的呆在那里木了,一辈子干什么,制造历史垃圾吗?到这分上自己骗自己也骗不过去了,还不觉悟再觉悟也没有意义了,这就下了决心出国来了。"我说:"你什么都看透了,钱总还没看透。"他说:"那是那是。有时我穷急了也在心里操钱他娘几句,骂一声钱是狗屎,是臭大粪,但人没有这臭大粪还真就寸步难行。狗屎臭大粪是有钱人骂的,我今天还没这个资格。想到底,人除了及时行乐还有什么,年轻人说这个话是浅薄,我说这个话是深刻。到如今三十多岁真有紧迫感了。万古千秋,倒是哄谁呢?"我抽了烟说:"老周你怎么变了,你那篇《历史精神与现代文明》可不是这个调儿。当代人的精神救赎，这可是个大题目。"他说："等自己得了物质救赎再说吧。"他又问："来有多久了？"我说："快半年了。"他凑近我诡秘地眨着眼说："老实说吃过洋肉没有？"我吓一跳说："活这么累，还有那份心思！老周你出国动机不纯。"他淡然一笑说："没吃过洋肉，那不白出来一趟？"我笑了说："老周你语出惊人，不同凡响，把我都吓着了。"他说："你这人到底没想通，中国传统好厉害啊，把外在的压力转化为内心的自律。人只能活一世，压抑自己又有什么正面的意义？"我说："怪不得你博士都不要了跑出来。不想回去了？想移民了？"他说："那是当然的，不然谁出来呢？你不想？"我说："不是不想，是不敢想。你以为这地方是我们待的吗？"他一笑，像是原谅了我的平庸，说："那看你怎么混了。我想读个博士，在北美总能找到立足之地。"看他读个博士说得这么轻松，我怀疑自己是不是特别的蠢。我说："你倒有雄心壮志！到头来还不是苦一辈子！"他说："那也看为什么，我可不是为了什么虚的东西，什么学问，什么推动历史。以为自己是什么东西！倒推得动历史？那些人在想象中把自己看得跟上帝一样！说好听点是天真，是愚蠢，说得不好听是不要脸。"

这里有个女人叫："毅龙，毅龙！"我一看是赵霞。原来他是赵霞的先生，这使我对他的一点敬畏荡然无存。赵霞挽了他的胳膊催他回去，说话也嗲声嗲气，表演似的夸张着他们的亲热。老周拍拍她的手示意她不要太过分了，她却受到了鼓励似的更加嗲起来。老周挤着眼对我一笑，两人相挽着去了。

舞会音乐戛然而止，天色也昏暗下来。思文过来叫我回去，走到门口老宋说："到我家包饺子去，吃了饺子去教堂看看。"思文说："要不就去我们那里，我们家离教堂近。"宋太太说："我家面都和好了。还有小袁一对也去。"上了老宋的车我想着豆芽还没浇水，说："能不能经过我家一下？去拿点东西。"思文问："你拿什么？"我偷偷做了个浇水的动作。思文问宋太太："三十八码的鞋能不能穿？"宋太太说："能穿。"思文说："高力伟从上海带了一双羊皮鞋给我，我穿大了，拿给你别浪费了。"宋太太客气一番接受了。老宋说："只是去拿鞋就别去了。"我说："还有别的事呢。"到了鲜水街，他们都坐在车里，我跑上楼去把鞋找了，又从水房接桶水浇了豆芽，冲下楼来。老宋说："鞋找半天啊？"到老宋家包着饺子大家又议论赵霞，说她这样的人在北美倒是能生存，将来她开了餐馆大家都帮她洗盘子去。又说她先生来了，看起来不是只好鸟。我说："人家刚来也不好说。"小袁太太说："看他跟赵霞那麻兮兮的样子就够了，一窑子货！"

晚上开车去了莫尔教堂，这是圣约翰斯最大的教堂。去的时候连走道里也站满了人。我们学了洋人的样子，在门口一个镶在石柱上的小池中点了圣水，在胸前划了十字，从人丛中往前面挤。我惊异着平时街上总见不着人，今天从什么地方冒了这么多人出来？我们一行人一边说"Excuse me.（对不起请让一下。）"一边往前面挤。那些人都很客气，尽量侧了身子让我们过去。前面的圣殿跟个舞台差不多，一个穿着黑色长袍的年轻牧师在布道，后面是耶稣受难雕像，几个牧师在一旁敲着法器。人丛中我看见周毅龙在那一边过道上，他也看见了我，互相做了个手势。几个穿红色制服的人在人丛中穿梭来往，手中持着一根杆子，前面装了个布袋，伸过来伸过去募捐。伸到我面前的时候，我假意在羽绒衣口袋里摸了一下，捏了空拳塞进去，感到里面满满的都是钞票。思文也跟着把手伸进去一下。我用眼神去问思文真放了钱进去没有，她诡笑着摇头。我凑在她耳边轻声说："狗胆包天，上帝也叫你骗了！"两人相视一笑。

28

几个月前找工作的经历给我留下了可怕的记忆。新年过后,退学带来的如释重负之感一天天消逝,找工作的心理压力一天天沉重起来。在这种沉重中又反过去想,恐怕拼了命去读书还好些。反正躲过来躲过去,难堪的事躲也躲不开。这次还没开始找呢,就心虚起来。买了报纸从头看到尾,很难找到一份我能做的。报上登出来纽芬兰的失业率已经超过百分之十三,我怎么想也觉得不会有份工作碰到我手里来。要去找工作了我心里跟要去讨饭做贼一样发虚,我总想象着老板会在心里笑:"凭你这样就想找工作?"我觉得自己不配,做一份最下等的工作也不配。有一家清洁公司登报招聘,我去了。几个白人青年也在那儿填表。我连表也没填一张,就掉头而去。

那天下着漫天的大雪,狂风把雪花卷得乱飞,已是零下二十多度。快到中午雪小了,我说要找工作去。思文说:"今天就算了。"我说:"待在家里这么干待着有什么意思?明天后天还是要刮风要下雪,还是这么冷。我只当是去散步,去看雪景,这么好的雪景。"思文说:"那我陪你去吧。开学之前这几天把你安顿下来我就放心了。"我穿上两块钱在 yard sale(庭院拍卖)买来的雪靴,开了门风直灌进来,卷进些许雪花。我俩深一脚浅一脚踩着雪往靠海湾的商业区走,一路上她抵不住风,几次差点摔倒,就挽了我的胳膊。我在风雪里说:"要是个加拿大人就好了,再怎么找不到工作还有救济金呢。拿了救济金在家里坐得住,不至于就被逼得这么狼狈。"她说:"这你知道移民的好处了吧。"走不多远我们就停下来,把落在身上的雪花拍掉,又转了身互相拍去背上的雪花,手套拍着羽绒衣在冷空气里发出尖细的沙沙的响声。吐出的白气在唇边就被风刮跑了。

到了商业区走到一家餐馆门口,我从窗外看见里面清清冷冷,只有一个穿红色工作服装的年轻人在削土豆,就失去了走过去的勇气,说:"到另一家去看看,这家太清冷了,不会要人。"思文说:"你那一套又来了,过去问工作是很正常的,老板心里不会想你怎么样。"我说:"知道,知道。"她说:"想要别人跑到家里来求你,那不可能,这就是你求人家的事。"我说:"要知道他们确实要人就好了。"还犹豫着,思文推我一把说:"进去。"我还没有反应过来就进去了。我便硬了心肠走过去问那年轻人:"Is the boss in?(老板在吗?)"他告诉我老板不在。又问我有什么事。我听说老板不在,心中顿时轻松,悬着的心倒放下来了。我说想找工作,那年轻人拿一张表要我填了,又告诉我生意不好,老板心情恶劣,要我们到别的地方试试。谈起来知道他是纽芬兰大学学生,放假临时在这里做几天。出了门我懒得说话,用硬头雪靴狠命地把那些冰块踢到马路上去。思文说:"还是有收获。"我说:"屁个收获,收获个屁。"她说:"过几天开学了那个人回学校去,位子就出来了。"我说:"四块二毛五一小时,还要讨饭一样去讨,他娘娘的!"她说:"你又不是不知道难,匆匆忙忙把学退了!"我连连唉声叹气,思文说:"在这个世界里,叹气有什么用?哭也没有用。唯一的路就是牙咬紧了,对自己残酷一些往前走。"我说:"残酷些是该残酷些,你对自己不残酷生活就对你残酷。老是在心里同情自己,这个人就完蛋了。可是自己也是个人呀!风里雪里这么绝望地跑,别人这样我还同情呢,就是自己不能同情!"思文说:"文人的毛病你都兼备了,这怎么得了!想那么多干吗呢?你去问问别人刚来的时候!赵教授刚从台湾来还洗盘子呢!"我说:"对,想那么多干吗呢,脸皮厚点!可也得有盘子给我洗!谁给我洗呢,谁?"她说:"咬紧了牙自己去找啊,谁会送工作给你呢?"我说:"咬紧了牙,意志坚强!偏我这人心又是肉长的,不是铁淬出来的。"她说:"你还承认自己有问题，这可是第一次，听着就有新鲜感。"

左边走过去，右边走过来，在风里雪里走了一中午，几条街都走遍了，问了十几家餐馆，还有加油站，一无所获，靴子里已经进了水，湿湿的，脚趾一动更觉着黏糊糊的。一只靴子又有什么地方不对劲，磨脚，走一步都疼。我说："怪不得这么大一双靴子只要两块钱，我还以为占了多大便宜呢。"到了下午两个人又饿又累，也舍不得买点东西吃。思文说："今天天气不好，老板生意清淡，找不到是自然的。"我说："要等它天气好了还有几个月呢。纽芬兰冬天又这么长，越过越长！"问到最后几家我已经不抱一星点希望，进去问一下，也算尽了对自己的责任。最后只好往回走。思文说："高力伟你别灰心，总会有个结果。"我说不出话，鼻子一酸泪就要涌出来。我"嗯嗯"地应着，装着咳嗽，把脸侧过一边，拼命忍了泪。我觉得心里好委屈，可谁也没让我委屈！思文说："明天我们到那边商业区去找，那边还繁华些。"我说："以后也懒得填表了，填表都是没有用的。加拿大老板讲商业艺术，拒绝你也拒得软和。"我缩了脖子在大风里走，想起那些老板抬眼打量我时的心理，恐怕和以前自己打量敲门讨钱的叫花子差不多吧？我把这感想对思文说了。她说："神经过敏！西方人才不是这样看人。"我说："管他西方人东方人，都是狗眼睛，真的，都是狗眼睛。"说了后面半句时，我发现自己模模糊糊有一半是说给她听的，生怕她意识到，偷眼去看她，也并没有什么反应。

风刮得更大，雪飞得更紧，几米之外就看不清人。思文挽了我的胳膊才能行走，两人几乎要被吹倒。我们弯了腰半蹲着走，躲在雪影中我有一种安全感，没人能看清我。于是我开始骂"这王八蛋的风"，骂了几句觉得畅快，干脆扯了喉咙昂了头对着天骂："这挨刀子杀的风！"思文拉我的胳膊说："别人以为你神经病，别丢我的脸。"我说："谁看见你了？他也听不懂！"又大吼一声："这狗大粪的风！"思文猛地拉我一下说:"别人看你呢!"我四顾茫然说:"哪里有人,这天除了要捞口食的人还有谁会走在街上。"她指了路边一幢房子说:"刚才一个人掀开窗帘看,是个老太婆。"我一看,果然玻璃后的窗帘还在微微摆动。我说:"管他三七二十一,娘娘的奶奶的!反正我不认识她。"她说:"你骂也白骂了,都吹到大西洋去了。"我说:"我不骂也白不骂。风从大西洋吹过来的,城那边的人都听见了。"她说:"你别做这下作的派头。"我哼地一笑说:"那你还以为我是什么雅人呢,在国内没看穿被蒙蔽了,在这里总看穿了。"两人躲到一个屋檐下互相拍打身上的雪,忽然相视着就哈哈大笑起来,笑着笑着又带了一点哭声。那家门开了,一个中年的白人男子探了头惊异地看我们,又要我们进屋暖和一下,我们谢了他,又走到风雪中去。我说:"我脸冻麻木了,会不会出事呢?别冻出一张花脸子!"她说:"我都快冻僵了。"

　　翻过一个山坡风更大起来,人冻得已经不太灵活,行动迟缓,两人挽紧了还是走不稳。思文说:"退着走吧,去年我走不动了就退着走。"于是转了身相挽着退着走,果然走得稳些。我们一边退着走,一边拍打对方身上的雪。看着到家了,我说:"趁机再吼几声。"又对天怪吼了几句:"哈哈哈,哈哈哈哈!"眼中潮起来。思文说:"好怕人的,我汗毛都竖起来了。"到了家我把湿透的雪靴踢下来,脚趾都泡白了,一只脚背上磨破了皮,青肿一块。我咬牙说:"今天是气爆了,真的恨不得到哪里找个人来杀一杀!"手中像虚执了一把刀,向前捅几下,"杀————杀。"

　　到晚上风雪停了,我对思文说出去走一走。思文说:"外面干冷干冷的,去什么!"我说:"在屋子里憋得难受。"她说:"我跟你去吧?"我说:"你有事做你的事,我没事去玩玩。"我说"玩玩"她倒吓着了,说:"你要想得通啊!"我笑了说:"说到哪里去了!我还没想到那里去,你倒是来提醒我!"她还要跟我去,我一定不肯,她只好算了。出了门我拣静僻的地方走，走到一片大草坪边，微光中一片白雪，没有足迹。我踩了很深的雪走进去，那儿有几张椅子。我用手套把椅子上的雪拂去，就在那里坐了。天色昏暗，寂静无人。坐在那里我心中自由地和天地对话，想着这样坐到明天早上就冻得僵硬了。所有的烦恼都没有了。我对自己笑一声，在心里说："至于吗？"忽然地体会到了死神的拥抱也有一种温暖，一种柔情。想到那些轻生的人，也并不是不可理解，他们的选择有自己的道理，他们在追求一种理想，一种解脱，一种温暖和柔情。又在心里想，如果现在表决是不是把地球炸掉算了，自己会投赞成票呢还是反对票？

那边树林子边上一个黑影在雪地上一闪，倏而消失，不知是狗是猫。我望了望天，天边有几颗冷冷的星。我想象着自己是一只饥饿的狼，在一个无月的星夜，在树林子里踩着雪轻捷地走着，发出轻微的沙沙声，脚掌的肉蹼感到了雪地的凉意。不时地停下来，把身子在粗糙的树皮上蹭着，感到痒痒的快意。鼻子贴了雪地嗅着，嗅着，寻找着可能出现的一点食物。忽然停下来，用爪子在雪地里挖掘，紧张地竖起耳朵听听四周动静，又掘又掘，雪下的腐叶发出一种腥味。终于失望了，昂了头对着天边的冷星，发出一声残忍的长啸。这样想着我似乎就听见了那一声长啸，心中一冷，本能地站起来，毛骨悚然。我缩紧了身子，快步往回走。

29

越是觉得自己在北美不能久待，赶快赚点钱的愿望越是强烈。我在心里反复对自己说："总不能白来一趟，总不能白来一趟。"这样想着心里越发焦急，我觉得自己差不多都快要疯狂了。

接下来几天我骑了车满城跑，只要是挨点边的地方我就过去问一声。老板拿了表格要我填，我道声谢就走，经验告诉了我不必多此一举。在这种天气里，整个城市只有我一个人在骑车。我骑着车总是四下张望着还有没有第二个骑车人，但从没发现。这使我想到，整个城市我是最窘迫的一个人了。同时我又有一点骄傲，这天气又是风又是雪谁敢骑单车呢，全城只有我高力伟一个人呢。思文每天都说骑车太危险，雪地滑，要我搭车。我说："一天跑几个地方，搭车准备花多少钱呢？没有赚钱还敢乱花钱！"思文说："你真正是要钱不要命了！"我心里想："钱果然有那么重要吗？"可还是说不服自己。思文的助教工作停了，我的奖学金也没了，收入大减，几乎就存不下钱。想到这些我有一种绝望之感。

这样跑了几天，毫无希望。我脸上冻破了皮，红一块白一块的。思文说："停一天吧，再冻就会破相了。"我对了镜子照着脸说："没事没事！花脸还好看些。明天我出去最后一天，还不行我也认了。"她说："你搭车吧，也不靠这几块钱。"我说："钱省一块就是一块。我也知道钱要赚才有，省是省不出来，可没得赚的时候只能省了。"她说："骑车真的太危险了，每天你一去我就把心悬起，等你回了才落下来。这么滑的雪。"我不敢告诉她，自己都被风吹倒摔在雪地上好几次了。我坦然笑了说："哪里就至于要你操心到这个份上。"她说："我拿你是一点办法都没有，这么固执的人，怎么也说不进油盐。我只提醒你一句，自己的生命是自己的，自己对自己的生命负责。"我嬉笑说："人生最宝贵的是生命，这生命于我只有一次而已。这话我二十年前就知道了。"她叹了气说："由你去吧。"

这天太阳出来了，明晃晃地照出地上的人影。风还是一样地刮得猛，比前几天更冷。我顶着风骑车到最远的一个商业小区去，风在脸上刀子似的刮，刺刺的，扎着疼。骑一段手冷得抓不稳车把，我就停了到路边的小杂货店里去，装着想买东西暖和一会儿。小店老板以为有了生意，在柜台那边说："May I help you?（我能帮你的忙吗？）"我就伸出了冻僵的手指指商品表示自己看，心里觉得挺抱歉的。出门的时候也不看他，一溜就出去了。这样停了两次才到了，到了我又灰了心，这么远怎么过来上班？搭车还得转车。

我又一家一家餐馆去问，问了十多家都没有希望。我已经麻木了，反正也没抱希望，完成任务似的问下去。问到一家香港人办的中国餐馆，老板用蹩脚的普通话和我说话。他什么都问，先问我在餐馆做过没有，工资要求多高。我以为有点希望了，心想，给我三块钱一个小时我也干了，暗自盘算着怎么口开大点，一步步放让，守住三块钱的底钱。谁知他话一转又问我来多久了，在国内干什么，怎么过来的。我几次把话题拉回来，他又扯开。最后我忍不住说："老板，到底有没有工作呢，没有我还到别处问呢。"他说："要不你填张表吧。"我一听心想，没戏了。我挣扎说："老板你看去是个好人，你做个好事，我太太上学还要我供呢，我代替她也感谢你了，实在没办法。"说着抱拳拱一拱手。说了这些话我心里发疼，没有钱的人真说不得志气两个字，太奢侈了。他说："好事我也想做，可是顾客不做好事进来吃，我也没办法做，是不是？"我火气往上一蹿，半天干什么呢，拿我解闷儿吗？我呆站在那里，想象着自己扑上去，掐着他的脖子，掐得他翻了白眼，喉咙中滚出几个字来，答应给我一份工作。想着他的神态我自己笑了，心里骂一声："Fuck you!（操你妈的！）"转身而去。

骑了车往回走，风在后面推着我跑。头脑中嗡嗡的，不急，不恼，只是嗡嗡地响。在半路手快冻木了，在一家小杂货店门口停了车，把手套脱下来夹在腋下，把手塞到羽绒衣里去。突然我右手触到了羽绒衣口袋外面的那颗金属的纽扣，一种特异的凉意传到心里。我在门口站住，用食指摸着那颗金属纽扣，光滑、细腻、冰冷、圆圆的一颗。我忽然想象着这就是控制着全球核装置的总按钮，核装置的引爆器就在我脑袋里，只要我这么用力一按，蘑菇云顷刻就会从世界的每一个角落升起，眼前的一切，遥远的一切都会化为灰烬。我轻轻抚着那光滑的表面不敢用力，似乎在犹豫着。我想象着自己的脑袋在那一瞬间迸裂，随之一朵朵蘑菇云升起，一阵阵轰隆隆的声音惊天动地，从天边滚滚而来。这样想着，我看见小店的老板娘，一个四十来岁的白人妇女，坐在柜台上无聊地望着窗外，心想，她也没有惹谁，要她也化为一阵烟，那太不公平了。我又一次轻摸着那光滑的表面，犹豫着、迟疑着，把食指从上面移开。

　　一旦对自己做出了找工作绝无希望的结论，我心里反而轻松了些。思文开学了，我整天闲在家没事，就好好侍弄那点豆芽。除了星期天教课能赚二十块钱，我就指望这两桶豆芽了。我瞧着每一根豆芽，都觉得那么珍贵。我想把销路再扩大一点，但总是不行。思文已经宣布不再帮我的忙，她说到做到。一星期几次，我在大风大雪中骑了车到各处去送豆芽。外面是零下二十度，我怕豆芽在路上冻坏了，把豆芽装在纸箱中，再用布盖好，一出了门就拼命骑，尽量缩短在外面的时间。那些小车在我后面超过我的时候，都小心地放慢了车速，这使我觉得非常可笑也非常痛快。有一天我顶风冒雪去送豆芽，大风吹过来我拼命地踩，不时腾一只手把落在眼镜上的雪花抹去。正在抹的那一刹那，我连人带车被风吹倒，往马路中间摔下。后面一辆红色的轿车紧急刹车，发出"吱吱"的尖叫，在离我不到半米的地方停住了。我对司机抱歉地一笑，他惊恐地睁大眼睛，摇摇头，把车往后退一点，从我身边绕了过去。我拍去膝上的雪，扶起单车，把装豆芽的盒子重新捆扎好，骑上又走。这时想起刚才的事，身子软了一下，后怕起来。撞着了也就撞着了，完了也就完了，真的就是这么脆弱，这么轻易。生是很偶然的，我感到一阵委屈,一滴泪沁出来,冰冷的眼睑感到了一点温热,流到了唇边已经是凉凉的一星星,停在那里。我用舌头舔了,咸咸的带点涩。在寂静的天地之间,我放纵自己轻轻地哭了几声。

死也是很偶然的,生死之间只隔了一层纸。想到这里我在心里问自己:"命都看小了,还笑呢,到底为了什么呢?我就只能有这样的命运吗?"我感到一阵委屈,一滴泪沁出来,冰冷的眼睑感到了一点温热,流到了唇边已经是凉凉的一星星,停在那里。我用舌头舔了,咸咸的带点涩。在寂静的天地之间,我放纵自己轻轻地哭了几声。

30

那天上午正在房子里枯坐,思文从学校里打电话回来说:"赶快来,有希望了,赶快来。"我看她兴奋得都有点语无伦次了,莫名其妙,问:"什么事有希望了,说清楚点。"她连声说:"工作工作,工作。学校里刚出了一张招人的广告,是一家有名的餐馆,part time(兼职)和 full time(全职)的都要。"我一听就冷了半截说:"很有名的餐馆怎么会要我?"她放低声音说:"刚才我看见没有人,把广告撕下来了。"我骑了车到学校,她已经站在教学大楼门口等我。她说:"我陪你去。"我说:"地址给我,我自己去,你去了别人以为我这么没有用,反而对我没了兴趣。"她说:"总有几句话你会听不明白,我站在旁边不作声,这可以吧?"我要她搭在单车后面,她说:"一地的雪,危险吧?"我说:"你的命那么要紧,要死也有人陪着你。"她说:"有雪车刹不住,一下就撞到你身上来了。"我说:"不怕。我不怕车,车怕我。"她同意了说:"那命就交给你处理了。"

这次的顺利大出我的意料。和老板威廉谈了几句,填张表,马上就决定了。这是遍布北美的一家很有名的快餐连锁店 Wendy's 的一家分店,起薪每个钟点四块二毛五,全职,第二天就上班,工作证以后再去移民局补办。老板放了操作程序的录像给我们几个人看,我听不太明白也大致看懂了,不难。出来了思文在餐厅坐着,我告诉她明天上班。她说:"好,这下我的任务完成了。"

我的工作很简单,把一块块的牛肉饼在平板电炉上煎好,递给前面的人夹在热面包中,他们再放上西红柿、酸黄瓜、生菜等等,配上炸土豆条和一杯饮料,就是一份快餐了。工作时几个人排成一线,流水作业,我在最后面。

威廉五十多岁,他这一天站在我身边在另一个平板电炉上煎牛肉饼,一边告诉我动作要领,什么时候翻边,烤好了怎样把油滴了再递上去。牛肉饼一放上去就是几十块,不停地翻动才能两面火候一样,慢了就有一面焦了。午餐高峰期有一两个小时,柜台前面排队的顾客很多,每次几十块肉饼放上去,挥动小铲不停翻动,刚工作了半个小时,我的胳膊就酸疼得抬不起来,翻动速度不自觉慢了。威廉在一旁催促:"Turn fast.(快点翻动。)"我头上冒着汗,抬了酸疼的胳膊坚持着。威廉不时把小铲伸到我这边来帮我翻动。有一次我听错了扩音器的指令,两块肉饼只放了一块,传上去被顾客退回来。威廉马上放下小铲到前面去道歉,回来指着扩音器说:"Listen!(听着!)"我本来就热,心里一紧张,背上的汗痒痒的,往下淌,工作服都浸出一大片汗渍,粘在背上湿乎乎一片。好不容易挺到午餐期过去,我胳膊都快抬不起来了,威廉却若无其事,放下小铲算账去了。我对面是一个纽芬兰大学兼职打工的学生,在炸土豆条,他也是今天刚上班的。这时他累得直喘,摇着头说:"Terrible,very terrible!(真可怕,太可怕了!)"看他那样子我只想笑,我还以为自己是最累的呢。想到白人大学生也来赚这点钱,比我还狼狈,我心里有一种说不明白的安慰。中间休息半小时,是吃饭时间,职员半价优待。多数人都端了一盘食物坐餐厅里去吃,我到休息室按老板的交代,在自动计时器上打了工时卡,把带来的一小瓶牛奶，几片面包和一个苹果几口吞了。那个出饮料的女孩问我为什么不到前面去吃，好心地告诉我只要半价，我也不说舍不得钱，只说吃不惯。大家回到休息室休息，我也不去听他们谈些什么，靠了墙休息。收钱的那个女孩子长得有些韵味，我对她印象还挺好的，这时她进来，偏走到我面前，指了电子计时器问我打了卡没有。我说打了，谢谢你提醒我。又开玩笑说，不打这半个小时老板也会扣除，心里却骂着："狗腿子，我打没打关你的事？你打工的要你替老板操这个心！"我原来看她长得甜甜美美，这一下心里却记恨着她了。

这样平平淡淡过了几天，发生了一件小事。晚上用餐的人不多，威廉吩咐我和那个炸土豆条的学生，谁得空了就附带照看一下厨房另一边的封闭式电油炉，按照前面交代下来的数量把鸡或者鱼炸了送上去。电油炉是自动计时的，到时候就会发出"嘟嘟"的声音。这样过了几天，倒也没事。这天晚上我正在煎饼，有人在电油炉那边喊："It's burning!（焦了，焦了！）"我跑过去一看，七八块鱼已经捞起来，炸过了头变得焦黑。我指了那个学生说："He put it in!（他放进去的！）"这时威廉来了，问："Who put it in?（谁放进去的？）"我又指了那人说："He put it in."那学生走过来说："Not me, not me.（不是我，不是我。）"我一怔，难道自己记错了？我扬起眉一想，肯定不是自己。我看见威廉注意了自己的神态，心里一慌，还想解释。威廉看了看我说："It's OK, be careful next time.（算了，下次小心点。）"那收钱的女孩也在一旁说："Be careful."我还想解释，看了威廉不必再说的神态，只好住了口，心里有气也说不出，凭什么断定就是我！我不是白人，说话不能信！我委屈着又在心里骂自己："那么快跑过来干什么！想就想又皱什么眉！沉不住气吃了哑巴亏，你自己太活该了！你怎么这么活该呢？你活该得再不能活该了！猪呀，你真蠢得叫作猪呀！"

这样过了两个星期，支票发下来只有二百七十多块钱，算下来每天只有二十七块钱，比奖学金多不了多少！我在心里算了，每天七个小时，再扣了税，倒也没少我的。好不容易谋来一份工作，累得跟牛一样喘，就这点钱！我开始怀疑"外国老板宽厚些"这种说法。中国老板再厉害，还能厉害到什么地方去！我把这种想法跟思文说了。她说："你要想办法偷懒，老板管你死活呢。"我说："你比资本家还聪明些，偷懒？你以为这是在中国吧。"她说："你不怕，下次葛老板来拿豆芽，我问他一声。"葛老板是新发展的豆芽主顾，在郊区开了一家餐馆。没有办法，郊区我也得去了。

这个星期威廉安排我做早班，六点半上班。早班只有一个人做，在九点钟其他人来上班之前要做完十七件事，这些事都按顺序写在一张纸条上在墙上贴着。威廉指了那纸条问我看不看得懂，我说看得懂，心里想着明天早上带本词典来。我很高兴，不必在别人的目光下工作，这使我有一种自由的兴奋。威廉把钥匙交给我，我捏了钥匙想，这老头倒挺相信人，这么大个餐馆他也放心。第二天凌晨五点半我被闹钟闹醒，挣扎了爬起来，迷迷糊糊煮一杯牛奶冲蛋喝了，推着单车出了门。风像刀子一样刮过来，渗到衣服里面，把身上的热气都卷走了。熹微的星光下伸展着一条白色的路，在一片寂静中单车擦着雪地发出均匀的沙沙轻响。骑到半路我的手冻僵了，握不稳龙头也捏不紧刹车。我怕迟到想坚持一下，遇到一个下坡直冲下去，手想捏刹车怎么也捏不拢去。越冲越快，风在耳边嗡嗡地鸣响。我想今天要摔个大跟头了，心里有一种想跳车的冲动。快到坡底我看见路边有个大雪堆，就对着雪堆冲去。单车插进雪堆，我往前一冲，身子从龙头前飞出去，扑在雪堆上，头埋在雪堆中。我一滚，滚下雪堆，伸伸胳膊跺跺脚还没有摔断，我放了心。脸上湿湿的有什么流下来，我脸已经冻麻木了感觉不出什么，以为是血，脱了手套在脸上抚一把，只是一些雪水。我把另一只手套也脱下来，都扔在雪地上，撮了两只手在嘴边呵气，气在冷空气中泛着白色。还是不行,我解开羽绒衣,把双手交叉了从腰部贴了肉插到腋下,冷得身子一抖一抖的。我夹紧了双手,蹲下来缩成一团。风从衣服的缝隙中灌进来,我又蹲着转过去背对了风,把身子缩得更紧。一辆小车开到我前面不远的地方猛地刹车,后车门打开,一个年轻女人抱了一条狗下来,生着气往回走,一个男人从前门下来,追上那个女人想拖她回车上去。俩人推搡着,大声争吵。男人把女人摔到地上,女人还是抱紧了那条狗。我蹲在那里喊:"You can't treat her like that!(你不能这样对待她!)"男人四下张望,看不出声音从哪里发出来的。我又喊了一句,他才发现雪堆边那儿原来蹲着一个人。他对着这边叫道:"None of Your business!(不关你的事!)"把女人拖上车开走了。

我心里估计着时间已经来不及,怕威廉第一天会来检查,又想起他也不用来,只看我打的卡就知道我迟到了没有。把贴肉的手指活动一下,能够弯曲了,抽出来,把羽绒衣拉上,套上手套,把单车从雪里拔出,心想,这堆雪今天救我命了,对着那堆雪把头点了几点,骑上又走。到了餐馆威廉并没有来,我把灯开了,打开冷藏室的门把生菜西红柿搬出来。忽然想到老板剥削我太厉害了,捞回一点也是应该的,就摸了一个大西红柿吃了,想着现在西红柿三块钱一磅,这一下吃掉老板一块多钱。又把纸盒装的小盒牛奶喝了一盒,把盒子丢到垃圾桶里用菜叶盖了。两样东西吃下去,肚子里冰冷冰冷的。我按了规定的程序尽快地做事,用机器切了两箱西红柿,又配了三十多份生菜……等我把事情做完,上班的人就来了。

这天思文告诉我,葛老板今天又来拿豆芽,我的事也讲了,他还有兴趣。思文说:"他问我你能不能做,我说豆芽都是你发的。约好明天接你去看看。"我说:"钱怎么付?"她说:"跟他讲好了付现钱,还是四块二毛五一小时。"我说:"好,想提醒你又忘记了,亏你还想到了这一点。"第二天葛老板开车来了，他四十来岁，瘦瘦小小。我心想："开餐馆的人还营养不良吗？"想到自己要去他手下讨生活，有点别扭，很奇怪去威廉那儿做事却没有这样的感觉。车在高速公路上跑了二十多分钟，我还想每天骑车回来呢，看来不可能了。在车上葛老板告诉我，他来十多年了，刚开始也打工，也发过豆芽，后来自己租一家餐馆做了，生意很好却太辛苦，又把餐馆生意卖了去做灯具生意，一年亏了十几万，还是回过头来搞老本行，上个月才开张的，餐馆取了个名叫龙一88。又说，要找加拿大人做工两百个都有，但他们不会用中国的刀和菜勺。

到餐馆看了，我说："我明天来。"葛老板告诉我在哪里搭车，又告诉我在这里吃住全包，就住在楼上一人一间，人工每星期付一次。回来后我按思文的主意给威廉打了个电话，说自己要搭朋友的便车去多伦多玩几天，请一星期的假。他问我回来还去不去上班，我说还去，只请几天假。他说等我的电话。不知道葛老板那儿会怎样，我不能不留条后路。

31

葛老板的餐馆在一个叫 Greenwood（绿森林）的小镇，小镇有几千人，就这一家中国餐馆，斜对面是一家肯德基炸鸡店。这儿是一个海湾，海湾的浅水中泊了许多私人游艇，冬天都湾在那里。沿着公路两侧各有一线房子，这就是镇了。镇上除了葛老板，还有一家中国人是医生。葛老板和镇上的人没有什么来往，没事了就开车去城里找人打麻将，赌钱。他说："做个人吃了睡，睡了做，做了吃，有什么意思？"

原来做个人的意思就在打麻将，赌钱。

老板娘叫丽莎。葛老板给我介绍的时候丽莎正在油炉边炸鸡球。她用英语告诉我，她只能说粤语，不会说普通话。丽莎这个名字使我想起屠格涅夫笔下那个穿着长裙、沉静轻盈的俄罗斯少女，和这个矮瘦的形象怎么也联系不起来。餐馆只有几个人，有个侍应小姐是从澳门来的，葛老板叫她珍妮，她瞟我一眼我就看出了眼神中的轻蔑，想着这也是个势利鬼，后来果然就是那样。一个烤 pizza（意大利馅饼）的叫丹尼，是希腊人，四十来岁。还有一个收钱的白人妇女叫安吉拉，胖得像只桶，她在这个小镇上出生，快四十岁了居然从来没离开过纽芬兰，叫人难以相信。

我的工作是洗碗、剖鸡、包蛋卷、切菜。每天从上午十点到晚上十二点，甚至更晚。中间吃两餐饭，也不扣除时间。我算着收入比在 Wendy's 多一倍了，这真使我暗自兴奋。葛老板并不像我想象的那样精细到一分一毫，一箱苹果一箱橘子，就搁在那里，谁想吃了自己拿。每天晚上收了工，自己就把工作时间写在电话机边一个小本子上，他也不检查。

过了几天送菜公司送了几十只冰冻鸡来。鸡化了冰葛老板教我怎样开鸡，他开了一只鸡给我示范，哪儿起刀，哪儿拉皮，几分钟就只剩一副骨架。他问："看清楚了没有？"我说："看清楚了。"他说："真的？"我迅速把程序在脑中过了一遍，有了勇气，坚定地说："真的！"他放下刀去了。我想做快一点才对得起老板，也给他留个好印象，可手怎么也麻利不起来。开完一只鸡看看表，用了十八分钟。我心里一急，手上更笨，左手食指被刀拉了一道口子，血沁出来。我把手在水龙头下冲一下，找块胶布贴上，又低了头去工作。一会儿血渗透了胶布，案板上的水渍也浸在上面，我用拇指压了压伤口，一心一意去剖那只鸡。葛老板走过来看，又不高兴地说："才开了五只？"我不说话，低头干活。他又用刀点了鸡架上残剩的肉说:"浪费了,浪费了。"把自己开出的鸡架从水池中拉出来说:"看我开的,有肉剩下没有?"我说:"老板是什么人,我是什么人,怎么能放在一起比?"他笑了说:"做什么事不做就不做,做就做最好。"我结巴着说:"明天,明天。"他说:"你洗碗去好了,我来开它。"我讪笑着放下刀去洗碗,将功赎罪似的动作飞快,把一只只碗放到洗碗机中,趁洗碗机工作的时候又把剩下碗中的残剩食物清到垃圾箱中去,碰得碗"哗啦啦"一片脆响。葛老板说:"慢点不要紧,不要碰打了东西就好。"我手上动作更快,说:"老板你放心,百分之百。"洗了碗又去切菜。到晚上十二点钟事情还没做完,灯光下我切着菜,已经失去了时间的感觉。搞完卫生上楼去睡已经快一点钟,葛老板还在开鸡。我心中不是滋味地说:"老板明天再开它吧。"他说:"你上去好了,我开了它,屋子里有暖气,放在外面明天软掉了。"上了楼我把湿透的胶布揭下来,伤口已经裂开,两边的皮都泡白了,我熄了灯躺在床上睡不着,听着外面公路上不时有车"嚓"地闪过,车灯在天花板上晃出一道道光影。

  第一个星期被老板训了两次。有一次是晚上收工,我把洗碗机的水放了,却忘了关机器。我拖着地板,葛老板发现了问题,把我叫过去看。我探头一看,里面的电阻丝烧红了。葛老板说:"告诉你要先关机器后放水,你又不记得。烧坏了叫你赔,你赔得起?七千块钱,你赔得起?"我缩了脖子耸着肩赔着笑脸,很老实似的听着,一声不吭。珍妮在外面餐厅里搞卫生,听见葛老板训我,拖着吸尘器站在门口看,脸上挂着笑。我挨了骂心中难受,倒不恨老板,换了自己当老板也要训人的。珍妮的笑却使我恨之入骨,心里骂着:"长又长得不漂亮,这副嘴脸我瞧也没有瞧一眼的兴趣,倒轮到你来幸灾乐祸了!"又想,天下人都这么势利,人类真的没什么希望。干脆地球爆炸了算了,那样大家都公平了。

还有一次葛老板要我包蛋卷。他指挥着我用机器把包菜切成丝，拌了鸡肉，再加上五香粉、盐、味精和香油。拌好料他包几个给我看，我学着包了几个，他说："可以。"让我自己去包。我想挽回前几天开鸡很慢的印象，包得很快，忽然有了一点信心，觉得自己动手能力也不是那么差。这样想着手上卷得更快。丽莎过来拿起几个看了，也没说什么。包好一盘丽莎端过去炸。不一会儿几只炸黄的蛋卷从我后面丢过来，滚在案板上。我吓一跳，回头看见葛老板气冲冲地站在后面，再看蛋卷破了皮，油都进去了，葛老板说："这能卖钱吗，你自己说！卖给你要不要？"我本能地想申辩几句，又找不出理由。我缩了脖子耸了肩赔着笑脸，很老实似的听着，心想这份工怕是保不住了，幸而威廉那里还留了条后路。葛老板又示范给我看，要我两头捏紧的时候别往中间挤，一挤中间就开了。他示范的动作带着点表演性，表演完了问我："看清楚了？"我心中一动说："明白了。"他笑了说："是真明白了？"我说："真的清楚了。"他说："清楚了你做给我看。"我包一个递给他说："老板看我是真明白还是假明白。"他看了说："再不出错才是真明白。"我说："老板我也没有那么蠢，你一讲要领我就清楚了。"他说："真清楚了就好。可别再出破的。"我说："我明白，我明白。"他说："明白？明白就好。别看开餐馆，那也要心里明白。"

在龙一88做事我心里还惦记着豆芽，每天打电话回去问思文情况，指挥她去做。心里想着星期天晚上回去就把豆芽洗了，星期一休息还可以进几十块钱。只要不忙，上班打几分钟电话老板也不怪，想起在Wendy's做的时候，思文打来电话，才说了几句话就有人催我去干活，中国老板人情味还浓点。

星期天晚上我洗着碗，准备洗了碗就回城里去。葛老板过来递给我一叠钱说："这是你前五天的人工，今天的下个星期再pay（付给）。"我接过钱往工作服口袋里一塞说："谢谢老板。"他说："你数一数。"

我伸了手说:"手湿着呢。老板不会错。"他走了,我用湿湿的手去捏口袋,厚厚的一叠。老板给我的时候我看见是二十块一张的票子。一边摸一边想着是多少,摸了几次我实在忍不住了,撩起工作服把手擦干,装作去解手,跑到厕所里把门闩上。我就这么在抽水马桶上坐了,小心地把钱掏出来,在唇边沾了唾沫数了一遍,三百零六块。我激动得血直往头上涌,脸上都烧热了,五天就这么多!又数一遍,没错。我"嘿嘿"笑几声,捏紧了钱挥得"哗哗"地响,开了门又去洗碗,边洗碗我边在心里想,是不是老板看我做事卖力,多给了我一点?我把星期二到星期六的工作时间在心里默想一遍,五天工作了七十二小时,是该这么多钱。摸着口袋里那一叠,几天的劳累和委屈都化解了。我浑身舒畅,把盘子放进洗碗机的时候,带着点夸张把手那么轻轻一抖,自己觉得这么一抖非常潇洒,非常富于艺术意味。

收了工站在马路边想等夜班车回城去,丹尼开车过来,从车窗探了头出来说:"I'll bring you to St.John's.(我带你回圣约翰斯。)"他住在城里,每天开车来上班。上了车他说起葛老板好,厚道,又说丽莎太吝啬。我想着丹尼这个人不错,前几天葛老板骂他,他只笑,背了老板还说他的好话呢。又想什么时候自己也把老板当起来,雇几个洋人找了他的错骂骂,挺过瘾的。到了一个加油站,他停了车自己拿着油枪往油箱加油,又到小店里买了几张六四九彩票。回到车里,他说每天来回跑,要八块钱的油,工资才几十块钱。说了两遍我忽然意识到他在暗示什么,在刚发的钱中摸了那张五块的捏在手里,准备下车时给他。又跟他说彩票是骗人的,在四十九个数号中填六个,不可能填得中。他说,一辈子只中一次就够了。我说,中了就是几十万,你一辈子都不要做事了。他马上否定说,不,我要当老板,自己当老板。到圣约翰斯下了车,我把五块钱递给他,他说一声谢谢就收了。我还希望自己领会错了，他会推辞呢。看起来要面子是有钱人的专利，穷人管不了这么多，这在哪儿都是一样的。

32

我每个星期回城一次，在家里待两晚一天。每星期天晚上从老板手里接了钱，搭丹尼的车回城去。第二天早早地到银行把钱存了，然后坐在一边，看存折上计算机打出来的数字，心里计算着这个月又能存多少，什么时候可以存到一万块。把存折看上半天也是很大的快慰，看完了小心收好，还暗暗在心里嘲笑自己一番，没料到在加拿大自己变成了个钱迷。到葛老板那儿工作以后，积蓄的速度大大加快，每个月能存一千多。每次这个存折上满了一千，我就把这一千转到另外一个户头上去，在那儿凑成一个大数。看着那大数一级一级跳上去，我就在心里对自己扮了鬼脸儿偷偷地笑。

教华文学校这事让思文做了，她比我教得好。知道我去了郊区工作，几个人都想接每星期的这两堂课，赵霞也想谋了这点事给她先生，对校长说："周毅龙他是博士呢。"都没有成功。星期一我在家就弄那点豆芽。我精心计算好时间，使豆芽在我回城的那天长好，第二天洗出来包好送出去。我一星期几次通过电话指挥思文行动。前几个星期豆芽长得很好，思文得意地说："比你在家里还长得好些呢。"后来又抱怨起来，说自己到学校待不了多久又要赶回来浇水，半夜还要起来浇水。连续两个星期豆芽烧坏了。房子里飘着一股腥臭。我抱怨她浇水不经心，她说："我没有办法搞了，要搞你自己搞，搞得我什么事也做不成。"我说："一个星期五十块钱，一个月二百，抵人民币一千块呢。一千块是多少你跳回到国内想一想！"她说："一万块也没有办法。"豆芽终于再也做不下去，还剩几十斤绿豆慢慢煮稀饭喝，最后两人吃得闻到那气味就怕，没了食欲想呕吐，就都送给了朋友。

和思文吵得不可开交的时候，我又写了一封信给舒明明。不敢说吵架的事，只说自己处境不好，心情也不好。她回了信到历史系，要我不要去赚那些"要命的钱"，尽快回去，还有一些疯疯癫癫的话。我看过以后舍不得撕掉，藏到哪里也不安全，就放在衬衣口袋里。这个星期一思文叫我去学校游泳，脱衣的时候我想起那封信，一摸竟不见了，翻遍了口袋也没有，我想可能是掉在餐馆的楼上了。到了游泳池边我还在想，思文穿了游泳衣过来问我想什么。我说："没想什么。"怕她再问，抓了她的肩往水里一推。那天思文态度特别好，缠缠绵绵又有点恋爱时的意味了，这使我心中都有点不知所措。游泳回来我把挂在壁橱里的衣服都摸了一遍，又在床上翻找了，都没有。我确信那信是掉在餐馆了，就不再去想这件事。

中午我在楼下厨房里淘了米准备煮饭，思文站在楼梯上喊我："高力伟来，有一封信。"一边向我招手，脸上神神秘秘地笑。我心一沉，马上想到了那封信，但看她的神态又不像。我放下锅跑上楼去，一看她手上捏的那信的纸样，就明白糟了。思文说："有一封信，在椅子底下捡到的，可能是老宋的女朋友写给他的，他昨天到这里来过。这上面写的是宋志，老宋又是叫宋志明。"宋志是我给自己起的化名，舒明明来找我，就在门外叫"宋志"，我去找她，就在她家楼下叫"范娟娟"。我连忙说："那肯定是的。别人的信你不要看，宋太太知道了就不得了。我下午正好去找老宋一下，带了给他不让他太太知道。"思文把信递给我，递了一半又往回一缩，我伸手一抓没有抓到。我的动作引起了她的怀疑，她说："那不，我还看一下。我还只看了开头几句。"我说："要不得，别人的私信你看什么？"她说："又不是我拆他的信，他自己掉到这里的。你知道我是最好奇的。"她把信打开,我突然伸了手去抢,她有准备,一缩我没有抓到。她已经意识到了什么,把信折了放到口袋里,说:"你先出去,我自己先看。"我说:"一起来看一起来看。别人的私信你最好不要看。"她说:"别人是谁?我看这个别人就不是别的人。"说着使劲把我往门外推。我知道没办法了,被推到门外说:"你看吧,你看吧。"门砰地关了,我反而平静了下来,下了楼去煮饭,心想,你总不会忘了打我把钢丝发梳的橡皮都打得翻出来的事吧!我甚至感到了一种压抑的轻松,一种带恶意的快感,一种把一切都豁出去的力量。

我把饭煮上,刚准备切菜,楼梯"咚咚"一阵响。思文站在楼梯上,把信捏成一团向我扔来,"老宋的信,你自己看去吧!"说完又"咚咚"上楼去了。我把信塞到口袋里,继续切菜,体会着这风暴到来之前的平静。初春的阳光从窗外射到脸上,有一种柔和的温热,鸟儿在树枝上欢唱,我切着菜,刀在塑料砧板上发出空洞的声音。我想着思文也许在等着我去给她一个出乎意料的说明,使这一切都得到虽然奇怪却合情合理的解释,我偏不去。过了一会儿楼梯上又一阵响声,思文走下来问:"信呢?"我很平静地说:"你不是看过了吗?"她提高声音说:"信呢?"我说:"你自己丢在哪里,我怎么知道?"她转了身子在地上看了一圈,突然向我扑过来,伸手去搜我的口袋。我用力挣开,她又扑上来说:"信呢?你不给我,我今天就要你拿出来。"她以拼命的姿态抱了我的腰,我挣了几下没挣开,只好说:"你拿去,你拿去,跟个恶婆娘一样。"她搜我的裤口袋,摸出一张纸说:"不是的。"正想塞回去,又看一眼说:"咦,这又是一封。"这话提醒了我,可糟透了!这是我写给舒明明的回信,写了一半塞在口袋里,我都忘了这件事了。思文拿了这封信,那封也不要了,又"咚咚"跑上楼去。楼上传来门砰的一响。我也没心思做饭,关了电炉,坐到客厅的沙发上发呆。不一会儿听见房门一声轻响,思文慢慢走下楼,平静地走到我面前,把信递给我说:"收好了,你去寄给那个女人吧!"我接了信,慢慢折好塞到口袋里,也不作声。

思文站在那里说:"怪不得,怪不得。"停一会儿她说:"怎么不做饭,肚子饿了。"我说:"我懒得吃呢。"她说:"你不吃我还要吃,气得饭都不吃,我没那样蠢,伤了身体是自己的。"说着就去做饭,做好了端到客厅说:"吃饭。"我端了碗闷闷地吃完,说:"瞌睡了。"就上楼去。她跟了上来关了房门说:"高力伟我跟你谈谈。"我说:"谈什么谈,我要睡午觉了,累了一个星期盼星星盼月亮才盼来一次午觉。"她说:"好骄傲!搞半天是我没道理。"我说:"道理从来都在你手里。"她说:"怪不得你对我这样铁冷冰冰的,原来你在国内还有个情人。"我说:"什么情人,情人这个词可不是随便可以说的,我跟别人怎么样了吗?是朋友,朋友!"她不容反驳地说:"情人,就是情人!"我说:"你要说是情人我也没有办法。"她轻笑一声说:"我心里想的是你,做梦也梦见了你,这是写给朋友的话吗?"我说:"我不想骗她,也不想骗你,我就是这样的心情。我原来没有这样的心情,有这样的心情我就不会出国了。但到了这里我心情变化了,你自己知道是为什么。"她说:"我昨天还在想,这样下去我们的关系很危险,今天还叫你去游泳,看起来我是自作多情白费心思了。"我说:"既然话挑明了,我就说几句。游泳什么的,不能解决我心里的问题,我早就跟你说过,我不能接受一个压倒我的女性。这一点我想骗自己也骗不过去。你说这是封建思想也可以,批判了也不能解决我心里的问题。没有了感觉你有什么办法,连我自己都没有办法。"思文激动得有些结巴起来。"好,好,高力伟,好。你倒还嫌我太能干了,我……难道……我懒得讲。"我说:"那我可就睡了。"说着躺了下去。她说:"你坐起来。"我故意想转移话题,说:"我这么歪着听也是一样的。"她就让我那么躺了,说:"难道我愿意这样?我是被逼出来的,逼出来的!我还想做个贤妻良母呢,什么事你都包圆做了,我正好难得劳神,在家里坐享其成,别操心把自己操心老了。"我说:"那好,你真的就不劳神了,倒是你我的福气了,只怕你舍不得放权。第一件事我就说思华不要来了,来了没有意义,你愿意不?"她说:"你又逼我!"我说:"说了你做不到,还要说自己不想操心,想做贤妻良母。"她说:"形势逼得人没有办法!想来想去我就是想不通自己哪里错了!"她伏在桌上哭起来,"我好不甘心啊,心里好委屈好委屈啊!妈妈,妈妈!你女儿心里好苦命好苦啊!"她哭得肩一起一伏,像有一只无形的手压下去,放松,再压下去。我坐起来,观察她究竟是撕心裂肺的痛哭呢,还是感情的夸张放纵。过一会儿我叹口气,心中那柔软的部分又占了上风。我躲避着这种柔情,在心里对自己说:"人啊,有时候得狠心一点,没有办法!被那同情的感情支配了,到头来害了自己也害了她!她都设计好了,去游泳制造浪漫气氛,然后,把头无力地靠在你胸前,然后……但是,有了那样许多以后,这可能吗?我应该有勇气告诉她,我已经不爱她了,自从那次挨了打以后,那样的感情在我心中就再也没有办法恢复了,那是一个临界点。人不应该回避心灵的真实,尽管这种真实那样残酷。"这样想着我几乎有了勇气把这种想法说了出来。我意识到了这也是一个机会,既然揭开了伤口,就不能再回避,要疼就做一次疼了。

我站了起来,在那一瞬间似乎更有了勇气。我深深吸一口气给自己一种鼓励,说:"思文,你听我说。"她抬起头,一声不吭望着我,目光透出一丝哀怜。我害怕这样的目光,面对这样的目光我没有勇气说出那种残酷的真实。在那种狂暴的对抗面前我有力量坚持到底,但在这样的神情面前,我坚持的勇气在迅速地瓦解。站在那里我感到了内心力量的消逝。思文见我不说话,平静地催促我:"你说,你想说什么你就都说出来,我听着呢。"我在心中告诫自己:"不要回避现实,今天回避了明天还是回避不了,说出残酷的真相不是卑鄙,不诚实那才是卑鄙呢。"

我感到生命那沉重的帷幕又一次在拉动，展示真相的时机到了。我又深吸一口气，像是要吸入一种勇气，说："思文，你听我说。"她显然注意到了我神态中有什么特别的东西，睁大了眼紧张地望着我的脸，像准备接受某种宣判。我的勇气一下子又消失了，说："思文，你听我说。"我延宕着想重新鼓起勇气，深吸一口气，却看见她眼睫毛一眨一眨的，就机械地说下去："你听我说，这件事是我的不对。"鬼使神差，我竟说出这样的话来了！我心中感到一阵隐痛，但还是继续说下去："这件事是我不对，我前一阵子心里太苦恼，没有人说，就写了一封信，心里有苦恼总想找个人说。"她紧张的神情松弛了，平静地说："按你说你倒是对的，不对的是我。心里有苦恼，想找个人说说，谁又能说这不对呢？说起来倒不是你错了，是我错了。"我说："我又没有说是你不对。除了动手打我，别的我都可以理解你。在这个陌生的世界里，自己不能干又怎么办，有谁会来可怜你帮助你？只有自己救自己。但是理解是一回事，接受又是一回事，你说是不？我理解你，谁又来理解我？让我把自己闷在心里闷死？"她说："高力伟你别把话说偏了去，你跟那个范娟娟有不正常关系在前，我动手打你在后，是不是事实？"我急了说："什么不正常关系，你没有根据不要乱猜。"她说："我到什么地方去找根据，隔了千山万水还有一个太平洋，谁知你们两个一年都干了什么！信上写的就够了，等你一年，这是什么意思？"我说："那你再看我一年会回去不？会回去就是真的，反正一年已经过了一大半了。"她说："那还可以又写信说等两年呢。"我见她步步紧逼，心中的反抗情绪又开始涌动，就想着是不是干脆倔强一下转个弯，把对话拉回到感情已经破裂的话题上去。正想着思文说："以前的事我也不计较了，哪怕你跟这个范娟娟有过什么——"我连忙说："没有，没有，真的没有。"她不听我的解释，说下去："哪怕你跟这个范娟娟有过——什么事，我也算了。你自己说，现在怎么办？"我说："我写封信给她，说清楚我们远隔万里，前途未卜，有太多的想法也不现实，就此不要再来往，这可以吗？"她说："可以，但是——"我打断她说："好，好。我知道你要说什么。我写封信你去发，这总可以。还要怎么样你也说出来，总不至于逼我写信骂她。说起来都是我不好，她小孩子不懂事，也挺可怜的。"思文说："小孩子不懂事？别让我笑了。别的也许真的不懂，挖墙脚她可懂。"我说："不说了，不说。"她说："那你写。"我说："今天来不及了，下个星期写。"她说："随你，你不写也随你。"

　　一直到晚上思文再不提这件事，我也没料到这么轻易风暴就平息了下去。我猜想她是算计好了放我一马，这样就平衡了自己对我动手的事。吃过晚饭我说："外面天气好，我出去走走。"她说："我也去，在家里都憋一天了。"我说："监视我吧，我在这里找谁去！"她说："在这里我倒放心，你找不了谁。"我说："那你也别小瞧了我，下次放颗卫星给你看看，还不惊得你蹦跳。"她笑着直摇头。

　　我们信步走到一片草坪，在长凳上坐了。春风带着潮湿的暖意在人的周身温和地抚慰，天穹发着淡白的微光。在夜色朦胧中，有人在低语，却看不见人影。花儿在某个隐秘的角落散发出淡淡的芳香，树梢上泛着银光。沉寂中有一种隐约的寒蝉之声，像微雨飘洒在草地上，又像无数小虫在草丛中跳跃穿行。沉默中我感到了一种压力，于是说："到了春天纽芬兰还是很舒服的，冬天真的太漫长太可怕了。"她说："到明年买一辆车，冬天就没有那么怕人了。"我掐下一根多汁而肥大的草茎，用手揉碎了，把那汁挤下去，又把手凑到鼻子前去闻那草茎的清香。思文大概也感到了沉默的压力，说："我有点冷了，回去吧。"我说："走。"在路上我信口提到葛老板说："要我像葛老板那样过一辈子，我也不愿意，有钱也没意思。"她说："不知道你要怎样才有意思，好像有什么大事等着你去做。一个人能那样也就可以了，还要怎么样呢。"我说："没有意思。"她说："没有能耐做到那一步倒是真的，自己做不到也不要说别人没有意思。"我说:"又嫌我无能了。"她说:"你这么多心叫我怎么说话?到处是地雷,走一步就踩着了,轰的一声爆了。也许我和你只能说与你和我都无关的话。"我心想,怎么回事,随便说句话就对上了,这怎么得了?

晚上睡觉的时候思文说:"想起那年刚结婚,胡大鹏的妻子对我说,高力伟长那么嫩相不好呢。要我有机会了寻事跟你吵,把你磨老了才能够放心。我当时还奇怪她怎么会这样想,谁愿自己的丈夫老呢?结果真的出问题了。想起来她倒是对的。"我抚了自己的脸说:"这半年多我起码老了三年。"她说:"可惜还是不见怎么老。"我伸了胳膊去搂她,她一甩让开了。我说:"你不喜欢老子,老子自己喜欢自己。"她说:"你讲错了,我不喜欢你还会有别的人喜欢你。"又说:"有件事我实在忍不住要问你。"我说:"又要问那件事了,终于忍不住了。"她笑一笑说:"就让我好奇一下可以不?你老实告诉我,那个范娟娟到底是什么人呢,长得特别漂亮还是怎么的?我就不相信她能够比我强到哪里去了,还能强到哪里去呢?"我几乎想说:"就是比你弱到哪里去了才有了味道呢,还敢比你强?"怕又会引起不高兴,忍了没说。她催促我:"你说真的!我不会怎么样!"我想,你不会怎么样?你真的是不吃醋的人!我可没那么傻!我说:"那些多余的话就不必说了吧!"她说:"哼,我不知道?那些故事还不都在你心里。"

33

思文说得不错,那些故事都在我心里。

跟舒明明认识,是我自己也没料到的。那时思文刚刚出国,我们欠下了一些钱，我心里很不安。朋友介绍了一个晚上教自考学生的机会，我就答应了。授课的时候，我发现坐在靠窗位置的一个姑娘总注视着我，我敏感地觉得这种注视有着某种不同寻常的意味。那姑娘一停止笔记，目光就停在我身上。有一次我把目光转向别处，然后突然朝那边望过去，她就很羞涩地低了头去记笔记。这种羞涩使我觉得很有意思，讲着课不时将目光扫过去并停留一下，她竟不敢再抬起头来。她的长相并没有激起我心里的某种特殊体验，我只是觉得这样有点好玩。下课的时候她站起来，我甚至有点失望，她身材矮小。另外两个漂亮的姑娘带着含蓄的媚人微笑对我点头，从讲台边经过，她们神态沉着，举止从容大方而有分寸，显然相当老练，对自己的风采有着深刻的理解。

我收拾了教案准备走，一个男学生拦了我问一些问题，那姑娘也站在几个人中间听着，闪避的目光中含着几分稚气的崇拜。不久好像是突然发现讲台边只剩下自己一个人，而我正用询问的目光望着她，便羞红了脸悄然离去。讲了几次课以后，我收到一封信，是一个叫舒明明的女孩写来的。她将自己描绘了一番，我就知道是她了。她的信中流露着自卑，希望得到我的特别帮助，并请求我借几本书给她。我猜想着这中间也许有着别的意味，一种好奇心顿然产生。把信收了起来也没有再去多想。

谁知有一天中午，我刚准备睡午觉，有人敲门。开了门一看是舒明明，吃了一惊，她见我有些惊讶，马上申明说自己是来借书的，又问我肯不肯。我总觉得借书是一个借口，但还是借给了她，心里笑着："小姑娘你还是太嫩了一点。"她拿了书停了一停，见我不说什么，就说要走。等她站起来准备走，我忍不住好奇心，问她现在做什么，家住在哪里。我当时并没有意识到这种好奇心中也潜藏着不自觉的动机。她告诉我，她前年高中毕业，没有考上大学，痛哭一场之后决心用三年时间通过自学考试。已经考过了几门，我教的这门课她感到最没有把握。她现在在一个公司当出纳。她说着这些的时候，语调平静又略带着点羞怯和哀愁。我想着她的胆子真是很大，居然敢找上门来。但她的神态又是这样淳朴，毫无矫饰，也不掺揉半点媚惑。我说话时望着她，她又微微红了脸，低了头不敢迎我的目光。这种神态大大地激发了我心中的某种情绪，内心不由得一动。我问她对我讲课的意见，她用了尽可能好却不太精当的评语，其中包含着掩饰不住的热情。我笑了笑，出乎自己意料地大胆说了一句："我哪讲得这么好，你的评价带了点感情色彩吧。"这种大胆连我自己也吃了一惊。她马上绯红了脸，低了头瞧着地上，鞋尖在地上前后摩擦。我沉默着，使气氛变得沉闷而让她感到一种无形的压力。在这种温和的窘境中，我感到了一种快乐。她终于抬起头来说："高老师，我走了。"我觉得有必要消除那种压力，又把话题转向她的生活种种。原来她是工程师的女儿，两个姐姐都考上了大学，她自从高考失败以后，就生活在一种无形的阴影之中。她的话激起了我的爱怜，却没意识到这种爱怜已经悄然地和不自觉的情欲纠缠到了一起。她出门的时候突然问了一句："你是一个人住在这里吗？"我说："是的，现在是一个人。"一种诚实的愿望促使我想告诉她，我妻子出国去了。但一种专横的内心力量阻挡了自己说出这句话来。

　　下一次去讲课的时候，我一进教室就看见舒明明处在中间第一排，我猜想她是早早到来占了那个位置。讲课中我偶然望她一眼，她就会意地微笑。她不再低了头回避我的目光，显然我们之间已经有了某种默契。下了课我擦干净黑板，转身看时学生都走光了，舒明明也不见了。我若有所失地停在门口张望了一下，失望的感觉在心中弥漫开来。这样的姑娘我不知接触过多少，却从来没有这样的感觉，我觉得她们都不能和思文相比。但今天是怎么了？我明显地感到了今天的情绪有些异样。我在心里对自己说，这不过是寂寞中的幻觉罢了，过几个月就要去加拿大了。这样想了，那若有所失的感觉仍没有消除。我推着单车出了那所中学的校门，正准备骑上去，黑暗中一个拘谨的声音在叫："高老师。"随着声音，舒明明从黑暗中闪了出来。我说："你躲在这里！"她说："高老师，我想问你几个问题，又怕别人笑我，就等在这里了。"我推了单车和她一起走。我说："舒明明，你的胆子很大。"她吃惊说："大家都说我胆子小。"我说："这么晚了你不怕我？"她说："你是老师，我怎么会怕你？"我说："你别以为你老师前老师后的，我们就只是学生和老师了。"她说："反正你我是不怕的，你我就是不怕。"她问我几个问题，也没怎么问到点子上，我回答了她。走到一个十字路口，她说："我要从这边走了。"却站着不动。我说："你走回去，不搭车？"她说："都走了一半了，走回去算了。"我说："送送你吧。"我上了车要她跳到后座上去，她说不敢跳。我又停下来让她扶了我的肩在后面坐稳，骑了起来。我提醒她坐稳，她两只手怯生生地抓住我的衣服。到了她家楼下，她说："高老师，到我家去吗？"我说："那怎么行？"她说："怎么不行，我爸爸妈妈都很好的。"我想告诉她思文的事，又觉得太突兀，说："今天晚了，下次去吧。"她指了楼上的阳台给我看，告诉我她家在四楼，又说："没事来玩吧。"我说："星期六请你跳舞去，去不去？"她不作声。我说："不想去就算了，想去就说去。"她说："去。"我说："我怎么叫你？"她说："我在家等你。"我说："我怕你爸爸妈妈。"她吃惊说："那怕什么，他们真的很和气的。"我说："你爸爸知道你跟别人去跳舞，会打你的。"她说："那你在楼下叫我。"我说："叫你你妈妈还不跑到阳台上来看。我叫范娟娟，你就下来，好不？"她答应了。化名所具有的神秘色彩显然使她感到兴奋，她默默地念了几遍"范娟娟"，说："那就这样，你自己别忘记了。"她口中轻轻念叨着那个名字上楼去了。

这种带有秘密性的约会使我有着特殊的感受，我想舒明明更会有这样的感觉。星期六傍晚，我在楼下叫一声"范娟娟"，她马上从阳台上探出头来向下面挥一挥手，两分钟后就下来了。我注意到她今天化了妆，比平时漂亮一些，走过来时也显得特别轻捷。她走过来要搭我的车，我用手势阻止了她，要她跟在我后面走。到了没人的地方，我扶着她坐上去。她问："怎么要到这里才搭车？"我说："那边有你的熟人，看见了不好，天还亮着。"她说："那怕什么，又没做坏事。"我说："别人要说闲话的，明天又会告诉你妈妈。"她说："想告诉让他告诉去，又没做坏事。"

她不太会跳舞，但身子轻盈，很容易带起来。跳了几曲，在闪闪烁烁的灯光的刺激下，那些歪七歪八的念头在我心中闪闪烁烁。跳完一曲，我拉着她的手回到座位上去，她顺从地跟着我。她坐下来，我说："舒明明，给你说一件事，听不听？"她说："是不是好事，好事我就听。"我说："不是好事呢？"她说："那我也听。"她把脸转向我，神色紧张又充满期待。我说："我们算不算朋友？"她说："你是老师。"我说："这里谁跟你说老师学生那一套，问你算不算朋友？"她说："当然。"我说："算什么朋友呢？"她说："好朋友。"我被她逗笑了，想说的话说不出来。又跳了一曲回来，我把心一狠说："你刚才问我，为什么要走远了才让你搭车，这中间有个原因。"她疑惑地望着我。我说："你是小孩子，很多事不明白。对不明白的小孩子说不明白的话呢，那就太心狠了点。"我把思文的事简单地跟她说了。还没说完，她就"哇"的一声哭了。这时一曲完了，对面几个人回到座位上来，我捏捏她的手说："别哭，他们过来了。"她止了哭，脸转过去对了墙壁抽泣。我想，怎么回事，至于吗？想分散她的注意力，又拉她去跳舞，她转过脸来，可怜地望着我说："等会儿再跳好吗？"我说："别跳了，我们走吧。"她轻轻抓住我的衣袖跟我出去。把她送到她家楼下，我说："明明，我们以后还是朋友，对不对？"她不作声点点头。我说："你上去吧。"她说："你先走。"我说："我看着你上去。"她说："我看着你先走。"我说："那我走了。"骑了车头也不回走了。骑了很远看见她站到了路中间，在幽微的路灯下看着这边。我在心里叹一口气，又往前骑，心里觉得失去了什么，又觉得一种轻松。

　　我再去上课，舒明明坐到后面去了，下了课也就走了。每次出门我在校门口停几秒钟，似乎等待什么，又希望那个声音出现，又怕那个声音出现。过了几次什么事也没发生，我想这件事也就这么完了。谁知过了几天，她又来找我了，一进门就说："高老师，还书给你。"我想，怪了，还书怎么不带到上课的那里去呢？我接了书说："还有一本。"她说还要看看，下次再还。她还了书并不走，坐在那里不作声。我说："最近还好？"她点点头。我说："上班忙不？"她摇摇头。我说："不说话，舌头被猫叼走了。"她一笑说："没有叼走。"她说着站起来，悄悄向我靠近一点，委委屈屈地低了头，一只手下意识地摆弄着我的衣角。我心里冲动着，手抖了几抖想把她拉拢过来。我终于忍不住抓了她的手说："我看看你几个斗几个箕。"看完我说："再看看那只手。"她又把另一只手伸给我。我说："你是两个斗八个箕。"她说："那又怎么样？"我说："算命的人有个说法，我也不清楚。"说着在她手背上抚摸了一下。她双手紧紧抓住我一只胳膊，我搂了她的肩，又在她额头上抚摸了一下。她突然一把抱住我的腰说："高老师，我来晚了是不是？我是迟到的第三者是不是？你为什么结婚结那么早？"说着哭了起来。

　　就这样我们开始了偷偷摸摸地交往。她来得太频繁，简直一点也克制不住。我怕邻居说闲话，要她在窗外喊"宋志"，开了门她一闪就进来了。我进一步，她就退一步，从来不反抗。这种信任反而使我觉得不能做得太过分，那太对不起她了。她什么都不懂，把我当作能够解答一切完成一切的人物。渐渐地我对这种柔顺着了迷，几天不见她，心里就悬悬着怪想的。我告诫自己不要越陷越深，不久以后就要去加拿大了。我也告诉了她，自己不久之后就会出国，暗示她对这件事的前景不要抱太大的希望。她说："高力伟，能不能给我一点希望？给我一点希望。只要有一点点希望，我愿意等。我还不老，是不是？"我不敢给她任何肯定的回答，一个含糊其辞的应允也会被她当作郑重其事的承诺，那样就把她害了。而且，我在心中暗暗将她与思文比较时，感情更多的还是倾向于思文那一方面。我说："明明，我可真的没你想得那么好，你还以为我真是个什么人物呢！我也没那么大的勇气去离婚，那样伤害她太多了点是不是？出国以后会怎么样，我也不知道。"她说："那你不爱我？你从来没说过你爱我。"我对她从不敢说爱，我觉得这个字分量太重了，那不只是一种感情的趋向，而且是一种承诺一份责任。我说："我喜欢你，我心里喜欢你，我又怕这对你不公平。"她没察觉我的回避，说："真的不公平，但我也没有办法，是我自己来晚了。"又说："我还有点希望没有？那我就没一点希望了是不是？"我含糊地说："慢慢看吧。"

那天她走的时候有点不高兴，以后好几个星期没有来。这时课上完了，我也没去找她，心想事情就这样过去了，理智毕竟在她心中占了上风。几次想去找她，我内心也有一个声音警告自己："慎勿造次！这样完了也好，再往下就真会有一场伤心了。"可我心里又总是期待她来，每次出去都觉得她在窗外叫我，匆匆赶回去，怕错过了。到了屋子里什么也没有发生，又惘然若失。有天晚上，她在门外叫"宋志"，我开了门，看她站在黑暗的楼梯上，怪可怜的。我见上下没人，示意她进来，她一闪就进来了，说："我还是想来看看你，我自己也没有办法。"这天晚上她在我屋子里待了很久，我们和平时一样用很低的声音说话，笑了两个人就都捂了嘴。我床头有一张画，是个执网球拍的少女，她指了那张画羞羞怯怯地说："拿下来好不？"我说："怎么呢？"她不好意思地笑，又指指那张画说："换一张。"我明白了，笑得喘气说："画片上的人又不是真人，怎么就碍着你！"她说："就是！"外面有人敲门叫："高力伟，高力伟！"我和她坐着不动，不作声。外面的人说："有灯怎么没人。"又敲几下去了。我和她相视一笑。快十一点钟我说："你该回去了，再晚妈妈会骂你。"她说："好，你送我。"我打开门又关上说："今晚不回去了好不？"她点点头。我说："开你的玩笑呢！那你爸爸妈妈还不会骂死你！"她说："我就说睡到同学家了。"我说："可别说睡到老师家了。"她笑了。我说："你知道不回去会有什么事？"她说："会有什么事？那你告诉我。"我说："你不懂。"她说："我不懂那你告诉我。"我说："告诉你我是老虎，我半夜会吃掉你的。"她又笑了说："你不是老虎，你不会吃我。"我站在门边犹豫一会儿，说："还是走吧。"探头看看上下无人，示意她出去，骑了车送她回家。

  以后舒明明几乎每次见了我都说："给我一点希望。"我理解她心中那种没归宿的漂泊感、不安全感，但又哪敢承诺什么？躲躲闪闪的次数多了，她也就不再提这个问题。在一次分手之后，她没有任何暗示就突然不来了。我开始还想着，再有半年就出国了，不来也就算了。渐渐地心中变得焦躁不安，不能静下心来做一点事。终于我忍不住，骑了车到她家楼下去叫"范娟娟"，也没人应，去了十几次也是这样。我作了种种猜测，又都推翻了。有几次我在楼下徘徊很久，希望能够偶然遇见她，但总是失望。我变得越来越焦躁，想见她一见的愿望也越来越强烈。我这时知道自己是动了真感情了。忽然有一天，我在屋子里枯坐，一个声音在门外叫"宋志"，我激动着去开门，却不见人影，脚下放着几本书，是我借给她的。我用脚把书往屋子里一扫，关了门就追下楼去。只见舒明明在前面走得飞快，她没回头就察觉我在后面，就小跑起来，跑到汽车站那里站住了。很多人在那里等车，我不敢走上去，跑回去骑了车赶来，人已经不见了。我一直追下去，快到她家了，看见她在前面走。我骑上去把车把一拐，拦住了她，喘气说："怎么就不理我？"她不吭声，绕过我一直往前走。我又拦了她问："天天在楼下喊你，听见没有？"她说："都听见了。"我说："好狠心啊，你！"她说："是谁狠心？"我怔了说："你这样对我！"她说："你已经够了吧！"说着瞪我一眼。我惊呆了，发怔之间，她已经走了。

　　我也只好算了。春节那几天我心里很压抑，骑了车到江边去迎着北风吼几声。初四晚上，我鬼使神差又骑车去了。黑暗中我在楼下徘徊，也没有叫她，叫她也没有用，我只觉得这样离她近一点。我在冷风中瑟缩着，看见她家阳台上几个人出来放焰火。看不见人影，我听到了她的声音。我忍不住叫了一声"范娟娟"，有人伸了头出来看一下，等一会儿仍不见人下来。一会儿放焰火的人都进去了，我失望地昂了头呆望着上面，用口哨哆嗦地吹出费翔的"风啊风啊，请你给我一个说明"。我看见又有人在阳台上探了一下头，我把那首歌反复地吹下去。最后我失望了，推了单车想走，浓黑中一条人影闪过来叫道："高力伟。"我说："明明，你到底还是下来了。"她说："看你挺可怜的。"我说："你倒是来可怜我了。"她不作声。我说："我也不怪你，只想看看你就够了。你知道跟我这样下去不是长久之计，是不？"她说："嗯。"我说："你是对的，谁再痴心也不能把全部希望寄托在一个没有希望的地方，是不是？"她说："我是这样想的。"我说："你上去吧，我看看你就够了，我走了。"冷不防她一把抱住我的腰说："你别走。"哭了起来。我摸她脸上湿湿的一片。我扶她站好说："明明，我自己也不明白是怎么回事，你不理我，我又想你，你理我，我又好怕，我怕自己会害了你。我不想骗你，要跟林思文分手，我也没有勇气。"她说："我知道，这我早就知道了。"我说："那我们还是做个朋友吧，真正的朋友。"她笑了说："不可能！"我说："以后叫我高老师，别叫高力伟。"

她说:"让我试一试吧。"

以后她就叫我"高老师",我心里觉得可笑,太可笑了。但我又不敢笑出来,一笑就失去了必要的距离感。她眼中总是游动着一丝幽怨,使我不敢正视。这样过了几个月,我从北京签证回来,她晚上来看我,进了门问:"签到了没有?"我点点头。她说:"要到西方去了?"我说:"是。"她说:"好幸福啊,你,就要看到你的那个了,祝贺你啊,高力伟。"说话声音也变了,一手捂了眼睛,开了门就往外面跑。我在一条小路的树丛下追上她,抓住她的肩膀,她就蹲下来呜呜地哭。我蹲在她前面,也不知说什么才好,反复说:"明明,别哭好吗,咱们别哭好吗?"她呜咽着:"我还想着你会签不到呢。"我说:"别哭,怎么就哭了呢,我们不是说好是朋友吗?"她说:"那是骗自己的。"她手里不知怎么就抓着一只啤酒瓶,我说:"丢掉,丢掉。"想从她手中拔出来,她呜呜哭着死也不肯放手。我们在树影下蹲了好久,最后她站起来擦擦眼睛说:"高老师,我走了。"我说:"今天别叫我高老师。"她说:"就是,你就是。高老师,我这就说最后一声再见了。"我说:"我送你。"她说:"不要,我还是认得路的。"突然用力把我一推,朝大路上跑去。我看着她的身影在黑暗中晃动,渐渐消失,一拍脑袋想,这一次可真的完了。谁知在我离家的前夜,她又来了,进门说:"作为一个朋友,我想我还是该来送送你。"可说着就哭了。

34

思文要我写信给舒明明,我并不着急。当然我不能伤害了舒明明,我有我的办法。星期天晚上我回到家里,思文说:"刚才威尔逊教授打

她手里不知怎么就抓着一只啤酒瓶,我说:"丢掉,丢掉。"想从她手中拔出来,她呜呜哭着死也不肯放手。

了电话来，说历史系有你两封信。肯定是那个范娟娟写来的。"我说："肯定是我家里写来的。范娟娟刚写了，怎么会又写？"她说："你家里写信怎么不寄到这里？"我说："那也可能我家里对我进行个别教育，你最好别看。"她说："就算是你家里写的，明天我反正要到学校去，顺便去历史系帮你拿了好吧？"我说："可以呀。"她说："如果是那个范娟娟写来的，我可以拆开看吗？"我说："那你要拆我有什么办法，你要做什么，什么时候我说不就不啦？"她说："那你答应了，别说我私拆你的信。"我想那两封信可能有一封是舒明明写来的，也不会有什么新的秘密，她实在要看也只好让她看。我说："最好你别拆我的信。"她说："是你家里来的我就不拆。"我说："都不应该拆。"她说："你刚才答应了我，怎么又反悔？"我说："你要拆我也没办法，我说最好是别拆。"她说："反正你已经答应了。"

第二天早上她去学校，出门时说："给那个人的信你写了没有？"我说："我这就写，我上午就写，你中午回来检查。"她骑车去了。我想，那两封信还是别叫她看了为好。也骑了车往学校去。到历史系门口，我看见她的单车停在那里，心想，动作好快，我还以为她做了别的事才来拿呢。我把单车藏在一边，进了门从另一条过道绕过去，看见她在往回走，一边在看信。我只好摇摇头，等她走了，骑车回家。

中午她从学校回来，问我："给那个人的信写完了没有？"我说："刚写了几句，下午再写。"她说："好难写呀！"我说："也容易呢。你上午去历史系拿信没有？忘记了就害得我下午又要去跑一趟。"她掏出两封信一扔说："都是那个人写来的，热情很高啊。"我说："那证明你丈夫还不是一堆狗屎。"我拿过那两封信说："瞎想那么多，有什么秘密？"我把信抽出来，匆匆看一遍，内容和上次一样，口气却更急切，还说有别人在追求她了。我在电炉上把信连信封点火烧了说："说了没什么就没什么。"她说："她还在等你呢，等到十月份。"我说：

"过几个月就回去,不可能吧,想那么多!"思文说:"打算怎么办?"我说:"写封信给她吧,要她等不是害了她?"她说:"这倒是句人话。你对那个人也要讲点良心。"吃了饭我从书本中翻了没写完的信给她看,她说:"把名字改了吧,范娟娟,哄谁呢。"我说:"改,改。其实我写信给她都是用这个名字。"说着我把"范娟娟"几个字划掉,写上舒明明。又觉得不好,扯了一张纸重写。思文说:"来来去去用的都是化名,跟地下工作一样,搞的什么花样,捣鬼!无赖!"我说:"总共三封信你都看到了,还有什么呢?别瞎猜,猜过来猜过去把没有的事无中生有都猜出来了,还以为我们怎么的呢。讨嫌!"她说:"别人讨你的爱,我讨你的嫌。其实你们怎么的,我也懒得猜,值得吗?你们爱怎么的就怎么的。你们的事不关我的事。"我说:"人嘴他妈的要那么厉害干什么?"她说:"你少骂人。"我说:"你天天骂我无赖骂了多少。"她说:"那是骂你吗?那你的意思是自己还不是无赖呀。"我点头说:"是无赖,是无赖。"我很快写一封信给她说:"你看可以不?"她看了说:"可以。"我说:"我没骂她你没意见吧?"她说:"好像我叫你骂人了?"我说:"你去发了吧。"她说:"你写信封。"我把信封写好了给她。她说:"就是这样?"我说:"是这样。"她说:"再检查一下看写错了没有?"我说:"不会错的。"她说:"检查一下地址什么的。"我心虚起来,硬了头皮说:"不会错的,我记得。"她把信往地毯上一丢说:"五号楼,哄谁去呢,你?"舒明明家是住三号楼,我故意写成了五号楼。我说:"记不清了,记得大概就是五号楼吧。"她说:"这么好记性的人,刻骨铭心的事都不记得?高力伟你太会装了!"她说着从书包里拿出几张复印纸说:"不骗你,今天连信带信封我都复印在这里,就是看你诚实不诚实!"

我站在那里呆了,她这一手我万没料到。我恼羞成怒说:"林思文,你好厉害!你以为厉害了对自己有好处!实话跟你说了,这样的信我不会写。你说怎么办呢,就怎么办!"她说:"要是你不写呢,我也就算了;可你写了,又来这一套,我更怀疑你们了。"我说:"我写信给她本来只想说说自己的不愉快,也没想到她说等我一年。你看我这样一事无成,到十月份回去可能吗?到时候不就自然了结了,还要逼我写信,你知道我最恨的就是别人逼我做什么事。还把信复印了,好聪明个人!你越聪明就是越糊涂,越是被聪明给误了。"她说:"那我就该装个傻瓜,让你哄过来哄过去的!天下也有你这样的人,让我开了眼界!"我说:"那你是嫁给坏人了!"她说:"总不能骗自己说嫁了个好人。以前是听故事,现在是自己眼前的现实。"我说:"没有的事都被你挑大了,屎不臭挑起臭!到时候就这样过去了不好些!"她说:"我倒是相信你十月份不会回去,那你更是害了那个人。过去的事也就算了,到现在你还不承认错误,到头来道理都还是你揽着!"我倒在床上不作声,她又说:"我自己在这里待一年,心里好寂寞,这里男的多女的少,多少机会,我做过这样的事没有?说句不好听的话,我还是个女人呢。我总想着,这个世界上还有两个人,我妈妈和你,把我放到心上。靠了这一点自我安慰,再寂寞再痛苦也熬过来了,好容易盼了你来,带给我的都是痛苦。早知道,你留在国内和那个人去扯我还好些。"她说着又带着哭声了。我心里内疚着,赌气不作声。她说:"我相信西方的原罪说,一个人不犯罪是没有犯罪的机会。街上的叫花子总不会犯这个错误。男人成功了就有了机会,怎么压也是压不住的,可怕。你还谈不上多么成功呢,也这样了。"我说:"原罪说只是针对男人的吗?"她说:"你嫌我能干,也亏了我还不那么傻。女人不能干点,自己挺不起来,只会被男人欺负。世界上的男人,有几个好的!"我说:"谢谢你还没把我排到倒数第一,除了那几个好的都是我的同志,我也不孤独了。"她说:"别跟我逗,你以为逗逗又含含糊糊拖过去了?"我说:"含糊什么!十月份我回不去,这肯定吧?回不去跟她就不可能有什么,这也肯定吧,这不就完了!想那么多干什么呢,你!"她说:"随你,你要跟那个人去结婚也随你去,对你,我也没那么多想法了。"又说:"碰了你这个鬼我只有两条路走。第一——"我马上接口说:"第一,自杀;第二——"她忍不住一笑,马上又沉了脸说:"谁跟你打哈哈!第一,无所谓;第二,自己也这样。"我说:"你绝对不会,林思文绝对不会的。"她"嘿"地笑一声。

对舒明明我真的没有承诺什么。到了加拿大我特别想念她,她的来信也使我感到惭愧感到不安。但我也并没有决心就收拾了东西回去。至少,我得到多伦多去试一试自己的运气,来一趟北美不容易,这我明白。回到龙一88,我给舒明明写了一封信,告诉她很快就回去的可能性不大。发信的时候我犹豫了一下,这样拖泥带水的,也不是个办法。把信搁在邮筒口,又抽了出来,反复三次,最后站在那里把牙齿磨得霍霍地响,抱着试一试她的决心的想法,一跺脚把信扔了进去。

35

这天中午我正在开鸡,葛老板从外面回来,身后跟着一个人,背了一袋菜。看那袋子我知道是老板从超级市场买来的处理芽白。那人放下袋子,露出了脸,竟是周毅龙。他朝我点头,我说:"来上班啊?"他说:"是你啊,我猜是谁呢。"葛老板早就说还要请个人,他自己做腻了不想做了,没料到来人竟是周毅龙。

葛老板带他里外看了一圈,他跟在后面,挺谦卑的样子。我心里暗笑,这么狂的人,也被治住了。他的到来使我有了一种竞争意识,老板不想上锅炒菜了,那个位子还不知归谁呢。看了以后,老板又载他回了圣约翰斯。第二天上午，周毅龙自己来了，和我一样系上围裙，戴了白色纸帽。葛老板叫他去洗碗，洗了碗又要我教他包蛋卷，说："以后有什么事你招呼他做一下，你熟悉些。"我说："老板，还是要你自己安排。"他说："没关系啦。"我有意更麻利地包得飞快，他"哦哦"地叹着，笨拙地跟了我包。晚上我们睡一间房，他打鼾我睡不着，就拼命咳嗽弄醒他。这样过了一个星期，星期六晚他搭丹尼的车回圣约翰斯去了。葛老板说："明天中午到老周家去做客。"我一听急了，好快的动作，一来就盯上炒菜的位子了！想起这赵霞真是了不得。我说："老板娘也去？"他说："去就是全家去。"我一急就把赵霞偷东西上法庭冒名顶替的事都说了，葛老板听了直笑，又说："没关系啦，她上她的法庭，只要他做事好就可以。"回去我把这件事跟思文说了，她先说我把赵霞的事揭出来是对的，又说："赵霞在圣约翰斯就没几个人是她的对手，她的心思可以拐九十九道弯，你小心点。"

下一个星期葛老板说："今天你们做吃的，一个做中午，一个做晚上。除了虾，什么东西你们找着做。"挑战来了！周毅龙也意识到了这点，说："你先来，你做中午，你做中午。"我说："你别客气，你先做。"他说："你先来先做。"我想了想，就用出餐的料做了一个宫保鸡丁，一个马蹄牛肉片。做好了，每个人盛了饭，夹了菜到餐厅去吃。葛老板用广东话问丽莎："怎么样？"丽莎说："It's OK.（还可以。）"周毅龙吃着，拿一张餐巾纸垫在餐桌上，把一些鸡肉牛肉挑出来放在上面，用筷子敲得"嗒嗒"地响。我突然意识到这是一种阴险的提示，心里骂着："操你妈的，什么东西！怪不得跟赵霞能缩到一个被窝筒里，原来一窑货！"我满腔愤怒仍不动声色，斜眼去看老板的神色，也没什么特别的反应。我自己又把菜细细品尝了，还过得去。

晚饭是等餐期过了，到九点多钟才做。周毅龙转来转去，把所有的东西都看了个遍，说："今晚就在鸡皮里打滚了。"我听了好笑，平时鸡皮都扔掉,他今天要用来做菜。他自作聪明,想出奇制胜,一鸣惊人。我也不理他,心里等着看他的笑话。葛老板看他在切鸡皮,也不吭声。周毅龙做了一个鸡皮咖喱土豆,一个鸡皮炒三丝。珍妮吃了一口就皱了眉说:"太油了。"拿了两个鸡蛋自己去炒。丽莎也不知从什么地方弄出点酱菜来吃。我在心里暗喜,几乎就要笑到脸上来。鸡皮我一块也吃不下,本想学了他夹出来,把筷子在桌上敲得"嗒嗒"响,想想戏剧性效果已经够了,又何必落井下石。吃完饭葛老板对他说:"鸡皮以后还是不要吃它,这里的人从小营养就好,怕油,这里不是国内。"周毅龙尴尬地赔着笑。我在一旁几乎想说,他们上海我不知道,我们那里也没有兴专吃鸡皮的。还是忍住了走到一边去。

晚上两个人继续在灯下开鸡,周毅龙有点神不守舍,恍惚之间切着了左手食指。他捏着手指站在那里,血直往下滴,脸色苍白,眼睛直勾勾的,呆一般。我问:"深不深?"他直点头。我赶快找了创可贴给他止血,里面白白的骨头都看见了。葛老板走来说:"要不要载你去看医生?"语气之间有点不耐烦。周毅龙嗫嚅着说:"不要,不要。"嘴唇直哆嗦。葛老板要他先上楼去休息,他就上去了。

十二点多钟我搞完了卫生上楼去,周毅龙还坐在床上发呆。我说:"切总是要切几刀的,我都切过十几刀了。"他说:"挨了一刀在手上,就戳了一刀在心里,这个社会真他妈的残酷。"我说:"你骂它你还扔了博士学位跑过来。"他说:"真的是残酷。"我说:"你有钱了它就仁慈了。老周,过几年你就会发了,发了叫别人给你赚钱,你做场外指导,不用动手。"他说:"怎么就说我过几年会发?"我说:"你和赵霞配合起来,不发还有天理!这圣约翰斯也没人能发了。"他望着我,掂量着我这话的真假。我不理他,上了床去睡。他说:"这个社会真他妈的荒谬,谁都是你的领导,黄黄脸的文盲也是你的领导,你得甜甜地笑着给他看。"我说:"谁叫我们自己想出国,本事又没有,跟个文盲也差不多，凭一把子力气生存。这里的文盲说话还滴溜溜的呢，哪像我这样结结巴巴大舌头？"他说："荒诞感到这里算领会透了。"我说："我来久了，也习惯了，还能在心里把自己当个人物？谁管你是干什么的，博士也好，天士也好，没人理这套。"他说："赚点钱还是要去读个学位，这样会有出头之日？"我说："凭什么我们就能出头，优势在哪里，人家也不是傻瓜，是傻瓜能把经济搞成这个样子？"他说："我还是准备考托福，我把书都带来了。历史系不考托福它不要了。"我说："逊克利尔都被我吓怕了。你现在一天十几个小时，就剩下睡觉的时间了，还能看书？真的你精力充沛。"他骂一句娘说："是个问题。"熄了灯他又问我带什么书来了。我说："中文书我就带了一本《美的历程》，从来没翻过，我怀疑自己再过两年还认得中国字不。"他说："我从国内只带了一本《庄子》，庄子几千年前就看透了，什么都是空的假的，人生就是个蝴蝶梦。"我说："肚子饿倒是真的，总不能说空的空的，今天饭也不吃了。"他说："人就多长了这张嘴巴。"我说："除了嘴巴还有一巴，人就多了这两巴。"他笑了，又叹一口气说："人就多长了两样东西，多少烦恼都寻着来了。"我笑了说："老周，你别说什么空的假的，其实你最现实最功利，你哄我吧。"他说："那你看错了我。"我裹了毯子睡去，不再理他，蒙眬间听他还在说什么。半夜，我被他的鼾声惊醒了，等了一阵，他还是鼾声不息。我大声咳嗽，又晃动身子摇床，都没有用。我干脆起来把灯开了去解手，他才停了鼾声。

葛老板开始要我上灶，先学炒大锅饭。有时生意忙起来，就叫我炒饭出餐，偶尔也要我炒菜，他在一边指点，又要我把菜谱都背熟。周毅龙在后面洗碗，脸色总不好看，把我当成了对头。餐期过了我到后面去做事，他嘴巴独自嘀嘀咕咕含糊着也不知说些什么。我心理上有了优势，就保持着一种宽容的沉默。他做事不很利索，经常出错，挨老板骂比我刚来时还多。老板走了他就跟我说："这世界真荒诞。"我也不搭腔，把话岔开去。有天我们两个包蛋卷，拿去炸裂了好几个，葛老板用一个碟子装了，摆到案板上说："你们看你们自己看，是怎么做功夫的？长的也是一双手呢！"我心里明白老板在转了弯骂他，因为我从那次以后再也没出过错。周毅龙拿了一个仔细去看，似乎在辨认是不是自己包的。我看他又来这一套，正想申明几句，老板对他说："看也没用，就是你包的。"他又去翻看另外几个，嘴里说："是吗？是吗？都是我？都是我！"老板走了，他四面瞧瞧，突然摸了菜刀往案板上一砍说："我把你这狼心狗肺忘恩负义的东西！"刀的一角砍入塑料案板，微微抖动。我往旁边一闪说："老周，你别吓我！"他马上又转了笑脸说："你不会去汇报吧？"我说："你说了什么呢，我没听清，要不你再说一遍。"又想起他骂得怪，请老板吃了餐饭都没抬举他，原来这就是忘恩负义了。

又有一次葛老板在楼上没下来，珍妮送单来了，我就去炒菜。老周在旁边看了单，就去炒饭，看来他平时还是留了心的。我说："小心老板会骂人的。"他说："骂什么，炒个饭谁不会炒，神秘兮兮的！"我只好由他去。这时老板从楼上下来，说："老周，你把自己的事做好就可以了。"他打下火头的手柄，悻悻地走了。我做完就到后面去，他慢悠悠地翻了一个白眼看着我，我只作不懂。他含含糊糊好像自言自语地说："跟着老板转啊转，狗一样地转啊转。"我把手中的刀往案板上一拍说："老周你放什么阴屁！"他说："我骂谁？我跟我自己说话。"我说："跟自己说话到厕所关了门说，在我面前苍蝇哼什么哼的！我不跟老板转，倒跟你转？你又不 pay（付钱）我！什么时候你把本事拿出来能 pay 我了，我跟你转。你有了那天，也别在心里骂我势利眼。"他吓着了，低头切菜，不再作声。看他那么老实的样子，我心里又不忍，觉得自己太过分了。过了一会儿他又若无其事地和我讲话，他慢悠悠地翻了一个白眼看着我，我只作不懂。他含含糊糊好像自言自语地说：″跟着老板转啊转，狗一样地转啊转。

我想："皮倒是厚，要我怎么做得出来。"

有时候我们做事，收钱的安吉拉站在后面看，一边抽着烟，跟我们说话。有几次她那巨大的胸脯无所谓地蹭到了我背上，我就偷偷地笑着让开。有次蹭着老周了，老周说："别挨了我的背呀，痒呢。"我俩都笑起来。安吉拉听不懂，却也知道不是什么好话，走开去那边打电话，背对了这边。我说："老周，她爱上你了。"他说："别恶心我，一身肥肉，松垮垮的，都老妈妈了。"又对安吉拉屁股努一努嘴，把双手分开在空中划出一道弧形，说："南瓜。"我笑了说："她还不老，女儿才十六岁。"他说："我儿子才六岁。"我说："你到加拿大不是有个理想吗，可别白来一趟。找个时间到楼上去圆了你那个梦。"他说："老高你别跟我逗，你想你就哄了她上楼去，我不跟林思文说。"我说："我又没有这样的理想。"

哪一天不开点玩笑就难得过完这一天。记得这天大家都盛了饭坐在餐厅吃，丹尼夹了一叠纸盒皮子过来折叠，见珍妮穿了短裙，诡秘地笑着走过来，把一张纸盒皮子往地上一丢，掉在珍妮脚下，又弯了腰侧了脸去捡，眼盯了珍妮的腿。珍妮夹紧了腿，嘻嘻笑着说："Dirty, too dirty.（下流，太下流了。）"大家都开心地笑起来。还有一次丹尼动手动脚去招惹珍妮，珍妮跺脚笑着："Don't touch me!（别碰我！）"我在一边笑道："He touches you everyday.（他每天都碰碰你。）"丹尼指了我说："I touch her every day, you touch her every night.（我碰碰她是每个白天，你碰碰她是每个晚上。）"老周笑得用手直拍案板。

有天晚上老板煎牛排做晚餐，我看着牛排在平炉上煎得吱吱响，算一算人数少一块牛排，想着该是我和老周两个吃一块了，心里就紧张起来，不是滋味。盛了饭我想赶快走开，葛老板把一块牛排切开，拨动一半，说："这是你的。"我马上说："叫老周帮我吃了，我不喜欢吃。"端了饭碗赶快到餐厅去。

36

　　这天早上,葛老板睡眼惺忪地上到三楼,叫醒了周毅龙,不高兴地说:"你太太叫你接电话。"说完又下去了。老周披上衣服说:"干什么呢,赵霞!是个死脑子吗?就不想想把老板也吵醒了。"他到二楼接了电话回来对我说:"老板起来了,帮我请天假,我要回圣约翰斯一趟。"我说:"干什么呢?"他支支吾吾不作声,匆匆走了。下午他从城里赶回来,喜气洋洋的。做着事他几次欲言又止,又好像等着我去求他问他。我偏不问,他又显出很遗憾的样子。晚上睡觉之前他忽然没头没脑地说:"老高,你还不回城里去?"我说:"回去干什么,又不像你和赵霞,爱得分不开,中间还要回去爱一爱。"他说:"不跟你瞎扯,机会来了,说不定下星期又过去了。"我躺到床上去说:"老周别这么装神弄鬼地绕,有什么机会顺手也给我们指引一下。"他说:"告诉你有机会你还说我弄鬼,反正你懂了就懂了。"我想着:"有什么好机会你还会告诉我,你是个好人!"熄了灯不去理他。

　　第二天早上,葛老板惺忪着眼又上楼来把我叫醒了说:"你太太的电话。"一脸的不高兴下楼去了。我想,这么奇怪!到二楼接了电话,思文在那边激动地说:"移民开放了,人人都在申请,现在可能只剩我们两个人了。"她要我马上回去,我说:"没兴趣呢。"她焦急说:"还不抢时间,说关就关掉了。"我说:"星期天回来再说。"她说:"固执啊,蠢啊,你!"我说:"星期天回来再说。"她急得冲着我嚷:"固执啊,蠢啊。"我把电话筒放了,又上楼去睡。这天思文又来了两次电话,我说:"星期天回去再说。"

　　星期天回去了,思文说:"啊呀呀,少赚一天的钱就割了你心头一块肉吧!人人都申请了,不知道明天还有没有。"我说:"移民有什么了不起,请我移我还不移,别人申请别人的,别心里酸溜溜的,只有那么大的便宜。"她说:"几个人又像你?"我说:"一百个人里面总有两三个吧,真理有时候在少数人手里。"她说:"那你说的比例还是太大了。"我笑了说:"那我就是百里挑一。"思文说:"其他九十九个人都是傻子,只有一个聪明人,那就是你。"我说:"你不必再讲了,你再讲我也是甲耳朵进乙耳朵出。要申请你自己申请,我是不申请的。"她说:"怎么便宜总被别人占去了,谁都知道这是有便宜的地方,谁不想待下去。"我说:"中国又不是没有饭吃,我做个加拿大人活得太苦太累也太窝囊太没有信心了,我学文的一双空手凭什么活得像个人?"她说:"你真的吃口饭就够了呢,我倒又服了你的气,钱啊什么东西你心里又痒抓抓想要。你是怕苦怕累怕难,你的自尊心有西瓜那么大地球那么大,跟个亿万富翁差不多大,又比玻璃还脆,碰一下也是不可以的。"我说:"你了解我还劝我,你不是想坑害我?"她说:"高力伟你这么固执,你不是个人。"我说:"这就是我,我就是这样的,没有办法改变。"她说:"那你没有办法变成人。"我笑一声说:"如今我还像个人吗?你还当我是个人吗?我差不多都不看自己是个人了。"她说:"固执的人啊,我就恨不得咬你一口呢。这么蠢这么固执的人,打着灯笼满世界找也找不到几个!要是你的固执是牛角就好了,我背大刀砍了。"我说:"要是你的能干是鹿角就好了,我割下来泡酒喝,补一补我。"她说:"真的不骗你,你真的就是那个四七二十四。"

第二天早上起来,她问我:"想通了没有?"我说:"我睡着了没有想,要不你再宽限一年让我好好想想。"她说:"你就听我这一次,以后都听你的。"我说:"你自己表了态的,什么事懒得操心,都由我去办。思华的事是最后一次,听了你的,没办成不怪我吧?这又是最后一次了,你的最后一次无穷无尽,你每一次都是最后一次。其实我的发言权只能决定今天中午吃萝卜还是吃白菜。"她说:"你是想回去跟那个人怎么样吧，如果这样想的，你就说出来，我也好早打主意！"我沉了脸说："你是开玩笑呢还是说真的？"她马上笑了说："我不劝你了，本来可以办的事我一说一劝反而就蔫了，你就是这样个人。我请了老宋来劝你。"说了就去打电话给老宋。

上午老宋来了，进门就说："林思文打电话要我来劝你，我想这样的事老高不会还要人劝吧。不可能的！"我说："老宋，我真的没有兴趣。"他吃惊说："还真要劝？"我说："老宋你不知道我到加拿大这差不多一年心里有多苦，我说不堪回首你别笑。我没有勇气这样生活下去，不然将来得神经病是肯定的。"老宋说："那么严重，讲相声吧。"思文说："他苦倒是真的苦，谁刚来又不苦！"我说："我一个学文的英语又不好，等于白痴。一个要空手道的人能在这个社会活得像个人吗？"他说："学文的多少都申请了，赵霞和她丈夫第一个申请。"我说："这里朋友少，国内朋友多。"他说："一个人要几个朋友呢，十个？二十个？这里没有？"我说："人家的国家，待在这里永远也是局外人。"他说："拿了绿卡，拿了护照就是自己的国家了。想过没有，加拿大的护照是全球通行证呢。我在澳大利亚做访问学者，申请到加拿大的奖学金，来加拿大在夏威夷转飞机，想出去看看，机场也不让我出！受不受刺激？"思文说："别劝他了，他是爱国主义者，回去肯定配了相片登在报纸上。"我说："拿我开心！不过是在中国活了几十年，习惯些倒是真的。想着自己忽然又成了个加拿大人，好别扭的。"思文说："加拿大人，好像加拿大人还委屈了他！"老宋说："多少人命也不要也要漂海过来，多少人申请多少年也得不着绿卡，送给你倒不要，不合逻辑吧。"我说："谁也比我有气魄有能力。"思文说："这有可能是真的。"老宋说："王建学今天也去移民局了，你知道他赌了咒要回去的。昨天圣约翰斯没申请的还有两对，今天就只你们一对了。"思文说："要他当个加拿大人是要他下油锅下十八层地狱！"我说："加拿大是世上最好的地方,说它是天堂也可以,人均资源占有世界第一,这我不知道?美国好,医疗费也还那么贵呢,加拿大免费!可这些对我这个人没有用,我在这里臭虫一只,孙子一个,见了谁谁也可以捏死我,谁也是祖宗爷爷,天天要受刺激,那又何必?"老宋说:"有朝一日有了钱,谁小看你?"我笑了说:"赚了这几千块钱,我命也拼出去了半条!等有朝一日的那一日来到了,我命也差不多了。"思文说:"老宋你别劝他了,这个人的固执你今天是领教到了,被反动派抓到牢里去可能他真的不会成叛徒。"老宋说:"他其实没那么固执,他会想通的。"思文说:"移了民,回去就是加拿大人,别人看你眼光也不同。"我说:"苦多少年就为了这一份骄傲?别人那样看我,我还不好意思,做了加拿大人还不就是原来那个人。发了大财还差不多,我又不知道到哪里去发。"思文来拖我说:"懒得跟你啰唆,跟我走。今天申请了还要一年二年才拿绿卡,三年四年才拿护照。到时候你想走,加拿大警察也不会扣了你不放。"我笑了说:"老宋你看她真的生我的气了。"她说:"生你的气也是没有用的,就像你恨傻瓜他怎么不聪明。跟我走!"我说:"跟你去了,跟你去了!老宋你看我太太好厉害。到时候我不想移民,你证明我没有答应她。"老宋开了车把我们送到移民局,办了申请手续,又送了我们回来。

37

思文的论文竟会遇到那么大的麻烦,这是想也没想到的。

七月初思文几乎同时收到了三所大学的博士录取通知和奖学金。赵教授说:"还是在本校读好,老板也不用换,轻车熟路,毕业也快些。"我点头说:"是的是的。"回到家我对思文说:"别听他的!你留在这里他多一个朋友。"思文说:"那当然,有多伦多去还不去,留在纽芬兰,天下哪里有这样的道理。不过渥太华大学呢?"我说:"也不考虑。"她说:"我也是这样想的。"

我于是老是催她快点完成论文。她说:"马上就写完了。"又担心自己参考别人的太多。我说:"又不是博士论文,也不要答辩,认什么真呢。天下文章一大抄,文科论文,不抄一点那怎么可能。"她说:"那归你负责,谁叫你天天催我。"我说:"归我负责,怕真的会出鬼呢。"

一切顺利。老板通过了,寄给温哥华一个教授审阅也通过了,只要凯塞琳写了评语就完了。思文这时放了心,开始和我商量走的事情。这个星期天回到圣约翰斯,我对思文说:"你跟凯塞琳那么好的关系,催她快点。这地方我实在也难熬下去了。"她说:"这几天凯塞琳老躲着我,催她她又支支吾吾的,表情很奇怪,万一通不过怎么得了。"我说:"两个正教授都通过了,她还是个助理教授,会有什么问题呢?不说关系,她还敢打那两个教授的脸吗?"

第二天下午她从学校回来说:"完了,出事了!"我说:"又怎么呢?"她说:"凯塞琳把我的论文打下来了!"我说:"怎么可能,她跟你是朋友!再说这不是往两个教授面子上抹黑?狗胆包天!"她说:"想也想不到凯塞琳对我会来这一手!她和我老板有很大的矛盾,借这件事攻我老板,证明他指导不得力。她把我抄的地方都圈出来了,还注明了出处,其实我还改写了一下。她下了好大功夫呢,起码翻了一个星期的书,我东抄一点西抄一点,她一一都圈出来了。另外有人在后面支持她。"我说:"那么毒辣!平时看她笑眯眯的善解人意,没料到关键时刻下刀子。"她说:"我今天碰上她,她还跟我解释,说不是针对我的。就是你天天死催死催,拍了胸膛归我负责。我看你负责去!学位拿不到,多伦多也不会接受我,哪里也不会接受我。"我说:

"还有办法挽救没有？两个教授都通过了！"她告诉我说，研究生院看了投票结果，提出三种选择。第一，全部重写；第二，在系里公开答辩；第三，寄到外面给一个教授看，他说可以就通过，不可以学位就完了，重写都不行。我说："你老板怎么说的？"她说："他都还没有反应过来，里面名堂不知道。"说着忽然一拍手说："得把他也拉到水里来，我也对不起讲不得仁义了。"我说："三十六计还有条离间计呢，凯塞琳不照顾你死活，你管她呢！"

思文马上给老板打了电话，把凯塞琳对自己的解释绘声绘色添油加醋讲了，又提醒他仔细看论文的旁批。不到一小时她老板打电话回来，我凑了耳朵到话筒边去听。他第一句话就是："I'm angry, very angry.（我很气愤，非常气愤。）"听了这句话思文就抿了嘴笑，又把我推开。电话打了十多分钟，我在一旁干着急。放下电话筒思文说："达到目的了，老板气得要死，把凯塞琳痛骂一顿。上午我肠子都急断了，他还没一点事，这下他站到我一条战线上了，不把他捆到一起他不着急。"我说："他说怎么办？"她说："我故意说打算重写，他坚决不同意，要我到系里公开答辩。他仗着自己是权威不怕，可是我怕。我就说会伤了老师之间的和气。"我说："那就寄出去。"她说："高力伟，你好好想想！你一心只想快点离开，就感情用事。万一打回来，这两年书就白读了，我就彻底完了。"我说："你老板他找的人，又何至于！"她说："外国人讲起原则来，他不管你是谁。"我说："讲原则倒不怕，只怕他到处翻书查对。不可能吧！"她说："你好好想想！什么事都怕万一，凯塞琳那里万一都没有，结果还是万一了。"我说："死就死，活就活，赌这一宝了，得有点冒险精神！"她说："别人的事你胆子倒大。万一打回来了，归你负责！"我笑了说："你倒会找替死鬼。"她说："那我重写。"我连忙一拍胸脯说："负责就负责，这点责也负不起还能叫男子汉！"她笑了说："别在这里充，真叫你负你也负不起。"我说：

"冒险了，冒险了，就冒了这个险了！"她一跺脚说："冒了！"又怕自己动摇，马上给老板打电话说了自己的决定。打完电话她额头上汗都出来了，说："这一下真的豁出去了，死活也是这一锤！"

这天睡到半夜醒了，听见思文鼻子一抽一抽在哭。我说："女同志呀，心里芝麻大的事也装不下，怕什么呢，红军万水千山也过来了，有万水千山让你过吗？"她抽泣说："我刚才做了一个梦，被人追啊追的，跑也跑不动，腿一软摔在地上就醒来了。我想这兆头不好，论文会出问题的。"我说："不会，不会。"她说："你空口打哇哇，谁听你的！"她裹了毯子坐起来，窗外微光照出一尊黑影映在墙上，虚虚实实不甚分明。我也起来抱了腿坐着。两个人在黑暗中说话，声音空空洞洞的。她说："想起心里好委屈，命运对我这么不公平。我也没做那么多坏事，怎么就坏事全轮上了，真的怀疑上帝设计好了要害我呢，不然怎么这样。"我说："天下有几个人说命运对自己很公平呢，也没看见大家都自杀去。你文凭要到手了，博士奖学金又抓捏在手里，国内谁不羡慕你，倒委屈了你！人总得有点什么不自在的地方，不然怎么叫人呢。不自在了就想想更不自在的那些人，心里就舒服了。人不做个阿Q，谁活得下去。"她裹了毯子不作声，似乎被我说动了，又似乎无动于衷。我也裹紧了毯子沉默着。月亮低下来，映在窗上像玻璃框上的一张剪贴，看久了又有些毛茸茸的潮湿。几颗疏星在天边若隐若现，像上帝的眼淡漠地窥视人间。风吹动窗帘，在窗影中微微飘动，帘上的坠环碰着金属窗框偶尔发出一点清脆的细响，在黑暗中徐徐漾开。寂静中我听见了自己的心跳，自己的呼吸声，我感到周身的血在涌流，只要划破皮肤就可以听到那隆隆的闷响。我知道自己在时间里沉默，它正迅速离我而去。不知过了多久，窗外泛出一点白色。我醒悟似的说："睡吧，总会有办法。"思文木然地毫无反应。我推她一下，她木偶似的倒下去，裹紧了毯子睡去。

回到龙一88我天天打电话给思文，问她论文寄出去没有。她说："还没呢，我天天催老板，他要想好找谁，比我还谨慎。"我说："差一个月多伦多大学就要注册了。"她说："我比你还急些！这件事出来以后我没睡过一次好觉，又不敢告诉别人，每天就是一把尖刀横在自己心头割呀割的。"

论文终于寄到渥太华去了。思文像热锅上的蚂蚁，一刻也不能安宁。她明显地憔悴了。

38

舒明明寄信到龙一88来，要我给她打个长途电话。信上说："如果你不打这个电话，我们的联系就断了，如果你舍不得那点要命的钱，我可以给你出。"这个电话我不能在家里打，账单一来，思文就会明白一切。我跟葛老板说用他的电话往家里打个国际长途，账单来了就从周薪里扣除。我算好星期天凌晨是国内的周末下午，星期六收工以后就没有睡，靠着床头等着。这件事怎么办，我没有最后的主意。就这样潦倒地一事无成回国去，我不甘心。在最后的关头，现实的考虑终究战胜了浪漫的怀想。从凌晨两点到四点，我拨了二十多次，才接通到她家里。我跟她通话有十几分钟，放下电话我竟想不起这十几分钟都讲了些什么。十多天后又收到她的来信说，一个人不可能作这样希望渺茫的等待，她的忍耐是有限度的。既然我不能给她希望，就不要再去打扰她的平静。捏着信站在窗前，似乎失去了什么，似乎松了一口气，似乎又是一种毫无内容的空洞的沉重。我想明白这种沉重的确定意义却又枉然，人有时候也会对自己感到陌生。我慢慢把信撕碎摊在手心，从窗户里伸出去，看着那碎纸一片片随风飘逝，明白了这是一段人生之经历的最后结局。

在那几个星期思文的眼睛失神地深陷下去，脸色蜡黄没有了光泽。有时她对着镜子凝视自己的面容长久地默然无语，显出一种哲人似的深沉悲悯的思索。嘴唇间或沉默地嚅动，像在细细咀嚼着生命的感受。这让人想到敏感的灵魂总是被痛苦永恒地覆盖，在苦难的炼狱中挣扎不起，至死方休。我在一旁看了心惊胆战，故意弄出一些大的响动，想使她从沉思中惊醒过来。我说："思文，你这个聪明人，怎么犯了傻，折磨自己！过几天论文就寄回来了。"她转脸望了我，目光呆滞，毫无表情。我说："睁了眼做梦呀！"她嘴角微微扯动，露出一丝笑意。这天电话铃响了，我等她去接，她木然不动。我接了电话，听了几句把话筒递给她说："你老板打来的，他说和渥太华通了电话——"她惊恐地睁大眼睛，嘴巴张开，手伸伸缩缩迟疑着不敢接话筒。我说："通过了！"她一下软倒在地毯上，挣扎着抓爬过来，伸手接了电话筒。她一只手撑在地毯上打完电话，把手伸给我说："扯我起来。"我拉了她起来，她往床上一倒，闭上眼睛。我怕她过分激动出了毛病，凑在她耳边问："一加一等于几呢？"她说："我休息几分钟。"这样躺了几分钟她突然一跃而起，满脸兴奋地说："我得救了，我得救了！买机票去，走！"

到自动提款机前按了个人密码，取了五百块钱。两人揣了钱跑了一下午，比较几家航空公司买了最便宜的机票。思文反复说："我太高兴了，我心情很好。"我说："你都说有几百遍了，要不要通知全城人都知道？"她说："人家高兴就让她说一下嘛，你不想听我就不说了。我主要是太高兴了，我心情真的很好。"

我向葛老板辞工。他说："是在这里做得不高兴了？"我说："下星期要去多伦多。"他说："多伦多有什么好？房租贵，每次发人工了，黑社会的人就堵在门口问你要钱。"我说:"葛先生谢谢你这半年多给了我机会,我真的是把老板的事当自己的事做。"他听了说:"我知道,这我知道,我正想给你长人工呢,你又要走了。"我说:"老板你待人好。"他说:"我还骂过你呢,心里恨不恨?"我说:"我自己当老板,打工的有了不是,我也会骂,骂了下次他就记得了。"他说:"在别的地方做得不高兴了,随时回来。"我说:"那时候又有别人了。"他说:"你来你的位子总有的。"我说:"谢谢老板。我去了让老周来学炒锅吧,他等了也快半年了。"他说:"老周他不行,不利索,太肉了。"

最后一晚我对葛老板说:"明天早上我就去了,你们还没起来,门怎么关?"他说:"你从后门走,把门带上。"说着递给我一个信封说:"这是你这个星期的人工。"又把一个印着财神的小红包塞到我口袋里说:"一点意思。"我说:"谢谢老板,真的不好意思。"他说:"你也别嫌少。明天早上就不送你了。"

上楼去水房洗澡,打开红包一看,是两张一百块的票子。我一喜,赤了脚跳起来向空中抓了一把。洗了澡非常兴奋,毫无睡意。回到房中看见周毅龙甩了拖鞋正准备睡。我说:"老周,明天就剩你在这里了,要老板让你上灶。"他马上说:"我无所谓,我无所谓,我干几天也不干了,干一辈子这也是干不来出息的。"我说:"这事不能久干,站了这几个月,每天十几个小时,我小腿上都静脉曲张了。"说着指了腿上鼓起的青筋让他看,"钱是什么,是血汗,是自尊,是这条命。以前是看不起钱,现在可不敢小看了钱。"又说:"我去海边走走,在这里做了半年多,还是刚来的时候去看过一眼。"他说:"我也去看看。你还看了一圈,我看都没看过。"几个月来我们之间有着一种潜在的敌意,忽然在这一瞬间消除了,我觉得有些意外。

出了门两个人在夜里游走,拐上一条狭窄的公路向海边走去。道路在星空下泛着白光,蜿蜒到溶溶夜色中去。风挟着海潮声吹过来,衬衣在风中呼呼作响。狗儿在吠，不知名的鸟正啭啼着最初的夜歌。路边零散的房子一幢幢在沉沉的夜中显出隐约的轮廓。几个月来的敌意忽然消失，反而不知怎么说话才好，似乎都有着点羞怯，等着对方先开口。夜色中一只狗沿着路边走过来，周毅龙吹着口哨去招呼那狗，忽然抬起脚猛地一踢，狗在地上打个滚，尖叫着从我们脚边窜了过去，毛茸茸擦着我的小腿。我吓得往边上一跳，周毅龙笑了说："狗你也怕。"我说："咬一口就不得了。"他说："这里的狗和中国不同，一只只都挺忸怩的。"我说："这里打狗是犯法的，狗受法律保护。有一次报上登出来，两个柬埔寨人打狗吃，还被拘留了。"他说："我就是要踹它一脚，让狗主人心疼一下。"这时我感到打破羞怯的默契已经达成。

快到海边我说："这么好的景色都被浪费了，每天做了就睡，从不出来看看。"他说："空气也好，这样新鲜的空气上海绝对没有。"我说："老周，你爱上纽芬兰了，为了呼吸到世界上第一流的空气，你在圣约翰斯待一辈子算了。"他说："那还不要了我的命去了，这个破地方。你倒是好了，去多伦多。我还不知要折磨到几时，赵霞她还想在这里读博士呢。"我说："原来她是博士家属，现在要轮到你了。"他说："不是什么好事，女人玩起来了，发了，威胁太大，男人做人就难了。尤其像我们，签证都附在她们的学生签证上，志气两个字讲不出口。"我说："女人都说男人玩起来了发了不是好事，要作怪的。"他说："那倒也是，女人男人都是人，是人就要打个问号。"

看见海了，波涛一波一波涌上海滩又退下去。我们在海滩上坐了，我又跑下几步，趁波涛涌上来用手指点几滴放到口中嚼了，坐回来说："这大概就是我最后一次看大西洋了，以后要到电影里去看。"他说："老高，你真的想回国去？"我说："谁知道以后，到今天我还是这样想。"他说："有移民机会把它放弃了，恐怕全加拿大只有几个。"我说："谁不知道加拿大好地方？可我活得痛苦！在国内好歹也是个人,现在呢,除了我自己把自己当个人就没人把我当个人,人整个地被阉了似的。"他说:"半路回去太吃亏了,这边的没得到,那边的失去了。苦也吃了,脸色也看了,刚有点出头的影子又要回去了,舍不得。不怕你笑我,原来想着人生许多许多,狗屁!现在只想发点财。人长到三十多岁,才明白了这点道理。世界也变得简单了,就剩了眼前自己抓得到的那点点东西,别玩虚的!虚的许多许多都是虚的,活得了一千年吗?我学历史都学到博士了,什么事没想过?想多了倒捆了自己的手脚展不开,想着想着老了,两手还是空空荡荡。想得越多越深越糊涂越痛苦越犹豫越没有行动能力,自己看自己,清高呢,深沉呢,别人看了还不在心里笑你傻瓜。人一辈子都过了一半了,一年一年这么闪过去,好恐惧啊!过了一半还犹犹豫豫糊糊涂涂不知道自己一辈子是怎么回事,怎么得了!"我说:"越明白烦恼越多,山沟里农民伯伯烦恼还没你多呢。"他说:"不怕你笑,我现在最大的烦恼就是想发点财,不发点财回去,怕别人笑你!活到三十多岁,忽然就发现时间变短了,事情变简单了。搞几年能变成葛老板,我就安心了,对自己有个交代。"我说:"老周你是博士,你的文章我也看过,不是吹捧你,有真货。你应该坚持下去。"他"哼"地笑一声说:"古人从尧舜孔夫子到曹雪芹孙中山,都被搞学问的存在银行里,一代一代永远提取利息,这么回事吧。学问我也迷了几年,写那本书的时候我心也跳了几跳,出版了又有点沮丧。图书馆书多得跟草一样,你的书就塞在那个角落没人理,也好比一滴水滴到大西洋去了。干什么呢,这一辈子?世界还是世界,与你无关。读书多了最强烈的幻觉就是把自己看得很重要,把自己写的东西看得很神圣,哄自己呢!做一辈子历史无用功还觉得自己了不起,伟大,给世界留了点什么。这么想我想了很多年,忽然发现错了。"我说:"老周你想得太多了,人间的事还经得起你这一细想!三国打了几十年,死人无数,刘关张英雄一世,气吞山河，到头来也是古今多少事，都付笑谈中。世事不可看得太清想得太透，不然这活着就没味道了。活着就是活着。"他说："死了没办法就算了，活着不能太委屈。对不对？"我说："对绝对是对，可是你现在委屈不委屈？"他说："我是一步步往好地方走，可怎么走来走去倒不如不走！出了国这不是好事吗？找到工作这不是好事吗？可就变成了瘪三一个！心里不服气吧，那还不行，得忍着。晚上躺在床上想着，睡不着，又不能往深处想，想来想去万念俱灰，还是庄子对。"我说："又哄你自己了，你那个庄子是世界上第一个想得通的，你学得到？"他说："老高，你倒是个谈话的对手，看不出。"我说："你还当我脖子上是结了个南瓜吧。"

我们站起来沿着海滩走。星光下我发现一些小鱼被波涛推上来，在海滩上跳，蹲下去瞧又发现很多已经枯死，遍地都是。趁着波浪推上来，我把一条留在海滩上跳着的鱼踢到水中去，说："救它一条命。"他说："枯死在海滩上是它的命，是命就无可抗拒，下一波它还要被推上来，救不了的。"两个人站在那里，迎着海风。他说："人呢，其实就像大西洋上偶然吹过的一阵风，刮过去就过去了，谁能告诉我这阵风有什么深远的意义？承认自己的渺小没有意义也要有一点勇气，人在心里总逃避这个。我想逃避又逃避不了，人总不能对自己也连哄带骗。"我说："老周你太现实了点，这样活了也没有味道。"他说："我是一个俗人，我只能去抓自己抓得到的东西，自己鼻子尖前的那一点点。"他说着身子往前一倾，双手飞快地向前一抓又收回，做了一个捕攫的动作，"终极关怀的问题折磨了我好多年，人类精神命运问题也考虑了好多年，突然明白了最需要关怀的是自己的命运。文盲也懂的道理，我到三十多岁忽然才懂了。这才知道自己原来是一个俗人。"我说："又哄你自己了，今天你不得不俗了，得找点什么安慰自己。人最喜欢哄骗的正是自己，聪明人也逃不脱。"他笑了说："那也是，那也是。"

再往前走看见一大片游艇湾在那里，有一座小木桥架在浅海中通到游艇上去。我们顺着木桥走过去，两边系着的游艇在海水中起伏，灯光点点，又有断续的人声在夜里回荡。走到木桥尽头，我们伏在栏杆上看着海的深处，前面有一点一点灯在闪，是夜航的游艇。我说："夜里冷了。"老周说："哪里就会吹病了。书上说海风带着一点咸腥，你闻到了没有？"我说："怕是谁想出来的吧，水是咸的，鱼是腥的，风里哪又闻得到。"他说："再过几个月我也走了。"我问他去哪里，他说："谁知道，天下总有个地方容得下我。"我又问他这几个月托福可有了进展，他说："进展个屁。"我说："那么多次你都捧了书睡着了。"他说："那又是骗自己的，好像捧了书对自己就有交代了。赵霞都抱怨了，回去一次抱怨一次，我没给她争脸！"我试探着说："到这里女人都变了。"他："是呀，是呀！"我说："也怨不得她们。女人谁不爱面子，谁又是超人呢。看了我们窝囊的样子，心里有了想法也是自然的。"他说："我会服这个气？当年她追求我，哭了多少次我一狠心才应了，现在在我面前跟个皇后似的。"我说："你靠她来的，凭这一点也把你的威风灭了。"他说："一个国家活在世界上靠实力，谁跟你讲平等！人也这样，自己的利益要靠自己去维护，靠自己的实力去争，谁跟你讲公平！感情可以有，要有东西做后盾，谁平白就爱了你！天下真没有无缘无故的爱，还是毛主席讲得透。细想之下，现实总是冷漠的，它逼得你不断地接受你不愿接受的东西。痛苦吗？痛苦！痛苦完了你还得接受。你得把自己的心锻炼得跟铁一样才行，铁还不行，还要淬火。好多事就像铁锤一样打在我心上，把柔软的那一部分都锤硬了。"我说："老周，不要说得那么恐怖，说得一股血轰隆隆冲到我头上来了。"沉默了几分钟我说："走吧，看着别人玩游艇有什么意思。"他说："什么时候活到这个分上，也像个人了。有钱了，没处花了，买游艇！钱就那么有着也没有意思。不过我到今天也没信心做这个梦。"

我们又往回走。快拐上那条路的时候，我说："这就告别大西洋了，我给它敬个礼吧。"说着弯了腰鞠了一躬。他说："海给人的感受很难表达，它总是使人想起一些事情。"我说："它启发人想到自己的渺小短暂。哪一天我们的骨头成了化石，它还是这个样子。"他说："是，是，还有几十年，要抓紧活。没有谁赋予了我什么使命，我的唯一使命就是对自己负责，要抓紧活！要有生命的紧迫感。可现在又是这个样子，挣扎不起！"我说："咬紧牙关挺几年，总会好些。"他说："陷在这里进退两难了，看不到好起来的迹象。心焦啊，无可奈何！"我说："老周你就这样悲观了，还有大半辈子呢。"他说："细想起来心里真是好委屈。"我说："到这里我也没觉得自己有权利要求什么，也就不委屈了。加拿大也没欠谁的，委屈了谁也可以回去，又舍不得。"

回到龙一88，他躺下去说："困了，明天做事会打瞌睡，肚子也饿起来了。"我说："老周，你今晚的话就数这句最深刻。"他叹气说："是的，到这个年龄，还说这些那些干什么，说什么也多余了。"我熄了灯说："明天早上我就不叫醒你了。"我想着过几天就到了多伦多，兴奋得睡不着，还想跟他说几句话，他却已经鼾声如雷。

39

机票买得便宜，时间不好，到多伦多已是晚上九点多钟。飞临多伦多的时候，从空中往下看，远远的是一片模糊的光，渐渐明亮起来，一片灯海望不到边。然后，一条条街道，汽车的红色尾灯一行行缓缓移动，都看清了。思文指着下面说："多伦多，你天天想都想了一年了。"我说："还是被我想到了。"她说："你天天想都想了一年了。"我说："这一年多伦多是我心中的圣地。"她说："你天天想都想了一年了。"我看她的眼睛，她转了脸望着外面，说："一年了。"我说："那也不一定就有了造化，出息不了的人到哪里也出息不了。"她说："那你还逃难似的逃离纽芬兰？"我说："多伦多不图它别的，图它有两张中文报纸看。在圣约翰斯再待两年，我都会变成真的文盲了。"

两部小手拖车拖了皮箱旅行袋，我和思文站在出口处等车。不断有出租车开过来，问我们进不进城。在纽芬兰有人告诉我们，出租车到城里很贵。我随口问了一个黑人司机，到唐人街多少钱，他说："About fifty dollars.（大概五十块吧。）"我吓一跳，还是等着，专线客车只要八块钱一个人呢。在纽芬兰这一年多里我们存了差不多两万块钱，这已经超出了我们的预想，但能省还是要省，钱来得太可怜了点。思文抱怨说："来了一年多还用国内的概念来算钱的，大概也只有你了。"我说："那大概也只有我准备回去。"

机场到市中心花了半个小时，一路上巨大的广告牌在夜中闪亮，看得我眼都花了。到汽车总站下了车，我说："先找多大的学生联谊会。"思文说："都十点了，到哪里去找。就是你要买便宜票，搞到天墨黑了才到。"站在路边有出租车停了问我们去哪里，我们连忙摆手。把行李拖到候车室，思文说："今晚要住旅店了，省了机票钱，花得更多。这就是你高力伟做的事。"我说："我还有那么大的派头住店，那不杀你几十块钱一晚。实在没办法先在这里蹲一夜，还有靠背椅呢。"思文说："我去打电话。"她拿出一张纸，上面抄了一些电话号码，"别人给的，都是一些不太相干的人。"我们把两毛五一个的硬币都收拢来，有七八个，她拿了去打电话。过一会儿她回来说："只通了两个，听口气不肯来帮忙。"我说："我一点都不瞌睡，你打你的瞌睡，我守行李。"我投了硬币到自动售货机里，按了选择键，掉下两筒可口可乐。又把晚餐没吃完的面包翻出来说："凑合一餐。"思文接了面包，半天吃一口。我口里苦涩苦涩的，勉强塞进嘴里，用饮料咽了。思文说："今晚怎么办？"我说："在这里混一夜也好，挺刺激的，这么多空位子，随你坐。"她说："错了就错了，还要找道理。你就没做几件漂亮的事让人佩服佩服，跟了你总是受刺激，还说刺激好呢。"她眼眯了一会儿说："睡不着。"我说："睡不着你看着行李，我出去看看。"

从飞机上看，多伦多像一座玻璃城，现在看去却平平淡淡。我朝着灯亮的那边走，怕走远了找不着回来的路，转一个弯就停下来记住街角建筑物的标志。在一家小店里我买了一张城市地图，对着街口的街牌查到自己的位置，发现离著名的央街已经很近。我便横过去，央街果然热闹得多，白人、黑人、阿拉伯人、印度人、中国人，来来往往，是国际大都会风貌。灯光下各种各样的面孔闪烁起伏，如纸糊的脸飘浮在梦中一般。看着这无数的脸在眼前晃动，我觉得很陌生，又觉得很理解他们。街道两边都是商店，有的还开着门。一张玻璃门上贴着一些半裸的女人像，我停下来看清楚些，明白了这是脱衣舞厅。正想走开，一个声音在耳边问："Do you want jige jige？（你需要吱咯吱咯吗？）"我吓一跳，看见一个棕色皮肤的混血姑娘望了我笑，嘴唇涂得鲜红，头发向后梳着，在头顶盘成一个发髻，倒也漂亮。我意识到遇上了妓女，又看见周围还有几个姑娘在徘徊。我沉住了气问她："What does jige jige mean？（吱咯吱咯是什么意思？）"她笑起来，立即明白我不是一个人物，但仍不放弃，点了自己鼻子说："Me.（就是我。）"我问："How much？（多少钱呢？）"她说："One hundred for me, thirty for the hotel.（一百块钱给我，加三十块钱旅馆费。）"我说："It may be contagious.（这也许会传染病的。）"她说："I am clean.（我很干净。）"说着挥手要叫出租车。我拔腿就走，走远了她还在那里朝我笑着，招手要我回去。

回到候车室，思文说："啊呀，你回来了。刚才两个人过来问我要不要住宿，吓得我！"我说："还有这么多人啊，怕什么！"又告诉她刚才遇见妓女的事。她说："第一天来就走桃花运了，以后日子还长呢，这么浪漫的城市。"我说："一开口就是酸的，酸不溜溜醋坛子。"她说："我醋坛子！以为自己是个什么人呢。我倒希望自己有这种情绪。"我说："我又自作多情了，好惭愧。我真是不要脸，我太不要脸了，我为什么这么不要脸呢。"我又虚张声势打自己的脸说："看你还不要脸！打这张不要脸的脸！"她笑一声，不说话。我想："现在有机会就来两下子，看起来离婚真的是无所谓了。"

思文侧了身子去打瞌睡，我把箱子移到脚边并排放了，腿分开用脚尖夹了，闭了眼想瞌睡一下，但总是刚一迷糊了又惊醒过来。过一会儿就有夜行客车进站出站，来往的人行色匆匆。我无聊地盯着那些出出进进的人，揣想他们在这半夜行车是怎么回事。思文不时地醒来换一种姿势，又后悔没有在附近找一家旅馆住一夜。她说："也就是跟了你，受这样的罪，一错再错。"我笑着说："跟个有钱的这些错都没有了。"她生气地说："你想这样说，也可以这样说。"我不再说什么，闭了眼假装打瞌睡。一个老年的黑人妇女来讨钱，我给了她一块钱示意她离开。她接了钱又去别人跟前去讨，总没人理她。我担心她又会过来碰醒思文，但她蹒跚着出门去了。我怕行李被人提了去，打着哈欠又不敢睡，就把别人丢在座位上的 SUN（《太阳报》）拿过来看，找到 Rent（《租房》）那一栏，看到一间房都是四五百块钱一个月，吓得心惊肉跳。挣扎着熬到天亮，我到门外手推车上买两份热狗，两人吃了。思文说："这些东西吃了一天，胃都要翻过来了。"我说："中午还吃不到饭我们去餐馆吃饭，到加拿大我还没吃过餐馆。"她说："你天天吃餐馆。"我一笑说："倒也是的。"又说："我查地图了，这里离多大不远，我跑过去问问联谊会在哪里。近了拖车过去，远了叫部车。"她说："慢点，赵教授给我一个牧师的电话，昨天没打通。这个彭牧师他自己也不认识。"她到投币电话机那边打了电话,回来说:"到门口去等,马上来了。"我说:"这教会的人真还仁仁义义的啊!"不一会彭牧师开车来了,他太太坐在车里。彭牧师一身西装笔挺,帮我们把东西放到车后。车开动后,彭牧师问我们什么时候到的,思文马上说:"刚才到的。"牧师说:"圣约翰斯这么早就有班机过来这边?"他太太回过头来问:"你们加入教会没有?"我说:"没有,中国教会少,圣约翰斯那边华人少。"她问我们有没有兴趣,思文马上说:"有兴趣。"彭牧师说:"有兴趣过几天接你们去参加我们教会的青年团会。"思文很高兴地说:"那好,我正想去。"车转来转去,问了半个小时才找到联谊会,离多大很远,到唐人街上去了。彭牧师要帮我们提行李上楼,我马上拦了他,千谢万谢说:"耽误您太多了。"他递了名片给我说:"房子找到了打个电话过来,过几天接你们去教会看看。"上了楼我对思文说:"你说有兴趣,又多出来一件事。"她说:"没兴趣你去说去,你坐在人家车上呢。"

这是多伦多大学中国学生联谊会租的一幢房子,住的都是过客,一人一天十块钱。上上下下一天到晚吵吵嚷嚷,各种各样的人在交流自己的经历。在这里实在难以住下去,便买了《星岛日报》找房子。两天以后,我们搬到靠近唐人街中心的一条街道上去,住进二楼一间房中。房东是一对老年夫妇,很多年前从香港过来的。同样一间房,比圣约翰斯贵了几乎一倍,和那两个老人讨价还价半天,也没能少一个钱。这幢房子的二楼三楼都出租了,我们的隔壁是刚从美国德克萨斯州来的一对北京人,两个月前听说加拿大有移民机会,博士学位也不要了,电视机也送了人,连夜飞到纽约去办来加拿大的旅游签证,正遇上美国国庆,加拿大驻纽约领事馆不办公,耽误两天。赶到多伦多,正好移民申请在前一天对美国学生关闭。说着这件事丈夫拍着腿连连叹息。听说我们的移民申请已经受理了,羡慕得不得了。太太说:"你们幸福了,你们幸福了。"经他们这么一说,我才知道移民这事原来真有这么神圣,说:"移民的瘾我还没有那么重,要是能够换名字,两千加元卖给你们算了。"那丈夫眼珠鼓出来说:"不想移民?说笑话吧!两千块,两万块也便宜得跟捡的一样。一张绿卡值得五万加元呢。"

思文去多伦多大学注册了,拿回来一张支票递给我说:"存去。"我一看是两千九百块,吓一跳说:"这么多!"她说:"一个学期的,一年就发三张。"我说:"读这个书比打工也不差多少了。"她说:"先别高兴太早,把我们自己的支票开一张五百块的交学费。"我拿了支票本给她说:"你自己开。"她扯了一张填了,说:"收进来就高兴,开出去就像割你一块肉似的。"我说:"学费割一刀,房租割一刀,两千九百块几刀也就割完了。"

40

我每天到街上买一份《星岛日报》来看,找工作。看到那整版的聘人广告,我心里就很放心,这么多机会总有一个要轮到我。好在我在龙一88学了一点手艺,这使我有一点自信。每天我把可能的机会都做了标记,然后一处处打电话。不敢要求太高,钱比在纽芬兰多点就行,累是不在乎的。多伦多市政府规定最低工资七加元一个小时,这在我看来已经不少。我还有个想法不敢告诉思文,到了多伦多,我觉得自己应该有更好的机会。多伦多有两家中文报纸,《星岛日报》和《世界日报》,每天都厚厚的几十页。我想以我的文字水平,到里面去谋个编辑记者一类的差使应该还是有点希望。《星岛日报》发行量大,却是香港背景,我不懂广东话,不敢问津。《世界日报》是台湾背景,语言上没有问题。我算计着得先写几篇稿子给《世界日报》,让他们也认识认识我。

这天我在报上偶尔看到一条消息，有个台湾画家在唐人街大人物画廊办画展，就跑去了。展室不大，就是一楼的客厅装修成的。几十幅国画都标了价挂在墙上，也有上千元一幅的，也有几十元一幅的。看画展的人只有几个，我来来回回转了半天也没见有人买。两个人坐在那里说话，听了知道是画廊老板和画家。画家的脸色阴沉，抱怨多伦多的华人不懂艺术，又说去年自己在纽约办画展，画多么抢手。老板说多伦多画的生意不好做，所有的人都只知道赚钱，准备明年关闭了画廊做别的生意去。美术方面的书我也看过几本，模模糊糊都记不清了。听他们说了一阵，我鼓了勇气插一句嘴说："您的画还是走的张大千的路子。"画家看我一眼说："你懂画？"我说："读研究生的时候学过中国美术史。"撒了这个谎我心里很镇静，露了馅我就说自己不是专业学的，都忘记了。他说："我老师是张大千的学生。"我大着胆子说："这些画用笔很工细，意境却平庸，也不说平庸，是没有创意。"他说："听起来你是个内行。"我说："内行不敢说，看过几本书。"他说："不过既然是国画，你总不能画成油画。"我说："国画表现隐逸的情趣，几百年不变，再好的东西也疲倦了。境界打不开，手头功夫再怎么样也突不破的。"他拍了桌子说："你倒说到点子上来了，照你说又怎么个变化？"我说："我没专门研究过，也说不上来。"老板说："依你看怎么叫人舍得往外掏钱来买？"我说："我是外行，我瞎说你们别笑。这种山水意境和现代人文化心理结构缺少有机的对应性，现代人有现代人的情趣、节奏和韵律，他们喜欢有力度的东西。"画家不高兴说："去年我在纽约就卖得很好。"我说："你的画我提点小意见。"三个人起身去看画。我指了一幅画说："这幅画你标题是《夏》，改成《圆荷凝露》意味就深远些。这幅《冬》，改成《独钓寒江》，意境更出来了。"跟他说了七八个可改的标题，他只否认了两个。最后我说："如果有地方发表的话，我写篇评论文章，效果比广告要好些。"老板说："写得好，发表的事归我，两家报纸的编辑都是熟人。"画家说："你打算怎么写？"我说："那当然是唱赞歌，这你只管放宽了心。老实说在技巧方面我也不太懂，你跟别人讲色彩透视比例他也不懂。我想谈一谈你这画的意义，让谁都能理解。"画家"嗯，嗯"着点头。我说："要说这些画的内涵，你作者是最清楚，我只是想把它表述得大家都能接受，这很重要。"老板说："那当然，当然。"画家说："你说，你说。"我说："我就用《疲惫心灵的停泊地》这个题目，不知合不合你的意思？意思是，现代人在残酷的社会竞争中太疲倦了，心灵在持续压力下总是处于紧张状态，你的画提供了一个暂时放松一下的机会，传统艺术的现代意义就出来了。当然这有点胡说八道，但别人不会想这么多。你愿意讲讲你这些画的个性特点，那就更好。"画家迟疑一下说："按你的意思写。什么时候写好？明天总可以了吧。我给你送到报纸去，我认识他们。"我说："明天给你了后天登出来？"老板说："没有问题，要他们留了版面。要写得好，两千字。"我留下电话号码要走，老板给我名片说："效果好了我们订个长期协议，发表不是问题。"我看了名片说："老板您姓孙。"他说："姓孙，孙子的孙。"他自己先笑了，我也笑了，说："孙子可真的是古代一位大军事家，了不得哦。保不定那孙子就是您远祖。"他说："听说是有这么个人。"我说："此孙子可不是彼孙子。"画家送我到门口轻声说："写好点。"

我到唐人街公共图书馆借了一本《国画技法》，想熟悉一下术语，我需要术语做个筏子。晚饭后我对思文说："到多大图书馆看书去了。"思文觉得奇怪，猜疑地望着我，好像是在研究我的表情，说："你今天忽然想起要看书了。"我拍拍那本书说："别那样望我，不是去给谁写信，那件事早就完了。"

一年多来我没有正经写过东西，好像有什么油腻的东西堵塞了思维的通道。前面一段反复涂改，写了一个多小时才写了几句。写了第一段，笔下顺了起来，很快写完了草稿。我把稿子看一遍，虚是虚了点，但给真正的内行看了我也不怕，还混得过去。想马上誊抄了，又记起要用繁体字，没带字典写不出。旁边那些外国人还在看书写作业，我双手抱了后脑勺，慢悠悠地去打量他们。

我给自己取了一个笔名叫孟浪。文章登出来，我买了份报纸回家给思文看，漫不经心懒洋洋地指了那篇文章告诉思文是我写的。她说："这样一篇文章多少稿费？"我说："四五十块吧。"她说："我要是你每天写一篇，也不去打工了。"我说："我有那么大能耐！整个北美靠写东西赚饭吃的华人都没有几个。"她说："怎么就起个笔名叫孟浪，证明你是个浪漫的人？"我说："说得上吗？你想象力太丰富了，我自己也没想到。"她说："你没想到你的潜意识想到了。"我笑了说："那有可能，那有可能。"她说："何必辛苦又起个笔名，干脆就用宋志好了。"我说："我想骂你吐酸水呢，我自己又太多情了，不骂你呢，又一股子醋气直往外冒。"

文章登出来我高兴了一天，又有点紧张，怕没有一点效果，老板下次就不找我了。也有点得意，多伦多刚来不几天，就有了点小进展，忽然又觉自己还不必那样自我轻贱。

过了几天画家打电话来，说自己明天要回美国，请我去翠园酒家喝茶。我想问那文章可有点效果，又不好意思。去之前我写了封求职的信揣在口袋里，海吹一气，把自己美化了，想试试画家能不能通过朋友引见我进了报社。去的路上心中又在想，万一成功了，还回不回国去？中午到了翠园酒家，画家在门口等我，他伸过手来，我们握了握。这样的礼节我已经很生疏，觉得有点别扭，这一年多来总觉得自己并不配跟谁握手，也总是在回避着。坐下来我说："稿子想请你送到《世界日报》去的怎么送到了《星岛日报》？"他说："《星岛日报》发行量大，效果好些。"我试着说："要是有点效果就好。"他微微点头不作声。我也不再问，想起那封信说："《星岛日报》你有朋友？"他说：

"当然是有。"服务员送了点心茶水来,他给我斟了茶,筷子点着碟子说:"是个意思啊,吃。"又说:"看了报纸才知道先生姓孟。"我说:"那是笔名,我其实姓高。这一趟收入还可以?"他说:"自己的画,也不存在亏本。货都出手了,钱基本都归孙老板赚去了。他刮精的人,针插在你身上抽血,厉害着呢。"我说:"老板嘛。"又问他是不是靠画画为生。他说:"谋生能靠这个?那除非你出了大名,要有人捧,杀开一条血路占领市场。一百个里面没有一个。这里,纽约,到处都是画家,台湾的大陆的,很优秀哦,可没有出路。我是学这个出身的,还是改了行,在美国帮台湾一家工艺品公司做事。手艺舍不得丢了,业余弄弄,弄出来总不能都挂在家里。"我说:"《星岛日报》你有朋友?"他说:"有还是有。"我管他的硬了头皮说:"像我这样的人,别的事也做不来,要写还写得出几句话,想在多伦多报社找一份工作,不知道有一点点希望没有?"他说:"有了这次交道我们也算个朋友了,我说得直点,你别在心里骂我。你东西写得好,但报社要的不是这个。《星岛日报》也好,《世界日报》也好,别看一天几十版,绝大部分版面都是香港、美国传过来的,再加上本地广告和本地新闻。本地文章很少。它几十版也只有几个记者编辑,要懂粤语,英语,特别是要拉得动广告,老板办报也是生意。会不会写倒不特别要紧。"我手插在口袋里摸着那封信,觉得没有拿出来的必要。喝完茶他从提包里抽出一个卷轴,展开来说:"这幅画送你,交个朋友,要不昨天也卖掉了。"我看上面题的是《空山新雨后》,正是我那天给他建议的。下端两百元售价的标签还没有扯掉,我知道是他有意留在那里的。我接了画道了谢,心里想着,送我钱还干脆得多,我如今也不是什么雅人,给我了又挂在哪里?

回去后我还是把那封信寄到了《世界日报》,那篇短文也剪下来夹到了信中一起寄去了。反正信已经写了,不过花几毛钱的邮票,又没有见面的尴尬。寄的时候我对自己说,不要抱任何希望。可那几天电话铃一响我又马上想到是不是报社打来的。最后没想到连回信也没有一封。这样也好，寄出去时我还担心着，万一要了我，我英语粤语电脑什么都不会怎么好意思。我盼着有消息又怕真有消息，没有回信我倒也放宽了心。不是自己没有争取，不是没有对自己负责。我对自己有了交代，将来也没什么可后悔的。我心平气和地接受了这个事实。

41

到多伦多十天多才在一家西餐馆找到一份洗碗的工作，从下午四点到晚上十二点。多伦多的工作也这么难找，这是我没有想到的。这时我才感到自己对多伦多抱有太多一厢情愿的想法。这份洗碗的工作，还是我花了十天时间，打了几十个电话，约见了十多次才找到的。西餐馆叫作红番茄，在安大略湖边的皇后大街上。餐馆很大，光洗碗就有三个人。我管楼下的餐厅，楼上是两个黑人。一到餐期，侍应小姐就源源不绝地把碗送进来堆在台子上，要手脚特别快才干得过来。有个厨师是从多米尼加来的，对我很好，告诉我中间有十五分钟吃饭的时间，到了晚上九点钟就过来问我吃点什么。我胳膊酸麻，坐下来喘气。他给我送来炸芝麻虾卷、煎鱿鱼和鸡腿，又说，别让经理看见了，鱿鱼和虾是不能吃的。我没有食欲，这么精美的东西也咽不下去。开始几天吃不完倒在垃圾桶里，以后又偷偷用塑料袋装了塞在口袋里，带回去给思文吃。我在心里叹气，要是在多伦多只有这样的命运，那就完了。虽然有七块钱一小时，工作时间却短些，收入还不如龙一88呢，花费又大很多。我经常得在吃饭之前加快速度，把堆在台子上的碗洗完了再去吃饭。可停下来还不到十分钟，台子上又堆不下了，侍应小姐就把碗碟堆在地上。我心中好窝火,在心里痛骂老板:"操你的娘!吃饭的时间扣都扣了,怎么不让人家吃完这口饭?"骂尽管骂了,心里又怕经理说我无能,说不定以前就是一个人做下来的,只好不到时间就强打精神去工作。我工作时尽量减小动作的幅度,节省体力。有一天洗着碗发现一只盘子底下压了三十四块钱,猜想是顾客给侍应小姐的小费,餐厅灯光昏暗她们没看清。我把钱上的菜屑擦了,塞到口袋里,心想每天有这么一回就好了。还有几天生意淡些,经理就叫人提了一桶新鲜鱿鱼来,要我一只只翻洗干净。每天下班我都累得筋疲力尽,想着自己干着这样的活,挣这一点钱,老婆却是个博士,男人做到这个分上,还怎么能叫人看得起。出了餐厅我把渍着油汗的脸贴在门前的不锈钢的柱子上,里面幻出我变得狭长的头影,在街对面霓虹灯的闪烁中一明一暗。一辆小车开过来,在头影上碾过,那强烈的光一晃就消逝了。又一辆小车开过去,尾灯在头影上映出两个小红点,渐渐远去。忽然我看不见自己的眼睛,两个小红点灼灼地注视着我,终于消失。柱子那种坚硬而冰凉的感觉给了我一种提醒,我想到生存的现实对我,也许对每一个人,都是这样的坚硬而冰凉,带着一种不动声色的残忍,你无法回避也无法突破。那些闪着诱惑光彩的温情怀想,无论自己多么执着,也只能放弃。那种不动声色不可捉摸的力量总是在迫使人们就范。我记起自己在读大学的时候发表了好几首爱情诗,谈恋爱的时候以谦虚的炫耀拿给思文看过,她看了对我崇拜得跟个神仙似的。那时我太幼稚她也太幼稚了。我忽然觉得很多著名的情诗都写得太虚飘太夸张了,让那些诗人们天天来洗碗试试!那种脉脉温情还能无限地持续下去?又想到自己也是这不动声色的力量的一种,思文那么多的期盼都被粉碎了。想到这些我觉得自己没有理由抱怨思文,对人我不能有超出人性的要求。现在我知道成熟是怎么一回事了,那就是有勇气正视生存现实、沉默的冷漠,就是有力量拒绝真诚的善意的温柔的自我欺骗。

这天深夜下了班我骑车回家，开了楼下的门，房东已经睡了，楼道的灯不知怎么也熄了，眼前黑乎乎一片。我摸到楼梯，几乎没有力气上楼，就坐在楼梯上喘气，黑暗中我怜惜地摸摸自己的脸，又捏一捏酸疼的胳膊。记着很多年前，在大学参加运动会后，胳膊也有这样酸疼的感觉。楼上也没有灯光，一阵轻微的声音传来，知道思文还没有睡。我忽然意识到，自己在楼梯上坐了喘口气，是怕思文看到自己这副疲倦潦倒的模样，我在心里害怕着女人的怜悯同情。到了门口我舒展一下筋骨，推了门进去，步子里带着一点矫健的弹性。思文坐在床上看书，说："今天回来晚些。"我说："今天事多点。你明天要上课，熄了灯睡就是，我可以摸黑。"她说："今天累不累？"我说："西方社会总不会把人累死的，以前十几个小时做也做了。"洗了澡我熄灯睡下，她说："外面贴了一张条子，不知道谁贴的，也不知道是说谁，有点像说我们。"我翻身起来说："我去看看。"她说："明天早上看也不迟。"我说："不看我睡不着。"我开了楼道的灯，看见一张条子贴在楼梯口墙上，写着：中国人人穷志不穷。我们到西方已经几年，从来没丢过东西，这是第一次。东西虽然不值钱，是个道德问题。请不要再拿别人的东西。

没有署名。我看了血往脑袋上涌，回屋对思文说："那错不了是隔壁那对狗男女贴的，在说我们呢，王八蛋！"思文说："他又没有点名，再说我们又没拿他的东西。"我说："简体字肯定是大陆来的人写的，也是写给大陆人看的。这一幢除了我们就是他们。道德问题！听这语气也知道是自己的同志。你错拿了他们的东西没呢？"思文说："绝对没有。"我说："冰箱里的菜拿错过没有？"她说："上面两层是他们的，下面两层是我们的，怎么会错。"我说："这几天你买了什么菜，吃了什么菜，仔细想想！"她说："绝对没有。"我要拖她起来去厨房看清楚，她把手缩进毯子裹紧了身子说："我再糊涂也不至于拿了别人的菜吃！"我躺下说："好，明天找狗男女算账。逼急了我，不是只狗我也会跳起来咬人一口！"

那天晚上我气得没有睡好。第二天一早我起来，把门打开一条缝，看外面的动静。那女的到水房走了几个来回我没理她，丈夫先生出来了，我在楼道堵住他，说："这东西糊在这里是给谁看的呢？"他吓得一退说："咦，我又没写名字，谁拿别人的东西谁就看，他们自己心里有数。"我说："我心里倒还没数，向你请教！"他说："谁会贪那点点小小便宜呢，总不是楼上的香港人吧。"我说："话挑明了好，痛快！你彻头彻尾吐出来，我们拿了你什么东西？"我说着逼近一步，拳头一捏一捏的。他又吓得一退说："我没说你们的名字，我是写给拿东西的人看的。"我指了那张纸说："你自己去撕下来。"边说边把拳头提到胸前一捏一捏的。他说："别搞错了，这是法治社会。"他说着想闪过去。我用身子挡了他说："很好，法治社会，法治社会不能打人但可以污蔑人，是不？上上下下来来往往都是香港人台湾人，你脸丢给谁看？"他说："别以为这是中国，有力气就行。这是加拿大！都是自由的人，谁还怕着谁，谁还管得着谁！"我推他一把说："老子今天就犯法了，管你娘的加拿大不加拿大！"他叫嚷起来："你打人，你先动手！"他太太听到声音，系着裤腰带从水房跑出来，隔在我们中间问："什么事，什么事？不要打人！"思文从房里跑出来拉着我，把我往房里推，说："有多大的事情呢。"我说："推我干什么，我又没要打架。看了那洋奴才狗嘴脸，拳头就不能不发痒。拿加拿大吓我！"他从他太太肩上伸了手指着我说："你不是洋奴才你跑过来赖在这里！"思文把我倒扣在房里，从门缝中说："你静着，我去看看。"丈夫先生还在门口跳脚嚷什么，被他太太推回去了。过几分钟思文回来说："误会了，误会了。房东老太太把他们的牙膏牙刷肥皂杯子收到水龙头底下的柜子里，他们以为谁拿了。他太太已经扯了那张纸，说了对不起。"我好气又好笑说："偷他的牙膏肥皂，他想得出，我还以为掉了银子钱。他也想得出，他一分钱有天那么大。不是我骂自己的同胞，这样的事给别人那是做不出来的。"思文说："他们心眼是小了点，你就气量大点，好好说。"我说："好好说！屎他都喷到你脸上来了。"她说："高力伟你怎么说话，到了这边也该学学这边的人，文文雅雅的。"我笑一声说："对，文文雅雅，好有风度！"我模拟着文雅的口气说："丈夫先生，你条子贴在这里是不是有点误会？——好含蓄好温和，我有耐心？！"她说："这看出一个人的修养。"我说："修养！这字眼不错，你好意思跟我讲修养这两个字！屎不臭就别挑起它臭了！"她头摆到一边去说："懒得跟你吵。"

过几天隔壁这对夫妻家遭了贼，夜里他们睡着了，贼从窗口把他们的拎包衣服钩出去，把钱和存折拿了，把护照拎包丢在窗下。早上起来他们在楼道里跟房东讲这事，我在房里听了抿了嘴笑。过几天丈夫先生在厨房里做饭，我从冰箱里拿菜出来。思文进来了，我说："林思文，讲起来也可笑，前几天他还在海吹自己到西方几年了没丢过东西，昨天东西就被偷了。这不是说嘴打嘴，现世现报，现活宝现在别人眼里了！"思文对我眨眼要我别说，丈夫先生回了头呆望着我，我也望了他眯眯地笑。

42

多伦多有三个唐人街，我们住在大唐人街附近，在东边和北边还有两个唐人街。士巴丹拿街和登打士街交叉的地方是大唐人街的中心，这是多伦多也许还是整个加拿大人流量最大的地方，远远近近的华人都到这里来买东西，天天是人潮涌动。在这街上挤着我不觉得自己在加拿大,也很难想象加拿大居然有这样拥挤的地方。街角有三方是几家著名银行占了,还有一方是华人的购物中心龙城。这天我和思文上街买菜,买了菜在人丛中挤着。在街角皇家银行门口,看见有人摆了摊子在卖手表,用广东话大声吆喝。我说:"你是不是也买块表,你那块表没有修头了。"思文说:"走,走,这些广佬最会骗人了。"那个卖表的人忽然说:"哪个是广佬,哪个是广佬,不认得啦?"我看那人面熟,正想着是谁呢,思文先叫起来:"赵文斌!"他是另一所学院的老师,思文办出国时他也在办,经常交流经验。我说:"你在桑德贝,到多伦多来了!"他说:"来有半年了,手上生个瘤子,开了刀做不了事,就卖这个。"又问我们做什么,思文说:"我在多大读书,他在一个地方做事。"我说:"她在多大读博士,我在湖边上西餐厅做 dish washer(洗碗工)。"赵文斌说:"收入怎么样?"我说:"每个星期发工资那天过一次穷人节。"他笑了说:"想办法找好点的事做。"我说:"哪个不想做好点的事,哪里有!洗碗还是找了十多天找到的。"他说:"你也来做点小生意。"我说:"你卖表,我不抢你的生意。还有什么事做得的?"他说:"你来卖小菜,也可以赚几十块把块钱一天。"我说:"那好,反正我上午到下午四点没事。"他告诉我早上在这里等,自然会有农场的车送菜来。我说:"明天早上你来不来?你来我就来试一试。"思文说:"高力伟你小心。"我对赵文斌说:"她怕我碰见熟人。"赵文斌说:"又不杀人又不放火,那怕什么!警察赶你走,你就走。"思文说:"还有警察?"赵文斌说:"说你妨碍了交通。"我说:"不抓人吧?"他说:"没有那么吓人,不然我早就坐牢去了。"有人来问表的价格,他又过去招呼,对那人说:"一样的表到依顿中心去买要六十多块,我这里不交税不要门面钱只要二十五,三年保修,坏了你来找我,换你新的。"那人又说只出十八块钱。他说:"十八块钱,我还捞饭吃不吃?"我拿了一块表在手里说:"二十五块真的便宜,这么漂亮的表做一天工赚的钱能买几块，想都想不通。表也是人做出来的！"那人还要坚持，赵文斌说："二十块钱你拿一块去，我不赚你的钱也是假的，赚了你两块钱算是你看我站得辛苦，你还要少一分你就忙自己的事去。"那人买一块表走了。我说："你嘴巴好厉害！"他说："嘴巴两块皮，说话没高低。二十块钱的事，过了三年他来找我！"我问："赚了几块钱？"他说："总赚了几块，两块当然不止。"他要送思文一块表，要思文选一块。我给他二十块钱，他推开我的手说："算存在你那里，下次到你家去你拿瓶啤酒来喝是一样的。"我把钱往摊子上一丢就走，他叫住我，从摊子下摸出几把弹簧刀，"啪啪"地一把把打开试着，选了一把给我，说："别拿它杀人。"我捅到裤口袋里说："什么时候当了百万富翁，遇上绑票的，自卫的武器也有了。"又约好明天早上见。

　　走远了思文说："高力伟你明天真的来卖菜？跟个小贩似的在街上喊，这么多人看着，怎么好意思。"我说："思文你把我看成谁了，什么叫跟个小贩样的，本来就是那一流人物。我还跟个洗碗工样的呢。"她说："会碰见熟人的。"我说："多伦多熟人只有两个，赵文斌和你。要怕就是怕碰见你，赵义斌跟我是一窑货。"她说："随你，反正我讲什么也没有用。本来可以不那样，我一讲你就偏要那样了。"我说："这你还是讲出了部分的真理。"女人更爱面子，没有这一点理解我算不得一个男人。如果我不是处于这样的境地，我对思文会有一种发自理解的宽容，服从了她。这种宽容恰恰表现了精神上的优越，妥协的胸怀是男人应该有的大度。但现在我偏不这样。说真的，像赵文斌那样在人丛中吆喝，我也有着难以克服的心理障碍。我跟他说这种事的时候，还没细想这一点。但现在我却下了决心一定要去做，不能因为思文一句话就往后退。而且，跟自己过不去，我也感到挑战带来的痛苦的快意，我克服了点什么。

　　我装作想买菜的样子，蹲在一个卖菜的老太太跟前，拿了西红柿在手里看质量。她用硬纸板做成小纸篮，卖的几种菜都是一块钱一篮，从篮子里倒进塑料袋让顾客提走。看了一会儿我看出了点名堂，那小纸篮底部是夹层的，外面看不出。菜堆上来看着不少，其实要少些。发现了这个秘密我很高兴，回到家也做了两个这样的篮子。做的时候我觉得很可笑，吹着口哨似乎想安慰自己，这也算不得卑鄙。做好了我又觉得很正常，不这样做那才奇怪呢。忽然明白了很多事情别人做了觉得可笑可恨，有一天轮到自己也不得不做了，才明白那可笑可恨的事原来如此自然如此容易理解。

第二天清早我去街口，赵文斌还没有来。我用单车占了一个位子。一会儿农场送菜的车来了，是西红柿和扁豆两样。车上的人嚷着："Twelve dollars one basket!（十二块钱一筐！）"我就各要了一筐。等我搬了下来，有个女的在我旁边说："只要十块的，你出十二块！"又跟车上的讲价。车上人指了我说："All twelve dollars!（都是十二块！）"几个小贩围了车讲价，都不提货，车上的人说："We'll go if you don't want any!（再不要就走了！）"把车发动了却不开走。最后还是以十块成交。我心里好恼，还没赚呢，就掉了四块钱！我把西红柿扁豆各装了一篮放在前面，估计着一筐可以卖三十块钱。我正鼓了勇气想喊，一个人拍了我的肩说："Go!（让开！）"我一看是个青年人，推了一车小商品。我说："我先来我占了，你想占明天早点来！"他说："Don't make trouble!（别找麻烦！）"又怕我听不懂，自己翻译说："别找麻烦，每天都是我在这里。"好凶！我说："I don't fear trouble!（麻烦我怕什么！）"他说："移不移开？"说着踢我菜筐一脚，"脚下的地我站过一站永远都是我的！"说着一只脚用力跺一跺，"不信是不是？一定要那样了你才相信！"又跺一跺脚。我本能地把手插进口袋，摸了那把弹簧刀，心想："莫非他比我还不怕死些？"我从来不是玩刀的角色，但想着这些人的命总比自己的命要紧些。正犹豫着是不是把刀掏出来现现,赵文斌托着表架子来了,往栏杆上一靠,过来拖了我说:"移到那边去,那边去!"我说:"这里位置好!"他在我胳膊上重重捏一下,我只好和他一人一筐移开,心里感觉着屈辱。那人在后面说:"我以为 China Town 又来了厉害角色。"重新放了菜,赵文斌说:"他们在这里搞好多年了,后面有黑社会的人。"我笑了说:"刚才我手摸着那把弹簧刀,还想着是不是掏出来吓他一吓。"他说:"那幸亏你没有,搞不好他叫人整你一下,闹大了轰你一枪都不知道。"我说:"没想到卖点小菜也要受刺激。"他说:"钱是不好捞呢。"他架好摊子用广东话吆喝起来。我说:"老赵,你喊起来好麻利,我怎么就喊不出口。"他说:"我刚开始也是的,想起一家人要吃饭,脸就放下来了,也没什么。我老婆怀孕了,做不得事。"我说:"你粤语这么好!告诉我扁豆西红柿怎么叫。"他告诉了我,又说:"西红柿你叫 tomato 就可以了。"我叫了几声说:"好别扭。"他说:"我刚到多伦多发现粤语很重要,到电影院去,跟电影里的人学,旁边的人还以为我有神经病,那也不管他。后来买了录像机,在家里放录像带学。你有录像机没有,明天带两盒录像带给你。"我一边吆喝一边计算,下午上班之前卖了这两筐菜,也可以赚三十多块钱,加上工资,也有八十多块钱一天。想着心里乐了,撇了嘴笑。人渐渐多起来,可买菜的不多。我一边吆喝一边把篮子再添满点,心想早点卖完少赚点也算了。每做成一块钱生意,我把菜倒进塑料袋,把小纸篮倒着放在地上,别叫顾客看出纸篮外面看来深里面却浅,顾客走了又用菜盖住。又后悔没心再黑点把夹层再做厚点,可节省点菜。到中午菜还没有卖掉四分之一,我对赵文斌说:"生意不行呢,三点半我就得走了。"他说:"要等到下午,人下了班都来买菜了。"我说:"这个钱看样子赚不成了,还不如洗碗,一小时七块钱是稳有的。"一个推着小铲车的人过来,问:"这筐扁豆都跟你要了多少钱?"我猜是餐馆里的人要货的,说:"我早上二十块钱一筐进的,不信你问那个老太太,她也进了。才卖掉一点,你要做十八块钱拿去。"他说:"你跟谁说话呢?我天天在这里拿菜的。二十块?不跟你计较,十五块。"我说:"成交。"他付了钱,一铲,连筐推了,又把小篮中的扁豆也倒进筐去。我说:"这么厉害,我清早站到现在,让我赚一篮自己吃也不行。"

思文从多大下课回来,远远地看了我,笑着。我向她招手大声喊道:"过来呀!"她慢慢溜过来,我说:"脚上又没长鸡眼,走快点不行!"她走到我面前弯了腰去看那些菜,轻声问:"赚了吧?"我说:"赚了。"又高声说:"西红柿你老摸它干什么,你又不是买菜的。"她站起来轻声问:"要送饭吗?"我说:"今天不要你送,带了牛奶面包,水果是现成的。"摸了一个西红柿在衣服上擦擦咬一口。又拿一个大的递过去说:"你也吃一个。"她说:"现在不想吃。"却也接在手里。我装一袋西红柿给她说:"拿回去吃。"她接了,还站在那里。我说:"你快去,等下会有熟人来了。"她走了我冲着她的背影高声喊:"西红柿回去就吃了它!"她没听见似的一直去了。

快到三点半,西红柿还剩了半筐。我对赵文斌说:"今天站了七八个小时,赚了十几块钱,还有这点西红柿。明天懒得来了。你帮个忙,带点回去吃。"我说着装一袋给他。他要给我钱,我说:"干什么呢,嫌不好你就丢了。能吃你别丢,也是劳动人民种出来的。"我把筐放到单车后面,手扶了推着回去。到家里思文说:"赚了多少?"我说:"有四十几块钱吧,还没清。"又指了西红柿说:"你大量吃,营养好。"她拿起一个洗了吃,说:"还赚了吃,好吃。"那几天我总催她吃,最后她发脾气说:"还叫我吃,还叫我吃!我都吃得拉肚子了。今天上午课上到一半就跑去厕所,好难堪,我还没怪你呢。"其实这几天我自己吃得想吐,从冰箱里拿出来用塑料袋装了几袋,丢到垃圾桶里,心想:"一辈子看到西红柿都怕了。"

43

　　思文说想买一条金项链,已经和别人在街上看好了式样,一百八十块钱,约好了明天一起去买。还没等我说话她又说:"知道你会不同意,反正我决定好了要买,不用你的钱。"我说:"下次托人到香港去买,纯金的,还不要交税。葛老板的太太都是到香港去买的项链手链。"她说:"我已经跟别人说好了,一人一根。这次不跟你要钱,纽芬兰大学退了二百多块钱的学费寄给我,我用那点钱买。"第二天她戴了金项链回来,我在她脖子上看了说:"一根这样的东西,还不是纯金的,花了两百多块钱,天下偏有这么傻的人,怪不得有人成了百万富翁。你用钱真的是乱用一气!"她说:"钱反正是给人用的。"我说:"我们的钱来得容易?血汗还不说,一副脸也搭进去了。赵教授叫你 work hard(努力工作),你搞到半夜不敢睡觉,我在雪里骑车送豆芽,你都不记得了!为这点钱没少苦,没少哭,没少闹。你这样用法我心都扯扯的疼。"她生气起来说:"高力伟,你管钱我太不自由了,用一分钱你也要吵要心疼,像杀你一刀!以后还是各管各的钱,你又不肯。"我说:"你是想分家了,那也可以,你自己去立个户头。"她说:"把钱分出来,你会舍得?"我说:"舍不得?你这样乱用一气,我还难得着急。"

　　把存折拿出来,算好了,两万一千块钱,也不管谁挣得多挣得少,一人一半。我说:"你开了户,把钱转到你账上去。这条金项链我不同意你还是买了,算你的钱。"她说:"别人就算离了婚,买条金项链给他太太也不算什么,你分得好清。"我说:"我有言在先你还要买,那我就要这样,我是有言在先的。我的话你当它是个屁!屁还听到'嘭'的那一声响呢。"分了钱又说好房租食物每人一月轮流负担。

这样不自觉地我们向分手的方向跨了实质性一步。思文很快察觉了这一点，说："看样子我们分手是分定了的。"我说："你这么想？"她说："做都做了，还用想？"

思文在多大读了两个月，有天突然说："高力伟，这个博士我不想读了，我想退学。"我说："别人会说你是疯子呢，送奖学金给你读博士，世界上再到哪里去找这样的事，也就是加拿大啦。"她说："我也不跟你吵，你自己去想，博士要读四五年，读出来还找不到工作，谁会要我这个黄种人的文科博士？学这门的白人博士失业的提起来都是一串，白白耽误了几年时间。"我觉得她说得也有理，但还是说："抓摸到了个博士在手里又退掉，怎么想也想不通。"她说："可以移民了，不读书也可以留在这里，放弃博士的有好多个。"我说："怎么想也想不通。"她说："这件事就不要再讨论了，我已经都决定了。我自己对自己负责，不会后悔。"我说："你又用这种口气和我说话！"我撇了嘴学她的声音说："这件事就不要讨论了。"她说："你这样固执我没有办法，答应了改百分之五十，连百分之一都没改，我只有来干脆的，节省口水。"我说："干脆也好，要干脆就再干脆点，这样要干脆又不干脆的，太不干脆了，干脆！"她说："干脆就干脆，你吓谁呢，当我那么怕干脆！你以为自己是个宝吧，别人捡了不舍得放手。"我说："干脆就干脆干脆了，拖泥带水，一点也不干脆！"她说："好，你这样说了，我会放你一条生路，成全了你和那个人。"

第二天她从学校回来，已经办了退学手续，告诉我那两千九百块钱奖学金要退回去。我还没想到这件事，急了说："这学期都过了一半多了，再坚持一个月，到了圣诞节，就不用退了。"她说："学都退了，我开始也没想到。"我说："已经过了一半，只退一半行不？"她说："这我还没想到要去问？问了不行。"我说："人民币就是一万多块钱呢，一万块是多少你跳回到国内想一想！"她说："十万块也没办法，这是规定。"我说："再想想办法，总不能说给就给了。"她说："你以为这里也可以找熟人想办法？人家按规定办事。"我说："那五百块钱学费呢，那应该退给你。"她说："那没有退，学是你自己要退的。"我说："太惨了太惨了！"第二天她催我开张一千四百五十块的支票给她，她再开张支票给学校去。我说："干脆不给他们钱，再拼命赚几个月，回去算了。他们又到哪里去抓你！"她轻笑一声说："人家是法治社会，那一套嬉皮笑脸的不灵，我还得在这里往下混呢。"我说："那也不能说退就退了！"她说："这件事就这样定了。你这样的人，只能引起别人的三种感情。"我马上说："第一是喜欢，第二是不喜欢，第三是半喜欢半不喜欢。"她说："第一是烦躁，第二是愤怒，第三是绝望。"我说："像我这样的人还能引起别人三种感情，我没想到过自己有这么伟大。"说着我晃着头，"没想到，真没想到。"

这个周末思文在《太阳报》上查到有个地方拍卖有桌子买，要我去运桌子回来。两人骑车去了。骑到半路，我又提起奖学金的事来，说："你再到研究生院去问问，学期过了一多半了，钱应该只退一半，万一可以只退一半呢？"她说："你别提这件事了好吗？"我说："支票开出去就收不回了，你再去问一次，找院长，寻官不到秀才在，又不掉你什么。"她说："我脸皮没那么厚呢，问过了又问，再问一百次，还是要退。"我说："再试一次……"她打断我的话说："你还说，你还说，畜生，王八，贼！"我大吃一惊说："你是骂我？！"她说："那还骂谁！别人响鼓不用重敲。这么难说话的人，还有什么别的办法没有，你自己说！"我说："骂得好，骂得好，骂得太好了！骂了帮我下决心。我们俩没希望了，早就要下决心了。离婚，唯一的出路就是离婚。"她说："离就离，怕你吧！"我说："说了不要反口。"她说："反口就不是人，跟你这样固执的人在一起短阳寿。"我掉转车把说："懒得去了，买什么桌子！"骑车回去了。

过一会儿她回来了,带了张折叠式的小桌子,砰砰地提上楼来。我躺在床上不理她,她也不理我,到厨房里去做饭。做好了她端进来说:"饭熟了啊。"我还是不动。她自己吃起来说:"想离婚就离,吃了饭再离也不迟,吃饭前要离也来不及了。"

对于思文,我已经没有那份感情,我尽责任维持着现在的局面。如果说舒明明在我们之间起了什么作用,那更多的是给了我一种启发,使我非常清楚地意识到,像思文这样的女性,是不适合我的。在国内我还没有太多感觉,但到了这边,我痛切地感到这一点,而且也特别不能忍受。我们之间的裂痕越来越宽,难以掩盖。她并没有错,环境也不允许她像我所希望的那样去生活;我也不以为自己错了,我不能去强迫自己的心灵感受。两个人都认为自己没有错,矛盾就更难调和。我已经在心中将思文和舒明明反复作了比较,我可以说出思文的更多优越之处,但感情还是倾向于另一方。人没有办法在感受上强迫自己欺骗自己,在这里没有更多的道理可讲。虽然我和舒明明之间已经了结,但那种形象作为一个模糊的影子在我心中遥遥召唤,这种召唤使我对思文越来越失望也越来越难以忍受。但要我把"离婚"这两个字说出口又是那样困难。我并不担心自己,我在这里毫无自信,却知道回国了自信能够恢复。我担心的是思文,让她一个人留在这遥远的地方,我心中不忍,不知道会有怎样的命运等待着她,搞得不好就误她一辈子。三十多岁的男人和三十多岁的女人毕竟不是一回事,上帝造人的时候就没有特别公平。对这种差异洞若观火的理解,使我怀着不忍的心情等待着,希望思文理解到暂时的优越并不是那么可靠。可是,直到现在事情并没有一点转机,反而一步一步往坏的方面滑下去。她今天这样骂我,使我良心上解脱了,有力量推动婚姻解体的进程。我在内心有一种解放的感觉,既然她把事情做到了这一步,我那种恻隐之心也就再没有必要那么强烈。提到离婚的时候她那么自信,我在心里还感到了一种轻松，也许，她完全有把握面对以后的生活，而我的忧虑是完全不必要的。

　　以后几天很平静，事情好像是在嘴里那么说说就过去了。思文每天跑出去找工作，先找了一份银行职员的工作，做了几天说："不行，不是学金融的在银行会站一辈子柜台，学专业的都提不上去，哪里会轮到我。"我说："那么多白人小姐，漂漂亮亮光光鲜鲜一个个，站也站了，你的心性比她们还高些。"她说："那样我还不如回国去。"又看了房地产公司的招聘广告，去约见了回来说："我这辈子就干这一行了。"过几天又说："不行，那些做了几年的经纪人几个月还做不成一笔生意，我吃什么？"我说："才搞几天又放弃了。房地产三年不开张，开张吃三年。"她说："我没那么好的耐心。"接着又到化妆品公司、保险公司当推销员，都只搞了几天就没有做下去，回来总结说："拿佣金的事做不得，哪里推销得动。"我说："条条蛇都咬人！加拿大会有好机会轮到你？它自己的人又不傻！"她说："看起来还是要读书，不读书到处只有壁碰。"这一次她打算重读研究生，学应用型的专业。她四处打听好找工作的专业，考虑了护士、会计、统计、档案几个专业，最后决定申请多伦多大学档案专业的硕士研究生。

44

　　我经常感到冥冥中有种什么力量和自己作对，不然为什么总是碰壁，找份洗碗的工作也这么难，卖小菜也赚不到钱。还有一次在报上看到一家医院招厨师的广告，十三块钱一小时，我去约见了，自我感觉还不错，以为会有点希望。出来了在心里问自己，如果得到这份工作能稳定，还回国去不呢？这样想着心中就"咚咚"地跳，似乎马上就面临着重大选择。等了几天也没有消息，我每天上午不敢出门，怕错过了通知的电话，最后忍不住打电话去问，回答是已经录用了其他人。多次失望以后我也不敢再抱希望，甚至在事前就会本能地预想结果一定与自己所希望的相反，没达到目的正是证实了自己的预想。怀有这样的想法我就不太焦灼，心平气和地面对每一次失败。我渐渐接受了这样一个事实，认定洗碗这份工作是多伦多给我作出的恰当安排，是我在这个社会结构中的位置。在一个凭实力生存的社会里，我的实力仅仅是还有一把子气力。我服了气，对某种好的转机不再抱有幻想。

出乎意料，我竟小小地走了一次运。

这天中午思文吃饭的时候随手翻着《星岛日报》，翻到一页说："这里招厨师，你去试试。"我吃着饭没有留意。招厨师的广告天天有，但有本领的人太多太多，哪又会轮到我。她见我没有反应，就翻过去了。吃了饭我躺到床上拿了报纸来看，先看了新闻，又翻到招聘那一版看了，思文说："招人的广告看了没有？"我说："看了，天天都差不多。我技术又不过硬，试也白试。"她说："不是那一页，是一家外国人办的公司，招中国厨师。"我一听高兴了，凭我的手艺，在唐人街餐馆做不行，外国人办的公司也许还能混过去。我翻到广告，是一家由香港老板投资，委托外国人办的中式快餐连锁店，叫做 Ho Lee Chow，一下就要招进几十个人。我铺开地图查到地址，就骑车去了。

这是一家送餐公司，没有餐厅，顾客打电话订餐，做好了由司机送上门去。公司六家分店前几天一起开张，正缺人手。接见我的是个姓王的总厨，会说普通话，几家分店的厨务由他总管。他问我申请什么位子，我说："炒锅。"他说："做过几年？"我说："才做过四年多，在加拿大做了差不多两年了，要不现在就试试。"他说："相信你了。炒锅位子没有了,做油炉你来不来。"我说:"对不起,我想知道油炉多少人工一个钟点呢?"他告诉我是九块钱,我说:"来。"又说:"不过我做炒锅比较熟一些,王先生今天一定帮我个忙把我分到炒锅位子上去。"他说:"以后看机会,我记着点。"我站起来点头笑着。他指头点一点示意我坐下,说:"有工作证没有?这不是唐人街的餐馆,打黑工也可以。"我说有工作证,他要我复印一份,又要我把开户银行支票账号也带来,钱直接付到账号上去,公司只发一张工资单。他问:"今天能不能做,能做就去换衣服。"我说:"明天来可以吗?我今天还要到另一家餐厅去把那边厨师辞了。"他说:"那明天不来就当你不会来了。"走的时候我怯生生问一问:"人工多久发一次?"他说:"每周划到你的账号上。"我对他半是点头半是鞠躬,说:"那我明天到哪家分店?"他说:"先到这里培训几天。就这样了。"

这么轻易地,一个月就可以多挣几百块钱,我心里高兴透了。出了门我走在马路上,跳起来向空中捞抓几把,像是抓到了钱,塞到口袋中去,口里发出"啧啧"的声音。骑上单车又夸张地想象着自己刚才那副低眉顺眼的神态,把那种神态在心中仔细描摹,描得活灵活现自己也忍不住笑了,在心里假装对自己生了气说:"你呢,男子汉呢,做了那副样子羞不羞呢?"于是在心里对自己挤着眼睛扮着鬼脸笑。又叹口气,嘴嚅动着对自己说:"又装了一回孙子。"一年多来我总是在装孙子,这样别人看着顺眼,在心里肯定了他自己,想着自己是决定他人命运的人物,也许就给我一份工作。我也想做出不卑不亢的样子,更想做出很神气的样子,可我有求于人底气不足,想做也不能够,万一人家看着你有点不对眼,机会就完了。我不断地做出低眉顺眼的神态,我要让人家看着高兴,人穷了首先要向钱看,讲不起志气。无论如何,我总算找到了一份还过得去的差使,每小时的收入比纽芬兰多了一倍呢。这是真的,这是实在的,为了这真的实在的玩意儿我得委屈了自己。我还不太敢相信这样的好事会这样轻易地落到自己头上，太多的痛苦经验和失望经历使我对希望抱着极深的怀疑。也许明天我去了，他一个"Sorry"，我又完了。我心中计算着如果拿到了这份工作，再想办法爬到炒锅位子上去，有更多的收入。为了钱这东西，我得把内心那种倔强的反抗冲动打下去。想到这是对命运的暂时妥协，是不得已的权宜之计，我的心中轻松了一点。在这个不属于我的世界里，倔强赌气除了证明自己的不成熟再没有其他意义。我也想带着优越的谦虚微笑潇洒地走几个来回，可这得有实力，但是我没有。我心里明白，我服了气。这样想着我又想到思文。要我以这样的心情对待她，我却做不到。我也明白一个男人在家庭中的位置并不是由他是一个男人决定的，那种非常现实的东西在大多数情况下起着决定性作用，不幸我也没逃脱这个大多数的范围。但无论如何我不能从感情上接受这种事实。有时候我对自己的固执作出反省的时候，又马上有一种内心冲动对这种反省作出本能的否定。我甚至觉得自己是在捍卫着一种关于爱情的信念，爱情不能随着环境的改变而改变，改变了就不再是爱情，不是爱情就不必那样执着。我可以承认所有的现实，承认自己的无能，承认自己不配有一份像样的工作，承认自己赖以生存的唯一基础就是吃了饭有一把力气，这是我自己的问题，我没有什么可抱怨的。可是我不能因为自己的不成功就在家里畏畏缩缩。我可以在所有的方面压抑着自己以屈求伸，只有在思文那里不行。我和思文已经互相等待了这么长的时间，谁也不愿向妥协的方向迈出实质性的一步。不进则退，退到如今想进也难了。说真的，时至今日，我还担心她会向前迈出这一步呢，那样我将会进退两难。

第二天我骑车去上班，路很远，骑了四十分钟才骑到。这家店的店号是NO.1（第一号），老板雄心勃勃想扩展到五百家，覆盖整个北美。工作出乎意料的轻松，也很简单，没想到加拿大也有这么容易赚钱的地方。生意并不怎么好，没事做了大家就凑在一起说闲话，总厨王先生看了也不管。白人总经理来了，头厨朝大家使个眼色，有人拿起刀切菜，有人拿块抹布四处擦擦。等总经理一走，头厨说："够了够了，菜切那么多会坏。"每人拿样东西在手里，慢吞吞做点什么，一边闲聊。老板远在香港，他的钱没有谁替他那么关心。这样干了一个星期，工资单发下来刨去税是三百多块。我问那两个做炒锅的钱有多少，他们支支吾吾不肯说，我也不好再问，看那神态是多了不少。心想，说一下又有什么关系，又不要你的钱，人怎么这么坏。这样我越发想去做炒锅。有空了我过去帮他们配菜，他们总是阻拦了我说："不辛苦你，我自己来。"我冷眼看去，他们那一套也不怎么玄奥，我有把握做得下来。过去帮忙的次数多了，他们说："做好那边的事就可以了，这事该我们这边的人做。"我说："看你们忙，闲着过来帮一下，都是餐馆几个人嘛。"他们说："做好自己的事就可以了，闲了就闲着，谢谢你，这边还不用帮忙，真要你帮忙了我们也不会客气。"我心想："你这一套有什么呢，还封得住我吗？"却也不好意思再过去。有时总厨来了，我找机会偷偷对他说："王先生帮个忙调我炒菜去吧，去哪家店也可以。"他说："看机会啦，看机会啦。"我说："王先生，我来加拿大这么久了，难得碰到一个你这么好的人，肯帮忙，这么好的人世上少有。"他很高兴说："知道了，你先做好手里的事。"

干活轻松，精力还过剩，我又在一个韩国女人开的一家小餐馆找了一份半职的工作，吸尘、洗碗、切菜，每天上午十点半到下午两点半，三点钟再到 Ho Lee Chow 上班。收入多了，心情也好了一点，到底天无绝人之路。

45

多伦多大学有两幢宿舍在央街上，专门提供给那些带了家属的研究生。那里交通方便，租金便宜，申请的人很多，一般要等一年才能轮到。历史系有个天津来的博士轮到了，他和太太住在一个孤老太太家中，不要租金，可又不想让机会轮空了，就把租住权偷偷转给思文。那房子在十八层楼上，一室一厅，比我们现在住的大一倍多，有独立的厨房厕所，租金却也差不多，这样的机会被思文找到了，我不能不承认她的能干。

那时我和思文的关系正处于冰点。我每天上午出去深夜回来，一天说不了几句话，说几句也是例行公事似的。搬家那天早上，思文见我也不收拾东西，也不说走，问我："我的东西收好了，下午有人开车搬走，你搬不搬？"我正在犹豫中，希望她来求我，又怕她来求我，听她这样一说，我随口说："你先搬走，我再说吧。"她说："你不搬就算了，我是叫了你的。"我说："这些话就多余了点，又没谁叫你负什么责任。"我在心里猜测着她这些话是不是说给自己听的，也许她并不想要我搬去，这样她就在心里对自己推卸了责任。又想，也许她还是想要我搬去，又不好直说。还没想清楚我说："电视机录像机你都拿走，我不要，我拿着还是个负担，电话机你也拿走，我没有人要打电话。"

深夜我干活回来，她已经搬走了。我站在房子中间，有一种异样的陌生的感觉，自己已经被世界彻底遗忘，没有人再需要我了。我又想象着隔壁那对男女会怎样在心里窃笑，关了门乐得在床上打滚，在楼道里碰了面把那种幸灾乐祸的微笑传递过来。熄了灯我靠在床上默然凝神，一个家就散掉了，这样轻易这样平静，使人根本体会不到这件事对一个人的重大意义。我有点怅然，却并不悲伤，也没有那种曾

在心中期盼过的解脱的兴奋。苦涩的孤寂的生活正在我眼前展开，我必须咬紧了牙坚持下去。我想起自己曾定了五万块钱的目标，这一瞬间这个目标成为神圣的召唤。我在心里对自己说，不能沮丧，退一步我就完蛋了。这个世界上并没有一种力量如父母的慈爱关注着你，悲哀和眼泪都毫无意义。这样想着，眼眶中就有泪水涌了出来。我在黑暗中睁圆了眼睛，竭力控制着不让它流下来。僵持了几秒钟，一行泪从面颊上流过，接着又是一行。我大声对自己说："干什么呢，干什么呢，都几十岁了。"说着抽出枕头，双手抓着从额头往下一抹，"嘿嘿"地干笑两声，骂一句"不争气的东西"，似乎想也没想，举手打了自己一个耳光。清脆的响声被黑暗的四壁吸收了去，接下来又是一片沉寂。我害怕这种寂静，感到寂静中有一种力量从四方沉沉地压下来。我对着黑暗吹了一声极长的口哨，"嘘"的声音在房中浮漾。又深深吸口气，尽可能更长地不停顿地吹着，那一丝声音带着悦耳的尖锐。莫名其妙地，顺着口哨的声调，我在一口气就快要吹完的时候，吹起了那首歌，"你问我何时归故里，我也轻声问自己……"后面的词记不起来，把曲调一直吹下去。声音在夜里特别响亮，我忽然想起如果被隔壁听见，明天会到房东那里去诉苦，于是用毯子蒙了头，在毯子里使劲地吹，终于，吹得口干了，戛然而止，头颓然地一偏。

在要睡着的那一瞬突然惊醒了，就再也睡不着。我看着腕上的表，已凌晨两点。计算着明天上午十点出去工作，还有时间，就爬了起来，摸了衣服穿上，到厨房冰箱里提了壶喝几口冷牛奶，摸黑下楼开了门，朝唐人街走去。路上积水的地方刚刚结了冰，踩上去发出断裂的轻响。上弦月像被冻住了一样弯在无云的天幕上，星星隐隐约约地闪闪烁烁。一阵寒风吹来，几片落叶擦着我的脸掉下去，带来一点微疼的感觉。唐人街上霓虹灯的招牌和广告还亮着。街上没有几个人，有一两家小酒家还在营业，里面的人映在窗帘上影影绰绰的。又不知从哪个角落传来几声粤语的骂人声。永远游荡的印第安人在黑暗的街角晃动着身影，他们无家可归也不想归家。我从士巴丹拿街拐到登打士街，在街角停了，看道明银行橱窗里的利率表，又漠然向前走。这座巨大的城市离我非常遥远，对它我感到疏远，我无法摆脱那种漂泊旅人的感觉。我深深感到哪怕在这里再待更长的时间，也仍然找不到心灵的归宿，哪怕有朝一日真的发了财，也不会感到幸福。所有的人对我来说都是路人，我成功也好，失败也好，与他们都没有关系。他们看得起也好，看不起也好，与我也没有关系。我内心没有向社会证明什么的冲动，钱是我与这个社会的唯一联系。这个社会并不需要我，在这里没有什么人需要我，连思文也不需要我，我被遗弃了。一直走到央街，我看见一些妓女穿着短裙，在等公共汽车的玻璃亭中避风，又有几个穿着长袜毛大衣在冷风中徘徊，向偶尔驶过的小车招手。我忽然觉得对她们不能骂一句"卑鄙"就总结了一切，她们也挺可怜的。我怕惹麻烦不敢走过去，就往回走。看见银行区一幢幢一百多层高的大楼在黑夜中通明透亮，向人们夸耀着它的自信与骄傲。我想象着自己由于某种莫名其妙的原因忽然成了某幢大楼的老板，每天进出大楼时，白人小姐毕恭毕敬地拉开大门，我也不望她们一眼，在内心高傲地一笑。到了办公室不断有人进来请示，我以一种优雅的从容一个个打发走了。又掏出烟来，秘书小姐马上给我点着了。我吐着烟雾，靠在安乐椅上，思考着怎么到中国去投资，寻找自己需要的那一种感觉。正想着眼前一个人影一晃，我吓了一跳，倒退了一步，原来是个露宿街头的讨乞者，是个印第安人。我摸出一块钱硬币塞给他，匆匆走开。又想起自己在这么冷的天还舍不得花一块钱坐地铁去上班，骑车跑那么远。从明天起我不能省这点钱了，我自己也是个人，对人我不能那么刻薄。在深夜里我游荡了一个多小时，冻得受不了，一路小跑回到那空寂的小屋里。

第二天去一号店上班,总厨说:"调你去五号店,今天就去。"我说:"是做炒锅吧?"他说:"去就知道了。到那里找阿来,他是头厨,看他怎么安排你。"我又转了地铁到五号店去,找了阿来,是一个戴眼镜的中年人。他问我:"你会炒菜?"我说:"我都做了好几年了,王先生说调我到这里当炒锅。"他问:"过来几年了?"我说:"五年,在纽芬兰我当了三年多厨师。"他说:"You are lucky(你很幸运),来五年就当了三年厨师,当年我从香港过这边来,餐馆里做了三年还没摸到锅边呢。"又说:"今天我看你做大厨,楼下换衣服。"我在计时器上打了工卡,到地下室换了衣服,又掏出菜单飞快地目留了一遍,幸而这几天每天看了几眼,也差不多背熟了。又想象着炒菜的动作,手动了几下。两个多月没做,手明显有点生了。到了五点钟,订单从传真机中不断出来,生意比一号店要繁忙得多。阿来在后面配菜,我和叫阿长的厨师在前面炒。头几份菜阿来看了一下,下面就让我去做了。这一站就是五个小时不动,上厕所的时间都没有。几个送餐的司机和包装的小姐也手脚不停。我很兴奋,总算站到炒锅的位子上来了。渐渐地有点坚持不住,手再挥不动菜勺。好容易坚持到十点,菜单都做完了。阿来说:"高先生,今天你做晚饭。"我应了,担心着做不好叫别人笑话。我选自己最拿手的,做了一个豉汁排骨,一个油泡豆腐,大家吃了没人说好倒也没人说不好。吃饭的时候,做油炉的阿唐问我原来是干什么的,我说:"教小学。"不知怎么我就说不出口自己教大学。他又问我教哪一科,我说:"教语文。"他说:"那你文章写得好。"我说:"几句话还是写得通的。"他又问我念过大学没有,我说:"也念过一下。"他叹气说:"念过大学怎么不去读书,在厨房里做有什么出息。"吃着饭阿来又指着周围的人说:"这里的人都是内地制造,只有我和阿唐香港制造。"说着很得意的样子。我在想象中踹了他一脚,在心里骂:"都是几个蒙黄皮的人,还要分成几等,怎么就这么操蛋!"

阿唐很快跟我亲近起来，他把我当作知识分子。他五十来岁，头发花白了。十多年前当海员从香港来加拿大，跳了船再不愿离开，至今单身一人。熟了我问他怎么不找一个人，他说："要有钱，没有钱谁跟你，这是肯定的。有钱就有了一切，西方社会就是这样。"我说："你有加拿大护照，到国内找一个带她过来，容易找。"他说："找一个容易，过来她又跑掉了。"我说："跑了再找一个，你有加拿大身份，享不完的艳福。"他说："找那个麻烦？办一个移民要花很多钱，要等好久。"我说："生个儿子也好，生个儿子她跑掉就算了。"他笑了说："她带着孩子跑了还好，留给我那不得了，还是个负担。"他双手一摊一摊的，"我拿着怎么办？"我说："你是单身贵族。"他说："单身是的，贵族就不是，贵族会跟你站到这里？"他又告诉我，前几年还找找妓女，现在也没兴趣了。我见他说得这么轻巧，倒吃了一惊说："你倒是坦率。"他说："这没有关系的，别人知道了也不会说你，你花了钱嘛。"他又问我看过 table dancing（脱衣舞）没有，我说："不敢进去。"他说："那怕什么，又不是不付钱。下次陪你去，你请客就好了。政府都批准的，你还怕！"我说："看一次很贵吧？"他说："便宜！看也不要钱，买杯饮料慢慢喝，老板就赚饮料的钱。"我犹豫着，迟迟疑疑不作声。阿唐说："舍不得钱我请客好了，我请你十几块钱也没什么。"我说："下次跟你去见识见识。"见识见识，我为自己找了一个很好的理由。

46

那家小餐馆的韩国老板娘的勤奋令我吃惊。她从上午十点到凌晨一点工作，天天如此。她独自带着两个儿子生活，开这家小店九年来，没有出去玩过，有很多年都没去过湖边了。还是在七年前她因为办移民的事情离开多伦多到渥太华去过一天。她跟我说这样的生活没有意思，非常可怕，好在已经习惯了。又说："To make money, no choice.（为了钱，别无选择。）"我本来还闪闪烁烁地想过，有机会了是不是自己办一家小餐馆，听了这话不敢再去想，在心中承认了自己不是吃这棵菜的虫。有一次她应付一百零五块钱给我，却付了一百五十块，我想她算账可能会算出来，就把多的钱退给她。她收了钱，从裤袋中掏出一沓钱夹到一起，又夸我说："You are honest.（你很诚实。）"我当时就意识到这钱不退也可以，在心里后了悔，暗暗跺脚骂了自己几句。

这天我从小餐馆干活回来，到唐人街买了《星岛日报》，准备另找房子。我不能一个人住四百块钱一间的房子，再过几天这房子就到期了，多住一天也要交一月的钱。我必须尽快找到一间便宜的房子。我找到了一间小房子，二百四十块钱一个月。我交了二十块钱的押金，说好三天后搬来。房东给了我一张收据。现在每个星期我只有两个半天的休息时间，在 Ho Lee Chow 休息的那两天，我也得去小店干半天。这两个半天对我显得珍贵，我可以喘口气，心中早早就计划着这时间能干点什么，好几次我想放弃了小餐馆的工作，又想起挣钱的机会实在来之不易。每天上午九点钟我拖着疲惫的身子出门，心中好像赴刑场似的，向往着晚上快点到来，一直到深夜才回家。这种紧张有个附加的好处，可以让人没有精力去想那么多。晚上回来经常是澡也没有气力去洗，身体往床上一躺就睡去，睁开眼睛又得动身了。想起韩国女人来加拿大十多年了，一年到头也是这样生活，我心里又有了一点勇气。钱是这种可怕生活的唯一补偿。劳累是可怕的，但没有钱的可怕比劳累的可怕还更可怕些。所以可怕了你还得迎着那可怕走过去，不能怕那个可怕，你觉得可怕很可怕那就更可怕了。在这里有钱的人什么都是，没有钱的人什么都不是，对这种现实你除了接受之外，根本无法去讲道理,根本没有讨价还价的余地。出国之前,我没想过钱这东西还能够这样有力地支配了自己,那时从心底我还有点看不起钱呢,觉得俗气,但眼下我不能有别的选择。想到这一点,我打了个寒战,全身马上泛出鸡皮疙瘩,摸着胳膊上的疙瘩我警告自己,钱毕竟是身外之物,如果它以一种莫名其妙的力量使我把这种日子无穷无尽地过下去,那我就完了,就把生命变成了追求数字的游戏。心中能有这么一点反抗意识,我觉得自己还是个正常人,还不像那老板娘从人格上已经完全被钱同化。我又想到自己定的五万加元的目标太高,还有太长的路要走。按目前的速度还要差不多两年,想到这点我感到绝望的痛苦。好多次我在心里跟自己抗争,想推翻这个目标都没有成功,才知道人原来最容易被自己禁锢。

在我要搬家的前一天晚上,我在餐馆干活,经理说有电话找我。这太奇怪了,在这个城市还会有人打电话给我?五号店的电话号码连我自己都没有注意过呢。我拿起电话说一声"哈啰",那边传来思文的声音:"今天晚上你回到这边来好吗?我已经把你的东西都运过来了。"她说着轻轻笑一声:"没跟你商量,你不会有什么想法吧?"我说:"又不早说,我房子都找好了,押金也交了。"她马上说:"那我叫部出租车把你的箱子毯子送回去。"我说:"那算了,你告诉我住在几号。"

接了这个电话我没有高兴也没有不高兴。下了班我在央街地铁站下了车,心想,这个位置好,每天上下班也不必转车。我没有开楼下大门的钥匙,进不去那玻璃大门。在通话器上找思文的名字也找不到。我等急了胡乱按了一个按钮,上面有人问我找谁,我说:"Please open the door for me.I forgot to take the key.(请帮忙我开门,我忘带钥匙了。)"那个男人说:"Fuck you! Don't you know the time?(操你妈的!不知道什么时候了吗?)"我这才记起已经快一点钟,把别人吵醒了。已经吵醒了一个，就不要吵醒第二个了，我总得进去。至少我也得让这个骂人的人不得安宁，逼着他在上面按了按钮替我开门。我又按了那个按钮，那个人骂了一下不再理我。我不停地按，再也没有回应。我想："反正我没事，对不起我就这么按下去了，吵着了你是你活该，谁叫你骂人。"正一下一下按得来劲，电梯响了。我想可能是那人下来骂人了，赶忙坐到一边假装打瞌睡，想着他要是问我，我就说刚才有个人在按那些按钮，又走了。正低了头笑呢，有个声音叫"高力伟"，是思文。我说："我都准备在这里过夜了。"她说："等了多久？"我说："反正这段时间如果在赚钱够买一袋米了。"又问通话器上为什么没有她的名字。她说："我是顶别人的名字住进来的，你忘啦？"在电梯里她望着我笑一笑，我也望着她笑一笑，都不提那件事。到十八楼进了屋子，我说："你好好过啊，一个人住这一套！"这房子的确很好，木板地，有五十多个平方。她说："所以我把你喊来。"我说："至少每个月可以省几百块钱房租。"她说："我没有这样想。"我说："你是想起我一个人太可怜了。"她说："你知道就好。"我说："谢谢你还记得我，我没有料到自己这样一个人还值得别人记起。"

好像什么事也没发生，我们又住到了一起，关系却还是平平淡淡，没有争吵，也没有那份情绪。要是自己是一个挺拔的形象，我就会有那一份宽容一份大度，而不会这么狭隘这么固执。我落到靠偏执来维护内心那一份骄傲的地步了。明白了这一点我还是不愿放弃，我等待着思文彻底妥协。

思文没有收入，我主动提出房租伙食全都归我承担。她说："那就先欠了你的，记下每个月多少。"我说："我高力伟再没有志气再舍不得钱，也不至于就要跟你来算这个细账，男子汉气概的牛皮吹不起，也不至于那么小人吧。"

47

圣诞节快到了,街上渐渐有了节日的气象。雪早就覆盖了世界,总是有人买了圣诞树在雪地上走。这天我休息,中午从小餐馆回来就在街上闲逛,准备到唐人街去买点菜。快到唐人街我碰见了孙则虎,他从马路那边叫住了我。他原来在北京当编辑,过来有两年了,他太太是我的老乡,前两个月在移民局偶然碰上的。那天我和思文说家乡话,被他太太听见,就认识了。他提了菜横过来,问:"这会儿去哪?"我说:"闲了乱走。"他说:"去我家吃晚饭,赏不赏脸?"我说:"我又不是百万富翁,等我明年成百万富翁了你再说赏不赏脸的话。"他说:"那这就走,到我家我给你太太打电话请罪。"我们俩进了地铁。坐了几站,下了车,站在电梯上往上去,那边上车的人从电梯下来。天色已经有点昏暗,人们踩着的雪在地铁站里化了,到处都有点潮湿。孙则虎说:"老高,这个世界真他妈的奇怪,就在这一瞬间,有多少人不在赚钱,又有多少人不在做爱!世界你就不能细想,人也不能细想,越想就越奇怪。"我笑了说:"孙则虎这个人也不能细想,怎么这一块肉还套了布在外面晃来晃去的,乘地铁还要这块肉买票。"

他家住在一幢高楼的二十一楼。上了楼他说:"你先进去说找我,气她一下。"他躲在后面,我敲了门,他太太袁小圆开了门,我说:"孙则虎呢,我找他有事!"她说:"他走四方去了,算起来现在已经走了两方,还有两方到吃饭的时候就走完回来了。"我说:"他总是很忙,大家都很忙。"她说:"忙呢,你信他的!别人忙还忙了几个钱回来,他忙钱毛都没有捞着一根。"我说:"这么能干的丈夫你还不满意,要他像我你一定要吵离婚了。"孙则虎提了菜进来,说:"老高来了!"我说:"两方这么快就走完了!神行太保啊!这种速度一天走八方也没关系。"袁小圆直笑,说:"他找你有事!"我说:"别的事没有,蹭一顿吃。孙太太厨艺早就如雷贯耳,都听老孙吹多少次了,我就不信!"她笑得脸上开了花说:"听他瞎掰。"

做着菜袁小圆说:"圣诞节请你和林思文两个来,来不来?"我说:"那还要请示她,说不定她还有别的什么安排,她在外面朋友多些。"孙则虎说:"不肯赏脸?"我说:"老孙,明年我一定要成百万富翁才对得起你这句话,我先把梦做在这里。"他说:"愿你美梦成真,说不定我也沾点光。"我说:"要找得到一个孤老太太孤老头子,小心侍候几年,他走了房子存款都有了。小说上老是有的,我又碰不到!"孙太太说:"小心侍候着他,心里又恨不得他死!拖着老也不死,心里烦着都有下药的冲动了!"老孙说:"还有个办法,可惜我们没机会了。要是没结婚,找一个嫁不脱的丑女,她家里还不陪送一套房子。"我说:"那晚上怎么睡得着,还不做整夜的噩梦,那不是存心坑害自己!不得死了吧。"袁小圆笑着指了我说:"男人,男人就是这一类的货。"我说:"孙太太你骂我我是活该,连老孙一齐骂了就太冤枉他了,他可是正经人。"她又指了丈夫说:"他是正经人!你问他自己承认不!"我说:"是啦,是啦,老孙是正经人,袁小圆还会嫁给他?正经人可是惹人爱的人吗?"我想着圣诞节来做客应该送点什么,买株圣诞树岂不是最好,说:"我下去一下。"孙太太说:"吃饭就快了。"我说:"马上就上来。"

在附近的商店花十八块钱买了株圣诞树,我抱了往回走。电梯老不下来,我心焦怕他们等我吃饭。终于电梯下来了,门一开,隔着树我恍惚看着里面是空的,抱了树往里面闯。

突然,那边伸过来一只手在我肩上用力一推,我抱了树仰面倒在地上。我一看,电梯中走出一个四十来岁的白人,正用手摸着脸,大约是树枝擦着了他的脸。我爬起来把树甩到一边,那人从我身边走过去,我大叫一声:"What happened!(怎么啦!)"从后面攀了他的肩,嚷着:"How can you push me so hard!(怎么用这么大的力推我!)"他说:"Get off first, Your tree brushed my face.(先出后进,树枝都擦到我脸上来了。)"我说:"So you pushed me so hard!(所以你推我这么重!)"他竟点点头,说:"Yes.(是的。)"我气得嘴唇直颤,又绽开一个笑脸,突然在他肩上用力一推,嘴里说:"Fuck you!(操你妈的!)"他差点摔倒,身子晃了晃,站直了。他正想说什么,外面进来一对白人青年男女。那女的对我说:"You shouldn't have pushed him.(你不应该推他。)"那男的也说:"You shouldn't.(你不应该。)"我心里想:"又关着你们的事了!"我说:"He pushed me first, do you know?(他先推我,你知道吗?)"那女的说:"You shouldn't."我冲着她说:"Do you think I shouldn't push him but he could push me?(你是不是认为我不应该推他,他却可以推我?)"那女的说不出话。那个中年男人用愤恨的眼光望着我。我不理他们,拖了树进了电梯,看见他们三个人还站在那里议论着。

我按了二十一楼的按钮,电梯门轻轻合拢。就在关闭的那一刹那,我看见那个中年男人摇着头往这边一指说:"Chinese.(中国人。)"我血往脸上一涌,马上按了二楼的按钮,电梯已经过了二楼,我跳过三楼按了四楼的按钮。电梯门开了,我也不管那株树,冲出去往楼道尽头跑,从安全门的楼梯一直冲到一楼,又转到电梯那里,看见那对青年男女还站在那里,中年人已经不见了。我跑大门外,四下张望,那中年人正进了一辆轿车。我追了几步,车已经开动了。我看着车远去,手指颤抖着指着那辆车。

无可奈何我只得回转去,那对男女刚进了电梯,电梯门正在合上,树还在里面呢。我赶上一步,按了按钮,门又开了,我闪到里面。见他们是到二十四楼,我就按了到二十五楼的按钮。我往边上一靠,口袋里有什么东西硌着我,是那把弹簧刀。我把那把刀掏出来,"啪"的一下打开。那女的吓得肩一耸,那男的往女的前面一挡,这一挡倒提醒了我,我在心里笑着,却故意龇牙咧嘴做出凶狠的表情,把弹簧刀来回"啪啪"地开关着,又用力"刷"地把树枝削下一枝,掉在他们脚下,他们露出惊慌的神色。这时电梯行到十四楼,那女的按了十五楼的按钮,电梯停下来,他们就出去了,又回头看我。我望着他们很和气地眯了眼笑,又向他们轻轻挥手,说:"Merry Christmas.(圣诞快乐。)"他们哑然望着我,电梯门轻轻合拢。我一个人在电梯里昂了头神经质地大笑,自言自语说:"逃跑了,逃跑了!"一直到顶楼我才出来,抓着树梢在楼道拖着走,心中有一点安慰,至少这棵树可以由我解解气。我把树拖到楼道尽头,出了安全门,把楼梯转弯处的窗户打开。外面的风"呜呜"地吹着,冷刺刺地吹在我烧热的脸上。我把圣诞树架在窗户上,一手抓了树梢,又用弹簧刀削下一枝树枝,探了头看着树枝悠悠地在风中落下去。我把树枝一枝一枝削了下去,嘴里"嗨,嗨"地喊着,最后剩下光秃秃的树干。我又探头看了看外面,底下是雪地覆盖的一片草坪,在微光下显出一片洁白。我迎了风站着,远远近近是一片灯海。我默默地想着"Chinese"这个词,自己的呼吸声听得真切。终于,下了决心似的,我用力把树干推了出去,听见下面传来一声低沉的闷响。

48

思文申请档案专业的硕士生非常顺利,还得到了第一个学期的两千七百块钱奖学金,过了圣诞节就开学。很多人想申请这个专业都没有成功,很难申请,大概因为她从博士退出来,学校对她另眼相看。收到录取通知那天,思文说:"我倒不是想证明自己对,如果听了你的,上次的钱不退，还会有今天吗？你自己想想你自己的那些主意，你自己信得过不得？"我说："对永远都是你对，只是别人错了也不一定就成了畜生王八蛋。"

圣诞节前几天，思文说："圣诞节我要去参加一个冬令营，学校的国际学生中心组织的，要去五天。"我说："又要花一笔钱了，你那点钱小心掂着点，别得了奖学金就忘记自己有几个钱了，下学期搞不到奖学金看你怎么办。"她一笑说："就不麻烦你劳这个神了。"我说："我又多事了，寒婆婆操腊心，现在你的钱我不得过问，我都忘记了。怎么回事呢，我这个不识相的东西！"

Ho Lee Chow 在圣诞节停业两天，这两天我在家里待着，没有工资。我觉得这两天太可惜了，心想："没有圣诞节才好呢。"又恨不得临时到哪里找两天事来做，这样闲着不挣点钱，心中好像有了个缺口。我怕一个人待着太无聊，从一个叫大嫂的同事那里借了几盘录像带来看。录像带是台湾的电视连续剧《悲惨岁月》和《含羞草》。圣诞夜我看到晚上十点多钟，有人敲门。我心里好奇怪，打开门一看，外面站着一群人，对我说："Merry Christmas."原来都是一层楼的学生，他们手执着蜡烛，还有几个小孩跟着。这些邻居平时来来去去有点面熟，却从没有过交往。他们站在那里就唱起来，听不懂唱些什么。我不知道这是否就是拜年的意思，是不是应该塞给小孩几块钱，也没有准备一点糖果，站在门口很尴尬地笑。忽然又想起挡在这门口是什么意思呢，做了很文雅的手势请他们进屋，他们仍站在那里咿呀咿呀地唱。唱完了又去敲隔壁的门。我跟在他们后面看热闹，有人塞了一支燃着的蜡烛到我手里。我站在后面，嘴巴也嚅动着，发出含糊的声音。等他们再去敲一家人的门时，我想："还不知要唱到什么时候，录像机还放着呢。"就把蜡烛塞到一个小女孩手里。她两手各执着一支蜡烛，抬了头奇怪地望着我。我转身一闪，溜进了自己的房子。

凌晨五点钟,我看完了《悲惨岁月》,精神亢奋,毫无睡意。我从窗口去看下面的央街,外面下着大雪,偶尔有几辆小车驶过。我想起今天就是圣诞节了,穿上羽绒衣,想到街上去走一走。乘电梯下了楼,推开外面那扇大门,一阵寒风裹着雪花朝我脸上扑来,我往门里面一缩。这么大的风雪,不敢出去了,又觉得实在太无聊,就不乘电梯,从楼道尽头的楼梯一级一级走上去,一直到了十八楼。回到屋子里又百无聊赖,终于想起一件可做的事,从冰箱里提出牛奶壶,凑着壶口喝了几口,冷冷的液体在我身子里划出一道分明的线,曲曲折折一直通下去。肚子里凉凉的更加没有睡意,还是下决心到雪中去走走。

我踩着很深的雪在央街上走着,头上的霓虹灯一闪一闪。雪花在我的脸上融化,一会儿脸上就湿湿的一片了。走不多远我就用手套擦一擦眼镜,拂去头发上的雪,又回过头去看那唯一的一行弯弯曲曲的足迹。走了很远,我觉得不能再走,就缩到一个避风的街角,看街对面的那些霓虹灯招牌。我忽然看见街那边有一个皇家银行的自动提款点,摸一摸带了提款卡,就横过了街,把卡往电子门中一插,门就开了。

走进去我吓了一跳,地上躺着一个人,盖着毯子,旁边放着一辆超级市场的手推车,车上堆着一些东西。那人朝墙里睡着,我踮起脚看那人的脸,是一个五十多岁的白种男人。我正想退出去,那人转过脸来,轻轻抬一抬手,说了声"哈啰",朝我微笑一下。他挺和善,我反而不好意思退回去,只得走上去,插入提款卡,按了密码,取出八十块钱。取钱的时候我不住拿眼睛瞟着他,怕他忽然就跳了起来拿刀拿枪逼着我。他躺在那里,很安静地看着我取了钱放进口袋。出门的时候我说:"Sorry to trouble you.(对不起打搅你了。)"他抬起一只手说:"Merry Christmas."

回到屋子里已经天色微明,我躺到床上去睡,翻来覆去地睡不着。好久没有这样闲过了,总是盼着什么时候有一整天的空闲,真闲下来又若有所失。整天地倚在床上看电视，这福气不该由我来享受，不够资格！又默想着刚才又取出八十块钱，这个活期账户上的钱应该还剩多少。又去想另一个存折上的钱还有多少，这么想着口中就轻轻念了出来，好像那些数字变成了声音就更加真实地存在，心中更踏实一些。闭上眼我也能想象出那两张存折的模样，连上面数字的排列都真真切切。终于忍不住，跳下床开了箱子，把那两个存折都拿出来，翻来覆去看了几遍，在心里计算着，自己笑了一回，笑完了把存折和那些钱抛在地板上，又把那几张钞票一张一张抛向空中，把最后一张折成了小飞机推出去。我站在那里呆呆地望着地上的钱，似乎不理解那是什么，突然跳起来，赤了脚去踩，去踢，把那几张票子踢飞起来，又想象足球运动员的姿势，弯了腰用头去顶，最后累了，坐在床沿看着地上的存折和钱喘气。

这时天已大亮，一线阳光挣扎着射到地板上，形成一条狭长的金线，越过散乱在地上的钱和存折，向床这边靠拢过来。静寂中我忽然感到心中有一种声音在遥遥呼唤，使我感到猛地被扼住似的窒息般的紧张，仔细倾听又隐隐的一片模糊不清。我知道自己在时间里思索，一个阴影在悄然逼近，我却无法逃遁。

就在这个冬日的黎明，那种恐怖的想象出其不意地袭击了我。我想象着自己将在遥远的某一天，也是这样一个晴朗的早晨，告别了这个世界。那时我正躺在医院的床上，神智清醒地接受着这个无法逆转的事变。冬日的阳光照在我的脸上，我感到了温和的灼热，知道这是最后的生命感受。一种丝丝的凉意在我身体中慢慢扩散，这是死神的最后逼近，逐渐泛开的凉意使我感到了生命移动的每一寸。一辈子原来只是如此而已。四肢的凉意带着轻微的轰响均匀地向心脏聚拢，然后，心脏轰的一声，嘴角扯下了生命的最后微笑。

这种想象使我全身冰冷，我竭力想逃脱却又不能。我那么清楚地意识到，生命与这个永恒世界的共同存在只是一次偶然的遭遇。尽管在时间的后面，人们有着许多寄托，但是，在时间的后面，其实是一无所有。

49

醒来的时候已是垂暮时分。我是饿醒来的，肚子里"咕咕"响着，我不去理它。我窝在毯子里懒得起来，看着地上那几张钞票，那图案在暮色中已经变得模糊。

忽然有人敲门，一个女人的声音在外面喊"林思文"。我不作声，我总是回避着和那些留学生打交道。我很怕他们问起"在哪里干什么"一类的话，曾有人问我，我就直通通地说："在餐馆里洗碗，劳动人民。"对方有点尴尬说："也好也好。"我猜测他心里想的是"不好不好"。我像蜗牛似的缩在自己的壳里，在寂寞中获得那种安全感。

外面那人还在叫"林思文"，我只得起来开了门。门口站着一个女孩子，我睡眼惺忪看不清她的模样，仿佛眼下有颗小黑痣。她说："林思文住在这里吗？"我说："她去冬令营了，有什么事你要我转告？"她说想问一下档案专业申请的诀窍，自己托福已经考了六百多分还进不去。又说："她怎么申请到的，你知道吗？可以告诉我一点点吗？就一点点。"我说："我半点也不知道。"她说："她已经进去了，其实没关系。"我说："我知道她已经进去了，其实没关系，可我不知道还是不知道。"她不相信似的摇摇头，我也由她去，叫她等林思文回来后再来问。她说："她回来你告诉她，有个叫张小禾的找过她，她知道我。"她去了，我这才想起把人家女孩子堵在外面，请她进来的姿态也没有做一下,这不太礼貌,她心里又要笑我了。又想:"管她的,我一个劳动人民,缺少点礼貌也不算什么,爱怎么想由她想去,不关我的事。"很坦然地又爬到床上去躺着。

从冬令营回来,思文的情绪很好。我猜也猜着了怎么回事,我说:"好玩吧?"她说:"好玩,滑雪,雪地聚餐,各国学生联欢,我还表演了一个节目,跳《白毛女》。我的腿滑雪都滑疼了。"我说:"在外面很受欢迎,是吧?"她说:"当然,我这样的人不受欢迎,还有谁受欢迎。"我说:"好骄傲啊!"她说:"也该我骄傲,我没有什么理由不骄傲。我到哪里不受欢迎?在心里我是何等骄傲的人!只是到了家里不受欢迎,想不通。"我说:"好委屈啊,认识了一些人吧?"她说:"当然,认识了一些人。不过你别胡思乱想。"我在心里说:"我哪里又有胡思乱想的情绪。"我知道我们之间的感情是完了,那种嫉妒的心情想它有它都没有。真的,我还有点希望她碰到一个不错的人呢,这样对我们两个都好。她见我不作声,说:"你别胡思乱想,对我你应该是放心的。"我说:"对你我放心得很,真的放心得很。"她说:"那你的意思是我没有什么可调皮的吗?"我一笑说:"反正总而言之我是放心的。"她说:"你就这样看死了我!"我说:"总而言之反正我是放心的。"她说:"恨不得就真的露一手给你瞧瞧,到时候别怪我。"我说:"可别,你不是那样的人。"她说:"那也可能被逼成那样的人。"

她见我借了录像带来,就开了录像机来看,看了又不满意说:"什么臭男人呢,还要两个女人来抢。"我说:"世界上的臭男人是稍微太多了一点,把女人都委屈了。"她说:"你别说,女人优秀的是多些。"我说:"承认,以你为代表。"她说:"为不为代表暂时不说,反正也不算不优秀。"

我记起那个姑娘,又告诉她说:"圣诞节那天有人找你,打听申请档案专业的事。"她问:"男的女的?"我说:"女的,名字记不得了,她说你认识她。"她说："那我怎么知道是谁，认识这么多人。长得漂亮不呢？"我想起那女孩眼下有颗痣，却说："没看清楚，不记得了。"她说："不记得肯定是不漂亮那一类的，漂亮一点你都看得清楚，也记得。你的眼睛见了漂亮的就亮了。"我笑了说："真的，你了解我！可惜到了加拿大，我眼睛亮也白亮了，话也不敢上去说一句，自己是个什么东西呢？干脆瞎着点，还不那么痛苦。"她说："到加拿大你这方面倒有点正人君子了。"我说："你这不是笑我没戏吗？"她说："在外面你越是没戏，在家里你越想把戏做足，把我给苦了。"我说："你这个话说得有点道理。"她说："只有点道理？没有道理我们会到今天？"我说："那你就让我在家把戏做足，就当是实行人道主义，让一个人心理也有个平衡的机会。"她说："我也想让你把戏做足，可你的话又听得？"我说："不说了，不说了，这就进入雷区了，再往前走就要把地雷踩炸了。跟你说，找你的那个人这里有颗痣。"说着我点一点眼下。她说："那是张小禾。"我说："张小禾，是叫张小禾。"她说："张小禾挺漂亮，你说没看清楚。"我说："照你的意思我是长了一双色眼，不漂亮的才看不清楚，漂亮的都留了底片在脑子里，随时印一张出来。"她说："你可能搞错了，漂亮的你会记得。"我说："看死了我，洗也洗不清！搞错了我怎么知道地球上有个张小禾？"她说："那你可能在别的地方留下了印象，她那样的人容易给你们男的留下印象，特别是你这样的人。"

  我去厨房做饭，她给张小禾打电话。吃饭的时候她说："那个人是张小禾呢。她想进档案专业都想好久了，这次托福考了六百多分还是进不来，人都要急病了。"我说："这么说你好幸运。"她说："加拿大没有幸运这一说，都要看自己的实力。"我说："你有实力，有！"她说："那还是被别人看得一钱不值。"我说："别人也不是别的意思，是怕，是实力太强了他吃不消。他只能把女人做老婆看，他不是老板要找一个能干事的人。"她说:"男人统治女人,要实行'愚民政策'。"我吃着饭,不再搭话。我觉得自己的猜测得到了某种印证,她这次出去,回来就有点不同了,有了点新的想法。我不去捅穿她,由她去。

过了一会儿她说:"张小禾也挺可怜的。"我笑了说:"那跟我差不多,也挺可怜。"她说:"别钻牛角尖,我那个'也'不是'也'你,是'也'我自己。"我说:"好会说话的人!'也'你自己,这么自信的人!"她说:"我自信什么,我不出去冲锋陷阵,谁来管我的事,奖学金会自动跳到存折上去吗?靠你行吗?"我说:"我没有用,靠不住,这都不用再证明了。你说,她怎么就也挺可怜的啦?"她说:"我懒得讲了。"我说:"还能可怜到哪里去?加拿大饭总是有一口吃的。再说,女孩子长得有个样子,自然会有人来照顾她。"她说:"现在跟她住在一起的男朋友在国内有妻子儿子,人人都知道了,只有她自己蒙在鼓里。"我吃惊说:"他们天天在一张床上干着那些这些都不知道,被你知道了?她心里亮着呢。"她说:"她真的不明白,她天真着呢,那个男的讲一句她信一句。男的是约克大学计算机系的博士,给自己在美国的弟弟写信,打在计算机里面,晚上忘记关机就回去了,第二天别人上机,都看见了,就传了出来,以前谁也不知道他是结过婚的,他对谁都说自己 single(单身)。"我说:"这人胆子贼大,这样的牛皮也敢吹,真的是撑死胆大的,饿死胆小的。像我这样的人就只有饿死。"她笑一声说:"你还饿死,你真太谦虚得过分了点,你对自己估计也低得过分了点,你对自己的光荣历史忘得太快了点。"我避开这个话题说:"那你行行好,把底细告诉了张小禾,救她一救。"她说:"知道你怜香惜玉了吧。别人都不说,我去说什么。那个男的会恨死我,搞得不好连她自己都会恨得在心里咬我,一脚踹破了她的梦!我才不做这个恶人。反正天下女人都被男人害了。想起来天下男人都差不多,都不怎么样,找个男人挑来挑去其实意思不大。想起来好多人都可以接受,其实也不必一定要认那个真,非要找个什么样的。"我说:"女人都想通了啊,反正都不怎么是好人,还不如找个有钱的,图到了一头。"她说:"也可以这样说。以前我好看不起这样的女人,现在想起来,有她们的道理。"我说:"说不定张小禾就是看了这男的专业好,容易找工作。"她说:"张小禾跟我说起男朋友眉飞色舞,说个神仙似的!我把自己的事说了给她听,她倒还来安慰我。我刚说了又后悔了,说什么呢,让别人笑话有什么意思!"我说:"你又在外面说我,败坏我的名声。幸亏我的名声在这里还不那么要紧,由着你败坏去好了。"她说:"反正我没造谣。"我说:"事情就那些事,从你嘴里说出来和从我嘴里说出来,就不是一回事了。造谣倒是没造谣,那也差不多了,总之我不是东西。"她说:"你别紧张,这是加拿大,又不是中国,没人计较你那些事。"我"啧啧"说:"听你煞有介事说起来,我真的是煞有介事了,冤枉!"她望了我点着头微微地笑,说:"冤枉了你吧!冤枉了你吗?哼,冤枉了你!就冤枉你!"

50

在 Ho Lee Chow 做了炒锅以后,每天收工前清洗炉头挡板这最脏最累的活很自然成了我的事。另外几个炒锅都是说粤语的,他们成了一气,把我当了个外人。有天新来了个炒锅,我想,他该接我的班了吧。收工的时候我拿了拖把去拖地,空着清洗炉头的事想让他去做。他却慢吞吞地做些别的事,把炉头空在那里。快到时间了我走过去自言自语似的说一声:"炉头还这么脏。"他跟没听见似的,并不望我,又虚张声势地和阿来大声说笑。我明白他们都已经算计好了,只得忍气吞声去清洗。

可做了两个多月炒锅还没给我长工资,这心里怎么也忍不下去。好多次我想对阿来提醒这一点,总也下不了决心,觉得就这么开口要钱跟不要脸也差不多。我在心里恨自己没有志气,该我得的我怎么得不到呢?好几次跟阿来说话时,绕了圈子慢慢靠过去,想装作突然想起的样子提到这件事,话都到了舌头尖尖上又和着唾沫咽下去了。每个星期公司的工资单发下来,我心中就受一次刺激,沮丧地想,又丢了几十块钱!这种刺激给了我一种勇气,无论如何我也得开了这个口去要这个钱,这不过是为自己讨回公道。有时候我在心里又觉得自己并不配拿更多的钱,现在已经够幸运的了。这种想法又使我失去了勇气,几乎在心里就要承认自己这个人其实也只配拿这么多的钱,也并没有就真的受了委屈。我想说服自己死了那条心,在纽芬兰四块多钱一个钟头也拿了,现在九块钱还要怎么样?刚说服了,一股不平之气又一涌一涌冲上来,骂自己太懦弱太无能太没有用,活该比别人少拿些钱。在心里我把那两句诗篡改了:"无赖是无赖者的通行证,清高是清高者的墓志铭。"这世道清高太可笑太滑稽太不实际,连个墓志铭也不会有。我自己不关心为自己谋利益,就永远不会有人来为我谋利益,到头来一句好话也不会有。万幸了有个好人说几句毫无意义的同情话吧,还是居高临下的。我得现实一点,粗野一点,无赖一点,在这个人的世界里,馅饼总要自己争才会有。

有一次我注意到阿长接了工资单拆开看了就塞到工作服的口袋里,心里计算着怎么能够把那张纸掏摸出来看一眼,知道炒锅周薪到底是多少才好。下班的时候他把工作服丢在桌子上就去了厕所,我也解下工作服往桌上一丢,又拎起他的那件,自言自语说:"这么脏了带回去洗洗。"拿了那件工作服到冷藏室里开了灯,摸出那张纸一看,五百二十块,扣了税还有四百多点,比我还多一百来块呢。我脑袋"轰"

地热了一下,血涌上去在里面"嗡嗡"地流着响。我拿了衣服又慢慢地走到桌边去,阿长正在掏我那件衣服的口袋,见了我说:"你拿错了。"我说:"我随便拣一条,准备带回去洗呢,已经脏了。"说着指了油渍的地方,"你看,你看!"他从我手里接了工作服,伸手到口袋里去掏。我说:"有钱呀,我可是不知道!"他掏出工资单说:"钱没有,有张纸。"我说:"多少呢?拿给我瞧一眼。"他折了放到衣服口袋里去说:"差不多就是那么多啦。"

那天晚上我想着这件事一夜没有睡好,急迫和焦灼折磨着我。思文说:"你老翻过来翻过去的,我明天还要上课呢。"我趴着不敢再乱翻,实在忍不住了才又慢慢翻了一个身,思文说:"你想什么呢?这么睡不着。"我说:"想什么,瞌睡它自己不来,我也没办法。"她说:"你有心事,我知道。"我说:"心事是钱的事。"她说:"钱的事?不是,是人的事。"我说:"告诉你是钱的事就是钱的事。"就把事情跟她讲了。她说:"那你要说,你到加拿大一年多两年了还这样闭窍!你不说,别人一辈子也不会想起这件事,又不是他腰包里少了钱。"我说:"要钱好难为情的,不好意思,别人看着我也不配拿那么多钱。"她说:"不好意思?加拿大没有不好意思这一说。钱谁都想要,明的!不好意思你就少拿钱,害得自己天天晚上翻来覆去。"我说:"好,明天,明天我还不开口我就不是个人。怕搅得她睡不着,我又搬了枕头毯子到地板上去睡。第二天我一咬牙就把要加工资的事跟阿来说了,说出了口又觉得并没有那么可怕。都一样做事,怎么我就不配呢?阿来含含糊糊答应了,可过了两个星期还是没有动静。我故意当他的面拆了工资单来看,把工资单一晃,用眼光去问他,他只装作不懂。我猜他没到公司帮我说这件事,不拿他的钱他也不愿意说。我如果也拿那么多钱,和他差不多,他心里难受。人就是这样的,你没有办法。这时七号店新开张,总厨王先生来问谁愿调过去,我马上表示愿去。阿来说:"做得不高兴啦？"我说："在你手下做，高兴得很。还有不高兴？那怎么可能！只是炒锅也做两三个月了，还是拿油炉的人工，又没有人帮我说，换个地方跟公司好说些。"他说："留你在这里做，公司我再去说一次。"我说："一次两次反正谢谢你帮忙帮到底。"我仍信不过阿来，又偷偷找了王先生，把这件事跟他说了，他像记起什么似的"哦"了一声。我说："这件事就麻烦您了，搞成了我反正领您的情，不成呢我再找您，您也别嫌我啰唆。真的在加拿大这么几年，像您这么好的人我还是第一次碰到。"他笑了说："下次没发下来你再找我。"听他这话，我想着有希望了，说："那就拜托了。"本想低头鞠一个躬，莫名其妙却立正敬了个礼。

下周的工资单下来，我加了一百来块钱。我想着这钱来得还算容易，只后悔没早跟王先生说。心里计算着这样一年就多了五千块钱，人民币几万呢。想着心里高兴，脸上就笑了出来。阿唐在旁边说："高先生你一个人笑什么？那么高兴。"我说："想起一件好笑的事，在国内的时候。"他说："我以为今天发单下来，人工给你加了。"我说："加不加也随它去了。"又马上扯到别的事情上去。我现在更加明白为什么做炒锅的不愿说自己的工资多少，轮到我自己也是这样的心情。我并不比别人好些，别人也并不比我坏些。人就是这么回事。

51

那几天阿来阿长和做油炉的阿良下班后不急着回家，在地下室玩牌赌钱。他们赌是真赌，不是意思意思来点刺激。他们叫我也来几把，我说："不赌钱就来。"他们都笑起来说："高先生有没有搞错，不来钱的谁跟你来。打牌不玩钱，炒菜不放盐，你今天出的菜不放盐有人要没有，你自己说！"我说："那我还不如送钱孝敬你们，省得你们麻烦，多费一道手脚，我还落了个人情，说不定哪年在街上碰了还请我喝杯茶。"阿良洗着牌笑嘻嘻说："你们别叫他，他输了一块钱他老婆都查得出来的，会拍他屁股的。"阿长说："不要说他这么怕老婆，他呢是要留着钱办大事业的。"我说："你们阴一句阳一句，说了都白说了，以为我会往火坑里跳吧！"在旁边看了几次，也明白了怎么回事，心里痒痒起来，有一天终于坐上去说："来几手试试。"这种赌法是每人摸一张只有自己看了，以后摸的都亮开，最后谁的牌最大所有的钱都归他。第一盘我跟到第二张，牌不好就放弃了不再跟，输了三块钱。第二盘跟到第三张我有了一对牌，坚持到第五张，三个人都放弃了，只有我和阿长，两人把第一张翻开，我有两个小对子他只有一个，桌面上的钱四十多块都归了我。又玩了几盘，赢的钱输出去了。这一盘我到第四张牌亮出来的就有三个5，别人看了都放弃了。阿良亮出来的是6、8、10。他毫不犹豫往桌上又丢五十块钱，问："跟不跟？"桌面上的钱已经有一百多块，我想即使扣着的那张是个7，难道又发出一张9来？我去看他的脸色，泥塑的一般毫无表情。我想着怎么也不会有那么巧，好不容易来一次这样好的牌，桌上的钱又这么多，被他吓退了岂不可惜？旁边的人都催我，我像被电操纵着似的，拿出五十块钱用力拍上去，再发一张牌他是个7，扣着的那张亮开是个9，顺子！一桌子的钱都被他搂过去，那泥塑的脸上露出沉着的笑意，我不甘心又玩了几盘，怕输牌也不敢跟。身上一百多块钱输光了，又退到一边去看，舍不得走开，心里好懊丧，几分钟两天的活又打水漂了。阿长要借钱给我翻本，我说："火坑里跳一回，屁股上毛也燎了，还敢跳！"阿良说："赢都是从输开始的，输不起的人就赢不了。"阿来说："高先生不要把钱看得那么重，输的不过是钱，几张纸，又不是命。"我只不作声。想起该回去了，一看表，已经赶不上最后一班地铁，只能搭阿来的车回去。他们到四点多钟才走，我到家已经快五点了。思文还没睡着，生气地问："这时候才回来，我一直没睡着，我明天还要上课呢。"我说："你睡你的，把毯子枕头丢到地板上，我进来就摸了睡在地板上。"她说："那也不行。干什么去了，回来这么晚！"我说："看他们玩牌忘记了，赶不上地铁只好等着搭他们的车回来。"她说："我今天九点钟还有课，那肯定是上不成的了，我干脆睡觉，反正去了也听不进去，脑袋里面糊糊的一摊稀。"她又埋怨了好久，我也不敢作声。

十点钟我挣扎着爬起来去小餐馆干活。思文躺在床上说："今天按时回来啊，我心里有点什么就睡不着，瞌睡过了到现在我都没睡着，一晚不睡觉怎么上得成课？考试通不过就不得了。"我说："好。"出门的时候她又嘱咐一遍，我说："好。"她说："好就好，别到时候又不记得。"我说："都刻到脑袋里面去了。"晚上收工的时候，我瞌睡得眼睛也睁不开，想着家里那张床不知有多亲热。他们换了衣服又玩牌，叫我也来一个，我说："我虽然是个傻瓜也不至于不知道钱是不能拿去送人的。"心里计算着时间，看他们玩了一轮猛的，桌上三百多块钱都被阿良搂去了。我心里猛地一振，瞌睡都没有了。想起思文的话，又舍不得离开，想再看一轮有刺激的。看了有二十分钟，想想不能再看，就悄悄离开，往地铁站跑。我照例找人多的车厢上车，上去才看清是几个沉默不语的男人。想着在报纸上看到的车厢行劫的报道，可别这几个人都是串通一气的，车一开就都围拢过来逼我交钱。

我着急地看表，晚了十几分钟，思文又要抱怨了，出了地铁站我一路跑回去，到了家还不停地喘息。思文果然很生气说："又看玩牌去了。"我说："才晚了几分钟呢，是地铁它自己误点了，车半天才来。"我这样说着口气犹犹豫豫。她不相信我，说："又哄谁呢，哄鬼去吧。"我想："要是自己有阿良那样镇定就好了，扯个谎也吞吞吐吐，真没出息。"她又说:"求你做点好事,还要怎么求呢,就差了没磕头了。"我爬到床上躺下,说:"对不起,行个礼。睡吧,睡吧。"她气恼地用脚把我的毯子蹬下去,说:"睡,睡!瞌睡也气跑了。"我把毯子拉上来说:"啊呀,不就差了十分钟吗,路走快点慢点车来快点慢点差个十几分钟也不一定呢。今天我错也认了,就差没磕头了,明天十二点四十到家,晚一分钟你踢我下床去!"她说:"昨天你是不知道,还不怪你,今天你还这样!我怎么办,你说我怎么办,明天又不上课?布置的作业还没写呢。心里又烦躁,又打不起精神,也写不下去。"我爬起来一只手撑着身子说:"我真的在这里跟你磕个头好不?说也说了不止十分钟了。"

她哭起来,用枕头蒙了脸。我叹口气,说:"值得不值得嘛,十几分钟的事!"去摇她的身子,她也不动。她也真的可怜,多少别人难以承受的她承受了。在国内呢,还可以退一步缓口气,即使什么也不争,清心寡欲,也教着现成的大学。可这里不成,不管多么苦多么难多么大的压力,都得强打了精神挺下去,没有退路也没有喘口气的机会。还有,国内的父母、亲戚朋友还眼睁睁看着你有出息呢!出息那么容易么?别人也不是傻子!我已经不想去争这口气了,心里轻松一些,可她还想拼了命去争。什么叫作"把心一横",什么叫作"打断牙和了血往肚子里吞",我领教了她也领教了。这些都不会写信回去说,只把漂亮的照片寄回去,父母都放了心。我把去尼亚加拉瀑布玩的照片寄了回去,父亲来信说"要好好珍惜"。我要告诉他一天工作十几个小时,累得路也走不稳,告诉他夫妻都要打离婚了,他能睡得着觉?思文比我好强,我还告诉家里自己现在在干着什么,她写信回去只说好的,时不时还把点美元夹在信中寄回去。谁愿说自己在北美混得不行?都把国内的亲人朋友做鬼哄。我闭了眼也能想象她母亲接了信乐颠颠逢人便告的神态。

她哭了很久，我东一句西一句劝她，又倒杯牛奶给她喝，说："医生说牛奶催眠的。"她说："冷的。"我又去电炉上热了，让她喝了，拍着她的背要她安静下来。拍了很久我眼睛都睁不开了。她说："可以了。"我一翻身就睡着了。不知睡了多久，思文把我推醒了，我一看表是四点多钟。我说："我都困得要死了，真的是要死了。"她说："我到现在还没睡着，你说怎么办？我睡不着你也别想一个人睡。"我说："求求你，我瞌睡得神经就要断了。"她嚷起来："只有你的神经会断我的就不会！我又不去上课？你给我想办法！"说着手用力一推，我差一点掉到床下。我不敢跟她争，闭着眼说些自己也不太明白的话应付着她。她又使劲推我说："醒来，醒来！"我说："啊呀呀，积德吧，神经都要断了！十点钟还要去做工呢。"她说："我已经都神经了！你这两天还睡了，你白天做事也不要动脑筋。跟你说，你去换一个工作可以不？找个白天上班的，别每天深更半夜才跟个鬼魂似的荡回来！"我说："换一个工作？找遍多伦多再也找不到这样一份工作了，好不容易我走了一次运。我对天发誓，今天下了班就一路跑回来。"她说："那还是太晚了。你跟老板说，少要点钱，提前两个小时下班。"我又气又好笑，说："你是老板就可以，要不你把我们公司买下来。"她再说些什么我蒙蒙眬眬听不清，她一推我说："不许睡！我知道你舍不得那点钱，就不顾我的死活。"我实在没办法了，说："好，好！我今天请两个小时的假，十点半钟回来，卫生留给他们搞去了，让他们骂我一次。谁叫我罪该万死竟敢晚回来十几分钟？自作自受！"她又侧过身去睡说："那也可以说是自作自受，你先睡吧，我睡不着了再找你。"早上八点多钟她起来，我惊醒了问："睡着没有？"她说："迷迷糊糊闭了一下眼，不知道睡着没有。"我马上说："不知道就是睡着了。今天你别去上课了。"她穿好了衣服站在地上说："昨天也别上了，今天也别上了，明天再别上了，拿不到奖学金你给我出？"我说："又吓我了，我有好大能耐你也知道。"她嘴撇一撇说:"没有好大能耐我也不怪你,只是别跟吹气泡似的说轻巧话。到了这里,挣扎着也得像个人!自己真像个人了别人才当你是个人。"她吃了面包、牛奶,把书包背在背上走了。我也不敢再睡,看着表快九点了,跑一趟唐人街还来得及。我到唐人街给她买了安神的杞菊地黄丸和人参蜂王浆,又赶去小餐馆干活。

　　思文的失眠成了习惯性的,几天也不能安安稳稳睡一觉。这使她变得非常敏感容易烦躁,因为那天的十分钟,在道义上我承担着全部的责任,怎么说我骂我,我都一声不吭地听着。每天晚上下班就胆战心惊,不知这一夜怎么过。开始她还坚持着不吃安眠药,拖了一个多星期,实在不行了,脸都憔悴得变了形,去找医生开了安眠药。吃了安眠药夜里能睡一会儿,白天却昏沉沉做不了事,过了几天她又不敢再吃。她那样敏感脆弱,我不敢有些微冲撞,每天下了班就往地铁站跑,一分钟也不停留。这样我成了餐馆同事打趣的对象。阿长说:"老高玩几把也没关系嘛,太太是老婆,又不是老娘。"阿良说:"别叫老高,他太太等他回去,做点什么运动才睡得着呢。"又一个说:"老高别听阿长的,赶快去好了,太太等急了。可惜我老婆没这份情绪,我没这份福,不然我也一路跑回去了。"他们一起哄笑起来,夹着"哎哟哎哟"的怪叫。对他们的玩笑我无动于衷,我从来没有想过跟他们认真。说得多了我说:"哎哟,哎哟,别把你老婆的神态都现在我眼里,丢了她的人了。怕老婆是美德,这你们又不知道了!"说着我跑上去,他们还在地下室怪叫,喊着:"老高可留点精神啊,明天忙呢。"上了楼梯我在心里骂:"可不是得留点精神捣弄你娘呢!"

　　思文借了催眠的音乐磁带来听,我睡意沉沉陪她听到很晚。"……我的身体很轻,很轻……一只白天鹅飞过水面……"听完一遍她还睡不着,我又把磁带打回去再放一遍。经常是放了三四遍她还睡不着,我倒是被音乐催得撑持不住。她着急起来更睡不着,拉着我也不让睡,我只好拧自己的大腿，拼了命打起精神给她数数："一、二、三……"快数到一千了，她才躺在那里没了声息。我不敢停一直数下去，数到两千了，轻轻喊一声："思文。"没有反应，我才停了去睡。她睡不了多久又惊醒了，问我几点钟。我哀求说："我神经都快断了，真的快断了。"她说："谁叫你把我害得这么惨，又想不负责了吧。"我说："实在没办法呢，这个学期你休学算了，再这么拖下去，两个人都会拖死去了。"她把我一推说："这个自私的家伙，只会为自己打算。休学？又拖一个学期，又啊？又把奖学金退回去，又啊？我今年才二十八岁，急什么呢，啊？"我坐起来说："那我还跟你数数。"她也坐起来说："数也不用数了，高力伟跟你商量，你出去一下，我打个电话。"我说："深更半夜的，你给人打电话，人都睡了，不怕吵了他吧！"她说："那不要你管，你出去十分钟就可以了。"我说："要我出去我有什么办法，反正告诉你是半夜了。"

　　我裹了毯子开门出去，听见里面门闩"咔嚓"一声轻响。我就在门口坐下来，楼道里静悄悄的，灯光照在塑料地板上泛出橙色的光。我头脑中刺刺的疼，却又极为清醒。我也懒得去猜想她这个时候打电话给谁，打给谁我也无所谓了，反正不会是打给一个女人。我知道事到如今，我们关系的了结只是时间问题。我对她已经不抱什么希望，正如她对我不抱什么希望一样。我们又在一起生活了几个月，这种尝试看来是多余的，徒然增添了两个人的烦恼，又耽误了她的时间。我们之间的关系已经彻底改变，再也无法挽回。人是那么奇怪的东西，他被现实推着走，被现实改造，却毫无反抗的力量，好像他根本没有自己的意志。哪怕爱情这回事吧，也没有力量违抗现实。流行歌曲那种温情脉脉的抚慰，容易打动人却不能认真，经历过了的人才知道那不过是一种人们愿意接受的幻觉。和思文的事情既然到了这种地步，一定有它的道理。这个道理我没有看透，但我知道一定有它的道理，

这也是一个人的命运。正这样想着，一只花猫从斜对面的门缝中探出头来，窥视着我。我朝它招招手，它从门缝中溜出来，在离我几步的地方蹲下，望着我。我又朝它招手，它又往前一步，蹲下，望着我。这样对视了一会儿，我轻轻地把毯子从肩上掀下去，猛地跳起来去追它。那猫来不及缩回门缝里去，一闪就往楼道那边跑。我一直追过去，它在转弯处停下，回头看见我追过来了，又往前跑。它以为电梯口是一张门，往里一冲，碰得"咚"的一响，身子一滚，又往楼道尽头跑。我一直追了过去，把它逼到楼道尽头。后面是安全门，可它过不去。那猫转过身来，前爪伏着地，弓起背，后身翘起，发出低沉的"呜呜"声。我放慢脚步，盯紧了它，慢慢靠过去，在离它几步的地方停下来。我并不想抓它，也不想踢它一脚，它慢慢走过来我也不会碰它一下。可它吓成这个样子，我觉得很好玩。我一点点往前移，它想从一侧窜过去，我脚一拦，它又退了回来。我再往前移动半步，那猫身子翘得更高，发出更大的"呜呜"声，在夜的寂静中听得清清楚楚。这样僵持了有两分钟，我再往前移动一点点，那猫又把身子往后缩，一冲一冲地想冲过去，我抬起一只脚，做出拦截的样子，它不敢冲过来。我怕猫的主人会寻过来，飞快地一回头，就在那一刹那，那猫一弹，蹦得老高朝我脸上飞过来。我正转过脸来，看一条影子过来，头一偏让开，顺势看去，那猫轻捷地着了地，一溜烟跑了。我慢慢走过去，看见思文站在门口，我问："有一只猫看见没有？"她奇怪地望了我说："猫？"我说："一只猫儿，跑得很快从那边过来。"她说："谁还管猫儿狗儿，自己人都管不了。"

　　进了房子，我也不问她打电话给谁了。她望了我似乎等着我问，我躺下去说："睡吧。"她说："你生气了吧！"我说："什么事情生气？"她说："刚才叫你出去，你生气了吧？"我说："没生气呢，这一两年在老板那里忍气吞声习惯了，忍来忍去自己人也没个气性了。睡吧。"

她说："就知道你是生气了。"我心想："我没生气一定要我说生气。"想一想应该说生气才对。于是说："好，我生气了，生气了。睡吧。"熄了灯躺着，她说："你也不想问一问我打电话给谁了。"我说："那我得自觉点是不是？你愿意告诉我还会教我到门外等着？睡吧。"她说："我打电话去纽芬兰给赵教授，下次电话单来了你可以看是打到纽芬兰不是。"我说："好，打给谁也可以，睡吧。"她赌气似的裹了毯子，背朝着我。我想做出点真生气的样子也来不及了，于是说："谁没有点自己的事呢，这不奇怪。睡吧。"她沉默一会儿说："高力伟我们完了，我们真的没有一星点点戏了。"我怕她激动起来这一夜又完了，说："春天晚上还是挺冷的，毯子裹紧点。肚子也饿起来了。"她说："那你去喝点牛奶。"我说："算了，让它饿去，睡吧，睡吧。"

52

　　每天跑两个地方工作十几个小时，路上还要两三个小时，晚上又睡不好，我整天头昏沉沉的，四肢骨头相接的地方像是塞了棉花。每天上午出门，像赴汤蹈火似的，几乎没有勇气去想怎么度过这一天。深夜回来，又担心着思文这一夜不能安神。每天出门进门时，都是精神上的折磨，过了那一瞬，倒又有豁出去的慷慨，天它要塌下来我也无法回避。每过去一天，就松一口气，似乎抛开了一点重负，可又不知道希望在什么地方。人累得吃不下东西，我拼命多喝牛奶。多少次我想辞了韩国老板娘小餐馆那份工，又想到那会推迟了目标的实现，反而延长了痛苦。每天上工下工，我坐在地铁车厢里闭了眼抓紧那几分钟休息，在心里默记着经过的站数。有时等地铁车没来，我就坐在候车大厅的地上休息一会儿，来来往往的人怎么看我，我也不管他，反正都不认识。没有体面的人多了一份自由，不必为了维护体面辛苦自己，这使我有点高兴。有几次工作时太疲倦了，我就装作去解手，在抽水马桶上坐几分钟。

这天晚上下了班，我进了地铁站，站在往下去的电梯上，眼前突然一片漆黑。我以为是停电了，但电梯还在下行。我摸着下行电梯的扶手，竭力睁大眼睛去仰望天花板上的灯，只感到了模糊一片的暗黄色。我心里一惊，记起医生说过劳累过度会出现视网膜脱离。下了电梯我凭印象往一边靠，摸索着往前走，手碰到了冷冷的墙。我靠着墙坐了下去，转脸去看那墙。我记得墙是红色的，现在却什么颜色也看不到。就这么瞎了吗？想到这里我心中还是很平静，好像即使真的有这么严酷我也能够接受似的。我把五指伸到眼前张合晃动，只感到了一个朦胧的影子。一列地铁轰隆隆开过来，在站上停下了，我听到了有人上下的脚步声。我扶着墙站起来，伸了手慢慢摸过去想摸到车厢的门，脚贴着地面向前滑动，怕一脚踩空了掉了下去。还没摸到车厢呢，听见了车门关上的声音，便停了下来。列车隆隆远去，隧道深处传来的"咔嚓咔嚓"声渐渐消失。我退回去靠着墙，想着今晚又晚回去几分钟，思文又要抱怨了。我扶了墙摸着往站台中间走，这样下一趟列车来了我可以摸到车厢而不会踏空。估计到了中间，我又靠了墙坐下去，仰了头竭力睁了眼去看那灯光，仍旧是一片模糊一片暗黄。我心中那么平静，连我自己也不理解，什么事情它要来你也没有办法。似乎在那一瞬间就决定了，这双眼真的瞎了，就不必再活下去，解决的方法就是在列车到来的那一刹那，从站台跳下去，一秒钟后就完全解决了。

渐渐地灯光强了，我闭了眼，听见列车声从南边传过来。列车停稳了我睁开眼，欣喜地感到一切都正常了，分明有两个黑人从对面的车上下来往电梯那边走。我看得见了,没事!上了下一趟车我心里害怕起来,如果刚才真就这么毁了双眼,这活着就难了,没意义了。那样回国去是不可能的,不敢见父母也不敢见朋友。死也不敢死,死那么容易,听见列车开过来,近了,往下一跳就解决了。但自己死了父母也得死,至少也得坚持活到他们去世那一天。我想象着自己怎么摸索着写了信回去报平安,人却不敢回去,自己知道了父亲母亲去世的消息反而松了一口气。想象着一个没有了自己这个人的世界一切依然如旧,迎春花依旧灼然开放,人们依旧谈笑风生忙忙碌碌。又想象着自己泯灭了内心一切的想法,每天背了架子鼓下到地铁站"嘭嘭"地敲,来来往往的行人怜悯地望着这个盲人,往纸盒中丢一点钱。又有几个小孩跑到跟前来仔细观察,看我是不是真的看不见。列车隆隆开来,我知道身边有了更多的人,就"嘭嘭"地敲得更加起劲,双手灵活地起落,配合得更加巧妙,鼓槌上缠着红色的布带,在空中画出潇洒优美的弧线。夜里地铁站渐渐寥落,我伸了双手把纸盒中的钱拢起来,一张张摸着辨别是多少,叠好,塞到口袋中去,背起鼓,一根长竿点着路面,平静地咀嚼着生命的悲凉,在霓虹灯下慢慢走回去。想到这里不敢往下再想,在心里告诉自己,这不是真的!又傻子似的自己笑了。记起早几个星期看见一个中国男人在地铁站拉二胡,有不少人把钱给他,又有人告诉我这个人的母亲是某某名人呢。当时我还遗憾自己什么乐器也不会。还是敲鼓好,敲鼓声音大,敲鼓容易。我觉得自己这种构想并不那么拙劣,甚至还是"Good idea(好主意)"呢。

  第二天我辞去了那家小餐馆的工作,不敢再做下去,哪怕当自己是头牛呢,我也得让这头牛喘喘气。韩国老板娘很遗憾,问我是不是嫌七块钱一个小时太少了,可以再加五毛钱。我告诉她说,不,我在报社找了一份好工作,每个小时十八块钱呢。她望了我呆了似的,半天说:"You're lucky, very lucky!(幸运,你真幸运!)"

思文的失眠拖了快一个月,办法想尽了也不见转机。她去看了心理医生,医生说是焦虑过度引发的情绪失衡,保持心理平衡、安静就会不治而愈。她越想平静就越平静不下来,对自己生气也对我生气。学校的作业和考试使她焦虑,两人的关系也使她焦虑,现在又多了一层焦虑,不能消除焦虑的焦虑。

那段时间我总是小心翼翼,生怕触犯了她,她睡不好已经成了我无可推脱的罪责,因为她情绪失衡是从那天晚上开始的,对这一点我不敢辩驳。看她一天天憔悴不成人形,我也着急起来,在无可奈何中总劝她要多喝牛奶,她不喝,我就吓她说,再不补上点身体就垮掉了。有几次我做出很亲切温柔的姿态,她却推开我说:"算了算了,又何必呢。你也别来安慰我,我也不是小孩说逗就逗了,我要就要真的,你又没有。"我搓了手在一边窘迫地笑,说:"要怎样才是真的呢,怎样才是真的呢?"她说:"真的才是真的,你自己知道。"我知道自己做得不像,我在心里恨着自己:"别的地方做得也像,做了三四年炒锅的牛皮吹了脸也没变色,怎么这就不行!"这个敏感的人,她太了解我了,瞒不过她。哪怕我做了很充分的心理准备,临场发挥总是不行,被她点了出来。我真的恨起自己来,恨完了还是不行。这样几次之后,我也不好意思再做出那种姿态。我所能做的就是像一个朋友那样去关照她,哪怕是个朋友呢,也得尽做朋友的责任,我只能如此了。这时我对友情和爱情的区别体会得特别清楚,就隔那么薄薄的一层纸,却鲜明地画出了两种感情的界线。

这天晚上我陪了她折腾到两点,音乐也听了,数也数了,牛奶也喝了,她总算安静地睡去了。我马上抓紧时间去睡,也许她过一会儿就会惊醒过来。睡下去却睡不着,这一两年来的种种生活景象,那混乱无序的画面,一幕幕在心中显现,像河水一般流淌过来,流过无阻碍的心的河道。躺久了我胳膊支撑着轻轻翻了一下身，思文惊醒了。她问："几点钟？"我一看表是三点多一点，却说："快五点了，你两点钟睡的。"她说："那快天亮了。"我说："骗你呢，怕你又着急没睡着，其实才三点钟，你放宽心睡。"把表伸过去让她看。又说："再睡一觉，一说话就让瞌睡跑掉了。"她说："你睡了就别动行不行？"我说："我睡着了，动不动我自己也不知道，刚才我动了没呢？"她说："就是你动醒的。"我说："要不我抱了毯子睡到地板上去好不？"她说："那由你，我没有赶你啊。"我说："睡在地上我还睡得着一些，睡在床上越不想动就越记得这件事，就越想动，就越睡不着。"

我把毯子铺在地板上，半垫半盖。地板很硬，我有些不适应。但我还是感到好些，压力消除了，想打个滚也可以。精神上一放松，睡意就上来了。快要睡着的时候，思文叫我："高力伟，高力伟。"我不理她，把气出得更粗一些，又转为轻微的鼾声。她开了灯把脚伸下来在我背上点一下说："打什么鼾呢，你又不打鼾的。"我坐起来说："还没睡着？"她说："你还是睡上来，你睡在地板上我更加不习惯。"我说："那我会动来动去的。"她说："实在想动就动一下算了。"我只好睡到床上去说："你这样敏感怎么会不失眠，一点变化都不适应。"她说："睡不着了，睡不着了，心里又烦躁起来。你害得我这样还怪我敏感。"我说："春天来了，心里烦躁一点也是正常的，你不要自己去夸成天那么大，越记得烦躁就越烦躁。"她嚷着说："我烦躁也烦躁不得！心它要烦躁我也没有办法！什么春天不春天，都是你害的又怪春天，开始失眠的时候根本没到春天。"她把失眠全部怪了我，我心里本来就不服气，这时说顺了口道："自己心里不放松，情绪不平衡，老是怪我，医生都说了是你自己心里作怪！你越是抱怨我就越是睡不着就越是……"她嚷着说："还不是你，还不是你！你又想不承认了，你又想翻案了！"她双脚乱蹬，把毯子蹬下去。我说："我不清不白背了这个罪名都一个多月了,还要我背多久?"她用脚来蹬我说:"又想翻案,不是你那还是谁!"说着用力一蹬,把我蹬到床下去了。

我扶着地爬起来,笑着说:"乱蹬乱踹的蹄子!我不翻案好吧,不翻案。"她见我一脸的笑,倒有些意外,望着我不作声。我说:"下了床就顺便去解个手。"到水房解了手,对着镜子做出可怜的神态,想带点表演性做得更动人些,却在镜中看见一副滑稽的模样。又自己笑一下,笑纹荡开去凝在嘴角,一副似笑非笑的怪样。回到床边我说:"下了床就顺便睡在地上算了。"说着把枕头往地下一扯,又去扯毯子。她把毯子抓了抱在胸前不松手,又不作声。我拉了几下拉不动,又把枕头捡回去说:"好了,好了,睡吧,再翻腾几下就天亮了。"我又怕她会说"对不起"之类的话,又说:"也别说什么了,我瞌睡得脑袋都要掉下来了,你明天还要上课呢。"她松了毯子,熄了灯两人睡下。我心想:"对不起也不说一句,好,好,这样也好。"

拖了一个多月,思文的失眠不治而愈。她能睡好了,叹息说:"啊呀呀,一个多月不知怎么过去的,我以为就是那样拖下去拖死了呢。"我说:"你要知道你好伟大,你救了两条命!"

53

我和思文都感觉到,再这样拖下去已经没有意义,于是心平气和地讨论分手的问题。

不知是谁先说出"离婚"这两个字。两个人绕过来绕过去暗示着,还是绕不过这两个字,终于被谁先说了出来。以前在气头上很多次说到离婚,事后两人又回避着,现在竟心平气和说出来了。我们都知道这种冷静的讨论一旦开始，事情就再也无法挽回。

思文也不愿这样拖下去，她对我绝望了。她非常现实，既然分手无可避免，就要趁早，时间对她更加宝贵。我呢，这一年多来，离婚的念头萌发之后，就像一只怪兽，顺着不同的黑暗路径，在湿润的空气中寻着嗅着，沉重地喘息着，最终都回到那唯一的窝巢中来。现在我们所要做的，只是去办理这件事。没有孩子也没有财产，事情也格外简单。在那个初夏的周末，我们坐在窗前从中午讲到傍晚，她的面孔在暮色中渐渐模糊，像隔了许多岁月的朦胧印象。我们像老朋友一样说了许多伤心动感情的话，说到认识的那一天，说到一起到黄山去玩，记忆中的细节都活生生描绘了出来。她提到结婚那天我被客人灌醉了摇摇晃晃，她还发了朋友的脾气。我提到那年考研究生她说两人都考取了她就要飞到屋顶上去。说着说着好几次似乎都要改变了话题。有一瞬间我几乎要动摇了，她再多说几句我就会哭出声来把她抱住。但两人都很清醒地及时刹车转向，把话题拉了回来。事到如今已经没有必要再试一试，已经试过很久也没有意义，这一点思文比我看得更加清楚。我们说好不要互相怨恨，她说："我心里也不恨你，你是个好人。"我心里非常沉重，为她的前途担心，怕误了她这一生，那样我就永远不得安宁。这种想法我不敢说出来，这个好强的人是听不得这样的话的。她那种沉着自信的神态给了我一点安慰。

我们说好了星期一到领事馆去办手续，办了手续她就搬到多大的单身宿舍去，那里正好空出来一间房子，机会难得。这里我再住一个月也得搬走，别人已经来催要房子了。她要我借两千块钱给她，我同意了。没有更多的话可说，我开了灯说："思文，我现在来给你做个实验，你把两只手交错这么叉起来。"她按照我比画的把手指交叉起来，问："什么意思？"我说："你看你哪只手的拇指在上面？"她说："右手拇指。"我说："你交换一下，叉起来把左手拇指放到上面。"她照我说的做了，说："挺别扭的。"说着就松开了。我说："别动，别动，这是做试验呢。"她又把手指交叉了说："快点，不舒服呢。"我说："比方一只手就是一个人，你明白我的意思没有？"她说："有点明白了。"我说："你说。"她说："你说。"我说："不舒服吧？也不是左手有问题，也不是右手有问题。"我说着把左手和右手摊一下，"两只手要配合得好才好，不然那两只手都难受。手还是这两只手，配合不好就只好分开，也不要怪左手，也不要怪右手。"她这时把两只手分开，甩几下似乎想甩掉难受的感觉，指了我说："也不要怪左手。"又指了自己说，"也不要怪右手。"我说："是的。"她说："我们的事其实不是这么回事，事情到这一步怪你也怪我，只是怪来怪去怪谁也没用了。"我说："你要怪我，怪也怪得不怪，不怪才怪呢。不过既然怪我怪谁也没用了，还是别怪的好。"她说："你倒会为自己开脱！说到底你到底要多负一点责任。但是我还是接受了你的这种说法算了，求个心安理得，将来也不后悔，两人配合不好，劈开过有什么后悔呢？哪怕就自己过一辈子我也不后悔。"她说着带了哭声，我心中凄切，连忙岔开了说："做饭吃去，你还不饿吗？"

星期天我一觉醒来，已经是十点钟了。思文还睡着动也不动。我想起要去唐人街买米买菜，轻手轻脚爬起来，怕惊醒她。到厨房烧水冲了一包方便面，端到门外，轻轻带上门，坐在楼道的地板上吃。那只花猫又从斜对面门缝中伸出头来，冲着我叫一声。我用筷子敲敲碗，把碗伸过去，那猫马上缩回去了。我笑一笑，吃完面把碗放在门口，下楼去了。

快到中午我提了米和菜回来，思文正伏在桌子上写作业。她见我回来了，马上放下作业过来接了菜问："碗是你放在外面的吧？"我说："是呀，我还以为谁拿走了呢。"她很激动说："你站在外面吃的？"我说："我坐在那里吃的呢。"她望了我的眼说："也难得你这样一个好人，离婚的事再商量商量，你愿意不愿意？"我没想到这一件小事还会使她激动，说："商量商量是可以，要真正有决心改变这种局面，你要想好了别冲动，一时的冲动也没有什么用。"她讪讪地笑笑说："那就算了，我跟你说着好玩的呢。"

按原来的约定，星期一思文下了课就到领事馆去，我在那里等她。我骑车去了，等了一会儿，她穿着那件小碎花连衣裙从马路那边斜插过来。她走到跟前，我从草坪上站起来，朝里面走。她轻轻拽一下我的衣服说："急什么呢，我是懂道理的人，会让你为难吗？"我跟她站在铁栏杆外面，她沉默着。我说："想法又改变了？"她说："没有。"我说："没有你想说什么就说。"她沉吟说："我说一句，你听就听，不听就算了。我们是不是一定要这样，高力伟你最后最后想一想。"我说："到这个时候说这些话已经晚了点。"其实她如果作出明显的表示，我也并不是不能改变主意，我的抗拒并不那么坚定，但我需要她作出明白表示。我正想着她真表示了我该怎么办，她说："现在进去吧，我也是信口开河问一句。"

两人都在离婚申请书上签了字，又签了委托书，委托她的一个朋友在国内办手续。出来时我冷眼观察她，似乎也很平静。我推了单车和她一起走，她说："就这么完了，做梦一样好难想象，可心里又知道这梦是真的，真的是真的。"我陪着叹一口气，不作声。她说："你倒没有事，你回国去一群姑娘都包围上来了，你一点关系都没有。我就不知道有什么样的命运等着我，可能我这一辈子就这样了也不知道。"我说："别说得那么悲观。讲句二意话放在这里，你先找着试试，实在找不到合适的了再来找我，我这一年半年又不会回国去。"她说："把这句话先放在这里。你如果回国去了，找谁也可以，我还希望你找个好的呢，就是不要找那个舒明明，我心里恨她。"我说："那不是主要原因，你又不信。我跟她都快一年没联系了，我想她已经有人了。"

她说:"那我心里还是恨她。"我沉默不语,她自言自语似的说:"我心里恨她。"我说:"回去吃饭吧,你在后面坐了。"我骑了车,她跳到后面坐了说:"最后一次搭你的车了。想起那年你第一次搭了我到你家去,被警察抓了还罚了五毛钱,我们说自己是大学生,不敢说是大学老师。"说起过去的事我鼻子一酸一酸的,不敢接口,于是说:"我们也没有就成了仇人是不是?就是个熟人吧,他的车也搭得。"她说:"我想很多人如果能重新选择,都不会选原来那个人,看透了。"我说:"又选了别人无非是重新看透一次。"她说:"那我们今天这样做了毫无意义,只有不想那么好才有意义。"我说:"天下总还有几个例外,说不定就被谁幸运撞上了。"到了家她说:"明天你帮我搬家好不?"我说:"那当然。"她说:"下午我就把东西清好。"我说:"要什么你都拿去,反正我饭在餐馆吃。你东西也不多,叫部出租车也装下了。"她说:"我已经跟赵文斌说好了,他开车来。"我说:"才几块钱的事呢,麻烦别人干什么。"她说:"已经叫了就算了。"我说:"想不到赵文斌还买了部车,几个月不见,他派头就不同了。"她一笑说:"像你这样抠死了钱不松手的,真也没几个。到北美来一趟车也没开过,也可惜了来这一趟。"我说:"再过一年,我就回去了,车也不学了。留在这里我怕看别人的脸色。老板脸色不好看,你要赚他的钱也只好看了。白人心里也有点那个,他笑眯眯的他心里对你有点那个。在这地方我算个什么东西呢?怎么想自己也不能算个东西。"她说:"绿卡呢,绿卡也不等了?一张绿卡抵得五万块钱呢。"我说:"绿卡说起来真是个好东西,可惜我又没福气消受。"

晚上我下班回家,她还没有睡。我说:"今天你早点睡呀!"她说:"睡得晚睡惯了,每天你都回得晚。反正这是最后一晚了,最后一晚。"我脱了衣服钻到毯子里,她也躺下来。黑暗中两人似乎有什么话说,又似乎再没有什么可说。沉默着等着对方先开口。我想等她先说点什么，又怕她说什么，过了一会儿她还不说话，我似乎又放了心，似乎又有点遗憾。我想说点什么又找不到话头，犹豫着终于下决心不再开口，倒了身子去睡。过一会儿她"嗯"了一声，我不作声。她悄声问："你睡着了？"我说："睡着了。"她的手在自己的毯子里似有意又似无意地轻轻触我一下，说："今天是最后一天了。"我说："知道。"她说："今天是最后一晚了。"我忽然有点明白了她的意思，又怕领会错了，说："真的不好意思，不好意思，不过——"她马上说："你别胡思乱想，你想着我是什么人吧。"

  第二天上午她很平静地搬走了。往赵文斌车上搬东西的时候她还有说有笑的。她的情绪倒使我觉得自己心里那种隐隐的沉重是没有必要的。搬了过去，她上楼去开门的时候赵文斌说："你们怎么就会离婚呢？像你们这样离婚的满世界也只有几对。下个月要搬到一起再打电话给我。"我说："你要问我怎么回事我自己也说不清什么，反正就这么了。"把东西搬到楼上去，赵文斌说还有事，匆匆告辞走了，在门口对我丢个眼色。我心里想："真有什么话说还会要等到现在来找机会说？"思文说："你也走吧，我自己清理。"她一边清理一边哼着小调。我帮她接好电视机录像机说："那我这就走了。"她头也不抬说："谢谢你了，有空来玩。我的电话明天接通，通了打电话告诉你。"我下楼去，把楼下贴的各种小招贴广告看了看，出门看见还有一只提桶放在门角没拿上去。我提了桶上楼，推门进去，瞥见思文侧了身子倚在枕头上，见了我马上支了身子站起来。我似乎看见她眼中有泪在闪，还没看真切呢，她转过身对着窗子，伸手去拉窗帘，顺势用衣袖在脸上一擦。我放下桶说："忘在楼下了。"说完也不敢再望她一眼，逃跑似的走了。

54

突然间我又闲得发慌。每天上午懒在床上,十点多钟起来,在房里到处磨蹭一下,无聊地把什么东西都翻出来看看,磨到下午两点半钟去上班。房子里就这几样东西,空空荡荡让人心虚。我忽然着了迷似的喜欢逛商店,好多次我到依顿购物中心,从地下的餐厅一层一层看上去,连六楼的家具也细细看了,也只能看看,什么也不敢买。那些精美的东西也并没有在心中激起强烈的欲望,我知道这些东西离我都很遥远。就这么看着,心里也有了一种说不明白的充实。有时实在无聊了,我到公共图书馆去看画报,又借了《红楼梦》和《金瓶梅》回去看,看累了又趴到阳台上去看汽车。我经常一两个小时趴在那里,看楼下汽车行人来来往往。看呆了好像在看,又好像没看,有时脚都站麻木了才记起已经过了很久。看着下面央街上的轿车乌龟似的爬行,人影子也蚂蚁似的移动,远远地来了又远远地去了,我觉得非常可笑,这个世界很奇怪很滑稽也很荒诞,怎么就是这个样子!又在心里设想怎么才是不奇怪不滑稽不荒诞,却想不出来,又觉得似乎也只能如此。这是岁月的某个瞬间,来了,又去了,只能如此。在这个瞬间有我这样一个人在想着这个世界的意义,这个生命存在的意义,想不明白。我心中一沉,感到了眼前繁华景象后面的空虚,心中倏地腾起超越一切的强烈愿望。在这个时刻,现实的一切都变得模糊,茫远,无聊,渺小。一团光影在我心中放着红色的光,穿透了沉重的黑暗。我想把这种情绪体验得更清楚一些,却找不到突破的方向,像一扇将要打开的门,当你靠近的时候,它又关闭起来了,无论如何,你都无法穿越它。转而想到了再过一会儿,我就要打工挣钱去了,这是真的,实在的,只能如此。一种沉重的悲凉扼住了我,为自己,也为这个世

于是我站直了身子，挺了胸，想象着一种庄重神情，又尽量在脸上表现出来，稍微探出身子对着下面行人车辆检阅似的缓缓挥手，喊着："人民万岁，人民万岁！"

界。于是我站直了身子，挺了胸，想象着一种庄重神情，又尽量在脸上表现出来，稍微探出身子对着下面行人车辆检阅似的缓缓挥手，喊着："人民万岁，人民万岁！"

有一次我站在窗前出神，不知怎么一来顺手拉了一下窗框，听见一阵轻微的嗡嗡声，发现一只好大的苍蝇被我关到夹层玻璃中间了。看那只苍蝇在里面飞来飞去，我觉得挺有意思，就搬了张椅子坐到窗前去看。对着阳光我看清楚了苍蝇脚上茸茸的细毛，停着的时候翅膀也在轻轻地颤动，两条后腿弯过来梳理翅膀，前面两只触角似的东西前后动着。它停下来我就在玻璃上拍一下，它又飞起来，在玻璃上碰得嗡嗡地响，渐渐落下去。又停下来我就再拍一下，这样有几十次，它对我拍动玻璃再也没有反应。我想："让我也喂一只动物。"就到厨房拿了几粒米饭，飞快地拉开窗框丢进去。过了两天我又记起那只苍蝇，一看它还停在那里，米饭已经干了，似乎还是那几粒。我拍几下玻璃它动也不动，像是死了。我拿了一根筷子，把窗拉开一条缝去拨它，还是活的，轻轻动几下竟不避开。这么老实的一只苍蝇使我感到惊奇，用筷子挑了它，它就停在筷子头上。我把窗户拉开，它并不飞走。我说："饶你一条命了。"拿了筷子走到阳台上，伸出去用手一扇，不动，再对着嘘一口气，它飞走了。我对着空气说："本来想喂了你做个伴呢，你又要绝食。"把筷子丢到地上。

我终于有耐心坐下来，写了几篇散文杂感，投到《星岛日报》和《世界日报》去。文章刊了出来我无动于衷，这个世界离我很遥远，它承认不承认我都无所谓，我心里在计算着那点稿费。

这天晚上接到一个长途电话，是刘晓冬从圣约翰斯打来的，他找林思文。我说："林思文到蒙特利尔去了，这几天都不会回来。"他说："你是高力伟吧？"我说："是高力伟，我还记得你呢，你在物理系读博士对吗？"他说："找你也是一样的，一定帮个忙。"他告诉我说，一年多来他帮女朋友申请语言学校终于成功了。她星期四从上海起飞，应该是今天下午到，可飞机到了却不见人。我说："在多伦多转机耽误了也不一定。"他说了那女孩的姓名特征，要我到机场去帮他找找。我说："明天一早我要上班呢。"心想："到机场去帮你找，你倒是敢开这口，以为机场就在这楼下吗？"他又问我有什么办法在多伦多找到她，我说："上海航班晚点了也不一定。"他说："我帮她订的加航的机票，不太可能晚点。"他说得有点结结巴巴的，我似乎看见了他嘴直哆嗦。

放下电话不几分钟，他又打电话来了，第一句话说："她跑掉了，一定跑掉了。肯定现在在多伦多。"他要我帮他找找。我说："多伦多几百万人呢，在这海里到哪里去捞这根针！"他说："到联谊会去看看，她来了今晚很可能住在那里。"他要我现在就去，我说："都半夜了我还去敲门呀！"答应了他明天一早去。他又告诉我那女孩可能用化名，要我问几个人有没有那个样子的人。我要他明天晚上打电话来问消息，他说："明天中午行吗？明天中午！"我答应了。

有这样一件事情做我也挺高兴。第二天一早我骑车去联谊会，心想："是个什么女人呢，又能够风骚到哪里去，把他挤捏成这个样子！"我查了登记名册，又问了好几个人，并没有这样一个人来过。中午刘晓冬打电话来，我告诉了他。他听了待在那边了，我"喂"了几声也没反应，我对着话筒吼一声："长途呢！"他在那边说："完了，完了，这女人，我掐死她！掐死她呀！"

放下电话我没再去想这件事，就算真的跑了也没有什么稀奇。过了几天我晚上下班回来，看见刘晓冬在家门口等我。我说："为那人就跑到多伦多来啦？"进了门他说："等你都有几个小时了。我下午五点就到了。"他说着脸上显着亲热，像见了多久不见的老朋友，其实我跟他就那年圣诞节前说过一次话。我下方便面给他吃，说："就干等了七八个小时？"他说："我下去走走，又上来，上上下下也有十几个来回了。"我说："现在知道热锅上蚂蚁的心情了吧！"他说："知道了知道了。我打电话回上海，我妹妹送她上的飞机。"我说："老刘，我骂你又不好，不骂又实在该骂几句，是脑袋里灌了油还是怎么着，这么想不通，还飞到多伦多来找！什么玩意，值不值得嘛！她现在就是坐在你面前，倒在你怀里让你搂稳了，明天她要走还是走，你用根绳子拴了牵着也不行，侵犯人权！钱送给航空公司还不如买几箱啤酒一醉，醒来就好了。她真是个天仙吗，身上哪里都雕着花吗？就把我们老刘坑成这样！"他说："老高，说别人的事总是一口气的事，应该这样应该那样，自己没疼在心里！她的事我办了一年多，联系语言学校，找经济担保，买飞机票，不怕你笑我，光身一个老爷们等这两年有多少想象你也该知道，就盼着这一天呢！完了，说完就完了！有些事真的就这么轻易就完了，不相信！"他吃了面在椅子上坐了抽烟，又说："走之前我妈当她是儿媳妇了，把一个家传的宝石戒指给她戴上，在国内前前后后花了几千块钱，都是我牙缝缝里省下来的，寄给了她我心甘呢，谁知她就这样照我头顶一棍子！"我把毯子抖开说："两个男的睡一床挺那个的，你睡地板上。"他点点头，问："林思文呢，她还没回来？"我说："总会回吧。"他说："那边传说你们快离婚了，我想挺好的一对，上帝选着配人也难配这么好，不可能吧！"我不置可否笑笑。他掏出一沓信递过来："你看，你看看，她写给我的。"我说："不客气我就看了。"他说："尽管看尽管看。"我顺手抽一封，他都丢过来说："都看看，看了就知道是个什么东西了。"我说："知道什么东西还飞到这里来找，天下总还另外有几个别的女人吧。"信上那火辣辣的句子烧得我脸热，目光都不好意思在那上面多停留："我们现在所做的一切，都是为了有一天在那美好的国度重温共枕同欢的旧梦"等等，看到这里我说："姑娘倒挺会写的，也怪不得我们老刘搁不下来，火在心里烧了几年，说熄就熄啦？"他说："我主要是怄不过，找到她让我使劲踢几脚，脸上狠命抓几把，我就算了。"我说："你都跟她睡过了，也该付出点什么，现在这就打平了。"他躺下去说："不瞒老兄，出国前在一起前前后后也有两三年，要是有一间房子，早结婚了，要是有那间房子，访问学者我也不一定来了。一间房子！"熄了灯他躺在那里长吁短叹，烟头在黑暗中一明一亮。

  第二天上午我陪他去了移民局，坐在那里等到十点多钟，总算约见了他。他走到三号约见台去，我好奇地站在后面看。移民官听了他的申诉，到后面查了一会回来说："This girl is really in Toronto. But she doesn't want to tell others where she stays. We can't help you.（这姑娘现在是在多伦多，但她不愿其他人知道她在哪里，我们不能帮助你。）"刘晓冬急了，把头伸过去嚷着："Tell me, please tell me.（告诉我，请告诉我。）"移民官摊开双手微笑着摇头。我跑上去拉他一把说："没有用的，这是人权。"移民官又按下键报了下一个号码，刘晓冬急了，踮着脚把头凑得更近，用中国话骂："他妈的你是什么东西他妈的你，怎么不保护我的人权！"移民官大为惊异，严肃地望着他。我不好意思，退到后面去。刘晓冬还在骂，移民官的脸色越来越严峻。我又跑上去拉他一把说："骂人也犯法，他听懂了早就叫警察了。"他听了"犯法"两个字，马上就不骂了，气呼呼地"哼"着，似乎是瞧不起那不愿为他打抱不平的移民官。出了移民局到了街上，他又骂了起来，骂那女人，骂移民官。我说："老刘，你在这里骂有什么用，听的人只有我一个。"他说："我太气了！我太气了！"他站在移民局门口不肯走，我抓了他的胳膊推他，那胳膊在不住地颤抖。

55

　　在六月里我搬到东区唐人街附近去了。一个上海人租了那一幢房子，一家人住在楼下。楼上我住了一间小的，那间大的已经有一个三十来岁的香港女人住了。

　　那些日子在恍惚中像梦一样地飘过去。每天干活回来就在房子里待着，借几本高阳的历史小说来看，或者写几篇文章投到报社去。到了每周休息那两天，经常是一整天也不跟人说话，想来想去想到一件可做的事，比如到东区唐人街去买一把小菜，心里就有了一点充实，也不骑车，慢慢悠过去，又慢慢悠回来。有时回来时就在桥上站了，看远处的高楼大厦，看 CN 塔，看下面高速公路上来来往往的车。这样闲逛着，又记起自己在国内把北美的生活想得那么浪漫诱人。那些远远近近的风景我已经看得厌倦，闭了眼也能在心里描摹出是什么样子，于是又觉得跟思文在一起吵几句也有点好处，那样我可以在心里有点事情做。到了夜里，我靠在床上捧了书看想引来瞌睡，可经常越是意识到了看书的目的，瞌睡就越不来，心里有个骄傲的声音在反抗着说，不能欺骗自己，一直到凌晨四五点钟。躺在床上我最大的愿望就是赶快睡着，睡着了心中那种空虚的沉重就没有了。那种空荡荡的沉重有着物质般的质感，压在心头我可以感到它的分量。这时我知道了酒的好处，可以让人暂时忘了痛苦，可惜我又不会喝酒，也舍不得买了来喝。好多次我睁着眼望着一片漆黑有几个小时，终于忍不住，爬起来穿了衣服，在这半夜里像游魂一样，到无人的街上去游荡。在夏夜的微风中我感到了凉爽，伸开双臂微微弯曲想象着是舒开了翅膀，一下一下地缓缓拍击，身子轻盈地也就有了一点飞翔的感觉。有时就骑了车，沿着街一直下去，到安大略湖边去看夜景。偶尔看到两个夜游的醉鬼吵架，两个人很温和地推来推去，骂着脏话，却打不起来，让人看了不过瘾，这样我也能看上半个小时。在深夜经过那些无人的街，我一点也不害怕，我在口袋里装了三十块钱，有人来打劫就拿去好了。经过那些黑暗的街角，我总是想象着像报纸上报道的那样，有人会跳出来，用枪逼住了我。我在心里等待着，要是真碰着那么一回也有点刺激，可惜这样的事从来也不发生。我这时已经厌倦了逛商店，却又着了迷似的到银行区去看利率的变化。在那些利率较高的小银行之间比较，在心里计算着利息是否够付我这个月的房租了。

那个休息日我在家待了一天，磨磨蹭蹭地把白天度过去了。打开冰箱看了半天，也想不起要买什么，银行的利率昨天也看过了。可怕的夜晚来了，我骑车到央街逛了一圈，看街上来来往往的人，回来才十点多钟。我后悔下午不该睡了那一觉，现在一点瞌睡也没有。我想找件事做，用力按了按肚子，想体会清楚里面是不是空了，偏又一点也不饿。我的思维像通了电一样灵敏，又像原始时代的穴居人一样贫弱。我把电话本摸出来想跟几个熟人打电话。平时我很少跟他们联系，今天急了没话也要找些话来说，问一声"近来可好"。拨了几处竟没有一个人在家，失望地把话筒放了。我想起今天一整天还没有开口说过一句话，就坐到床上去，靠着墙，闭了眼把自己设想成两个人，在心里一问一答："你是谁？你叫什么名字？为什么一个人待在这房子里？你从哪里来？你是干什么的？"这样问答着终于突破了那种莫名其妙的心理障碍，长长地叹出一声，顺着这一声，把那些问话在嘴里说了出来。听着自己的声音非常奇怪，又不知道问答者哪一个代表真正的自己，哪一个代表设想中的自己，想来想去来来回回设想了好几次，都觉得不合适。这样神经病似的自言自语了几分钟，自己感到了无聊又觉得有点恐怖，终于停下来。又下了楼走到街上去，碰了一个人就拦了他问："Excuse me, would you show me the way to Yonge street?（对不起，能告诉我去央街怎么走吗？）"这样拦了有十几个人问了，每个人都很耐心地告诉我方向，我非常恭敬地点头致谢，"Thank you"前后也说了有几十遍一百遍。最后自己也问得厌烦了，把双手伸过头顶拍响着，一个人神经质地笑。再往前走，忽然看见对面的马路的路灯下，有一辆警车停着，几个警察扭着两个黑人在搜身，黑人很老实地举着双手。我马上横过去看，刚走到旁边站了，一个警察说："May I help you?（我能帮你什么忙吗？）"我只好知趣地走开，远远看着警察把那两个人塞进警车带走了。

  时间还早，不到十二点，我继续往前走，发现自己走到丹佛士街口。这是多伦多有名的妓女集散地，很多次深夜回家在电车上看见妓女们穿着性感的衣服站在街角路旁，或者慢悠悠走着，等待着生意。我忽然感到自己心跳得厉害，有一种非分的向往。沉住了气一想，自己也并不是想去干那勾当，而是想去跟那些姑娘们说几句话。明白了自己又有点不放心，又想到自己口袋里也并没有钱，才彻底放心了往那边走去。我站在街对面一个黑暗的角落远远地看那些姑娘，大多数是白人，也有黑人，有的吸着烟，有的三五成群在灯下嬉笑。小车开过来，她们就向那些车招手。有的小车停了，开车人探出头来招呼自己看中的角色，一个谈不成了，另一个再上去，成交了就开车带走。不断地有姑娘被接走，又不断地有人被送回来。我很奇怪，不远的地方就有几个警察站在那里，却不去干涉这种非法交易。我没有车，连和她们开个玩笑的勇气也没有，看了好久觉得自己像个偷窥者，感到了惭愧想转回去，又觉得应该鼓起了勇气上去跟她们说几句话。犹豫了一会儿，看看自己衣服还整齐，心想，我一直走过去，有人叫我就停下来，没人叫就看看这风景也好。我按捺了心跳，尽量悠闲地走过去，走过姑娘们身边却又不敢望她们，偏了头一直走过去。她们把我当成了过路人。过去了又在心里埋怨自己没有勇气。对面又一个白人姑娘走过来，见我神情迟迟疑疑，就和我打着飞眼，把大拇指夹在食指和中指之间来回伸缩几下，眼睛问我要不要那个。我马上做了个轻微的否定手势，又摇摇头。还想跟她说句话呢，至少也问一问干什么不好呢要干这一行。她见我没有做生意的意愿，马上就没了兴趣，走过去了。迎面又一个姑娘走过来，十八九岁的样子，戴着十八世纪那种插着鹅毛的帽子，美得叫人心动。我心里一颤，万一她叫住我呢？走近了我不敢看她，擦肩而过我松了一口气，又回头看了她的背影。我真想追了她问，这么漂亮嫁个有钱的人也容易，怎么还要到这街上来揽生意？前面又有一个白人姑娘站在那里张望，我想这是最后的机会了，就微笑着一直走过去。走近了她望着我笑，对我说声"哈啰"。我也"哈啰"一声，她说："May I help you?（我能为你服务吗？）"我也不回答她，却问："Is your business OK?（生意好吗？）"她走到跟前和我说话，说了几句知道我没有成交的意思。我说："Sorry.（对不起了。）"她说："It's OK.（没关系。）"我又问她年龄多大，一次生意多少钱，整夜又是多少钱，一般一夜能做几趟生意，警察去不去旅馆抓人，怕不怕染上病，等等，她都回答了我。说了这些话我觉得自己最想问的"干吗要干这行"的问题简直就没有必要再问，世事不是这么简单的一句话说得清楚的。我感到她们多少也有点可怜有点能够理解，并不像自己想的那样简直就是一团毒。正说着一个男人手持大哥大从黑暗中闪出来，用很熟的口气和这姑娘说话。我猜想这是她们后面的保护人，不敢再停留，说一声"Good night（晚安）"就匆匆离去。好多次餐馆的同事都说自己干过这种事，我只当他们是吹牛呢，现在想起来他们可能是真的干了。这么容易的一件事，有胆量有钱就行。

　　回到小房间里我还是毫无睡意，那种空荡荡的沉重又重新聚集起来，在心头凝成一个结。凝神中我感到了空气中有一种琐屑的轻响，裹挟着一种温柔的压迫向我袭来。我感到了无名的紧张。我知道什么也没有，这只是心的幻觉。但那种压迫的存在如此明显，我那样清晰地感觉到了，却不能给它一个切实的解释。逃避着我捧了书到床上去看，也看不进，于是扔开了。又到水房里把浴盆用肥皂洗得干干净净，放了满池的水跳到里面躺了泡着，浑身搓来搓去也搓不下灰疙瘩。泡了好久觉得够了，把水放了擦干身子。想起那香港女人这几天也不见人影，楼上就我一个人，就打开一条门缝伸手把过道的灯关了，赤裸着身子回到房里。披了毛巾拉上窗帘在灯下看自己的身子，觉得有点羞愧，又觉得有点刺激。干脆把毛巾甩开，在房里走过来走过去，双手在身上拍得"啪啪"地响，心想："我把自己吓着了，把自己吓着了。"一下蹿到床上去坐了，双手搂了肩尽量缩成一团，一下又跳下来，拍着身子走来走去，又熄了灯，黑暗中在房子里绕着圈子，左边走几步，右边走几步，想象着电视中演员的表演，做着各种舞蹈动作和造型，眼珠子随着动作瞟来瞟去左右乱转。做着做着我感觉到了兴奋，逃脱了那种沉重的空虚。最后我"哈哈哈"地笑几声，摸到床上去睡了。

这样我在孤寂中挨过了几个月。好多次我觉得自己意志快要崩溃，又怀疑自己思维迟钝是不是神经有了问题，心里害怕起来。我在心里默默地背着"八八六十四，九九八十一""日照香炉生紫烟"，又轻声念出来让自己听见，似乎这样就给了自己一个还清醒着的证明。

56

在我住的街道附近有一所小学，每天有很多小学生越过马路上下学。在那个十字路口，有一个四十来岁的干瘦的白人妇女打着一面小旗，引那些学生横过马路。学生来了，她就吹一声口哨，来往的车停了，她举起小旗带着学生过马路，这就是她的工作。

我去东区唐人街也在那里横过马路，过了桥就是唐人街了。有一次我横过马路，那个女人斜了我一眼。我想想自己是不是做错了什么，看看这个路口也并没有红绿灯，不存在闯红灯的问题。这一次我没有多想就过去了。下一次我横过马路，她又斜我一眼，嘴里自言自语轻声念着什么，似乎在数落着我的不是。我不明白这是为什么，几乎就想骂她几句，又想："和这种下里巴巴的人有什么好吵的呢。"也就忍住算了。想来想去我想也想不明白她为什么对我那样一种神态，猜测她以前吃了哪个中国人的亏，把怒气迁到我身上来，又猜测这是个没有文化的人，把人种的优越和歧视都显现到脸上。她在自己的白人圈子里被人看不起，她又看不起那个圈子以外的人，这样她总算也能找回一点自信。我心里猜测着，以后不再在那个路口横过马路。

有天上午我在外面无聊地闲逛，又坐到离家不远的一个等车的玻璃亭子里，看汽车来来往往，在心里判别着各种小车的牌号。有一个白人小男孩背了书包在亭子外面玩，我无聊着就叫了他，探出头去问他叫什么名字，几岁了，上几年级，又招手叫他到亭子里面来玩。那孩子刚进来，那个干瘦的女人"哇哇"叫着跑了过来，太阳下小旗在手中一晃一晃。我还没反应过来，她冲到亭子里，瞪我一眼，拖了小孩就走，嘴里"哇哇"地说着什么，我也听不太明白。走了不远又弯了腰，一只手指了我，问那个小孩什么，模糊听清一句，是在问我是不是想把他带到那里去。我心里气得发颤，她把我当成一个诱拐者，一个人贩子了。我心里好惭愧，似乎自己真的有什么说不明白的不良动机，又埋怨自己无事生非，无聊了到草地上打几个滚翻几个跟头不行吗？偏要去跟小孩说什么话！

我气愤地往家走，揣测着自己这样一个人在这个社会中的位置。我没有车，她明白我不是个人物。就她那样一个人，还在我面前骄傲呢。她没有修养，把优越、歧视和不信任都显到了脸上，那些文质彬

我用力去踢那棵树,一下,又一下,头碰着树干,我的额头在树皮上擦着,粗糙的树皮刮得我生疼。

彬的雅人心里不知怎么想的呢。真的叫人心里发冷。我想象着如果有一种神奇的药剂把我的皮肤漂白头发变得卷曲金黄，那我在这个社会中也许就有另一种命运了。马上又在心里否定了这种想象，即使真有这样的可能，我也绝对不做这样的选择，给我一个百万富翁我也不会做这样的选择。我在心里反复默念着"绝对不绝对不"这几个字，像是向谁表示着一种钢铁一样的决心，眼泪抑制不住地流了出来，模糊了视线。我扶着一株树站住了，用衣袖擦去泪水却又涌了出来。我用力去踢那棵树，一下，又一下，头碰着树干，我的额头在树皮上擦着，粗糙的树皮刮得我生疼。我再也忍不住，哭出声来。我真的想大哭一场，我真的想大哭一场。

57

在报纸上写文章多了，也写出了一点小名气。报纸上称我为"大陆作家"，我感到惶恐又有一点得意。慢慢地我有了一点自信，把稿子寄到美国的报刊上去，发表了，又寄到香港去，也发表了。这使我有了勇气以平等的心态与别人交往，哪怕对方是个博士什么的呢，我也用不着那样躲躲闪闪畏畏缩缩了。这样我交了一些朋友，他们有什么聚会就叫我过去。孤独虽然依旧，毕竟是好多了。有时候干活回来已是深夜一点，我依然精神振奋，写到三四点钟再睡。不知怎么一来，餐馆里的同事也知道经常在报纸上写文章的孟浪就是我。阿良说："孟浪也在餐馆里，怎么回事！孟浪也切菜包春卷，怎么回事，嘿嘿！"阿长说："孟浪怎么跟我们干一样打湿手的事，这不对嘛，人家是个知识分子嘛！"说了两个人互相望了哈哈地笑起来。

这天多伦多大学的一个朋友打电话来说，国内一个女画家叫汪莉娟的，在大人物画廊办画展，销路不好，她想把画抽回来移到纽约去，孙老板却把画扣住准备贱卖掉。因为合同订在前面，那些画她想抽也抽不回，只好在多伦多想办法。朋友要我尽快写篇文章发表，看能不能挽回局面。这个画展我在《星岛日报》上看到了广告，还没去看过。我知道这些画家为了出国，不管画廊老板条件多么苛刻，也接受了，这样至少可以出国看看，回去又可以说是在国外办过画展的。到了这里，老板按合同行事，画家打不起官司告不起状，满心委屈也无可奈何。

朋友陪我去见了汪莉娟。女画家开始还很矜持，想回避销路不好的严酷事实，只说多伦多的人不懂艺术。说起孙老板她就激动起来，说："孙老板根本不像个搞艺术的人，一点理解力都没有。"又用尽可能文雅的刻毒语言把孙老板骂了个够，说着说着就哭起来，说眼见着自己多年的心血就被这个市侩糟蹋了，好心疼。孙老板跟我也算个朋友，我不能陪着她骂。我说："老板就是老板，又不是慈善家，他是在做生意又不是做别的。他哪里又不想销路好，好了他也多得钱。你要他亏本为你办画展，那不现实。"女画家哭着说："他太损人了，太毒辣了，他要钱不要脸！"我的朋友也说："他要钱不要脸！"我说："怪只怪多伦多这个城市没有艺术气质。孙老板他办了这个画廊也不容易，他自己都想关掉了。"女画家只是哭着说："他太损人了，太毒辣了，他要钱不要脸！"我说："合同订了，伤心也没有用。孙老板租房子要钱，裱画要钱，做广告要钱，吃饭开车要钱，都要从你的画里面来。大家都理解一点，生意人心不狠不毒不行哦，不然，怎么叫他老板呢！"

我提出去大人物画廊看看。女画家说："现在我就不去了。"我说："我其实不真的懂画，只会瞎说，怕说不到点子上。"她说："由你怎么写吧，你有经验。"我说："我说得天花乱坠也是对外行说，把你的画都可惜糟蹋了。"她说："现在也不管那么多了。"我说："那不管三七二十一我就瞎说了。"她不作声。我说："不管三七二十一。"她望了我还是不作声。我抬腕看看表，她轻轻地吐出几个字："由你了。"

到大人物画廊看了她的画，我没有多少信心。孙老板说："听她自己说得过这个奖那个奖，我以为货色多么起眼多么亮泽呢，早知道这样子，我也不办她来了。这一趟我是一场空还要倒贴。"又指了画说："都是一个模式。"我心中知道孙老板说的都确实，这些水粉画在色彩和构图上有个人的特色，互相之间却雷同，几乎张张都是只有面孔的轮廓而没有五官的人物，再配上不同的背景。我悄声对朋友说："不行啊，别人买要买个与众不同，这大同小异的人家怎么会有兴趣！其实纽约她也不用去了，去了也是空的。"朋友说："那你还是要帮她个忙，吹一吹，吹出去几张算几张。"我想一想说："我还是老办法，从意义上去说。对她的人物我讲两点，一是商业化社会扼杀了人的个性，造成个性的消失；二是现代生活造成了人们之间的冷漠。这些没有五官的人物恰恰艺术化地表现了对世界的这种理解，这样她的形式就有意义了。不知她会不会让我这样写。"朋友说："老高，是这么回事，我看了就是这么回事，又说不出。"我说："画家在心里骂我胡说八道呢。"他说："不会，不会。"我要他去问女画家这样写行不行，我刚回到家他就打电话过来，说："就照你说的那个意思去写，她说可以。"又叮嘱我说："写好点。"

过了两天文章在《星岛日报》登出来，我说服孙老板又花钱做了一次广告，画的销路见着就好了起来。过了一个多星期，孙老板打电话来告诉我，那些画卖得差不多了，还剩几张让画家包回去了。他很高兴，请我去翠园酒楼去喝茶。我去了，孙老板塞给我一个二百元的红包。我也不推辞就收了，说："孙老板你把汪莉娟的画甩卖掉了，她亏了你也亏了，那种价别人买去只当装饰品，不当艺术品。"孙老板说："我跟她赌气！自己的东西走不动，怨我！这不是笑话吗？"

我说:"老板你当然不容易,大陆来的画家更不容易,有时候你放松一点,他们也喘口气,瘦死的骆驼大过马呢。"他笑了说:"好歹我也算个搞艺术的人呢,心就那么辣?没有办法!我也要找口饭吃是不是?说穿了说透了我这也是生意,商场如战场,白刀子进红刀子出,血淋淋你死我活的事!我今天破产了,跳楼也不会有人拉着我!你信不信?我也想心软呢,能软吗?"他说着眼中放出一种光来。我看了心颤,不自然地笑了一下说:"孙老板别说得那么可怕,我心都被你吓跳了。"他又笑了说:"这就吓着你了?嘿!十年前我破产了一次,为朋友的事抹不开面子。朋友做生意贷款请我担保,又算着有把握就签了字,可到了期他还不了账,银行把我账上的钱哗啦一下就划去了,又封了我的房子,那次不是我太太死拉着我,我真跳了楼,不想活了!我想人的心要硬啊要硬啊,想着想着真的就硬了。生意嘛,杀人见血的事!"我跟他碰杯喝了口啤酒,说:"老板你说得这么恐怖,那个意思我也领会到了。这么说,我这个人就做不得生意?"他"嘿嘿"地笑,不回答。我说:"我还想等赚足了五万块钱做个什么小生意呢。"他说:"我说一句不好听的话,是朋友啊,别不高兴啊,你根本不行。你不够狠,生意上的事要狠心,狠心!该咬的时候要一口咬紧,怕他疼?我做二十年的生意,经验主要就是这个'狠'字。没有良心的吃饱饭,心肠一软,倒血霉是一定的。生意上的事就是要钻牛角去,要觍着脸横下心钻到牛角尖尖上去。这中间的真理我跟你吹三天三夜也没有用,一定到那一天你自己出血了,疼了,才会明白。生意上的经验说是说不明白的。说这次吧,我放她走了,好人吗?好人!可损失我就一个人扛了。甩卖了她的我还少亏几个!"我说:"孙老板你看死了我?说不定哪天我就发了!"他眯了眼对我笑,说:"那也许你会走运,这样的运气我是碰不到的,想都不敢想会碰到自己头上来。你要做生意也可以,要倒一次血霉,把这五万块钱鼓捣完了再欠上几万,从头来过！那时候你就知道生死之间只隔一层纸。有这种决心你就去做。"我举了杯说："孙老板谢谢你提醒我，我敬你一杯。"他跟我碰了杯说："恕我直言，你只要心里明白我不是害你，就别生我的气。"我说："老板我还要谢谢你呢，怎么说得到生气上去！"他把啤酒一饮而尽，说："谢谢我倒不必，别在心里惦记着孙老板是一头狼就谢谢你了。"

58

快到秋天的时候，二房东告诉我，隔壁的香港女人结婚搬走了。我说："她结婚了吗？她反正也没在这里住过几天，她早就结婚了，现在不过是正名，其实在加拿大这名正不正也没有关系。"他笑了，又说："过几天有个女孩子会搬来，从南京来的，是多大的学生，没关系吧？"他意思是问我和女孩共用厨房水房介不介意。我说："没关系，反正得来个人。十八岁的小姑娘和八十岁的老姑娘对我来说都一回事。"他笑了说："那你挺正经啊。"我说："想不正经也不行啊，不正经也得有资格！"他说："那你修炼成佛了。"我说："什么时候回国去我再还俗。别把我看那么好，我也不是吃素的。"他说："那随你们，你们自己的事。"我笑了说："还不知道是不是个猪八戒呢，你就把我和那个人'们'到一起去了。"他望了我有点神秘地说："挺漂亮的。"我说："那是金陵一钗呀！"

这天晚上下班回来，我发现隔壁已经住了人，灯光从门缝里透出来。我也没想什么，进了屋倒在床上看书，看一会儿困了就去洗澡。我发现今天澡盆已经有人用过了。挡水的塑料帘子我平时都是拉到左边，今天却移到了右边。搬到这里来我总是洗淋浴，我特别忌讳和别人共用浴盆，怕传染什么病。香港女人搬走后，我用肥皂把浴盆仔细洗刷了一次，开始泡到浴盆里去洗，今天只好又洗淋浴了。洗着的时候我心里有点不高兴，心想，要是自己一个人住这一层楼多好。

好几天我都没见到隔壁这姑娘。我上午十点钟起床，她已经上学去了，我晚上回来，她又睡了。这样过了几天，我心里痒痒的有了点好奇，像有只小甲虫在那里停了，那许多只脚不住地乱动，毛茸茸的，惹人。我去揣想这姑娘到底俊不俊，二房东说挺漂亮也不知是真是假。一会儿我希望她挺漂亮，有机会了发展她做说话的伴儿；一会儿又希望她丑，真像个猪八戒，这样我放宽了心，当她是原来那个女人，各干各的事，心里也不必七上八下的，受刺激。有天上午在楼道里碰了面，那一瞬间光线暗暗的没看清。我看她很明显地把头一低，我也马上漠然地侧了脸，和她擦肩而过。等她过去了，我站在厨房门口看她走下楼去，中等个子，细细的腰肢一扭一扭的，有点意思。这更激发了我的好奇心，倒得找个机会看清这人啥样。这天早上我醒得早，听见厨房里有响动。我爬起来，把衣服穿整齐了，抓了枕巾在脸上干擦几把，又捋捋头发，开了门走到厨房门口，停一停，惺忪着眼慢慢走进去。她站在电炉边炒菜，平底锅"嚓嚓"地响。我轻轻咳嗽一声，看她回了头，我马上把脸一偏，从冰箱里拿出牛奶壶，倒在小锅里，问："对不起，煮牛奶可以吗？"她把身子移开一点，往电炉上一指，也不望我，脸微微往那边一偏。我把小锅放到后一排的炉架上，很自然地望她一眼，觉得有点面熟，眼盯着牛奶心想，这人是见过的。忍不住又往那边瞟了一眼，这不是张小禾吗？眼下的那颗小黑痣看得清清楚楚。我吃了一惊，她怎么到这里来了，怎么会呢？我在心里作种种猜测。正想着呢，她叫道："牛奶，牛奶！"我眼睛并没从小锅上移开，但牛奶溢了出来我却毫无知觉。我把锅端到一边，厨房里马上飘着一种焦煳的气味，小锅放下去的时候太重，几滴牛奶溅到她的菜里面。我把手指放到嘴边吹着,掩饰着说:"好烫好烫!对不起啊。"她还是微微偏了脸不作声。我心里想:"咦,还挺傲的啊,以为谁又不知道你!"我端了牛奶到房子里,把小锅放到桌上,又钻到毯子里去睡,也不去想这件事。以后我们迎面碰了,像不认识一样走过去。我觉得这样也好,非常好。我看见了她就像没看见一样,眼睛就这么望着也不避开,毫无表情地走过去。我对自己用更大的冷漠来回答她的冷漠感到满意。幸好在加拿大我并不想动什么心思,幸好。

这天我休息,睡到中午才起来。我胡乱地吃了饭,懒洋洋地走到东区唐人街买了点水果蔬菜,在桥上看了会儿汽车,回来又倒到床上去睡,哪里还睡得着。心想,不睡也好,睡了晚上精神太好,难得熬过去。想写点什么东西,铺开了纸坐在小桌边,怔了半天一点情绪也没有。于是下了楼,躺到门口的小草坪上去晒太阳。躺在那里我想着这一次又写点什么才好。忽然想起把张小禾的事写了,投到香港去也挺好。下次得问问思文,她的故事的后半截是怎么回事。前不久我把刘晓冬的故事写了,投到香港去,很快就发表了。当然我没有用他的名字,也没用孟浪的笔名,怕万一他看见了在心里唾我。这样想着我在草地上翻一个身,把鼻子凑着地面去闻那青草幽微的清香。侧过脸忽然看见张小禾背着书包,穿了牛仔裤,白衬衣扎了进去,远远地在太阳底下一闪一闪地走过来。我慢慢坐起来,迎着她望过去,毫无表情地看她渐渐走近。她走近了,脸上也毫无表情,经过了我身边,头在我的视线中消失。我眼皮也没抬一抬,在刹那间,我看见她胸部隆得高高的,在白衬衣里随着脚步轻轻地上下颤动,很生动的样子。突如其来地,我全身触了电似的一颤,一个冷战从脚底飞快移动着传到头顶。这样的感觉我已经非常陌生了,到加拿大这两年多来,我对异性有一种冷漠。我用冷漠表示着疏远和拒绝,这样来维护自己内心的骄傲。久而久之,内心那跳跃的火花也渐渐微弱。知道了自己是没戏的人，是局外的角色，我也不往那方面多想。有时我对自己感官知觉微弱的状态感到害怕，怀疑自己是不是心理上生理上有了问题。还是在两年前，在圣约翰斯的时候，有一次和林思文去逛超级市场，偶尔转过脸时，看见一个穿红色夹克衫的石膏模特的胸部微微显露了出来，我全身也是这样中电似的一颤，站在那里待了有几秒钟，思文还用奇怪的眼神望着我。从那以后，再也没有过这样的感觉了。哪怕那次阿唐带我去看脱衣舞，那么多姑娘又那么漂亮那么好的身材，白种人，黄种人，黑人，我也无动于衷。想不到今天自己在毫无防备的情况下就受了诱惑。

我坐在那里想入非非，想到了"有亭翼然"这几个字来形容那种生动。我知道有很多姑娘，为了追求曲线感，用了那种厚海绵的胸衣。曲线是突出来了，但却没有这样一种富于质感的生动。我想来想去，越想越细腻，想象力突破了一切遮蔽，一切都在脑海中活灵活现地浮出来。我故意打乱自己的想象，去想写文章的事，又去计算存款的数目，可心里转了个弯，又想了回来。我抵抗了几次，没有用，干脆放弃了抗拒，让想象自由地流动，一边自言自语念叨着："太下流了，太下流了。"不管怎么样，今天心里能有这么一颤，我还是感到了安慰。我没有问题，我是一个正常人，我得到了一个意想不到的机会证实了这一点。

59

思文打电话来，问："最近还好吧？"我说："老样子。"她又问我，休息那几天都干什么，我说："看汽车。"她没听明白却也不再问，又告诉我，她房间的抽水马桶堵塞了，请人疏通要几十块钱，问我有没有办法。我说："来看看吧。"就骑车去了，路上在工具店买了一个吸筒。去了她望我笑笑，我也望她笑笑。我到厕所里去看，她说："有气味呢，脏。"我要她走开，把门关了，揭开盖子，一只手捂了鼻子，用吸筒去吸。吸了几下还是不通，我顾不得臭，双手握了吸筒去吸。吸通了秽物都下去了，可水还是流得不畅，一放水就溢上来，再慢慢渗下去。思文推开门说："可以了。"我说："可以了我一走你又要打电话给我。堵东西了。"我要她找个东西来钩，她问："筷子行不行？"我说："拿个衣架来折了。"折了一个铁丝衣架钩了一会儿，软软的不得力。思文说："还是请人来算了。"我手执了铁丝伸到水下面去，她说："太脏了太脏了，还是去叫人。"我说："反正已经脏了。"又把衣袖推得更高些，再伸下去，钩上来一个塑料袋。她说："这是谁丢到里面的！"我用肥皂洗手说："反正你这里来的人也多。"

　　她从冰箱里拿葡萄给我吃，说："黑加仑呢，出国的时候看报上登了，广州卖七毛钱一粒，现在怕要一块了。"我用左手拣了几颗吃，说："到这里才敢吃这玩意，才几毛钱一磅。"她又告诉我，约克大学有个学政治学的博士对她有那个意思，来过几次了。我说："那好啊。"她说："我还没说高矮胖瘦呢，你就说好。生怕我找不到要你负责吧。"几个月前分手以后，我很担忧她那样悬着。在我看来，她应该对现实作出妥协，而不能死抱着一种理想不放。她并没有充分认识到这一点，我也不好明说出来。我说："那当然好，至少下次掏马桶就不要我打湿手了。"她笑了说："跟你说真的。"我说："至少是个博士，还是洋的呢。"她说："博士有什么用，我还当过洋博士呢。学政治的，将来饭碗都没有，还来靠我？我自己一点力气都没有。"我说："人人都有缺点，到哪里去找那么好的人？真有个那么好的人，眼睛又望着空中飞过天鹅，说不定心也是黑的。"她说："起码有你在前面做个榜样。"我说："我算老几，黑角落里随便揪出一个都压在我上面。"她说："你回国就威风了。"

她又详细告诉我和那个人认识的经过，要我判断这人怎样。又说："专业实在不好呢，也就算了。也离过婚呢，也算了，我也不能那样去要求别人。只是个子又不太高，可能一米七还差点，年龄还比我小一岁，我有点难接受。"我说："个子呢年龄呢，差不多就算了，别讲究那么细。"她生气说："跟你说你就这也算了，那也算了，什么才不算了呢？是个男人就算了！"我说："固执就不算了，固执的人将来麻烦大。只要不像我的人我看去都是合格的人。"她笑了说："那个人倒还不固执。"我说："老是那个人那个人的，把他的名字吐出来算了。"她说："那你不能出去说，你作保证。"我说："什么军事秘密，要作保证！你不愿说就算了，我跟谁说去！我真要知道那还不容易？"她说："你保证了啊。那个人叫古博学，这个名字我就不喜欢，跟出土文物一样。"我说："名字是稍微太旧社会了点，不过你挑也挑得怪，名字也要挑，那挑起来还有个完？要是我喜欢一个人，她叫作狗屎也可以，叫王八也可以，我当她是王七的妹妹就是。"她笑得顿足说："你好好玩的。"又说："我不是挑呢，我有这样的感觉。"我不明白她是指对那人的感觉还是对名字的感觉，心里只想她快点安顿下来，就竭力劝她接触试一试，说："又表白自己相信原罪说，成功的男人只多了犯罪的机会，有什么好，可怕。真的事到临头你还是不相信，只愿对方门门优秀。"她笑了说："那倒也是，人就有这么怪，想的做的不一样。"我说："反正先只是试一试。"她说："就听了你的，试一试就试一试。试了好就好，试了不好就不好，反正是试一试。"我也说："反正是试一试。"她又笑一笑说："我们好奇怪啊，婚都离了，还商量这些事！别人知道了会笑掉大牙的。"我说："这有什么呢，有什么呢，又没有犯了法的哪一条。"

我说要走，她说："再坐一会儿。"又想起什么似的说："上个星期作业我出了三十块钱请个加拿大人帮我润色，我想得下期的奖学金呢。

教授看出来了，给我一个C，下期的奖学金肯定是没有了。如果我实在没有钱了，你借点钱给我可以不？"我心里一愣说："可以是可以，借多少呢？"她说："到时候再看。我不找你借又去找谁借？实在没办法，谁喜欢跟人借钱呢？这个忙你一定会帮我，是吧？"我说："好厉害的嘴！一定先把一定说了，我就一定不好意思把你堵回去了。可我还是要想一想。到时候再说好不好？说不定你又得了奖学金呢？"她说："真的你想想这件事。我保证会还给你还有利息，到时候连以前那两千一起还给你。你实在不肯借也算了，我也能理解你。我这个书还是要读完的，天也不见得就会那样狠心把人的路都绝了。"我说："我这几个钱，你知道的，来得容易？看我的手！"我的左手食指前几天不小心碰在烧热的锅耳上，烫起一个很大的泡。我把指尖朝下，泡里面的水就流到指尖那一头，又把指尖朝上，里面的水就流到指根那一头，反复几次，让水在里面晃荡。她抓了我的手说："让我看看。"又摸一摸那水泡。我说："疼得我直弹起来，把手帕打湿了不时敷一敷，照样要做事。现在倒不疼了，有几晚都没睡好呢。"又指了手上几处刀伤烫伤的疤痕给她看，说："看了你知道钱是什么东西了吧。"又搂起裤脚让她看腿上暴起的青筋。她松开我的手说："你的钱也真的是血汗钱，你不想借我也不怪你。"我说："我也没说不借，说不定你奖学金又得了。"她说："那肯定是没有的，我银行里只剩两三千块钱了。"我想起孙老板的话，心要狠，要狠！想丢句过硬的话让她绝了这个念头，可就是说不出口。我敷衍着说："再说啦再说啦。"她说："你心里还是掂一掂这件事啊。"

停一停我说："你周末也不出去玩玩。"她说："哪里去玩呢，别人都忙呢。"我说："找古博士、张小禾他们去玩玩。"她说："张小禾，人都不知到哪里去了，鬼影子都不见一个，电话也不打一个来。"我说："你碰了她问她就是。"她说："上次倒碰到一次，告诉我她搬到东区去了,电话还没装好。"忽然想起什么,很兴奋地说:"她跟那个男的分手了,她知道了那个男的的底细,赌气搬走了。有人写信都告诉了她,也不知谁写的,肯定是那个男的的仇人。"我说:"谁叫她自己那样轻飘飘的,随随便便把自己献出去,吃到苦果子了吧。"她说:"别拿那一套来看人,这里是加拿大!她还算是个有气性的,知道了就走开,要轮到别人,那还不将错就错含含糊糊过了下去,再唆使那男的离婚。仔细一想,天下男人都令人心寒,不能怎么让人抱希望。我真的很可怜那些少女,一个个都在梦里沉着。"我说:"少女可怜,这是什么话?听不懂。最好天下女人谁也不抱希望,团结起来把男人一概批倒,就出了口恶气。"她说:"可女人还是要去抱希望,不抱又怎么办?她们总要走到男人跟前去,今天不去明天还是要去,说她们贱那是委屈她们了。人间有些悲剧简直就是上帝安排的,女人其实没有选择。"我说:"那她张小禾也挺倒霉的。"她说:"她也挺倒霉,我也挺倒霉。倒霉的女人多,她一个,我一个,还不知多少,普天下都是。"我指了自己说:"倒霉的人这里还有一个。"她指了我说:"你?你还不算,不够资格。你有一条现成的路走,赚得不想赚了就往国内一溜,什么都有了。"我说:"这条路人人都可以走,可没人愿意走,都舍不得北美的锦绣前程。"她说:"别阴一句阳一句说风凉话。"这时电话铃响了,是古博士打来的。在她打电话的时候,我做了一个"拜拜"的手势,开了门出去。

60

张小禾不理我,我也不理她。有时迎面走过我头也不抬一下,像眼中没见到有个人。我最不喜欢姑娘们那种用冷漠装饰起来的傲慢。

我在心里说："以为是个男人就想打你的主意吧，别自作多情！"我一点也不想打主意，我觉得那种主意在这个地方离我很遥远，这使我有志气做出高傲冷淡的样子。但有机会了，我又偷眼望她一望，腰肢婀娜，脸色白润，小嘴微微噘着，水溜水秀的挺惹人。她下楼的时候，我站在厨房门口看去，她衣服腰部那细微的折皱传达出的那点什么也是刺激想象的。有几次她从我身边掠过，我似乎闻到了一丝淡淡的体香，侧了头嗅嗅，却又什么也闻不到了。那一丝异香总使我老半天心神不宁。在心里我承认这个姑娘算是个不错的，搬来这么久了，也没见她和什么男人缠到一起。在多伦多，大陆来的姑娘漂亮的不多，有个模样差不多的，就老有人找她去玩。我从来没见有人来找过张小禾，有几次我注意到她整天一个人待在家里，也难为她耐得住这份寂寞。有一次她在厨房里轻轻地哼着歌儿，我下意识地吹着口哨接上去，她马上就停了下来。我好惭愧，在心里揍自己几老拳，停一停又把调子吹下去，证明着是自己吹自己的，与她没有关系。

有天晚上我洗澡的时候，躺在浴盆里突然意识到不知什么时候起，自己又开始泡在浴盆里洗了。意识到这点我吃了一惊，忽地从水里跳起来，双脚站在水中想跨出去。犹豫了一会儿，又觉得没什么，慢慢躺了下去。我竭力回想自己是从哪天开始这样做的，但已经想不起来了。我觉得很奇怪，自己为什么不知不觉就这样放松了戒备，连浴盆也不洗一下。前面那个女人在这里的时候，我也泡着洗过几次，但一定不会忘了洗刷浴盆。洗完澡我并没有那种不安全的感觉。

这天我休息，叫了孙则虎一家和几个朋友来玩，做晚饭吃。我买了一箱啤酒，两只龙虾，几斤螃蟹等，大家都拥在厨房里。我说："孙则虎，今天你动手，我休息一天。天天我就是炒菜炒菜，站到锅边上我心里就发慌。"几个朋友嚷起来："老孟出钱，老孙出力，我们大家出嘴！"朋友们都不叫我高力伟，都叫老孟，有的干脆叫孟浪。孙则虎说："我出力可以，都是我指挥。"他吩咐这个那个择菜切菜，自己在椅子上坐了开瓶啤酒喝说："都做完了我来上锅，不许有人插手捣乱。"他没分配事给我做，说："你上午去买了菜，没你的事了。"我说："老孙你好厉害，跑到这里喧宾夺主，还放一个人情给我。"他指了张小禾那间房说："隔壁住了什么人，可别是个姑娘！"我说："好像是个女的，刚搬来我也没怎么见过。"他说："老孟你别打幌子，你我还不知道？她漂亮吗？"我说："没看清楚，也不至于晚上想起来做噩梦。"他说："有艳福的人就是有艳福，送都要送一个到他床前来。"袁小圆听了直笑，说："狐狸尾巴露出来一截了。"他对我说："有股酸气热腾腾从哪里冒出来闻到没有？"又说："她哪里来的？"我说："北京南京天津地津谁知道呢，想知道你自己去问，她暂时还没到我这里申报户口。"他指了我对别人说："大家看孟浪好正经个人，让我们这些人活在这个世界上都惭愧。呸！别跟我来这一套！说不定今晚我们一走，你就溜到她房里上了床。以后我经常晚上两点钟打电话来查。"我笑了说："有老孙魅力的一半就好了！再冷淡的女人也煽得起火来，扑都扑不灭。"袁小圆听了直笑。我说："看小袁笑了吧，她在这方面是最有体会的。"又转向她说："你要多一个心眼呀，对他行动的掌握要落实到每一分钟，他会犯错误的，会调皮的。"旁边人说："我知道老孙老实，他不会调皮。"袁小圆说："不会调皮，让他自己说这句话！"又转向孙则虎说："给大家说说你的经历，都是朋友。"有人说："他想调皮呢，也只敢在心里调，他太太是什么人！他吃了豹子胆吗？"袁小圆说："打趣起我来了！他调皮我正巴不得呢，还减轻我的负担。只别找太丑的，让别人说袁小圆的丈夫没本领。"大家都哄笑起来，说："孙太太心襟这么开阔，下次我家里的从国内来了，先到这里上一课！"孙则虎说："你们那么天真就信了她的！她那个铺子，柴米油盐酱茶都不卖，只卖一样东西！我今天喝了酒在这里开几句玩笑，回去还不得写小字！"袁小圆红了脸说："你再胡说！"孙则虎装着没听见，喝口啤酒对我说："跟你说真的，隔壁那个，上了她吧，组成个临时内阁，有什么呢？她寂寞你也寂寞，她需要你也需要，一个要卤锅，一个要锅卤嘛。说真的你单身一人旷久了对身体可不好。"袁小圆说："孟浪别听他的，女人别拿她们开玩笑，她们心里挺苦。"我说："嫂子别替姑娘们担忧，我老孟还不是那样的人！"孙则虎说："好高尚的人，这么高尚的人我都感动了，马上就要热泪盈眶了。"又说："我们老爷们儿到房里说话。"我跟他到了房里，他说："机不可失，时不再来，我可是够朋友提醒了你。只当她是小菜一碟，找机会把她给推了。傻瓜，现在的姑娘谁认真呢，她要你负责？只可惜了我没这份运道！"我说："老孙你开玩笑呢，又变成了说真的！我赤条条一个打工的，谁会用眼角朝这边扫一扫，漂亮的当然不扫，丑的也不扫！我用命拼来几个钱，拿去跟她敷衍吧！汽车也没一部，谁会跟你。"他摸出一包烟，往底下一弹，跳出来一支，让我抽去了，又弹出来一支，用两根指头捏起，点燃了深吸一口，过瘾似的抬头吐着烟圈，说："下个月准备买部车，没钱也要买，二手货吧。到北美来一趟车也不开一辆，起码有一半是白来了。老孟你也买部破车玩玩，别死守几个钱守上甘岭似的，发不了财的！钱来得辛苦，要用了它那辛苦才没白辛苦。到那天吃也吃不动了，做爱也做不动了，钱有了也没有用了。"我说："你看我房里三件东西，床、桌子、椅子，买了车不相配嘛。"他说："有了车，找女朋友就方便了。起码的面子都没有，谁跟你呢！女人的虚荣心是她的衣服，你要理解理解。"我说："有人说没吃洋肉白来一趟，你又说没车白来一趟，任务这么艰巨！"他吸着烟说："当然最终还是房子，这是最大的目标。到这里失去的太多了，最大的弥补就是哪一天圆了房子的梦。一幢别墅式的洋楼，前后草坪，人生也只能如此了，还要怎么样呢，活这几十年的！"我说："失去的东西房子车子也弥补不了。"他说："老孟，咱们哥们儿来点现实主义的，别玩超现实主义那套，你是文人，我也算个文人，文人心里那点酸东西我知道！有什么用？想想这个世界是个啥样的世界！那一套在这样的世界上都发臭了。几千几万年我也想过，关你什么事呢？就算关了你的事，你又能怎样？还是一个无可奈何！这么大的天下，就自己这几十年是真的。自己这几十年，古往今来一切真理都在这句话里面了，老实人说老实话，谁也别哄着谁。是不是这么回事？你说！"我说："你都说完了还容得我说什么！你真要我说呢，我就说。"他凑近一点说："你说。"我说："闪开点，好大烟气，也不知袁小圆怎么就让你亲她的嘴。真要我说呢，我说你都是胡说，放屁！"他说："怎么就是放屁了，你说！"这时厨房里的人叫："孟浪，菜都备好了？叫老孙过来。"孙则虎说："下次再教育你。"一溜就去了。我站在门口，看见隔壁门缝透出灯光，有人影子在晃动，心想："她在家里，这么久也不出来，也不要解个手吗？"

孙则虎用清水去煮螃蟹，又抱怨说："孟浪还是在餐馆里捞饭吃的人，螃蟹也不会买，都是公的，没有蟹黄。"又说起在国内时，有次招待一个香港朋友吃螃蟹，买了两斤怕不够吃，爸爸妈妈装作有人请客出去了。袁小圆说："还好意思说！"老孙说："几十百把块钱一斤，没有办法啦！我不想做个孝子？可囊中好羞涩，讲不得志气。这是辛酸史，别提它了。"

吃了喝了，把东西收了打扑克。孙则虎说："来点刺激。"我说："打十三张，谁会？"他们都不会。有人说："还是来三打一。"说好了七十分起叫，七毛钱一次，每叫高五分加两毛钱。一个博士没怎么打过，出牌的时候手直发抖，大家都笑。玩到十二点多钟，我赢了几块钱。孙则虎输了想翻本，牌不好也敢叫高分抢了庄打，输得最多。袁小圆带了孩子睡在房里，这时出来叫孙则虎回去。孙则虎说："刚开始打又要回去。"袁小圆说:"再不走地铁就收了。"又问谁输了。我们一起说:"老孙赢了我们三个。"孙则虎说:"再打两盘。"叫得更猛,两盘都抢庄打,可都输了。袁小圆在一旁看了脸色不好看。孙则虎不情愿地站起来说:"下次到我家去玩,大家都骑车来,打到天亮再回去。"走到门口他说:"你们单身汉好自由,你们都不知道自己有多幸福呢。"一时都去了。

  我躺在床上想睡,忽然听见隔壁的门一声轻响,楼道里有了脚步声,在这寂静的夜里听得分明,又转到水房里去了,门闩一响。一会儿脚步声又转到厨房去了。我想起张小禾还没吃晚饭呢,她被我们封在屋子里有七八个小时。我想起觉得好笑,其实她做她吃的,谁又碍着她呢?就那么羞答答的怕见人!又不是个真没见过世面的。我熄了灯,抱了毯子想睡,耳朵却特别灵,像全身神经都集中到耳朵上来了,厨房里的声响听得清清楚楚。随着声音,我想象着她的一举一动,怎么切菜,怎么淘米,活灵活现的。我在心里对自己说:"关你个屁的事呢,要你竖起耳朵听。"直到她做好饭,端到房子里去。我又细听了一会儿,没有动静了,似乎放了心,只觉得夜沉沉地压了下来。

61

  第二天上午,我在厨房里煮方便面吃,听见张小禾走到楼道里来了。我以为她要出去,谁知脚步声在我身后响了起来,似乎比平时沉重些,像是在提醒着什么。奇怪!平时我在厨房里时,她从不进来,一定等我走了她才来做吃的。有时我就故意慢慢地做,慢慢地吃,慢慢地洗碗,让她久等。谁叫她那么傲着呢!感觉到她离我近了,我忍不住偏了头望了一下,她从冰箱边侧过头来,似乎是微笑了一下。这更奇怪！我怀疑是自己看花了眼，又望了一下，她正往一只杯子里倒牛奶，又侧脸望着我微笑一下，头也几乎难以察觉地点了一点。这一次我看得分明，也回报了一个微笑，把头轻轻一点。她端了牛奶回屋子里去了。我知道刚才这一幕已经消除了我和她之间的那一层潜在的敌意，她那一笑一定有含意。可我想来想去也想不明白，怎么就会有了这种转机呢？

以后我们碰了面就点点头，有时也"嗨"地招呼一声。有几次我觉得她脚步放慢神色迟疑着想说什么，又怕自己领会错了自作多情，就一直走过去并不停下来，心里又不踏实像失去了点什么。她在厨房里哼着什么歌儿，我就吹着口哨接上去，她也并不停下，继续哼着。她最喜欢哼的一首歌是"我们在回忆，回忆那过去……"我吹着口哨应和着，心想："回忆什么，又挂念着那个人吧。"有天上午我坐在厨房里吃饭，她进来了，我"哈啰"一声招呼她。她说："吃饭呢！"她居然开口说话，奇迹！我说："吃饭，你呢？"筷子敲一敲碗。她说："我吃了早饭没吃中饭，你这时候算早饭算中饭呢？"我说："按时间呢，可以算中饭了，但这是我今天的第一餐饭。我晚饭吃得晚，餐馆里做事都是这样。"把自己的身份交代出去了我有点紧张，也有点羞愧，看她并没有感到意外我放了心，想着可能房东已经告诉过她了。她倒了一杯牛奶，在我对面坐下慢慢地喝。我觉得气氛有点尴尬，没话找话说，问道："你喝冷牛奶？会生病的！"她说："都习惯了。"我试探着说："听房东说你在多大读书？"她"嗯"一声，似乎不愿多说。我还想找些话来说，问她从哪里来，读什么专业，来加拿大多久，又怕犯了她的忌讳，都不敢问，好像动一动脚就会踩响地雷，只好站着不动。沉默一会儿，我想找个借口离开了，她忽然"喂"了一声。我眼睛直望了她，她又"喂"了一声，脸唰地一下红了。我想："会脸红的人总是老实人。"我又轻轻哼起"我们在回忆……"来掩饰那种紧张的气氛。她再"喂"一声,说:"问你。"我说:"问什么,你只管问,我这个人问什么都可以。"她笑一笑又有点羞涩地说:"前几天有人喊孟浪孟浪,是喊你吗?"我说:"是的。"她说:"房东又说你姓高。"我说:"有时候写点什么就叫孟浪,朋友也这样叫了。"我不好意思说"笔名"这两个字,觉得那是有身份的人才那么说,我算什么呢。她说:"是在报纸上写文章的那个孟浪吗?"我说:"也不知道还有人用孟浪这个名字在写不?如果没有呢,那就是我。"她说:"你就是大名鼎鼎的孟浪啊!"她这样一说,我身上都燥热起来,说:"可不敢这样说!说得我心里一冲一冲的,说不定心就冲出口来了。我是活得无聊了,写着玩,顺便也骗几个稿费。"她说:"你的文章我看过,有一篇是《消极思想的意义》,我喜欢。不是谁想往前冲就冲得上去的,人要有点消极思想才能在这世上活着。还一篇评那些画的,我也喜欢。"我说:"那都是哄老百姓的。"她说:"别谦虚,过分的谦虚等于骄傲。"我说:"过分的谦虚等于虚伪。"她笑了说:"说了你懂吧!我不懂,信口乱说,可别在心里笑我。"我说:"到了这里,别人不笑我呢,我在心里就向他致敬了,我还敢笑别人?"我想起那天草坪上的事,忍不住把目光往她胸前一溜,她今天多穿了件夹克,又是坐着,看不出那么明显的曲线。说了一阵子话,她变得神态自若起来,问:"怎么你不去读书呢?"我说:"读过,在纽芬兰,读了半年就不读了,赚钱去了。"她摇头叹息一声,又记起什么似的说:"有个人也去过纽芬兰,林思文,你认识不认识?"我说:"是个女的吧?"她说:"她现在在多大读档案专业。"我说:"是吗?这专业听起来不错,毕业了找得到工作。"她说:"她先生你见过没有?"我说:"那当然见过,我们还是朋友呢。"我忍不住要笑,用手挡了脸,低了头装着咳嗽,偷笑了一回。她说:"林思文很能干的。"我说:"能干有什么好呢,能干的女人幸福的少。"她说:"我不能干,也没见怎么就幸福了。反正女人幸福的就少,还不如能干点，不受人欺负。"我几乎就要问："谁欺负过你呢？"话到嘴边没说出来。我说："能干有能干的幸福，不能干有不能干的幸福，上帝造人的时候都安排好了，他老人家没打算给人完整的幸福，所以人永远也得不到完整的幸福。"她要我再说一遍，我又说了，她说："有点道理。"我心里想："索性再镇她一镇。"于是说："世界上的事，你仔细去体会，都是相反相成，好事的反面是坏事，长处的延伸是短处，一定是这样的。"她点头说："有时候我也这样想，就是嘴里说不出来。"又说："跟你说话还有意思。"我右手敬个军礼说："谢谢你的表扬，帮你解解寂寞吧。问你，怎么不见有人找你玩？姑娘长得那个点，总有人找她，何况你呢！"她堆起一脸的笑说："我不想跟人打交道，见了人就烦。"我双手蒙了脸说："以后我戴个面罩在楼道里走。"她笑得拍了桌子说："不包括你！"我说："给我好大的面子，那我这张脸也有资格露在外面了，我这就写封感谢信给你。"她笑弯了腰指着我说："看你这个人说话！"笑完了又说："你应该去读书，你怎么不去读书？你只有去读书。你到餐馆里打工太可惜了，也不是长久之计。"我说："能赚钱就好。再说我的发音有问题，你听我连普通话也说不准。"她说："终归不是长久之计，可惜了你自己。"我想说"在加拿大我没有长久之计"，心里转了一下没说出来。她又问我在哪里读的大学，学什么专业，来加拿大有多久了，餐馆工作辛苦不辛苦，现在在写什么东西，等等。这样我也不客气，问："你什么时候到加拿大？"她说："有一年多了，在多大读教育学硕士。"我说："毕业了工作好找吗？"她说："根本没希望。"我说："没希望读它干什么？"她说："家里人知道你在念书了，就放心了，不然天天来信催你，觉得你在北美打工不务正业。不读书家里人跟亲戚朋友也不好说话。"我说："那你读个能找到工作的专业。"她说："谁不想呢，可申请不上，好难的哟！"我说："你女孩子一个人在这里一年多，也挺寂寞的啊！"说了去观察她的脸色。

她有点不自然地笑笑,不作声。我马上把话岔开说:"说说就到中午了,你不做饭?"她站起来说:"啊呀,我下午还有课呢!"说着去做饭。我洗着碗问:"你一个人吃这么多?不相信!"她说:"还有晚上的,一次煮了带到学校去。今晚要上机呢,不回来吃饭了。"我说:"你挺会算计,他们有的人就在图书馆前面买快餐。"她说:"他们学理科的有钱些。"我说:"再睡一觉上班去,我没有事,吃了就睡,睡了就吃,跟头什么东西一样。"她哧哧地笑。我走到门口她叫住我,说:"说真的,你还是应该去读书。"

62

那天晚上我干活回来正在水房洗澡,听见有电话铃声传来。我想着是张小禾的,从没有人这么晚给我打电话。电话铃响了一阵,楼道里传来张小禾的声音:"孟浪,你的电话。"我想着她已经进去了,穿着短裤,赤着膊就跑了出去。张小禾正从门缝中探出头来,我赶紧用毛巾挡在胸前。她见了我,马上把头一缩,头在门边碰了一下。我笑着进屋去了,接了电话,竟是周毅龙打来的。我说:"今天你舍得打个长途给我,有什么事?"他说:"我在多伦多,给你打电话有十次了,你总不在家。"我说:"你来多久了?"他说:"你现在睡了没有?没睡我们见个面。"我说:"我正好精神着呢。"我们约好二十分钟以后在央街和布禄街街口见面,他在帝国商业银行大厦门口等我。我下楼跳上单车去了。在街这边遇上了红灯,我一只脚点了地等着,看见周毅龙在街灯下来回地走。我过去招呼他,问:"老周,一年多不见!来几天了?"他说:"都一个多月了。"我说:"一个多月,才想起打电话给我？"他说："本来还不想打的呢，混不出来啊，跟朋友联系了也不好意思。"我说："老周，谁跟谁呢，你以为别人都成了百万富翁么？"他说："走走，慢慢说吧。"我把单车锁了丢在街角，两人一起慢慢地走。他掏出烟来抽，问我要不要，我要了一根。他吸着烟不作声，我也不好问什么，陪着他沉默。他说："找个地方坐着聊。"附近也没有草坪，就找到一个等车的亭子，一人一边坐了，靠在玻璃上，鞋子踢了，脚也放到石条凳上。我说："老周，怎么抽起烟来了？"他说："解闷嘛，不抽不行，只有烟还是个伴了。"他不往下说，我也不问他怎么就闷成这样，岔开说："找到工作没有？"他说："也没想到多伦多工作也这么难找。前几天才找到一份工，在一个韩国老板娘的小餐馆里打杂。"我问在哪里，他告诉我爱格林顿大道上。我说："老板娘四十来岁，是个寡妇吧？"他说："寡妇不寡妇也没搞清，没见着她男人。"我说："那家我也做过。老板娘精着呢，刮精的人。"他说："那还用说，都是天下的乌鸦嘛。"我说："比起来葛老板还算是个好老板。"他说："是的。"

　　我想他这么晚约我出来总有点什么话说，可现在又懒洋洋的不打算说什么。我看他也并不掩饰自己的颓丧，想着干脆推他一推。我说："老周，有点不高兴？"他说："从哪里去高兴起？"我说："天下的事再大也是个屁事，大不过要了这条命去。站在高山上一望，什么也都小了，你是历史博士，这个话其实不要我来讲。"他顺着我的话说过来："话也是这么说，可望来望去，你眼前的那些事情还在那里。老高，我陷在这里了！"我说："哪里至于就到了这个分上，脚踏着北美的大地，多少人都想不到的事！"他说："不能说这个话了。在这里混下去呢，实在看不到前途。总得有条云缝里透点曙光下来吧？看不见！我不想争口气？我没有努力？我好歹也算是个人呢。三十多年的距离，我这一辈子也弥补不了，来晚了。语言不行，专业也不行，凭什么我能在这里活这条命？打一辈子工吗？回去呢，国内什么也丢了，口袋里也没有厚厚的一叠，有什么脸？来都快两年了，这个样子，我他妈的都不怎么像个人啦！想进呢，又进不动，退呢，又退不得。咬紧了牙看那张寡妇脸子把日子挺下去，有什么含义？我每天在心里把这些话问自己，转来转去还是这几句话，就是转不出一条路来！"我说："说真的，你还是应该去读书。打工你没有一点优势。人家那些人，一天做十几个小时，十年二十年这么做着，你行吗？"他吸着烟叹息说："读书？读个老娘。不瞒你老高，托福我也考了有两次，没信心了，托了什么福，托了罪来受是真的。再退一步说，学我这行的，读了四五年读个博士，还不是一场空？人家的社会，就这么让你打进去了？争不到生存空间啊！"我说："这世上的人一天到晚熙熙攘攘忙忙碌碌在干吗，都是想争一个更好的生存空间！人类几千几万年这样过来，还得几千几万年这样下去。有人劝过我改专业重新学起，你想过没有？"他哧地一笑，说："早个十来年呢，还可以想想，我三四十岁的人了，和二十来岁的人去竞争？不说我没这个信心，有这个信心也没这个能力。"我说："总得找个方向，还有一辈子要活呢。一犹豫，晃一晃几年过去，完了！"他说："还说呢，我心里每天急得下油锅似的，我好像都看见自己的心剜出来浮在热油里煎得哧哧地冒白气，就靠一支烟镇静镇静。"说着他把手上的烟一举，"你在多伦多日子长了，倒是帮我个主意。"我说："做点小生意呢？"他说："想过，针挑土似的挑起两三万块钱，开个小杂货店什么的，慢慢再多积下点钱，做个像样的小生意。可是到什么地方去找这一条缝让我这根针插进去？密密麻麻遍地都是。再说我哪里又像个做生意的人？我替别人站过柜台，才站了两三个小时，心里就发毛，没那份耐性。"我说："你跟我一样，文人的毛病都全了。"他说："能比你就好，你口袋里还有那么一小叠。跟你说，你当个笑话听。前几年我可看不起钱呢，别人说起钱我听也不要听，赤条条生不带来死不带去嘛，好潇洒似的！我还在报纸上写了篇文章，《不要给我一百万》，我有了一百万我就会没进取心了，会坐享其成了，会堕落了，真好像谁给我一百万就是要陷害我是要揪我下地狱，一片真心！到今天一万块钱也要拿命去搏，才知道那原来是鬼话。也不知道有多少人被我给骗了，我是个骗子！"我说："钱原来这么厉害，到加拿大我才知道。没有钱你的自尊心都没处搁，老板的脸你乖乖看着，你有志气不看？才知道原来钱还不只是钱。别人赚钞票容易，那是他的命，我的可一张张都是血泪斑斑。没来还以为北美遍地黄金，馅饼都掉到口里。跟那年动员我哥哥下乡一样，说去的地方顶上柚子碰头，下面花生绊脚，早上去塘边洗脸，不小心舀上来几条大鱼。"他说："人活这一辈子呢，也就这一辈子。活着为来为去还不是为了活得更好点，还有什么呢？不然世上的人忙来忙去都在忙什么呢？你说，从总统到乞丐都在忙什么？活着的意义在活着之中而不在活着之外，看得透亮！想不俗也不行。想活得更好就得有钱，人又不能穿空气喝西北风过日子，可赚钱又是这么难的事。钱这魔鬼，叫人又爱又恨的！"他又掏出烟来抽，丢过来一支，我一捞没捞着，掉在地上，我弯腰捡起来叼在口里。一个巡夜的警察走过来，伸着脑袋往里面望了望，去了。周毅龙说："把我们当流浪汉了。"我看看表已经两点多钟，说："你明天上班？"他说："你要去睡了吧？我也走了。我明天休息。我倒想天天有事做，偏叫你休息。"我说："我没事。"他说："再坐一会儿，都一年多不见了。"

两人又抽烟，他先抽完了，丢了烟头，望着我。我说："你说。"他说："说什么也只是说说。"我说："老周，要我给你出个主意呢，你又不会听，你舍不得口袋里那张绿卡。像我们这样的人，最现实的一条路，赚一把回去算了。在这里不是有出息的材料！我也跟你说句老实话，我的目标，"我伸出五指晃一晃，"有了这个数我就开

活着的意义在活着之中而不在活着之外，看得透亮！想不俗也不行。

拔了，大概还有一年吧，再多待一天也是多余。你还敢抽烟，我是舍不得的。回去了小小风光一下，也算个小理想。"他说："老高，真的羡慕你，还有条退路。"我"嘿嘿"笑了说："我倒还有人羡慕，听着挺新鲜的，也挺滑稽的，不是什么好话！"他说："哄你呢，我想回去也回不成。我的儿子，你见过的，小磊，我带来的，读三年级了。中国话呢，还能说，中国字呢，爸爸妈妈都不会写了，骂他他还笑呢。带他回去读一年级？把他丢在这里老婆带着，自己跑回去，我做得出？我好歹也算是一个父亲呢。没办法了，钱啊名啊，想通了都放下，放得下儿子？老高，我真的心里天天挨刀子呢，捅进去拔出来，又捅进去拔出来，杀，杀！血淋淋地滴，嘿嘿！"他说着"杀"的时候手中像操着一把刀，一捅一捅地伸缩。我说："你那赵霞呢？"他说："还在圣约翰斯，带着儿子。我真的都不怎么看得起她的，可她都读博士了！不是什么好事。到了地球这一面，什么都翻转过来了。"我说："那她苦啊，要读书又要带孩子。"他不作声。我想他一个人来多伦多，和赵霞之间恐怕有点问题，说："我跟林思文的事你知道了吧？"他说："怎么不知道，这不奇怪，太不奇怪了。女人你还能想她怎么样？"我说："老周，你别骂倒了天下的女人，你家小赵还是挺好的。"他自嘲地笑一声："好，好，好得很！你怎么会这样想？真的好呢，太阳也从西边跳出来一回。说起来也真没脸说，如今连个女人也镇不住了。她这博士才读了一年呢，毕了业找份工作，我在家里就别做什么人了！想当年她追我，捧我跟个什么人似的。男人啊，就不能倒了霉！她在家里颐指气使，气焰万丈，我是赌气跑出来的。我也真想混出点名堂争口气呢，可又到哪里去混？这么大个世界就没有我站的那个位子！你说人到了这一步，惨不惨？你还可以捞一瓢稠的往回跑，我回也回不得。你没有儿子，又捞了一瓢，你要知道你好幸运，我比不得你。没有办法！"

我想起第一次见到他的时候，他那一种得意的神气，好像这个社会是为他特别安排的。这才一年多呢，就这样了。居然还有人处境比我还差这么多，我心里有了一种阴暗的安慰。我想，这家伙真的是走投无路了，把我当个真朋友说话。我说："要是个姑娘长得也有个模样，嫁个人也是一条路，爱情不爱情也顾不上了，这个社会爱情姓钱，现实得很。这样呢也算有个着落。要是个男人呢就只有靠自己，可自己又没有什么可靠的！要我说，你只有赚点钱回去，五万没有，三万也行。这里没有我们的位置，五年十年也不一定找得到自己的位置，干什么呢，人这一辈子？为本加拿大护照活这一辈子？骗了父母亲戚朋友可骗不了自己的心！"他说："这我也看到了，没看到我不那么悲观。那本护照呢，就算我想得开，可我的儿子呢？搞得不好一辈子也见不到了。老婆我放得下由她去，回去了我闭着眼也要抓摸个好的，就是儿子的事想不通。你没儿子，你不会知道这种心情。没有办法！"我说："怪来怪去也不能怪加拿大，只能怪自己。"他说："没有办法！"我感到有了点压力，好像自己有了给他想个办法的义务。可我哪里能给他想出什么办法来，有办法我自己也不至于这样。我说："要不你到报社去试试。"他说："你怎么不去试试？"我说："我又不是博士。"又说："慢慢混着，天无绝人之路。好在这个社会还养人，有了绿卡社会救济也可以领几百块钱一个月，活这条命是没问题的。不过你老周哪里就至于到了那一步？"他说："那也别这么说，那一步说到也就到了。"

已经是凌晨三点了，街上的灯光黯淡了些似的。远处帝国商业银行大厦通明透亮地在夜中矗立。几个夜游的白人黑人幽灵似的走着。偶尔有一辆车放着音乐驶过，夹着几声男女的浪笑。周毅龙指了远去的车说："人家活得好滋润的。"我找不出话来说，就问："刘晓冬现在怎么样？早几个月来多伦多找他的女人，快疯了似的，含着泪回去了。"他说："这事你也知道？"我说："在我这里住了一夜。"他说："他现在好！他回去了请我们吃了一顿，喝了几瓶啤酒，醉了，在地毯上打滚，说酒话，唱歌，醒了酒就想通了，见人有说有笑的，找了一个白人姑娘同居了两个来月，现在又是第二个了。"我说："那他倒是吃着洋肉了。"他说："这小子因祸得福，命啊。这份福他自己也没想过，可就得了！"

又说了一些话，准备走了，忽然下起雨来，雨点打在亭顶上"噗噗"的一片响。我说："天留客我们再聊聊。"他说："也好。"我说："在这异国他乡，凌晨三点，听一片雨声，你细想一下此时此景此身，挺奇怪的，都像是幻觉，不像真的。"他说："老高，有时我差不多已经悟了，纷纷扰扰一个大千世界，转眼灰飞烟灭，什么不是过眼烟云？收拾起大地山河一担装，四大皆空相，有什么可心焦的？冷眼看世界人生，任它涛生云灭。把这几十年一过，谁知道有个周毅龙这么个人在这世界上蹈了一遭？这样想了，我马上就要把自己解放掉了。睡一觉醒来，还是不行！那么多麻烦事它要来找你，你躲不开它！儿子放不下，钱放不下，心里面还有个名也不怎么放得下！人到这个地步还说这个，不好意思！文人呀！有了这几个放不下，一连串的都放不下了。本是个吃肉的人，说不得做和尚。知足常乐这样的话都说不出口了，那不是让人笑话吗？俗人啊！"我说："悟的人心里要有个拙字，你太巧了，哪里是悟的人！"他说："看着人家一天到晚蝇营狗苟，居然都有所斩获，自己也只得回过头来，杀到这个世界里去拼。我倒是想悟啊，可悟得了吗？"我说："悟的人要六根清净，你是一根也不清净，说什么悟！反正得不到了，只是暂时哄一哄自己的心。"他说："老高，你知道我。"

他沉默着不作声。靠在玻璃上一动不动，雕像似的显出黑色的轮廓。这时阵雨过去了，他说："走吧。"我说："走吧。"我们默默分了手，各自走了。

63

渐渐地我和张小禾熟了起来,有了那么点朋友的意思。我们很小心地保持着距离,不让这种朋友不知不觉中变成了另一种朋友。我心里想法也不是没有,飘过来飘过去不敢认真去想。在这个社会里,一个男人没有像样的收入和身份,就没资格有那种想法。朋友是朋友,现实是现实,这个我心里非常明白。我在内心骄傲着,却又很现实地把自己看得很低。由于这种心理我对张小禾没有进攻的意思,我得自觉地收敛着点。她试探过以后对我也放了心,知道我并不是一个不安全的人,放了胆与我交往。我感到她不自觉地看高了我,我心里很不安,有时就故意开玩笑似的贬低自己几句,给她一个提醒,可又怕她更了解了我以后知道我不过如此,会小看我。几次之后我发现效果适得其反,她把我看得更高,好像写了几篇文章是什么了不起的事。我说:"报纸每天出版总要登几个字上去,有什么呢。"她说:"那也要能写。"我说:"那是哄人骗稿费的,我当那是打工。"她说:"你又虚伪了!"又问我报上发表出来文章的繁体字是不是我写的。我说:"那当然,这里写简体字编辑都不认识。"她说:"你还能写繁体字!"我心里觉得可笑,这在她看来也算一回事呢,有了那点好感,崇拜并不需要太多的理由。我说:"你要用心去写,三天就习惯了,算什么呢。"她直摇头说:"不可能,不可能。"后来我发现这正是自己在潜意识中追求的效果,开始我连自己也骗过了。我不去招惹她,可有时也顺口说几句模棱两可的话,把球踢给她,看她怎么处理。她总是无知无觉似的不接这个球,很坦然的样子。我心里感到羞愧,觉得自己心里那种闪烁不定的念头实在太荒唐了点。我似乎在等待着什么出人意料的事情出现,又似乎什么也没等待。有时我在心里骂自己几句:"你是什么人,狗屎堆！在这片土地上还想浪漫？"这样想了我心里就平静下来，有如释重负之感。有个漂亮的姑娘说说话，这福气就够大的了，还想怎么着吗？我知道姑娘们明白自己的每一点优势，明白自己的每一寸价值，她们不会昏头昏脑地处理了自己的终身，在这个问题上她们要使自己的价值得到最充分的实现。在加拿大你就不能指望会有什么奇迹发生。可有时候她说话之间也带着一点点娇羞，我猜不透这是姑娘们不自觉地在卖弄风情呢，还是在给我一种含蓄的暗示。有一两次我觉得那是一种暗示的时候，我又感到了一种危险，在内心开始退却。我想："即使她有那点意思呢，我也不能够有，我哪里就敢交个女朋友？口袋里那几张钞票还得留着的。进一步就更不能了，我哪里就养得活她？"我不敢承担这种责任。有时她热情一点，我又怕去煽动这种热情，用一种不动声色的淡漠去抵抗。有一次她炒了菜，自己挺得意的，要我尝一尝，我说："闻着香香的就够了。"她说："用嘴尝一尝，鼻子管什么用。"我就夹一点尝了尝，说一声"好"。她说："好多呢，你拿个碗夹点吃去。"我说："够了，够了，不拿碗几筷子我也把你的夹光了。"她说："我做得不好。"我说："好，真的好。"我心里是真的想说好，可口里说着挺不自然，像那个"好"字是被她催促了才说出来似的。我掩饰说："起锅如果再快一两分钟，那就更好。什么菜炒过了都不好。"她说："你心里想说不好，我知道。你是专业水平。"我说："我的水平哄哄外国人还蒙混得了，反正中国菜他们吃在嘴里都是一个意思。"有几次我有机会很顺口地说："菜就一起做算了，省事。"可我就是不敢把这句话说出口。有时我又觉得她根本没有那点意思，是我自己心里作怪，神神鬼鬼的想得太多。人家坦坦荡荡的有什么呢，人家能把你捡进眼缝缝里去吗？

晚上睡在床上我老想起孙则虎"临时内阁"那句话，心里一冲一冲地跳，我用手抚了胸，感到了那颗心的存在。到时候好说好散，不也很好？我要回去，我不敢负责，万一她根本就没有要我承担什么的想法呢？我放不下心里那份骄傲，万一她承认我这种骄傲呢？开始就说清楚了，两相情愿，也不存在谁骗谁的问题。这种想法对我的诱惑越来越强烈。我觉得自己心里动了，感到了害怕，我没有力量抗拒这种诱惑。有时又往另一方面去想，那样我要装作很潇洒地花钱，而且，她跟那个博士分了手，她还不是一个那么随便的人，我不必去碰这一鼻子灰，破坏了她对我的一点好印象。这样想着我又觉得这件事离自己很遥远，是自己想昏了头。想来想去想不清楚，干脆在心里对自己吼一声："你算了吧，别干这造孽的事了！"这样吼几声，心里又能够镇定一阵子。可过了不久，那种想法又从幽暗的意识深处爬出来，像一个虫子在搔不着的地方轻微地蠕动，又像一只识途的狗，把它赶到远处也会找着路回到家里来。

有天晚上我下班回来，电话铃响了。我想是周毅龙打来的，却是张小禾。她说："我已经睡了，还没睡着，听见外面有响动，真的是你回来了。"我说："对不起，把你的好梦给搅碎了，下次我轻点，蹑手蹑脚跟个贼样的在这楼上走，好不？"她笑了说："没关系，是我自己没睡着，我又没有神经症，哪里走几步就把我惊醒了。你今天回得晚些？"我今天下班时莫名其妙地和阿良吵了几句，阿来又来评理，耽误了一点时间。这都被她察觉了，我心里有点受宠若惊的意味，可见她平时注意了我。我说："是回来得晚点。"她说："有什么新闻没有？"我说："新闻怎么没有？报上都登出来了，马尔罗尼总理发表了经济政策演讲。"她"咯咯"笑着说："谁听这个！"我说："你干脆说想听小道消息好了，听新闻，好堂皇啊！"她又笑个不停。我说："我今天和别人吵了一架，一个广佬想挤走我占我的位置，找我的岔子，还说要打我，我踢开门要他出去打。其他几个广佬其实是向着他，看着形势不对，又转一副脸做和事佬。"她说："看不出你还有这一手，样子一定很吓人，可我想不出来！"我说："时不时我也壁虎爬窗户露一小手。在没有道理讲的地方你就要用拳头讲道理，这也是生存方式。"她"啧啧"一阵，说："看不出你能文能武的啊！"我说："以为我的拳头是棉花包子吧！以后你也会怕我了，我挺凶，我劲又大。"她说："我不怕你，想不出你怎么就是个凶样子，你不可怕。"我说："不可怕的人最可怕。"她说："那你可怕！"我说："可怕的人更可怕。"她带着点娇声说："你别吓我。"又说："最上面就没有了，最就是最，最可怕，又更可怕，这不通。还是个作家呢。"她说着隔着墙敲得"咚咚"地闷响，我也对着墙"咚咚"敲几下。我说："今天知道了我挺凶，劲又大，谁也得小心点。"她说："你坏！"把电话挂了。熄了灯我睁了眼望着空虚的黑暗，心中品味着"你坏"这两个字，像牛把草料吐出来反刍。女人客客气气地说着男人的好话呢，那一点戏也没有，说"你坏"呢，那意味就有点浓浓的了。那点意味在我心中怎么也化不开，想着这也许就是一种信号的不自觉流露。我几乎有把握她在心理上已经接受了我，只是能接受到什么层次，我还想不清楚。也许，她心里发生的变化她自己也还不十分明白。

哪怕就在隔壁，我们也常常打电话说话。她从不到我房子里来，也不邀我到她房里去。凭着这一点，我又对自己的判断十分犹豫。也许她并没有那份心思，对她来说，我只是一个可以放心又可以排遣寂寞的对象。既然如此，我又何必动那么多脑筋去急死了自己的脑细胞？这样想了我又觉得心里一宽。这天中午她在厨房做饭，我就坐在桌子边和她说话。如果在以前，我还要煮点牛奶喝或做点什么遮掩一下，现在没事我也这样坐着。她做了饭端到桌子上来吃，一边和我说话。我目光不时地大胆在她脸上停留，她也并不闪避，很坦然的样子。突然，莫名其妙地，连我自己也没有一点思想准备，隔着桌子，我往她脸上吹了一口气。这举动连我自己也吓了一跳，低了头，伸一伸舌头。如果她沉下了脸，我就无地自容了。我紧张地抬起头，看见她望着我笑了一笑,很明显地给我的羞愧一种宽容的安慰。我又和她说话,可气氛总有了点异样。我想:"如果我把这一笑理解为含蓄的允诺,大概也不会错到哪里去吧。"我的心跳得厉害,好像有什么重大事情会要发生。我想象着自己的手轻轻移过去触了她的手,她不移开,就一把抓住。又想象自己隔了桌子飞跃过去双手搂定了她。又看她很坦然的样子,依然若无其事地说话,又想:"到底是过来人,沉得住气。"我心里方寸已乱,似乎被什么力量推动着,很突兀地问:"你知道我是谁?"她说:"你是谁?你不就是孟浪?那你还是谁?"偏我心里紧张着,舌头通了电似的控制不住说:"我过去怎么回事你知道不?"说完我马上又后悔了。她很不愿说自己过去的事,我说起自己过去的事,对她有一种压力。而且,我这样有一点迫不及待地把什么都讲清楚的意味,有什么必要呢?不料她淡淡地说:"过去的事,就是你跟林思文的事吗?我知道了呢。"我的舌头跟拔了开关似的刹不住,说:"已经分手了。"她说:"知道,已经分手了,已经分手了。这我知道,已经分手了。"我心里一急,又说:"我没有别的意思。"她"扑哧"一声笑出声来。我真的很恨我的舌头了,那么控制不住。我用牙齿咬了舌尖一下,算是惩罚。怕又会有什么话溜出来,又把舌尖用牙齿咬住。张小禾看出我的窘态,宽容地笑着说:"谁也没说你有别的意思。林思文那么好一个人,你也挺好,真的不知怎么就配得这么好,多难哟,分手太可惜了。"我说:"分手可惜,不分手更可惜,两个人都陷在里面耽误了。"她说:"你也不为她想想。"我说:"代价我也付了。"她说:"那不一样,到底她是女的。"听到这样说,我心里那种不安分的想法倏尔消失,笑了说:"你为她打抱不平!你们女的什么时候结成了统一战线,男人都是你们的敌人。"她说:"没那个意思,她是我的朋友,我就要为她说话。"我说:"我不是你的朋友,所以你不为我说话。"她笑而不语。我又说:"思文都跟你讲了?"她说:"思文都跟我讲了。"把"思文"两个字咬得特别重。我说:"林思文跟你都讲些什么呢,林思文她?"她笑着说:"思文都告诉我了,思文她。"我说:"林思文她怎么讲?"她说:"反正思文她讲了,前几天。"我试探着说:"反正林思文把我说得一无是处,横竖都不是个东西。"这时她吃完饭,把碗一推说:"那倒也没有,思文还说了你的好话,说你人好。"我说:"搞半天林思文还表扬了我。你只拣好的说。"她说:"思文要我别出去说,你别去问她。"我说:"说的都是好话,下次我碰见林思文要谢谢她在外面抬举我。"她说:"我看思文有点后悔了,她对你还是有感情的,你们和好算了。你心里有意思自己又不好意思,我给你递个信过去,说合说合。"我猜不透她这些话是带着一点酸意呢,还是提醒着一种距离。我说:"倒谢谢你一份好意!"她说:"那我就去对思文说了,你可别开玩笑。"我说:"要你帮忙呢,自然会来找你,不过我看暂时不必多此一举吧。"她把一根指头在我眼前一划说:"黑心狼,男人都是这样。"我顺势去抓她那只手,捞了个空,被她闪开了。她说:"女人跟个男人,跟赌博也差不多,拿命去赌,拿青春去赌。最大的希望就是像美国选总统一样,在一群魔鬼中不要选了那个最坏的魔鬼。"我说:"下次请你吃夜宵去,你真的太好了,太仁慈了,没骂我狼心狗肺,骂声黑心狼就算了。"她笑着晃着身子。我说:"林思文她知道你住在我隔壁?"她说:"思文没问我。"我在心里暗笑:"她没问你,你倒会说话。你自己不说她又从哪里问起?"我说:"林思文下次问你呢?"她说:"你不告诉思文,她怎么会知道问?你告诉她没有?"我说:"我总记着要告诉林思文她,每次又忘记了。"她说:"我不喜欢别人知道我住在哪里。"我说:"你不喜欢别人知道你住在我隔壁。"她说:"反正你别出去说,你说我就恼了。"我说:"不说,不说。你替我保密,没人知道我住在你隔壁;我替你保密,又没人知道你住在我隔壁,达成协议!"她噘噘嘴唇,对我扮了个怪脸。

64

天渐渐凉起来，又到了枫叶红的时候。多大联谊会主席黄宪打电话来，告诉我联谊会周末组织出去玩一天，每人交十加元，交通和午餐都在里面了。我开始还不想去，他劝我，我就应了。我要阿来这个星期六别排我的工，说是朋友从国内来了，要去机场接人。他说："周六最忙，谁也愿意休这一天。"我说："特别的情况啦。"他说："谁会没有个事，特别情况哪个都有，周六我还要去机场送人呢，真的是要送人到香港去。"我只好不作声。你说要接人他就说要送人，气得死的人真要气死了。我知道他也在暗暗挤我了，挤走了我他好拿这个位子去做个人情。经济萧条，一个工作机会不知有多少人瞪了充血的眼盯着，像这样的机会我再不可能找到了。唐人街那些正牌的厨师，一个星期工作六天，每天十多个小时，钱比我还拿得少呢。看在钱的分上我只好忍气吞声，想争那口硬气吧，饭碗就砸了。好在我也没有希望过会有不受气的日子，心里气一会儿也就算了。我在心里安慰自己："我不会永远这样下去的，忍了一天就少了一天，少了一天就轻松一点。再过几个月一年，我就彻底解放了。"我在心里骂自己没有志气，成了钱的奴隶，可骂完了叹口气还是得围着钱去转。钱这东西，有了也就那回事，可没有就不行。只要人不断了这口气，就知道它是个好东西。我查了排工表，阿长星期六休息，我跟他好说歹说，保证了以后任何一天他想换班我都答应，才把班换了过来。

我向张小禾说："这个星期六你们出去玩吧？"她说："交十加元你也可以去。"我说："你去不去？你去我就去。"她说："本来不想去，太多事了。朋友一定要拉我去。"我一笑，她马上说："是女朋友。"我说："是男朋友也没什么奇怪，太不奇怪了。"她说："是个女朋友嘛，人家骗你干什么？"我说："那我就把心放下来了。"马上又说："别生气啊，逗你玩的呢。"她笑了说："你逗我玩，我又不是小孩子。"我说："比我小的我看去都是小孩子。"她说："你才大了几岁！"我说："你今年二十岁吧，我三十岁，你都该叫我叔叔了。"她说："我都二十四了呢。"我说："我正好三十四，还是你叔叔。"她用手指在脸上刮着："羞，好不要脸，占我的便宜，叫你哥哥还差不多。"我说："那你叫一声。"她说："叫一声你敢应？"我"嘿"地一笑："那我不敢，你叫吧，我真的不敢。"她狡黠地一笑说："你竖起耳朵听了，我开始叫了。"我侧了头对了她。她说："靠近一点，我不好意思叫很大一声。"我把头靠过去一点。她突然把双手在我耳边用力一鼓掌，我就装作吓了一跳，她直乐说："逗你玩的呢。你还想我上你的当真的就叫了？我又不是幼儿园的。"我说："跟你说真的，星期六我也去。"我把球踢给她，看她会不会说一起去的话，可她说："你真的也去，那太好了。"

我自己也搞不清跟张小禾到底是怎么回事。开始一场真正的恋爱，除了互相可以接受对方这个人之外，其他方面太缺乏现实基础。也许正因为如此，我没有勇气她也没有勇气捅穿那透明的一层纸。若是朋友呢，这游戏玩得有点过分了。好在我已经不是热血青年，自信还不至于越陷越深不可自拔。我对这件事不抱真正的希望，可又情不自禁地想去触一触，似乎后面有一种很神秘的东西在吸引我。有时候我想解放了自己，人生何必那么认真，这天涯海角的，谁又管得着谁呢？来一次不负责任的爱情游戏，也许并没有真的就伤害了谁。而且，张小禾在这方面也并不是没有过经历，也不至于就把事情看得那么神圣。这样想着我几乎就要来一次大胆的突破，成功了至少可以缓解自己内心的饥渴，碰了钉子也只有她一个人知道，她总不至于到处去说。即使别人知道了也就那么回事，在这里谁会把这当一回事呢？又想到多伦多属于我们这个圈子里的漂亮姑娘就那么几个，那么多博士什么的还轮不到呢，还轮得到我？碰了壁可就难堪了。这几个月来我的自信慢慢恢复了点，这使我有勇气从容不迫地和别人交往，可这种勇气还没有大到有把握对张小禾采取进攻姿态的程度。

星期六清早我听见外面有响动，挣扎着爬起来。张小禾在厨房里弄早餐，我匆匆洗了一把脸，也走到厨房里。她见我来了，一边和我说话，一边加快了动作。我心想："谁追你呢！"却故意用很快的动作去煮牛奶，又脚步匆匆地到房里去整理东西，再到厨房里来。她在烤好的面包上涂了草莓酱正准备吃，却又收起来，说："我先去了好吗？有朋友等我！"我说："你去，你去，我还要好一会儿呢，刚起来。昨晚看书到两三点钟才睡。"她背着一个包下楼，我站在厨房门口，她经过我身边说："也要快点，晚了车就走了。"我"嗯"一声转脸去望窗外，听脚步她到楼下了，我突然一转头，看见她站在楼下回过头张望。碰到我的目光，微微一张嘴似乎想解释什么，却马上掉过头去，开门走了。她的举动我能理解，她怕别人看见我们在一起议论纷纷，毕竟我们没有那么回事。但我心里还是受了一点伤害，又庆幸自己没有因胆大妄为而丢脸。我朝楼下虚踢一脚，心想："以为谁真的想跟你一起去吧！"到多大图书馆门口，那里已经站了一大片人。我看见林思文和几个男的站在那里说话，她看见我，眼神招呼了一下。我也不过去打招呼，退到一边去判断哪个是古博士，又去搜寻张小禾来了没有。不一会儿来了两辆大客车，大家一窝蜂拥上去占位子。我觉得自己不是学生，资格似乎差一等，不好意思去挤，站在边上等着。人都上完了，最后一排还有空位，我过去坐了。刚坐好张小禾就上来了，就她一个人。她看见了我，眼睛眨一眨，我动动嘴唇算是答复。我稍稍移动一点身子，准备她会过来。前面有个男的马上把身边的提包移开，要张小禾坐，她很自然地坐了。一路上那个男的总是找机会和张小禾说话，张小禾只是敷衍几句，马上又偏过头去和通道那边的一个姑娘说话，两个人头凑在一起，亲热得不行。我在后面冷眼看去，觉得这种冷漠和亲热都有点夸张，在心里猜测是不是做给我看的。

客车在高速公路上开了一个多小时，来到一个湖边。问了别人，还是安大略湖。湖的岸边是大片的草地，一直伸延到远处的小山下，满山都是红叶枫树，远远的，燃成一片。大家分散去玩，黄宪叫道："大家注意了，两点钟在这里吃中饭，六点钟回多伦多。"我站在沙地上，看着张小禾和那个姑娘跟几个男的沿湖走了，思文和一大群人向山上走去。我不想和别人打堆，一个人到草地上坐了。有几个人在沙滩上打排球、羽毛球，还有几个勇士脱了衣服下水去游泳。黄宪扛着摄像机，见了谁都拍摄一会儿。走到我身边说："老孟来几个镜头。"我用手挡了脸说："免了，免了。"他拍了说："下次到我那里去看自己的光辉形象。"说着做挡脸的动作，扛着机子往山那边去了。那些小孩子到了一起，乐得跟疯子似的在沙滩草地上跑。一个小孩在矮树上发现两只螳螂在一起，叫着："快来看螳螂双胞胎。"另一个小孩说："两只螳螂打架。"他们的家长听了抿着嘴笑。一个走上去把螳螂打落说："打架有什么好看的。"围在一起的几个孩子一哄而散。一个同乡跑来说："孟浪，不到山上去？"我说："远远的一片红都看到了，还有味些。"他晃着手中的飞盘说："我们来扔这个。"我们在草地上站好位置，扔飞盘玩。玩了一会儿，我说："累了。"就在草地上坐下来。他说："我那边去了。"说着往有女孩子的那边去了。

太阳朗朗地照着，照久了脸上也可以感受到一点温暖。我闭了眼躺在草地上，想把张小禾到底是怎么回事想清楚。这时我又觉得那种情绪恐怕大部分是自己心里酝酿出来的，她今天的举动就很能说明问题，这会儿她还不知跟什么人在什么地方乐成什么样子呢。这时我很轻松地又回到现实中来了。毕竟是商业社会，经济上不强大的人得夹着点尾巴做人，别太张狂！不错，钱是个魔鬼，叫人又恨又爱的！

它不动声色地操纵了太多人的命运。既然不能设想那种意外的幸运会属于我，我又何必把这事挂在心上。正想着有人叫道："双百分还差一个，谁来？"我一滚爬起来，说："我来，我来。"就跑过去了。

玩了一轮，我说："来点小刺激。"他们都不肯。我说："有点进出才调动情绪嘛。玩牌不来钱，炒菜不搁盐。"有人说："老孟财大气粗的，欺负我们是学生吧。"我说："我财大气粗？我这点钱还不够塞你们眼缝缝。"他们又问我存多少钱了。我老实说："也有三万了，再过几个月一年，凑够了五万就洗手不干了。"他们都不信我光凭打工能存下这些钱。我说："我经常累得都走不动，你们也不信呢。"一个人说："五万块对我来说是天文数字。"我说："你们一毕业钱就滚滚来了，那时候眼界也高了，心也大了，买房子地皮，当地主了。"

中午的时候，有人在沙滩上支起几个炉架、从袋子里倒出煤球似的燃料，浇上油生起了火，准备烤鸡。有人说："帮忙去吧。"大家撂下牌就过去了。火燃起来，就把鸡翅膀鸡腿涂了作料，搁上去烤，烟还没熄，几个人呛得直咳嗽。两个女孩子把切成片调了料的牛肉穿成一串串的，也搁上去烤，沙滩上顿时弥散着一种香味。张小禾这时回来了，也帮着穿牛肉。她不认识我似的，我也不理她。一边烤着，有人就拿了鸡翅膀，开了饮料，坐在沙地上吃起来。黄宪切了西瓜，一手托着瓜，一手拿着鸡翅膀，左一口右一口地吃，一边说："先来的先吃，待会儿人多了就轮不上了。"我啃了两只鸡翅膀，又过去拿牛肉串。张小禾正在翻动，见我在找烤熟的，用手点着一串轻轻说："这串好。"

人慢慢都回来了，三五个一群坐在沙地上，咬鸡腿鸡翅膀的声音响成一片。十几只西瓜一时都吃完了，有人就去扯香蕉吃。黄宪吃完了扛着摄像机四处照照，一边喊："鸡骨头瓜皮罐头筒请大家装在塑料袋里。"思文和一群人坐在一块大塑料布上，几个人有说有笑，有几次她被谁逗乐了，昂起头来笑。几个男的对她似乎还很殷勤。我看着心里还有点高兴，也并没有嫉妒的意思。黄宪从我身边走过，用嘴努一努一圈人说："徐丽萍就在那里，看那些人。"徐丽萍是国内一个很有名的电影演员，头像都上过挂历和画报封面的，光彩照人。早就听说她在多伦多，却没人知道她在干什么，凭什么活着。我这才知道她也来了，冷眼望过去，几个男的烘云托月似的围着她，那一圈人只有她一个女的，那些女学生们都躲开她。有人走过去却插不进那一圈人去，就在旁边慢慢绕上一圈，然后走开。我觉得徐丽萍那张脸就像一本打开的书，正被人细细地阅读。我看徐丽萍对周围注视的浑然不觉有点做作，那种沉静高雅目不斜视也有点虚张声势。毕竟是见过世面的人，沉得住。我看着那些人个个怀着心思转来转去，又遮遮掩掩怕人察觉，觉得非常好玩。有人从那圈人中站起来，跑到这边来拿烤鸡牛肉串，马上又有人从容地走到那里，慢慢地在那空当坐了。其他人不敢再起身，就嚷着："多带几只翅膀过来。"又有人叫："拿一把香蕉过来。"那人拿了鸡翅膀，见自己的位子被人占了，一脸的不高兴，噘嘴挤眼嘲讽地一笑，也不理叫的人。又有个男的拿了一些鸡翅膀牛肉串过去，递给几个人，又递给徐丽萍，顺势就靠近她在圈子外面坐了。

然后大家在草地上围成一个大圈坐了联欢，击鼓传花。花就用一个可乐筒代替。有几个人得了可乐筒不慌不忙传下去，我疑心他们心里已经有了个节目，想得机会露一手。击鼓的人得了暗示，第一轮可乐筒传到徐丽萍手中鼓声就停了。有人嚷着要她把自己演过的电影来一段，她说没有对手配戏，问唱歌行不行。她打算唱《沙家浜》中"智斗"那一段，问可有谁能唱刁德一和胡传魁。马上有几个人举手报名。我听了觉得她唱得很一般，可有几个人拼命鼓掌。这样过了几轮，黄宪又宣布自由表演，好些人抢着站起来表演，倒也热闹。接着又是游戏，把二十几个气球扔在圈子中间，两个人一组把腿绑在一起，看哪一组踩破的气球多就算优胜。我对游戏没有兴趣，低了头去拔那些草，在手中搓揉了,满手的绿汁。又选了根长的草茎,在草丛中挑起一只大蚂蚁,让蚂蚁在上面来回地爬,爬到左边我用右手捏着那根草,爬回来到了右边我又换只手。心想:"这根草也够这蚂蚁先生爬一辈子了,人忙忙碌碌这一辈子跟个蚂蚁也差不多。"

忽然有人在喊:"快来看落日!"有几个人就往沙滩那边跑,我跟着也跑过去。只见万顷波涛托着天际一轮夕阳,透着殷红,圆圆的从湖那边一直照过来,画出一扇金色的波涛。天上的云被烧得通红,幻出人兽鬼各种形态,一会儿又变了。几只江鸥在夕阳中轻翔。草地上的游戏停止了,只有几个孩子还在嬉闹。沙滩上坐了一大片人,静静的没有一点声响。每个人的脸部被夕阳染红,显出庄严凝重的神色。夕阳渐渐下沉,有一半已溶入湖水之中,湖面露出红透的半圆。湖水一波波推上沙滩又落下去,发出清晰的轻响。我心中有什么涌上来,又退下去,知道了自己在时间中凝望,它正迅速离我而去。我想象着夕阳那端有身着甲胄的勇士们挥刀跃马冲过来,裹挟着一片隐约的嘈杂声,黑色披风潇洒地向后飘着,高举的刀在夕阳中金光闪闪。又想象着那端是远古洪荒般的一片死寂,夕阳那半圆的中心有一个小黑点从浩渺的湖面上由远而近,一下一下击水声渐渐清晰,是穴居人的独木舟。等夕阳收了它最后的光线,在一瞬间完全沉入湖中,湖面变得苍茫渺远。大家纷纷站起来,仍沉默着朝那边眺望。然后,拍一拍身上的沙,踏着暮色归去。

65

我对张小禾说话时多了一点严肃,不再在话中夹带着什么。有时我觉得已经完全说服了自己,为了这颗骄傲的心我必须放弃那种前途渺茫的尝试。可有时又感到内心有一种力量在反抗着这种骄傲，反过来向自己证明那种说服是一种虚伪的自我欺骗。我的变化张小禾也看出来了，她说："孟浪，你最近心情不好？"我解释说："穷人心情总没法好。"她说："那也不会总是穷。"我又跟她说笑开玩笑，用玩笑来掩饰两人之间那种欲进欲退若即若离的关系。事后我又恨自己不能坚持那一点淡漠，倒好像是欠了她什么似的要表现出那种热情。我不知道她是否明白那一点淡漠的意义，我总觉得她心里是明白的。如果明白了又装作接受了我的解释，仍旧带着一点主动坦然地和我来往，她心里就有那点意思了。她有自信，有优越感，这样她才能忽略我那一点骄傲，那一点淡漠。我总想猜透她的心，却总也猜不透。

这天晚上下班回来，我听见她房里有男人的声音，高一声低一声的。这么晚还有人待在这里，我心里一时酸溜溜的不是滋味。我心中的愤怒一跃而起，双手捏了拳对那扇紧闭的门做出威胁的进攻姿态，一拳一拳虚着用力打过去。可马上又意识到自己并没有这种愤怒的权利，信心在顷刻间瓦解，只恨自己以往太自作多情。我轻手轻脚走到她房门边，想听听他们说些什么，唧唧哝哝的又听不清，便想象着他们是说着情话。我对自己的举动非常惭愧，干什么呢？我干脆放宽了心在过道里走，故意弄出点响声，又把水房门关得"砰"的一响，似乎在提醒着张小禾，以后你也不用再在我面前做出那点温柔，你的事我都知道。我洗了澡，刷了牙，捧了高阳的《玉座珠帘》坐到床上看。眼睛盯了书，心里却想象着隔壁那一幕会有了什么进展，不堪的画面都浮到了眼前来。耳朵也分外的灵，捕捉外面的每一点响动，一忽儿觉得有一种轻微琐细飘忽不定的窸窣之声，一忽儿又觉得是一种隐约含糊难以细辨的啧啧之声。我忽然心跳加快，支起身子仔细分辨，又是一片沉寂，让人怀疑声音竟是发自我自己的内心深处。我心想："老子今晚陪你们俩了！"打算等着，看那人走不走。又轻轻开了门探头一望，隔壁灯还亮着，又放心了一点似的。好几次我想把耳朵贴到墙上去听隔壁的动静，被羞耻感阻挡了。在毯子里我用一只脚踢了另一只脚一下，心里说："关了你什么屁事呢，要你这样操心！"赌气地熄了灯去睡，翻来覆去哪里又睡得着。

　　我忽然猛地一惊，好像听见有个声音在喊"孟浪"。我跳下床，立在黑暗中侧耳听了一下，分明听见张小禾又叫了一声。我赤着脚冲了出去，听见张小禾房中有一阵响动，她在喊着："出去！"又似乎有人捂了她的嘴，她沉闷地喊着："孟浪！"我推了推门，推不动，把门拍得"砰砰"的一片响。里面又一阵响动，张小禾在喊："孟浪！"这一次我听得非常清楚，拍着门叫："张小禾！张小禾！"响声到了门边，门把手响了一下，我推推还是不动。那个男人的声音也听得清楚："小禾，小禾，听我说，听我说最后几句。"张小禾嚷："松开我！"我退一步准备用赤脚踹门，门又响了一下，我扑上去把门推开一条缝，里面有人用力抵着。我把赤脚塞到门缝里去，里面的那个人用力推门压得我的脚骨头都要断了似的。我心中火气腾腾地燃上来，用身子猛地一撞，门开了，只见一个很高壮的男人正抓着张小禾的双肩从门边推开。我不要命地扑过去，抓住那人的胳膊，猛地往旁边一推，他坐到了地上，眼镜掉到地毯上。我又踢他一脚，脚丫子疼得一弹。他双手去摸索眼镜，一边问："你是谁？"我用脚把眼镜拂到他手边，他摸了戴上站起来说："你是谁？"我摆开架势防备他扑过来，计算着他扑过来我就对着眼镜一拳，一边说："你管我是谁，欺负女孩子，谁也管得。"他并不扑过来，眼瞪着张小禾说："好哇，小禾，你叫他来打我！"原来高高壮壮却是个孬种。张小禾站到我身后指指他说："叫他出去，出去就算了。"我指着门口说："你老老实实走了，今天就算了。"他说："你是谁？我们的事不要你管。"我望张小禾一眼，她说："叫他出去，出去就算了。"我推他一把说："还不想走是吧？想死赖在这里一夜吗？"他说："我们的事不要你管。"我说："别他妈的自己跟自己多情，不要脸，谁跟你是'我们'了！半夜跑到女孩子房里动手动脚，还是个东西吗？"他说："你这个人不讲道理！你知道我是谁？"我说："你是，是……"他有点得意地点头说："是的，是的。"我说："就是，就是……"他马上又点头说："就是，就是。"我望张小禾一眼，她惊恐地睁着双眼怯怯地望着我。我又盯了那人说："谁还不知道你是谁！不就是王八的一个蛋吗？你还以为自己是谁！一泡屎！我昨天排泄出来的，都酸臭了！"他说："你骂人！"我说："是人我会骂他？我从来不骂人！"他还在那里不动，我上去掀他一把，他反过来掀我，我性子上来说："咿呀，你还不服输！"狠命地掀他一把，他扶着墙壁才没有倒下去。没等他站稳，我准备朝他屁股上踢一脚，张小禾把我一拉："叫他走就算了。"我走过去，一把掐了他的胳膊，把他往门口推。他甩过来甩过去不肯走，一边嚷："不关你的事，不关你的事。"我的手用力掐紧他的肌肉说："关不关我的事？"他疼得一叫，老实了不再乱甩。我把他架到门口，他回过头说："好啊，张小禾，你今天叫人打我了！以前你都不记得了，你看我要报仇的。"我说："你要报仇！"手中用力一捏，他又疼得一叫，说："今天你打了我啊，你自己别不承认！"我说："打了你，承认。"他说："我要去告你，你动手打了我！加拿大动手打人是犯法的。"我用膝盖在他屁股上一顶说："你也拿加拿大吓我，老子反正犯法了再犯一下。狗奴才，告去吧你！你拿手捂人的嘴，谁先犯法？"我把他架到楼梯口上说："下次就没有这么客气了，有胆的只管再来，反正我失业在家里没事。你要报仇，看你有几个脑袋。"说着把他往下一推。他抓着扶手在楼梯上站稳了，回头还想说什么，我眼一瞪，他一步步走了下去。我跟在他后面，押个犯人似的，挺直了胸得意着摇晃几下。他出去了，我闩上门，从门上的小窗往外看。只见他钻进了小轿车，发动起来，摇下车窗，冲着楼上喊：“张小禾，你叫这个男人来打我！婊子！”我猛地一拉门追了出去，骂一句：“什么东西！”车灯一亮，车"嗖"地开动了。我追几步追不上，在地上乱摸想摸到一块石头，也没摸到，只好一扬手把那块想象中的石头朝车那边扔过去。

　　我在门口站着，给张小禾一点时间，让她平静一下。外面一片浓黑，只是在很远的地方有街灯亮着。赤脚踩在水泥地上我感到了凉意。对自己刚才的行动，我很满意。我觉得自己也有了那么点侠士的意思，很有力量似的。在加拿大我已经习惯了畏缩，没想到自己今天这么勇敢真的就动了手。有人需要我，特别是一个漂亮的姑娘需要我，这种感觉令人陶醉。想起了鲁智深三拳打死镇关西，又遗憾自己没有那么大的胆量，不然趁那家伙喊着要报仇，一拳把他从楼梯上打下去，多么潇洒。我想象着自己站在楼梯口上一拳打过去的那种神态，和他滚下楼梯在下面趴着的样子。这样想着我在黑暗中奋身舞了几拳，很有点慷慨激昂的意思，又有点无赖的味道。对着黑暗我神经质地笑了。

　　二房东披了衣出来，拧亮了台阶上的灯问什么事情。我说："跟一个朋友吵起来了。"他说："没打吧？门拍得砰砰响的。"我说："推了两下。"他说："加拿大可打不得架的。"我说："知道，人家是法治社会。"他进去了。我上楼时故意把脚步放重些，给张小禾一个提醒。我知道她会给我一个说明，可是我并不需要。我倒很愿意避开那种场面，听她诉说感到羞愧的事情我也会感到痛苦。上了楼我看见张小禾的房门大开着，只得走了进去。她正坐在床沿发呆，见我进来，抬头望我一眼，很羞怯的样子。我说："睡了吧。"想退出去。她嘴唇张合几下，突然双手一捂眼睛，叫一声："孟浪！"倒在床上，伏在枕头上哭起来，肩膀一耸一耸地抽动。我想安慰她几句，又不知怎么说，怕反而会触及那件事情。我不知所措地站了一会儿，拖过一张椅子，接一杯水放在上面，掩上门，悄悄退了出去。

我不闩门倒在床上，等待着张小禾可能会来找我。正昏沉沉有了点睡意，门"咚咚"响了，我说："请进。"张小禾进来，看出她已经洗了脸梳好了头发。我指着唯一的一张椅子叫她坐了。她笑一笑说："今天谢谢你了。"我看出她的笑是预设好了的，看起来她还是决心给我一个说明。我说："这谢什么呢。"她说："不是你还不知怎么样呢，他老说老说不肯走。"我说："有机会帮你一点忙我也很高兴，说真的我还要谢谢你呢。"我把衬衣袖子推上去，把胳膊伸平，捏紧拳头，往胸前一拉说："我觉得自己还是有点 strong（强壮），好久没有过这种感觉了。"又捏一捏手臂说："肌肉呢。"她一笑说："他比你壮些，没你劲大。"我说："明天你有课没有？"她说："他是自己找上门来的。"我说："你饿了没有？我给你倒杯牛奶来。"她说："刚才那个人不讲道理。"我说："那也不怪。天下事要明白道理是容易的，要克服偏见欲望是困难的，所以天下总是多事。道理总是苍白无力的。"她说："这个人是约克大学的，他姓刘。"我说："约克大学在加拿大也算个好学校了。"她凄然一笑："刚才那个人，刚才那个人。"我说："刚才那个人，臭狗屎别提他了。"她说："说起来呢，也不是什么有光彩的事。"我干脆说："我早知道了，他是约克大学计算机系的一个博士。"她身子往前一探，惊异地问："你怎么知道？"我说："这也不是什么秘密。"把思文告诉我的跟她讲了。她说："你知道得这么详细，也不早说。怎么加拿大也跟国内一样，什么事传得比电还快。"我说："还是这些人嘛。"她说："你早知道了也好，我还松了一口气，要自己去说那些事总是很困难的。"我说："有什么呢，加拿大！有这样的事是正常的，没有这样的事是不正常的，看作正常是正常的，看作不正常才是不正常的，加拿大！"她说："我总觉得那样不好，可不好又是我自己那样做了。想起来也不知怎么回事，一步步就那样走下来了。"我说："要是他国内没有人,其实也可以,他专业好,将来工作没问题。"她沉吟说:"也不能只往钱上去想。"我笑了说:"把你们姑娘看小了吧!"她有点生气说:"毕竟人和人不同。"我装作没注意她的神情,说:"说不同也不同,说同也同,同中有不同,不同中又有同。到底同还是主要的,都是人那一类的嘛。"她说:"弯弯曲曲的,听不懂。"我说:"想一想就懂了。"她一笑说:"我是懂中有不懂,不懂中又有懂,到底懂是主要的。"我说:"凭你这句话我就说你懂了。"她说:"有些人你可不要看扁了,毕竟人和人不同。"我壮了胆说:"我倒希望自己在这里犯了个错误。"她抿了嘴笑而不语。

她把椅子移近一点,说:"我本来想都告诉你,你自己又不要听,可别怪我。"我听出她话中有种暗示,她承认了我有知道这件事的权利。但我又怕自己领会错了,何况自己今夜做了一回侠士,似乎有必要维护这种形象,不要让她想着我有什么其他动机。决定了不接着她的话头往那个方向推动,于是说:"以后再来找你的麻烦,只管叫我,别看我戴副眼镜,还打得赢几个人,做工的人天天练肌肉,也拉得下脸,说凶就凶了。有那么点赖皮的味道也好,说打就打嘛,说骂就骂嘛,斯斯文文有什么好?"她笑了说:"你在国内也这样?"我说:"那倒也不,身份不同了,解放了自己。刚才那个王八——对不起,我骂他了。"她说:"你只管骂,关我什么事。"我说:"刚才那个王八,我跟他讲道理,又从哪里讲起?"她说:"你刚才表现好,像个男子汉。看不出你胆子真挺大,劲也大。"我说:"总有一天会大到你也怕起来的。"她说:"你不会,你不会,你就是不会。"

快天亮的时候我忍不住打了个呵欠,想用手去遮掩已经来不及。她说:"闹得你一夜没睡,我走了。"我说:"什么时候你有情绪只管来闹。"她站起来说:"我走了。"我说:"今天你第一次到这间房里来,零的突破。"走到门口我鬼使神差在她肩上拍了一下,她一惊,回头来望我,眼中带着疑惑。我心里冲动着揣测这眼神的意味,想着把她拉回来会怎么样。又想到那样我不也成了王八了,压抑着冲动,摇摇手做个"拜拜"的手势。她停在门口又望我一下,马上又转了头,回到自己房里去了。

66

  我和张小禾之间只剩下一层透明的薄纸没有捅破。我相信她也在考虑着捅破这层纸的意义和后果。我觉得自己随时都可以把她抓过来,她也不会反抗,说不定她还在等着我走出这一步呢。这个念头诱惑着我,心中不得安宁。我把她的种种神态和话语在头脑中搜拢来仔细分析,还是不能得出她在心里已经允诺了我这样一个结论。好多次我想象着在说话说得投机的时候,我一直把话往那个方向拉,她也并不回避,甚至还做了一点含蓄的推动。这种推动鼓舞着我,我把她的手拉过来,看看有几个斗几个箕,然后,情不自禁似的,在她的手背亲了一下,又问她怕不怕。她只是轻轻地笑,并不回答。我就暗暗用点劲把她拉向自己。她撒娇似的反抗着,然后,没有力量抗拒似的,倒在我的怀中。我抱了她的身体转一个圈,说一声"我要把你丢到河里去",她夸张似的表示着害怕,搂紧了我的脖子,沉重的呼吸熏得我脖子痒痒的。我坐下来轻轻吻她,她柔顺地应和着我,唇舌之间给我以热切的回报。然后……我想起了那天在门口草地上那一幕,心怦怦跳起来。

  也许这一切都可以按照自己的预设实现。可再往下呢?我不再血气方刚,不能不预先设想后果。然后……我就有了一种不可推卸的责任,我不再是一个自由人,说一声回国去抬腿就走。也许我不得不陪着她在这里长久地坚持下去。想到这一点我害怕起来。我现在盼望回国比两年多前盼望出国更加热切，两年多来我没有找到生活的基点，这种无根的漂泊我已经忍无可忍，各种各样的脸色我也已经看够。这两年多的经历使我越来越固执地相信，在这片土地上我永远找不到自己的位置，永远也不会得到真正的幸福，一个三十多岁的人不能说"一切从零开始"。在精神上我承受不起这样的损失，过去的三十多年不能说轻轻一抹就抹去了。为了那点钱，两年多来我什么都忍受了，我不能无限地忍受下去。我很欣慰地看到那目标越来越近了。回到国内我一生不会再有生活的困扰，可以去做自己愿做的事情，而不必为谋生忙碌终日。那样的前景我已经想象过无数遍了。可是现在，为了张小禾，我又重新去安排自己的人生吗？过去的日子我想起来都后怕，实在没有勇气把那样的日子无限地拖延下去。也许可以等她毕业了带她回国去，但从她平时说话的口气听来，我实在没有信心。我又想到了"临时内阁"这几个字，其诱惑难以抗拒。可我又不是那么潇洒的人，我喜欢的人，怕伤害了她，不喜欢的又没有情绪。投入感情呢，明知是一场悲剧，不投入感情，又何必多此一举。既然跨出那一步，就不能装作对感情上的责任毫无考虑，到时候说一声"没有缘分"，就挥手而去。经过这两年的磨砺，我以为自己的心也粗糙起来，在道德上已经彻底完蛋了，竟没料到仍然是这样惴惴的怕伤了别人。

晚上我躺下去缩在毯子里面，睁了眼望着那一片毫无意义的黑暗。我想象着有两个自己在争斗，一个把另一个打翻在地上乱滚，打耳光，一脚一脚很痛快地踢过去，吐着唾沫骂着："呸，你这癞蛤蟆想吃天鹅肉吧，也不看清自己是什么东西！谁会对你有意思呢，谁？"被打的自己抱了头在地上滚着，发出"嗷嗷"的惨叫，叫声中似乎又有着一种受虐的快意。打了一会儿，打的那个自己想："自己打自己干什么呢，还不够可怜吗？"便住了手。被打的自己从地上爬起来，眼神可怜巴巴的。

这样想着，我冲着黑暗喊出一声："打得好！"顺着声音身子猛地抬起来一下，又躺下去。几乎已经确认了自己不会有勇气去捅穿那一层纸。

张小禾也不捅穿这一层纸。她跟我说说笑笑，可就是不作出实质性的暗示。有时候我言语之间情不自禁地顺势说几句疯话，她不推回来却也不接过去。我期待着她表现出某种突破性的主动，我顺水推舟接受了，心里就不会有那么沉重的压力。我有时大着胆子铺了台阶，可她不往下迈。我猜想她在内心也犹豫着。她不再生活在梦幻的年代，不能跟着一时的感觉走，而必须在开始就想清楚了这一辈子的生活。她有的是机会，跟了我她就把别的机会都绝了，这对她来说也不是一个容易下的决心。如果不是偶然地有了接触的机会，像我这样的人她想也不会去认真想一下。我既不能使她感到骄傲，使她在朋友亲人面前提起来的时候兴致勃勃，又不能给她生活上的安全感，让她轻松舒畅地生活。她既然来到了北美，就会有她的想法，而不会因为一时的好感和小小的崇拜，就放弃了自己的那些想法。

但有一点是肯定的，我们都不愿就此撂开了手。我舍不得她也舍不得，在心里迟疑着，我们还是好朋友似的来往。我经常很滑稽地感到两人都戴着面具在说话。张小禾不傻，说起来也是过来人了，她不会不明白这种缓慢的前行终有一天会到达那个爆发的临界点。有一次她说："孟浪，你应该去读书，你这样下去终究不是长久之计，你太浪费自己了。你读了书将来可以找份正式的工作，什么事都好办了。"我说："那是，读了书找份工作，也正式算个人物，什么事都好办了。"她红了脸说："为了你自己的发展。"我说："为了我自己的发展这件事，不为别的事。"她低了头不作声。我不说赚够了钱就回去的话，只说："可惜我五音不全，永远分不清什么前齿音后齿音，我没有信心了，要不我在纽芬兰也拿个学位呢。不过拿到了也没有用。"我指了自己说："你是黄种人，还是外来的，谁也没规定，可好机会就是轮不到你。"

她说:"说起来那也是真的。"

　　有一次她说:"要是你是学理工的就好了,那就不同了。"我说:"学错了一辈子就走上了不归路。真的我是学理工的就好了,那有些事就不同了。"她说:"那你自己就好些,有个位子。"我说:"其他方面也好些,特别是在某些方面。"说着瞟她一眼。她羞羞地轻笑一下说:"那也别把自己看死了。其实你可以考虑改学一个专业,还来得及。"又说起一个朋友的朋友,学心理学的,前几年到了美国,哭一场痛下决心改学计算机,从本科学起,现在在一家大公司找到了工作。我说:"人有这样的精神我佩服透了,五体投地!可是我怎么做得到?我这个人!我没有力量走完那么遥远的路程,我怕到白人老板手下做事精神上一辈子萎靡不振,我还舍不得把自己以前学的都丢掉了。"她不高兴说:"那你怎么办,就在 Ho Lee Chow 一辈子做下去?是个人总要为点难,总要忍受点什么!"我说:"那你给我指条路,当年洪常青给吴琼花指一条路,改变了她一生。"她说:"给你指了你又不走。连我自己也不知道路在哪里,明年就毕业了,心里慌得猫抓抓的。那些和我一起上课的白人一个个都从容着,他们找得到工作,不公平。"我说:"天下哪里又有公平的事。要是你变白了皮肤,又一头金头发就好了。其实你有这么白,好多白人比你还黑些。"她轻声说:"别讽刺人,我也不要变个白人,变了就没有我了。"她说着忽然想起什么,一拍腿说:"想起来了!你可以到中文报纸去找份工作,当个编辑、记者,绝对可以!你写东西比谁差些呢?"我说:"发现新大陆了呢。我现在十二块钱一个钟点。吃老板的,到报社去才七块钱一个钟点,你以为中文报纸的记者是什么大人物吧,拉得动广告呢,有佣金,拉不动就干瘪瘪几个钱了。"她说:"那你也应该去,别只看钱!"我说:"好听些是吧,记者!"她说:"那也是的。"我说:"先赚点钱再说,记者的事慢慢说吧。真的去当记者呢,还不如到哪个角落里自己开个小餐馆。"她说:

"那也是条路，道路就在你脚下。"我笑了把脚跺得"咚咚"响说："在我脚下我就真的一步步走过来了啊，可别又怪我是个猛子！有时候猛起来我就不记得什么前因后果了。"

67

思文以我们俩人的名义，又申请到了多大原来那幢楼的一套房子。发派房单的那天她打电话叫了我去。工作人员验了我们的护照，社会保险号和结婚证，发下了派房单。半年来结婚证一直还在思文手中压着。办完了我说："这下寄回去办了吧，都拖有半年了。"她说："你真的就那样着急，我还会赖在你身上吗？"我笑了说："办了是件事，谁知道哪天我就回去了呢？"她说："你五万块钱就差不多啦？这么快！"我说："你再抓在手上也没有用，就寄给你朋友办了去，你要找什么人也自由些。"她说："现在你出名了，是个宝贝，我抓着你不放！我是个懂道理的人呢。"我又问她搬家要不要帮忙，她说："我叫了赵文斌帮我开车。"我说："还有古博士吧？"她不作声。我说："赵文斌我半年没见到他了。"她说："他现在发了，开了个装修公司，请了好几个人做事呢。"我向她要了赵文斌的电话号码。分手的时候她说："下次到唐人街帮我买袋米，单车后面放了米我骑不稳。"我应了，又说："古博士也不帮你买。"她说："暂时不去麻烦别人好些。"

我回到家里，思文又打来电话说："刚才忘记跟你说了，我妈妈前几天来信，问我们是不是一定要分开。"我说："你看呢？"她说："你看呢？"我说："都半年了，她老人家还问这个？"她说："老人是老人的想法，中国的老人你也可以理解，你别怪她。"我说："老人的想法

我看见门口一双男人的拖鞋，指了说：
"你把这个放在这里！把人都吓跑了。

就算了,她又不是当事人,里面的事情她也是一头雾水。"她马上说:"算了算了,我也没说不算了,我只是把她的信告诉你一下。"

过几天我买了袋米给她送去。她说:"这袋米我可以吃两个月了。"我说:"再有个博士来就只能吃一个月了。"她给我钱。我说:"还要你这几块钱?"她塞到我手里说:"你拿了,别回去心里又别别扭扭丢了魂似的。"我说:"我就那么钱迷!"我看见门口一双男人的拖鞋,指了说:"你把这个放在这里!把人都吓跑了。"她笑了说:"经常一些不三不四的人跑来,我说有男朋友了他们也不信。我在楼下的 free store(免费商店)捡了这双拖鞋放在这里,让他们看。"我说:"你好聪明,正经是个人也被你吓跑了。"她只管笑。我从冰箱里拿了可口可乐喝,打量房子说:"你倒是把日子过起来了,床也买了,沙发桌子也买了,一套新。"她说:"床和桌子都是趁降价买的,沙发是古博士买来的,要他不要买他也要买。"我趁机问:"你和古博士怎么样?也有两三个月了。那天去湖边玩,看了还可以嘛。"其实那天我看了有点失望,知道思文心性高,难得接受。我怕她东张西望把时间耽误了,鼓动她往前走。她"哼"一声说:"你别安慰我,你我还不知道?尾巴一翘就知道你要拉什么屎。你只想我早点那个了,把我推出去了,你就安心了,就不顾我的死活。"我说:"是可以嘛!多伦多女的虽然紧俏,你也别太挑。年龄小一点,有什么呢?矮一点,又有什么呢?外国人还要找矮的男人呢。"她说:"你哄鬼去吧,哄我?照你说什么都算了,只要是个男人就算了,我林思文还不至于吧。"我说:"人家还是个博士呢,被你这么一说!"她低了头不作声,忽然就哭了起来,一只手捂了眼睛,又掏出手绢擦泪。我慌了说:"怎么啦又怎么啦?我又哪句话说错了?我这嘴满嘴都是胡说,对一个喜欢胡说的人你可别认真,不值得嘛!你只当他的胡说是胡说就是的了。归根到底,你还是按自己的心愿去找。"我蹲到她面前,把她的手从眼睛上拿开。她把手用力一甩,我吓一跳,弹起来一闪,后退一步。她嚷道:"就是你,就是你!害得我三十岁还来找对象,到这种地步。你知道你害了多少人?我妈妈为了这件事都哭过好多次了!没良心的东西!"我坐回到椅子上,由她去骂。她嚷着:"男人都不是东西,归根到底都不是东西!"我说:"要骂就骂我一个人,那么多好人陪我挨了骂,可不冤得慌?"她说:"都不是东西!"我说:"都不是,都不是。"她说:"早就知道天下的男人没一个好的,就是没想到自己会碰到。"我想笑又不敢笑,说:"要天下的女人都不理他们,他们就没戏了。"她说:"女人又有这点贱,要去找个男人,往火坑里跳,一个又一个地跳,前仆后继地跳,好勇敢哦!"我说:"又不是我一个人要离婚的。"她跳起来,抓着我的肩一推,椅子往后一翻,我仰面倒在地板上。她指了我说:"还不是你,还不是你!你还跑来气我!"我爬起来说:"好好说嘛,好好说嘛。"她指着门说:"你走,走!"我勉强笑着,连声说:"对不起对不起,我跑来气你,惹你生这么大的气,我太不是东西了,归根到底不是东西。"退到门口,开了门出去。

到了家才走到楼梯上,张小禾站在厨房门口说:"快接电话,铃都响半天了,还在响。"电话是思文打来的。她说:"这么久你才到家?"我说:"四处玩玩看看去了。"她说:"刚才对不起了,是我不对,你还是给我送米才来的,再说我现在有什么权利对你发态度?"我说:"没关系,我这个人骂一骂也是可以的,人不给人骂骂做人还有什么意义呢?让别人消了气也是一种贡献,对不?"她笑着说:"你那嘴越来越油了。说真的,你生我的气了吧。"我说:"生什么气,你当我的心胸窄成了一条缝吧。我觉得你骂得也有点对。"刚才的事我真的没生气,倒是有些替她难过。她骂我几句我倒觉得挨了骂对她是一种补偿。她说:"你我还不知道?别跟我装男子汉,到别的姑娘那里去装也许还骗得了人。你肚里真撑得下一条船,也到不了今天。"我说:"对别人我不那么计较。"她说:"只对我计较,我连别人都不如。"我说:"正因为是你我才计较。以前计较，现在也不计较了。"她说："别说得那么漂亮，你又是个不计较的人不呢？碰也碰不得一下！"我忽然感到那么真诚地表白不计较有点不合时宜，有点蠢，就考虑怎么表示自己其实很计较，又要让她领会着没有别的意思。正想着她说："下次你该来还来吧？"我说："那当然，下次要买米了，打个电话来，我给你驮去。不过你情绪不好想骂人把人推到地上，我就不来了。"她笑着说："知道你不是不计较的人。"我马上又说："现在到底又不比以前了。"又说了一会儿闲话，议论几个熟人，才把电话放了。

68

我发现张小禾的生活习惯有了一点变化。以前我晚上十二点多钟回来，她总是熄灯睡了。可现在她睡得很晚。我下班回来，刚上了楼，她就出来到水房去洗脸，或者到厨房拿东西吃。见了我，就跟我说几句话，顺便要我到她房里坐一会儿。坐一会儿我说："这么晚了，你明天还要上课呢。"她说："快考试了，要多看一点书。"我说："那更不敢打扰了。"站起来要走，她指了椅子说："坐你的，我看书累了，也想有个人说说话。不过你烦了困了想去睡，你就去。"我连忙说："不瞌睡不瞌睡。"说一会儿话我告辞去睡，她送我到门口，自言自语地说："我瞌睡了就会熄了灯去睡。"

以后我晚上回来，见她房里还有灯，就"咚咚咚"敲三下门，推门进去。有时路上耽误了，或者看别人打牌回晚了点，她房里的灯还亮着，轻轻推一下门，并没有闩，也敲三下进去。她说："今天下班晚些啊！"我说："车老也不来。"从此我下了班就尽快往回赶，知道有人在等自己。有天我"咚咚咚"地敲了门进去,她在看录像,见了我,把录像机关了。我笑着问:"你潜意识中是不是在等着这三声响呢,你自己诚实说!"她说:"哟哟哟,好了不起,这三声响不响,我今天晚上要眼睁睁到天明了。"我在椅子上坐了说:"现在倒还不至于。"她嘴一撇:"哟哟哟。"我问她什么时候考试,她说:"圣诞节边上去了,还有半个多月。"我说:"过节你都准备干些啥呢?出去冬令营?"她说:"我还想问你呢,过节你都准备干些啥呢?"我说:"过节对我可不是好事,餐馆停业两天,就没钱了,在家里待也待了。我们这些人,又没人找去玩。"她笑了说:"钱迷!玩两天有什么不好?我只一点奖学金,还不是也要撑着活下去?我有你那么多钱,日子就不是这样过。"我说:"怪怪!有人羡慕我,我只觉得自己下面除了几个乞丐就没有什么人了。你倒是教导我怎么过才是过?"她说:"总不至于房子里只有三样东西,一张床,一张桌子,一口箱子。"我说:"还有一张椅子。虽然是外面捡来的,它也算一个你也别漏了它,那不公平。"她拍手笑道:"就算你四样,冤枉你了!起码电视机也要一台,没有怎么提高英语,二手车也要买一部,才要你一个月工资呢,开出去玩,好舒服。在国内你敢想吗,也就是在加拿大了。"我说:"又一个加拿大的崇拜者。"她说:"人家好那就是好,不承认好它还是好。有些人好像觉得承认了就损伤了他心里的什么。"我说:"你也会绕了弯子刺人了!我有什么不承认,不承认也不会这几万里跑过来。人家好那就是好,可好来好去还是个'人家好',又没我多少戏。"她说:"别钻字眼。"我又问她圣诞节干什么,她说:"二十多天假呢,也不知教会有什么安排。"我吃一惊说:"你还入了教会?你真信还是假信?你哄了牧师可哄不了上帝。你做着祈祷心里又偷偷在笑,耶稣先生可是知道的,他无处不在,你那颗心可在他监视之中。"她笑了说:"谁真信呢,大陆来的人有几个真信,都是党教导出来的。看在耶稣的分上，大家在那里做个朋友真心一点。说不定就认识了个什么人，给你介绍一份好工作。"她说起有个北京人，美国博士毕了业移民过来，写了两百多封信，也没找到工作。还是在教会认识了一个人，介绍他在政府里找到一份工作。现在他们夫妻每个星期六都去教会，他们自己说，看在这份工作的分上，也得去拜访耶稣。我问那男的是不是姓马，四十多岁。她说："你也认识？"我说："他太太姓冯，还是'文革'时期科技大学毕业的呢。我们都叫她大嫂，原来就在我们餐馆帮厨打杂。她丈夫没工作时，在我们那里做了一年多的deliverer（送餐人）。阿长阿良他们几个得空了到楼下去打牌赌钱，经理都不管，公司的人来了经理还把人叫住说话，使眼色要我去打招呼。可大嫂要管，总经理来了她去汇报。那几个广佬合起来整她，做不了的事要她做，拿不起的东西要她拿，她气得直哭，那几个人在旁边斜着眼笑。她为了那几个钱忍气吞声，还是被头厨阿来逼走了。谁跟你讲什么公道！我在旁边看了也无可奈何。"张小禾说："她现在还在家里待着呢，四十多岁还是个女的，哪里去找工作，幸亏她丈夫找到工作了。他们还想买房子呢。"

张小禾在床上躺下来，倚着枕头说："下次带你到我们那个教会去，你去不去？"我说："去了我对不起上帝，我把他当傻瓜了。还要奉献，这是教徒的义务。我还想他补助我呢！"她说："我开始每次交五块钱，交得我心里直哆嗦。现在每次一块钱。你不想交，把手往那袋子里塞一下，也没谁知道。"我说："人人都这么聪明，几十个人手往里面塞，结果拿上去了是一包空气，牧师还不气死！"她说："那你把心一横舍一块钱去听一次，牧师布道也很打动人心呢。"她边说着，边拿一面小圆镜照自己的脸。我说："好了好了，漂亮就是的了。"她一手托着腮说："还是长胖了一点。"我说："胖点才好，西方人还要胖点，你还不够。"她说："胖有什么好，我喜欢瘦。我买牛奶都是脱脂的,还是胖了,胖不好。"我说:"胖点才丰满,sexy(性感)。"她"呸"一声。我说:"你不要我说,我就不说了。"她说:"你爱说不说,随你。"我说:"东方人说一个人美呢,就是清秀,西方人说一个人美呢,就是sexy。"她捂了嘴哧哧地笑,说:"那你说我呢?"我说:"说你什么?"她说:"是不是也有点?"我说:"有点什么?"她说:"有点那个?"我说:"那个什么?"她说:"你知道,你故意的。你说我有点那个胖。"我说:"你是有点胖。"她说:"胖是不是有点那个呢?"我说:"那个什么?"她没办法了,偏了脸微微动了动嘴唇,含含糊糊地说:"sexy。"我把头一探,把耳朵递过去问:"没听清楚。"她手指把我耳朵一弹说:"这个耳朵没用了,明天割了炒了吃算了。"

她在床上躺下去,又坐起来,如此几次,最后躺在那里倚着枕头,和我说话。看着她那姿势,我心里幻想出一些不可言说的想象。我心想:"想有什么用,说不定现在就可以实现了它。"一时我感到生活的道德空间比我平时想的要大得多,又何必把自己拘在笼子里。我心里紧张起来,考虑着是不是向前走出试探性的一步。我站起来走到床边说:"你歪着说话好省力,让我也省点力。"说着在床边坐了作势要躺下去。她伸手做了推挡的动作,倏地坐起来笑着说:"我起来,我起来,我也不省这点力,还不行吗?我真的服了你,真的怕死了你。"我坐回到椅子上说:"你真的怕我?"她说:"不怕呢,怕这么晚还让你在这里。"我站起来说:"你真的不怕我?我就走过来了。"她身子往里边缩着说:"别过来,别过来。"我又坐回去说:"你别放松警惕,我可不是君子人。"她说:"你是君子人,你不是君子人你早就不是这样了。"我说:"放长线钓大鱼呢。"她说:"反正你算是君子人。"

她又照镜子,说:"问你一件事,你要保证两点。"我说:"问我一件事还要我保证两点!"她说:"你不保证我就不问了。"我不理她,若无其事地拿了本书翻看。她说:"人家问你呢!"我把脸转向她。她不作声，我又去翻书。她说："问你呢！"我说："你问出来，我耳朵都准备好了。"她直笑说："你保证两点。"我说："好，你保证两点。"她一指我说："是你！！"我一指她说："是你！"她说："那我不说了。"我说："好，好，保证两点。第一点——"她说："第一点，不准出去说。"我说："绝对保证。第二点——"她说："第二点，实事求是，有一说一有二说二。"我说："绝对保证，有三说三有五说五。"她说："那我说了。"我说："我耳朵已经进入状态了。"她说："那我就说了。你说，多伦多的女孩子，只算大陆来的，是不是徐丽萍最漂亮？"我说："她也算一个，最漂亮还不一定吧？你说过，最上面就没有了。"她说："那还有谁比她漂亮？"我说："有谁呢，差不多水平的总还有几个吧？"她指了自己说："那，那，那我和徐丽萍，哪个漂亮些？"我吓了一跳，没想到她自视这么高。可我还是毫不犹豫地说："两个人其实都差不多。"我想如果我说她还漂亮些，她也会相信的，可我又不愿违拗了自己的看法那样说。她说："我觉得徐丽萍漂亮些，围着她转的男的那么多，那天去玩看得出来。"我说："是吗？我没注意。可能她是演员，会打扮些。你要那么打扮起来，还更照人呢。"她说："你别讽刺我呀！"我说："这是讽刺你吗？那我以后也不敢实事求是了。"她有点不好意思地说："你说真的，不要说好听的话，好听的话我是不听的。"我说："骗你干什么，我说好听的你又不付钱给我。再说你又不是喜欢戴高帽子的人，好听的话你是不听的。这样的姑娘不多。"她见我挺认真的样子，就相信了。我觉得好笑，张小禾她平时还挺精的，今天怎么就犯了糊涂。她很高兴说："我问你是相信你不会出去说，不知你这个人值不值得信任？"我说："我又不是疯子我出去说？说得别人都知道我跟你关系不比一般，别人都瞪圆了眼恨我。"她嚷着："什么不比一般，你说清楚点！"我说："这半夜了你我还在说话，这就不比一般了。我老实呢，不老实做点别的事也做出来了，你说是不？"她不作声，点点头。

69

第二天我休息，快到中午才起来。张小禾听见了声音，从厨房里探头出来"喂"一声。我跟到厨房，她说："今天你别做饭，吃我煮的稀饭，保证你吃了还想吃。"我说："吃了还想吃，又要你煮，又吃了更想吃，那怎么办？永远这样吃下去，你又不肯！"她说："肯不肯那要看你自己。"我说："我自己肯了，不知你肯不肯？"她说："不肯！"我说："吃上瘾了，不可自拔，我就赖上你了，你肯也是肯，不肯也是肯，你可怎么办？"她说："这种事不是赖得上的事，要看人家愿不愿意。"我说："这种事要看人家愿不愿意，人家不愿意——煮，也不能说拖她的手。要怎样你才愿意？"她说："要表现好。"我说："那怎样才算表现好？"她说："吃完把碗洗了，也算一点！"

我开了不锈钢水池的龙头准备洗脸，她吃惊说："你在这里洗脸！你平时也在这里洗脸？我都是在里面洗菜的！"她说着手拍一拍水池。我说："脸也洗过，脚也洗过，这里面洗出来的菜炒了特别鲜，你没觉得？"她说："你个癞壳子！"一只手接了水对我身上一洒，我一闪身，到水房去了。洗了脸我又到厨房，看见她拿出七八个瓶子，分别装着绿豆、玉米、芝麻、红枣、苡米等，每样倒出一点放在锅里。我说："开中药铺了。"她说："这样最营养。你别待在这里，只管去写你的东西，好了我叫你。"

我回到房里，手中拿着圆珠笔，眼呆呆望了窗外，心中乱糟糟。我捏了笔在纸上乱画，几笔画了张小禾面部的轮廓，不像，又重画。画了几次有点像了，又缺了点什么。忽想起那颗痣，轻轻点上去，出了味道，挺传神的，自己独自笑了一回。听见外面脚步声响，马上又几笔涂了。她敲一下门说："吃饭了。"我在餐桌边坐了，她盛一碗稀饭端到我面前。我喝一口，烫得舌尖一缩，说："烫起泡了！好吃，好香的。"她说："凉点再喝。"我说："主要是太香了。"伸了指头把碗边的刮起来往嘴里一抹，"好吃。"又把手指往桌子边上擦一擦。她盯了我那只手说："你这个人！"我说："我这个人太不爱卫生了一点。"她说："你这个人好多东西都可以写到文章里去，你怎么不写写自己？"我说："比如吃饭时那只手。"她马上说："上街时那双眼睛，贼溜溜地转。"我说："你没跟我上过街你怎么知道？我从来目不斜视。"她说："那天去玩看了你的那双眼就想象得出了。"我说："看风景嘛。"她说："看人！"我说："人是人文风景，审美嘛。"她嘲笑说："知道你对审美有特别的兴趣。"我说："读大学悔不该选修了美学课。"她说："怎么你只审异性的美，老师这样教你？"我说："女性美男性美我一视同仁地审，我就经常对着镜子审自己的美。"她说："说了你是个癫壳子。"

我把稀饭搅一搅说："凉了。"低了头去喝，她说："放点糖。"说着用勺敲一敲桌上一个深绿色的塑料筒。我加了糖，把稀饭喝得"哗哗"地响。她用调羹敲着自己的瓷碗一片响说："轻点，轻点，加拿大饿了你吧！太阳穴上的筋都暴起来了。"我说："主要是你煮得太香了。"我又盛了一碗，加了糖，把塑料筒拿在手中，念上面的字说："冻干健康人血浆，广州军区血液研究所。"她说："你尽瞎说！"我指了上面的字说："谁尽瞎说了，这几个字你不认识？"她说："我上大学时用起，都用了几年了。"我说："那没关系了，用了几年血浆也干了。"她从桌子底下伸脚过来作势要踢我，说："看你还胡说！我不怕，我偏要放心吃。"说着又去舀糖。我说："轻点，别把干在筒边的都弄下来了。"她舀了糖正准备往碗里放，听了我的话又退回到筒里说："我不吃了，这里面的糖都是你的，不准倒掉！"我又多舀些糖放到碗里，说："血浆里蛋白质丰富，补的。"一边把糖搅匀了，喝得更响。吃了饭我要洗碗，她抢过去说："谁要你洗，你给我坐好了。"我说："给我一个表现好的机会也不肯。"她说:"你还好意思说表现好几个字,害得我饭也没吃饱。"我说:"那木头人表现最好,立在那里动也不动,也不多说一句废话。我真的那样表现好了,你又在心里说我表现不好。"

吃了饭张小禾去看书,我闲翻了一会儿书,一时有了情绪,写了一篇两千多字的杂文《你觉得怎么好怎么就好》。写完看看张小禾房里没有动静,一个哈欠上来,又倒在床上睡了。不知过了多久,睁开眼已是天色昏暗。听见有一点簌簌的声响,抬头看见张小禾坐在那里,凑在窗前看我写的东西。我说:"看它干什么,骗稿费用的。"她不理我,还是看。我说:"不就是几个字拼拢到一起嘛。"她还不说话。我说:"你再不说话我就跟个狮子样的扑过来了。"她一直看完了,手里晃着那几张纸说:"写是写得有道理,可我不同意!"我说:"只要编辑同意就可以了。"她说:"照你说世上的事好坏都没个标准了。"我说:"我写什么了,我都忘了。"她说:"我要跟你讨论,你的观点不对!"我又好气又好笑,说:"有道理也是你说的,不对也是你说的。认什么真呢,告诉你是骗稿费的。"她说:"别故意这么说,我是不信的。你说清楚,什么叫'你觉得怎么好怎么就好'?如果一个人觉得死比活好呢?"我说:"所以有那么多人选择了自杀。人对外在世界的体验是以自己的内心感觉为标准的,所以世界上没有一种最好的生存方式。比如有的人可以待在北美,他也回国去了。"她说:"那是几个有病的人。"又说:"那我有时候烦恼起来真的觉得活着还不如不活好。"我说:"你可别骗自己,白丢了一条命。"她还想跟我争论,我说:"今天带你到唐人街吃饭去,你别忘了观察我上街时那双眼。"她说:"今天悔不该提醒你了。"

我骑了单车,让她在后面搭了。我说:"别在心里笑我,跟我就只有单车,除了我你跟谁也有小车。"她说:"就不必说这么多了吧。看路,汽车来了。"我说:"这么怕死的人,还说活着还不如不活好呢。"

她在我背上轻轻戳一下说："那是打个比喻。"又说："总没有人觉得穷好。"我说："那也别说绝了。中国有句话，三年讨饭，县官不换。穷有穷的乐趣，不食人间烟火的人也真有。"她说："那你不是。"我说："那我不是。人间的烟火我要食，人间的别的也不能少。"她说："别的是什么，你说清楚点。"我说："你知道。"她说："我不知道。"我说："你真不知道我就说了。别的是个人，是谁你心里知道的，我不说了。我有时心里冲着就想吃了她。"她说："那反正是别人。"我说："那反正是别人。"她说："是别的别人，不是我。"我说："是别的别人，不是我，当然不是我。"她说："跟你说不清楚。"我叫她坐稳，抓住我的衣服。她身子向前靠一点，抓着我的衣服。我说："再抓稳点。"她干脆把手从后面伸过来，轻轻搂了我的腰。我微微感到了她胸脯的柔软，有意无意地把背往后面一靠一靠的几次，感觉得更加明显些。她并没有察觉什么，也不闪避。

在小杭公酒家我点了一个套餐：一份姜葱双龙虾、一份清炒油菜、一份虾仁汤。我还要再点一个炒菜，她说："足够了足够了。"我说："既然来一趟就丰富一点。"她说："装什么阔大爷！"我就不再坚持。菜端上来，她说："我后悔了，不该跟了你来，你的钱也不容易，血汗钱，我吃了心里不安。"我吃着说："谢谢你理解我。不过孟浪也不至于就潦倒到那个样子。"她说："我也没有钱回请你。"我说："你中午就请了我了。你算个有心的人，要是别人，吃了一抹嘴，说一声，孟浪好潇洒，等着你下次再请他。"她马上问："你还带谁来过？别人她是谁？"我说："他是个男他，不是个女她。"她说："是带思文吧？"我说："告诉你是别的别人，不是林思文是个男的，骗你吗？"她说："你没带思文下过馆子，我就不信。"我说："在加拿大没有带过林思文。"她说："那你说别人吃了嘴一抹。"我说："你怎么听着别人就是个女的？"她说："我觉得就是。"我说："还真是个男的，从国内开会过来，国内的朋友介绍他打电话给我。我请他到这里吃一顿,让他点菜,他一口气点了三样最贵的,那一顿吃了我一百多块钱,我心里恨得直痒,太不是东西!别人的钱就不是钱吗?以为加拿大有钱捡呢。又后悔不该装那个潇洒,在家里泡一包方便面给他吃也就交代过去了。"她直笑说:"那今晚你也泡两包方便面,一人一包。"我说:"你跟那个东西不同。"她说:"本来我想杀你一刀,吃掉你一两百块,让你心疼得睡不着。"我说:"那我又要另眼看你了。"她又问我还带谁来过。我说:"到加拿大两年多,除了天天上餐馆,就上过这两次餐馆。"

从小杭公酒家出来,已经八点多钟。我载她在桥上停了,两人伏在桥上看下面高速公路上的汽车。来来去去的小车在我们眼前是一红一白两道看不到尽头的线。我说:"早几个月不认识你的时候,我在这里看汽车,一看就是一两个小时,你信不信?"她说:"我信,怎么不信?"我说:"妈的,这么多小车,也不算个稀奇东西,就没一辆是我的。"她说:"那只怪你自己,不怪加拿大。"看了一会儿,我忍不住把一只手轻轻摸索过去,像是无意地碰了她的手,她并不回避。我用一个指头在她手背上轻轻触摸。她还不动,不停地和我说话。我从她的语气中听出了一点急促和紧张,把手轻轻移了回来。她说:"我有点冷了。"我说:"回去吧。"她说:"再看一会儿。"过一会儿又说:"我有点冷了。"我说:"你再说冷就是给我提供了某种借口,可别怪我。"她不再说冷,指了下面的汽车和远处的高楼,说些闲话。过了好一会儿,她说:"回去吧,真的冷了。"我想也没想,把一只手搭在她肩上,向自己身边搂紧点说:"还冷吗?"她不动,也不说话,我感到她的身体在微微颤抖。过一会儿她拍一拍我那只手说:"别这样,孟浪,这样不好。"话音中带着一点哭声。我把手缩回来,去看她的表情,倒还平静。我说:"恨我了吧?"她说:"没有。"两人都沉默着。我抬眼望去,银行区那几个著名银行的总部大楼灯光通明,在夜中闪着光,CN塔看不清塔身,塔顶的光一明一暗地闪。我没话找话,问她:"你上过CN塔没有?"她说:"下雨了,回去吧。"我觉得脸上脖子上果然一点一点的凉,对着灯看出是雪。我说:"是雪,又下雪了。"说着雪就大了起来,分明地在风中飘。她坐在单车后面不说话,手也不再挽到前面来。我找些话来说,她只"嗯嗯"地几声表示听见。我把雪赞美几次,心中慌了起来,嘴也不那么便利,竟有点前言不搭后语。到了家里两人之间还是有点不对劲,道声"晚上好",各自回房去了。

70

我猜不透张小禾是怎么回事,明明是有了意思,临阵又滑脱了。我很后悔那天还是太冒失了一点。我非常怕她把我看成一个有所企图的人,一个情场猎手。两年多来我不怎么注意自己在别人心中的形象,在一个暂时漂泊的地方,我觉得没有必要,而且我也没有信心去塑造自己。但这几个月,我却有意无意地在张小禾面前注意着自己的形象。开始我没意识到自己在进行这种努力,一旦意识到就觉得这简直就是一个完整阴谋的某个部分。我在心里对自己说:"我有爱的权利,至于她是否接受那是她的事。"马上又觉得这种浪漫在一个现实的社会中简直是可笑的。由于缺乏自信,我迟疑着不敢采取一种决定性的步骤,可心底仍存有一种自己也不愿去细想的企盼,似乎在等着张小禾走出这一步。但又怕她真的这样做了,我还会不知所措。毕竟,对于以后的事情,我并没有一种确切的安排。因为这一点,她心里犹犹豫豫别别扭扭我能够理解,可是这样走到一起去,那太没意思了。我需要的是完全的心甘情愿，而不能忍受别人在走近自己时心里嘀嘀咕咕七上八下。

幸好她还是照旧和我说话。我感到她稍微向后退了那么一点点。我也放宽了心，也向后退了一点点，让出一点空间作为做朋友的距离。想着这异国他乡，有这么个女孩子经常陪着，说说话，我也该知足了，根本就不应有其他想法。爱这东西，不是自己爱了就可以有爱的，爱得有爱的资格爱的前提，爱除了是爱之外还是爱之外的别的一点什么，不然爱过来爱过去白爱一场，那样爱也就说不清还是爱不是爱了。我又一次放弃了那种最终得到什么的企图，这样我放宽了心。

圣诞夜张小禾到教会去了。下午走的时候她随口说了句："晚上回来。"她叫我也去，我没有去，我觉得她的邀请并没有十分的坚定。她刚走就飘起了漫无边际的雪。我坐在厨房的窗前去看那雪，又把双层玻璃窗推开一条缝，风立即裹了雪花卷进来，带进一股冷气。我伸出一只手去，雪花飘在手心很快融化了，留下那点痒痒的凉意。我冲着窗向外面吹了几口气，一股白气马上被风卷走了。在昏暗的沉寂中，透过风声可以听出雪花落在地上时那种细微隐约的轻响。我关了窗，心里哼着那首不知从哪里听来的歌："看空中飘着北方的雪，永恒的痛……"想起了远方的父母，朋友，心中似乎有几分悲哀，又似乎那并不是悲哀。我把四五个猪肚洗了，放到一个大锅里去卤，明晚去孙则虎家参加同乡聚会，每人要带一样菜去。锅子里冒出的热气使厨房中雾腾腾香喷喷的，玻璃上顿时形成了排列得非常规则的冰纹。

不断有人打电话来约我去吃晚饭，我都回说已经有约在先了。我知道自己是在等着张小禾早点回来。到了九点多钟，我开始失去耐心，心中十分恨起她来。我几次跑到楼下去，二房东家的门缝中透出一片热闹。我开了门向街上张望，很多家都在门口挂起了小彩灯，在雪幕里一明一暗地闪。几次看见人影在雪花飞舞中越走越近，却不是她。开始我对走过来的人影抱着希望，失望了又想再等下一个，再等一个，终于绝望了回到楼上去。我后悔没有应了朋友的邀请出去，现在再去已经晚了。我不能老是对自己装聋作哑，现在我在心里承认自己已经爱上她了。我这样警惕着犹豫着，多少次觉得自己已经放宽了心不去作那种没有意义的期待了，却还是极为清醒地越陷越深。我呆坐在厨房中，熄了灯看窗外的雪更加分明，心中恨着自己，没料到自己如此不争气没有出息竟动了真感情。我一次又一次用力地甩着头，几乎都要扭伤脖子，似乎想把这种可笑的感情抛开，可停下来体会自己的心，知道这是徒劳的挣扎，我焦躁地来回走着，心中充满愤恨，却又不明白到底是恨她呢，还是恨自己。在绝望中又生出一点希望，跑到楼下去张望，又坠入绝望，如此几次。十点钟的时候电话铃响了，我猛地推开房门，扑过去抓起话筒，却是周毅龙打来的。我有点事做了，耐心地和他说话，问："这几个月你躲到哪里去了，再不来个电话？"他告诉我，已经不在那家餐馆干了，现在在一家工场剖鸡。我说："干上老本行了。"他苦笑一声。我问："你这会儿在哪里？"他说："一个人待在房子里，还能到哪里？"我说："今晚是圣诞夜呢。"他说："什么夜也不关我屁事，我是长空的一只孤雁。"我说："你倒一个人在房里待得住！"他说："都习惯了，不待又怎样？也不能老去看脱衣舞。我也懒得和人打交道，看那些鸟男女得意的嘴脸。"我说："你意志坚强，耐得寂寞，要我非憋死了不可。你是男子汉以屈求伸。"他说："都屈了这么久了，背也驼了，将来伸了也是个驼背。"我握了电话倒在床上笑得蹬腿乱滚。他说："求你件事。"我说："有事就记得找我了。"他说："你们餐馆要人了，别忘记我，我天天杀鸡都杀腻了，我手下结束的生命也数以万计了。"我说："我自己还是泥菩萨过江呢，他们早就在挤我了。"我问他做油炉行不行，他说："什么都行，只要没有血腥气就行。"我又问他老婆孩子怎样，他说："伤心的事今天就别说了，反正作了最坏的打算。"他又把世人世事骂了一顿，用"冰封的大地，动物性的自由"总结了自己这两年的感想。我告诉他最近写了一点东西，在报上发表了，香港台湾也写去了，劝他也写一点。他说："心中一团乱麻，扯也扯不清，哪里有心情写。都两年多没写过东西了，恐怕写出来的东西也不是个东西了。闲得无聊了把自己几年前写的书翻看翻看，除了名字那几个字，都陌生得很。这是我写的吗？真的有隔世之感，都忍不住哭了。"我只好泛泛说些"耐心，总有机会"之类的话，他也不要听，叮嘱我别忘了找工作的事，把电话挂了。

我又到楼下去，雪下得更大，密密地在风中卷着。街上偶尔驶过来一辆车，在雪地里碾出沙沙的声响。我看见街灯下远远地过来一个人，身影好像是张小禾，在雪花飘飘中一直走来。我马上退到门里，从玻璃窗往外看。人影看不真切，似乎披着件什么。我记不起她下午是不是拿了什么遮挡风雪的东西出去。人影近了我赶忙上了楼，站在楼梯转弯处盯着楼下的门，心里设计着怎么做出懒洋洋若无其事的样子，对她今晚的行踪一字不问，呵欠连连准备睡觉。等了一会儿，门竟没有响。我下了楼，从门窗往外张望一下，开了门出去。那人不见了。我下了台阶，看见那人已经走过去了，看背影竟是一个很高大的人。我一扬手在自己脖子上使劲抽了一下，心里骂着："心糊涂掉了，眼也花了吗？"打了自己又觉得心里委屈，像挨了谁的打，心中有点恨恨的："这个死东西，还不死回来！"我抬起头，让雪花一片片落在脸上，去体会雪花融化时渐渐扩张开的那种微痒的感觉，觉得心中平静了一些，又用手一抹，脸上湿漉漉的一片。我在心中冷笑着，跟谁赌气似的，回房去了。躺在床上脖子一片火辣辣的疼，知道是刚才一时生气自己抽重了。这样心里更加恨起张小禾来，是因了她迟迟不回我才抽的这一下的，她必须负全部的责任，看我不跟她算这笔账！我气鼓鼓地喘着粗气，想着怎么报复了她才解得这心头之恨。我跳起来把门闩了，把灯熄了，今晚怎么也不理她了。过一会儿又觉得心神不安，想起来开灯开门，心里又觉得怪不好意思。犹豫好久和自己赌了气拿毯子蒙了头睡,哪里睡得着。又爬起来开了灯到水房解手,却忘记了关门关灯。

过了十二点,总算听见楼下的门响了一下,脚步声一步步上楼来。我心中的气一蹿又上来了,想去关灯关门,又怕来不及了,脸朝着墙轻声打鼾。脚步声在厨房停了一会儿,有什么窸窣地响,又在我房门口停了,听见张小禾推开了门在轻声问:"睡着了吗?"我不动,她回房了。我把身子转过来脸朝了门,仍闭了眼。过一会儿她又停在门口,轻轻叫一声:"孟浪。"我猛地一掀毯子翻身起来,坐在床上气冲冲地问:"你怎么才回来?"刚说完我意识到又错了,我是她什么人,可以这样说话?再想做出那种早已设想好的懒洋洋的神态已经来不及了。她怔了一下,说:"对不起,我不知道你是一个人在家里,以为你也出去玩了。"听了这句话,我积了这么久的火气一下子消了,掩饰说:"到孙则虎家里去了,刚回来的。"她问:"孙则虎在家?"我说:"不在家我一个人待在他家里?"她有意味地笑笑,又说:"你怎么戴了眼镜睡,你天天都这样?"我说:"戴眼镜梦里梦得清楚些。"她说:"你哪里会梦见我,你从来没梦见过我,梦见过思文还差不多。"她把"梦里"听成"梦你"了。我只好说:"梦见你好多次我又不敢告诉你,怕你骂我。"她说:"做梦的自由谁能剥夺你的!只怕你梦的是别人,故意说是我。谁也不能到梦中跟踪你。"我说:"骗你干什么呢?我只是不敢把梦中的情景讲给你听,你真的会骂我看不起我说我不是东西的。我不骗你!"她仍不信地摇头,启发着我作出更坚定的说明。我记得仿佛梦见过她一次,于是说:"还要我赌个咒吗?"她笑着,信了,却说:"赌了咒我也不信。"又说:"前面马路上有只松鼠被车压了,尾巴压在雪里动不了,我把它抱回来了。它怪可怜的,我想我不理它,它就活不成了。"我跟她到厨房,看见一只棕色小松鼠在纸盒中缩成一团,眼睛望着我们。受了伤的尾巴看不见,只见纸盒上有几条血迹。张小禾说:"说了挺可怜的吧。"轻轻摸它,又回房中找了花生放在纸盒里。回到我房里她说:"我带了火鸡腿和莲蓉饼回来,你吃不吃?"我说:"拿块饼给我,鸡我不吃。在餐馆里天天是鸡,我见了脑袋仁子就疼,一辈子也不吃才好。"她说:"是火鸡。"我说:"火鸡也是鸡。"她去拿了莲蓉饼给我,说:"是大嫂的先生开车送我回来的,好大的雪。"我故意说:"到了门口也不叫他们上来玩玩,他们跟我好熟!"她说:"大嫂的嘴巴你又不是不知道,明天她就开新闻发布电话会议了。"我说:"她发布什么?"她说:"一男一女住这一层,你说她发布什么?"我笑了说:"那我就枉担了这虚名,又没真做点实绩!别人知道了真相呢,还要笑我是个没起色的货。我不如早作打算,担了那名也不算特别冤枉。"她摇着双手笑着说:"你可别啊,别啊,别。你不会,不会,不。"我说:"好好,别,好,不。"她又问我困不困,我说:"说困也困,说不困也不困,没有事做没人说话就困。"她说:"我带录像带回来了,大嫂借给我的,台湾的电视连续剧《末代儿女情》。你过来看?"

到她房里,她把录像带放了,坐到床上去,用毯子裹了脚,手指指楼下说:"只顾省钱,把暖气调这么低,比政府规定的十八度低几摄氏度了。明天你跟他说说,认真起来还可以去告他。"我说:"冷点也算了。暖气往上冲的,他们自己在楼下还冷些。都是国内来的几个人,谁还不知道谁?赚几个钱都费尽了心机,想省几个也不奇怪。是我我也开这么低。"她说:"你倒好,还帮他说话。"电视剧开始了,她边看边说话,说到大嫂已经买了一幢房子,二十一万,首期四万五已经付过了,下个月就搬家。还有十六万多的mortgage(分期付款),二十五年还清。又说:"有些人很坏,总是打听我住在哪里。有几次有人在学校拦住我,问我的住址和电话号码。"我说:"都是些谁呢?"她说:"同胞啦,香港台湾人也有,还有一次是个洋人小伙子。"我说:"谁长得水秀就有人注意,是我我也会拦住你,不奇怪。"她说:"我好怕的,没有安全感。"我说:"现在这么晚了,你坐在这房子里有安全感没有?"她说:"有。"我说:"有头狮子说着话就扑过来了,把你一口吞了。"她说:"你不会,你是信得过的人。"我说:"又说我不会,老是说我不会我不会!这不是气我骂我笑话我吗?说不定哪天我偏就会了。我在心里可真的是磨刀霍霍的,随时准备一试锋芒。我也是个人呢,是个——男人。"她目光离开电视,看我一眼,放了心说:"你不会,你吓我的。"我又问:"上次那个人还找过你的事没有?"她说:"打几次电话来,我听了是他就挂了。"我说:"他说他要报仇,笑疼人的肚子。其实呢,骗了人也不一定就是坏人,有时候骗也是因为爱上了谁才骗的。"她说:"你不知道。"又说:"你还为他说话?什么意思!"我连忙说:"我说有时候不一定就是说的你那个时候,谁也不一定就是你。"她眼盯了电视机说:"好乖的嘴,只是谁也不是傻瓜。"我这时想找个机会表示自己对那个人的嫉妒和愤恨,有不共戴天之仇,却苦于摸不着话头转这个弯。我零零碎碎说些话想绕过去,她总不太搭理。渐渐地入了戏,她说:"晃眼。"把灯熄了。我坐在椅子上,从侧面去看她,只见电视机的光映在她脸上,一明一暗地闪,那认真凝神的神态又是一种风情。我心里只想挨了她坐到床上去,下了几次决心,只是不敢。我瞧着电视机,又偷眼去看她,心中起起伏伏。我想象着自己突然控制不住,腾空而起,狮子一样扑过去,搂了她倒在床上,嘴里含含糊糊说些"对不起"一类的话,双手却在坚决地行动。这样想着我双手抓紧了椅子边,怕自己真的腾空而起。又在心里想着真的那样她会怎么办?没有把握。我说:"关了灯增添了点什么气氛。"她冷冷地说:"看电视。"直到三点多钟,电视剧放了两集,我心里才断了这个念头。内心的骄傲使我宁可没有,也不愿有任何一点勉强。快天亮的时候,看完了四集。她问:"还看不看?"我说:"随你,你看我就看。"她说:"睡一觉起来再看,好吗?"我说:"好。"说着昏昏沉沉站起来,回到自己的房里。

71

在蒙眬中我听到有水的响声,中间夹着一两声碗的碰响。我在昏睡中挣扎了好久,终于清醒过来。冬日的太阳射在对面的墙上,房间里特别明亮。我忽然记起昨天下了雪。我看表已经是中午十二点,就起来了。张小禾从厨房出来说:"你睡得好死!我故意弄出点响声看你醒来没有。面包烤好了,牛奶也煮了,你来吃。"看她这样的态度,我又后悔昨晚不该太老实了,那么好的机会没有抓住,从手边溜走了。我在心里安慰自己说:"机会还有。"吃着东西她说:"我忍不住又想看录像了,我自己先看了你又再看,就乱了,干脆碰碰碗把你吵醒。"我说:"今天你不出去玩?圣诞节呢。"她说:"到处都关了门,街上也没几个人,到哪里玩去?"我说:"昨天都闹晚了,人都睡呢。在家里大年初一街上也没人。"她说:"今晚你会出去吧?我自己在家里待着。"我说:"今晚同乡聚会,到孙则虎家里。他太太是我们老乡。"她又去看那只小松鼠,说:"花生吃了,自己还会剥去壳呢。"又把松鼠抱起来塞给我,自己去房里拿来一瓶红药水,往那尾巴上涂着说:"不知这尾巴还有救没有?"我说:"别惹了一身小虫子。"她说:"没有,不会有,看它这么可爱,不会有。"放回去又抓了花生放了水到纸盒里。

吃完饭我们又看电视,看完第七集我说:"我该去了,已经迟了。"张小禾说:"我也看累了,有点腻了。晚上再看。"我想着今天晚上又是一个机会,我怎么样也要壮着胆子试一试,死就死,活就活,死活也要把那句话吐出来。

到孙则虎家已经来了三十多人,有些是第一次见面的。袁小圆说:"孟浪,你来太晚了,再晚我们就开吃了。"我把手中的盒子往上一提说:"我的肚子不来你们今晚的会餐缺点色彩。"孙则虎说:"大家听见了,孟浪说他的肚子不来就不行,等会儿大家尝尝他的肚子。"大家哄笑起来,我连忙说:"我的猪肚子。"他大声说:"孟浪的猪肚子。"大家笑成一片,几位太太笑得喘气抱成一团互相拍打。孙则虎又介绍我认识人,有两个不知道谁带来的朋友,从美国过来玩的,也是老乡,就跟着来了。孙则虎说:"你们自己认识,我也是第一次见到他们。"那两个人很客气地和我握手,一个说:"I'm David.(我叫大卫。)"另一个说:"I'm Victor.(我叫维克托。)"我说:"I'm...."我说着拗口,说:"孟浪,我是孟浪。"要把这两个外国名字和他们中国人的脸结合起来,我觉得很别扭,就在心里把大卫叫作王七,维克托叫王八。我们用家乡话交谈,孙则虎说:"听不懂,说普通话。"我说:"袁小圆怎么回事,这么多年也没把你调教出来!"孙则虎说:"打机关枪一样,谁听得懂。"又对旁边的人说:"说普通话,让我也听懂。"有人说:"老孙,今天让我们过过瘾,很少有这样的机会痛痛快快说几句家乡话。"思文早就来了,在厨房里做青椒爆羊肉,满屋子辣味呛得人直咳嗽。孙则虎悄悄对我说:"有的人真他妈不懂事,老老少少来了四五个,就带这么小一盒菜,等会儿没得吃了叫我难看,过不得门,你还是个够意思的。"七八个小孩聚到一起,服了兴奋剂似的满屋子跑,闹得大人说话也要高声。有个小孩调皮把另一个小孩惹哭了,他爸爸打他,他指了爸爸说:"爸爸是恶霸地主,看我长大要报仇的。"他爸爸撑不住笑了。有个小女孩借了别的孩子的机器狗来玩,那机器狗在地毯上一蹿一蹿的。小女孩说:"狗狗,到姐姐这里来,狗狗,到姐姐这里来。"大人都掩了嘴笑。太太们凑在一块谈得正欢,不时有人高兴得忘了情疯婆子似的昂了头跺着脚拍着腿笑。有个博士生扛着摄像机把小孩太太们的活动拍了,当场就放出来,小孩都围拢来看,指着电视机中的自己兴奋地叫。

袁小圆宣布说:"吃起来吧!"大家把两张桌子并拢来,把各自带的菜都摆上,有二十多种。孙则虎做了两个火锅,摆出几盘粉丝、菠菜、羊肉片、虾、鱼丸子。大家都站着，夹了菜就退到后面去。有几个人靠了墙坐在地毯上。大家一边说一边评菜，吃到了合口味的就推荐给别人，又问是谁做的，怎么做。有人悄悄问我说："不知有啤酒没有？"我使个眼色叫他别问。这样的场合没有十箱啤酒根本不够打发，谁来出这个钱。两个多大的学生在议论徐丽萍，不知怎么就争起来了。一个说："你别理她就算了，心又痒抓着要去理。"另一个说："我们互相算了，可她老觉得她算了我才不得不算了。"一个说："你别自作多情，凭你这点经济实力，两个你叠起来她也不会嫁的。"另一个指了对方说："两个我叠起来她也不嫁，换了你有半个你她就肯嫁了。"一个说："徐丽萍是个大傻×，一条贱虫，谁要呢，两个她叠起来嫁给我我也不要。她不读书不干活，凭了一张脸子靠男人吃饭，谁要呢！"另一个说："你也别骂，你现在骂了晚上回去在床上想起来睡不着，你敢说你没这方面的经验？你又凭什么说她靠男人吃饭，有证据吗？"一个说："别拿自己的经验揣想别人，睡不着的也只有一个你。我说她靠男人吃饭，她不靠男人谁养活着她？你养了吗？你养得起吗？你才养得起她的一个脚趾头和几根汗毛，还是小脚趾头。那男人又会白白养了她吗？我骂了她你心里扯着疼了吧！"两人认真吵起来，被人劝开了。我悄悄问思文："跟那个古博士还有来往吗？"她说："成不了的。本来也想心一横就是他算了，冷静下来还是算了不得。陷到里面一辈子都不会安心。"我说："真到了那一天也不会想那么多了。"她说："懒得跟你说，你一门心思只想把我推出去。你急什么？我推不出去又不要你负责。"我说："好心当作驴肝肺了。"她嘲笑说："多谢你的好心，没这好心我哪里会有今天。"那边有人叫道："孟浪的肚子好吃，告诉我是怎么做的！"又引起一阵哄笑。

一会儿大家都吃完了，各自找人去说话。孙则虎提议打扑克，说："有谁敢来，三打一的，来点意思。"别人都不响应，只好打双百分。

只有两副扑克，我和孙则虎打对。旁边还有人看着，说好这一轮谁输了下去等他们来接手。又有人找出一副扑克，几个人围拢了，围了桌子站着玩拱猪。一会儿有个人输了，把牌摊到桌子上，用下巴去把黑桃Q拱出来。拱一下旁边的人拍着桌子叫着数一下数，叫到"四十一"，还没拱出来，拱的那人涨得一脸通红说："休息一下。"又说："谁把黑桃Q藏起来了我跟他没个完。"低了头又伸了下巴去拱，大家叫一声"四十二！"他用力过大，牌都掉到地上去了。有人指了地上的牌说："再拱，再拱！"我过去把牌捡起来说："实行革命的人道主义嘛，人家下巴肌肉都扭伤了，回去跟太太接不了吻谁负责，你负得起这个责吗？圣诞节了也存心不让人家夫妻亲热一把，也忒阴毒了点吧。"又有人拿本广告杂志卷成卷当话筒伸到那人嘴边说："请你谈一谈感想，稍微谈一谈感想。"那人涨红着脸把书推到一边去，一边洗牌说："重来！"

　　我这天手气特别背，很快就输了一轮，只好去钻桌子。对方一个说："慢点，慢点！"我还以为他发善心免我们钻了，谁知他把隔壁的太太们都叫来，说："观众齐了，钻！"孙则虎说："太阴毒了，太阴毒了。"说着钻了，我也跟着钻了。对方在上面拍桌子唱《运动员进行曲》。有人接手打去了，我说："老孙干脆行个好帮我把这头剃了。"他找出一张报纸，折了两下，撕掉一个角，再展开来中间是一个洞，从我头上套进去，用夹子在脖上处把报纸夹了。我说："戴了枷像个囚犯似的。"他把我拖到过道上，地毯上垫几张报纸接头发，按了我的头推起来。我说："轻点，肩膀上是颗人头！刚才钻了桌子拿我这头出什么气！"他摸着我的头说："哦，真是颗人头，不是牛头。"另一间房的人在看电视中的冰球比赛，美国芝加哥的阳光队对多伦多蓝鸟队。我正好面对着电视机，等孙则虎一松手我就抬头看一眼，看不太懂，只觉得那些戴头盔的人拿根杆子在冰上滑来滑去挺好玩的,潇洒。电视机前一片热闹,王七和王八为阳光队叫好,另外几个人为蓝鸟队叫好,都想用声音压过对方。我总觉得他们的热情都有些夸张。中场休息时,有人提出,如果加拿大和美国打仗,你站哪一边?王七和王八马上说站在美国一边,其他人也有说站在加拿大一边的,也有说事不关己高高挂起的。王七又说美国的护照才是真正的金护照,加拿大护照顶多是个银的。又有人说,这个前提不成立,美国加拿大打不起来。如果是美国或者加拿大和中国比球,你们站哪一边?马上有人说:"中国一边,还是中国一边。"王八站起来,挥着双手做着把别人压下去的姿势,高声嚷道:"绝对是美国,绝对是美国!""绝对"这两个字刺得我心里一疼一疼的,忍不住猛一抬头吼道:"别他妈的假洋鬼子!"剃头推子戳在我后脑勺上,孙则虎吓了一跳,"啊呀"一声。王八怔住了,双手停在空中转了头望着我。我只顾说下去:"到西方念了几句洋屁,就在心里封自己做个副洋人。一心只想做个世界公民,一厢情愿!以为觍着点脸拉拉手大家都是同胞了,人家心里透亮,谁当你是他同胞?好厚的脸!"思文和几个女人从那间房跑过来,看发生了什么事。王八双手放下去,尴尬笑着,也不回驳我。正好球赛又开始了,他们又转过去看球。孙则虎的手搭在我肩上,我更明显感到自己身体在颤抖。我竭力冷静下来说:"剃吧,剃吧,总不能留个阴阳头。"他说:"你后面被推子戳伤了。"我说:"没关系你只管剃,不疼。"他接着剃,说:"老孟你今天怎么回事?"我说:"对不起,我头脑发热什么都忘记了,搞得你这个东道主下不了台。我失态了,要不然等会儿我向他赔个礼。"他说:"算了,等会儿他们走了也就完了。"剃了头我把脖子上的报纸解下来,拍着头把碎头发拍下来。袁小圆过来帮我收地上的头发,我一脚踩住说:"嫂子太贤惠了,不好意思,我自己来。"她直起身子时在我耳边悄悄说:"骂得好痛快。"她问我后脑勺要不要包扎一下,我摸摸后脑勺说:"不疼。"

王八怔住了,双手停在空中转了头望着我。

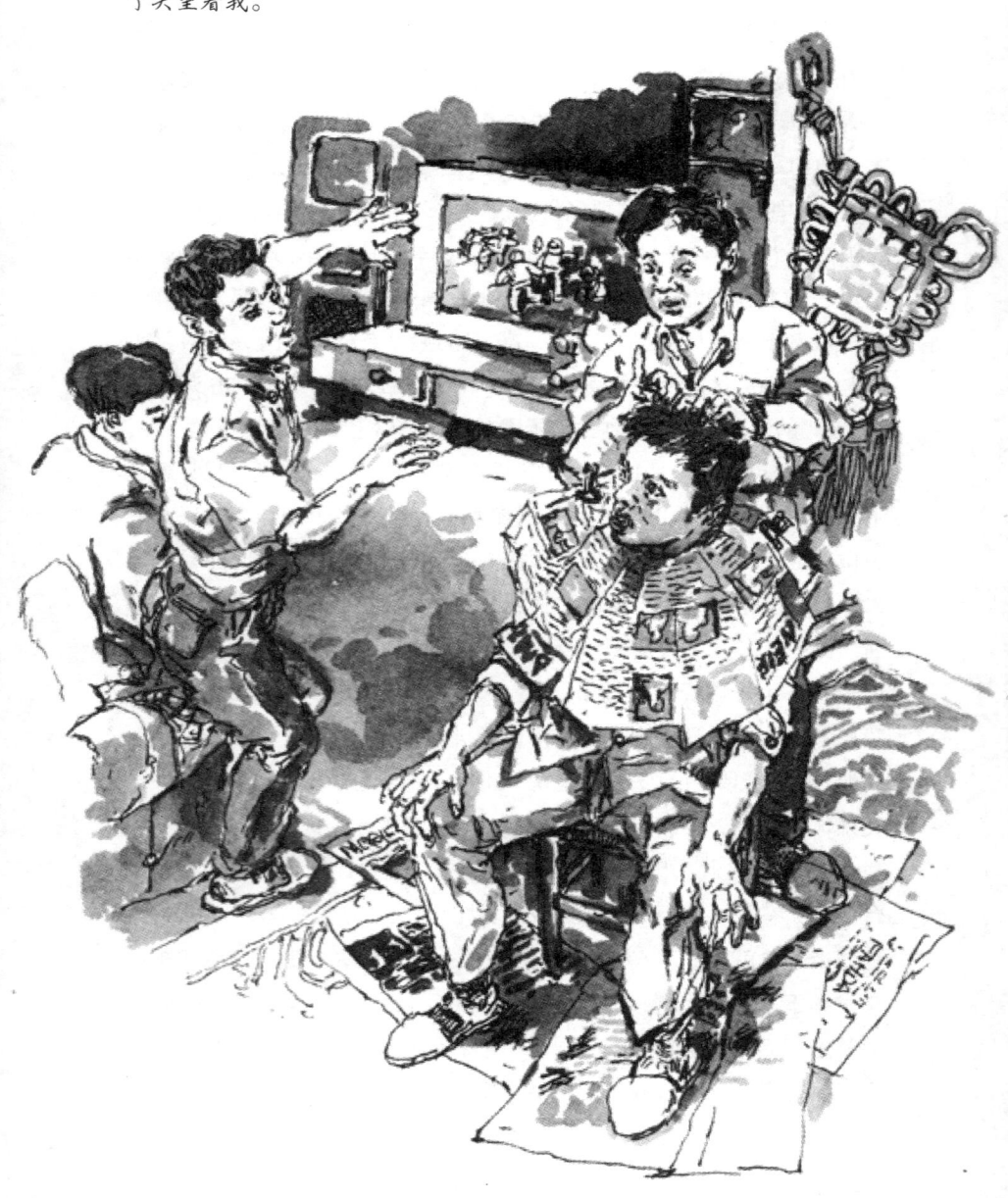

又去看牌局。

　　这时有一群人告辞要去，袁小圆在送客。我看了王七和王八也在里面，就站到袁小圆身边去，说："这就去啦？"王七王八说："去啦，去啦。"我说："这就回北京去呀？"他俩笑了。我趁机抱歉地一笑，伸了手想与王八握一握。他却把眼睛转向袁小圆，我解嘲地一笑，把手绕回来挠一挠头发。袁小圆说："大卫下次再来，维克托下次再来。"我也向他们挥挥手，歉意地笑笑，心里说："王七下次再来，王八下次再来。"他们也对我挥手笑笑。送了客我也准备走了，思文挨到我身边说："高力伟你还是老样子，还是没变。"我当她说我总不见老，说："每天吃了睡，睡了吃，不操心又不着急，可不还是老样子。"她哧地一笑，说："说你沉不住气性急还是老样子。"我忍不住笑了，说："我又自作多情了，我知道自己自作多情了，我永远都自作多情。"她说："他说他的，关你什么事，要你着急！"我说："我又错了，我知道自己错了，我永远都错了。"她说："还是这么固执，一点也没变。"就走开了。这时一轮又打完了，接手的两个人被打下来，钻了桌子。坐稳的两个人说："铁打的江山牢又牢。老孙还敢不敢来？"我看表快十点了，惦记着张小禾，想说不打了，孙则虎接过牌说："孟浪，把他们打下去钻一回，太猖狂了。"我忍不住接了牌洗，说："最后一轮，一鼓作气把他们打到桌子下去就算了。"抓着牌我问老孙："昨晚你干什么去了？打电话给你也没人。"他说："去教会了。"我说："孙则虎信教，说给人听人不信，说给鬼听鬼不信。骗得了人骗不了鬼，骗得了鬼骗不了上帝。"他说："去玩玩嘛，袁小圆硬拖我去，敢不去？"我问："看见大嫂了吗？"他说："从美国过来的那一对？看见了。"我一听心想："糟了！昨天我还对张小禾说在这里玩呢，难怪她抿了嘴笑。不知回去该怎么解释，可别就把我当成信口胡说的人了。"这一轮打得艰苦，来来回回拉锯好多次。人陆陆续续走得差不多了。我心里着急起来，想放水输掉算了。放了一回，孙则虎气得直嚷："哪有出牌这样混账的，你肩膀上是颗人头，你自己知道的！再混账就又到桌子底下去捡人了。"我想找人来代替，叫了一声没有人应。孙则虎说："老孟你急什么，你是自由人不受管制。"我只好打下去。最后总算赢了，一看表快十二点钟。对方说："想不到被你们赢去一盘。"我说："以为我们没上学的人脑子里都塞着糨糊吧。"对方说："最后一轮不钻了。"我急着要走，也说："算了算了。"孙则虎拦了门说："大家按规矩办事，都是君子。"那两个人说："老孟都说算了。"我说："谁说算了，要钻的，要钻，大家按规矩办事。"他们只好去钻。孙则虎在后面做拍屁股状，又拍着桌子唱《运动员进行曲》，算是报了仇。

　　出了门我一路飞跑。还没到公共汽车站，看见一辆车刚刚启动，里面才几个人，我追上去高声叫："One more, one more!（还有一个，还有一个！）"司机竟不理，一直开走了。十二点以后的车半小时一趟，我在雪地上来回地走，想着张小禾一定不高兴了，和我昨天一样等得好焦躁。又后悔没骑车出来。等了好久，车来了，我跳了上去，是为我一个人开的专车。回到家，楼上一片漆黑。我摸上楼开了楼道的灯。张小禾房里的灯已经熄了。我走到门边听了听，没有声音，轻轻叫一声，也没人应。我想她可能临时被人叫去玩了还没有回，心中轻松一点，马上又沉重起来，这么晚了，不知道她跟谁在一起？心里犹豫着也不知自己到底希望她在家呢还是不在家。我又用力敲一下门，叫一声："张小禾。"她在里面说："我睡着了。"我只好退回自己的房里，心里懊悔没有剃了头马上就回来，让那预谋落了空。转念一想，也许是件好事。她并没有那么强烈的内心冲动，不然为什么不像我昨天一样等到底？如果真回得早，说不定已经撞到南墙上了，岂不惭愧。

72

昨天晚上出去了没有?"她说:"就自⋯⋯⋯女情》,等着等着就睡着了。前天睡⋯⋯让她久等,可她并不抱怨,我心中反⋯⋯机解释说:"其实我前天晚上也是自己⋯⋯则虎那里也没去。"她说:"我知道,我⋯⋯"我笑了说:"你算是个精怪,谁说你⋯⋯了,也不至于被别人,你们哄得一愣⋯⋯那个人,她脱口说出来了。我说:"我⋯⋯定早哄出点什么结果来了。"她说:"你⋯⋯瓜!"我说:"傻瓜是天下最幸福的,信⋯⋯"我笑了说:"傻瓜!"

⋯⋯冬,摸一摸肿了一点,就叫她看看。她⋯⋯子脑勺对着窗子就着亮,看一看说:"哎⋯⋯到这里?"我说:"剃头的时候被孙则虎⋯⋯紫药水说:"给你涂点,快两年了,不知⋯⋯红药水还有紫药水!"她说:"小病就自⋯⋯余得后面一片紫,怎么出去?"她说:"生⋯⋯炎了才舒服些!"她叫我把头低了,自己⋯⋯涂上。我说:"一个涂在尾巴上,一个涂在脑袋上,都是长了毛的地方。你干脆再抓把花生给我。"她踩着脚笑,紫药水溅了几滴在我身上。她只穿了一件衬衣和一件宽松毛背心,我眼睛往上一瞭,无意中从领口看见她胸脯白生生浑圆的轮廓,中间那棕红的一点也看清了,心里一颤,一股凉气从脚底涌到头顶。

她一点没察觉，只问我疼不疼。我含糊应着，眼睛想再翻上去看清楚些，却怎么也翻不上去，好像有什么力量把我的视线拉直了似的，直勾勾只盯着地上，两只手抱了头不敢松开，怕控制不住就伸了过去。她叫我把手让开，我仍抱着不动，她又叫一声，用手碰我手一下。我把双手移下来，马上又伸进裤口袋去，似乎这样双手就被关了禁闭。她涂了药站直身子，我松了一口气，浑身燥热，站起来用手背擦擦额上的汗。她说："很疼吗？"我说："不疼，不疼。"跑到自己房里把西装脱了，又到水房用冷水冲了脸和前面的头发。回到她房里，心中平静了些。她什么也没察觉，只怪我怎么敢用冷水冲头发，又拿毛巾给我擦干。我说："好危险啊，差一点就出事了！"她说："推子再扎深一点伤了神经就不得了，就出大事了。"我说："有时候出事不出事只差比纸还薄的那么一点点。"她说："不知道伤着的地方有神经没有，可能真的只差一点点，看样子还没关系。"我说："没出事就没关系，出了事还不知后果会如何。"她说："那又不至于就那么严重，过几天就好了。"我说："过几天就好了，有那么简单的事！说不定过好多年还有后遗症呢。"她说："有那么严重？别自己吓自己！"我说："其实没有那么严重，都是我自己吓自己想着有多么严重，其实那么着了又怎么着。"我说了直笑。她说："神经兮兮的，笑什么！"又说："孙则虎这么粗心，大家的头都是剪来剪去的，没听说过谁把推子扎到谁的肉里面去了。"我说："我这头两年多没上过理发店了，都是朋友剪的，也过来了。不过昨天怪我自己，不怪他，我一急起来就忘记在剃头了。"她询问地望着我，我就把昨天晚上的事说了。她听了王七王八的话笑得在我身上扑打，说："这么坏的人！"又说："你太冲动了，会吃亏的。"我说："那可不是，一下就开罪了几个人。"她说："看不出你挺爱国的啊。"我说："你是不是讽刺我？"她说："不是，真的不是，其实我心里也是这样。"我说："不是讽刺就算了，不然我真的要生气了。其实我没有必要在你面前表白什么，说真的爱国对我来说是一种本能的感情选择，就像爱自己的亲人，没有更多的道理可讲，要讲道理就是我在那里生活了这三十年，我不能说这三十年对我根本不存在。这在我此生已别无选择。在出国之前我没有强烈意识到这一点，可现在已经变为了做人的起码原则了。也许有人把爱国当作一种义务一种责任，对我来说这是一种本能，是我自己内心的需要。我爱国我还是一个中国人，心灵还有一个支点，我不爱国我是谁？那我也是王八了！到了这边我才体会了爱国不是超越人的自身需要而存在的感情，正因为如此爱国对我来说永远不是一种姿态一种负担。也许有一天我会得到加拿大护照，但我这一辈子还能在心灵上成为一个加拿大人吗？"张小禾很认真地点头说："是的，是的，其实大家都是这样想。"我说："我不是一个不自私的人，要我为了什么牺牲自己一点什么，也没那么容易。可是为了这种心理需要，我可以做出最大的牺牲。这当然是表达一种感情，其实我又不是一个人物，肩上并没承担什么。但至少我不能说中国和加拿大比球赛，我去为加拿大呐喊，我在心里有障碍喊不出来。有一天我儿子在加拿大长大了，他要为加拿大呐喊，那是他的事我不反对。话又说回来，有几个人要那样，他有他的自由，我也管不着是不是？我也犯不着生气是不是？我一看王八那骚劲，心里一冲就忘记了。"她说："在多大餐厅里，有几个同胞在洋同学面前，经常把自己的国家当个笑话讲，我原来和他们坐在一起吃饭，听不下去就再不到那边去了。无耻之徒！"我说："有一天天下真的大同了，大家都平平等等做个世界公民，国不国也没有了，也不谈什么爱国，那是最好。可是生活在这个世界上，你想跟人家大同，人家不跟你大同，嘴巴客客气气，文文雅雅，心里还是隔那么透亮的一层，觉得你和他不是一等的人。你总不能说你生在中国，黄皮肤黑头发，就活该低他一等。爱国是为了自我尊严和心灵骄傲对歧视的抗拒，人为了自尊其实别无选择。自认为天生低人一等的奴才也许还有几个，但我永远不是。在上帝的眼中，一切人一切国家每一块土地的重要性都是一样的，可惜我又不是上帝，我只能用自己这双眼睛去看世界。我也不知道王七王八怎么想的，难道他们在北美几年没受过一点刺激？"张小禾说："他们受了刺激就尽量向那边靠拢，在心里把自己当个美国人了，不过那也是自作多情。"又笑了说："将来中国和加拿大比球，你和你儿子一人为一边喊加油，父子两人吵起来，脸红脖子粗地直喘气，那才好玩呢。"我说："我儿子？我儿子他娘也不知在哪里。"说着嘴角含了一丝诡笑去看她的脸。她脸色不自然起来，在我的目光中渐渐泛出一点红晕。

她掩饰地去放录像，一边说："几十集，快点看完我还要为下个学期做点准备。玩了这几天太可惜了，弄不到奖学金就不得了。"看着录像她说："里面几首歌，有一句歌词写得最好，你猜是哪一句？"我说："是不是'飘啊飘啊飘的风，吹的是谁的痛'这一句？"她说："这句也好，'江湖上老了少年翩翩'这句还好些。"我故意说："我不太喜欢这句，我只喜欢有爱情的。"她说："你是个多情人，最可怕。"又说："人真的不能仔细去想，我大学毕业这才几年呢，我觉得自己有点老了。"我说："难怪你喜欢那一句。其实我这样想还差不多，你才多大点，就怕起老来，你这不是故意气我刺激我吗？"她说："你们男的怕什么，我要是个男的就幸福了，到三十几岁也不怕，照样去溜冰跳舞，没有那么大的压力，不着急。女的呢，几年就失去光彩了。"我说："你急什么，谁急也轮不到你急，这么多博士、老板，顺手就捞着一个。"她说："有钱就可以了？一口气！"说完专心去看录像。我说："那还要什么，在这个世道？"她不理我，做出特别认真的神态盯着电视机。我只好放弃了这个话题。

73

过了圣诞节我去上工,走到积雪的大街上,心中闷闷的,打不起精神。张小禾那里还是那么悬着,几天待在一起也没有什么进展。街上白人黑人来来往往,小车如穿梭。我只顾低头走路,细心听脚下踩在冻雪上那单调的沙沙声,不时赌气地把一块块冻硬的冰块踢到人行道下面去。我抬头望天,又低头看地,想着这纷繁的世界,天地之间我这样一个人,忽然有一天来到了人间,忽然又有一天会要离去,在这混沌的宇宙之中都算不得一件什么事情,不过是千万个世纪中存在过的亿万个人中间的一个罢了。如此渺小的一个存在简直不值得去为之苦恼焦虑,几十年以后天地之间不会再有我这个人,一切的苦恼焦虑也随之而去了。就是这个人现在正在这个陌生而熟悉的国度,走在陌生而熟悉的街道上,天地之间我这样一个人现在正在时间中存在。这似乎有点滑稽,有点荒谬,可细想之下也只能如此,这种滑稽荒谬的感觉本身又是那么滑稽荒谬。这样想着我心中浮上一丝微笑,像是在嘲笑被看透了的自己,又像是在嘲笑这个被看透了的世界,连我自己也并不明白。

Ho Lee Chow 的生意越来越清淡,每个人都有一种恐慌。我在心里算来算去,公司如果要裁人,五号店第一个就会轮到我,我没有一帮人,也没有后台。到时候公司总管问阿来,他必然会照顾自己那帮马仔。这天阿来休息,我做完了菜单就去切菜,一边想着心事。阿良在案板对面包春卷,突然叫了一句:"去把馅端来,我手不得空!"我头也没抬,他又大声叫了一句。我抬头四处望望,看他叫谁。看看也不像在叫谁,就望了他。他冲着我说:"望什么,望什么,叫你呢。"我觉得莫名其妙,一时待在那里。他又气势汹汹地说:"还望着,还望着!叫你你耳朵塞了屎呀!"我这才反应过来他在故意挑衅。我说:"你叫什么,你叫什么?"他说:"我叫什么,我又不是狗,我叫什么!你骂人!"我说:"你算老几,有什么资格叫我,你是头厨吗?"他放下手中的春卷,搓着双手,又指了我说:"你骂人,小心我打扁了你!"我身上血一涌,把手中菜刀往案板上一拍,说:"你又要打扁我,你天天要打扁我,你这样神气要打扁我!你也不先撒泡尿照照自己三寸高打不打得扁我!"他仍指了我瞪着眼说:"你动我一下我不打扁你我就不是人。"我指了后门说:"到外面去?"他说:"走!"两人走到外面,站在雪地上,我说:"你要打扁我你打,看谁打扁谁!"他说:"你动我一下我不打扁你就不是人。"阿长他们几个站在门口看,口里慢吞吞地说:"不要那么大的火气嘛。"阿良手在我眼前指了晃着圈,说:"你动我一下我不打扁你就不是人。"我拳头捏得叫,想冲着他的脸一拳打过去,多么舒畅,忽然又笑了说:"谁打你呢,伸手不打四两贱骨头。你再不打我就切菜去了。"他说:"搞半天你还是不敢!"我走到房子里去,他跟着进来。我一半也是讲给其他人听,说:"别人我不惹,别人也别惹我,要欺负人呢,请他把眼睛擦亮点,想叫人钻了他的圈套呢,还要再学聪明点。"阿良在后面指了我笑着对阿长说:"搞了半天他还是不敢,他还是不敢!"我回头撇嘴一笑:"我真的不敢,敢了我是你养的!生吞了你我还不一定能饱,还敢打你!"

我又操了刀去切菜,心里想着今天这回事。说起来我也可以理解阿良,油炉做了一年多,只想过这边来炒菜,能长点人工。等来等去也空不出一个位子,没了盼头,心里怎么不窝火。又想起阿长那不阴不阳的神态,也看不出他们是不是早就串通好了的。

第二天阿来来上班,见了我就说:"高先生你昨天怎么了?火气那么大!加拿大可不是你们中国,可以随便说打人的。"我说:"我们中国也没有说可以随便说打人的。我在你手下做了这一年多,你看我是不是那种欺负人的人?阿良先说要打扁我,我总不能说'求你别打',当然要回一句嘴。我你也知道是什么人,想一想就明白。"他说:"那你也不可以随便骂人,骂人做狗叫。"我知道没道理可讲,苦笑一声说:"我没骂他。"过了几天阿来忽然对我分外挑剔起来,我做的事没有一件可以的。这些事我已经做了一年多,从来没出过问题,突然就都有了问题。我炒菜他不住地在旁边说不是,不是过生就是过熟。切着牛肉,他说:"高先生怎么搞的,切这么大一片,做了一年多还做不好!手上什么地方不方便了吗?"我只是在心中叹气,没有道理可讲,他一定想挤我走了。我感到了这个世界的真正主宰是利益的冲动,是欲望的魔鬼,而不是公平的上帝和正义的神。我停下手中的刀,笑一笑说:"头厨,谢谢你照顾我这一年多,也算是朋友了,最后再帮一把,帮我到公司要封信来,我去领失业金算了。朋友啊!"他说:"公司现在也没有说要炒人。"我说:"要我自己辞了工,我领不到失业金,那不可能。"他说:"凭良心我帮你想个办法,你到医院去搞张医生的证明,就说有什么病,不能做了,我帮你到公司去要那封信。"我说:"那就说好了。朋友啊!"他说:"那就说好了。朋友,朋友!"

我做了这一年多也可以领七八个月的失业金了,领了这几个月的失业金,再去找份黑工做做,也差不多了。为了以防万一,我到失业金登记所去一问,才知道生病自己辞工的,最多只能领十五个星期的失业金。我心里惊了一下,幸亏还多个心眼来问了,不然真上阿来的当了。人心啊,怎么就这么坏!几天以后阿来见了我,眉毛一抬一抬的,想问什么,我只装作不懂。又过了几天,他终于忍不住说:"高先生,医生的东西弄来没有?"我说:"我去看了医生,他找不出什么病。"他说:"你可以说腰疼,以前折了腰现在又复发了。"我说:"可惜我的腰它偏又不疼，真是麻烦。"他说："那怎么办？"我说："那怎么办，只好这样做下去。要不请你帮个忙，要公司写封信把我炒了，我一辈子都记得你的恩德。朋友啊！反正我自己不能辞工。"他说："公司现在也没说要炒人。"我笑了说："那我有什么办法？只好麻烦那些想这个位子的人委屈了辛苦多等几天。"他说："不要这样说，没有那个意思。"我满脸堆了笑说："那就更好，我想你凭良心也不会有这个意思。朋友啊！"他神色不自然，说："问题是你现在做不好，怕顾客有意见。"我说："我是你一手带出来的，做了一年多也没出过一次事。顾客来找麻烦的事是有，不是我惹的祸。到底是名师出高徒，你带出来的人还能错？"他失望地摇摇头，不再说话。

我知道自己以后的日子会更难过了，便横下一条心，坚持下去。两年多来委屈着忍了多少，现在看见曙光了我反而不能忍了吗？我给自己打气，再咬紧牙关坚持这几个月，不管他们怎么挑剔怎么排挤，我一概装作不懂，又能把我怎么样。倒是阿良看出了阿来另有打算，挤走了我位子也不会轮到他头上，还有看不见的人在等待，又搭讪着和我说笑。我也若无其事地和他说笑，心里都看得分明。也算我运气还好，阿来把原来的总厨王先生挤走，自己到公司当了总厨，让自己的朋友阿章进来顶了炒锅的位子，阿长做了头厨。大家又相安无事。最生气的是阿良，想了一年多的位子又被别人顶了，在我面前把阿来骂得狗血淋头，说阿来早就答应炒锅有了缺就让他补了，现在又在外面弄了人来。又说阿来把他当枪使，多么阴险，我这才知道他上次找事是和阿来通了气的。他骂完了又反复叮嘱我不要出去说。我也不作评论，只是应着表示听见了。他们有了矛盾我心里觉得挺愉快的，真的很愉快。

74

大嫂打来电话,告诉我星期天她搬家,要我去帮一天忙。我含含糊糊地答应了。放下电话又生起自己的气来,谁搬家了也来找我,这好人真的是做不完了。气了一会儿又想个主意,等明天打个电话回去,就说星期天要上班,原来是记错了。又一想上班是下午三点,这她知道,她要我去半天又怎么办?

这天上午我骑车去大唐人街买菜,顺便买了一袋米给思文送去。偶尔对她说起了搬家的事,她说:"你别蠢,做这个好人毫无意义,你还以为什么时候会有回报吧。你这么大个人了,做一件事总要想想有什么用没有。你这个人耳朵太软了,别人就利用了这一点。你还以为做了多大的人情呢。"她这话正撞在我心上,我顿足说:"我又蠢了,我真的太蠢了,我怎么就这么蠢?搬家又是一件好做的事情么?我恨不得甩自己几个耳光。她搬新房子怎么不叫搬家公司,要我出力给她省钱?"她笑了说:"你会去的,你到时候还是会去的。别人不知道你,我还不知道?"她说着用手点了我,"好人啊,好人啊,如今这世界好人有什么含义?"我说:"你口里说着好人好人,心里叫着傻瓜傻瓜瓜。"她笑着不说话。我又说:"今天我又送米来,你没有心里笑我傻吧?"她说:"那也要看人来,我们是什么关系!"我说了几句要走,她说:"星期天你还是会去的,我掐准了你。"我跺脚说:"孙子才去,我跟你打个赌,你赌不赌?"她笑笑说:"不跟你赌,赌了你会输的,去了出一身臭汗还不敢说去了。"走到门口我看见那双大拖鞋还放在门边,就指了说:"这个收进去,放在这里不好。"她说:"我有我的意思,你别管。"我说:"我管是管不着,还是不好,总而言之是不好,一言以蔽之是不好。"

回到家里，张小禾正在厨房搞卫生，小松鼠拖着大尾巴满地窜。我说："它的病好了，放它走。"她说："养着也挺好玩的，多乖啊！"我说："把你天天关在房子里你过得不？"她说："怕它找不着吃的，外面雪还没化呢。"我说："外面几千几万只，谁饿死了？"她一笑说："那也是。"伸了双手去抓松鼠，松鼠一跳就跑开了。我把窗子推开一扇，对着松鼠指一指窗口。松鼠跳到椅子上，又蹿上餐桌，在窗台上停了，回头望一眼。张小禾摇手说："拜拜。"松鼠跳到窗外的树枝上去了，她抓把花生放在窗台上。张小禾问我："大嫂给你打了电话是吗？"我说："电话她也打了，我应也应了，我还是不想去。她搬家怎么不找搬家公司，要别人去替她省这几百块钱。她再怎么样也是个买了房子的人，反过来算我们这些人，好精明啊。"她说："她也叫我了，我不好意思不去。"我更加气起来说："好似开口呵一口气，偏偏人家就敢！我是个做工的倒也算了，闲一天也是闲一天，你是上学的人，她也向你呵这口气，一个学期才几天呢，又去掉一天。你也是个耳朵软的。如今这世界好人有什么含义？"她说："我已经答应了。她也帮过我，那天下雪还是她丈夫开车送我回来的。再说我也想去看看她新买的房子。到那天你也去吧，去看看。"我说："真不想去，我最怕搬家这种事，也只好陪你去了。"她笑了说："搞半天你是给我好大一个面子。"

星期天一早张小禾敲门叫醒我，一块坐地铁去了。在最北边的芬治站下了地铁，又转公共汽车到了位于士嘉堡的大嫂家。她正在门口清东西，说："你们来得早，我先生租车去了。"进了房子又说："怎么你们俩认识？"我说："就在前面那个转弯的地方，看见她在找门牌号，一问果然也是来搬家的。"又朝着张小禾说："你姓什么，看着怪面熟的，是约克大学的学生吧？"张小禾笑笑不回答。大嫂端出一盘鸡让我们吃，说："自己烤的，还热呢。"我说："大嫂你也是 Ho Lee Chow 出来的，知道那里天天是鸡,还让我吃鸡。"她说:"这是鸭子。"又把鸭子头拔出来给我看。我捏一块吃了。大嫂两个女儿进进出出,大女儿头发染得金黄,眉毛也修饰过了。我说:"大嫂你女儿像个真加拿大人。"她说:"她就喜欢那样子,说也不听!"我说:"我好羡慕她们,十三四岁就过来了,也没有精神包袱,以前的事一甩就没有了。"这时又来了男男女女十几个人,她丈夫也租了部小货车开回来了。我说:"太小了,这么大的家产,十车八车也运不完。"她丈夫说:"凑合着搬吧,大车都租出去了。"第一车大嫂和她女儿跟了车过去,到新居那边去安排。张小禾说:"我也过去。"我猜着她是想去看那房子。到中午的时候运了五车,我跟着车两边装卸,累得腿也抬不起来。看另外那些人一个个都叫得欢,没有一两个真下力的。张小禾从房子里跑出来,悄悄说:"别人都在慢慢做,你悠着点。"我说:"都慢慢的慢慢的,东西它又不会自己跳上跳下跳进跳出,天黑了也搬不完。"大嫂叫我进去吃东西,我说:"正好饿了,也看看房子,搬了这几趟也不知房子什么样子。"张小禾领着我上上下下看了一圈,说:"五室两厅呢,五室两厅呢。"又到后院去看了,有一个小游泳池。家庭游泳池原来就是这么回事,一个圆圆的坑垫了塑料膜,我看了倒有点失望。游泳池里结了冰,可以看见片片树叶冻在里面。我坐到客厅地毯上,拿了面包涂了果酱来吃。我旁边有个姑娘问我在哪里读书,我说:"Ho Lee Chow 大学,快毕业了,还有几个月吧。"她嘻嘻直笑说:"没听说过,在多伦多吗?"我吃惊说:"Ho Lee Chow 大学都没听说过?"她似乎为自己的孤陋寡闻而惭愧,不再问下去。大嫂说:"他就是孟浪。"姑娘迟疑地问:"是不是经常在《星岛日报》写文章那个?"大嫂说:"就是他。"姑娘说:"你就是孟浪啊,你写的东西我看过,够水平的。"我怪不好意思,拿些话岔开去。张小禾在旁边微微点头含笑,似深有感叹。有个年轻人递给我一张名片说:"以后多指教,多联系,多关照。"我看了名片,是中加文化交流公司总经理。这世界总经理太多,我知趣不去盘根究底。他又说："我那里有些照片，什么时候你去看看。"等我追问那些照片。我偏不问，反复把名片看了，点头赞叹，小心地收到口袋里去，又在里面捏成一团，准备等会儿扔掉。我对大嫂说："这下可了你的心了，住自己的房子。中国人到了加拿大，这差不多就是最高理想了，中国一个部长还不如你呢。"她笑得合不拢嘴，说："高兴得太早！向银行借了十六万，每个月利息差不多就是两千，二十五年还清，到头来要六十万才还得完，还完了我快七十岁了，也差不多了。"张小禾说："这辈子你到底圆了这个梦。"大嫂说："也就是要圆这个梦，一狠心就买了。这是找根绳子在脖子上套着，这二十多年可别出什么事，也别失业，到时候付不出钱银行来收房子，不带一点客气的。人就是要寻根绳子把自己拴了才舒服。"我说："这根绳子还没几个人敢找，也就是你了。"她说："我把下面一室一厅租出去，要别人帮我付一部分利息，看能不能十五年把钱还了。我们家每个月只剩饭钱了。"张小禾说："大嫂你别诉苦，这么多人也就只有你家办成了这件事。"大嫂又乐了，说："那是，那是。"大嫂丈夫说："接着干吧，天黑也完不了。"我说："我腿都软了，歇这一车，留在这边往屋子里搬东西。"他就把总经理先生叫走了。我问大嫂说："中加文化交流公司，这么大的牌子，也没听说过！"她说："你信他的！他花五十块钱注册了一个公司，任命自己做了这个总经理，全公司就是他自己一人。你猜他现在干什么，在顺发酒楼洗碗！"她一边做着洗碗的动作，"他前不久回过一趟国，和一些有名的作家艺术家照了相，到处拿给人看呢。"我说："他注了册，就是合法的总经理，回国去把名片打出来，也不能说他骗了谁。怪不得他刚才没头没尾提到那些照片。"

下午人陆续走了，只剩下几个人。我对张小禾说："你赶快走，就说学校里有事，我今天是逃不脱了。"她说："还是等了你一块走。我帮大嫂收拾东西，不累。"到天黑的时候才搬完了，东西堆在房子里乱七八糟。大嫂要去做饭，我说："回去吃算了，现在也吃不下。"我走到门口张小禾似乎想起什么说："我也不吃饭了，晚上还要到学校上机，差点忘记了。"我们一起出了门。坐在地铁上，张小禾问："大嫂的房子怎样？"我说："二十多万，那还能差了。看了我心里也一冲一冲的，别人做得到的事，我怎么做不到？只是代价太大了，这一辈子就为房子活了。二十多年，提心吊胆过日子。"她说："想也不敢想，怎么做得到？我心里也怪，平常比这好的房子也看得多，也没怎么动，今天可有点激动了。"又说："总有一天，自己也会有这样的房子，只能比这好，不能比这差。"我觉得她说自己的愿望与我也有点关系，不敢接她的话，只说："你志向倒挺大的。"又扭了脸去看窗外。这时上来一对中学生模样的白人少年男女，在对面坐了，书包放在一边，旁若无人地接吻。张小禾把脸扭到一边去。我努着嘴发出模糊的"嗯嗯"声，示意她看，她固执地把脸看着窗外不转过来。

　　下了地铁她忽然不高兴起来，和她说话也不理我。我莫名其妙，说："你不爱看就不看，谁扭了你的头逼你看了吗？"她不作声。我又说到房子的事，她还是不作声。我说："我知道是自己又犯错误了，只不知错误犯在哪里。"她冷冷地说："你没错，你全部都是对的。"我左哄右哄，试探了半天还是不知道她怎么就生了气。到家上楼的时候，她忽然说："还不快去打电话。"我摸不着这话的边，说："打电话给谁呢？"她说："你今天又多了一个崇拜者，她还能没告诉你电话号码？"我这才记起中午那个姑娘的事，心里好笑，嘴里说："这又是哪个他呢，是男他还是女她？"她说："你又装了，中午的事你会忘了！"我恍然说："你说的是那个人！你忽然又记起来了，这么认真地生了气，叫我笑疼肠子。"她说："有人崇拜你，你还能不笑？肠子笑断了才好。"我说："又长得不漂亮，你担什么心？"她说："我担心什么？又不关我一点事，我担什么心！"我说："又长得不漂亮，别噎在心里。"我知道这话她听着入耳，可有点太缺德了，那姑娘也没惹着我什么。她说："还不漂亮，那么漂亮！"我不愿再说"不漂亮"的话，虽然这也是事实。我说："你别叫我笑疼了肠子。"她说："你笑，你还笑！"我说："我应该哭才好，可还是忍不住要笑。我心里得意！"她说："那你还能不得意！"我说："我得意有人心里酸溜溜的，我还有点值钱。"她跺着双脚笑了说："这么坏，你这么坏，你看见谁心里酸溜溜了？"

75

Ho Lee Chow 的第十二号分店就要开张，还缺少做油炉的。知道这个信息我查了这家分店的位置，在多伦多西边，快到密西沙加了。幸好在地铁线上，交通还方便。我马上打电话给周毅龙，他不在家。晚上一点多钟再打过去，他还是不在。我想着第二天清早再打，一觉醒来已经十点钟，又打了电话还是没人接。他做工的地方的电话号码我也不知道，怕拖久了工作被别人弄了去，就转了公共汽车过去找他。一进了宰鸡的工场就闻到热烘烘的烫鸡毛的腥气，我用手捂一捂鼻子，腥气还是有，就松开了。里面有两条很长的工作台，两边站了几十个人在工作，拔了毛的鸡小山一样地堆着。问了两个人竟没人知道谁是周毅龙。我疑心自己找错了地方，再问一个姑娘，她打量我说："也是国内来的吧？"我说："也是，yes。"她笑了说："差不多都是。"说着用手中的刀向周围指了一圈。我又问周毅龙，她用刀往最前面一指说："看是不是那个人，博士呢。"我一看，可不就是。他把笼子里的鸡一只只抓起来，刀往脖子上一抹，丢到一个大桶里，让鸡们自去挣扎流血，动作非常麻利。下面的人再把没死透的鸡往一个热气腾腾

我叫他一声,他应了,表演似的把手中的鸡一刀割了丢下,又从笼子里抓出一只放在合板上,朝我嘻嘻笑着,刀在鸡毛上擦出两道血迹。

的电热池中一塞，上下抖几抖，再丢给下一道工序的人去拔毛。我叫他一声，他应了，表演似的把手中的鸡一刀割了丢下，又从笼子里抓出一只放在台板上，朝我嘻嘻笑着，刀在鸡毛上擦出两道血迹。那鸡瑟缩着，蹲在那里，却也不跑。我正想说找工作的事，他瞟一眼旁边和对面的人，对我使个眼色。我凑在他耳边悄悄说了，他轻声说："我今天就去。这里的事没法做了，天天是血腥气，我都成个屠夫了。刚来的时候简直要晕倒，现在还好些了。老板也凶，工头也凶，他剥削了你倒好像你欠了他的钱，那张脸真的看不完。说起来洋人老板还好些。"我用鼻子嗅了嗅，果然嗅出一丝血腥气。他一边跟我说话，一边反复把刀在那只鸡的毛上抹，又用刀去拍那鸡，拍得那只鸡"咯咯"地叫，却还蹲在那里不动，并不逃跑。我说："加拿大的鸡怎么这么老实，拍它也不动。我小时候也喂过鸡，满地飞跑，几个人围剿也抓不到。"他说："这鸡是机械化养出来的，它一辈子就没走过几步。"他说着又用刀拍拍那鸡，那鸡伸长了脖子，他突然一挥手，把鸡头整个削飞了下来，那鸡身还蹲在那里，颈上的血一冲几寸高，挣扎着终于倒了下去，双脚还在乱蹬。鸡头落在地上，嘴还在微微地一张一合，眼渐渐闭了。他飞起一脚把鸡头踢到角落里去，又用刀在那鸡的血颈上拨弄，然后倒提了鸡，往那边一丢。他又抓起一只鸡往台板上一放，把沾血的刀伸到那鸡头前让鸡去闻，让还没凝固的血滴到那鸡的鼻孔里去，说："前年在龙—88的时候，只佩服葛老板开鸡快，那把刀转来转去跟机械手一样，现在才知道还是不行，这里的人个个都可以做他的师傅。"我说："你如今是宰鸡专家了。"他笑了说："做梦也不曾想到过自己这一辈子还有做屠夫的命，想起来哭笑不得。"我说："这鸡太老实了，我要是只鸡，拼了命也要飞一下，从门缝里飞出去，也多活几天。想不到天下还有这么老实的鸡。"他又在鸡毛上擦那刀上的血说："这是它的命，它只配有这样的命，它别无选择，只能让我杀了。"又笑了说:"我也别无选择,只能来杀它,这是我的命。"我说:"每种动物都有自己的生存方式,这就是命了。"他说:"每个人何尝不是。"挥了刀又要削去那鸡的头,我说:"好好杀,好好杀,它一辈子也是一辈子,让它落个好死。"他把刀落下来拍得那鸡"咯咯"叫说:"有人给你说情,你好好死吧。"说着手起刀落,在鸡脖子上一抹,往那边一扔,说:"其实怎么死不是死,削掉头还痛快些,人道。"又指了在那桶中挣扎的鸡说:"你一句话反而延长了它的痛苦。"我说:"做鸡真可怜,要是猫就没这么老实,一弹就跑掉了。"他又飞快地抓起一只只鸡杀了说:"老实,老实就只配有这种下场。"他说着脸上的肌肉都往中间挤皱着。我心里一惊说:"老周,你说鸡呢还是说人呢?"他说:"你说说鸡就是说鸡,你说说人就是说人,说来说去说的都是一回事。人之道也是鸡之道,鸡之道也是人之道。鸡它调皮点,满地跑,几个人还堵不着呢。"这时一个人过来说:"工作的时候不要会客。"我想是老板,忙退了一步。周毅龙一声不吭,抓起鸡来一只只放血。那人转身走了,他把手中的刀平摊在台面上,慢慢捏拢了,攥紧,带血的刀尖慢慢转向那个人背影的方向,手腕抖动着,一下一下做着捅的动作,牙齿咬得响,额头上的筋暴出来,脸上浮现出残忍的笑。

我告辞要走,他说:"等一下,几分钟就休息了。好不容易见一次面,说说话。"我坐到墙边的椅子上去,看他宰鸡。他似乎很投入,每个动作都很利落、准确。特别是那一刀,割下去的时候手腕那么一颤,有一点艺术的意味。我想:"这家伙的手什么时候变得这么麻利了?"一会儿铃响了,他走过来,伸着一只血手掌在我眼前晃动,一边"嘿嘿"地笑。看他这表情我感到陌生,一下子拉大了心理上的距离,一时觉得他就是这么个杀鸡的人。他在围裙上擦着血手说:"这里腥气大,找个地方说话去。"我跟他走到门口,他开了门要出去,我说:"外面的雪还没化尽呢,你衣服这么单。"他说:"没关系,几分钟。"

出了门，他支起一条腿脚尖着地，掏烟点着狠命吸一口，有滋有味地昂了头吐着烟圈。我也要一支烟叼了，说："刚才那个人是老板吧，这么王八蛋的一个人。"他说："狗腿子，说起来也是大陆来的，早来了几天，好猖狂哟。老板把他当狗用，他反把无耻当光荣。在老板面前他呈羊性，在我们面前他呈狼性，同胞呢。落到这种东西手下去了，人妖颠倒！你说悲哀不悲哀，荒谬不荒谬？"我说："昨天晚上给你打电话，一点钟也没人接，打野鸡去了吗？"他说："心里闷得慌，出去走走。"我说："外面冷冰冰的你走什么，打野鸡就打野鸡，谁不理解呢，寂寞嘛，闷得慌嘛！"他弹着烟灰说："哪有那份闲心。"我说："不打野鸡找个女朋友也是应该的，太压抑了，不要扼杀自己的人性嘛！对自己也要实行人道主义嘛！"他一笑："老高，难道你就没体会，这副窝囊的样子找女朋友？你跟她说，我在国内是博士呢，有人要听你这话？加拿大这么寒冷的地方，会发生那么热情奔放的爱情故事？"我说："话也别说死了，组成一个临时内阁，互相安慰一下，她也有需要嘛。"他说："除非是个丑八怪，稍微像个人的，找安慰她们也要找有这个的人安慰。"他搓着食指和拇指做出数钱的动作，"没有这个，不灵。"我说："老周怎么就对自己这么没信心？这不像老周说的话嘛，还是优秀青年嘛。"他把烟蒂弹得老远说："我对自己没信心？我对人他妈的没信心！环境一变，什么也得变，感情是个靠得住的玩意儿？"我说："你来多伦多又半年多了，没回过圣约翰斯？"他摇摇头。我说："赵霞她来过？"他又笑着摇摇头。我说："你们青年夫妻，正是时候，整年不见面怎么行？几百块钱机票的事嘛。"他说："做女人难不难，难啊！可做个男人才是真难，你没出息就不行，说到天上去不行还是不行。我赌了气跑到多伦多来，也没混出一点名堂，回去看那张冷脸？"我说："你也别把人家赵霞形容成那个样子。"他"嘿嘿"一笑，并不回答。我说："再这么拖下去就吹灯了，这我是有教训的。"他说："本来就差不多了。我慢慢也想开了，不就是个女人么！不就是两腿夹一山水么！天下人有一半人是女人呢。"又说："你呢，还是打算回去？也对。"我说："大概是吧。"他说："那么铁杆的一个人，什么时候又变成大概了？回去是对的！我就不该多了这个儿子，我这一辈子是被他害了。我要没有他拴着，又挣了你那么多钱，我还多待一天我是疯子！"我说："有一个姑娘。"他说："哦，有一个姑娘，迷上了？这干柴烈火的，无怪其燃。"我说："有那么点意思，还不知道人家是不是真有那么点意思。还是别说算了，说不定就我自己有那么点意思呢，别到头来是自己在心里跟自己相好了一场。"他说："你不想说我也不催你。不过我们也算个朋友吧，不是朋友你也不这么老远来找我。冲着朋友这两个字呢，我不说哄人奉承的话，你老高还是少做什么春天的梦，加拿大是个做春梦的地方么？"我说："你说得实在，硬邦邦摔得响，都是朋友的话。不过好像也到了手边边上了。"他含笑点头："她是不是个人呢？"我望了他莫名其妙，这是什么话？我说："她是个人，不是个人未必我对只鸡动了心思？"他说："那总不是个丑八怪，丑八怪你老高也不会就动了心思。"我说："当然还可以，实事求是说呢还相当漂亮，不漂亮点我也不会这七上八下的。比我小了八九岁呢。可能她太嫩了点，不懂事就懵懵懂懂迷了眼走到我身边来了。"他哧地一笑说："二十好几了不懂事，不懂事她到了加拿大？！不懂事的是谁还说不清。"我说："老周你别小看了我，我很清醒。"他说："我都不必问她是谁，成不了气候的！要能成气候呢，天上得先掉个大馅饼在你嘴边，忽然你就发了。有这个希望没有？没有成不了气候，我今天胡乱算个八字在这里，到时候看。你别在心里骂我嫉妒你，你们临时互相安慰一下呢，那是件好事。如干柴见烈火嘛！她给了你那点安慰了没有？"我说："没呢，要说机会总有，就是下不了手！"他说："这就傻瓜蛋了。"我说："我想是怎么回事开始就说清楚，不要到头来说我骗了她,哭哭啼啼没有什么意思。"他说:"这个思想包袱你要甩了它,互相都得了安慰,又不是只有你得了安慰,谁对不起谁呢?真哭哭啼啼呢,那是个好姑娘,少见。屁股啪啪一拍说声拜拜走了呢,也是正常,不算个坏的。怕只怕她到时候还要讹你一笔,或者哄着你花光了钱,她痛快个一年半载。其实呢,她损失了什么!你得把人想阴险一点。"我说:"老周你心里太灰暗了,对人太没有信心了。"他说:"到了地球这一面,什么也颠倒了,人也颠倒了。那些欲死欲生舍了对方就活不下去的爱情故事只好哄那些小青年去,或者留在银幕上给人一点心理补偿,有人爱看!可也别把话说绝了,满天下也有个唯一的例外,就应在你身上!"他说着自己先笑了,"谁也以为例外会应在自己身上,轮到谁谁就迷糊了!"这时里面的铃响了,他说:"十五分钟这么快就过了!人在江湖,身不由己,只得进去杀呀杀的去了。那家餐馆我今天就去。"我说:"你想好了,油炉也不是什么好干的活,不就多十来块钱一天嘛!"他说:"老高你口气好大,不就多十来块钱一天!十来块钱还不是多,多少才是多呢?难道一百块才是多?"他进去了,又从门缝中探头出来说:"好自为之,那姑娘也别让她就这么白白跑了!掐住!"说着一只手飞快往前一抓,五指捏拢,关了门进去。

76

也许周毅龙说得不错,是要把人想得阴险一点。那几天"阴险"这两个字老是在我脑袋中旋转,甩也甩不开。我设想着自己已经被热情冲昏了头,现在要平静下来以冷漠的严肃观察张小禾了。我竭力回想着和她交往的每一个细节、每一种神态，怎么也不像会作假的人，除非她已经把作假的技巧操练得炉火纯青了。她也并没有想在我身上得到点什么，只有那一回去小杭公酒家吃了一顿，她还说后悔，说可惜了我的血汗钱。如果这正是她的狡黠呢？这样想着我忍不住在心里笑了。那她为了什么，难道这是在搞特务活动么？当我坐在她对面，高兴地和她说笑，心里又忍不住想着那两个字。我的目光就像两把钩子，要把那张温和笑脸后面的阴险拖出来。也许我不自觉地露出了审视的意味，好几次她看了我都怔了一下，眼中惊异地显出若有所询的神色。有一次她说："你的眼睛怎么这样陌生，好怕人的。"我说："我吓着你玩呢。"又玩笑似的狠狠瞪她一眼。她很温和地说："别吓我好吗？"我心里一下又软了。最后我觉得，没有必要改变这几个月来对她的印象。

这个学期她的功课更加紧张，我晚上回来她经常熄灯睡了。但如果还亮着灯，我就可以坦然地去敲门，她一定在等着我。我有时在唐人街租了录像带来看，好多次两人看到深夜。这天我在她房里看录像到深夜，有些镜头看得人脸热心跳，怪不好意思的。那影中人一声声呻唤使我心里憋闷得慌，血在体内加速流动，冲得脉搏一下一下地跳，身体已向自己发出了明确的号召，然而我抗拒着不敢乱动。我解释说："我不知道会有这样的镜头，片名上也看不出来，我不是故意的。"她很平静地说："谁也没说你是故意的。"我说："那就还看？"她说："看只管看，电影是电影，人是人。"我麻着胆子说："电影是人的电影，是从人那里来的，有了人的才有电影的。"她说："别说这些话，好没意思。我对你是绝对放心的。"我说："你好精啊，用这些话把我挡得远远的。你表扬我是正人君子呢，我听着就是骂我没胆量干点什么。"她说："你自己胆小鬼躲得远远的。"我听这话有了意味，站起来说："我真的是胆小鬼，胆小鬼今晚要干点什么。"她笑着伸了双手直摇，说：

"跟你开玩笑,你可别趁机。以后不敢跟你玩笑了。我跟你说话,不知怎么的,不知不觉就没了距离,太随便了。"我说:"这随便的气氛是随便就能形成的么?随便也不是随便就能够随便的,随便中有不随便,里面学问大呢。"她说:"倒也是难得。"我说:"我们两个不知不觉倒也还合得来,你说是不是,承认不承认?"她说:"承认又怎样,不承认又怎样?"我说:"承认呢我就站了走过来,不承认我还坐在这里不动。"我说着又站了起来。她两只手往下摆着示意我坐下,说:"哪怕承认呢,你也坐在那里。合得来的两个人要碰到一起,好不容易,也可以说太难了点。"我说:"那就更不要当面错过了。"她说:"这也并不就是一切,你自己说对不对?"我说:"对,太对了,人毕竟还是生活在现实中间,不能靠合得来活着。"她说:"我不是那个意思。"我说:"是那个意思也没关系,这很正常,太正常了。"她说:"一半对一半吧,一个人到北美来了总会有点想法。"我说:"一半对一半,那你还不是彻底的唯物主义者,这太难得了。要说找个人吧,彻底的唯物主义者是无所畏惧的,她还背那么沉的精神包袱?想得通的女孩子多少多少!和money(钱)放在一起掂着,别的东西都失去了重量。"她说:"你笑我了吧。"又按了遥控把录像机关了,说:"看来看去还是这种镜头,老也没个完。"我说:"等会儿我走了你一个人看。"她说:"别逗,要不你现在就把录像带拿去。"我说:"放在里面吧,你看了呢,我也不想着你是个坏人,你不看呢,我也不想着你是个圣人,你还是你。我能不能问你一个问题?"她不作声,我说:"长得好的姑娘呢,总有几个男的围着,像星星捧月亮似的,怎么就没见有人来找过你呢?"她说:"我怕人,我的住址电话号码是不告诉别人的。上次那个人还是在小车里偷偷跟踪了我来的,不然他也不知道。"我说:"只有我你就不怕。"她说:"也有点怕。不过我看出你是不勉强人的。你记得我刚来的时候,冷着一张脸对你?我在外面对谁也是那张脸。冷脸你要狠了心去冷，可以保护自己。"我说："现在回想起来，你那张脸有点表演性。"她说："本来就是表演。"我笑着说："不怕一个人，有两种解释。一种是这个人还可以放心，因为他还不是那么坏；一种也是这个人还可以放心，因为他根本就不配坏。古罗马的贵妇人当着奴隶的面都可以洗澡，她们没把他们当人。"她说："那你是还不那么坏。"又说："我看人凭直觉，很少错的，只不知把你看错了没有？"我说："当然没有。"她笑了说："那就糟了，你其实是个花心的人。我现在就是不知道你坏能坏到什么程度。好人我是不敢想了。报上登出来，男人想那种事平均一个小时是六次，你说让人心里还怎么想他们？男人永远都是男人。"我说："那女人有时候是女人，有时候是男人。"她笑得直颤，又说："有时我恨不得把世上的男人一个个都杀了。"我说："别以为天下男人都是坏东西。怎么回事，这个世界男人说女人不好，女人又说男人不好，可又还是要走到一起去。"

　　她问我几点钟了，我说："两点半了。"她说："今天晚上很兴奋，睡不着。"又说："我问你，如果总是有人来找我，你高不高兴？"我说："不高兴也要有不高兴的资格，我觉得自己还缺了那点资格。我是谁？"我说着指头点着额头，"我是谁呢？你说！"她说："先不说资格不资格，只说心里。"我说："那我就说了，你别怪我说得直，是你自己要我说的。高兴——"她望着我皱一皱眉："说真的！"我站起来说："高兴——个屁。"她笑了，说："没看见过一个作家还说脏话的。"我说："脏话呢，表达感情有劲。我说'不高兴'，有什么劲？"又说："你千万别跟着报纸上说什么作家不作家的，怪臊的，我背上汗也出来了。也就是能把几个中国字凑合在一堆吧。"她说："你现在的问题就是要找一份能发挥自己长处的工作。"我说："换一个说法，我现在的问题就是要去找一份报酬好又有体面的工作。"她不作声，手里拿支圆珠笔在床沿一下一下敲着。过一会儿她说："现在轮到我问你一个问题。

你不要生气。"我说:"一报还一报,本来是该轮到你了。"她迟疑一下,问:"国内还有谁给你写信?"我说:"就我家里。有时候朋友也有一封两封的。"她说:"什么朋友?"我说:"什么朋友都有,一起偷东西杀人做好人好事做学问的朋友都有,就是没有女朋友。"她说:"谁信你呢?没有人信你的。"我说:"我来都两年多了,哪个女朋友这样干等两三年?这样的情种还没问世呢。其实我也没有必要骗你,有什么意义?你天天在楼下信箱看信,那里有什么可疑的信没有?"她说:"那你叫她把信寄到别的地方呢?你在这方面是很动脑筋的。"我说:"她是谁?连我自己也不知道她是谁。"她说:"你自己心里清楚,你揣起来装傻,就是心里有鬼。"我说:"你说舒明明吧,林思文怎么全面向你汇报了?"她说:"反正有个姓舒的,不知叫舒明明呢还是舒暗暗。"我心里觉得好笑,天下的女人都是女人的敌人。我说:"舒明明呢,是我一个朋友。"她嘴一噘嘲笑说:"你倒会说话,一个朋友!"我说:"她是个女同志,所以也可以说女朋友了。也有过那么一点意思在里面,没有造成什么事实。"她说:"知道你们就有意思,还有没有什么事情,暂时还不清楚。"我说:"有点意思也算心术不正,那世界上心术正的人都要绝种了。我跟她都有一年半没通信了,恐怕她都结婚了。那时候有个人追求她,她还探我的意思,问我的意见呢?"她说:"她心里想的是你,还等你回去呢,你就这么狠心,还待在这里不走。你应该赶快回去,别辜负了人家一片心。"我好气又好笑,觉得不可能讲清楚,只好不作声。过一会儿我说:"换一盘录像带看吧。"她说:"别打岔,问你呢!"我说:"你问,问什么我都老实交代。"她说:"算了,反正你不会说老实话。"我说:"你不问就算了。"她说:"你不说真的我就不问。"我说:"你不问我就不说真的。"她说:"天知道你会不会说真的?"我说:"拿纸笔来,我先写份保证书,扯谎是狗。"她吞吞吐吐半天说:"你自己说,你跟那个舒明明好过没有?"

我马上说:"怎么没好过,没好过怎么又叫朋友,我跟你也好过。"她把手一挥说:"别胡说。你不敢说真的吧!"我很认真地望了她,迷惑地说:"我说真的你怎么说我胡说,你想逼我说假的是不?"她又吞吞吐吐半天说:"好过就是……在一起的意思。"我马上说:"不在一起怎么叫朋友呢,我天天也跟你在一起。"她生了气说:"谁天天跟你在一起了?"我说:"现在我们不是在一起吗?"她不耐烦说:"不跟你讲!"又说:"在一起就是那个意思,你明白了吧,你又不是小孩子!"我一拍大腿恍然大悟似的说:"哦,哦哦哦!你怎么想到那里去了,没有的事!你怎么就这样想呢。"她倒有点不好意思起来,似乎自己不该有这种不纯洁的想法。腼腆着忽又冷笑一声,说:"怎么都不关我的事。这天下的男人还能叫人怎么想?把他们一个个想成好汉?那就好死你们了,女人一个个都做了痴心人,让你们翻过来又翻过去地哄,滋润了你们我们怎么办?"又说:"那个人,你跟他打过一架的,好会哄人哟。"她把和那个人交往的过程讲了一下,承认自己动了感情,这还是她的初恋呢。又告诉我分手的原因。有一天她在楼下信箱里看见一封信,等那人回来了告诉他去拿,他却说没有信。她起了疑心,问他要了钥匙开了信箱,真的没有了。上楼去问他是谁来的信,他说没有信,那是塞进去的广告。明明一封信忽然变成广告了,她更怀疑起来,要他再去找那样一份广告来,才相信他。起了疑心以后才去问别人,不知道谁写了封信给他,才知道他是有家有小的,人人都知道了,只瞒了她一个人,想起来不知以前怎么那么轻易就相信了他。她说着说着哭了,伏在床上用枕头蒙了脸。我不知所措,搓着双手走来走去说:"哭什么呢,已经过去的事了。"我又抽那枕头,她抓紧了不肯松。我站在那里呆望着她,心想:"还是个好人,没怎么被污染。"她哭了一会儿把枕头一抛,说:"伤什么心呢,又不值得。"说着又用手擦眼睛,"又不值得,我怎么了呢,要笑才好。"就笑了起来说:"过去了。不过对人的信心从此以后就弱了好多。在你面前晃来晃去都是笑脸,你知道哪张脸是没戴面具的?"我说:"也包括我!"她说:"现在还不能作结论。"我说:"人跟人也不一样,别让天下人都陪着那个家伙担了罪名。你跟我也打了这几个月交道,我是哪样的人,你问自己心里。鞋好不好只有脚知道,人好不好只有心知道,你问问自己的心。你那样想我,我就太委屈了点。"她把手往下一划说:"装的。"我说:"装这么久?我真的胆子小,怕。"她说:"怕什么?"我说:"怕伤了别人,那样不好。"她说:"怕伤了你自己的自尊心是真的。"我一拍大腿说:"张小禾,我不得不说你理解我。"她说:"怕负责任也是真的。"我拍着手说:"讲得对,真不相信张小禾能讲出这么对的话来。"她似乎得意于自己的发现,摇晃着头说:"那个舒明明没吃你的亏,幸亏你还怕负责,也算有点良心,这已经算难得了。"我趁机说:"现在有些女的活得好潇洒,她要谁负责!"她笑了说:"那我可不行,一个女的总要对自己负责,除非她不相信感情这两个字了。还有点相信呢,就不能潇洒。"接着她又说:"我这里的感情两个字的意思就是,就是爱——情。"我说:"你倒还挺理想主义的。"她说:"别的理想我都放弃了,这一点我暂时还没有完全放弃,我还想试一试自己的运气,也不敢抱太大的希望。"听她这么一说,我心里那种非分之想完全消退了。我说:"张小禾,我今天又了解你多点了。总有一天我要写一部小说,把你写进去。"她马上说:"别写我!"我说:"怕什么呢,我用一个化名,只有你自己知道那个人就是你。"谁知她很认真地说:"你去写思文吧,可别写我!我不是主角我就不要人写我!"万没料到她竟说出这样一句话来,我笑得捂了肚子喘气,上气不接下气说:"你的主角意识这么强!"她一点都不笑,仍然很认真地说:"跟你讲好了,我不是主角我就不要人写我!"

77

　　思文的事是我的一块心病，想起来总是有一种内疚，觉得是自己把她给害了。看她这快一年没有什么进展，我心里暗暗着急。女人一年大一年的，这样下去可怎么才好。我偷偷关照过一些朋友，有合适的人了，从中间搭个桥。朋友说："婚都离掉了，你还操这份心！再说你那个林思文又是个随随便便就可以对付过去的人吗？到哪里找那样合适的人。"我听了更加着急。一次我在电话中对思文说："你这样下去，一年年就这样过掉了，可怎么行！眼界也不要太高了。"她说："没有合适的我一个人过。"我说："别的都踢一边去，总得有个孩子吧，总不能到四十岁吧。"她说："你别管，总不能随便就把自己打发了。"我说："我托些朋友帮你注意一下。"她马上生气说："你这不是丢我的脸，向全世界宣告我现在找不到，还要你跳出来！这马上就是新闻了。"我说："好，算了算了。"她追问说："你已经跟别人说了？"我矢口否认，她又追问了半天，反复叮嘱说："如果我在外面打听到你这样讲了，你就是败坏我的声誉，我要你负责，我借你的两千块钱就没有还的了，你把钱看得重于泰山的。你已经害了我一次，没害到头还不甘心，又追在后面想害第二次？你也太阴了吧！"我赌咒发誓她才罢了。放下电话我又连忙给几个朋友打电话，请他们注意着，又千万不能说是我在中间起作用。一天我到多大东亚系图书馆看报纸，发现台湾"中央日报"上有国际征婚广告专栏，马上打电话告诉了思文。她果然去查看了，又写了信去联系，和一个在美国的台湾人联系上了，长途电话来回也打了几次，每次打了又向我通报。那人似乎要在圣诞节时来多伦多了，终于没了结果，不了了之。圣诞节过后她打电话跟我说："问你一件事，你听了就听了，不听就算了。我们两个还有希望没呢？"我说："找不到合适的又来找我，是吧？"她说："是有一点这样的意思，你自己原来说了的。"我说："搞不好的，还吵得不够！"她说："我改百分之百，你改百分之四十、三十，总可以了。"我含糊说："你再找一找，再找不到再说，反正我现在又不回去又不找。"她说："我是临时想起来随口问这么一句，不一定呢。"放下电话我心中非常难过，心沉甸甸的像坠着铅。这么好强的人打了这个电话来，她感到了现实的残酷性了，这种残酷性轮到她来承受了。我坐在桌边望着窗外，心中似乎想哭。

　　这天下午我在孙则虎家里玩，看见一个人埋头在修录像机，我开始没有在意。快吃晚饭的时候，那人走过这边房来对袁小圆说："孙太太，好了。毛病也不算小，不过对我不算什么。"袁小圆介绍说："这是凌志，机械博士。这是孟浪，自由撰稿人。"他伸过手来，我连忙伸手和他握了，说："我在餐馆里做事。"他说："也很好。"和他说起话来，知道他刚毕业，在这边找到工作，上个月从埃德蒙顿过来的。我说："你交朋友倒快，和他们就混熟了。"他说："出门靠朋友嘛。"我看他高高大大，风度也还不错，忽然想起思文来，说："家属也过来啦？"他笑了说："I'm single.（我是单身。）"我想给思文打个电话，但房子里总是有人，不好说话。看着电话机我急得出汗，总找不到一个机会把人都调开。孙则虎在厨房里开始炒菜，我对袁小圆说："出去几分钟。"她说："每次要吃饭你就有事去。"我说："马上就回。"下了楼我在街上猛跑，想找一处公用电话，只是人来人往，问了几个人都说不知道。推开一家理发店的门正准备开口借电话打，那姑娘说："Cut hair? Please wait.（理发吗？请稍等。）"我看见那边桌上有部电话机，就坐下来，又慢步走过去拨了电话。思文正好在家，接了电话她说："我这就跟袁小圆打过电话去，说过去玩。"打完电话我又慢步走到门口，装着看天色，拉开门慢慢出去，一溜烟跑了。上了楼我看见袁小圆在接电话，放了心，走过去在旁边坐了，一听不对头，她在跟别人打电话，笑嘻嘻的，正高兴。我不知思文打了电话过来没有，想起来也不会有这么快。我凑在她身边说："完了没有？有件事我要跟周毅龙说一下，五秒钟。"她对电话那边的人说："孟浪要用电话了，晚上再打给你。"我接了电话胡乱拨了一个号码，说："他不在家。"放下电话手却按在上面，怕别人又来打。刚放下电话铃响了，我接了是思文的声音，说："孙太太，有人找你。"袁小圆一边接电话，一边眨着眼对我笑。放下电话说："谁打来的你知道吗？"我说："我怎么会知道？你的朋友。"她诡笑着说："你猜。"我说："老孙的朋友遍天下，从哪里猜起？莫不是你先生的女朋友？大家都知道孙太太人大方，贤惠，容得下。"她笑了说："是谁的女朋友等下你就知道了，亏你们在一起几年，声音也听不出。"我一愣说："不可能吧？"她说："就会来了，你看她是谁。"

这时孙则虎把菜做好了，在厨房里叫："只有一个汤了，拿碗。"袁小圆说："等一会儿，林思文就会来，刚才打电话来了。"孙则虎说："边吃边等。"我走过去说："汤我来做。"他连声说："好，我都做烦了，早就想叫你，看你进进出出挺忙似的。你是专业厨师，本来全都该你做的。你做个汤，也不算白吃。"他又指了锅里的水说："开了。"我说："这你又不懂了。做汤要用现烧的冷水，电热壶烧开的水不行。"他说："没听过有这一说。"我把热水倒了，换了冷水说："所以你当不了大厨。"他指了肉丝香菇说："东西都在这里了。"说着拿了碗要去盛饭。我说："别急，香菇要煮一会儿味道才出来。"我把香菇下到水中去煮，计算着思文在路上的时间。孙则虎见水烧开了，说："下肉，下肉！"我说："就饿成那个样子。再煮几分钟，包你味道不同。"他恍然一拍头说："你骗鬼去呢，骗我呢。你心里在等人，谁不知道？我不知道？情发一心又何必人居两地。"我说："别他妈瞎扯！"

他说:"就依你,就依你,再等多久我也等。反正她不来这香菇的味道就出不来。"一会儿思文来了,孙则虎说:"林思文幸亏你来得快,你再不来这桌上的菜都凉了,孟浪这碗汤煮了总有半个小时,这会儿香菇味道该出来了。"说着眼在我俩脸上瞟来瞟去直笑。凌志不懂就里,也陪着他笑。思文带了一盒识字积木给孙则虎的女儿,孙则虎说:"她才一岁会玩这个?"袁小圆说:"你女儿就不长?"孙则虎一拍头说:"我又错了,我天天犯错误。"我扶着一张椅子晃几晃,暗示思文坐到凌志旁边,思文只作不见,在对面坐下。我一看马上意识到她是对的,这样不显声色又看得清楚。吃饭的时候思文跟别人说话,偶尔也跟凌志说几句,旁人都不察觉什么,只有我看出思文处理得恰到好处,既自然又有方向。凌志显然也注意到了思文,掩饰着又不时地和她说几句,也相当沉着,不露痕迹。旁人都看不出什么,我却看出两人已经达成了初步的默契。吃完饭思文说:"我来洗碗。"袁小圆说:"你是客人。"我说:"碗就归我洗了。"碰一碰思文的脚,示意她和凌志多说几句话,把那根线搭牢一点,但思文还是坚持把碗洗了。孙则虎拿出一盘录像带来说:"今天租了国内新拍的电影《晚钟》,还得了奖的,看中国的导演这两年是不是也有了一点长进。读大学的时候我们骂谁蠢,就说他蠢得跟个导演似的。"看完录像思文说:"走了。"我对袁小圆说:"孙太太你们这里的车要等多久一趟?天也要下雨了。"袁小圆对凌志说:"凌志你开车来没有?"凌志说:"那我也走了,顺便就带她一下吧。"思文说:"把我丢在央街路口就好了。"他俩走了,袁小圆说:"其实这两个人还配得来,要不我在中间搭个桥?"我翻着手中的报纸说:"难得弄成!"她就不吭声了。孙则虎说:"今天我当晚班,一通宵呢,真他妈痛苦!还有一个小时,我去那边房打个瞌睡,就不陪了。"我说:"通宵班才好,白天尽是时间,想干什么干什么。"他说:"你成了神仙,不用睡!我现在倒习惯了,开始那几天恨不得把工辞了,又有辞不得的苦。什么叫有苦说不出?"我说:"有这份苦吃呢,还不太苦,连这苦也没得吃那苦就真的是苦了。吃不着苦的苦比吃得着苦的苦更苦。现在吃不着这份苦的苦人有多少!厚厚地浮着一层呢。"他说:"老孟这么一阐述我才知道自己原来是个幸福人。"

　　回到家里,我去张小禾房里说话。我房里电话铃响了,是思文打来的。她说:"怎么这么久才来接?"我说:"在解手呢。"她说:"那个凌志还是不错的。"我说:"那你也要小心点,我今天可是第一次见到他。"她说:"又没有要你负责,只知道保自己。"我说:"对男人你要多个心眼。"她在那端"嘿嘿"地笑,说:"我这样的人谁还骗得了,我疑心最重了,哄得了我的人就能哄遍天下了。先别说这些,你对他印象怎样?"我说:"我没有印象。"她说:"我对他印象还不错。我们刚才去咖啡店坐了一会儿,我刚回来。"又告诉我凌志别的还好,就是喜欢吹牛,惊险故事不知多少,都信不得。又把凌志讲的惊险故事说给我听,去年他去澳大利亚参加国际学术会议,那边车靠左行,他不习惯转弯时差点撞了车,幸亏反应快避开了,捡回一条命。我想着张小禾在等我,说:"刚才解手解到半路,又胀急了。"她只好说:"等会儿再打。"我怕她一会儿又打来,把话筒放到一边。回到张小禾那里,她问:"打这么久的电话,跟谁呢。"我说:"跟一个女的。"她说:"知道是跟一个女的,不然也打不了这么久。"我说:"跟周毅龙呢,他到那家餐馆工作去了,跟我说那边的事。"她信了不再问。快十二点钟我回到房里,把电话筒放好。不一会儿铃声响了。思文又打电话来,和我讨论凌志的事,我只好耐心听着。讨论了每一个细节每一句话,完了她问:"刚才你和谁打电话,占线这么久?"我说:"跟周毅龙呢,他到那家餐馆工作去了,跟我说那边的事。"

78

我上班的五号分店是 Ho Lee Chow 的样板店，由总公司直接经营，做事没有老板盯着。其他分店都陆续卖给私人经营去了，总公司只管收百分之七的专利费。新来的人都是先到我们店培训两星期，然后派到各分店去。大家都认定自己是 Ho Lee Chow 的铁杆庄稼，不会倒的，调谁谁也不愿离开。谁知一年多下来，总公司一算账，倒还亏了。有天白人总经理突然来了，向大家宣布五号店已经卖给个人去经营，新老板马上会来接手。大家都吃了一惊，恐慌起来，自由的日子是没有的了，只怕连职位也难保。这半年多来经济萧条生意清淡，人手却没减，总公司为了维护形象不愿轻易裁人。总经理说，大家的位子都可以保住。我想，混几个月，再拿半年多的失业金，也差不多了。他们都是一竿子通的，把我当个外人，凝成一气来挤我，老板要裁人我一定是首选。回去我把这件事告诉张小禾，她一点也不急，还高兴说："你也该换点事做了，老是在餐馆也不怕糟蹋了自己。"她还以为我有多大能耐能干什么别的事。我说："现在是什么时候，加拿大人失业的都黑压压一大片，我再到哪里去找这么好一份工作！"她哧地笑了说："这么好一份工作！"我说："钱可不就是好。"她不屑地说："钱，钱，钱！你心里只有一个钱字，钻到钱缝里卡住出不来了，也不会看远一点。"我说："不说钱，说清高！要说清高这两个字呢，我心里比谁也清高些。只是谁给你付房租买月票呢？到了北美，就像有一只无形的手强按了你的头，你心里屈辱吧，愤恨吧，忍得了也要忍，忍不了也要忍，才明白人活在这世上原来没有办法，哪怕这个人就是自己呢，也没有办法！还说得清高两个字？太奢侈了，真的太奢侈了。"

这天晚上我下班回来，张小禾房里已经熄了灯。我洗了澡坐到床上看书，心中却还想着她。一天没有见面，心中有了一种渴望，心悬悬心扯扯的放不下来，像有烟瘾的人忽然没了烟。电话铃响了，我想是思文打过来和我讨论凌志的事，大概他们今天又见了面，又要把见面的情况向我全面汇报，并仔细讨论每一个细节。接了电话却是张小禾打来的。她说："我今天不舒服，先睡了。"我说："哪里不舒服，要不要去看医生？我陪你去。"她说："再疼了再说。"我问："哪里疼？"她说："头疼。"

我睡到半夜，被电话铃惊醒了。我摸到电话，张小禾在那边呻吟说："你睡着没有？孟浪，我好疼好疼啊！"我说："我可以过去吗？"她答应了。我跳下床，穿着短裤汗衫就过去了。推了推门，没开，又推一推，开了，张小禾弯了腰往里边走。我扶了她在床上躺下，她疼得在床上来回地滚，额头上都是汗。我说："是哪里疼？"她不作声。我伸手摸一摸她的额头说："头疼？"她也不回答，用手拍一拍肚子。我下意识地伸了手去摸，触到衣服又缩了回来，说："要去医院，你额头上的汗也疼出来了。"她呻吟说："晚上到别人那里吃饭，看他们把虾下在汤里一捞半生半熟地吃，我学着吃了几只，就这样了。衣服都汗湿透了。"我从壁柜里胡乱扯出几件衣服说："你换衣，我去打电话叫出租车来，陪你去医院。"她摇摇头，指了桌上一个小本子说："打给家庭医生。"我把衣服扔在床上，到自己房里去打电话。铃响了半天才有人来接，是个说广东话的。我说："Do you speak Mandarin?（普通话听得懂吧？）"他说："一点点。"我把事情跟他讲了，他说："这就过来。"我在门口敲了几下门，张小禾说："没事！"我才推门进去。她并没换衣服，把手伸向我说：快扶我去水房。"我扶她起来，说："衣服真的湿透了。"去了水房她站不稳，在浴池边上坐了，说："你出去。"我说："你坐好了，我松手了。"我带上门。在楼道里等，也没听见那一声闩门的声音。一会儿水响了，张小禾在里面说："好了。"我推门进去,她扶着我的身子站直了说:"好一点了。"我又扶她在床上躺下,她仍"哎哟哎哟"地呻吟。我说:"医生会来了吧?我下去开门,别吵着了二房东。"我下楼把门开了,把外面台阶上的灯打开。回到楼上只见张小禾身子一颤,捂了嘴指着墙角两个盆。我说:"是哪个?"她皱了眉,手只顾指。我随手抽出一个伸过去,她"哇"地一下吐了,头一伸一伸地直喘。我仍端着盆,她示意我放在地上,又吐了一些,呼呼地喘成一团。我坐到床边扶稳了她,轻轻拍她的背。她用手推我说:"走,走!有气味。"我说:"没事。"她喘着说:"站开,站开点!"我说:"没事,没事!病人嘛。"她又用力推我,挣扎着说:"滚开!"我到水房接了一杯水给她漱了口,又端了盆去倒了,用肥皂洗了盆。回到房里她喘着说:"谢谢你。"这时楼下的门铃响了,我下去开了门,对医生说:"虚掩着的。"医生问了病情,量了体温,又用听诊器去听。我看那只手拿了听诊器伸到衣服里去,心里很不是滋味,扭了头去不看。心里对自己说:"你心里醋熏熏的干什么,那又不是你的权利范围。"医生说:"食物中毒了,肉类怎么能吃生的!"医生拿出一个瓶子倒出几粒药,又开了一张处方递到我手中说:"明天去买。让她休息几天。把衣服换了。"我都点头应了。医生交代了几句要走,我送他下楼。在楼梯上他说:"让她休息几天。"我说:"要她明天不去上课。"他换了一种语调说:"让她休息几天。"我说:"躺在床上可以吧。"他笑一下,说:"Don't make love in a few days!(这几天不要做爱!)"我忙解释说:"张小禾她还没结婚呢。"他说:"我知道。反正你按我说的去做。"我说:"我只是住在隔壁的,真的没有什么。"他竟不听我的解释,又交代说:"记住了,让她休息几天。"我说:"真的没有什么。"他说:"你记着好了。"我哭笑不得,只好不作声,又千谢万谢,送他驾车去了。上楼才发现自己仍穿着短裤,也怪不得医生那样想。

　　回到楼上,我套了长裤,倒了水,拿药给张小禾吃。她闭着眼仰起脸张嘴把药含了，我又喂一口水，她吞了药说："好多了，你出去五分钟，我换衣服。"我带上门出去，到厨房里煮了一点牛奶，又用冷水镇了一会儿，尝尝可以吃了，端到她房里去。她说："再倒点水让我漱口。"她漱了口，喝了牛奶，又漱了口，说："好了，只是全身软得没劲。"我到水房把她的毛巾打湿，让她擦脸，她推开说："用那条黄的。"脸也泛起了红色。我忙解释说："看起来这条新些。"换了毛巾让她擦了脸，她说："精神也爽气了。"又叫我拿牙刷来给她刷牙，我正要去，她说："让我自己去，我能走了。"一会儿她又回来，仍在床上躺了。我说："你先休息，有了什么事叫我。"她拍着床沿说："坐一下。"我不明白她那意思是不是叫我坐到床上去，迟疑着，终于退一步想坐到椅子上去。她又拍着床沿说："坐一下。"那手的暗示性相当明确，我就在床沿坐了，说："今天批准我坐在这里了。"她说："刚才我骂人了，想起心里挺难过的，我太不应该太没有道理了。你知道我是急了。有气味。"我说："可以理解，太可以理解了。这点理解没有还算个男人！"她问："你困不困？都三点多了。"我说："我没关系，明天下午才上班，够我睡呢。"我和她说些闲话，不知怎么就说到谁和谁好了这些轶事上去了。她几次用手去理头发，说："乱七八糟。"我看她头发蓬松，神色略带憔悴，另有一种娇媚的情韵，身上渐渐积蓄起一种情绪，慢慢充溢了心间，突突地要向外奔涌。她显然也意识到了，语调之间透出一种紧张，说话忽然快了起来像掩饰什么，又像存心不让自己有思考的机会。我想去推动这种气氛，放出几句疯话来，又想逃脱，那几句话在心里转悠着却说不出口。我一边说话，一边紧张思索。犹豫着我站起来说："怎么有点闷热。"退到椅子上坐了，心里似乎这样来说那些疯话就安全一些。当她又一次理头发说"乱七八糟"的时候，我冲口而出说："头发这样又另外有一种味道，更惹人一些。"说完了心直跳起来。她听了似乎毫无反应，眼直直地望着我。我无法给那种眼神一个准确的说明。她又没有目的似的一拍床沿，可我准确地领悟了那意思，迟疑着害羞似的笑着又坐了过去。坐下去又望着她笑一笑。她突然抬起身子，用一只手撑着床，另一只手就挽了我的脖子，向下倒去。我顺势倒了下去，脸贴了她的脸。这一天我等待了好久，也想象过了无数次，却没料到用这样的方式实现，原来设想的那些过程全都没有用。我的嘴唇在她脸上搜索着移动，睫毛，眼睛，鼻子，我停下来，准备着最后的冲击，又像聚集了感情来充分体验，两人急促的呼吸汇在一起，那热热的气息刺激着我。她似乎是迫不及待了，把嘴唇迎了过来，那温润的舌尖碰到了我的嘴唇，在我唇边一扫，就吻在一起了。在那一瞬间我心中掠过一丝不快，她的这种娴熟提醒着什么，但这种感觉马上消失了，那种奋不顾身的饥渴占据了我。沉默着我们吻了好久，她不时含糊地呻吟一声，像是示意我不要太弄疼了她，又像传达着疼痛中的快意。松开来吐一口气，互相望一眼，她似羞似嗔地一笑，又吻在一起。我腾一只手把隔在中间的毯子抽掉，更确切地感到了她胸脯的柔软。想着这几个月来，我一直又想又不敢想又不能不想的这身躯，现在已经在拥抱之中，身子不禁大动几下，像是释放着某种能量。她两只手抱紧了我，朦胧地吐出："你，你，你！"我把身子剧烈地上下颤抖几下，去体会那柔软的弹性。右手从她的脖子后面挽过去，轻轻拨开她的衬衣，指尖就触到她那圆润的肩了。我的手指在她肩上微微滑动，去感觉那种细腻光洁，像喝醉了酒似的，脑袋中轰隆隆的一片。我们又接吻，同时我的指尖沿着肩向下摸索。她一只手按在肩下面，似乎想阻挡那只手的移动。我把手停在那里犹豫着，又缓缓地一点一点地向下摸索，发现那种阻挡只是一种姿态，并不非常坚强。终于，指尖触到了那柔软的边缘，连那种弹性也明确地感觉到了。我的太阳穴一下一下清晰地跳动，好像有一股热血要冲破血管喷射出来。她的指甲掐进了我的胳膊,使我轻轻呻吟了一声。这点疼痛带来了一点愤怒,我那只手报复似的冲动着要向前蹿去。这时深心忽然有一种声音提醒着,再前进一步,这种冒险就有了实质性的意义。她已经说过自己是不能开玩笑的,以后的事情怎么办呢?留在这里吗?带她回去吗?到那一天说一句"头脑发热"就轻轻推卸掉吗?男女之间是不是要走了这一步,然后再进一步,才算有了真正的结果呢?更多地停在精神上不行吗?我的手在那边缘停了好久,指尖最后一次用力按下去感受那种弹性,心一横,艰难地退了回来。她询问似的"嗯"一声,望了我,对那手的移动方向显然感到了意外和难以理解。我装着不明白她的询问,双手更抱紧了她的身子,想让她感受到一种弥补。她在我有点粗暴的拥抱中发出一两声低沉而快意的呻吟,一只手在我胳膊上轻轻抚摸。我想着,如果这是一个机会,那这个机会明天仍然在那里,我要留一点时间彻底想一想这些举动的意义,毕竟今晚这一幕是在前提还很模糊的情况下展开的。这样想着我彻底放弃了那种进攻意识。她说:"你想什么?"我说:"我想被我想了好久的这一天终于被我想到了。"她问:"那你曾想过哪一天我们会这样?"我说:"这样我都在心里演习过无数遍了,还演习了一些什么你就不必问了吧,都不怎么光明正大见得人的。"她晃着身子撒娇说:"没想到你这么坏!"我笑着说:"这么一点坏也没有那我就不配你来理我了。"她说:"那你还有坏没掏出来。"我说:"都掏出来会把你吓着了。只是在心里的坏不算坏。"她的手仍摸着我的胳膊,说:"你心里还怎么坏你告诉我,我不那样看你。"我说:"我不敢说,你会骂我的。又不好意思说,反正你心里知道怎么回事就是的了。"她说:"其实我也知道了,男人要坏就坏个透。"我说:"过了这几天什么时候让我坏个透,你肯不肯?"她脸绯红了,把头扎在我怀里说:"不肯!"又说:"你第一次在桥上用手碰我,我有受侮辱

我伸了双手在黑暗中抓了几把,像是想攫取一点什么来填补心中那种空洞的虚无。

的感觉。"我说:"其他感觉你又不说了。"我又用力拥抱她,她发出快意的呻吟,当我松弛下来,她又微微抖动着肩碰我的身体,示意我再一次用力。就这样我们说了好久的话,从一个题目跳到另一个题目,其间好多次停下来长吻。快天亮的时候,我说:"你睡吧,医生要你好好休息,下楼的时候还交代我让你休息几天,不要做别的事。"她说:"我现在好了,一点事都没有。"我摸摸她的额头,用手指把她的眼皮合上,她顺从地合上了。我双手松开她,她本能地抬起点身子双手往前一捞,我再一次用力拥抱了她,熄了灯,关上门出去。

躺在床上我毫无睡意。抱了她这么久双手形成一种状态,怎么放也不是。我又把双手伸出去,像虚抱了什么,还是没有那种找到归宿的感觉,就把毯子滚起来,按刚才的姿势抱了,双手就找到了感觉。我想思索一下这件事情的意义,精力却怎么也集中不起来,刚才所有的细节又浮现出来,我干脆抱着毯子坐到床沿开始重新温习了一遍,仔细回味当时的感受。又在席梦思床上用力弹了几下身子,似乎是想比较一下两种柔软感觉的分界到底在哪里。我伸了双手在黑暗中抓了几把,像是想攫取一点什么来填补心中那种空洞的虚无。终于,倒下去顺着回忆我在心中展开了某种想象,在想象中生动地描绘着一个不光彩的占有过程。当这种想象充分展开到了那个关键的时刻我感到了惭愧,觉得这对不起张小禾那一份感情和信任。于是我又想象出一支巨大的沾着红色油彩的画笔,把想象的画面涂成血色的模糊一片。可是,只要那支画笔一停止运动,那些画面又顽强而清晰地浮现了出来。连那种被想象出来的红色也被自己意识到了有着某种卑鄙的意味,而那支画笔也有了某种无可抵赖的象征意义。在几次破坏的努力失败以后,我喃喃地自言自语:"太卑鄙了,太卑鄙了。"终于,在充分地幻想之后,我睡着了。

79

　　起来时想起昨夜的事，有一种似梦似幻的感觉。我心里明知那个过程真实地发生了，可还是觉得那是梦，是一种想象。我无法摆脱这种感觉。我不知道今天应该怎样去面对张小禾，是直接回到昨天的水平上去呢，还是退一步试探着前进。我觉得可笑，自己今天怎么反而羞怯起来。

　　一看表已是下午两点，该上班去了。我在楼道里咳嗽几声，又用指甲在她门上轻轻弹几下，没有动静，不知她是睡着呢，还是去了学校。我于是感到心中一阵轻松，怎么面对她可以推迟到晚上去了。下楼的时候我的手无意插入口袋，里面有一张纸，猛然记起这是医生开的处方。我触了电似的冲下楼，跨上单车，到唐人街买了药回来，把药留在厨房桌子上，扯张纸写了几个字："小禾，一定要按时吃药。"又为这种亲昵感到羞愧，在前面加上了一个"张"字，匆匆走了。

　　在地铁车厢中我想把这件事好好想一想，从昨天到今天总是没有想个明白。但不知怎么一来，却想起了那天晚上那个约克大学的博士。我怎么也忍不住要去想象张小禾和他在一起时的情景，甚至那些难堪的细节也栩栩如生。心中突然爆发出一种巨大的无可宣泄的愤怒，那天晚上我怎么就没有一拳把他打下楼去！那样一种斯文太委屈了自己！我捏紧了拳头，觉得那拳头聚集着无比巨大的能量，冲动着要往外释放，张开来又攥得铁紧，反复几次，猛地挥起来，一拳打在车厢的木沙发上，疼得"哎哟哎哟"地直甩手。恨那个人恨到了极点，忽然我又醒悟到自己真正恨的还是张小禾，无论如何，她就不该有那么一段经历，怎么就不睁大了眼睛看清楚了就投怀入抱，眼眶里是夹的豆豉吗！我嚅动着嘴唇在心里痛骂着她，措着各种尽可能恶毒的词儿，骂得有点厌倦了才叹一口气，摸一摸破了皮的手背，心中委委屈屈地停了骂。我又奇怪几个月来自己怎么没有用心地去想过这件事，今天就这样强烈地爆发了。下车的时候我又意识到自己这种心境荒唐可笑，要所有的女孩子都守身如玉等着你的光临吗？你自己又是什么东西！这样想了，那种愤怒和委屈却仍然那样顽强而明确。

  这天我工作有点漫不经心，一份豉汁排骨烧焦了一点，想重新炒一份，看见新老板站在旁边，怕给他一个炒了我的口实，就盛了送过去包装。看见司机拿去送了，心中很不安，怕顾客打电话或者找上门来，心中策划着真这样了可怎么办，今晚炒菜的只有我和阿长，总不能往他身上推。着急起来又在心里迁怒于张小禾，再一次嚅动嘴唇骂了几句。半个多小时过去了，居然没有动静，我放了心，心里感谢着顾客的宽容。但下班以后，连自己也不理解为什么，非常奇怪而自然地，那种愤怒倏然而逝，最明确的愿望就是尽快回到家里见到她，要快，要快！把昨天的故事再重演一遍。下了车我竭力告诫自己冷静下来，对内心这样猛烈的冲动感到惭愧。走在街上我在自己大腿上狠狠拍了几下，疼得一跳一跳的，心中平静了些。我把今晚要跟她说的话在心里设计好了，至少要试探地问一声是不是愿意毕了业跟我回去。走到门口我觉得心跳得很快，于是停下来，迎着冷风站着，把衣领打开，让冷风灌进去，又在墙角抓了一把初春的残雪涂在发烧的脸上。摸一摸脉搏跳得比较平稳了，慢慢走上楼去。在楼梯上我想着万一她房里的灯熄了可怎么办，心里紧张着感到了失落。还好，灯还亮着，她还在等我。偏要和自己过不去似的，我不急着进去，先去洗个澡。我往浴池里一站，脚心感到浴池的温热，知道是她刚用过的。这点温热给我的想象力一种明确的提示。我放了半池水，躺下去泡着，抚着赤裸的身体非常羞愧，眼睛不敢去看自己身子的某些部位，像是看了就是偷看了她。又忍不住去想象她刚才在这池里洗澡时的体态种种，先是设想她也是这样放了水躺在这里，又设想她是洗的淋浴，站在那里身子怎样扭动，身体每一个部位在扭动时又是什么样子。我又一次骂自己"太卑鄙了"，但想象的翅膀却一刻也不停止振动，我甚至屏住了呼吸，在心中把某些细节描绘得更真切一些。洗完澡我擦着身子觉得皮肤发烫，手摸到冷水龙头，猛地一拧，冰冷的水冲下来，我冷得一哆嗦。双腿抽筋似的发直，马上把龙头拧紧。这样反复几次，觉得对自己的惩罚已经足以抵消了自己的罪过，才穿好了衣服出去。

　　停在她房门口我再一次想着门一开怎样去面对她才是，万一她昨天是一时冲动，今天思前想后又冷静下来了呢，我热情如火地进去了不是太可笑了吗？又万一她一直等我到现在，心中正热情如火，我那么平静地进去了不是太令她失望了吗？还没有想清楚，听到里面有脚步声，我敲一下门，推门进去，眼角的余光看见她藏在门后面。我放了心。我故意不往后看，口里说："这么晚还没回来，到外面找去。"她冲过来，撞在我胸前，头只往我怀里钻，说："你把我当小孩子吧，你是故意的！"我张开手臂揽了她，她仰起脸，在我下巴上使劲摩擦，说："知道人家在等，你又把胡子剃掉！"我说："胡子有什么好！"她说："胡子就是好，要不怎么要找个男的！"我笑了说："剃了胡子年轻些，我大你太多了，让我也年轻一次。"她说："年轻就不好，我喜欢和比我大的人在一起，才有感觉，同龄人一点兴趣也没有。"我说："你追求父亲的感觉，我正好比你大这么多。"她说："对你没有那种感觉。"我说："只有叔叔的感觉。"她说："哥哥的也没有。"我说："那你跟了我。"她说："我也许就错了，我心里愿意这样，我也没办法。"我吻她，说："你心里也愿意这样吗？"她点点头。她又指了胳膊说："你昨天好猛，都把我弄疼了，你看都青了一块。"我看了果然是，说："那今天休息，让你养伤。"她抱紧我说："不！"又说："孟浪，不要把我看成一个轻浮的人，其实事情也不是昨天才开始的，都好久了。我要是那样一个人呢,也不要到昨天。"我说:"谁那样看你了呢,谁那样看你我们揍他。"我们搂了在床上并排躺下,她说:"我真的头脑发热了,我等你好久,今天的时间比平时长几倍。你洗澡又洗那么久。"我说:"从现在起就快了,等会儿过了一个小时怎么才像过五分钟。"我又问:"今天下午你不在房里?"她说:"我上课去了,我觉得好了没病了。就是上课走神,那不是病。"我说:"厨房里放的药看见了?"她说:"吃了,就算没有病也要吃,不能让你白买了是不是,是钱买的!"她说着自己笑了。我说:"你又骂我了,钱到底还是钱,你不知道那些纸有多厉害。"

我又跟她说些闲话,想绕到自己想说的事情上去,绕到边上了,又不愿说出来,怕败坏了气氛。她兴致勃勃地说着自己以前的事,小时候的故事,大学时的同学,又拿出大学同学的毕业留言本给我看,指了照片一个个给我介绍。我看一个男同学的留言是"天意从来高难问",指了照片说:"他对你有过意思,对不?"她吃一惊说:"你怎么知道?"我说:"看他脸上的神态。小伙子很英俊,怎么就叫人家伤心啦?"她说:"那时候只想出国一件事,不想别的。"听她一说,我更没有勇气把话头引到预设的题目上去。我实在舍不得这种浪漫情调。我搂紧了她:"一个男的抱了你呢,你没有办法反抗呢,他想怎么样就怎么样呢,你怎么不喊救命呢,深更半夜谁来救你保卫你呢,看你怎么得了呢!"说着把她的身子晃来晃去。她顺从地躺在我怀中,在我用力时发出一两声呻吟。想到自己在这异国他乡能有这样一份意料之外的幸运,我眩晕地陶醉了,心中对她充满着感激。这种感激又阻挡着我不顾一切地向前冲去,我不能伤害了她。

她忽然移开我的手,坐起来说:"有件事早就想问你了,你坐起来。"我说:"让我歪在这里,歪着你说话我也听得见。"她又扯我的手说:"麻烦你坐起来。"我只好坐起来。她说:"你要说老实话。"我直笑说:"又要我说老实话了,我一天到晚都不说老实话!"她说:"你喜欢我留披肩发,你跟我说过好几次了。"我说:"披肩发好看,我喜欢看。"她说:"那我问你,那个舒明明她是不是留的披肩发?"我大吃一惊,没想到她的想象力竟如此准确。我说:"真的,她留什么发,我都记不得了,短发吧。"她冷笑说:"狗一下子又把你记性咬跑了。你不记得更证明我猜的是对的。"我说:"对又怎么样呢,错又怎么样呢?"她说:"我就不愿和别人一样。信了你的我的头发都留得太长了,我明天就要剪了去。"我说:"别剪。"她说:"偏要剪,明天不到下午我就咔嚓一下剪了。"我又躺下去说:"你提林思文呢,还沾点边边,舒明明她哪里就碍着你了?"她说:"我偏提她,你把她的照片拿给我看。"舒明明的照片我带了一张过来,夹在大学文凭塑料封皮的里面,思文没发现过。两年多来我也只看过一两次。我说:"我没照片,要不我写封信给她让她寄一张过来,我又不知她到哪里去了。"她说:"没有照片那更证明她是披肩发。"我说:"女人的逻辑就是这样的。"她说:"你不敢拿给我看就更证明了。明天我偏要把头发齐耳朵铰了。"又凑到我耳根边说:"真的拿给我看看,让我好奇一下。"我说:"拿林思文的还有几张,别人的一张也没有。"她说:"你望着我的眼睛。"我觉得好笑,把眼转开去。她站起来拉了我的手说:"你不敢望我!你站起来看着我的眼睛。"我站起来望着她,说:"我伟大领袖一样站在这里,有什么呢。"她在脸上左右端详,说:"你这么狡猾的人,我怎么看得出?也只好活活让你骗了。"我说:"你提高警惕,小心哪一天我会骗你这个人。"她直笑说:"你是个大骗子,大骗子在骗人的时候叫人提高警惕,人家就没警惕了。"

到两点多钟,我说:"睡觉吧。"她吃惊地望着我,像是不相信我会说出这样的话。我马上意识到她领会错了,以为我这么轻易地就提出了那个重大问题。我马上说:"我去睡了。"她说:"都随便你。"回到自己房里，我老是想着"都随便你"这几个字，到底是现在去等会儿去随便呢，还是去不去随便？我竟不明白。我又去回想她说话时的神态，却想不起来有什么意味。我感到沮丧。自己没有勇气留下来。有些东西也许说得了也就得到了，压抑了自己谁会说你是个圣人，人的自由空间其实很大呢。沮丧之后又感到庆幸，毕竟自己没把事情做绝，自己这个落魄的样子，虚弱的本质总有一天要显露出来，到那一天可怎么办，怎么向她说明？在沮丧和庆幸之间徘徊了好久，反反复复地去比较、体会，最终庆幸还是占了一点点上风。渐渐地我有点佩服了自己的理智，到底还是有勇气离开。我在心里表扬了自己。

80

这样如醉如痴有几个星期，我越来越明确地感到，尽管自己在顽强抵抗着，事情还是朝着那个固定的目标进展，那些想象终究会变成现实。这使我感到兴奋也感到恐惧。我不能装作在沉醉中忘记了冷漠的现实背景。张小禾在迷醉中靠自己的感情想象美化了我的形象，这是她的真纯，思文也许就不会如此。但现实在不久的将来会显出自己的冷漠面孔。手中这份工作也许就在下个月就完了，这份收入就断了，我将重新陷入走投无路的境地。经济如此萧条，我根本不相信自己能找到一份稍微像样的工作。我现在走出了那一步，她将来会后悔会进退两难的。但我现在不走那一步，将来就更没有了勇气没了机会。在沮丧中我甚至有点遗憾张小禾投入得太真诚了，使我不得不为她想一想，又遗憾自己就这么动了真感情，生怕伤害了她一点点。我痛恨自己没有能力给她一种生活上的安全感，也感到了自尊心对这种关系越来越强烈的反抗。在这种关系中，我需要有精神的优势，有被依赖带来的满足，我太看重这种感觉，以至在找不到这种感觉的时候我宁可放弃。已经有迹象表明，我在 Ho Lee Chow 这份虽然不那么体面却收入还过得去的工作，也快要保不住了。当我违背了自己意愿，近乎讨好地向新来的老板提出节省一点经营成本的建议时，他的反应竟那样冷漠，使我感到了难堪，感到了自己的无耻。在萧条中一些人发疯似的想找到工作，老板只要出一半多一点的钱就可以雇到一个同样能干的人。毕竟他也是个艰难经营者，我并不恨他。我自己是老板也许早就下手了，不然晚上躺在床上想着自己的钱在流失怎么睡得着觉。我早就作好了心理准备要去面对这个事实，现在却觉得打击将会格外沉重，这将把我和张小禾之间关系的脆弱性一览无余地展现出来。无论如何，一个男人在社会处境如此尴尬的情况下，不会有足够的信心去展开一份浪漫的恋爱，特别是我。我越是意识到钱这个怪物的残酷力量，就越感到心灰意冷。这种心灰意冷是这样真实可感，它使那种浪漫情调变得空洞虚幻。我想象着虚无之中有着一个微笑的面孔，哪怕我闭了眼也无法逃脱它嘲讽的注视，那两道目光射得我如置身冰窖。

张小禾却似乎对这一切毫无感觉，她的一往情深一如既往。和她在一起的时候，我暂时地忘记了内心的沮丧，给她的热情以热情的回报。最美好的日子是我休息而她又得空的那几天，我们坐在房子里，让春天的阳光照进来不知疲倦地说上一天废话，又做点好吃的。这样过了一天，她就说："今天跟过节一样。"我就说："要是你愿意呢，咱们天天过节过一辈子。"她不接话却只管笑。

在这样的时刻在春天的阳光中她永远也不会忘记问我："你是不是真心爱我喜欢我？"我相信世界上的女人在什么时候开了一个大会商量好了要拿这个问题来反复盘问男人。我答得厌烦了自己不好意思再说出那个"爱"字，说："一个问题问九十九遍就可以了，第一百遍是多余的,你说是不?"她说:"我心里老是不放心。"逗得我真想笑。她说:"你装假很会装,极少数时候露出真面目。"我笑了说:"我抱着你亲你的时候就露出真面目,不理你冷淡你的时候都是装假的。"她乐得倒在我怀中,额头在我膝上一碰一碰,说:"你嘴巴涂了油,我说不过你!"我说:"天天抱你抱厌了没有?"她说:"你才抱了我多少!"我搂紧了她说:"你可以做到三天不要抱不?"她说:"那你可以做到三天不吃饭不呢?"我说:"三天不吃饭我肚子饥饿。"她说:"那我三天不要抱皮肤饥饿。"我笑得喘气,说:"我今天喂饱你。"就从上到下抚摸她的胳膊,她头埋在我腿上,一动不动。好久我拍她起来,她说:"快睡着了。"我点了自己的面颊说:"这里亲一下。"她亲了一下,我说:"还有这边。"她说:"一边还不够还要两边。"我说:"为人民服务嘛,还讲价钱。"她正把嘴唇凑过来,一口热气喷到我脸上,撑不住笑了说:"癞壳子啊!说你是个癞壳子,你就是个癞壳子。"停一停又说:"别人都说你孟浪有才能,一挥手就是一篇。"我说:"别人更说我有毛病,混了两三年还没浮出水面,英语也是个结巴。"她说:"那也是的。"我说:"别人说我有毛病的时候,我虽然很愤怒,却不得不承认这个现实;别人说我有天才的时候,我虽然很不好意思,却也不得不承认这个现实。"她指头在脸上刮着羞我说:"脸皮厚哟厚。说你是个癞壳子,你就是个癞壳子。"

有一次她拿了商店投递过来的一本时装广告在看,我把头凑过去,她指了上面的一个模特说:"这个胸脯大得吓死人,不好。"我说:"这才好呢,内容丰富,要不一览无余有什么好?"她说:"这有什么好,我一个同学的也有这么大,她烦恼得要命。"我马上笑着问:"她现在在哪里呢,她在多伦多不呢?快告诉我!"她把那本广告卷了敲我的头说:"知道你就是这样的家伙!"还有一次我说:"给你说个笑话你听不听?"她说:"听。"我说:"听了又要说我这个人不高级。"她说:"你说，我不说你。"我说："从前有个卖布的上厕所把尺忘在里面了，回头去找厕所里已经有了人。他敲门说，同志，我要尺。里面那人说，要吃也要等一下。一会儿那人出来了，他说，布尺，布尺。那人说，不吃又说要吃，门敲这么急。"她听了倒在我怀中笑得直颤，说："知道你就说不出什么好话，你这个人真的不高级，别以为自己是幽默就掩饰过去了！"又向上望着我睁圆了眼，嘴唇嚅动着，半天吐出几个字："我咬你。"

到晚上天黑了我们出去，在夜色中牵了手走在春风里。因为对前景没有把握，我不愿有熟人看见自己和她走在一起。她似乎也明白我的意思，顺从了我的安排，在天黑了才出来。躺在草地上我们看星星月亮，看飘浮的云，说些梦一样的话。春风给人以懒洋洋的温润的抚慰，树木在月光下透着微光，轻轻闪耀如披着梦。看不见的花朵在夜的掩护下沁出诱人的芳香向我们偷袭，不知名的虫儿在耳边轻轻诉说。沐浴在月光中说些梦话，叫人以为世界是为人精心安排的，为我们精心安排的。

这种慵懒的世俗的幸福更使人体验了生命存在的真实可感，每一个瞬间都是真正的瞬间，不论昨天今天明天，不论去年今年明年。存在的意义在这种平庸的过程中产生着又消逝着，没有终极的目的，也不需要最后的证明，它本身就是终极的目的，就是最后的证明，过去了就完成了。在这样的时刻，生命的暂时性渺小性是如此的清晰，使人怀疑那种超越平庸的渴望是不是真的具有那么重要的意义。毕竟在广漠世界和深远历史的背景下，一切超凡脱俗最终都归于了平庸。我知道自己在时间中沉醉，在一去不复返地消费着它，它正迅速离我而去。我只能如此，如此也就够了。至少，我知道了，这生命，今天，还存在着。

81

　　我始终不敢和张小禾痛快地谈一谈未来，她也不谈。她长时间的沉默使我感到意外，一个女人她不会想不到这个问题。开始我怀疑她在内心并没有作长久的打算，可是她的真诚她的热情和她说话的口气使我否定了这一点，并相信她对这种感情已经作了生命的投入。这使我感到了巨大的压力。渐渐地我意识到她正是为了减轻我的压力才保持了沉默的，我深心感谢着她却又倍感惭愧。

　　我为自己的拖延找到了一个很充分的理由，张小禾就要进行期中考试了。我担心一旦对前景进行严肃地讨论，那一支浪漫曲就会戛然而止。我内心深处还抱有一种愿望，希望她痴迷到这样的程度，宁愿放弃一切和我回国去。在感情上我已经完全接受了她，我愿和她携手同行直至那遥远的生命终点。这种投入使我很痛苦，无论如何我不能以一种逢场作戏的态度对待这件事，我担心着她会受到伤害。在事情刚开始发动的时候，我还希望她能够轻松地看待这件事，在这天涯海角暂时地互相安慰排遣寂寞也算不得一种欺骗。而现在，这种想法已经自动地完全消失。

　　这天我休息，准备了晚餐等她从学校回来。吃完饭已经暮色四合，在夜色苍茫中看不清对方的脸。我觉得这正是一个机会，在暮色的笼罩中更有勇气把话说出来。她站起来要把厨房的灯开了，我说："别开也好。考完了吧？"她说："考完了，还算可以。本来可以考得更好一点。"我接下去说："被我耽误你的时间了。"又突兀地叫一声："张小禾——"她听出我声音的异样，催促说："有什么话说出来就是，吞吞吐吐！我们到今天还有什么话要吞吞吐吐！"我说："我又不想说了，不好。"她越发性急起来，说："我偏要你说。"我说："你今天考试时间是多久

429

呢？"她隔着桌子抓住我的手直摇说："不是这句话，是刚才那句话。"我说："你一定要我说，我就说了。不过现在说这些事，辜负这么美的夜了。"她在桌子那边支着脸，说："你说。"语气中多一点严肃。我看不清她的眼神，这样也好。我说："张小禾你怎么就跟了我呢？有那么多老板，博士，什么人。我连一份像样的工作也没有，心里很抱歉。你可能是一时冲动了。"没料到她嘻嘻笑起来说："我以为你要说什么呢，手心都捏出汗了。"说着张了手伸过来要我摸。又说："你告诉我这些干什么？我又不是不知道。"我说："你先别笑嘻嘻的，我跟你说认真的。"她跑去开了灯说："说黑话不舒服。我知道你跟我说认真的，我竖了耳朵听呢。"我说："我想着我们的事有点奇怪，在多伦多大陆过来的女孩子毕竟少些，漂亮的更少，在这些女孩中你算是个人尖尖了。像你呢，如果你愿意，天天都有人包围着，你有主动权。我算个啥呢？这两三年来我也看得很多了，在心里我已经承认了现实的冷酷是正常现象。我以前最恨势利的人，但我现在不随便在心里骂他们，你不是个啥为什么要求别人把你看成个啥呢？我看着自己就是那个不算个啥的啥。现实它毕竟是现实。"她很平静地听着，没有表情，说："你说了这么多我只问你一句话，你是不是有什么别的意思在里面？是国内那个人给你来信了吧，你们是老感情。"我没料到她会往那上面想，急忙说："绝对没有，要不要我拿我爸爸的名字赌个咒？那也不必了吧！"她说："那你觉得我还配你不上？"我说："正好相反，我只是觉得自己的福气未免太大了点，真的有点受宠若惊，可又觉得不配承受。"她说："周围这么些人，我看也看了，想也想了，比较也比较过了，犹豫也犹豫过了，你以为我是根木头人吧。"我觉得气氛太沉重了一点，开玩笑说："知道你头脑不是豆腐脑。"她一笑，马上又收了笑说："我的心也是挺高的呢，可是我自己也不知道为什么，心里就是能接受你。开始我发现自己心里这样动了一动，自己也吃了一惊，他连一份正式的工作也没有呢。可我还是往这条路走了，走着好像脚不是长在自己身上。我首先要让自己心里舒舒坦坦的，再说别的。人谁也可以骗，就是不能骗自己的心，是不是？走到今天这一步我没有后悔，再走一步我也不会后悔，没有那么多道理讲，我就是喜欢了你，谁叫我心里它这样了呢。我犹豫的时候在心里对自己说，我豁出去了，豁出去了。这样说了好多好多遍，犹豫就没有了。"我心中战栗着，手有点发抖地伸了过去，在桌子上抓了她的手，说："告诉我你犹豫什么？"她说："那你自己知道。"我叹气说："我好惭愧，一个男人又不能给自己心里喜欢的女人一种安全感，让她和别人一样生活，一样过一种有自信的生活。我在心里恨自己，又没有办法！"她说："你为什么要这样不自信？再说我又算个什么人物呢？"我说："毕竟你是女人，漂亮，我不是恭维你。"她说："你也够英俊的。"我说："男人和女人不同，从来就不同，永远不同。英俊对男人的意义远不如漂亮对女人意义那么重要。过去如此现在如此将来还是如此，无法改变。男人更需要的是成功，成功的压力压得他们透不过气来，成功在这个社会——主要就是钱。"她说："你不要为钱而苦恼，我们也不一定要过最好的生活。"我说："钱它不光是生活的支点，还是这颗心的支点。我这么大个人，心又有这么高，还要看别人的脸色过日子，好难受的，有钱的人不会这么窝囊。对别人我总是遮遮掩掩，但今天晚上我要告诉你这些，让你知道我多么软弱。如果我对你有一点虚情假意，我不会跟你说这些，我会装作若无其事和你说些风花雪月，但那是一种欺骗。我越是对你有一份真心，就越要说出这些话。"我平静地低沉地说着，她也相当沉着地听着，在这一瞬间，我觉得她比平时成熟了许多。她笑了用轻松的口气说："你稍微不严肃一点好不好，有什么了不起的事呢。你要有自信，你不是个作家吗？"我说："再也别说这两个字，报纸上封了我个头衔你也信了，惭愧人呢！这是商业社会，有谁吃你这一套！"她说:"我也想过,前面的路还有那么漫长那么艰难,找一个看着还有点顺眼的有钱人嫁了,什么都解决了,这对我也并不难。有段时间我还认真考虑了这个念头呢。见了你我改变了主意。走那条路我付的代价太大了。也许我就有了车,有了房子,到迈阿密海滩上去度假,回国去呢,别人都羡慕你找了个好主,好大的面子!可是那样我得在心里骗自己一辈子!和自己斗争一辈子!你心里那份苦,又有谁知道?几十年呢,这心里怎么过得去?刚搬来的时候教会里一个教友给我介绍了一个做生意的华人,在多伦多有四套房子呢。我心动了,我也是个食人间烟火的,去见了面,看了我又犹豫了,后退了。走了那条路我一辈子不会安心。那个教友现在还在追问我呢。"我说:"要是他对你的味就好了。"她说:"这样的机会呢,也不能说没有,可你又知道他心里是个什么人呢?而且在机会出现之前我认识了你,这是我的幸运呢,还是不幸?我也不去想那么多了,有了你我就够了。"我说:"我太穷了,没有房子,连车也没有。在这个社会,穷人总是没有自信的。你别笑我庸俗,到今天我不敢说钱是个庸俗的东西,谁他妈说钱庸俗,我看是他自己庸俗!人活着就是要好好活着,好好活着就离不开这个东西,我不敢说自己小看钱。钱它不光是钱就完了,钱它也证明一个人的能力,给一个人活着所必需的自信。对有钱人我有一种敬畏的心理,他高兴了呢,他今天就雇了我,不高兴呢,明天就炒了我,我是棋盘上一颗子,在他手心捏着,捏圆捏扁要看他的高兴了。"她说:"刚来都是这样,总有一天要熬出头的。你会的,你一定会的,你还怕熬不出头么?你已经熬出一点头了。"这时我又觉得她到底还是稚嫩,把我看成个什么人物了。她还没有充分意识到挣钱的艰难。我还不想现在就完全打破了她这一层幻觉,内心最起码的骄傲阻止了我,而且,我还要给她留一点想象的余地,不要将现实的冷酷一次就完全裸露出来。

我完全没有想到这场谈话会有这样的结果,她不但没有犹豫反而更加坚定。我在轻松之中又感到了更大的压力，自己怎么才能对得起这一份感情！我说："我怎么才能给你带来幸福，对得起你？我恨不得口袋里就揣了一百万，可惜没有！"她笑了说："那你也有几万了，让我们在这个基础上去争取，三年五年八年十年，什么没有呢？退一万步说，总可以自己做个小生意吧。加拿大也不是个饿死人的地方。"我说："人要是想得通就好了，失业一辈子呢，政府一个月几百块钱也养着你这条命，天天你吃饱了去睡觉散步谈情说爱好了，管人家过得怎样呢，管人家怎样看你呢？又想不通！又想要人家看得起，又想要人家都有的东西！"她说："为什么不要？人活着呢！一点想法也没有，跑过来干什么？孟浪你是男人，最艰苦的时候也过了，还没这点勇气！"我马上说："谁说我没有！"她说："那就好。我跟你说，我开始没往这方面想，只是想有一个说话的朋友。谁知道我从感情上不知不觉就接受了你，一点心理障碍也没有，很自然就接受了，等我自己察觉已经无法走回头路了。这很不容易，这太难了，你不知道我是一个排斥性很强的人呢。我想了又想，我要珍惜，感情的事也不能太理智了。我宁愿在别的方面冒一点险。"我激动着冲过去抱了她，不要命地吻，几滴泪就滴在她脸上。她搂紧了我的脖子，突然很委屈地"呜呜"哭了起来，身子在我怀中一下一下地颤抖。

82

打击比预料的要来得快些。在新老板接手的那一天，我就做好了被炒鱿鱼的心理准备。我所希望的只是再拖几个月，到那时候我就无所谓了，我就达到了自己的目标了。以后几个月拿着失业金，到北方到美国去玩一趟,心安理得回国去。但现在和张小禾的事情有了变化,我很希望能够维持这份工作,让我有时间认真想一想,也看看我们的关系发展。

这天快下班的时候,我正在清洗炉头,阿长说:"老板叫你。"我说:"我没戏了吧?"他说:"不知道什么事。"说着匆匆去做别的事。我知道事情不妙,丢下手中的东西下楼到地库去了。老板是菲律宾移民过来的华人,能说结结巴巴的普通话,他见了我说:"这里有一封信,可能对你有点用。"我接了信说:"就凭这个去领失业金吧。"他说:"Yes,生意不好,你看见了,用不了这么多人。"我说:"第一眼就看中了我?"我不用从他手中拿钱了我一点都不怕他。他不自然地笑一笑说:"慢慢都要换了,这么高的人工我开不出。"好像是想给我一点安慰。我说:"什么时候开始?"他说:"明天最后一天,下个星期送你一个星期的人工,你去找工作。"我应了想走,他解释说:"我不想这样,没有办法,要是有一点办法……"我不理他,转过身就走,晃着身子做出点大咧咧的样子给他看。到了楼上我坐在米袋上不动,看见阿良已经接了我的手在清洗炉头。好快的动作!我心里骂:"舔什么骚,你死期也不远了,还以为天上掉馅饼吧。"又高兴叫道:"阿良,今天对不起就劳驾你了。做了这一段我都腻烦了。"他倒也无所谓地望着我,说:"事总得有个人做!我做着也还新鲜。"掩饰不住的幸灾乐祸。其他人都特别沉默,不说不笑,没有了平时的活跃。阿唐同情地望着我,也不说什么。我发一回呆,明白自己也不能怨老板,他拿自己的房子作抵押向银行贷款买了这家餐馆,心里并不比我轻松。看着下班时间差不多了,我打了卡,向他们晃晃手掌说:"我先走了。"阿良说:"老孟你好走啊。"说完自己忍不住要笑,又闭了嘴让笑纹停在嘴边。我心中骂一句:"好小子,都乐昏头了。"想做出一派乐观的样子给他一个报复,又觉得别扭,转身去了,想:"就输你一着,你乐得今晚上失眠去吧。"阿长追到门外说："你明天就不用来了，休息一天，人工老板还是照给。"我说："好，好。"淡然说了声再见，快步离去。阿长在后面说："有空常来玩。"我应了一声。在这里做了一年多，就这样头也不回地离开了。

在路上我想着这件事怎么对张小禾交代，这对我来说非常困难。我心里明白，自己不会再有机会找到这样一份工作了。手中这封信已经摧毁了我自信心一个非常脆弱的支点。总是有一些落魄的人跑到店里来问工，对报酬要求之低令人难以相信。只要老板不在，大家异口同声地说："没有工作，哪里会有位子空着！"尽快打发他走。如果被老板接待了，大家就吐着舌头面面相觑，那时我还有点优越感呢。这封信又是最后的安慰，还有二十八个星期，我可以拿到原来薪金的百分之六十的失业金。我现在的存款，也快有四万块钱了，靠这些钱活几年没有问题。可是我总不能以"有房子住有饭吃"向张小禾交代。这话说不出口，人活着是要活条命，但也要活个自信和尊严。我也不能去设想爱情纯粹得像清水一样，与钱毫无关系，毕竟我是活在一个人的世界上。没有钱至少证明着我的无能，无能的人就不配享受那份感情，我只能这样去想。我不能设想意外之外又有意外，那爱由于一点莫名其妙的理由而格外热烈、坚定、持久。再说，这点钱我又是怎样攒起来的！几乎就是每一块钱都当一笔财产去算计了。我一辈子还得靠它呢，不然这几年的苦不是白苦了吗？可不能轻易脱了手，那数字往下掉也不行。上次阿长问我去年存了多少钱，我说："一万块吧！"他吓一跳说："怎么可能？我连五千块也没有。"我说："你又要玩牌又要养车又要喝啤酒，还要去会会街上那些女人，怎么能存下钱？"他说："也是，也是。"又说人小时候不懂事，老了是一段朽木，中间这一段最重要，太苛刻了自己也不好。我说："Yes，也是。"其实去年我存的钱差不多是两万块，几乎就没怎么用钱，我不敢说，怕他们心里不舒

车开动那一瞬间,我又那么强烈地意识到,自己和张小禾之间,其实还隔着千山万水,这些山山水水光凭脉脉温情是跨不过去的。

服捏我的毛病。当时我忽然觉得一万块钱哪怕在加拿大也算个不小的数目,暗暗有点得意。想到这两三年的艰辛,这些钱我不愿去动它。

坐在地铁站我这样想着,看着列车一趟一趟轰隆隆开过去,我不愿上车。我想来想去也没有想清楚怎么去面对张小禾。在这个社会中,没有经济自信的人能有爱情的自信吗?我能够凭那几篇文章把她那点小崇拜维持到永远吗?她看着那些不如自己的女人比自己生活得更好能够平静如水而不怦然心动吗?不可能,绝不可能。又一趟列车开过来,我上车的时候忽然记起一年前在这个车站眼睛忽然看不见了的那回事,那个双手向前摸去的形象在我眼前一闪,在心里对自己同情地叹一口气。车开动那一瞬间,我又那么强烈地意识到,自己和张小禾之间,其实还隔着千山万水,这些山山水水光凭脉脉温情是跨不过去的。我闭了眼听着列车在隧道中行进发出的节奏分明的震响,知道自己是在时间中穿越,它正迅速离我而去。想着梦一样飘过去的这些日子,那种种温柔使我感到惭愧,我不配享有,真的不配。惭愧之中又有一点庆幸,自己还没有把事情做到那一步,至少在良心上我可以给自己一点欺骗性的安慰,不然我也和那个博士没有两样了。

沉思着我猛地一醒,发现列车早已过了站,已经到了湖边的攸里站了。我下了车,到对面去等往上去的车。我又坐在那里看列车一趟趟开过去,心里明白自己是想推迟那种难堪的交代。站上几乎没有人,一个五十多岁的白人在我身边转来转去,我想他也不至于就是个强盗,坐着不动望着他。他终于迟疑着走了过来,向我问声好,又急促地对我说什么。他的声音浑浊又说得飞快,我听不明白但捕捉到了几个熟悉的词:pay(付钱),make love(做爱)。我以为他是个拉皮条的,开玩笑问:"Is your girl beautiful?(你的姑娘漂亮吗?)"他连连摇头,又比画着解释一番,我还是不明白。他急了指指自己又指指我说:"Fuck you!(操你!)"原来是个同性恋者。我指了自己说:"Fuck me?

（操我？）"他点头说："Yes."我说："You?"他又点头说："Yes."我突然昂了脸大笑起来："No, No, No!"笑声空荡荡地漾开。他惊慌地望着我后退几步，转身飞快地走了。

最后一趟列车开来，我上了车。下了车慢吞吞地走在街上，终于到了那条街，远远看见张小禾房里没有灯。我松了一口气，又似乎有点遗憾。轻手轻脚上了楼，开了门灯也不开，把衣服脱了甩在地毯上，用毯子蒙了头，躲在黑暗中竭力地去想，心中乱糟糟揉成一团麻，竟不明白自己想想个明白的到底是什么了。

蒙眬中我被一种很清晰的碰撞声惊醒，看表已经九点多钟，天大亮了。我知道响声是张小禾从厨房里发出来的，想着她在做饭中午带到学校去吃。我憋着尿躺在床上不动。那响声总是不停，我听出了一点意味，那是她在召唤我，看我醒来了没有。我想象着她是拿了两只碗在厨房门口碰撞，不然声音不会这样清晰。我还没想清楚怎么面对她，便不理那种召唤，爬起来赤了脚走到门边，耳朵贴了门听外面的动静。一会儿她的脚步在楼道里响起来，用力踏着楼板提醒着什么，在门边停下了。我扶了门不敢动，屏住呼吸。忽然耳边响起"叮叮叮"三声调羹敲碗的声音，我惊得腿软，顺势蹲了下来，怕她听见我的呼吸声。她轻声自言自语："这条懒虫！回来没有？"一会儿听见她的脚步声下楼去了。我把门推开一条缝，看着没人就走了出来。一只手又准备着，万一她从哪里冒出来就去揉眼睛然后打起哈欠。她确实走了，我去水房解了手，走到厨房一看，桌子上有一张条子：

孟浪：

　　昨晚等你到一点钟，只好睡了。今天上午有课，中午不回。今晚请尽早回来。牛奶已煮好。

没有署名。我看电炉上的牛奶还在冒热气，两片面包插在烤面包器中，还有两片放在旁边一个碟子里，碟子里还放了一只洗好的苹果，上面还凝着水珠。这也不是第一次了，我今天却有一种特别的感觉，呆了似的站在那里。我不能失去她，为了她我要做出一些牺牲，哪怕让自己那骄傲的心再受更多的委屈。我坐到窗边去，在心中设想着种种方案。我要对她更温柔，更关切，甚至把那一步也迈出去，使两人关系更加紧密，她更离不开我。然后，等年底她毕业了，带了她回国去。这样想着我看到了一线曙光，有点快乐起来。可是，万一她怎么也不愿回国去呢？她费了那么大的气力才出来的！如果这样，走出那一步不是伤害她更深吗？我犹豫起来，往另一个方向去想。也许我幸运，在报社找到一份工作，或者，用这几万块钱开一家小杂货店，卖点牛奶、点心、烟之类，两人就这样度日，或者，带了她到遥远的北方去开一家中国餐馆，十年以后再回来。这样想着我惊出一身汗：自己能做好这些事吗？为了她我必须改变自己的一生，我有这个决心吗？

　　反反复复想了一天，没有结果。我神经质地对自己冷笑，又吼几声，手舞足蹈拍着手大笑。一忽儿希望她马上回来，一忽儿又怕她这就回来了。焦躁推动着我出了门到处乱走，又推动我一次次走回来。不知道饥饿，也不知道疲倦。终于，在下午又一次走回来的时候，发现她已经回来了。她惊异地问："今天没去上班？"我一怔，想说："我失业了！"可说出来却是："跟别人换一天。"她又问我怎么不吃早饭。我这才记起她早上准备的东西还没吃呢，后悔自己疏漏了，没有拿开。又记起今天连水也没有喝过一口呢。她不高兴说："就怕你不吃早饭，你还是不吃。"我勉强挤出一点笑意说："不太舒服。"她吃惊地抢上来探着我的额头说："发烧了吗？"我抓了她的手腕在额头上左边右边碰着，说："没有发烧，没有发烧。"她又按一按我的肚子说："这里？"我不知哪里来了一股狠劲，冲口而出说："我失业了，老板把我炒了！"说完这句话我感到一种痛苦的轻松，悬着的心放了下来，要死要活要怎么样都不管它了。谁知她嘻嘻地笑着说："也好，也好。"她的神情大出我的意料，我说："哪里再去找这么一份工作，白人失业的都密密麻麻一片呢。"她说："你早该离开餐馆了，你自己下不了决心，老板帮你下了决心，你将来肯定还要感谢这个老板。"她竟没想到钱的问题似的。我说："一个星期几百块钱，活生生的没有了，心里什么味道，被人剜了一块去似的。"她说："不是还有失业金吗？"我说："几个月就没有了。"她说："看你这么急我都想笑，怕什么，赚那点钱发不了财买不了房。你怎么只看着鼻尖尖上那一点钱！"我又不能对她说这点钱对我多么重要，我还打算凑个整数回国去呢，只好说："发不了大财的人这几个钱也要守着。"她说："在家里安心拿了这几个月失业金，当几个月专业作家，写一批东西出来，还怕没好工作？多伦多华人三十万，还没有几个写文章的人的生存空间？世界上哪有这么好的事，也就是加拿大了。"我说："你是初生牛犊不怕虎，不知道找工作的难，我可是碰壁吓虚了胆的，孙子也装够了，要不要我给你表演一下装孙子，都能上台了。"她笑了说："别受了多大委屈似的！谁也是这样过来的。"我说："都委屈了快三年了，一辈子又有几个三年？"她说："再委屈五年也得委屈着。出这一趟国，容易吗？得了移民的机会，容易吗？一个人总不能把天下好事占尽了，也要付点代价。去天堂还得抬脚走一段路呢。"我说："要是五年还伸不直这腰呢？"说着手在腰间拍一拍。她望着我，像是在我脸上研究什么，说："怎么会呢，你？"她的乐观给了我一点鼓舞，我觉得自己也许不是那样没有希望，放宽了点心说："试一试吧！"她马上说："不是试一试，而是一定干成！"听了这话我有点诧异，这不又是个林思文吗？嘴里说："试一试吧！"

83

　　一年多来,每个星期都拿着那张工资单,已经习惯了。拿着工资单就想到银行里的钱往上蹿一蹿,心里觉得踏实。忽然这单就没有了,明白银行里的钱数伏在那里不动,心中虚着缺了一块,空荡荡的,好像一定要吸摄一点什么进去填满才舒服。这种感觉整天缠着我,哪怕跟张小禾在一起也不能摆脱。我不敢把这种空虚的感觉告诉她,怕她看小了我。想做一副满不在乎的神态,却怎么也做不出。笑着的时候觉得自己在表演,自己也觉得脸上的肌肉摆得不是地方,又赶紧把放出去的笑收回来。对张小禾我本来就没有十足的信心,现在更是惴惴的。这使我在她面前多了一点拘谨,省悟了爱情原来也不是那么自由的。我考虑再三,还是觉得自己没有能力在这个社会好好地生存,一点优势也没有。我想找机会和她谈一谈,彻底粉碎她对我的任何一点幻想,看她怎么办。我在心里犹豫着不想现在就这么做了,怕失去了她。

　　我去失业登记所领了表填了,把那封信和表一起交了。和我谈话的政府官员是个黄种人姑娘,看去像是日裔。本来我去登记心里就愧得慌,自己凭什么就来要这几千块钱,像欠了谁什么似的,见到是个姑娘和我谈话就更加羞愧,嘴哆哆嗦嗦话也说不明白。那姑娘态度倒挺好,随便问了几个问题,又把填的表看了一遍,要我改了几个地方,告诉我支票一个月之内会寄到我的住处。整天在家里待着,我心悬悬的,难受,那一点空虚在心中形成了明显的黑洞,里面释放出一种物质般的饥渴,需要数字去填补。这时我对有钱人的苦恼有了一点新的理解,亿万富翁的痛苦也并不比平民百姓轻一些,他永远有这种饥渴。我在心里安慰自己说:"既然痛苦是无法逃脱的,又何必向上去争取呢,争取到了就能摆脱痛苦了吗?没有了想有,有了又想更多,到头来还是不满足,还是痛苦,还是一回事,人生还是在苦恼中挣扎。"又觉得这种想法荒谬透顶却又无懈可击。白天张小禾不在家,我疯子似的在外面游荡,看各式小车来来往往地穿梭,看各色人忙忙碌碌地行走,看宇宙万物蓬蓬勃勃生长。我在心里悄悄对自己说:"一个失业的东西,凭一双空手还去幻想什么爱情,不是太可笑了吗?"我在心里"呸呸"地对自己的脸吐着唾沫,骂自己是癞蛤蟆。又想象自己明天在她去了学校之后,留下封信告诉她,为了她的幸福我不得不作了痛苦的选择。然后,提着那只棕色的箱子悄然离开。下了楼对着楼上那间房子望了沉重的最后一眼,目光中那一丝绝望覆盖了所有的记忆,心中满意自己的这种牺牲,有了一种崇高的感觉,渐渐远去再也不回头。黄昏的时候张小禾背着书包哼着歌回来,轻轻叫着"孟浪,孟浪",怕楼下的二房东听见。开了房门注意到地毯上躺着一封没贴邮票的信,在拆开封口的那一瞬间,像有神的谕示,她有了确切的把握这信是我写的,一种不祥的预感袭上心头。她一把撕开信封,里面的信被撕成两半,手哆嗦着,把信拼在一起去读。信怎么也拼不拢,心狂跳着把信摊在小桌子上,用手按住读了,撕裂地吼出一声,似乎要把带血的心从口中喷出来,信飘落在地上。她一下站不稳,腿一软,眼前一黑就倒在地毯上。二房东跑上楼来,惊骇地望着她,问她"怎么回事",问了几声她才明白过来是在问自己,挣扎着扶了墙壁站起来,站了好几次都没站稳,二房东扶了一把她才站稳了。她低微地喘着说:"没什么,突然就有点头晕,谢谢你。我想自己安静一会儿。"

　　这样想着我心里笑了。又想,怎么笑了呢,应该是哭才对。每天游荡着想象力越加丰富,各种设想自动地跳到脑海中来,却想不出一条切实能走的路。在上午我想着她能早点回来,下午她快回了心里又莫名其妙地紧张,和她见面对我竟成了一种心理上的考验。我心里恨着自己没有用,有什么事都挂到脸上来。如果不是张小禾的乐观,在一起时，那种温情的气氛一定都会被我败坏掉了。她反而安慰我说："孟浪，你怎么啦？工作丢了也不是件坏事。"她催我趁着有失业金，赶快定一个半年的计划，提高英语，再写一点东西。我不能拒绝，含糊地应了。安下心来想学点什么的时候，心中毛得不行，像蓬蓬勃勃长满了荒草，看不下成行的句子，又明白了几十年的路半年是走不完的。

张小禾对我热情依旧。她说："一天看不见你就心里发慌。我对自己说，这是不对的，对男人不能这样，可没有办法还是这样了。这些话我不好意思说，忍不住又说了！"她说着扑到我怀中，口里呢喃着似乎在说些梦话，又似乎是想哭。搂着她我心中惭愧，恨不得就到哪里去抢一份很好的工作，或者奇怪地发一笔大财，使自己在她面前有那份男人的自信，至少也消灭了那种羞愧惶恐。我在心中渴望着那种女孩子小鸟依人般依赖自己的感觉，这种感觉对我是如此重要，有了它我才敢把感情的闸门打开让汹涌的激流奔腾。但现在我却只能在心中悄悄叹息。我知道怀中这可人儿是真心爱上我了，她已经陷得很深。这使我感到幸运又感到惶惑。我那么渴望使她幸福，却又没有这种力量。有几次半夜醒来想到这些，身上惊出了一身的汗。我焦躁地把毯子踢开，盖上，又踢开，又盖上，心里呜咽着连连叹气，声音在黑暗中漾开去留下一片沉寂。我又长叹一声，去填补那黑暗中的空虚。我心中明白，只要有勇气，现在——哪怕是在半夜呢，我也可以敲开她的房门，和她在疯狂中化为一体。也许她心里正奇怪着我为什么到今天还不拿了她呢。我的克制在开始也许还是一种君子风度，现在那意义却越来越暧昧了。一个女人，哪怕她多么正经吧，只要她在心中接受了一个男人，她就不怕他那点坏，她在心中已经含糊地允诺了那种坏，并在惴惴不安中等待着那点叫她又想又怕的坏。如果那种被允诺了的坏竟迟迟不来，她反会怅然若失，像黑暗中在楼梯上踏了个空。我简直觉得自己有责任把那点坏使出来了，那点坏于是也不是坏了。

难道还要她来给我一点启发？可是以后呢，也许就重复了那个古老的故事，男人怎么骗了女人，女人怎么上当了，没有结果。女人一个个都睁了眼往那陷阱中跳了，张小禾不过是无数平凡故事中的一个平凡角色，没有结果。到时候不是骗也便就是骗了。可是，古老中国的故事在今日的加拿大不应该有另外一种解释吗？事情本来就应该那样的。事情还是不应该那样。别的女人离我非常遥远，我无法顾及，张小禾我却是不能不顾及的，她已经说过了自己是不能开玩笑的。可是走到今天这个地步就不是开玩笑吗？不论最后的结果如何，已经如此了再走一步又会有什么不同吗？我忽然觉得那个博士生也并不是那么阴毒，他不过是顺着自己的内心要求一步步走下来了。我所不同的只是在最后的关头失去了勇气。这不是我有多么道德，而是缺少了一点自信。

这个星期五下午，她早早地从学校回来，我听见门一响，就跑到楼梯口接她。她一边上楼一边问我："今天是周末，你有什么节目安排？"我说："租个录像带来看。"她说："看腻了，老一套。"进了房子，我说："唐人街来了《渴望》的带子，在国内红透了，不知道是不是真好？"她说："今天想出去玩一下。"我说："到哪里去呢，要是有车，到城外去兜风，晚饭也不用做了，那才有意思呢，这么好的天气。小禾，你真的找错人了。"她捂了我的嘴说："别这样说，我第一看的是人，不是钱，跟你在一起我心里愿意。"我趁势在她手心舔一舔，她说："好痒。"把手拿开了。我说："你看的是人，你不食人间烟火。"她说："别的以后总会有，人心里过不去那一辈子也过不去。什么是真的，什么是假的？"我说："对，对，人是真的，钱是假的。"她笑了说："也不是假的，是第二。说真的，买一部二手车会穷死了你吧，要不我出一半的钱。"又说："不买也好，说不定钱留着能做点事，现在还不是享受的时候。"我自嘲说："几万块钱呢，一笔巨款呢，能干一番大事业呢。"她说："那总比没有强多了。"又说："要是开了车到城外去，两个人躺在草地上看星星，四周又没一个人，那才好玩呢。我不喜欢周围有别人。"我说："看星星，好浪漫！我躺着不看星星，只看你。四周没有人最好，我正想做点见不得人的事。"又用英语遮掩着说："You will lose something.（你会失去什么的。）"她嗔笑着打我一下，说："流氓！"又说："我知道你不会那么坏。"听了这个"坏"字我心跳起来，这是不是一种暗示呢？我试探说："你说坏我就坏了，一个人要那么好干什么？"她说："我知道你不会那么坏，你怕。"我说："要我坏我还怕，我早就想坏了你了。你以为我是谁，你又不是老虎，我反而还会怕你！"她诡笑一下，手指一划说："你不是怕我，你只是怕。"我哈哈地笑了，夸张着掩饰着什么，说："不怕你那是怕我自己。"她说："就是。"我吓一跳，她怎么就钻到我心里去了？我跳起来抓了她的胳膊用身子把她顶到墙上，一下一下地撞着，说："你说我怕，我这就吃了你！"她随着那碰撞发出一声一声"哦、哦"的低沉呻吟。我怕弄疼了她，喘着气松了手。她拉了我的手说："做饭去了。"走到楼道里我想把她一把抱了甩到床上，看她会怎么办，犹豫的一瞬间，她已经进了厨房。

我们下面条吃。吃了几口她忽然说："怎么我的都多过你的，再给你点。"我说："我都吃得差不多了，吃一半了。"她夹起一大束说："这归你。"我说："分配点给我可以，我自己夹。"把碗移过去夹了一小束。她突然夹起一大束放到我碗里，我马上又夹回她碗里。两人一送一递十几个来回，她碗中的面反而更多了。她跺脚说："不吃，不吃！"把我的碗抢过去，"那碗归你。"我说："你吃那么点就行？以为自己是林黛玉吧。"她说："我都被你喂胖了，再胖就吓死人了。"吃完饭她问："今晚到底怎么办？"我说："看电视吧，我抱着你。"人没有钱就没有志气，不然我带她到什么地方潇洒走一回。她说："这么好的天气，我要出去。"我说："好，我们出去。"说着去牵她的手。她侧了脸望着我问："到哪里去？"我说："你说上刀山就上刀山，你说下火海就下火海，反正我钱是带够了。"她说："看电影去好吧，《与狼共舞》外面都看疯了。"我说："谢谢你想了一个省钱的消遣，只是我怎么听得懂，又不是中文版的。"她说："我给你当翻译。"我说："那什么时候去？"她说："九点钟的电影，我们先到处走走。"我说："天亮着呢，万一哪个大嘴巴看见你和我走在一起，明天就传遍了。别人心里会说你的，张小禾怎么找了这个人！"她说："管他呢，他是大嘴巴，我是聋子，那他的嘴巴也白长了那么大。"我乐得摇她的手说："你嘴巴变油了。"她说："谁是师傅嘛！"又说："你哪点又不好，别人要那么去说？你在多伦多也算个人物，那天不是还有人崇拜你吗？"我说："可不能这样说，这里是加拿大，有钱才是人物。写那几篇破破烂烂的东西，别人心里都要笑的。"她说："那我也笑，别人的笑是什么笑我不管，我的笑就是笑，就是笑的笑。"

84

出了门，我松开她的手，她一把捞住我的手说："偏要给大嘴巴看见，有什么呢。"我说："反正我是不怕的。"她说："反正我也是不怕的。"

她牵了我的手往央街那边走去。路过一大片草地，她说："早呢，玩玩去。"我们在一棵树下坐了，背靠了树干。抬头是浓密的树荫，竟看不见一小片天。太阳已经收尽了它的光线，只有远处高楼上端的玻璃上映出晚霞的余晖，闪闪跃跃跳动。一大片不知名的小鸟铺天盖地而来，向晚霞那边飞去，接着，又是一片，抛下一阵细碎的鸟语。丁香花有的已经开放，有的打着黄色的骨朵儿，展现着一派蓬勃的春意。张小禾很陶醉地吸一口气说："春天又来了。"我说："春天也不是今天才来的。春天来了有什么好，提醒着叫人知道自己又老了一年，心里刺得疼,不来才好呢。"她一推我说:"这个人!还算个作家呢。"我笑了说:"所以我才看到事情的真相。我要不是我呢,也会赞叹几句,却不知叹了几叹,人就不是那么回事了,几年几年晃过去人就老掉了。"她说:"你别拿老来吓我,我是不怕老的。"我说:"我吓你?再赞叹几次你就知道了。我都忘记了自己二十几岁是怎么过去的,好像只有一年就过了十年。我也愿意年年十七八呢。"我又问她:"还记得自己十七岁不呢?"她想了一想,说:"不记得了,真的不记得了。"她低了头抚着嫩草,说:"那年的事只记得考大学一件了。"

那边有几个白人小孩在草地上玩耍,张小禾朝他们招手说:"Come here, boys!(小孩,过来!)"有两个小男孩朝这边走几步,停下来望着我们。她又朝他们招手,那两个孩子走上来,她拉了他们的手刚想说什么,那边就有人叫:"Mike, come here.(麦克,到这里来。)"一个小孩马上跑去了,另一个犹豫一下也跑了。我说:"加拿大的小孩我从来不理,怕他们大人想我是什么人,不放心,你不是白人他们看不透多一个心眼,也不奇怪。"她说:"不至于吧。"我把被人当作拐子的故事跟她讲了,又说:"这个社会很少公开的种族歧视,但到处都是不动声色的拒绝。"她说:"倒也是的,待得越久就越有体会,我的同学都有毕业找份工作的信心,我就没有。不过我们自己活自己的,也没关系。"我说:"工作找不到还没关系!"她说:"我们自己要来的,也不能怪谁,谁也没请你来,只好委屈一点。"我想扩大战果说:"委屈一点?有你一辈子的委屈呢。"她说:"那也没办法,这也不是谁改变得了的。"我说:"其实赚了钱回去也是一法,这烦恼就没有了。"她马上说:"别的烦恼又都跑来了。千难万苦来了,随随便便就回去?"我只好不往下说。

她仍低了头抚弄那些嫩草,我说:"你想什么?"她说:"想什么,还不是想我们俩的事。"我说:"越想越后悔了吧,还来得及,如果我的存在成了你的包袱，你只管对我说清楚。"她抬头望了我说："你说着玩呢，还是暗示什么？"我马上赔笑说："逗你个小孩子呢。"她说："玩笑别这样开，你说着玩呢，没准我心里就认为你绕着弯儿在说什么。你心里有什么事，不肯说。"我心中一怔，说："还不是想着自己太穷了，又没个好着落，委屈了你。"她说："还有什么？"我连忙说："没有了没有了。"她说："什么也是靠自己去争来的。"我说："争总要点优势才争得来，我又没有。凭空就跳到别人前面去，可能吗？"她说："你有，你有。"我说："真的没有，真的没有。"她说："不是真的没有，是真的有。"我说："不是真的有，是真的没有。"她说："你有，你有！"说着不高兴转过脸去，不理我。我叫她几声，推推她的肩，她还是不理。我说："我又犯错误了，又惹你生气了。"她转过脸来说："别装得那么可怜，我可没有思文那么大的气魄。"

过一会儿她又高兴起来，说："其实穷有穷的好处，男人穷了心不野不花，钱多了一定要作怪的。再过多少年我们真的发达了，那时候我也老了，又有别的女人围着你转了。"我说："别冤枉了我，我一门心思只对你一个人，骗你是孙子。"她笑了说："只要能骗，做孙子又怕什么，做狗也不怕。真的冤枉了你呢，我高兴，我情愿背了这冤枉好人的罪名。最怕的就是不幸言中。天下再好的男人也要打三个疑问号，你不算最好的，要打四个。"我说："你对我评价太高了，我好感动，离最好的只差了一点点。"说着把她搂了，在她脸上亲一下，又用手去抚她那颗小痣。她让开说："你到底是什么人，你？"我说："我到底是什么人，我？我们都差不多那个了，还问我是什么人！"她说："谁跟你这个那个了？"我左手垫在右腮上，用右手打得"啪啪"响，说："我是坏人，我是专门骗女人的人，我打这个坏东西。你怎么看着我挨打，还不扯住我的手？"她笑了说："把左手拿开，打重点！"又说："孟浪这个名字不好，想着就不安全。"我说："改成孟夫子，那一定安全了。"她说:"那还是不安全。"又眯了眼,望了我看透了似的头一点一点说:"到哪天你对不起我,我杀了你!"我把身子一颤说:"加拿大杀人是犯法的。"又说:"在路上碰了一个女同志说几句话算不算对不起你?"她说:"那要看什么女同志。"我说:"到了加拿大的人思想都开通,不就是男女之间嘛。"她说:"别向我灌这一套,我不吃。"我说:"厨房里醋用完了。"她莫名其妙望着我,我说:"醋用完了。"她说:"那明天你记得买一瓶。"我说:"在这里倒一点就够了,反正多。"她望了我说:"什么鬼话!"我说:"反正你有一坛呢。"她扑上来打我,说:"好啊,你是在骂我!"又闪开去,说:"孟浪,你是个典型的男权主义者。"我说:"我真有那么伟大?连主义也有一个了,马列加在一起才一个主义。"她说:"你在哪里都想占优势。"我说:"连这点想法也没有还在世界上活什么人呢!要是我真占着了那一点点,早把你吃了,你以为我多老实吧,和尚?"她嘴一噘一噘地说:"早就知道你有贼心,幸亏还少点贼胆。"我又把她搂过来,她说:"都让别人看了免费电影。"我说:"我天天看别人的免费电影。"又说:"你说我没贼胆,我偏有了贼胆,今天晚上,一言为定!"她站起来说:"你找和你一言为定的那个人去,我还不知道你是什么人呢。"我说:"又不知道我是什么人,天天不知道我是什么人!"她拉我起来说:"该走了。"

电影我看得似懂非懂,只觉得画面很美。坐在我们前面的黑人青年和白人女伴老是接吻,啧啧有声的。我捏一捏张小禾的手,示意她看那两个人。她不理我,眼盯着银幕。我借着银幕一明一暗的光去看她的侧影,那认真的神态,别有一种韵致。我心中温润起来,趁银幕光暗的时候偏了头想在她脸上亲一下,她眼并不从银幕移开,却知道我凑过去了,把头偏开去。我一只手在她膝上摩挲,她不动。我摸索着把手轻轻移上去,她一只手把我的手按住了,眼仍盯着银幕。我安静了一会儿,又侧了脸去看她,看了几次心神摇荡,恨不得马上抱了她在草地上打个滚。我凑在她耳边说:"走吧,看别人有什么意思。"她说:"这么高级的艺术都被你糟蹋了,怎么就跟个俗人似的。"我说:"那你还以为我是什么人,不是熟(俗)人还是生(圣)人吗?"说着"生"字时拉长音变了声调。好不容易等到散电影,我拉她的手说:"快走。"又说:"看了半天也没看出名堂,不懂。"她说:"只当是无声电影你也懂了,你是心不在焉。"我说:"我心不在那个焉,在这个焉。"说着捏一捏她的手。又说:"为了对得起那几块钱呢,我坐也要坐到终场再走,要不钱被老板白白赚去了。"她笑了说:"知道你是个抠鬼,一块钱也是一笔财产。"我说:"我的钱都打到肋骨里,要开刀才拿得出来。"她笑得扬了手作势要打我。出了电影院是一家夜总会,楼上音乐阵阵灯光闪闪。我说:"听到音乐响脚就想动了,几年没跳舞了。"她说:"脚发痒了吧?"我说:"还有哪里痒你就猜不到。"她说:"肠子痒,一根花花肠子。"我说:"还有哪里你就不敢猜了,你敢么?"她没听见似的一直往前走。路边有家商店,她说想进去看看,就陪她进去了。她在楼上选了一支唇膏,付钱的时候我抢在前面,她拉我一把,我回头说:"到如今还分你我!"她也就算了。下楼转弯处墙上有面镜子,我拉她停下指了说:"从镜子里看来来往往的人,感觉就不一样,好像那些白人黑人都是些幻影,几百年后的幻影。"又看看周围一时没了人,说:"我装孙子给你看,这几年我都练出来了。"说着顺着眼作了一种神态。又说:"再装癫壳子。"她说:"癫壳子你还用装吗?有人来了!"我边下楼说:"以后让我在家里对着镜子学神经好不?"她说:"神经你还用学!"

　　在电车上我一直在想今晚是不是该采取行动了,还等什么呢?思前顾后,到了家也没想出一个结果。到她房里说些闲话,我一直想着该怎么办。心中的指令是明确的,甚至非常强烈难以抗拒。说着闲话她说:"昨晚做了个噩梦,有人追我。"我说:"我也做了个梦,梦见我在追别人，手里拿根棍子。"她马上问："你追的那个人是男的女的？"我说："追你的那个人是男的女的？"她说："当然是男的。"我说："不要问追你的肯定是男的。"她说："不要问，你追的当然是女的。"我说："追你的那个人他手里拿了棍子没呢，拿了棍子可能就是我。"她抬了眼回忆一下说："记不得了。"我说："那还梦见蛇了没呢，很高的山峰？"她迷惑地摇摇头。我说："那一定梦见了树干，乌龟脑袋？"忍不住笑了一下。她呆望着我，忽然叫起来："好啊，你欺负我！不理你个癞壳子了！"她又找了衣服要去洗澡，脱了外面的衣服，雪白的胳膊在我眼前一晃。我想也没想猛然从椅子上一跃而起，自己也吃了一惊。我把她手中的衣服扯过来往地毯上一甩，把她挤到一个墙角。她眼睛望着我，一声不吭。我用身子去撞她，她随着我的撞击发出低微的呻吟，似痛苦又似欢乐。这呻吟激发着我内心那种狂暴的力量，使我感到一种残酷的快意，又用更大的力量撞她几下，两手抓紧了她胳膊拧着，忽然扎猛子似的低下头去，一口咬住了她的肩膀。她轻轻哼出一声，肩膀往上一耸，身体颤抖了一下。我分明听出那一声显示了一种欢乐，就更加放肆起来。她双手弯过来搂紧了我的腰。我轻一口重一口咬她的肩，换了一边又咬，她身子随着那轻重不停抖动。我抬了头双手抚了她的脸，又俯下去吻她，问："疼吗？"她仰面双眼直直地望了我，几乎看不出地一摇头。我猛地又用右手揽了她的腰，把她夹在腋下，走了几步，往席梦思上一扔。她仰面躺在床上，两条腿垂下来轻轻晃动。我站在床前，两人对视着，都不说话。这样沉默了一会儿，她想坐起来，我朝她肩上一点，又躺了下去。我走上一步，把她双膝分开，站在中间。她说："干什么？"我说："什么干什么？该干什么干什么。"又笑一笑问："张小禾，你想好了没有？"她马上反问："你怎么想？只是别拿我好玩。"我心里一惊，又回到现实中来，一时凉了半截，内心涌动的潮水一波一波退了下去。我无力地倒在床上搂了她说:"我就是没有自信,怕对不起你。"她反而安慰我说:"往后的日子多如春天的树叶,也不急在哪一时,有了缘分还怕没有机会?只是不知道缘分是不是真的有?"我说:"真的有,真的有。主要是看你,我绝对没问题,我都把你刻到心里了。"她说:"我也是。孟浪,你答应了我不要再有别的想法。外面的世界再精彩,你也不动一动心,做得到不呢?"我说:"外面精彩成一个花花世界,也与我无关,有了你就够了。两个人在一起到底还是要有那份情绪,人就是要有那点东西,不然怎么是人呢?"她说:"那你跟别人也可以有那点东西。"我说:"好厉害啊,要你把坛子里的东西倒出来几瓶,你又不肯。"她说:"别绕来绕去的,做得到不呢?"我说:"你当我是个什么人,有多少机会?"她说:"你这样的人机会就是多。"我说:"对我评价这么高!"她说:"我不放心,你绕来绕去就是不肯下保证。"我说:"我这心绝对不会花一点点,不然也对不起你这份情意,我就是不喜欢别人要我作保证,要我作我偏不作。"她说:"知道你跟小孩子一样逆反心理强,可惜你已经跟我作保证了!"说着直拍手。我一拍头说:"是吗?那只怪我讲得忘记了。"她说:"反正你都保证了,讲一不讲二,猫儿不打嗝,讲话算数才算男子汉。"我想起那只猫,笑了说:"猫儿会不会打嗝我不知道,会跳是真的,一跳起来有多高,你都想不出。"她挑起眉毛说:"原来猫儿会跳,我今天才知道!那猫儿会叫不呢?"我刮她鼻子一下,把猫儿会跳的故事讲给她听。她听了说:"知道你就是这样个人,长也长不大,猫你也要去欺负它。"

夜深了,凉气从窗外一阵阵透进来。她关了窗说:"瞌睡了。"我说:"你赶我走我就走。"她说:"谁赶你了?"我说:"你不赶我,我今晚就不走了。"她说:"你敢!"我说:"你说你敢这两个字后面是问号呢还是惊叹号,是问号我就不走了,我有什么不敢,还用问?"她摇着手说:"不是问号,知道你是敢的。男人你让他坏他有什么不敢的。"

我说:"除非他有什么病。"又说:"你只管睡到中午,我去唐人街买菜,做了好吃的叫你。"她说:"谁有你那么大的福气,天天闲着!我还要去学校上机打作业呢。"我点了自己鼻尖说:"我好大福气,天天闲着,你讽刺我吧?"她连忙说:"我都瞌睡糊涂了,别生我的气!"我摸了她的头说:"睡吧,睡吧!"在她额上吻了一下,顺手把灯熄了。走到门口,停住了,想着是不是就在这黑暗中扑过去。她在黑暗中说:"Good night."我把门锁轻轻拧住,把机关打横了,带上门出去,在外面推一推,能够推开。回到房里怎么也睡不着,心里老惦记着那张能推开的门。翻身起来,裹着毯子在黑暗中幽灵般地走过来走过去,在心里对自己说:"以后的事以后再说,今晚该怎么样还怎么样,也不能对自己就这样残忍。"又想:"还不知以后会怎样呢,自己在加拿大又没一条出路。"反反复复想了很久,又披了毯子摸到厨房喝了冷牛奶,推一推那扇门,从门缝中往里面瞧,一片黑色的寂静,也看不清什么。回到床上坐在那里缩成一团去想,想不明白。又到水房里洗个澡,穿着短裤,披着毯子,推开那门往里面张望,终于推了门进去,悄悄走到她的床头,在椅子上坐了。我俯下身子去看她,均匀的鼻息声在夜中听得分明。我嚅动着嘴唇,心里似乎想说什么。外面泛着的微光照着她的脸,恬静,安详,乖孩子似的。我轻声叫一声:"张小禾。"她没有反应,我坐在那里犹豫好久,终于平静了,悄然退了出来。

85

上午我起来洗了脸,煮了牛奶,张小禾还没一点动静。我以为她去了学校,试着一推门,居然还开着。我一看,她还睡着呢。我走到床前，看见她一只白嫩的胳膊在毯子外面曲着，毯子紧裹着身子，曲线毕现。我弯下腰去，她感到了有人，轻轻哼一声，却仍闭着眼。我在床边坐下来，俯了身子吻她的唇，一只手就搁在她的胳膊上。她并不睁眼，吐了舌尖轻轻触我的唇。我心颤一颤，说："你看是谁，可别是个流氓犯！"她仍不睁眼，喃喃地说："就知道你是谁，闻出了你的气味。"我把她另一只胳膊也从毯子里抽出来，看见上面有青紫的痕迹，吃了一惊，说："怎么回事？"她睁了眼一看，说："怎么回事，问你自己昨天。"我把另一只胳膊转了一看，也有几道青紫。我说："怎么得了，谁知道你的皮肤这么细皮嫩肉就青了？"她把内衣拨开一点，露了肩给我看说："还厉害些。"果然是青紫一片。我说："怎么得了！"她说："也不疼，不理它就好了。"我说："下次可不敢了！"她轻轻抚着我的手背，半天说："要你敢。"我说："懒虫，还不去学校，都快九点了。"她说："真的？我还以为刚天亮。"又一看表，"真的，你出去，我要起来了。"我说："我坐在这里看你穿衣服。"就坐到床那一头去。她在毯子里伸出两只脚蹬我："你出去，你出去。"又俯睡着，两只脚伸到毯子外面蹬我。我搔一搔她的脚心，她躲闪着，两只脚在我身上一挖一挖的。我说："两把锄头挖什么挖呢！"她支起身子穿衬衣说："衣服穿了。"我说："腿上的衣服还没穿，我坐在这里保证不动。"她说："你不出去我就不起来。"我说："那你好好坐着，我开始看书了。"拿了本书在手里翻着。她说："让我起来。"我走过去抓了毯子一角说："这毯子要洗了。"说着轻轻一拉。她双手抓住了说："我要叫了，这里有流氓，大家来抓！"我说："已经背了这个名，我来真的，坏名声背也背了，还不如名副其实。"说着又把毯子一扯。她抱了毯子缩成一团，说："好人，出去一下吧，我真急着要到学校去了。"我又吓她一吓，走了出去。

张小禾吃了东西急着要去学校，背了书包走到楼梯口。我看见她脖子上红红的一小点，是我昨晚上吻的，就忍不住笑了。她说："神经兮兮笑什么笑！"我只是笑。她跑到水房照了镜子，惊叫着冲出来伸手要打我。我缩到厨房里把门顶着，她在外面狠命地撞门，嚷着："叫我怎么出去，怎么见人！"僵持了一会儿我在里面说："我找片膏药剪一小块给你贴上好不？"她说："你快点，上课迟到了！"贴上了我说："来一个吻别。"就在她脸上轻轻咬一口，说："没有印子。"抬头看见房东念初中的儿子正往楼上看。我伸一伸舌头说："看见了。"她说："管他呢，又没做坏事。"她走了，我躺在床上把和张小禾的事从头到尾想了一遍，觉得躲不过这几天，说不定就是今天晚上，就会有那件事了。躲躲闪闪也有了这么久，谁又是圣人呢？圣人又有什么意义呢？千万条道理也说不服一个最简单的愿望。那件事离我这样近，而我也克制了这样久了。但一想到以后怎么办的问题，我简直就绝望。我根本无法在这个社会中找到那一份自信的感觉。我也不能设想自己就这样混着过了这一辈子。社会拒绝着我无法进入，我也拒绝着社会无法投入，但我得这样长久待下去！这可能吗？近三年的经历告诉我，不会有奇迹发生，不会有的。尽管心中极不愿意，我还是决定挣扎一下。我跟《星岛日报》和《世界日报》的总编辑都熟，我决定去向他们求助了。我写的文章长短也有二三十篇了，说不定有一线希望呢。刚进去再怎么别扭，总有一天会适应的，总有一天会有点出头之日。为了张小禾，我得去做自己不愿做的事，得让自己难堪，得对自己残忍一点。想到这里我不让自己再多想，怕自己又犹豫了，跳下床抓起电话拨通了《星岛日报》总编辑室。对方一说"哈啰"我就知道是纪先生了。我说："纪先生吗，我是孟浪。前几天寄给您一份稿子收到了没有？"他说："明天就发出来。稿子长了点，删掉一点没关系吧？"我说："按你的意思删就是。"他说："又写了什么没有？先拿过来看看，眼睛不要盯着《世界日报》，还是我们的读者多。"又问我上个月的稿费收到没有。我说："收到了。你们读者多，稿费怎么比《世界日报》还低些？"他说："那要问老板。"我说：

"中午请你去饮茶,给不给面子?"他说:"今天中午倒还有空,有什么事没有?"我还没有想好怎么回答,他说:"到哪里?我请客了。"我说:"上次是你,这次轮到我了。"约好十二点半到翠园酒楼。

放下电话我心直跳,抓话筒的手也出了汗,湿了。两三年来我找工作无数次,人也变油了,什么牛也敢吹,哪里还知道怕。可今天却莫名其妙的紧张,觉得自己欠了点资格,而求的人又是熟人。要是自己真是个人物,别人跑上门来口口声声请我屈就,那就好了。我穿了西装,打了领带,在水房对镜子照了。这是第一次穿西装打了领带去找工作,觉得别扭,这一身装束也带来了点压力。骑着车我出了门,还是甩不脱那种紧张,心似乎跳得很快。我在心里对自己说:"跳什么跳,这心!这是去唐人街买菜呢,不过顺便去找纪先生说几句话,有什么呢。"到了大唐人街我才发现自己出来太早,把单车锁了放在街边,慢慢在街上蹓着。龙城上的电子广告牌正报告着新闻,昨天政府宣布,全国失业人数超过百分之十。沿街看到小贩的蔬菜便宜,想买又不能买,提袋菜去见纪先生总不好。一个人拍着头从一家店中出来,是一家理发店。我搔搔自己的头发,又提起额前一小撮头发把眼珠朝上看,太长了。今天与平时不同,花几块钱理个发是应该的。进去一问价钱,十块钱一个男发。我嘴里说:"待会儿来。"一边往外走。理发的人说:"到洋人店里还贵得多呢。"我只作没听见,一直走了。再往前走走,一个女孩子塞一张广告纸在我手中,我看也没看,走几步捏成一团丢到垃圾筒里。快走出唐人街我又往回走。那姑娘又塞张纸到我手中,我瞟一眼,是一家发廊的开张广告,发廊就在她身后。我问:"How much one cut?(多少钱一次?)"她望我一眼说:"Only six dollars.(只要六块钱。)"我推门进去,用英语和理发师说话,怕他知道我是大陆来的,随便打发了我。说起来才知道他自己就是上海来的,还是心理学研究生呢,和妻子还有妻妹一起开起了这家发廊,前两天开的张,门外的女孩就是他妻妹。我说:"你有价格优势,把别人都打垮了。"他说:"那你下次还来,还优惠。"理完发我在门口拍拍头,想:"比洋人店里呢,省了一半多,比刚才那一家呢,省了四块。总算在北美上了一次理发店,还是个伪理发师理的。"看看表才十一点多,慢慢踱到《星岛日报》社,在对面街上停下来,向里面张望。心里恨不得拿根线套了手表的指针快走,事情悬在这里太折磨人了。终于觉得这样来来去去地走也不行,进了街边一家咖啡店,点了一杯咖啡,一个面包,慢慢喝着,眼睛盯着报社那张门,暗暗思忖:"今天如果居然成功了,那我也不必再畏畏缩缩,今晚也就不必再那么谦虚了。"想到幻想中预演过多少次的事今夜要变成现实,我兴奋起来。双手奋力向上举了几下,在心中欢呼着。服务小姐端了盘子从旁边过,惊愕地望了我。我又慢慢将手举上去,做出伸懒腰的样子,口里打着哈欠。我又在心里设想着那细节种种,也不像往常那样想了又要在心里骂自己几声,觉得事情就应该这样,也算不得什么卑鄙。店里的钟敲响了十二点,我心一惊,从幻想中猛地醒过来,意识到自己的乐观毫无道理,那一声声钟声像撞在我心头,每一下都带来金属般的沉重。宣判临近了,我一时觉得透不过气来。我眼盯着台阶上报社那扇门不再移开,每一次门一晃被推开我都着是纪先生出来了,一阵紧张,看看不是,又轻松了。心中七上八下,一会儿觉得刚才的兴奋毫无道理,简直可笑,一会儿又觉得自己也写了这么多文章了,一个编辑也应该谋得到,要说写,那扇门里的人我都不怕。盯着门眼都看酸了,看见纪先生从门中出来,我中了电击似的站起来,推开门出去,心中像听候判决似的紧张,又像豁出去了似的轻快。体会着双腿迈出的步态,有一种滑稽的悲壮感。我跟在纪先生后面,几次想趋上前去和他打招呼,心中却奇怪地退避着,终于没有前去,一直跟到了翠园酒楼。他在一楼等电梯,我趁他背朝着楼梯,从他身边擦过去,一口气跑到四楼。电梯还没上来,我就在门边找个位子坐了,刚坐稳,他就进来了。

纪先生坐下,问我是不是还在 Ho Lee Chow,我说:"没有做了,公司把店卖了,新来的老板嘴一天到晚念叨叨的,抱怨生意清淡,又抱怨什么事也没做好,就不想做了。"他说:"经济不好,到处都一样。报社的广告也少了,老板也不高兴。"推车人送点心过来,我点了几样,请他点,他也点了几样。他说:"那你现在待在家里?有时间多写点东西过来。"我说:"拿失业金呢,每个星期也有三百来块钱,我原来工资还算可以。"他说:"那你还算幸运的,唐人街很多人天天出工也没这么多,失业的人太多了,政府借钱发失业金和救济金。"又问我:"失业了心情怎么样?"我说:"还好呢,原来五百多一点,扣了税剩四百,现在三百多一点,才交十几块钱税,还有三百,也想得通。加拿大还是很仁慈的。"他笑了说:"福利国家嘛,政府欠人民的钱有几千亿了,平均欠每个人两三万块。"我嘴关不住似的说:"这几年我还存了三四万块钱,利息也够交房租了。"说完我心里直急,恨自己的嘴不听使唤,今天干什么来了?还想装个胖子呢。我说:"纪先生你十多年前从台湾过来,也在餐馆洗过碗,今天居然当上了总编辑,这有几个人做得到?"他马上笑了,又忍着,说:"运气还不错。早些年《星岛日报》才开张,只有几个人,真正学新闻的也就只有我。现在没这么好的机会了。"我好不容易抓住"机会"这两个字,正想问当个一般编辑的机会有没有,一迟疑,他又问:"拿完失业金有什么打算?还是回国去?"我说:"回国,回国,这不是我待的地方,一点优势也没有。"他说:"我觉得你也是回国好,在这里浪费了,可惜了你自己。"我说:"拿了这点钱,回国一辈子也够了,在这里才刚起步。我的目标是五万块,失业金拿几千,再到哪里赚几千,有五万块我就饱了,不像这边的人胃口大,百万也吃不饱。我想得通,人在这世上暂时这么待着,饭只能吃一碗,床只能睡一张,何必为个钱把自己折磨得九死一生?"他点头微笑,说:"都

拐过街角,我的心一沉,几乎就站不住,扶稳了墙靠着,喘着粗气,头脑中轰轰的一片什么也不能想,口里反反复复念着:"完了,完了。"

是你这样想，天下就安宁了，少多少麻烦，只可惜这种人太少了点，你也是这样说说吧？这话只能对人说，不能对自己说。真那样人活着也没意思了，总得找点事给自己做。"我说："那倒也是，口里还含着这口气呢。成功不成功，事业不事业，转头也是一场空，几十年一过什么也不是了。可这口气还含在口里，总得找件事觉得自己活着有点价值，在为了点什么。人就是为了那么渺小得看不见的一点什么折腾了一辈子，其实也可怜。"他又点头微笑，说："说穿了也是这么回事。但天下之大，就那一点什么属于你。"我说："那也是，不属于自己这一点什么在这世界算什么呢？天下也不少那几篇文章。"

　　说来说去就是说不到点子上去，还越说越远了。我怎么就张不了这个嘴？我在自己大腿上狠狠拧了一下，逼自己张嘴。结账的时候纪先生抢着用信用卡付了账。下了楼眼看要分手，我心里急得直疼，换了一种神态，说："纪先生，向你请教一个问题。像我这样的人，也算个写东西的，要到哪家报社谋个事，不知也有点希望没有？"他一愣，马上说："你可以到《世界日报》去试试，他们的报是台湾人办的，说普通话的多。"我说："《世界日报》的人我不那么熟，也没和那里的总编说过什么话。"他说："在加拿大人熟不熟倒不是最重要的。"我急急地说："在家里闲起来也无聊，还不如找点事有意思些，待着日子也难过。"他似乎自言自语地说："《星岛日报》呢，现在广告少，版面也撤了几个，老板也不高兴。"我说："我也没有别的意思，主要是整天这么待着不是个味道。"

　　笑着和纪先生道了别，还挥了挥手，挥手之间手掌一飘特意显出一种轻松的样子。拐过街角，我的心一沉，几乎就站不住，扶稳了墙靠着，喘着粗气，头脑中轰轰的一片什么也不能想，口里反反复复念着："完了，完了。"就这么近乎呆傻地一直念叨着往前走，手脚身子飘飘的没感觉，好像浮在梦里。过了好远想起单车还在那边，又回过头去找了单车,昏沉沉骑了,回到家里。那一个星期张小禾总是问我心情为什么不好,我说:"它要不好它就不好了,我也不懂它。"我琢磨着怎么跟她去说这些。

86

在那两个多月里思文隔两三天必定打电话给我,告诉我她和凌志的进展,到哪里去玩了,话是怎么说的,当时是什么表情,都跟我作详细的汇报。看着他们的事渐渐有了眉目,我心中的包袱慢慢放了下来。每次思文跟我说了这些,又反复叮嘱我不能跟任何人说。我说:"我跟谁去喷这些泡沫!"她说:"反正你出去说了别人会连你一起笑。你呢,还给我牵线,我呢,还跟你汇报。别人当笑话一下子就传遍了。你知道中国人的嘴巴传话比电还快些,传回国内去至多只一封信在路上的时间。"

我没有料到思文对凌志会这样着迷。开始我还劝她小心一点,她说:"还用你说,你知道我的疑心是最重的。你以为我十八岁吧!"听她这样说,我也就放了心。她告诉我说:"我已经给家里写信去了,跟他们讲了,如果凌志大概是我看到的那么回事呢,我就找到了自己要找的人。"我说:"这个人我一点都不了解,全靠你自己。"她说:"你别怕负责,真有什么事也不会怪你。"又告诉我怕凌志打电话来自己不在家,新装了answer machine(录音电话)。

有一次思文讲起凌志有点懒,我开玩笑说:"反正你不懒,两个人就调和了。"谁知她认真地说:"那也是的,他赚钱多一些,对家里贡献大些,少做点事也是应该的。"我说:"同志,你小心点,不要开始惯坏了他。把自己做老了,人家又变心了。"她说:"反正加拿大的事也做不老人,又不是中国。"我见她都有点痴了,这么精明的人!只好说:"什么人都不要把他想得太好了。我不算个坏人,也不能想得太好了。"她说:"高力伟你当我是谁,反过来还要你来提醒?"过了几天又来电话告诉我,准备和凌志开车去渥太华玩几天。我说:"好是好,你小心点。"她没再说什么。

忽然有一天她打了电话来,我说:"你回来了?"她说:"早回来了。"又说:"凌志有点奇怪。"我问怎么回事,她说:"刚才他打电话来,说约了几个人明天到水上公园去玩。最后又说了一句,门票是八块钱。这不是提醒我带钱去吗?什么意思呢?"我觉得不妙,也不好怎么说,只好说:"看一看吧,明天看一看吧,说不定最近又去了渥太华,钱花得他心疼了。"

事情果然就不行了。第二天下午思文打电话来,说:"我刚从外面回来,你能不能就来一趟?"我问什么事,她说:"来了再说。"我把电话挂了。在电话挂断之前,我似乎听见她叹了一声。我马上骑车去了。一进门,思文说:"你看看是不是有问题。"她告诉我,今天有六个人去水上公园玩,玩了一上午,又到凌志那里做饭吃,一直都是他一个人出钱。她以为凌志请客了,还奇怪他今天这么大方。走的时候有人提出要算一算账,每人该出十七块钱。有一个人是北影的摄影师,凌志说他在餐馆洗碗收入少,又给大家剪了发,没收他的钱。讲完了她说:"他收入少,总还有点,我可真的是一分钱收入也没有。凌志他是什么意思呢?"我说:"什么意思,这还不清楚?"思文着急说:"你讲话讲清楚,不要讲一半留一半。"我觉得思文真有点糊涂了,怎么女人一染上了感情就失去了判断。我说:"你们的事到底怎么回事,我也不懂,毕竟很多东西我不知道。"她脸红了说:"都告诉你了。"我说:"也许我也讲不到点子上。"她说:"你说就说,怎么绕得这么厉害,我要发脾气了。"我说:"意思还不清楚,他把你只看做一个一般朋友。"思文点头说:"你讲对了,你是讲对了。游泳的时候我看见他眼睛盯着另外一个女的,那种眼神我很熟悉,就是男人看女人的眼神。"

我心中非常明白,事情这么一转弯,就弯到另外一个方向去了,弯回来的可能性很小。见思文那不死心的样子,也不好就把话说到绝处。我不敢一脚就踏灭了她的希望,要转弯呢,也得让她有个过程慢慢地转。我不理解她这么精明的人,也不是没有过经历,怎么这就犯了糊涂。我说:"如果事情最后没个结果,那是我又害了你。那天我不打电话给你,就没有这件事了。"她说:"也不知最后会怎么样。就算没结果呢,我再怎么样也不会怪你,你还是一片好心,我心里明白。你就把我看得那么不讲道理?再说世界上的事,哪里就会那样顺利?我的事从来就没顺利过。到加拿大,来之前就受了那么多苦,你是知道的。跟你又是这样,不去说了。毕业论文呢,又害得我九死一生。下学期奖学金也没希望了。现在又碰到这件事。我到底什么时候得罪了苍天呢。真的有一个天,天它也瞎了眼,也是个势利鬼!也只差神经没断成两截了。真是想不通也得想通,强迫自己想通,总得活下去是不?"说着眼泪涌出来,她一只手捂了眼睛,侧过脸去。手边上有几道眼纹,知道她在拼命忍住泪。我在心中叹息,似乎也想哭。她手一抹眼睛,转过脸来,扑哧一笑,说:"看我怎么回事,有病吧!忽然就讲这些干什么,也没有用。"她这一笑使我心中一冷,一丝凉意掠过了全身。我只觉得自己是个罪人,沉默着望了她,心中充满着同情,可这同情中还是没有那种爱怜的意味。我不敢说话,只要有一句安慰的话,她就会放声痛哭,只好呆坐在那里。她又笑一笑说:"现在讲这些也没有用了。你是知道我的,心里的苦最不愿让人知道,让人知道了有什么意思,有人心里还要笑呢。出了门我就要笑给人看。家里也讲不得,我妈妈会急得睡不着的。憋在心里又太难受了,只好跟你讲。这本来是很奇怪的事,别人知道了,肚皮要笑爆掉了。"我说:

"关他们个屁事！思文你也知道，每个人都有每个人的苦处。大家在外面都是一张笑脸，心里的滋味别人哪里知道？"她说："现在最不急的人就是你，钱也赚得差不多了，拿了这笔失业金，领了绿卡，往国内一跑，什么都是现成的，只拿把镰刀去收割就是。"我心想："我心里的苦你哪里又知道，也只差神经没断成两截了。"我说："回去这条路人人都可以走，大家都不走，谁的心也可以吞吐天地，最没有志气的是我。"她说："别人没赚你这么多钱。"我说："你们拿了学位，有面子，回去房子什么都优待，那还不就是钱！"

她站起来说："在这里吃晚饭好吧，没关系，也没有谁来。"我不敢搞得那么亲近，说："我回去吃，中午把两餐的饭都备好了，不吃也剩在那里。"她马上说："那就算了，再说会儿话。凌志的事你说怎么办呢？"我说："要说，办也好办，你只当心里没有这回事就行了。"她沉默不语。我看她还难以接受现实，说："要不呢就走一步看一步，看他那边有什么动静。"她说："要是动静都是不好的动静呢？"我说："我觉得啊，也不知对不对，我这么觉得，供你参考，我觉得两个人的事，如果对方没那份心思，他再怎么样再怎么好，也毫无意义。他的好是他自己的好，跟你有什么关系？这其实没什么想不通的。这样的事假如轮到了我呢，我肯定是想得通的。"她说："那是的，那是的，你这句话说到点子上去了。真的是这样，谢谢你解决了我的思想问题。"

果然他们的事就无法逆转。这件事对思文的打击，比我想象的要沉重得多。我想她是有过经历的人，也三十出头了，却不料她会如此脆弱。在以后的两三个月，她几乎是无法自拔。她主动告诉我，每天回到家里，首先是听录音电话，希望凌志还会有电话来。以前晚上睡觉之前总把电话线拔了，怕有电话打扰，现在也不拔，怕凌志的电话扑个空。好久之后才完全放弃了那种希望。她的脸色憔悴了，说话的时候会突然若有所思地沉默。她几乎每天打电话来，和我讨论这件事。虽然我觉得讨论这种结局已经注定的事没有意义,自己的心情也在极度痛苦之中,但还是耐了性子听她讲,听她回忆和凌志交往的全过程,分析每一个细节,想找出事情突然变化的原因。我把那种"他对你没心思一切毫无意义"的道理跟她讲了几十遍,她每次都说:"是的,正是的,你讲得对,解决了我心里的问题。"可第二天打电话来还是一样。重复太多次她自己也觉得有点不好意思,每次打电话来首先就说:"高力伟,你别嫌我啰唆,我只讲几句就不讲了。"可是一讲总是半个多小时。思文的事也使我想到,这世上有太多的苦难,总有什么人在什么地方承受着,绵绵不绝正如人类自身。

87

在很多天的犹豫之后,终于决定和张小禾敞开来谈一次,前思后想,也只有这条路可走。意识到别无选择,我非常痛苦,有两个晚上整夜不能入睡,抱了毯子坐在床上,又披了毯子起来,鬼影子似的在楼道走来走去,恨不得即刻就敲了她的门和她说个明白,是死是活由她裁决去了。终于没敲门,却溜出去走了好远,到通宵营业的 Seven Eleven(7-11)连锁店买了烟来抽。在黑暗的房子里抽着,吸亮了那个小红点,恨不得就向手上胳膊上扎去。心里这样冲动着又想:"何必虐待自己,没有意义。"可这样想着烟头就扎在左胳膊上了,疼得一惊,马上用舌头在烫着的地方一舔,濡了点唾液在上面。摸索到那包没抽完的烟,从窗户丢了出去。胳膊上一个点火辣辣的疼,感觉到唾液渐渐收拢,干了,刺痛更加尖锐,心里的痛苦却似乎得到了缓解。既然是唯一选择,再怎么痛苦我也无法回避。这样想着又有一丝轻松从痛苦中冲破一道缺口，渐渐荡漾开来。

要在现在这种有点疯狂的热情中来这样一次谈话，对我来说非常困难。对我这样一个人，她竟然能够作这样的投入，不是一件轻易的事情。那么多长得还过得去的姑娘都从容地找到了归属，过起了安定的北美生活。张小禾要抵抗那种一切坐享其成的诱惑，这多么困难，虽然她对我从来不说这些。那几天我一直想找个恰当的机会提到这件事，甚至有意让内心的沉重显露在脸上，引她来询问，但每次还不等到她开口，我就放弃了这种暗示。我想着在这温柔之乡能多流连一天算一天，我实在也舍不得离开。我想着怎么才能打动她，说服她。我想象着和她说了这件事之后，在她惊愕之间，我突然一跃而起，扑到她跟前，头顶着她的胸，双腿趁势跪到地毯上，伏在她膝上哭了，双手拼命摇着她的身子，仰脸望着她说："给我一点希望。我也理解你，只是你为我作一点牺牲也不行吗？我心里又少不得你，我人又不能跟你留在这里，我这心都撕成一片片的了。"说着又把头埋下去，伏在她膝上呜呜地哭，一会儿她膝上就是一片泪痕。我哭一会儿身子就抖动几下，她的身子也随着一颤一颤的。她拍着我的背又摸着我的头说："慢慢商量，慢慢商量，大家都再想想。"

这样想着我还是心虚，觉得要说服她一点把握也没有，就这样一天天拖了下来。终于有一天，在那个周末的晚上，她突然问我说："孟浪，早就想问问你了，你最近心里有什么不痛快的事，你告诉我。"我说："没有。"她非常冷静地说："告诉我。"我说："你也看出来了？"她警觉起来，两眼直望着我，说："有什么话你只管说，谁跟谁呢。"这时我非常冷静，冷静得有点残忍，这么多天积蓄的力量都调动了起来。她看了我的神情，也严肃起来。我说："张小禾，我们现在是这种关系了，可从心里掏出一句话出来说，在加拿大这个地方，我不配享受你这一份感情，我没有那么大的福分承受。"她疑惑地望着我，一种要在我的脸上看穿问题实质的神态，说："什么意思？难道你——还有别的想法？"我把心中想过了无数遍的那些话，平静地说了出来："有一个事实你没充分考虑过，就是，在加拿大，我这个人，并不像你想象的那么有能耐。我不是说我傻，我不傻，但我没有优势，语言、人种、专业，都没有优势。不能设想一个毫无优势的人和周围的人生活得一样好，一样地有生活自信，毕竟这个世界不是为我这样的人安排的，我不能设想会有奇迹发生。说到底我还不如那些打工的朋友，他们可以看着老板的脸色十年二十年苦熬下去，我绝对不行。我自己也不知道凭什么在这里站稳脚跟。如果我没读那几句书呢，倒也算了，哪里不是捞饭吃？偏又读了几句书，多了一点想法。一年年这样拖下去，到猴年马月也不能浮出水面！"她脸色轻松下来，说："说这么多你有别的意思在里面没有？不用拐弯抹角的！那个舒明明来信了也告诉我，你们是老感情。"我说："就不必要我以父亲的名义赌个咒了吧。"她说："脸上不要那么严肃，吓我！相信了你！别人是只兔子呢，想着自己是只熊，你是只熊呢，想着自己是只兔子。"她为自己的妙喻笑了，"你还是太敏感了点，文人。"我说："说来说去你还是以为我有多 strong（强壮），真的是只熊呢。你误就误在这里，我并没有像你想的那么挺拔高大，你把我想错了。"她说："你可以写东西，那不是你的优势？"我说："我的一点买卖都甩在这里了。你说这点买卖能在北美混饭吃吗？可以买房子吗？可以带了你到加利福尼亚度假吗？这是商业社会，除了钱有温度，烫手，其他都是冷冰冰的。老板不拿你赚钱他会雇了你吗？用少数语种写东西，屁也不是！"她说："还有几家报纸呢，不会去谋个职位？钱少点就少点，慢慢来。"我苦笑一声，把那天和纪先生见面的情况说了。她沉吟半晌，说："那再等机会。"我说："看清楚了吧，我这个人！"她说："那也没什么，我看的是你这个人，不是那些别的。"我说："真的委屈了你。"她说："不要说我,说你自己!那你怎么想的?"我说:"我爱你。"她说:"你爱我。"我说:"我喜欢你。"她说:"你喜欢我。"我说:"我不愿和你分开,一辈子也不愿意。"她说:"你不愿和我分开。"我说着把头伸过去,靠近她,灯光下她的脸色滑润白嫩,光洁细腻,我真恨不得要伸手摸一摸。忍住了,我右手的拇指和食指互相摩挲几下,又几下,在想象中体会着那柔嫩细腻的质感。我说:"其实也没有那样悲观,有一条路好走,什么都解决了。"她把身子往前一探,睁圆了眼望着我。我说:"回去,你跟了我回去。"她迷惑地望着我,问:"回哪里去?"我眼盯紧了她,把一个个字吐出来:"回、国、去。"她身子后缩,胳膊往胸前一收,说:"不行!"我不作声,她说:"我什么都想到了,跟你过穷日子也想到了,就是没有想到过这一点!你怎么会有这么奇怪的想法?"我说:"人可以过穷日子,也可以过没有志气、没有自信的日子吗?我早就这样想了,不是为了你,纪先生我也不会去找。"她说:"怎么不早说,到现在才说,你早就打了这个主意了,你是故意的。"忽然又笑了说:"你说真的?开玩笑,考验我?"我说:"都到生死关头了,还开玩笑!"她两眼直勾勾望着我,终于确定了不是玩笑也不是考验,说:"怎么可能!怎么可能!"头一偏,伏在床上,哭了。

　　看着她身子一起一伏的,我沉默着不知说什么才好。我心中比自己原来设想的要平静得多,最困难的一句话已经说出来了。沉默久了我觉得自己就这么看着她哭,跟个无赖似的,于是抚了她肩说:"小禾,你听我说。"她一下把我的手扫开,说:"不要碰我,骗子!"我叹口气说:"怎么我又是骗子了。你听不听,我都只管说了。快三年了,我总希望会有什么奇迹发生,带来个转机,没有!我一天到晚转着眼睛,跟个狼似的到处嗅嗅,看有什么机会,终于明白不会有奇迹,世界不是为哪个人而存在的。现实总是以它沉默的力量强迫人成为一个现实主义者。要说奇迹,也有一个,那就是你,是你对我这一片心。"她转过身子，眼望着我。我说："不容易啊，在北美这种地方！我得珍惜。可我总得活得有志气才敢承受这份感情！我也想有志气啊，走到哪里都以谦虚的微笑显出自信，可我又怎么才志气得起来呢？这几年了，我为了那几个钱，天天赔笑脸，我都学会怎么耸着肩去笑了。"说着我耸了耸双肩，显出讨好的笑，一只手从左肩越过头拍到右肩，说："一个头，两个头，三个头，什么滋味，还像个人吗？我总想着，这是暂时的，有了五万块我就解放了。靠着这点想法我挺过来了。"她木然地望着我，眼角的泪痕也不去擦它。我伸手把她眼角的泪擦了，说："加拿大好不好？好！这几年我受了委屈没有？受了！我受了委屈只怪自己不怪加拿大。可这委屈不能永远受下去，每天看自己不愿看的脸色，做自己不愿做的事，有车有房子也没有意思！精神上实在损失不起。活得这样没志气，多少次我在心里哭自己啊！"张小禾坐起来，毫无表情地望着我，使我感到陌生。她非常平静地说："孟浪，你说的我都理解，不理解的只是别人都不，只有你。你会后悔的。"我说："别人专业好英语好。"她说："那还有专业不好英语不好的。"我说："别人是强者，意志坚强些。"她说："这算一点，主要是你这个国出得太容易了，你都不知道自己怎么来的就这么来了，不知道珍惜。要是你跟我一样付出了那么大的代价，豁出了半条命去，你就不会这样轻率了。为了出国我死死活活奋斗了两年多，一部伤心史，一把辛酸泪。到这里才刚两年，又要我回去？到今天我还是一事无成，心甘吗？是你你会心甘吗？"

我只好又无赖似的低了头。她催促说："你说句话，是你你会心甘吗？"我说："你讲的我理解，可是我怎么办呢？在这里实在看不见一条路。"她马上说："你说的我理解，可是我怎么办呢？回去我就前功尽弃了。"我笑一笑说："怎么办？跟我回去。"她也笑一笑说："怎么办？跟我留在这里。"我说："回去除了汽车，什么也有了。"她说："留在这里什么也会有，汽车也会有，房子也会有。"我说："人有几年呢，你还准备苦自己多少年？到年底你毕了业，我这几个月拼命再赚点钱，凑个五万加元，回去轻轻松松过日子，做自己愿意做的事，怎么就不好？要你下地狱去吗？你想清楚！"她说："你口口声声说做自己愿意做的事，你有个什么伟大的理想一定要回去才能实现？"我说："没有理想，理想就是每天不做自己不愿做的事，不看自己不愿看的脸色。"她说："你的目的达到了，我没达到。你有五万块，我有什么？"我说："你拿了学位，这不是目的？"她说："这么难来一趟就拿个这破学位？"我说："五万块还分什么你我？我跟你发个誓，回去了，钱转到你名下去存！"她说："别说这么难听的话，我要你那可怜的血汗钱？那我也太缺德了。要想清楚的是你！不为了自己，也要为后代留一条路。你这一去，世世代代你都没机会在北美生根了。没有一个大的计划，谁会吃这么多苦跑到北美来，跑到北美来吃这么多苦？你不怕亲戚朋友笑你，还要怕你儿子抱怨你呢。"我苦笑着摇摇头："人到底欠了多少债到这世上来的！儿子毛也没抓着一根呢，债就欠上了！为了让亲戚朋友有我生活在天堂里的幻觉，我得扼杀了自己苦做苦熬下去！"

翻来覆去说到深夜，两人都疲倦了，情绪也平静下来。你一句我一句慢慢地说。最后发现她不再作声，原来已经睡着了。灯光照着她的脸，孩子似的光鲜鲜一张脸，白洁，柔顺，眼角隐隐还有着泪痕。我望着她，心中都是爱怜，却毫无那种骚动不安的欲望。这种情绪使我感到有些异样。几个月来，只要和她在一起，我不管表面多么平静，内心总乱糟糟地潜伏着饥渴，像有一只饥饿的兽，在沉默中等待着那最后的一扑。现在我更希望的是和她平静地生活在一起，那种饥渴的欲望倒不那样强烈了。我奇怪自己怎么变得有点高尚起来，把情欲也超越了。也许，这就是爱？

88

  对张小禾我没有把话说绝，我还想说服她，也想最后试一试自己是不是能够被她说服。白天她去了学校，我就跟个游魂似的在外面飘荡，带着麻木不仁的态度逛商店，或躺在草地上看白云在蓝天上漂流。上午十一点钟总忘不了赶回去，急切地想看看失业金支票寄到了没有。一个多月了失业金还没有寄来，我没有一分钱收入，内心那种空洞在渐渐扩大，是一种想要吞噬点什么的饥渴。在这双重煎熬之中我的心几乎要承受不住。我怕自己会突然就神经了，在内心提醒自己冷静，又把"八八六十四""日照香炉生紫烟"含在嘴里念着。又安慰自己："再怎么样，银行里还有三四万块钱呢，神经了那钱也不知归了谁去。"怕有什么万一，我写了张遗嘱夹在存折里，说明这钱一万块给张小禾，一万给林思文，其余都归我父母。终于有一天，失业金中心的信寄来了，我按捺着紧张激动，慢吞吞拆开信封，抖出一张黄色的支票，六百零二块钱，两个星期的。我到皇家银行把支票兑了，计划着领了失业金，再到哪里赚点钱，我就够了，多的我也不想要了。

  我在春天的太阳底下走着，空气被阳光染得暖融融的，有了点夏天的气象。我沿着央街一直往南，慢慢地走看着街景，不断地有黑白各种面孔从对面晃过来，又晃了过去，小车来来往往永无止息，满眼的广告牌展现着挣扎着的繁荣，空气中浮漾着一种沉闷的喧嚣。我想着这就是人间了，这人间又给我一种不真实的感觉，我像在参观许多世纪以前或许多世纪以后的某个陌生的城市。可一步步踩着地面的那种踏实感又使我清醒地意识到，这就是人间，这就是多伦多，这就是现在，这就是现在走在多伦多大街上的我，我正在这人间活着。

我不时溜到街旁的商店去看一看，也不买什么，看一看也有一种奇怪的满足。我不敢进到太小的店中去，里面只有几个人，老板望了我笑，或走过来介绍商品，我心里就紧张，觉得对不起他。又遗憾自己没有很多的钱，不然哪怕一样东西用处不大，买了心里也有点畅快。看到街上那么多小车来来往往，想着自己到北美也快三年，没有过过开车的瘾。大家都说开了小车在高速公路上跑，才会真正理解北美，这话我相信他们的。如果跟了张小禾不回去了，马上就去买一辆七八成新的车来，也享受一下北美生活。周末带了她开出几百里，到风景如画的山边去露宿。想着这些似梦非梦，不知不觉已过了前街，快到安大略湖边了。猛一抬头，看见阳光下那一望无际的蔚蓝，我心里一惊，收了脚步，心想，留着这一片景色带了张小禾来看，一个人就这样看了，太可惜了。我不再往那边望一眼，转了身急急地往回走。

等她下午回来，我说晚上到湖边去玩，她果然很高兴。几天前我和她讲回国去的事后，两人都回避着不再触及那个问题，好像就这么过去了，一切照旧。看上去她的情绪并没有受很大的震动，每天仍是笑嘻嘻的。我开始还惘有所失，想着她大概对我也无所谓，分手就分手。对这几个月来的感情究竟是怎么回事，是不是真值得自己这样痛苦，也有了点怀疑。想到自己曾想象她会哭得死去活来，哀痛欲绝，就非常惭愧。但她对我态度依然如旧，并没有在悄悄冷漠，心里又迷惑了，不知她到底是个什么想法。早早地做晚饭吃了，我用单车搭了她去湖边。她仍然习惯性地从后面伸过一只胳膊，把我的腰挽了，头轻轻靠在我背上。远远看见湖她就欢叫了，在后面高兴地叫。我停了单车，她牵了我的手往湖边走，指着路边草地说："你看，这么大绿茵茵的一片，看了心里也舒服，回去这些地方说不定就是一堆垃圾，西瓜皮，死老鼠。"我说："你抓紧机会做我的思想工作吗？"她笑了，把我的手紧一紧。她又指了一幢房子说："只要自己努力，有一天到这里面去扮演一个角色，也不算稀奇。"我一看，是 Sailing Club（帆船俱乐部），说："算是一个远大理想吧，真有钱花不完的那天，总要想这样一些办法，不然还不会愁死了？"她说："说愁也不愁，存到银行里也可以。"我说："好，就过那个数字的瘾。当老板的人都有这个瘾，亿万富翁吃不完用不完他还要赚，为了什么呢？他每天比我还愁。"她说："你有五万就不愁了。"我说："其实谁又能活一万年呢，洛克菲勒一餐也只能吃三碗米。"她说："别说别人，自己多超脱似的！你就有这个瘾，捧着个存折翻来覆去地看，脸上的褶子都笑出来了。那是庄稼吗？多看几遍那钱又不会往上长。"

我们在湖边的草地上坐下来看湖。湖水一波波涌着，拍打着堤岸。夕阳下金波一片中白帆点点，是游乐的帆船。张小禾说："有人说天晴了可以看到美国。"我说："别扯，谁有这么好的眼睛，望远镜也不行，孙悟空还差不多。湖大着呢，差不多算个海了。"草地那边有个白人姑娘，二十来岁，美得出奇，身材也特别好。我忍不住望了几眼，张小禾眼睛瞟着我，似大有深意地点头微笑。我不好意思地笑了笑，说："笑什么，漂亮的谁也愿意看几眼，这不算心术不正，可以理解。麻木不仁那才是有问题呢，是死人一个。"她说："要耍了流氓才算心术不正，不过也不算，可以理解。一切的一切可理解就完了。想回去也可以理解，杀个人也可以理解，连可以理解也可以理解。"我笑了说："到底是留学生，说话就是水平不同，听得我似懂非懂的。"她说："笑我干什么。"草地那边又转出一个黑人小孩，三四岁的样子，特别的黑。那姑娘迎上去，小孩就伸了手让她抱了。张小禾努努嘴要我看，我说："怎么回事？"她说："那是她儿子。"我说："怎么可能？"她说："怎么就不可能？"我说："她是个白人，再说，她还小呢。"她说："你看就知道。"我再去观察，看那小孩很娇纵的神态，就相信了，不由得叹口气。张小禾说:"我知道你心里想什么。"我说:"可惜了。"她说:"要是她轮到你手里就不算可惜。"我笑了说:"张小禾你以后煮什么吃放点小苏打。"她警惕地问:"小苏打?"我说:"碱性,可以中和一下。"她拍打我说:"你又讽刺我,又讽刺我。"我说:"事不关己,高高挂起,我们还是看湖。"

　　天色渐渐昏暗,湖面苍茫。忽然间,点点灯光在湖面闪亮起来。码头那边有船在靠岸,一片隐约的嘈杂声贴着水面飘过来,人影在灯下闪烁,是那边岛上夜归的游人。张小禾把头倚在我肩上,一只手揽了我的腰,两人好久好久都不说话。天完全黑了,月亮也分明了,把一点轻浅的光投到人间。风吹得周围的树沙沙的一片碎响,暖暖地把我们掠过。我说:"我无法抗拒这夜的诱惑,有意见你骂它吧。"把她的肩朝后一扳,两人就并肩倒在草地上。她侧过身子,把脸埋在我的颈中。我和她接吻,实在忍不住手也摸索起来。坚持了这么久的界限,想也没有想,不知不觉就突破了,也不觉得有什么,只觉得原来那种坚持,实在也不能证明什么。她顺从着,一点矫作的反抗也没有,手把我抱得更紧,说:"你的手平时也不见得那样灵活,就会做这些,真的是只老手。"我说:"今晚我不睡在自己房里好不好?"她说:"好,这天气外面草坪上要睡也能睡了。"我说:"我睡到自己房的隔壁去。"她说:"好,不过睡在浴池里小心着凉。"我说:"那边隔壁。"她说:"不好!又没有登记结婚。"我说:"这里都是先结婚后登记。"她说:"加拿大你什么都没学着就学了这一招。"我说:"一定要登记了才能结婚?"她说:"就是,中国人嘛。"我说:"到那天登记了我们一路跑回来,好不好?"她在我怀中笑得直颤,说:"想不到你灵魂这么肮脏。"我笑了说:"这么肮脏的灵魂你还想跟它结婚!"她用额头碰我的额头说:"谁说想跟你这肮脏的灵魂结婚了?"我说:"哦,是想跟我的肉体结婚。"她笑得更厉害,更用力地碰我的额头。我用手掌隔开说:"傻瓜瓜,碰疼了,你自己还更疼些。"她还是对着我的手掌一下下碰着说:"谁叫你欺负我!你是狗嘴里吐不出象牙来。你的这嘴是不是狗嘴?"我说:"我自己也不知道这嘴是什么嘴,反正这嘴就是刚亲了你的嘴的嘴。"她用额头来碰我的额头,说:"癞壳子,你承认自己是癞壳子!"我连忙用手掌隔开。她说:"你这个人不算坏。"我说:"又说我欺负你又说我不坏,才知道不坏就是要欺负你。今天晚上我还是想真的欺负你一次,又不知你肯不肯!"她直摇头。又说:"刚才你用手隔开,手掌对了我,手背对了自己,证明你这个人不算坏。"我说:"你不说我自己也没觉得,你观察这么细,将来怎么得了,我一举一动都要想过了才敢做。"又搂紧了她说:"你怕不怕?"她说:"不怕,你又不是别人。"我说:"到处这么黑,等会儿有人拿把枪来,把你抢走,你不怕?"她说:"那归你负责。"我说:"你当我是什么呢,拿枪的也不怕?报上天天登着有人被抢了,等会儿那边就跳出一白一黑两条大汉来。"她说:"别吓我,我一点也不怕,跟了你我有安全感。我从来没有晚上一个人到这些地方来过。"我站起来,把她也拉起来说:"回去,天都凉了。"她说:"就知道你怕起来了。"我说:"小心点好,要是我一个人,在这里睡一夜我也不怕。"

到了家我说:"我先去洗个澡。"她说:"快点。"洗澡的时候我想:"这'快点'是个什么意思,刚才在湖边把她的情绪惹上来了吗?"洗了澡,我穿了短裤,赤着膊到她房里。她坐在椅子上,看了我说:"快去把衣服穿了,好怕人的。"我以为她装羞作态,把身子拍得叭叭地响,说:"怕什么,这么健美。"又把胸肌鼓出来,捏一捏说:"看,肌肉,肌肉呢。"她把身子转过去说:"不看。"我又把大腿拍得叭叭响,说:"你敢不敢转过来,I will show you something.(我有一样东西给你看。)"说了这话我自己心直跳,我敢吗?她转过头来,我马上做出一个造型动作,问:"你看我这像李玉和吗?"她闭了眼说:"不看。"我放下双手准备去穿衣，她睁开眼，我马上又恢复了造型，说："看！还是看了吧。"她神情已经变了，说："去穿了衣服来，跟你正经说件事。"她的严肃使我大吃一惊，一时觉得无地自容，赶紧跑了出去。

我穿好衣服过去，抱歉地朝她笑一笑。她说："坐下。"我摸着床沿坐了，她拍拍椅子说："坐这里。"自己又搬一张凳子在我对面坐了。平时她和我说话都是倚在床上，今天可怎么啦？我想缓和一下气氛，"嘿嘿"笑几声说："今天怎么了？张小禾也有个严肃的时候，我心里倒直想笑。"她嘴唇微微张合几下，又轻轻咳嗽几声，看来她早已预设了这次谈话，却又有点难以启齿。她说："坐好点不行？"我说："我坐得歪七歪八了吗？"又笑一下，把手平放在腿上，挺直了腰，想象着幼儿园小孩的认真神态在脸上表示出来，又忍不住笑了。她说："别开玩笑。"我忽然觉得她今天有点失态了，有什么话吞吞吐吐不敢说，吹毛求疵找这些小事来拖延。

她嘴唇又微微张合几下，轻轻咳嗽几声。我看着那蠕动的嘴唇，心想："我刚才还吻过的呢，这会子怎么这样陌生？"这样想着我心里幻现出一些图画，嘴唇也动了一动，似乎感到了一点温润，又把舌头伸到嘴唇之间，夹紧了，又用力缩回去，反复几次。我终于忍不住了，说："要讲什么只管讲，反正是要讲的。"她眼睑轻轻垂下，避开我的目光，很费力地说："那我也只好说了。"我说："你讲。"她两眼逼视着我说："前几天你说你要回国去是不是最后的决定？"她背书似的说得飞快，好像稍一停顿，下半句就会被卡住似的。我没想到她会用这样的口吻和我谈这个问题。我说："这是下最后通牒了吗？"她说："你平时也还算直爽，请你今天也别拐弯抹角的，问你呢。"我说："张小禾的嘴里怎么会说出这种响当当硬邦邦的话来呢？"她盯了我说："问你呢。"我说："问我我自己也不知道，过了这半年一年再说。"她说："那天你说再想想再想想，想了这几天想出什么想法来没有？"我说："我原来想想想总会想出一个想法,想来想去暂时还没想出来,也说不定想到明天又出现了一个好机会。"她说:"你那天说的是对的,不会有奇迹。为了我,也为了你自己,今天晚上再也不要吞吞吐吐含含糊糊,把事情说个水落石出。越陷越深,害了两个人呢,特别是我。我已经被你害了。"我说:"这样讲我怎么承受得起——怪我今天太放肆了吗?"她指头指了胸口:"这里,这里!"我说:"你跟我回去不行吗?回去会要了你的命吗?"她马上断然地说:"不行,绝对不行!什么都行,只有这一点不行。我跟了你什么都行,只有这一点不行,你偏偏要逼我这一点!就这样回去了,我怎么向家里交代?"我说:"小禾你想想清楚,你首先要交代的那个人是你自己。你也不算什么特别厉害的人,以为北美有多么光明的前途等着你吧!那么多厉害的人,也就那个样子。林思文比你怎么样,也还不是那个样子。人家的社会随随便便让你出了头,他们是傻瓜吗?你以为加拿大的钱是个好赚的东西!"她说:"孟浪你说的全部都对。要是我只是我自己,我就听了你的话,跟你走了。至少我得到了一点,我自己结婚没有勉强自己的心,没有要自己的心妥协,这太难了,一百个里面也不知有几个没有。这对一个女人就是幸福的一大半了,我不懂吗?我不愿自己幸福吗?可我自己哪里又只是我自己!为出国我奋斗了两年多,工作也丢掉了,这都不说。就这样两手空空回去,朋友也要笑我,家里也要骂我。我家里一封信两封信要我在这边生根呢,我姐姐正等着我把她弄过来呢,到现在男朋友也不敢找,都二十七了!摸着良心说句话,是你你会回去吗?你摸了自己的良心说一句!"

我歪着头说不出一句话,似乎什么都想到了,又似乎什么都没想。大脑中茫茫然乱糟糟无边无际的一片空阔。她催我说:"问你呢,是你你会回去吗?"我说:"是的。"她说:"是的什么,你说清楚。"我说:"张小禾,你今天晚上好厉害啊。"她说:"惯用的伎俩又来了,又转移话题，今晚我偏不跟你走，要问个明白。先不说厉害不厉害的话，只说回国去是不是你最后的决定？"我说："都把我逼到死角了。是又怎么样，不是又怎么样？"她说："是呢，我们俩这事就错了，白认识一场了。不是呢，我们俩的事就太对了，我一生也就这样甘心了。"我说："就有这么严重？"她说："那依你说呢？本来我跟你也没事，我没打算这样，开始是想有个能说话的朋友吧，不知什么时候开始，就这样了。"我说："你后悔了，你心里后悔了。"她说："那要看你。"我说："后悔你还来得及，本来我就配不上你，连我自己也没有信心。你要去嫁个有出息有钱的，我没出息，我从心里承认了自己没有出息！"她说："你说这样的话，狠心狼！"说着突然从凳子上一跃而起，扑到我跟前，头顶在我胸前，双腿趁势跪到地毯上，伏在我膝上痛哭，双手拼命摇着我的身子，仰脸望着我说："给我一点希望。我也理解你，只是你为我作一点牺牲也不行吗？我心里又少不得你，我人又不能跟你回去，我这心都撕成一片片的了。"说着又把头埋下去，伏在我膝上呜呜地哭，一会儿我膝上就是一片泪痕。她哭一会儿身子就抖动几下，我的身子也随着一颤一颤的。我拍着她的背又摸着她的头说："慢慢商量，慢慢商量，大家都再想想。"

她抬起头，一双哭红的眼睛望着我，可怜的模样叫人心疼。她说："又是再想想，你已经想了这么久，我都没有信心了。"又退到凳子上坐了，掏出手帕擦着眼睛，不好意思地一笑说："别笑我，我激动了。"我说："什么事也不急这一时，来日方长呢。"她说："来日方长我不觉得，要快点把问题解决了才好，才安心。"我说："两个人都想一个星期吧。"她说："就听你的。"我说："说不定到下星期你就想通了。"她说："说不定到下星期是你想通了。"我心里想："天啊天啊，这件事到底还是错了。"和张小禾结识，我一直想着是人生美妙的一笔，心中暗自得意，现在却分外的沉重了。

89

一个星期很平静地就过去了。那几天张小禾对我还是亲亲热热，没事一样。这种亲热使我非常不安，她并没有想改变自己的想法。如果她莫名其妙地生气，烦躁，对我来说反而是一种好的迹象，那样就预示着她在内心已经开始退让，她生气，烦躁，是想使自己作出的牺牲被我理解，在情绪上有所弥补。可惜她对我还是一如既往。在那个星期里我把自己跟她留在加拿大的可能性仔细考虑了一遍，还是否定了。那样我将在精神上漂泊终生，一想到这一点我就不寒而栗。

在那个星期里，她有几次询问似的瞟我一眼，我也微张了嘴，把眼珠转了上去反问她。于是两人都笑，也不点破。到了那个白天气氛有点紧张起来，我说些俏皮的话，她反应也是懒懒的。吃了晚饭她把调羹往碗里扔得"哐"一响，说："说吧，到时间了。"我说："怎么说呢？"她生气地一拍腿说："一听口气就不对。早知道就会是这样的了。"我说："待在这里我是不情愿的，我活不惯，我心里就是这样想的，我自己也没有办法。"她说："活不惯的人多了，慢慢大家也习惯了，没有像你这样过了三年跟三年没过一样的。我也知道你对我也就是那么回事了。"我说："不为了你真有个像样的前途我也会放弃了，为了你呢我不把话说死，可我总还要有条路走才行，总不能就东拼西凑找点事做就这一辈子，人总共加起才一辈子呢。"她说："说来说去，你还是先考虑自己，后考虑我们两个人。"我说："也可以这样说吧。可是如果我把这个话对你说呢？"她沉着脸，微噘了嘴说："知道你说话好厉害，最会堵我。"又说："有条路走你愿不愿意？"我说："行得通的我都愿意。"她笑起来说："你说在这里活得别扭，找不到自己的位置？"我说："你知道我这不是瞎说。"她说："你说你最怕看老板的脸色?"我说:"谢谢你理解我。"她很认真地说:"今天我不跟你开玩笑。"我说:"我没开玩笑,我是在心里谢谢你。"她说:"我有个主意,都想过好久了。去年我去北方玩,看见很多小镇上有中国餐馆,我们怎么不去开一家?那些地方世外桃源一样的,我就喜欢那样的生活。寂寞十年八年就够了,到时候把餐馆卖了,你想到哪里去我跟你去。年底我毕业了我们就去。你不是有几万块钱了吗?这比白手起家又强到哪里去了。几万块钱差不多也够买一家小餐馆了。"她说着拿出一沓《星岛日报》,"看,卖餐馆的天天都有,我们就去买一家过来。"我去翻看那些报纸,看她做了记号的那些地方。她还是兴致勃勃说下去:"你做了这几年的厨师,你有经验,你管内。我招呼客人,我管外面。我们也不要发财,也就是自己为自己谋份工作。又不看脸色,又自由,又有了收入。我有决心,你有没有?"我翻看那些报纸,头也不抬说:"这些报纸我都看过了。"我眼盯着报纸不敢望她,可我感觉到了那双眼睛惊愕地望着我。我又说:"这些事我也考虑过几百遍了,可以说掰开来细细考虑过了。"她艰难地问:"那你,你有什么想法?"我说:"你倒想得好,世外桃源!在那些地方待十年,中文报纸也看不到一张,中国人也看不见几个,我倒成了什么!中国话大概还能讲几句,中国字也还认得几个,跟个文盲也差不多了。十年过去了也许就有了一笔钱,可这笔钱对一个文盲有什么意义呢?人到底还是个人吧!人除了活得舒服还有点人的要求吧!"她说:"说来说去你还是要回去!"我低了头说:"我算特别没有出息的一个,我也不相信自己就能办好一个餐馆,也没有那份热情。不是那条虫就不要勉强去吃那棵菜。"她说:"今天算领教了你,好固执的人!我还打算要说服你呢。林思文和你分手,我总也想不通。怎么可能呢,这么好的一个人!到底还是有点实在的原因。对你这个人我是太,太——"我抢上去说:"太失望了。"她马上说:"失望已经不足以形容我的失望了。"我望了她笑,她说:"笑什么笑,没人跟你笑!一只猫呢,到生死关头也会下死命跳一下,你怎么就不能下死命跳一下?人到底还是个人吧!我还是个女的呢,也不怕。不是为了自己的心,我已经坐享其成当个太太去了,什么没有?我跟了你,只希望你也学学那只猫,到生死关头也跳起来一下!就这么没个刚性,我看错人了吗?看你这么固执我骨头里就恨,心里就扯着疼!"我说:"谁要跳也得到他自己跳得起来的地方去跳,不是说谁想跳在哪里都跳得起来的。我在这里跳就等于往沼泽地里跳,跳到里面就陷住了,还跳什么跳!"她说:"你回避挑战,你没有勇气,你不算个男子汉!"我说:"你这么说呢,也对。"我突然跳起来,疯子似的抓了她的双肩,把她拉起来推过去顶在冰箱上,拼命地摇她的身子,嚷着:"怎么就不能跟了我回去?跟你回南京也不行吗?会委屈了你这一辈子吗?"她闭了眼,任我去摇,眼角有泪渗了出来。我叹一口气,松开了她。

我退回去坐了。她摸了椅子慢慢地坐下去,忽地一笑说:"我知道了。"我说:"知道了就好。"她说:"我知道了。"我不明白她的意思,疑惑地望了她。她说:"我知道了,你是一个爱国者,不回去你心里不安,以为自己背叛了谁,你拐弯抹角不敢说出来。"我说:"爱国者你是说对了,绝对是个铁杆,这跟回去不回去没有关系。杨振宁也算个铁杆吧,他在北美活了一辈子。要说心里不安呢,如果我真是个人物,如果真有谁需要我,如果真有点什么需要我去承担,我会不安的。可惜我又不是个人物,回去了还要占一个位子,加重失业问题呢。我想回去只是为了我自己。我不是强者,我适应性差。寂寞我受不了,老板瞪一眼受不了,每天做自己不愿做的事受不了,有钱人白人挂在嘴角那一点微笑受不了。我要逃走,我从来不觉得自己是个强者。"她"哼"一声说:"什么强者,根本就是个弱者。"我点头说:"是的,是的。"她手指点着我说:"你骗了我,你骗了我!我还以为你是个男子汉。"我吃一惊,说:"我怎么就骗了你?"她看着我的神态,忍不住笑了说:"那天晚上!"我不明白她的意思,问:"哪天晚上?"她说:"救我的那天晚上,你把那个人打在地上。"她说着指一指地毯,"好有气魄的。现在再拿点出来。什么你都受不了,有一天钱多过他们了,还不轮到你笑?男子汉能屈能伸,今天你再屈一下,我陪着你,把牙关咬得铁紧去干,干!怕没有伸的那一天!"我说:"外面都是一些什么人,你知道?谁都在把命拼出来,出头轮得到我?做个梦呢,也要有个梦影子!"

她低了头,说:"那就没有希望了,没有希望了。你把命拿出来拼一次不行吗?"她突然站起扑过来,头往我胸前一撞。我忙站起扶了她,她用头顶了我的胸,双手抓了我的胳膊,带着哭声说:"我好恨啊,你!我心里好恨好恨啊!我真的不该认识了你,心里好惨好惨啊!"她又用头不要命地一下一下撞我的胸,撞得我透不过气来。又抓了我的头发把我一下一下往墙上碰,嚷着:"我心里真的好恨好恨啊!"她踢我的脚,指甲用力掐我的胳膊,说:"我踢你,掐你,咬你,我才解了恨!"又一口咬了我的胸,发出呜呜咽咽的声音。我忍了疼,手摸了她的头说:"你踢,你掐,你咬,我不说什么,这是应该的。"说着抱了她的头就哭了起来。她一把抱住我,伏在我肩头,放声痛哭,"孟浪,孟浪!"双手摸索上来抱了我的头。我也抱了她哭着,"小禾,小禾!"我们抱头痛哭,又在泪水模糊中拼命用力地亲吻,泪水流到了一起。她的手表硌着我的面颊,硬硬的一块,好疼,她用了那么大的力气。我吻她的眼睛,尝到了泪水的咸涩。她喘气着说:"孟浪,不分开不行吗?"我说:"行,行还不行吗?"她说:"那你留在这里了?"我说:"留吧,留吧,可是留在这里我能做什么呢,我是一个废人。"她猛地推开我,说:"我知道你归根结底还是这句话。"擦着眼泪不理我，委屈地抽泣着，低了头回到自己房子里去。我跟在她后面，说："慢慢再商量。"她说："我不喜欢听这句话。"进了门她突然用力把门一关，想把我关在外面，我连忙把一只脚伸到门缝里，"哎哟"一声。她松了手，在床边坐了。我在椅子上坐了。她偏着头，发出一声声绝望的叹息叫人心疼。我心中产生了一种要保护她的冲动，伸手想把她搂了，却被她挡回来了。

她拿支圆珠笔在桌子上一下一下地敲，在夜的寂静中声音特别分明。我也不作声，在心里默数着那声音的次数。数到五百下的时候，我心里忽然有点恨她："跟我回去真的受了那么多的委屈吗？真的要了你的命吗？"又一次绝望地去设想跟了她留下来的可能性。数到九百多下的时候，我想着已经沉默得太久，到一千下我就要找句话来说了。还没想好怎么开口，一千下到了，她也在心里默数。她把笔一丢，说："孟浪，你不知道我心里好恨你！"我说："我是可恨，是可恨。你不知道我心里好恨自己。怎么就争不来那口气！"她说："错就错在我不该搬到这里来，怎么就碰上了房东的熟人，知道了这里有房子。在图书馆多待一分钟也碰不到了。知道隔壁是个男的，我再犹豫一下就好了，偏又急着找，心里想反正不理他就是了，没想到却是你！命呢，谁又说得清楚是谁在安排，上帝他安排巧了也不能就巧成这样。上次也是，到移民局去第一次怎么就碰到了他。我得罪谁了，谁在阴毒我吧。"我说："我们朝前看，前途其实很好的，好多人都羡慕呢。你怕断了在这里生根的机会，就不怕断了在中国的根！想起这一点我也不敢不回去了。哪一条才是你自己真的根呢？"她说："孟浪，你说的话，句句都对。凭良心说我也认为你选择了回去这条路是对的，你待在这里会活得很痛苦。只是对完了还是不解决我的问题，你说怎么办？"我说："我说怎么办，你是知道的。"她说："问你呢，道理不解决我的问题，你说怎么办？"我说："张小禾你逼得好紧，才知道你好厉害。

怎么办？跟了我回去，保证你会幸福。"她轻笑一声说："仗着自己那几万块钱？"我说："还有我的心，我一生都爱你，忠于你，还不行吗？你不信拿条手帕来，我这就切了手指写份血书让你收了，可以不？"说着站起来到厨房去拿刀。她拼命抱了我的腰，呜咽着："我信了，我信了。信了还不行吗？"我说："你还要怎么样呢，一个女的？你的心到底有多大？是只天狗要把天地都吞了才够吗？"她说："我的心也不大，还没有你大。可是我就是不能回去。来一趟多难啊，现在都移民了，倒要回去？我也不知道自己留在这里等什么，也许没有什么可等。"我说："等什么你不愿说，等着过高级日子。"她说："那我也不能说一点都不是。凭着来一趟这么难，半条命搭在里面，我也不能这么就回去了。我家里还瞪了眼望着我呢。为了我出来，全家的钱都用光了。"我说："我明白你跟了我回去是为感情作了牺牲，我这心里明白，我会在这一生中给你回报。现在是考验你的感情的时候了。"她说："也可以这样说吧。如果我把这个话对你说呢？"我说："张小禾你好固执！我还有什么办法说服你没有？"她马上说："这句话应该是我对你说的。"

我也拿了那支圆珠笔，在桌面上一下一下地敲，说："我有个想法，不知对不对。"她说："你的想法反正都是对的，因为是你的想法。"我一笑说："感情这个东西，谁说是万能的呢？男女有了爱就够了吗？在绝对真实的感情之上还有一个绝对真实的现实。"她说："看了你说我早就想说这句话了，只是说不了这么好。"我说："感情是瓷的，现实是钢的。瓷那么硬也碰不过钢。"她望了我，眼神忧郁而凄凉，说："怎么办你到底最后说一句。"我铁着心说："跟我回去，你答应了我你就是救了我也救了你自己。"她平静地说："到底还有第二句话没有？"我不作声。她伸出双手做了个掐的动作，说："恨得我啊，恨不得就这么掐了你的脖子，从里面挤出一句话来。"比画着双手掐拢去。我说:"你不要逼我,让我最后想一想。"她说:"你想吧,想好了告诉我一声。我自己也最后想想,明天我就写封信回去,向家里要求一下,看他们怎么说,也许就让我顺着自己的感情走了。信来回至少二十四天吧。如果二十四天以后还没有希望,就没希望了。"我说:"一定要听你家里的吗?说不定你家里考虑问题也不那么周全。"她说:"我爸爸想问题想得深远。"我说:"不相信!至少在这一点上,你对你爸爸的崇拜和对我的不崇拜同样是没有道理的。"她说:"我暂时还不这样想。"我说:"张小禾,今晚我都不认识你了,好狠啊!"她说:"这样是我吗?我是这样吗?被你逼成这样。人呢,就是没有办法不狠心,人没有办法。狠得自己心里疼起来,也得咬紧了牙忍着。好残酷的世界,人没有办法,人别无选择。我倒想天天甜甜蜜蜜亲亲爱爱呢,可是行吗?总有个梦醒时分。早知道伤心总是难免的,又何苦一往情深,你说,又何苦?"我说:"你都把我看成什么人了,坏东西?"她说:"心里坏不坏,结果也是一样,把苦给人受。倒不如心里也是一个坏,干脆跟那个人一样,我心里还不会像这样刀子在一刀刀地割。"我心里一个冷战,站起来双手扶了她的肩说:"张小禾,张小禾。"她坐着不动,仰起脸望着我。我避开她的目光,喃喃地说:"张小禾,张小禾。"她忽然"扑哧"一声笑了。我说:"你笑什么,你笑什么?好怕人的。"她笑着笑着,闭了双眼,挤紧了,眼angle出现一线眼纹,下唇也慢慢卷进去,咬在牙齿之间。我看见一丝眼泪从她眼角渗出来,就用手轻轻抹去。又有泪不住地沁出来,我擦也擦不完。她身子不住地颤抖,牙咬着下唇一阵一阵地用力。我心里发抖,双手也抖起来,震颤着说:"还有二十多天呢,还有二十多天呢。"她的头慢慢垂下去,手轻轻移开我的手说:"你睡去吧,我也困了。"我在泪水模糊中看见她唇下一排淡红色的牙齿印,又看见一丝血从嘴角流出来,不忍再看一眼,揩了眼睛呜咽着跑了出去。

90

张小禾对我热情依旧,好像什么事也没发生。想起那天晚上的情景,我不敢再提这件事。好多次我都怀着一种悲壮献身的心情去设想在加拿大挣扎下去:就在餐馆打工一辈子吗?找个地方开家理发店吗?真的就去了北方小镇开家小餐馆吗?在那种悲壮心情的推动下,我心中几乎就要转了过来,准备接受这样的现实,最终在细想之下还是否定了。这种种选择与我的内心的要求相距实在太远了。我去唐人街租了《渴望》的录像带来,每天晚上等她写完了作业,就一起看一两个小时。

我在心中一天天数着日子,盼着她家的信早点来,又怕信来得太快。我说:"这时间好折磨人的。也不知道你家里收到信没有,都快十天了。到南京的信可能会快一点。"又说:"你爸爸妈妈是开通的人不呢?"她说:"在别的事情上是够开通的。这件事谁知道呢?"快有两个星期的时候,她情绪突然低沉了,录像也不看了,有一次看见她偷偷地抹眼泪。我问:"是信来了吗?"她说:"这么快,怎么可能?"我想着也不可能,说:"南京的信怎么这么慢呢?"她说:"信你就别问了,不看我也知道他们会怎么说。"我说:"那我完了。"她说:"完不完要问你自己。"我抓了她的手说:"跟我回去是要你下地狱吗?老子掐死你!"说着用力握她的手。她疼得"哎哟哎哟"地叫,我松了手,她说:"你下毒手,不叫我活了吗?"我揪了她的耳朵说:"冤家,冤家,天下这么大,怎么就碰上了你。"她说:"冤家路窄这话真的没错一点。"我说:"也别等你家的信了,你今天就判了我的死刑吧!你家的信等得我太难受了,还有十二天!"她说:"我倒要问你一句,你的想法改变了没有?"我不作声,她说:"别说这个,说也说不出个结果,挺烦人的。"

　　过了两天她的情绪又正常了。我在心里算计着，是不是真的到北方去看看，也许真的就到一个镇上办家餐馆去，先看了才知道是个什么意思。又想起自己到多伦多差不多两年，只去过千岛湖、蒙特利尔和尼亚加拉瀑布，也该去别的地方看看。一动心思就忍不住了，这天早上对张小禾说："在这里干等着那封信我过不得，我明天去北方玩几天，回来等你的判决。"我没说看看能不能办个餐馆的事，我想真有可能了，回来再告诉她，给她一个惊喜。她说："你也该去看看。"我马上就去灰狗汽车站买了一张通票，一百三十八块钱，十天之内可以在安大略省和魁北克自由地乘车。我把票拿给她看了，她说："也真该去看看，老是待在多伦多有什么意思。"我说："多伦多有意思的地方又不敢去，夜总会几百块钱潇洒一次，只敢蒙在毯子里想一想。"她说："说不定有一天你可以自由出进，你又不去争取！"我说："明天我要去了，今天你该给我一个安慰吧。我不管三七二十一，反正到时候就钻进来了，我那么老实，总是忍忍忍的吧！"她笑着摇头，嘬着舌尖吐出一个长长的"不"字，又说："谁叫你那么固执？"我故意生气说："还有条件，还有条件！"她说："便宜了你，我怎么办？"我笑了说："反正到时候我不走，一倒下去就睡在那里了。"她撒娇似的说："知道你不会的。"我说："我不会，我真的不会，到时候你看我会不会。"

　　吃了中饭她背了书包去学校，下午有两节课。我吻了她，放她去了。走到楼梯口她望了我迟疑着想说什么，又一笑，下楼去了。出了门，过几分钟又回来说："今天我早点回来，你别出去了。"说完头也不回，"咚咚"地下楼走了。

　　五点钟她回来了，买了肉肠和草莓酱，还有烤得很好的面包。她笑吟吟地说："今天你跟我走，出去玩去。"说着进了厨房，拿了几听可口可乐和几个苹果。我问："到哪里去？"她说："只管走就是，这么好的天气。"把东西塞在我手里,又去房里收拾几分钟,挎了个包出来。我听她的吩咐,单车载了她到学院街地铁站。我问:"往南往北?"她说:"往北,把单车也带上。"我也不问,推了单车下了往北的入站口。坐在车上她口里不停哼哼地唱,我说:"欢什么欢,死活还不知道呢。"她瞟我一眼,哼得更欢快些。我说:"你还小吧。"她笑而不语。到了最北边的芬治站下了车,我扶着单车上了电动楼梯,她一手提着食品,一手扶在单车后面。出了站又沿着央街一直往北,又骑了好久,转了几个弯,我说:"出城了。"她说:"出城才好。"我说:"回来的路也记不得了。"她说:"到晚上一片灯火那边就是多伦多,丢不了你。"再往前骑,没有了房子,到处都是大片的玉米地,几台不知名的农业机器停在那里,看不见人。我说:"都到乡下了,还到哪里去呢?"她说:"到去的地方去,没人就好。"我说:"没人好,没人我想干什么就干什么,真的我忍不住要做那见不得人的事了。"她问:"那你想干什么?"我说:"你自己心里知道,就是那些你也想的事。"她一根指头在我腰上戳了一下。路边有家小餐馆,我说:"看看乡下餐馆是什么样子。"我们停下来进去了,正是晚餐的时候,里面有几个人在喝啤酒。侍应小姐甩着金发走过来想招呼我们入座,她连忙一捏我的手,退了出去。又骑了车,我说:"不要说到北方去,在这里也会寂寞,都被世界忘记了,人总要有个文化背景。"她说:"在多伦多谁又记得你,回国去谁又记得你?"再往前去,张小禾指着前面远远的一座山说:"到山脚下去。"我说:"你就不怕强盗,天一黑,袜子套在脸上都从山里跳出来了。"她说:"你在说《水浒》吧,这里没有强盗,强盗都在城里。他们和你一样怕寂寞,哪怕是个强盗,他也要文化背景。"她说着又要我停了车,跳下来,把袋子塞到我手里,也不说话,钻到玉米地里去了。一会儿听到一种轻微的响声,我知道她在干什么,弯了腰斜着头去看,也看不见什么。我大叫一声:"我来了,我真的跳进来了!"她钻了出来,我说:"捉蚱蜢子呢。"她只管笑。我说:"哦,是浇地,浇地。"她说:"就想撕了你这张嘴,好痞的。没有几个人是你这样痞的,还算个知识分子。"我说:"也没有几个是我这样不痞的,凭良心说!"

　　再往前骑,野旷天低,四下无人,鸟儿虫儿发出极和谐的鸣奏。微风吹过,无边的绿浪从远处一波一波传过来,又一波一波传往远处。在玉米地中穿行,我觉得自己是浮在绿色的波涛之上。我知道自己是在时间里行驶,它正迅速地离我而去。到了山脚下,张小禾要我沿着环山的小路一直往前。我说:"离多伦多有几十里了。"她说:"找个好地方!"我说:"找个好地方干什么,办什么好事吗?"她在后面不作声,我自言自语说:"又假装听不懂。"她使劲捅我腰一下,车子一晃,差点把她摔了下来。找到一大片草地,我们停了下来。草地边上有三四座农民的房子,一道溪水从草地中间蜿蜒过来。张小禾从包里抖出一床毛巾毯,铺在地上,两人坐了。我说:"坐在草地上还舒服些。"她说:"那你坐到草上去。"张小禾掏了溪水去喝,我说:"别喝那水,有可乐呢。"她喝了水,又洗了脸说:"好舒服。加拿大的水,放心喝就是,随手捧一捧也抵得国内的矿泉水。"我说:"饿死了!"抓了袋子打开,掏出面包想往嘴里塞。她说:"像个饿牢里放出来的!"我说:"哦,哦,还要来点诗意。你看这山这水这云这夕阳这草地,可是我还是饿了。"忽然又省悟了,把面包放回去,搂了她说:"最浓的一点诗意还在这里,你是眼前这首诗的诗眼。"她顺势倒在我怀里,一把搂紧了我的脖子,动作中有一种狠劲,使我吃了一惊。我说:"轻点。"她却搂得更紧。她吊在我脖子上,两人接吻。她特别投入,好大的力气,闭了眼啧啧有声,把我都咬疼了。我说:"脖子酸了。"她松开手,躺在我怀中,有点急促地说:"孟浪,孟浪!"我低头望了她,问:"怎么呢?"她却转了眼去望天。我说:"天老看有什么好看的,飘来飘去还是那几

我偏不让她抓,双手抓了她的腿扛了她在草地上疯跑,一颠一颠的,嚷着:"骑高马!骑高马!"

片云,也不望我一眼。"她仍望着天,说:"云其实挺近的。"我说:"远的是人?"她说:"也说不清楚。"

我要她站起来,她说:"让我再躺一下。"脸贴了我的胸,闭了眼不作声。这样沉默了一会儿,我说:"站起来,有个节目。"她说:"别作声,最后一下。"一会儿她睁开眼说:"听见水响,还听见你的心跳。"又站起来说:"干什么?"我走到她身后说:"两腿分开,不准往后看。"她迟疑着照办了,我突然蹲下,伸了头把她扛了起来。她吓得要命,说:"会要倒了,会要倒了。"双腿夹紧了我的脖子,伸了手要抓我的手,我偏不让她抓,双手抓了她的腿扛了她在草地上疯跑,一颠一颠的,嚷着:"骑高马!骑高马!"一边左右晃动。她伸了两只手在空中乱抓,把身子弯下来贴着我的头。我还是疯跑着乱晃,她急了说:"抓你的头发了!"就抓了我的头发,得意地说:"你再乱动,只要你不怕疼。"我一晃身子,头发就扯着疼,于是不再晃,手伸上去让她抓了,在草地上慢慢地走。夕阳西斜,花香鸟语,清风徐来,熏人欲醉。她右手一挥一挥的,神气地直着身子吆喝着:"驾,驾!"她吆喝一声,我就快跑几步。她又嚷着:"嗬,骑大马!嗬,骑大马!"我说:"你高些,太阳落到山那边看见没有?"她说:"看见了,一个红太阳又大又圆。"我说:"山里面住着神仙看见没有?"她说:"看见了,一个红胡子,一个白胡子,都拄了杖,在走呢。"我说:"穿了西装吗?"她说:"还打了领带。"我说:"吵起来没有?"她说:"打起来了。"我说:"到底谁抢到了那把宝剑?"她说:"红胡子。"

我放她下来,她说:"开饭!"她把草莓酱涂在面包上,厚厚的一层,又把肉肠拿出来,吃一片,切一片。我就着可乐,囫囵吞了一个面包,又抓一根肉肠往嘴里塞。她说:"看你吃东西哪里就像个文人,额头上筋暴暴的。"一时吃完了,我又拿了苹果到溪边去洗。她说:"别洗,那水里污染了,有毒。"我说:"加拿大的水随手捧一捧都抵得矿泉水。"我吃着苹果又说:"这蛇果苹果艺术品一样的,我刚来都不忍心吃,这里一块钱就四个,前几天《星岛日报》上登了,深圳十五块钱一个,算超级享受。"她说:"知道自己的钱是多少了吧,你还以为几万块钱回去了是笔巨款,几个苹果就买完了。"我说:"十五块钱一个苹果,他是拿刀杀我,我不吃他就杀不成了。在这里多吃几个,记得蛇果是怎么个意思就行。"这时天色开始昏暗下来,我说:"这水边生蚊子,天黑了会有蚊子咬人的。"她说:"加拿大没有蚊子。"我说:"没有蚊子?在纽芬兰看见好大一个的,都带了骨头。"她说:"又造谣了,加拿大得罪了你吗?"我说:"造谣我也是王八,不信到纽芬兰去,抓几只给你看看。不过那蚊子不咬人倒是真的。"她说:"加拿大蚊子也好腼腆,在家里小蚊子从纱窗外面透过来,咬得人直跳!"我一只手在自己胳膊上慢慢地搓,搓下一粒灰疙瘩。又抓了她的胳膊搓着,说:"有灰了。"悄悄把那粒疙瘩搁上去,又搓几下,把灰疙瘩示给她说:"看,搓出这么大一颗灰粒子。"她吓一跳说:"怎么会呢,从来没有的事。"我在夜色中忍不住偷笑着,说:"你自己摸,这么大一颗,是假的吗?你该洗澡了。"她手摸到了,受了电击似的马上又扔开说:"啊呀,啊呀!"我抿了嘴窃笑。

  天渐渐黑了,农家房子的灯远远地亮着。草丛中的虫儿在不知疲倦地鸣唱,溪水的轻响在夜中听得分明,不知名的鸟儿偶尔发出几声酷似人声的悲怆的鸣叫。月亮在云中轻盈地飘荡,星星像被一只无形的手突然抛洒出来,瞬间便布满了天空。我抬头望着月亮在疏淡的云中穿行,忽然跳起来说:"给你表演一个月亮的节目。"说着摆手摆脚,笨拙地走着同边步,一边唱:"月亮走,我也走,月亮走,我也走。"她笑着跳起来,把我推在草地上,双手在我肩上扑打。又抓紧我的双肩,冲动地叫我:"孟浪,孟浪!"我们并肩躺在毛巾毯上,她枕着我的胳膊,两人望着星空,久久地都不作声。我说:"人这一生不能细想，细想就太可悲了，就灰心了。星星这样都几万年了，人还活不了一百年呢。"她说："谁能想那么多，不是自寻烦恼？烦恼还不够多似的！完了就完了，什么了不起呢。没有完还是要好好活一活，想太多是傻瓜。"我说："太对了太对了，现在才明白了人活着不是为了活着以外的什么活着。我想得太多，自以为高人一等，心里还暗笑别人懵懵懂懂过了一生呢，其实再一深想，对的是他们，傻的是自己。可又不能不想！"她说："想得多的人做得少，脑细胞都去想了。"我说："人想多了就觉得没什么事值得去做了，都太渺小了。"又望了天，觉得心中有无限涌动，又说不出来。

　　我牵了她的手在草地上慢慢地走，她说："都不知道自己活在哪年哪月了，脑子里像洗了一样，烦恼都洗干净了。其实心里知道烦恼还放在那里，没有动呢。"我说："别说那些，好不容易出来玩一天。"她说："不知道以后还有机会没有。"我说："机会多的是，天上明天会扔个炸弹下来把我们炸了吗？"又说："我去七八天就回来。"她说："给你买了熏肠、苹果，路上小心点。"我把她抱起来说："你这么好。路上我可真得小心点，家里还有人等我回来呢，是不？"她说："谁知道呢？"我说："我知道呢。"说着俯了身子吻她。她急促地说："孟浪，孟浪！"双手搂了我的脖子，脸贴紧了我。我左手托着她的腿，隔着裙子也感到了一种滑腻，一幅幅图画在我脑中飘来飘去，却捉不住。我冲动着，在她耳后根吻了一下，她身子在我怀中一颤，说："痒。"我头脑热了说："今天在路上你骂我什么？"她说："谁骂你了！"我说："又不承认，又想不承认！你骂我的嘴。"她说："你的嘴好痞的，早就该撕掉。"我说："要说痞我到处都痞，比起来嘴还算最文明的。"说着左手动了动。她沉默了一会儿，说："放我下来。"我把她放在毛巾毯上，她抱着膝不作声，抬头看月亮。我也抱了膝不作声，抬头看月亮。月亮在云中走得飞快，云层轻薄，波浪似的被月光照得分明，也挡不住月光，只在月亮上留下一点淡淡的阴影。在月光中我感到了一种气氛，含糊着询问似的说："嗯？"她也含糊地回问一声："嗯？"我握了她的手紧一把，再一次"嗯"了一声。她把手收回去，抱了双膝呆呆地盯着月亮，双手慢慢摸索下去，拔了几棵草在手上搓揉，揉碎了又丢下，又摸索下去拔了几棵，在手中搓揉，呼吸越来越急促。我说："月亮也回答不了你心里的问题，再说月亮也批准了。"张小禾也不看我，发抖似的说："我的心跳得好快。"我把她搂过来说："真的吗？看看！"说着攀了她的肩手一点点移下去，触着那柔软的一团，"真的跳得好快！"就捏住了。她忽然一头撞过来，顶着我的胸，把我推倒，身子顺势倒在我身上，急促地说："孟浪，孟浪！"我手扯一扯她的裙子说："不要了好吗？"她说："都这样了你认为要不要还有什么区别吗？"我翻身过去，她喘息着说："我还是投降了，我还是投降了。"我贴在她耳边说："我不是好人，今天我已经在心里演习过多少遍了，我不等了，我等不了了。"喘着气不再说话。

月亮静静地窥视着人间。

91

客车开出多伦多，我又犹豫起来，觉得还是应该晚一天走，可现在已经来不及了。

昨天晚上九点多钟，我载着她摸黑往回骑。我在夜风中骑得飞快，她在后面说："慢点，有人追你吗？"我和她说话，她不怎么搭理，只是说："小心骑车。"到家里她先洗了澡，睡衣裹了身子出来。我在水房门口等着，搂了她吻着，说："等我。"她奇怪地望我一眼，像是不明白我的意思。我说:"今天晚上……"她眼微微闭了,抿着嘴羞羞地一笑。我想她应允了,就去洗澡,一边想象着今晚将多么美好。洗了澡出来,看她的房门关着,正想去敲门,她打电话来说:"孟浪,我好困了。"就把电话挂了。我拿着电话若有所失,可头一触着枕头就睡着了。早上起来我去敲她的门,没有声音,以为她早早地去了学校。到厨房一看,我要带的几样东西都用塑料袋装了放在桌子上,摸一摸苹果并不冰凉,想着是她昨晚又出来收拾好的,又想着可能她今天起得特别早,放在外面已经很久了。狐疑着我又去敲她的门,还是没有动静,我不甘心又打了个电话,也没有人接。算一算再不走到蒙特利尔就天黑了,实在不能再耽误,背着包出了门。客车开出了多伦多我有点后悔,有了昨晚上那一幕,这事情又不同了。含含糊糊也没个明白话,就跑了出来。又抱怨她出去那么早,也不留张条子。

客车在高速公路上飞驰,我眼睛木然地望着路边永无尽头的矮树丛。邻座是一个黑人姑娘,一上车就掏出耳机听迪斯科,嘈杂的声音断断续续传到我耳中,身上那香水味也呛得我难受。我皱皱眉,也做不得声,想着如果是过道那边那个金发少女坐在旁边,感受可能会不同些。又想到也难怪白种人对有色人种有心理歧视,连自己心里都有呢,其实黑人社会地位还高过华人。这样想着又觉得回去是对的,在这里混什么混,精神上要窝囊一辈子。一时心里下了坚强的决心,回去再和张小禾讲一次,哪怕哭着求她呢。事情到了这个分上,男人的自尊再委屈一次,为了自己的感情委屈一次,也不算没有志气。我想象着自己把话再一次说了,身子慢慢蹲下去,就跪在那里了。她坐在床上不知所措,紧张得说不出话来。突然她扑过来,两人倒在地毯上滚来滚去号啕痛哭。她一次一次地抹着眼泪,微微地点了点头。想到这里我鼻子一酸,拼命睁了眼屏住呼吸,望着客车上的录像,把眼泪压了下去。三十几岁的人了,男人呢,什么事呢!

到蒙特利尔天已经黑了。本来打算好了到个朋友家去住一夜，打听到晚上十一点半还有一班从渥太华来的车去魁北克市，就改变了主意，准备连夜去魁北克了。蒙特利尔去年已经看过，皇家山，奥运村，看过也就算了。朋友告诉我，上下班的时候到银行区地铁站去看那些有着象牙细腿的秘书小姐，也算蒙特利尔一景，回来时再说吧。我坐在候车室看来来往往的人，又从包里拿出张小禾准备的东西来吃。打开塑料袋，里面竟还有一小瓶牛奶。我想着既然有牛奶，这些东西一定是今天早上准备的，她可能是第一节就有课，早早去了学校。这样心里轻松了一点，觉得自己疑神疑鬼的干什么呢，把自己也吓着了。

吃了东西想睡一会儿，可哪里睡得着。周围的声音听得清清楚楚，讲的都是法语，不懂。看表离开车还有两个小时，我出了汽车站，看见一方光亮特别大些，猜想是市中心，慢慢往那边走，每次转弯就记一下转回来的路线。到了市中心一片灯火辉煌，我马上注意到在灯下拉客的姑娘特别多，一辆辆小车开过来，停下，就有姑娘跑上去谈生意，一个谈不成，又有一个，然后上车去了。我坐在一个台阶上看风景，心里为这个世界悲哀，细想又觉得也只能如此，又还能怎样，再说也不关我的事，就释然了。我拿出照相机四下张望，等她们不注意，就远远地把这些灯下风景拍下来。这样照了几张，幸而无人发现。又信步往前走，看看街道夜景。在街边一块空地上，有人在表演，很多人围了看。我也过去看了，两个三脚架有几层楼高，上面一根横梁，垂下两根弹力绳索。一个男人系了绳索，在下面慢慢悠起来，突然弹上去，去抓那根横梁，几次都抓住了。观众中一个女孩子自告奋勇出来，套上弹力绳索，却悠不上去。那男人扶了她的腰，把她悠起来，突然一松，女孩箭一样射上几层楼高，发出刺耳的尖叫。观众都仰了脸看。快到顶时姑娘伸手去抓横梁，没有抓到，又尖叫着掉下来。我看得心里直跳，女孩却还要再来一次，尖叫着射了上去，抓了横梁，朝下面看，却不敢松手。下面那男人叫了一句，姑娘松了手，惨叫着掉下来，上下弹了几下，停住，又笑了。她解了绳索马上又有几个姑娘抢着要试一下。我不敢再看，从街上横过去往回走，看见一个门口贴了性感的招贴画，我想，跟多伦多不同吗？多了点法国情调吗？探头往里面看了一下，对着门是一个玻璃柜台，里面坐着一个人，正给人换一夸特的硬币，那人接了一捧硬币往里面走。我往里面看是很多隔开的小间，传来一片诱惑的呻唤声，明白了是投币小电影。玻璃台里的那个人伸了一个指头勾了勾，示意我过去，我笑着也伸了一个指头摇了摇。忽然头上有一点响动，抬眼看去，在昏暗的灯光中，一个姑娘身着长裙对我摆出一种挑逗的姿态，又两手把长裙打开，露出身体来，看不分明，转了一个圈，舞到里面去了。我心里骂一句："你引逗谁呢，骚婊子！"就退了出来。看着时间不早，一路跑回车站去。

　　用地图盖了脸在魁北克市汽车站过了大半夜，第二天去旅游区看了，有点失望。北美最有名的法国情调城市，也就那么回事，几条狭窄而低窗的小街就算是法国风味了。为了给自己一个曾到此一游的证明，我还是请其他游人照了几张相。在山上穿着古装的年轻人赶着马车过来招揽生意，我花了八块钱坐了马车下山，他还问我要小费，就给了他十块钱。下了山我想，一生有这一次也足够了，也没有再回头望一眼。在山脚下碰见一个成都来的留学生带了妻儿来玩，聊起来知道他在离魁北克市一百多公里的里穆斯基城读博士，星期天开了车到魁北克来玩。问起他多伦多留学生中几个有名的人，竟都没听说过，也从没看到过中文报纸。我说："那种地方你怎么待得下去？"他说："所以周末开了车到魁北克来。"我说："魁北克有什么好玩！哪里没有几幢房子几个人？"他说："你没在小城待过！"我说："魁北克看不见几个中国人。"他说："说英语都要受歧视，鬼才来呢。"他太太说："再待两年就活不下去了！"他儿子跑过来跟他讲法语，我问："他能说中文吗？"他说："在家里逼他讲几句，出来一句也不肯讲。"我给他们一家照了张相，看他们上山去了。

　　下午四点多钟出了魁北克城，沿着圣劳伦斯河而下，准备到大坨沙看溯流而上的鲸鱼。夕阳下一幢幢房子散布在河坡上，一片荒凉，使我想起远古的部落。时间在那一片宁静中已经失去了意义，似乎已经凝固，忽然又往前跃进了几百年，一切依旧。天黑了车停下来在一家小餐馆吃饭，我已经两天没吃中国饭，闻到了面包的气息，心里想吐。侍应小姐比起多伦多姑娘有些土气，又多了几分朴质，说起英语比我还差得多，才知道加拿大也有这样不开化的人。我要了一份西红柿汤一个汉堡勉强咽下去，溜到外面去看风景。有个人在洗车，我想起原来的打算，心中完全没有情绪，但还是过去打了招呼，问他小镇有多少人，有没有中国餐馆。他用不流利的英语告诉我，小镇上三四百人，没有中国餐馆。我听了有点失望，几百人的小镇不够维持一家中国餐馆。但又放了心，没有机会又是一件好事，做不成什么也怨不得自己。晚上十一点多钟看到有两个到大坨沙的人下了车，也跟着下了。下了车四周一团漆黑，并没有车站，近处连房子也没有，才知道下早了，连忙追上那两个人，问旅馆在哪里。一个人用含糊不清的英语要我跟他走，我满心狐疑，没有办法也只好跟了去。离了公路转了几个弯，到一幢房子里，才看清是两个老人。我又问旅馆，他们要我坐了，又去打电话，一句也听不懂。打完电话一个走了，另一个说："You can stay here for the night.（你今晚就睡在这里。）"我看他一个老人也不能把我怎么样，又找不到旅馆，还能省几十块钱，就答应了。问起来知道他叫海斯，是退休的海员，孤身一人。以前在海轮上做厨师，到过很多国家。他拿了相册给我看，相片都发黄了。他指了一个姑娘告诉我，那是他年轻时的情人，又告诉我哪张是在哈瓦那照的，哪张是在里约热内卢照的。怕我听不懂又翻了地图册给我解释。楼上有一点响动,我抬了头去看,心里神神鬼鬼的,想象着有个人抄了刀伏在那里,想等我睡了就跳下来,却不小心弄出了响声。海斯看了我的神色,连忙告诉我楼上住的是别人,他住楼下一室一厅。我告诉他停在这里是想看鲸鱼,他不懂英语鲸鱼这个词,我比画了半天,双臂做了游水的样子,又抬头做出喷水的样子。他明白了,告诉我自己昨天还看到了,天晴了才看得到,明天没有太阳出来。又说要乘了游览船到河中流去看才看得清楚,四十五块钱一个人。我听说这么贵,倒盼着明天没有太阳,那样没看到也就不遗憾了。他拿出一包意大利通心粉要煮给我吃,我连忙掏出一包方便面。他又拿鸡蛋给我,指了手中鸡蛋说:"Good for(有好处)——"笑一笑指了我的下身。我一惊,莫不是个同性恋者?我洗了澡准备睡在客厅沙发上,他叫我进去,已经架好了一张床。我心里不愿意,也不好坚持。心想,真是个同性恋者呢,我也不怕,打得过我么?一倒在床上我就装睡,他和我说话我也不理。一会儿他睡着了,我缩在毯子里想自己的心事,想着张小禾这会是不是睡了,是不是在想念自己?又想回去怎么和她相处,把已经开始的过程继续下去呢,还是悬崖勒马好像那天晚上什么也没发生?我很明白自己的心,已经开始的事不会就这么完了,有了第一次,就还会有第二次,很多次,可是,以后怎么办呢?

  第二天上午我独自去了河边,出门的时候并不觉得,到了河边才发现河上笼罩着一层薄雾,只看得见沼泽却看不见水面。我举起老人给我的望远镜望去,也望不清什么。听见了嘈杂的鸟叫声,像有一大片鸟在什么地方嬉戏,却看不见一只鸟。向天空望去,几只鹰在灰白天幕的背景上悠闲地盘旋。沼泽中露出许多岩石,我踩着岩石往中间走,终于走到尽头,看见了浅浅的流水,水中生长着海带质的生物,却都是很小的一棵。我手指点了水尝尝,咸咸的,离海还有几百公里呢。我又举了望远镜往水面望去,看了很久,镜头中出现黑乎乎的一块什么东西,顺流漂下去了。我想,就当是鲸鱼吧,可惜没有喷水。河风吹拂,四周寂静无人,我坐在岩石上,望着这一条大河。我想象着在人类没有出现之前,它就是这个样子,风在吹,水在流,鲸鱼在喷水。今天唯一不同的是有了观赏的人,这个人就是我。我不能设想大河流淌了无尽的岁月是为了我今天的到来。我想象着回到了几万年以前,眼前也是这一派景象,而我就坐在这块岩石上,俯瞰着人类未来的无尽岁月,无数的历史事变都是那么渺小而意义模糊。又想着再过多少岁月,我们今天就是古代了,那时的人把今天看成是荒蛮的时代。一时似乎连岁月尽头的人类终点也看得清晰透彻,洞若观火。心中忽然有了一种彻悟,一种看小天地万物的气度,觉得天下事再大也是小事了。一种巨大的宁静和安详从什么地方飘来,笼罩了我的心。一瞬间我觉得自己理解了佛,理解了那种超拔豁达,那种圣洁典雅,那种平和洒脱。其精义不是普度众生,它没有那种力量,而是传达一种面对世界的可能的生存态度,一种个人的解脱方式。我于是盘腿而坐,双手合十,平静地望着河水,心中漾起一种幸福的崇高感,渐渐化开扩大。一个人,就像这一派大河中的一滴水,有什么可苦恼可忧伤的呢?所有的苦恼和忧伤不过都是渺小的转瞬即逝的东西罢了,又何必到那牛角尖尖上去寻愁觅恨。这样生命存在的意义也变得暧昧,世事的纷纷扰扰也难以理解了。我感到了意识到了时间的喜悦和悲哀,感到了世事在历史的瞬间无论怎样轰轰烈烈或凄凄切切,其意义在时间的背景中都将渐渐淡化,以至化到虚空一片中去。这时又莫名其妙地想起了张小禾,察觉有了这一种彻悟之后,苦恼仍然还在那里,一点也没有改变地存在着,证明着这种彻悟的虚浮。在这个无边无际的宇宙之中,在无穷无尽的时间之流中,这苦恼连大河中的一滴也算不上,却是我这个人最痛切最沉重的生命感受，这种感受仅仅只属于我一个人。于是想到，世界是人体验中的世界，一个人只能从自己的基点去理解世界，这样才有了朋友有了亲人，有了祖国，这样那些渺小的平庸的转瞬即逝的痛苦和幸福才有了意义，这样那些终将化为乌有的事情还是值得去做，人间的一切才能够得到说明。关于生命，思索到了极限后，前面再也无路可走，只好回过头来面对仅仅属于自己的那些卑微琐屑渺小平庸的现实问题，这才是最富于生命质感的真实，虽然这真实是那样无可奈何地卑微琐屑渺小平庸。毕竟一个人还是要现实地生存着，即使他那么透彻地了悟了一切。对他来说，暂时的渺小的意义就是绝对的意义。既然没有可能阻止大限来临，既然时间无可阻挡地要到那一年那一天去，既然对世事无能为力，好好过了这一生就是最值得去思索的问题了。这样想着觉得世界变得简单了，那些宇宙人类的千秋万代的事情，都不是我这个平庸的存在有力量左右的，我所面临的只是属于自己那点可怜的事情。这一派大江席卷着时间滚滚而去，一切的感伤叹喟都是那么软弱那么苍白，可人的心灵却无法回避。人总是要回到自我生存的现实，这种现实对生命的遥想是一种刻薄的否定和嘲笑，正如这种遥想对生存的现实也是一种刻薄的否定和嘲笑一样。在这种否定和嘲笑的对抗中，我意识到了生命意义的神圣和意义的空缺。意识到此生的最后目标只能是活着，更好地活着，心有不甘想挣扎反抗却又徒劳无益，一步步接受了逼近的现实，逐渐地瓦解了反抗的愿望，心中充满了悲哀。想到这些我心中像遭到什么钝器猛烈的一击，身子不由自主地往下一挫。倏尔在心的远景中如有一点火花闪亮，发出"叭"的一声轻响，一脉激情游丝般蜿蜒而来，渐渐清晰。我迎着风昂起头挺直身子，望着眼前茫茫一片，作出了一种空洞的骄傲姿态。

　　正想着听到不远的地方传来了一阵嬉笑声，却看不见人。我举了望远镜顺着声音搜寻过去，看见一对白人少年男女搂了坐在远处的岩石上。我把镜头对准他们的脸，看见女孩的长发在风中飘荡。嬉笑声忽然停了，那少年的手探到女孩的衣服里去。我连忙移开了不再看，去拔了浅水中的植物玩。一会儿那边笑声又起，我忍不住又望过去，那男孩正举起一根指头比画着。我想："待不住了。"回到了老人家里。他不在家，门也没锁，想是专门为我留的。这小镇人真质朴，也不怕我拐了望远镜和别的东西上车跑了。他凭什么就相信一个陌生人呢？在沙发上睡了一觉，海斯回来了。我说要走，他还留我住几天。我说回头有机会了再来。在门口和他合了几张影，他又拿自己的照相机照了几张，互相留了地址，我就告辞走了。

客车沿河而下，一路风景迷人。圣劳伦斯河已经像海一样广阔，在太阳下也看不见对岸。沿岸很多小山长着翠绿的树，一直伸展到河中去，在水中留下青翠的倒影。汽车经过了很多小镇，每到一处我都查看当地的电话号码本，看有没有中国餐馆。我发现只要是上千人的小镇，中国餐馆必定是有的，大一点的还不止一家。这才明白自己并不是来考察的第一人，又佩服那些同胞的生存能力，只要有机会，没有去不了的地方。比起他们，我明白自己在加拿大不会有什么出息，更不用说发财。走了几百公里，小城小镇还是那个样子，超级市场商品陈列的方式和多伦多也没有区别。出了魁北克以后，再也看不到一个黑人，也没看到中国人。走了几百公里，这天晚上我在七岛港下了车，想从这里搭火车去拉布拉多城，那才是真正的北方。一问才知道去那儿的火车一星期只有两班，下一班车要在三天之后。去拉布拉多没有公路，那人建议我乘飞机去。我谢了他，找个小旅店住了一夜，决定明天一早往回走了。第二天上车之前，虽然我已经完全没有热情，但还是把七岛港的电话簿翻了一番，知道这个两万人口的法语城市，已经有了十一家中国餐馆。

92

　　坐了一天一夜的车，我回到了魁北克城。这时我领会到了通宵旅行的好处，省了时间又省了住旅馆的钱，困了在车上也能睡着。怪不得乘夜车的人并不比白天少些。在魁北克车站，我展开地图犹豫了好久：就这么回了多伦多呢，还是横插到安大略省北部去？这时我非常想吃一餐中国饭了。在七岛港上车以前，我想在车站附近找到一家中国餐馆，跑来跑去却没有找到。这种愿望一时变得如此强烈，使我感到焦躁，无法忍受。又省悟到人是多么脆弱，这样的小小痛苦也会激起如此沉重的感受。像跟自己赌气似的，最终我还是决定不回多伦多。我想着张小禾在等着我，但那封决定命运的信还要过几天才会到，回去了就那么干等着我太难受了。决定了之后我马上跳上了开往安省北部的客车，怕自己会意志不坚改变了主意。车开动了我心里有点高兴，觉得这也是对自己挑战的一次小小胜利。在车上我展开地图寻找下一个目标，决定到穆索尼镇去了，旅游手册上介绍说，那里在夏天有北极熊。我想，不走运看不到北极熊，看看詹姆斯湾也好。

　　第二天客车过了安省中部转向往北，中午在一个小镇停下来吃饭，我看了地图，上面竟没有这个镇的名字。下了车我意外地发现在停车的餐馆对面，竟是一家中国餐馆，门口英文的招牌下，有着"斜阳谷"三个字，周围是大树环绕，房子在阳光中染上了一层绿意。我闯进去，看见一个华人女性坐在台子上，没有客人。我用普通话叫道："老板娘，快弄点吃的，车要开了！"这几天老跟自己在心里说普通话，现在说出口来特别来劲，有一种奇妙的舒畅感。我点了菜，老板娘也不说什么进去了。外面开来一辆小车，进来一个人斯斯文文戴副眼镜，瞧我一眼，似乎感到意外。我说："老板吧？"他说："像老板吗？"

我说："这里能有几个中国人呢？"他在我对面坐下，问这问那，语气急促使我感到奇怪。我看见他头上汗都出来了，说："慢慢说，慢慢说。"他说："今天要说个过瘾，难得有个人讲中国话。"又告诉我这小镇上只有三个中国人，就是他们一家，儿子上幼儿园去了。当他知道原来我和他是一所大学的校友时，大大激动起来，一把抓住我的手腕说："今天无论如何不走了，明天还有车来。"我说："要去穆索尼看北极熊，看了还急着要回多伦多，有人等着我。"他说："北极熊有什么好看的，就是一只熊长了白毛就是了，熊你总看过吧。"他太太炒了菜送来，他说："再做份芝麻虾来，多下几只。"又笑了对我说："客人来了我就请客了。"吃了饭我要付钱，他说："还收你的钱！"我说："钱总是要付的。"他拼命推开我的手，说："你要付钱就是看不起我，当我一顿饭的客也请不起。"司机在车上按喇叭，我急着要走。他堵在门口说："晚一天走，就算你是做了好事，多待一天也不会就要了你的命。"他太太站在一旁静静地微笑。正拉扯着车开走了，他松开我说："对不起，明天买车票算我的事。一年有那么几个中国人路过，就算我过节了。"我说："那就打扰一天。"他说："你这么说我要羞死去了。"他领着我看他的餐馆，我问："请人没有？"他说："两个人就足够了，你以为这地方能有多少生意，给自己找份工作吧。"我说："找份工作要到这里来？总要发点小财。"他笑笑不说话。我说："你真能下决心，学物理的都得到学位了，说放下就放下了。不发点财干吗缩到这山里来？"他说："谁知道呢，一步就走到这一步了。"他太太在一边切菜，也不望我们一眼，很认真的样子。他引我到楼上去看卧室，有间房子只一张窄床，他说："今晚委屈你睡在这里了。愿意呢，你住一个月我都欢迎。"我说："三个人倒住了五间房，太浪费了。"他说："这一幢一个月租金一千块。"我说："到多伦多不宰掉你八千块，那才怪呢。"又说起自己这一趟出来也是想看看什么地方能开家餐馆，一路看了这么几天，没信心了。他马上说："附近倒有个镇，和这里差不多大，还没有中国餐馆。"要领我去看看，说："你真在那里开了呢，我就有伴了。"我好奇着答应了。上了车我问："附近是多远，还不抢了你的生意吗？"他说："五十公里。"我吓一跳说："不去了，太远了。"叫他掉头回去。他说："一会儿就到了，回来还赶得上晚上的餐期。"我说："我说着好玩的呢。"他说："那我们就去玩一玩。"到了那个小镇，我们慢慢开着车转了一圈，他一路指指点点，说房子租在什么地方好，又告诉我炉头、抽风机、电油炉等怎么进货，怎么安装，怎么能省点钱。我说："你斯斯文文的倒看不出！"他说："谁也是逼出来的，早几年我也没梦见自己有一天会开餐馆，一步步就走到这一步了。"回去的路上他问："怎么样？"我说："没有信心。一家人在那里怎么待得下去，整天就和老婆说话吗？"他说："那也是，没有钢铁意志是不行的。不过谁也是逼出来的。"我说："你们一家值得敬佩，我绝对不行。"他又问我回过国没有，打算什么时候回国，家里是否常有信来。我都回答了他，他说："你有多幸福你自己根本就不知道！"我自嘲地笑了笑，说："你都站稳脚了，你有多幸运你根本不知道！"我又问他可回过国，他说："十年了，八一年大学毕业就过来了，离乡背井都十年了。"我说："你忍性好。"他说："生意走不开。再说，也回不去。"我说："舍了一个月不做生意。"他说："生意只是一个方面。"握着方向盘看着前面的路，不再侧过脸来和我说话，渐渐的神色有一点严峻。车忽然开得更快，他眉头紧蹙，表情专注，像沉浸在某种回忆中，鼻翼的一丝皱纹也显了出来。

晚上九点钟，零星的几个生意也没有了。他上楼来叫我说："出去蹓蹓。"又吩咐他太太把鸡肉切了，等他回来炸鸡球，他太太点点头应了。出了门我说："这么点生意怎么维持？"他说："说了是给自己找份工作嘛。周末生意还好，天天这样还混得下去？"在黑暗中走着说着话,我感到他有什么话想说,欲吞欲吐的。我不作声,听狗在暗中叫,头上的树枝也俯下来透着阴森森的凉意。他忽然转了话题,用异样的口气说:"在这样的地方碰见我很奇怪吧?"我说:"奇什么怪,谋生嘛,捞饭吃嘛。有钱赚没有中国人去不了的地方,在魁北克省那边很多人在法语地区也要干呢。"他说:"我是逃到这里来的,我想躲开一切的人,可躲开了人我又太寂寞了,我这一辈子就这么完了。"我吃一惊说:"说什么完了,这么谦虚,我还恨自己没有这份勇气走到你这一步呢。"他掏出烟给我一支,点着两人抽着,说:"你不知道。"我说:"加拿大有什么事要逃呢?杀过人吗?"他说:"你不知道。"又沉默了。我看他把我当个朋友,就把张小禾的事告诉了他,他听了说:"兄弟,劝你别往里面栽,到以后热情平淡了,你就后悔了,她也后悔了。你人活着自己撑不起来,她凭什么佩服你一辈子?女人要变起心来,那是门板也挡不住的。要相信人性,别相信自己的心,自己的心有时也被一时的热情哄着了。"我说:"你说的绝对都是对的,只是有时候这心它不听自己的使唤。"他说:"那就要等着倒霉了。"又说:"我说得太严重了吧?"我说:"排除了感情一想是这么回事,可是又排除不了。"他沉吟了一会儿,很坚决地说:"你把我当个朋友,我也不瞒你说句话。"我"嗯"一声,也不催他。他说:"我太太你看见了?"我说:"挺漂亮的。"他说:"她原来是我哥哥的女朋友,也可以说是我嫂子了。"我吃一惊装着不经意地说:"你哥哥出什么事了!"他说:"没有,还在国内呢。"他说了这句话,再三要我别吃惊。我说:"我这么大个人了,什么事没听说过呢。"他向我讲了自己的故事。

八年前他在哈利法克斯完成了硕士学业,到多伦多找了一份工作,凭这份工作申请到了绿卡。那时他哥哥是国内一个研究所的工程师,拼命想出国却怎么也摸不着门径,急切中终于想出一个绝招,写了信和他商量,要将自己的女朋友由他办假结婚申请过来。他知道哥哥都快结婚了，开始不肯，经不住哥哥再三催促，只好应了。他在唐人街找律师出具了未婚公证书，寄回国内和那姑娘办了结婚手续，都是他哥哥找熟人办的。那时他已经办好了专业移民，向移民局申请了，等了一年，那姑娘探亲过来了。原来的打算是等她有了绿卡，然后离婚，再由她申请哥哥过来。这一切都做得绝密，对朋友也说是嫂子过来了。两人住一层楼，每天平平淡淡说些话，一起做吃的，并没有非分之想。几个月后，有一天忽然感到自己见了她心就跳，脸上也不自然起来。这种不自然会传染似的，也传给了她。终于有一天，他去水房解手，推开门听见她惊叫一声。他愣在那里瞥见她坐在浴池中，双手抱在胸前，两腿拼命夹拢，又一只手扯了毛巾盖住身子。当她扯毛巾那一瞬他看见了生动的胸，血往头上一涌。这时才反应过来，马上关了门退出去。站在门口又有一股强大的力量促使他推开门，衣服也没脱就跳到浴池中抱住了雪白的裸体。在手指触到那身体的一刹那，他清醒了，跳出浴池，衣服湿淋淋往下滴水，使劲抽自己的耳光说："我糊涂了，我糊涂了！"可池中的女人冲出来，拼命地扯住他的手，抱紧了他的身子。他直挺挺地站在那里，放声大哭。从那天以后，他哥哥他家里的来信，拆也不拆就烧掉。几个月后，她怀孕了。嫂子忽然成了妻子，他无法把这件事向朋友说明，便一声不响地离开了多伦多，到这里来了。

他讲了一个多小时，讲完以后他说："这件事我绝对后悔了。我从此和父母断了音信，他们大概也知道怎么回事吧。这一辈子也不想回国了。"又问我在多伦多是否听说过这件事。我说："谁听说过呢，都这么多年了，人也换了几批了。"他说："那有一天我还有出去的希望。"又说："天下只有伟大的热情，没有唯一的爱情。今天我和她也是平平淡淡过日子，换个女人怕也差不多吧。付出太多了。"

第二天早上我离开这不知名的小镇回多伦多，北极熊也没心情看了。他们俩送我上了车，脸上都平静地微笑着。车开动的那一瞬间，我想:"每个人都有只属于他自己的故事。这天下有一颗心就有只属于这颗心的那一份沉重,那一份痛苦,那一份希望和失望。对这颗心也只有对这颗心来说,这才是最重要的事情。"

93

一路上我一直在想着怎么和张小禾见面。出去了这几天我更加觉得自己除了回国别无选择,这一点已经由一种情感本能变成了一种成熟的意识。这种意识是这样的清晰,它使我对自己内心那种强烈的饥渴装作不予理睬。可是,客车离多伦多越近,我就越明白自己最后还是会按照这种饥渴推动的方向去行事。哪怕明知前面就是个坑呢,也要先跳进去了再说,管不了以后爬出来要付出多么痛苦的代价。想起那天那位朋友的话,头脑极为清醒,可越是清醒就越是迫不及待地要往前冲去,心里像鬼在操纵着似的。于是也明白了这世上为什么会有犯不完的错误和吸取不完的教训。快到多伦多的时候,这种饥渴几乎就变成了一种疯狂的冲动,时间变得以每分钟为单位,客车每一次短暂的延误都使我无比愤怒。这时我突然体会到,为了对一个女人的感情而做出极端的行为原来也算不得离奇到不可理解的事情。

站到了房子门口,我心里直跳,那种感觉有点像在圣约翰斯第一次去见逊克利尔。在楼下我看了信箱里没我的信,想着是张小禾帮我收进去了。站在门口我还想做出一个最后的决定,又不知那封要命的信是否已经到了,算起来应是两天后的事情,门闩一响,二房东的影子在里面一闪,我连忙推了门进去。他朝我一笑说:"回来了?"我说:"回来了。"他说:"好玩?"我说:"好玩。"我答应着上楼,觉得他那一笑有点古怪。我先到张小禾房门口喊了一声，没有人应。我自言自语说："到学校去了。"又开了自己的房门，地上丢着三封信，想是张小禾塞进来的。我注意到有一封信没贴邮票，也没有地址，信封上写着大大的"孟浪启"三个字。我克制着好奇心，先把家里的信看了，又带着好奇心马上就会得到满足的愉悦，去看那封奇怪的信。在拆封口的那一瞬间，像有神的谕示，我有了确切的把握这信是张小禾写的，一种不祥的预感袭上心头。我一把撕开信封，里面的信被撕成两半，手哆嗦着，把信拼在一起去读，信怎么也拼不拢，心狂跳着把信摊在小桌子上，用手按住去读：

孟浪：

既然最后的结果无法改变，又何必来一场凄切的告别？在第十一天的夜里，我家里来了长途电话，爸爸、妈妈和姐姐轮着说了半个小时，妈妈和姐姐都哭了。要说的话其实只有一句，却正是你最不愿意听的那一句。你想想我还能有什么别的选择？平心而论，你回去是完全正确的，我还想试试自己的命运。可是我还是往前走了那一步，为了使我们九个月的交往有一个结果。我一点也不后悔。这几个月的记忆够我回想许多年甚至一生。我对自己以后是否还能遇见像你一样能引起那种内心冲动的人不再抱有希望，这几乎已经注定我的前途将是黯淡的，我觉得那就是我的归宿。世界上有些东西比感情更加强大有力，我也只好承认了人生的不美满和现实的残酷。如果三个月之内你改变了想法，一定尽快来找我，我还在等着你。否则，你绝对不能来找我。我内心的气力已经耗尽，再也没有力量承受更多。

张小禾
六月十五日

我撕裂地吼出一声，似乎要把带血的心从口中喷出来，信飘落在地上。我一下站不稳，腿一软，眼前一黑就倒在地毯上。二房东跑上楼来，惊骇地望了我，问："怎么回事？"问了几声我才明白过来是在问我，挣扎着扶了墙壁站起来，站了好几次都没站稳，二房东扶了一把我才站稳了。我低微地喘着说："没什么，突然就有点头晕。谢谢你，我想自己安静一会儿。"

二房东走了。我摸到椅子上坐了，喘息着，脑子里轰隆隆一片，麻木的沉重压得我头也支不起来，就伏倒在桌子上。也不知过了多久，我突然想起张小禾也许会在她房里留下点什么，支撑着站起来，走到那扇门前发泄似的用力一推，虚掩的门豁地洞开，碰在墙上发出一声钝响。我身子往前一冲，几乎就摔倒在地板上。房子里空荡荡的什么也没有。我拉开壁橱的门，两个铁衣架还挂在那里，在轻微地晃动。我站在屋子中央，脑海中幻现出在这房间中发生过的那些故事。黄昏降临了，屋子里渐渐暗下来，终于连四壁也看不真切。好久好久，我累了就坐在地毯上，睁了眼望着黑暗，在夜的寂静中，思维能力开始恢复，回过头来想着这件事情的意义。我万没料到张小禾做得如此决绝，但心中却并没有怨恨。她做得并不错，事情的确没有别的选择，轮到我朋友的身上，我也会以一种冷酷的平静说出自己的意见。我想起那天在郊外有太多的迹象，可我却像个傻瓜麻木不仁。张小禾是对的，她如此果断地抓住这样一个机会，避开了最后的凄凉和窘迫。我甚至想到，她以自己的果断解决了我们面临的难题。如果像我这样拖延、迟疑，最后的结果将更加难堪，更加凄惨。尽管眼前的事实我万难接受，却不得不佩服她的果决，只是怎么也想不到那样一个姑娘，竟能有这种力量。我在心里"嘿嘿"一笑，试着安慰自己："这样也好，一下子就断了，不然还不知如何完结。"我想起前几天坐在圣劳伦斯河畔的岩石上，那种目极万代看小一切的感受，心中似乎开阔了一点，又轻松了一点。可一转念又感到这种自我安慰，其实就是自我欺骗了。经过了这番欺骗心中更加沉重。我双手支了头躺在地毯上，肚子里"咕咕"叫几声，记起还是在早上吃了几块面包，却毫无食欲。黑暗中我似乎看到风卷着许多幻影飘了过来，忧郁的，麻木的，平静的，像来自岁月深处。那一张张苍白的面孔中，张小禾的脸也在其中隐约闪烁。那是她吗？看不真切。当我凝神想抓住的时候，又倏然而逝。我对着黑暗含糊地说了一声："你逗我吧，你是在逗我。"说着摇摇头咧嘴轻轻笑一声。忽然感到了极度的困倦，想回到隔壁去睡但却支不起身子。我一闭眼，就一切都隐退了……醒来已经是第二天中午，我记起自己多少次想象在这房子里过夜，谁知第一夜却是这样度过的。

整日闲得无聊，心神不定，我出了门到外面去游荡。我漫无目标地乱走，心里好像是想去湖边看看，快到湖边又觉得兴味索然，闭了眼也想得出那一番景象。又往回走，街上喧闹着，各种肤色的面孔看去如纸糊的一般，使我对世界有着异样的感受，觉得过去几十年对世事形成的感觉并不是那么回事，一切都需要重新理解。不知不觉到了央街和布禄街交汇之处，我想起自己已经不停地走了几个小时，腿也软了，就往西走，准备搭公共汽车回去。走着忘了，停下来发现自己已经过了车站很远，快要到多大了。我忽然想起张小禾就近在咫尺，不知她今天下午有课没有？想到这一点我又好像明白了自己，绕来绕去几个小时绕了这么远，原来还是想绕到这里来，离她近一点。我一看表快四点钟，正是下课的时候，可不要错过。我跑起来，眼睛一路张望，嘴唇也张合到了适当的位置，半噙了一个"张"字，准备在人丛中一看见她就叫出来。一路上我撞了好几个人，头也不回地说声"Sorry"，仍往前跑。跑到教育学院门口我直喘气，也放了心。在门口守了一会儿不见她出来，心想她今天没课，或者刚刚往那个方向去了，晚来了几分钟。想进去找又怕正好错过，还不如守了大门好。喘过气我又犹豫起来，见了面跟她说什么呢？告诉她自己愿意到北方去开餐馆吗？想到这里我没有勇气站下去，心想："等自己想明白下了决心明天后天再来不迟。"正想着我发现她那熟悉的身影在墙角转了过来，我触电似的闪到大门后面，又跑到马路对面去，躲在一棵树后面望着大门。她出现在大门口，我身体不由自主地往树后一缩。她出了门往东走，我就隔着马路跟在后面。看着她的身影觉得特别有魅力，有征服的力量，奇怪自己以前为什么没有充分意识到，没有好好地珍惜。一直跟了她到央街，看她进了往北的地铁口。我横过马路在地铁口停下，望着她一级一级下了台阶走了。

第二天下午我又去那树后等候，只有看到她的身影才能缓解心里的饥渴和焦虑。一直等到六点也不见人影。接下来两天是周末，我焦躁着，拿起书看了不到一分钟就丢下，又把书丢在地上一脚踢开，明白了"度日如年"原来是如此传神的一个成语。心想，既然自己的心情如此强烈，就跟了她在加拿大，又如何呢？哪怕是一种巨大的牺牲吧，也是值得。又想，事情还不如此简单，不是自己愿意忍受就完了。我出息不了我怎么面对她？一年两年可以，三年五年还行吗？即使她不说什么，我能安得下心吗？想到这里我给自己留下来的冲动一个斩钉截铁的否定。在星期一下午我等到了她，跟在后面走了一段，忽然想看一看她的面容的愿望是那样强烈，就在马路这边拼命地跑，横过马路，看见一家商店玻璃橱窗的角度很好，就推门进去，斜着身子，眼盯着外面的人行道，在心里描绘着张小禾那忧郁沉重的表情。一会她过来了，夹在人丛中看不真切，表情似乎很平静。等她过去，我又跟在后面一直到地铁口。回去的路上我若有所失，她的表情并不像我心里希望的那么凝重。我在心里骂着自己："蠢人，打着灯笼也难找！她信上是那样写，以为她是真的么！"似乎要她整天痛苦不堪都写在脸上才遂了自己的心。

这样赌气着有两天没去，每天忍着过了五点钟，就在心里对自己说："反正去也晚了。"很高兴自己有克制能力。可是那两个晚上变得那样空虚而漫长，深夜了还在心里后悔着自己毫无意义的倔强："难道她会把心中的沉重时刻都显在脸上吗？"到了星期四我实在忍不住了，一大早就计算着今天不去又要等三天了。骑车出了门又在心里骂自己："疯子似的跑来跑去干什么，有鬼在招你吧！人家都忘掉你了！"这样想着心里有了点委屈，把单车掉了头回去，可在转过去的那一瞬间又改变了想法，顺势再转过去往前去了。在央街街口把单车锁上的时候，心里一亮冒上来一个念头："我今天倒要迎面走过去，装作偶然遇见了，看她怎么说！"我站在一个台阶上往西边张望，远远见她过来了，就混入人群中走过去。只差十来步了，我在晃动的人群中看见了她，她还没看见我。我又没了勇气，想退缩已经来不及，就咬紧牙关走过去，牙齿咬着腮边的肌肉一鼓一鼓的。差几步要碰面了我忽然泄了气，想着："还是让她先发现我好些。"想着把脸一侧，擦身而过，她竟没有叫我！我又往前走了十来步才敢向后张望，她也没回头，步伐好像是加快了一点。我站在那里不动，努力回想刚才在我侧脸的那一瞬间，她的目光是否亮了一下，却想不起来，整个晚上我反复回忆那一瞬间的印象，想不起来，又去想后来她的脚步是否加快了，也想不确切。最后在心里对自己说："她肯定看见我了！"于是气愤起来，又感到了一种羞愧。这时似乎确切地记起她是看到了我，而后来脚步也加快了。心想："不见面才好，见了面又能怎么样，事到如今再说一句话也是多余。"这样在心里想了无数遍，慢慢也想通了，下了决心不再去。又责怪自己下午的行动太鲁莽，幸而她没有停下。

可到了星期一，我的决心又动摇了。整个上午我对自己心里那种渴念置之不理，到洗衣店把积下的衣服洗了，又借了二房东的吸尘器吸了地毯，把吸尘器手柄抡过头顶舞着，自言自语嚷着："金猴奋起

把吸尘器手柄抡过头顶舞着,自言自语嚷着:"金猴奋起千钧棒,玉宇澄清万里埃。"

千钧棒，玉宇澄清万里埃。"到了下午，我往东走到唐人街去买菜，一路上心里紧张着，那欲望怪物似的横在心里想绕也绕不过去。我故意走慢些拖延着时间，买了菜回去反正也来不及，想去也去不成了。在街角一家市场选菜的时候又想："我这是在跟谁赌气呢，不是跟自己过不去吗？如果那天她根本就没看见我，岂不冤枉了她？"我又去回想那天的情景，似乎确切地记起她并没有注意到我，脚步也没有加快。我看着表，已经来不及了，心中感到一阵剧痛。把一扎油菜在柜台上称了，掏出钱来正准备付，忽然看见街对面一辆公共汽车停了。我菜也不要了，对收钱的小姐说一声"Sorry"，冲了出去。车正准备启动，我闯了红灯招着手在车前横过去，跳上了车，上了车又在心中骂自己："疯子，神经！"这一天隔得更远看到了张小禾的背影，一直跟到地铁口，看她一级级下了台阶去了，心中似乎安宁了一些，又似乎更加空虚。

晚上思文打了电话来，告诉我离婚判决书已经从国内寄来了。我说："都一年多了！什么时候到你那里去拿？"她说："你急什么，又不等着结婚！"我说："早晚要拿的。"她犹犹豫豫地说："这份判决书，是不是一定要用它呢？"我心里一惊说："不用下次我找个人，那不是重婚罪，要坐牢的！"她马上说："那你什么时候来拿都可以。"我说："你现在还好吧，电话也少了，我就知道还好。"她说："凌志的事总算过去了，想起自己前一段就可笑，我这样的人还会那样幼稚！自己今天想起来也不像是真的。"我说："这些事只要不碰到自己头上人都是清醒的。"她笑一声说："这件事还要谢谢你，听我啰唆那么多。你有一句话对我最有用，既然会失去就本来不属于你，不属于你的东西失去了也不必伤心，这句话讲到点子上了。"我说："这是我说的话吗？我都忘记了。"放下电话我把这句话放在心里又念了一遍，觉得也应该是自己说过的，这时要用来说服自己了。

我心里渐渐平静了一些,不再像瘾君子过一阵就必须吸一口似的,隔几天去那树下守望一回。心里虽然还期待着一种出人意料的转变,但似乎也已经明白,这件事就这样完结了。

94

我把注意力转移到回国的事情上去了。如果我愿意呢,明天就可以走。只剩下最后一件事没有完成了:钱。不知什么时候我为自己订下了五万块钱的目标,这目标一旦确定,就变得那样神圣,赚满了四万九千块钱我也不会死心。好几次我想说服自己,少几千块钱也就算了,就这样等着,拿完失业金就走人。可是不行,每次这样想了以后又给了自己一个坚决的否定。我心里觉得可笑,五万块不是自己定下来的吗?怎么今天连自己改变也不行呢?人真的有这么奇怪,虚设的目标竟可以变得如此神秘不可移易。前一段张小禾在这里,我不敢说找工作的事,怕找不到或者找到很差的她会看不起我。现在,我自由了。

领着失业金我只能去打黑工,黑工只能到唐人街去找。打黑工工资低,工作也累,人人都可以挤着你,欺负你。但再怎么样,总比待在家好,时间已经非常紧迫。我到几条唐人街挨门挨户问了三天,看了多少轻蔑的眼色,还是没人要我,打黑工的人太多了。对这些眼色我麻木不仁,我的苦就要熬到头了。有一家超级市场老板似乎有意思要我去杀鱼,指着池中十来斤一条的鱼问我能不能干?我说:"除了杀人,没有不能干的事。"他说:"一份工呢,那是很难的,现在是什么时候!来帮帮忙怎么样?"我奇怪地望着他,以为是自己听错了。帮忙?加拿大也有这么一说?!我差点笑出来,他马上解释说:"也不是全部帮忙，吃我的，另外还有点意思意思。"我说："这点意思意思是个什么意思呢？"他说："两块钱一个钟点意思意思怎么样？"我说："不好意思，老板！这个忙就难帮了。"他说："你觉得多少意思才够意思呢？"我说："意思意思总要够意思才有意思，不然没意思了还意思什么呢？十几块钱一个钟点我也赚了几年，两块钱一个钟点！"他眼睛鼓出来，像听天方夜谭一般，忽又轻蔑地一笑说："十几块钱一个钟点，这些人都拿十几块钱一个钟点我短裤都要输给你。你去找你的十几块钱一个钟点，找我干什么！我求着了你吗？"我也轻蔑地一笑说："两块钱，你好意思说，我不好意思听。我出三块钱一个钟点意思意思，你帮我去搞家里的卫生你愿意不？三块钱，愿意这就跟我走！"趁他一怔，我说声"拜拜"转身就走，到了门外，听见他在高声骂什么。

　　看来要找工作非借工作许可证不可。我打电话给思文，她说："违法的事，我不敢做，电脑里查出来不得了。你倒是赚钱走了，我还得待一辈子呢。"我再三说查不出，她只是不肯，说："你一定要我有个违法记录才称了你的愿吧！"我说："你保护自己保护得滴水不漏。"她说："那讲明的，我不保护自己谁还来保护我？"我只好算了，心想，最后这几千块钱看样子是赚不到了。过几天思文打电话来说："马正飞要回国去几个月，你去借他的工作证。"我说："你都不肯借，他会肯借？"她说："你做满二十个星期，再想办法要老板炒了你，让他拿失业金，他会肯的。"我说："这失业金你拿不好些？你正没钱！"她说："我又没回国，我在这里读书，电脑一按就出来了。"我照她说的打电话过去，果然一说就成。

　　把马正飞的社会保险号和工作证拿了，我疯了似的满城跑着去找工作。每天第一时间等着在东区唐人街买了《星岛日报》，查到了广告立即打电话去。可那边不是说已经有人了，就是要我去填一张表，毫无结果。我每次去了都发现总是有好些人赶在我前面，怎么可能？后来明白了很多人等在大唐人街抢第一时间，那边的报纸出来早一两个小时。于是我每天也早早地骑了车到大唐人街买报，然后立即行动。有家无线电装配厂招四十个人，我马上乘地铁到了东边士嘉堡工业区找到那家厂，屋子里已经挤满了人，讲上海话的人多。我挤进去抢了一张表，以马正飞的名义填了，交的时候遮遮掩掩眼睛转溜着，怕有人认识我，发现我冒名顶替。女秘书是好漂亮一位小姐，看去也像大陆来的，神气地把一大摞表拍得"哗哗"响说："你看，你看！"交了表的人都不肯走，待着就有希望似的，也许想等别人走了自己再对秘书小姐作个特别提醒。我看大家都不走，也待着，待了一会儿心里难受，嚅动着嘴唇骂了声娘，开了门出去。出了门想着张小禾还真是个好样的，像这位小姐真叫人恶心。这样又过了几天还是没有希望，才明白失业严重到如此地步，如果这时候才到加拿大可怎么得了。又买了英文的《太阳报》来看，想到西餐馆去找份洗碗的工作。这样奔忙了十几天，在餐馆、塑料厂、加油站、机械厂……几十个地方碰了壁，人都快气疯了。

　　这天我给城郊的一家汽车旅馆打了电话，他们登出广告需要一个值夜的人。我说了自己的情况，老板娘叫我过去看看。我对找工作几乎已经绝望，路又这么远，我犹豫着还是去了。下了地铁列车转了市内公共汽车，到尽头又转了去市郊的车，下了车对着地图又走了好久，路上冷冷清清的。我想，如果要了我呢，我就住在这里算了。老板没房给我，我在附近租一间，电话也不装了，忍了最后这几个月，与世隔绝也顾不得了。见了老板娘，她漫不经心地和我说话，我知道没希望了，但还是填了张表留在那里。回去的时候一路想："跟张小禾分了手还是对的，来三年了，还这样惶惶然若丧家之犬到处窜，这日子怎么过得下去。"又想到认识的几个漂亮姑娘嫁给了年龄大的富人，自己原来还想不通，又不是没有饭吃，当个靠男人吃饭的人！这时明白了其中的道理，她们只要在感情上作了妥协，一切一切的艰难困苦都没有了。不知道张小禾林思文会不会走这条路。坐在地铁车厢里，我那么强烈地感到了心中对钱的那种物质的饥渴，是一种嗜血的饥渴。我还在银行里存着四万块钱呢，现在还拿着失业金呢，可心里都闷得要爆炸了。这时我也理解了终日惶惶然的亿万富翁和街头流浪汉，我理解了人。听见耳边"轰隆轰隆"地响，看着车厢里寥寥的几个人，忽然想起那些做强盗的人，一瞬间我理解了他们，连我也想去做个强盗了。我盯着斜对面一个白人望了一会，闭上了眼，想象着自己怀里揣着手枪，硬硬地顶着胸口。我右手慢慢伸进去摸了摸，食指扣住了扳机，轻轻地拨动，感到了弹性，犹豫着是否掏出来向那个人走去。手在胸前进进出出有几次，最后还是伸了进去。枪身一边冷一边热，我把手心贴紧了冷的一面，让自己冷静下来，告诫自己犯法的事可不能做。可就这样想着却醉汉似的站起来，身子在车厢里摇晃着，向那个人走去，在他身边坐下，把枪口顶着他的腰，微笑了说："Money, money.（钱，钱。）"一只手就把他的皮包拿了过来。他张了嘴想叫，手飞快地往前一伸想抢回皮包，我枪那么用力一顶，他手就缩了回去。他紧张地四下张望，我咳嗽一声，他就老实了，缩了脖子坐着。到站了，我从容把枪放到衣服底下，枪口在衣服里抬了抬，对他做了一个残忍的眼神，下了列车。车门关了，列车启动，那人用手使劲拍着玻璃窗。我衣服下枪口一抬，他的头就缩下去不见了。正想着车身一震，车停了。我睁眼看去那人还平静地坐在那里，一手按着棕色的皮包。想到自己刚才想象中完成了一次漂亮的列车行劫，我抽动着嘴角笑了一笑，体会到了自己这一笑中所包含的残忍，又明白了有时候残忍也有残忍的那一份理由。

我明白这样下去我将找不到工作，便给纪先生打了电话，问他能不能让我先一天下午去看报纸清样上的广告，在时间上抢个先手。他说："你没事来玩嘛，有什么顺便看也看了。"这样我还是碰了几次钉子。有次看到多伦多西北角一家塑料厂招人的广告，第二天清早就赶去，下地铁转了公共汽车，差不多两个小时才到，已经有一大群黑人、阿拉伯人、印度人挤在那个小窗口。我心想又完了，站在边上犹豫了一会儿，又不断有人到来往里面挤。这些人的勇气鼓励了我，便不再犹豫，也侧了身子往里面挤。有人领了表出来填，又有人填了表挤去交。几乎挤出油来，我总算领到一张表。我不再出去，让到一边贴着玻璃把表填了。靠着墙直直地站了一个多小时，里面白人女秘书叫马正飞的名字，我没反应过来，又叫一声，就叫了下一个名字。我突然醒悟了，拍着玻璃指了自己和鼻子，就让我进去了。秘书小姐只跟我说了几句话，把社会保险号和工作许可证复印了，告诉我晚上十一点钟来上班，今天第一天，提前十五分钟来。我没想到这么容易就找到一份工作，谢过了她，从后门出来，再转过去看前面，来了一大群中国人，有几个女孩子挤在中间"哇哇"地叫，却不肯出来。我想着要是今天看了报纸再来，又没有戏了，暗自庆幸。一会儿挤在窗口的几个人说："满了，满了！"要后面的人不要再挤，却不肯出来。里面几个黑人挤出来，嘴里一边骂着。马上又有人补进去，嘴里却说着："没生意，还挤什么！"后面的人说："没生意，你出来！"过了好久发现的确没希望了，后面的人才慢慢散开，站在旁边等着。我踮了脚朝中间望去，玻璃小门已经放下，几个中国人趴在台子上，不停地拍玻璃窗。里面女秘书理也不理，低头清理表格。偶尔抬一下头，几双手就一起用力拍玻璃窗。女秘书走到窗前示意要他们别敲，却敲得更响。有人指了自己的鼻子，有人拍着胸，还有个人抱了拳点头哈腰作揖。女秘书坐回去，作揖的那个人骂："操不死的烂×！"我笑起来，笑了又觉得心里不是滋味，在后面说："算了，算了。"没人理我。我又说：

"算了，丢脸呢，都知道是从中国来的。"几张脸一起转过来气势汹汹望着我。一个说："什么脸不脸，要捞饭吃！"另一个说："要难受等我们领了表再难受还不迟，表现在还没领到呢。"我说："哥们儿，我难受还是谁难受！"还想多说几句，证明工作自己已经得了，转念一想，干什么呢！转身走了。

95

　　走进车间，机器轰轰地响成一片。一股很强烈的塑料味呛得我透不过气来，我本能地用手捂了鼻子。新来的工人围成一圈，听印度工头分配工作。工头点我的名时，眼神有点奇怪，我马上意识到不该这样捂着鼻子，就装着是擦脸，把手从鼻子上移开去，满脸地擦了几下。塑料味儿又冲到鼻子里来，我想："哪里就会中毒死了，有法律保护呢。"就放开了去呼吸。工头把我领到机器上去，交给一个很胖的黑人妇女，让我接她的班。她稍微给我示范了一下，下班铃响了，她就急急地走了。这台注塑机有十多米长，一个人操作，有管道自动添料，机器一进一退不断地吐出成品。我的任务就是把成品拿起来放好。机器每次掉下十个塑料小圆筒，我把不合格的清出来，合格的装到一个大纸箱里。工作非常简单，但我干了半天就觉得这种单调难以忍受，每四十秒就要把动作重复一遍。中间休息十五分钟，机器不停，有人接替我工作。我伸直腰，才发现腰弯了这几个小时，像被谁砍了一刀，里面断了似的。到休息室我把带来的面包就着牛奶咽了，把苹果在裤子上擦擦吃下去。对面一个印度人把带的饭塞在微波炉里热了，打开是咖喱米饭和一只鸡腿，咖喱味飘过来，很难闻的。看着十五分钟快到了，去了厕所又去工作。那个人指着手表对我说："Two minutes more.（超过了两分钟。）"我看他剩下一大堆塑料小圆筒在机器下的盒子里没捡出来，指了说："You left too much!（剩下太多了！）"他不理我，又去接替另一个人的工作。我对着他的背影骂一句："太王八蛋了！"弯了腰加快动作。下半夜更加漫长，手表的指针移动特别慢。好不容易从窗口看到天有了一点亮色，就觉得有了希望。我不停地看手表指针一点点移动，每过去一分钟都有非常重要的意义。鼻子已经不那么灵敏，再也闻不出什么，头却分外沉重起来。我在心中默念"下定决心，不怕牺牲"鼓励自己。我还是第一次做这种一个动作做到底的工作，才知道这种单调多么难以忍受。看着天色一点一点亮透，下班铃终于响了，接班的人在这一瞬间出现。

　　外面空气新鲜，夏天的朝阳向大地散播着温热。在这市郊看不见几个行人，四周显得空旷，远处的街道上有汽车来来往往，使田园般的静穆中透出一点繁忙。对这一切我无法摆脱那种陌生的感觉。这种陌生感提醒着自己，三年了我仍是一个异乡的游子，是社会生活的局外人。上了公共汽车没有座位，我拉着扶手昏昏欲睡，旁边坐的是一个中年白人，过了一站又一站他老不下车，我简直有点恨了起来，后悔不该选在他旁边坐了。似乎有了点动静。我睁了眼，那人已经准备下车，一个黑人已经插进来占了位子，面无表情地望着窗外。车开了五十分钟进了地铁站，因为是起点站倒有座位，可又没了睡意。那些上学去的中学生少男少女搂在一起亲嘴嬉笑，旁若无人。姑娘们个个是美女，满脸的稚气。我觉得这些少年们的福气未免太大了点，可也明白这些事离自己非常遥远。

　　一整天都躺在床上，把电话线拔了想睡，却怎么也睡不着。腰像断了似的里面酸疼，脑子里丫丫杈杈像布满了小钢针，一刺一刺的，眼角也像结了洗也洗不去的灰垢。想着晚上还要上班，心里越急就越睡不着，到了中午干脆起来去外面游走。游走了回来拼命喝了几口牛奶，又后悔喝这么多一会儿又要解手了。躺在床上老想着解手的事，一会儿就起来去了水房，一下午倒去了十来次。好容易睡了又睡得不踏实，怕过了上班时间。突然一惊而起，看着天还亮着，才七点多钟。我不敢再睡，起来做饭吃了，剩下一半用盒子装了带到工厂去吃。九点多出门的时候我把腰伸缩几下，里面扭伤了似的还疼着，头也昏昏沉沉，这一夜可怎么熬得过去。想到这份工作来得太不容易，在心里唱着"这是最后的斗争"，果然有了几分豪迈之气，大步迈下台阶。

这样硬挺着坚持了两三个星期，睡眠调整过来了，腰也不疼了，塑料味儿也不再那么难闻。两个星期的时候，领到了第一张支票，心中有一种充实的感觉，只是时间却分外地难熬了。每天刚上班我就开始计算时间，心里紧绷着像上了发条的钟表。每过去一小时，那发条就松一点，带来一种轻松的感觉。下班前的一两个小时是最困难的时刻，我已经被单调的动作折磨得焦躁不宁，只好装作对心中的焦躁麻木不仁，做着深呼吸压下去。我经常用右手的食指在手表的表面顺时间方向虚画着圈儿，催促老人似的指针快走。工间休息的时候我问那些黑人印度人的工友是不是对时间也有这么强烈的感受，一个告诉我，他已经这样过了七年，另一个则说，她已经做了十一年了。我竖了大拇指啧啧有声表示惊叹和敬佩，可也非常明白自己根本不可能如此。我的愿望是赶快过了这二十个星期，赶快回国。

操作机器的唯一白人是个波兰小伙子，每天穿件T恤，干得很来劲的样子。据说老板是个犹太人，可从来没见过。工友之间都是下了班各自匆匆回家，一起干上十年也不用想交上一个朋友。在车间里每天出现的另一个白人是个从巴西来的女人，做检验员的，每天到机器上来检查几遍，指手画脚的，神气得不得了，每句话的语调，每一个动作，都尽量体现着某种优越。我也不知她的底细，她到底有多大权力,弄不好把这份工作丢了可不是玩的,只好唯唯诺诺顺着她,心想:"就让你在我面前神气几天,又怎么样呢?"又明白世界各个角落的人原来都是一样,有了威风总要把威风抖出来。开始几天她到机器边来就叫我"Chinese",我听了不舒服,也没怎么计较,不认识嘛。过了几天她再这么叫,我说:"My name is Ma.(我的名字叫马。)"她"OK"一声。可下一次还是叫"Chinese"。我告诉她自己的名字有五次她还是不改口。我气愤起来,别人就没个名字吗?犹豫了好久,终于咽不下这口气,在她再叫"Chinese"的时候,我不再叫她的名字,就叫"Brazilian(巴西人)"。她马上变了脸色,我装作没看见去操作机器。我以为她会跟老板说把我炒了,心中七上八下几天,倒也没有事。只是见了我她脸就垮下去,检验也分外挑剔起来。有一次我放产品不小心碰了她的脚,她瞪了眼冲着我说:"Be careful!(小心点!)"我脸上赔笑着心里骂着:"猪!威风你威风啥呢,我踹你一脚你趴在地上爬得起来?"我想象着自己这一脚飞成一条弧线踹过去,她滚在油湿的地上,四肢撑着地却支不起身子,肥大的屁股小山似的翘着,衣服上沾满了塑料末儿。想到这里我自己笑了,又想:"要忍受单调性残酷的折磨,还要看这种势利鬼的脸色,这样过了七年、十一年、一辈子,即使天天开了奔驰车,住了花园别墅,又有什么意思?哪怕为了张小禾也不行!要是她知道我的这一副没出息的嘴脸,她心里也不会另外有一点想法?"

一个多月以后我换了一个工作,去操作压注塑料垃圾桶的机器。产品要堆得高,女人和矮个子堆不上去,活该我占了这个便宜。机器每一分零五秒吐出来一只桶,我把它提起来放好即可。刚压注出来的产品有高压静电,手一碰就直冒小火花。我学着别人的样子,在手腕上脚上戴了铜丝圈儿,就好了些。我搬了一把塑料椅子在机器边,间歇的时候就坐了。工头过来把椅子搬走,我就把一只桶倒过来,仍旧坐了,把身子藏在堆起来的桶后面。有时我困极了,在间歇的那一分钟也能眯一下眼,听见桶掉下来"扑通"一响,马上跳起来,把桶放好又眯上眼。有一次我在这一分钟里还做了一个梦,跳起来放好桶还记得梦中的景象。好多次提着垃圾桶,我想起在纽芬兰那些发豆芽的日子,觉得已经非常遥远,似梦非梦。我掰着指头数着日子,快熬到头了。一想到自己不久以后就可以带了这一把钱回去,心里就飘起来,摇头晃脑地对着注塑机嘿嘿地傻笑,把口哨吹得直响。后面那部粉碎机开动起来了,我躲在堆起来的桶后面,借着那震耳欲聋的声音的掩护,像足球运动员进了球似的,双手握了拳一次次举向空中,"哈哈哈!哈哈哈!"仰面大笑几声。

96

每周休息的那两天我仍是白天睡觉,天黑了起来就精神抖擞。想得起一个题目,我就连夜为报纸写一篇稿子,没有灵感我就给朋友打电话,看可有什么地方能玩到十二点一点回来,或者骑了车毫无目的地去很远的地方。

这天黄昏的时候,我吃着饭望着窗外的树,听树叶在风中一片细碎的声响,忽然想起一个题目:爱情不是绝对的。吃完饭碗也不洗,我就趴到小桌子上去写,到十二点多钟写完了,折叠了准备送给纪先生去。在塞入信封的那一瞬间,想到张小禾也许能看到这篇文章,会怎么想?原来孟浪不过是个大俗人罢了。于是又把稿子掏出来,换了一个化名。封好了忽又想起罗密欧和朱丽叶,想起罗彻斯特和简·爱,想起梁山伯与祝英台,他是她的唯一,她也是他的唯一,因为是唯一,才有那动人的魅力。自己觉得有点惭愧,那么崇高的事物竟被我用一双俗眼去看了。拆了信封抖出来再看一遍，觉得也没什么可改的，不过是少点浪漫罢了，而我也并不是写给那些梦中的少男少女看的。思文曾说过他们可怜，当时听着竟是疯话，现在想起来也真是血泪凝成的。又重新把信封封好，准备这就送到报社去，总有值夜班的人。

我骑了车慢悠悠地在夜中行驶。经过丹佛士街口我特地绕了一点远路，看见路边的姑娘似乎比去年更多。一年了世界并没有就好一些，不知一百年一万年会不会有所改进。我眼睛看着那些姑娘们慢慢骑过去，居然有一两个向我招手。我也带着笑向她们招手，心想："一个骑单车的人也会有招呼的价值么？想来她们的生意也越来越难做了。"

到了唐人街我忽然想起周毅龙就住在这附近，他也该下了班回来了。我骑过去，看见他窗口的灯亮着，叫了一声没有回答。我想可能在洗澡，送了稿子再来叫一声。走到街角，看见一条椅子上有个人坐在那里，嘴边一个小红点，是在吸烟。我试着叫了一声："周毅龙！"那红点猛地一亮，那人站起来问："谁？老高？"果然是他。我停了车走过去说："可怜的人，可怜的人！"他说："这么晚了你来看我。"我说："可不是这么晚来看你，我现在是夜游神了。最近还好？"他招呼我坐了说："还好，还好，也没什么好不好。"我说："还好你半夜了一个人在这里抽烟，欣赏夜景吗？"他说："晚上空气好，安静。"我说："安静了想烦人的事没人打岔，越钻越深越烦人越钻不出来，卡在里面了。老周，世上的事这么横着想过去，再大的事也只是个蚊子屁，有什么可烦的！"他说："世事滔滔，想起来也是。只是轮到自己心疼肉疼了，才知道那个不算啥事的事，那个蚊子屁的事，还真是个事。"他掏了烟给我抽，说："安静了什么事都想。"我说："什么时候你戒了烟那就证明你有进展了。"他说："都上瘾了。问你，你和那个姑娘怎么样啦？得手啦？"我说："完了。我总得看看自己这副嘴脸配不配有这么回事。"他说："完了好，完了是正着。不过能有那么一阵子，真刀实剑地干了再完，那就更好，只是别动了真感情。"我说："这世道，爱情不是绝对的，有时候钱比爱情的劲大些。"他笑起来说："你好浪漫，爱情不是绝对的！有没有这回事还要重新考虑。不是绝对的，还真煞有介事似的！老高你爱读琼瑶的小说吧。"我说："老周你太偏激了，赵霞又让你生气了！"他说："提她干什么，提一句也是多余。"我说："她总是孩子他娘。"他说："是他娘，他娘的！"又说："老高，我最近琢磨着，人来到世上就不是来生活的，是来还债的。"我说："这是你老周说的话？你还会欠谁的债！除非那个人是你自己。"他说："儿子啊！要是就我自己呢，没发财我也走了，回去还能像个人活着，就怕看不见儿子了。说起来加拿大也没用绳子拴了我，要留是我自己留的。可留了这一辈子怎么过，没想好，也想不好。"我说："老周你为了儿子自己这一辈子就算了，这一点我敬佩你。"他说："你不知道，儿子好，从小就与别人不同，聪明。小时候他拉的屎不臭，一岁自己就会撒尿，对着墙壁一蹿就出来了。我不带偏见说，他就是与别人不同。我走了把他留在这里我心里难过，带他回去又怕他将来怨我，孩子聪明了，心就重。去年我来多伦多，出门的时候他抬头用那样的眼光打量我，是询问又是怜悯。上了飞机我就掉了泪。做父亲的，轮到儿子来可怜了。我多想争个出息啊，为了儿子！"我说："那你在加拿大再用力拱一拱，说不定就拱起来了。天天抽烟叹气也不会就进展了。"他说："往哪里拱！我面前是一缸的烂茄子，只有一双手不知按哪只下去才好。想赚钱吧，又发不了财；想去读书吧，又要考托福；想去纽芬兰偷了儿子回去吧，又怕他长大怨我；想干点什么吧，又没技术；想就这么混下去吧，又不甘心。在加拿大活都快活了有三年了，还活在生存的层次上。心里苦啊！只好心里对自己说，知足常乐吧，这不是还有饭吃么？说了无数遍倒也觉得是那么回事了，到头来谁不死呢，到那一天大家都成为历史就公平了，历史是最公平的。最后的安慰就是是非成败转头空,得意了又怎么样,能活一万年吗?没有比想过一种舒适生活的愿望更浅薄的了。"我说:"也没有比想过一种舒适生活的愿望更深刻的了。老周,知足常乐,你骗你自己呢。你知足常乐有人最高兴,你常知足常乐,他常不知足常苦。你清清苦苦倒乐一辈子,他富富足足是倒苦了一辈子。到底是谁好好过了这一辈子,活得值,到阴间大家公平了也就不去说了,也说不清了。"他说:"就算是骗吧,该骗还得骗,不骗又怎么办,发疯去吗?捡起石头打天去吗?"我说:"老周你就这样悲观?"他说:"有脑筋的人活在这个世界上就没有办法不悲观。"我说:"在历史精神上悲观主义是深刻的,可更深刻的是人还是要在这个世界上生存下去,活下去。为了活下去好好地活下去,你不能被悲观的感情打倒了,你得去挣扎奋斗。这样想想悲观主义又是肤浅的。"他说:"有时候想,活着干什么呢,看世界!可世界也是看不完的。这样一想,也就不可怕了。"我笑了说:"老周你的毛病又来了,读那么多书就是让自己想这些的吗?"他也笑一声说:"不想这些,好,想挣钱,哪里去挣?想学问,谁要你的?钱这东西我原来是不怎么瞧得起的,不就是纸印刷了一下吗!后来发现不对了,迫不得已还得承认它,想不承认行吗?原来心里还有点反抗意识,自己是个知识分子呢!觉得自己跟那些有钱的俗人还不同,有点精神优越。可这优越到这里也没了,还不如那些俗人呢。他们天天住着洋房开着车跑来跑去,到夏威夷度假,比起来自己恨不得把这头夹到胯里去!"他说着用力拍自己的头。我说:"加拿大最终还是要靠自己浴血奋战杀开一条血路。我没这勇气战,回去;你不回去,你得战。上帝不会因为你是你就特别照顾你了,他不认识你周毅龙。说不定几年几年就出息了。"他说:"赵霞,势利鬼,也不怪她势利,谁摊上我这么个鬼男人也会有点想法。一来她就逼我出息,她说我要是争口气,她洗脚水打到我面前,牙膏点在牙刷上。操软刀子杀人啊!可到今天我还是这个样子。世态炎凉也没什么可抱怨的，是人的世界嘛，说到底还是要自己争口气。"我说："你还是去读书吧，别的事你也没优势，争不过别人。读了以后怎么着先别去想。"他说："想是想了，再过几个星期，拿着失业金了，专门钻几个月托福看怎么样，花点钱进个补习班吧。"

夜凉起来，我和他分了手。到家里才想起那份稿子没送去。想起了周毅龙，忽然觉得要写得更激烈些才是。看着已经封好，也就算了。我也愿意把爱情写得特别纯真，执着，纯净如水，洁白如玉。那样别人愿意看，人们希望在书中实现生活中实现不了的理想。可那不是事实，我也没有义务去培养人们的幻觉。想起了莎士比亚和勃朗特，想起了梁祝，我不再惭愧。也许他们写出了十个一百个人的经验，但我写的是成千上万人的经验。我觉得自己写了一篇很诚实的文章。

97

厨房的墙上贴着一张年历画，是张小禾在去年圣诞节贴在那里的。九月十五日那个日期的下面被我涂了一个很显眼的红点，那是三个月限期的最后一天。几个月来我尽量不去理那张画，可这反而变成了一种提醒，使那一天在自己心中更加明确更加重要。那个日子一天天临近，我去厨房总忍不住要偷望一眼。那红色的圆点简直就像一只眼注视着我，望得我心中刺刺的疼。我明白事情就这么完了，既然过去不可能今天就更不可能，并不存在死灰复燃的理由。好几次我想把那张画揭下来，却怕反而给了自己一个更大的提醒，又似乎是怕自己就真的忘了这个日子。心中避不开我就干脆盯了那个红点久久地看，好像看透了就会发现里面隐藏着什么秘密似的。看了半天我把脚一跺，在心里说:"完了的事还去想它干什么!不争气的东西,恨不得就咬你一口!"就猛一低头,一口咬了自己的胳膊,渐渐地用力,疼得"哎哟哎哟"叫出声来,又用力咬了最后一下,才松了口。看着那深深的印痕,我似笑非笑地笑了一声,觉得争不了气的男人就只能这样对待,而不配有更好的待遇。

终于,九月十五日还是到来了。

昨晚整夜工作,回来了却怎么也睡不着。我这天没有拔掉电话线,心里希望着有意外的电话打来。睡在床上心中总准备着电话铃突然就会响起来。我想起几个月前,思文告诉我她安了录音电话,怕凌志的电话打来落空了,我心里还暗暗笑她。说别人总是容易的。等到中午还没有电话来,我一股倔劲上来,把电话线拔了,轻声对自己说:"再不睡我今晚班也上不成了。"觉得自己这样做有了很充分的理由。到厨房里做饭吃了,吃完饭以英雄似的气概扭了头不望那张年历画一眼,又倒在床上去睡。我心中忍不住计算着,现在张小禾正在学校吃了饭,准备打电话过来了。我想象着她背着书包进了图书馆那扇转动的玻璃门,乘电梯上了二楼,在公用电话机旁停了,摸出一枚硬币投进去,拨了我的号码。等了好一会儿也没人接,她失望地摇摇头,放下电话,按了退币键,硬币掉下来发出清脆的轻响。她走到电梯边抬了脚准备进去,又停住了,转回来到另一部电话机前把硬币投了进去。想到这里,我那种执拗完全屈服了,跳下床把电话线往接线孔里塞。右手哆嗦着塞不进去,用左手扶稳了右手才塞进去了。在那一瞬间,万分神奇地,电话"叮零零"响起来。不可能!但铃在响着。我一把抓起电话筒,问:"哪位?"没有声音。我用广东话问:"找谁?"没有声音。我又问:"Who do you call for?(你找谁?)"还是没有声音。我仔细去听,听见了呼吸声。我说:"你是张小禾,你不说话我也知道。我等你的电话等了一上午了。"那边还是沉默着。我吼了一声:"怎么不说话,也没长张嘴吗？"马上又觉得自己过分了，温和地说："你现在还好吧！问你一句话，你有了点新的想法没有？"还是沉默。我用心去听，呼吸声也听不见了，接着听见了挂断的声音。我对着话筒连吼几声："喂喂喂！"绝望地倒在床上，连声叹气。平静下来又想："你怎么就能证明那边是张小禾呢？"又想起听别人说过，有些男人在电话簿上翻了号码乱打，是男人接了呢，就一声不吭。如果是女人接了，就试着谈上，然后开了车过去。这个电话，谁知道呢？

昏昏沉沉醒来，才四点多钟。恍惚记起了中午的事，觉得似真似假。在套上鞋子的那一刹那，我忽然就决定了要去找她。想到这一点我仿佛恍然大悟，穿了西装，到水房对着镜子拢一拢头发，跨上车往多大飞去。在教育学院门口停了车，也不再躲躲闪闪，就站在门口等，至少我得问一问电话是不是她打来的。不一会儿她远远地过来了，我挺了胸，站着不动，等她喊我。她隔么远看见了我，脸上浮现着随意的笑。这轻松的神态使我心一沉，又沮丧起来，勇气也在一瞬间被吸摄了去。我站在这里来想说些什么呢？自己竟不明白，惊慌失措起来。她走近了说："等谁？"没料到她竟这样问！我慌张说："等……路过这里，忽然就想来看看，就来了。"她眉毛轻轻一挑："看看？"我说："看看！几个月不见了，你可还好？是否已经过上你想要的生活？"她说："好也好不到哪里去，糟也不怎么糟，凑合活在这世上吧。"我说："看你脸上笑笑的挺高兴。"她说："我笑了吗？"我们往央街那边走，说些不着边际的话。我装着不经意地碰碰她的手，她似乎也是不经意似的闪开了。我终于下了决心说："你现在住到哪里去了？那样走了像个泥牛入海似的。"她说："住在北约克去了。"我说："北约克？"她说："北约克。"我说："北约克那么大！"她说："就住在一条街上。"我说："我知道你住在一条街上，没有住在大街上。北约克那么大！"她说："就住在么一条街上。也是在二楼。"我说："电话也舍不得装一部！"她望我一眼，笑而不语。我说："一个人住？"她说："那还跟谁呢？"我连忙说："不是别的意思，我想总该跟个女伴住在一起，不然太寂寞了怎么过？"她说："大家怎么过我也怎么过吧，也习惯了。不过我倒是跟个北京女孩住在一起。"我说："说着就要毕业了。"她说："年底。"我说："工作呢，有个边吧？"她说："边还没摸着，还在摸啊摸呢。不能去想，想想就一身冰凉。"我试着说："在这里难混出来。"她说："待在人家的地方嘛。"我说："人家的地方老待着也没意思，一生一世也是个局外人。"她望了我笑，我说："我说的不是？"她笑着说："没有不是。"我说："既然也知道，又何必呢？"她说："我也问自己，又何必呢？"我说："既然问了，就得给自己一个答复。说，又何必呢？"她说："答案慢慢找吧。再说一件事不是自己想怎么样就能怎么样的。总有个出头之日吧。"我说："说来说去你的思想还是没有进步。"她停下来望了我，说："你进步了没呢，你的思想？你有了点新的想法没有？"我说："想来想去也没觉得自己的思想错了什么，也就谈不上进步。你也这样想？"她说："既然也知道，又何必呢？"我叹息着摇头："真希望你走个好运。"沉默着走了一段，她说："你呢，还住在老地方？"她这一问，我马上想到中午的电话不会是她打来的，幸亏自己还没问她，不然又自作多情了。我说："老地方，老样子，没有起色。"她说："也好，反正你也不会永远这样。"我说："我这个人出息不了。"她说："你是对的。"我说："我一个人自己对也没多大的意思。我还是那么想和别人一起对，又办不到。"她说："我也很想和别人一起对，也办不到。"我说："有些人错了她一定想着自己是对的。"她说："每个人对的方向也不一定就一样。"说着已经到了地铁口，她说："那我就下去了。"我说："好，你去。"又忽然想起似的问："今天九月几号，我都不记得日期了。"说着盯了她的脸。她说："十几号吧，我也活糊涂了。不是十三就是十四。"我说："哦，十三，记起来了，十三。"她说：

"那我走了。"声音有点异样。我正想看清她的脸色,她已经转身往下走了,步子越来越急。在转弯的地方,手举过头顶挥了挥,也不知是不是招呼我,没有回头。

我骑了车慢慢往回走,心中后悔来了这一趟,除了把自己的无能再一次展现外再没有其他意义。我在心里对自己说:"高力伟你怎么回事,你是谁呢,自己也不想明白就去了。说不定人家已经倒到哪个阔佬怀里去了,就这么淡淡地对了你。"忽然又想起,刚才她问了一句,"你有了点新的想法没有?"好像是自己中午在电话中说的那句话,难道这是巧合?认真去想中午那句话是怎么说的,却又记不真切了。嚅动着嘴唇试了试,竟说出十几种表达方式,不知哪种是中午说的。只有张小禾说的那句记得真切。回忆了很久却越想越想不清,干脆不再去想。不论那个电话是不是她打来的,只要我没有一句结结实实的话,结果也都是一样。而这句结结实实的话,我又怎么敢说?

到九点钟,我懒洋洋地吃了几口饭,把剩下的饭菜装到盒子里去。偶尔一抬头,我大吃一惊,窗外街道对面昏暗的路灯照着一个女人,她正在向这边张望,那身影竟有点像张小禾。我扑到窗前看了一下,看不真切。我打开窗,探头轻声喊了一声:"张小禾!"那人站着一动不动。我又喊了一声,招了招手,还是没有反应。只要她一走动,我就可以从步态上看出了。我盯了那身影看,生怕一眨眼就会化掉了。我马上跑下楼,没有人影!街道上静悄悄的。几秒钟人就走了吗?是个鬼魂飘去了吗?我低沉地喊一声:"张小禾!"没人回答。如果不是故意躲避,那人又能到哪里去呢?我急得全身出汗,又大声叫了几声:"张小禾!"喉咙里有一种撕裂的感觉。邻居在楼上打开窗子对着我嚷道:"Don't shout!(别嚷嚷!)"我不理他,又叫了两声,准备在附近找一找。这时二房东出现在门口说:"张小禾早就搬走了!"马上看出是我,迟疑地说:"是你?"我只觉得羞愧难当,也没解释一句就往车站跑。正好来了一辆电车，我想也没想就跳了上去。在电车上我又怀疑自己是想入了迷产生了幻觉，可那个人的影像又是如此清晰地印记在脑海中。我安慰自己说："即使是她又能怎么样呢，还是不要填平了那点距离好。她不是也不愿告诉你电话和地址吗？"到了地铁站我非常后悔了，那样匆忙就跳上了车，也没在附近找一找。我几乎就要下决心回去，哪怕找不到人呢，也要站到那窗前去看看是不是还会出现那神秘的幻象。一看表，回去一趟上班就来不及了，犹豫着进了地铁站。列车开动后我又后悔了，应该躲在电车站附近，看看下一趟车她会不会来。真是她，她总要过来乘地铁。列车"轰隆轰隆"地响着，我心中应和着列车的节奏反复对自己说："幻象，幻象，幻象！"

98

又一个冬天到来的时候，我离开了工厂。我以激动的平静从工头手中接到最后一张支票，在车间门口停了停，深呼吸想最后一次去体会那塑料味儿，却什么也感觉不到了。出了门我感到了令人窒息的快乐，简直令人无法承受。我踮起一只脚双手一高一低舒开，嗫着唇对着厂门说了声"拜拜"。自己也没有准备，就猛跑几步往空中一跃，身子轻捷地飞起来，在最高点的那一瞬右手往空中一抓，这样反复几次。我左手拿了支票对着太阳去看，右手食指使劲地弹它，发出"沙沙"的声音，又用舌尖顶着上腭对着空中弹出"嘟嘟"的响声，双手虚掩了面颊向左边右边偏着头扮着鬼脸儿，挤眉弄眼伸舌头，跟空中那看不见的谁逗着玩似的。世界无比美好，我无比轻快，在这里我已经没有什么可做的也没有什么可等待的了。回到家里我往床上一滚，四肢朝天,在心里喊着:"万岁,万万岁!"一次一次把手脚伸上去。我真的太幸福了,真的我太幸福了。

孙则虎找上了我。他正酝酿着自己开一家专卖廉价小商品的小店,准备在圣诞节之前开张。他说:"干吧,老孟,活着活着几年就四十了,不干就没戏了。我一万多块钱倾家荡产也干了,你还怕?"他胆子也真够大的,只有一万多块的本钱,他付了两个月的房租,去了五千多,剩下几千块进了货,大部分是中国的玩具、袜子之类,堆满了一屋子。只要有两个月生意不好,他就真要倾家荡产了。他雄心勃勃地跟我讲自己的计划,如果这一家成功了,明年再开五家,然后办成一个布满多伦多以至全国的连锁店集团。我说:"手里刚捏了个鸡蛋还没捏热呢,就打算着蛋变鸡,鸡又生蛋,又变鸡,一大群了!"他说:"那也别说不行,发了财的人都是想发财的人。"又说想成立一个董事会,问我想不想进来当个董事?那意思他自己就是董事长了。又说:"老孟,赚钱也跟交女朋友一样,撑死胆大的,饿死胆小的!"我说:"想回去了。"他说:"回去看看也好,快去快回,过了圣诞节后的淡季,就把场面铺开来。"我说:"这一去不一定来了。"他吃惊说:"真的假的,说笑话呀?"我说:"真的,哄你又没用。"他说:"这么说真的是真的了。我以为你平时说说都是好玩呢。绿卡都揣在怀里了,又让它沦为一张废纸?"我说:"总得找个人吧,你每晚都有个人拥着,也不看我守活寡都这么久了。"他笑了说:"老孟你怀里揣了绿卡还不够,还得揣一样东西。给你介绍一个北京姑娘怎么样?"我说:"再说吧,再说吧!"心想:"我真有决心待下来还用你介绍?"过了几天他真的拿张相片给我看,说:"好能干的!"我看那姑娘挺一般的,怀疑是他妹妹,不然怎么相片说有就有了!这个样子就介绍给我?不够朋友!我又特别认真似的把相片看了半天说:"让我想想,让我想想。"把相片拿在手中一直看着,还给他。我心里也明白了,自己在别人眼中也就只值这么多，也不怪别人，只怪自己。又想起张小禾，她能看上我，也真是心里看上了，可惜我没有足够的力量足够的自信承受。对我来说，张小禾是一个了不起的奇迹，这样的事不会再出现第二次了。

我去了一趟美国，玩了十天。在纽约我见到了胡大鹏。见了我他乐得什么似的，拍我的肩说："三年多了，三年多了！"开辆旧车带了我四处玩。去了大都会博物馆，看了一半，他说："你自己去看吧，我都陪朋友看过四次了。我就在这里等你，我走不动了，这么走半天对我来说是个考验。"我说："几年你变修了，美国的车把你的腿养娇贵了。"我在罗丹的雕塑《巴尔扎克》前照了相，心情也并不十分激动。只是想起今天看了这么多世界的艺术精品的原作，有种似梦似幻的感觉，口中喃喃自语说："好东西，好东西。"又去了世界贸易大厦，站在一百多层高的楼上俯瞰曼哈顿岛，下面几十层高的大楼绵延伸向远方。我指了下面对胡大鹏说："老胡这几年你怎么活的，纽约的人跟蚂蚁一样爬来爬去，我来一天都不知自己姓什么了。一个人要对自己绝望，站在这里看看下面的世界就行了，就知道自己在这世界上是怎么回事了，毫无意义。"他诡笑着指指下面。我俯了身探头往下看，一阵晕眩。他又指指下面，笑道："Don't, don't.（别，可别。）"我笑了说："这口气能含着暂时还这么含着吧。"他说："人还是不会忘了自己，你忘了自己，烦恼不会忘记你，会来找你。"晚上他让我睡了单人床，自己拿毯子睡在地毯上，说："听听你这几年的故事！"我说："你陪你老婆去，她嘴上说没关系没关系，心里恨毒了我！"他说："让女儿陪她就够了，平时我也睡这边的。"我说："那你们是文明夫妻。"熄了灯我跟他讲张小禾的事到深夜，问他有什么看法。他说："要我说真的呢，还是说好听的？有不同的说法。"我说："才三年不见，你变滑溜了！好听的留着明天对你老婆说。"他说："那不客气我就说了。如果你发不起来，当然是分手的好。女人的热情是能持久的么？"我觉得他这也是对自己的夫妻关系作了一个注脚,但不去捅穿它。我又说:"回了加拿大说不定就回国了。"他说:"老高,真的嫉妒你!回不回去也有选择的自由,回去了找个女朋友也有选择的自由。你还叹气!世界上还有几个不叹气的人?"又叹息自己在美国难得有发展。我说:"你这么能干个人,这样消沉!打工赚钱也好,做小生意也好,再不咬紧牙关去读个什么专业也好,总得有个方向,总不能说混了三年再混三年。老婆没跟你离婚跑掉,也算她是个有良心的!"他说:"打工呢,不是辛苦的年龄了。做生意呢,纽约人人在做生意。读书呢,还得从头学英语学专业。老婆是死也不肯回去,我口袋里又没有那几万块钱,回去也没有意思。说句不好意思的话,我三十大几的人了,偷偷流泪也不是一两次了,什么事儿!"我说:"老胡你有句名言我在心里记了三年,那年你说,出国等于多活一百年,你自己还记得?"他说:"记得,太记得了,也太天真了。"不再说话。

第二天我乘车经华盛顿到佛罗里达去,胡大鹏送我到车站。车站附近就是著名的红灯区四十二街。我们在街上走了几个来回,偶尔也有几个姑娘过来招揽生意。他说:"怎么样,名不虚传吧?"我说:"这就算世界水平,真叫人失望,还不如多伦多呢。"我看见一个混血种人就在街边对着墙解手,吃了一惊,举了相机想照下来,胡大鹏一把扯了我的手说:"别惹事,闹不好送了命也不知道!"我收了相机说:"别把纽约描绘成强盗世界,这可是人类文明的心脏。"他似乎是偶尔地提到了一个熟人说:"他们一家人都是长舌头,每次写信回家不说自己的事,把别人的事都详详细细写了。"我说:"我回去了也详详细细说说,大家在这里混得都不错。那个胡大鹏还开了辆日本车呢。"分手的时候他再三叮嘱我:"回去了别急着结婚,男人到四十也不算晚,多玩几年。机会又一次到了你手里,要珍惜。"我说:"多玩几年是个什么概念,请界定一下。"他说:"你是聪明人,自己想好了。"就这样分了手。六天后从佛罗里达回多伦多去,经过纽约在车站给他打了个电话,没有人接,就连夜乘夜车回了多伦多。

　　到家的时候是早晨,还没来得及洗个澡呢,孙则虎来了电话,问:"孟浪这几天你到哪里去了?"我说:"去了美国。"他说:"都给你打了有十个电话了。我的店昨天开张,第一天就卖了一千零几十块钱,刨去所有的成本,有三百块钱的纯利。我兴奋得一夜都没睡着。"反复交代我上午一定要去看看。我也没有睡意,就骑车去了。孙则虎正按收银机收钱,见了我说:"忙着,你先看看。"几天不见,小店都换了样,摆得花枝招展的,有十来个人在里面走来走去挑选商品。等他闲下我过去了,他说:"怎样,有信心了吧!一天三百块,你打工要一个星期吧!"我说:"瞅着你美得滋滋的,屁颠屁颠,屁眼眼里都夹得断葱了!别太乐过头了!你不姓赵?"他眯了眼望着我:"姓赵?"我说:"你不姓赵?那你姓钱,大家都说你姓钱。钱,钱。"他迟疑说:"孟浪你怎么了,我不是姓孙吗?"我笑了说:"那你还记得自己姓什么。"他恍然笑了,说:"老孟你逗我呢,你逗,你高兴逗了你逗,我不恼。"我说:"赚到钱的人还说恼!我只要能赚到钱,别说逗,谁高兴杀了,杀了我也可以。"他笑了说:"那我还得留着这条命守住这点钱。"我说:"没有命了钱就一钱不值了,就是一张纸了,揩屁股还不好使呢。"他说:"那还是钱第二,命第一。"我说:"老孙你这就发了。"他说:"那还不敢说,明年看吧!几个人都跟我说想加进来,办一个大连锁店,我就看上了你,没那么多名堂,好相处。"我说:"没名堂的人还敢做生意,这里是君子国吗?连他爹的钱也不皱眉头赚了,那才是生意场上的英雄豪杰呢!"他说:"老孟你骂我吗?"我连忙说:"我说自己没有用。"他说:"干吧,老孟!一天四百块钱生意就保本了,以后每多做一百,纯赚四十。机会来了你得抓住!人嘛,要么杨六郎,要么卖麻糖,倒了灶刷盘子去!"又说:"你一个,我一个,再找个可靠好相处的,组成了董事会，明年开个十多家。"我说："托你的福我也过过董事的瘾，名片甩出去，董事！"他说："今天说笑话，明天就成了真。等你有了钱别人就不同了，这个社会很现实的。"我说："那绝对的，自己没出息，不要怪别人小看了你。想想我这样的人也该被人小看，没出息嘛！出息就是钱，钱就是出息。可惜我不是做生意那块料，不能投入，要是那块料就好了。"他说："实在不想来就算了，想来的人多呢。拿得出一两万块的也不止你一个。"说着又去招呼生意。等他完了我说："老孙别把门封死了，我还想一脚跨进来当个董事委员呢。"我在他店里选了几样东西，他说："那不好意思，钱我就收了。"我说："生意是生意。"他收了钱没按收银机，把为政府代收的购物税免了我的。

99

同乡徐先生是安大略省电力公司的工程师，从中国台湾来加拿大已经有三十多年。他邀请我们到他家去过圣诞节。孙则虎打电话通知我时还说："今年可有啤酒喝了！"

徐先生家房子真大，上上下下有十几间，地下室有一张乒乓球台，还有一间健身房，里面是各种健身器械。五六十个人在这房里面，一点也不显挤。徐先生夫妇五十来岁，两个人就住了这么大一幢。进门的时候他家的狗过来嗅嗅，对我摇尾巴，出于礼貌我摸了摸狗头，那狗就一直跟着我，坐在沙发上也蹿了上来往我身边蹭。我去厕所解手，看见里面也装了部电话分机。

我刚参观了房子思文就来了。算起来我们分手已经有一年半，她还是单身一人来参加聚会，我心里很不好受。看她在人丛中穿来穿去谈笑风生,又放心了一点。大家自己找地方找人说话,孙则虎和徐先生讲自己的生意,眉飞色舞的。徐先生说:"成不成功过了节后的淡季才能说。"孙则虎又讲起前几天自己的车被人撞了,可能要报废。徐先生问:"是什么人撞的?"他说:"一个三十多岁的男人。"徐先生问:"是不是白人?"他说:"是白人。"徐先生问他怎么办,他说:"也只好算了,一千多块钱的旧车,还打官司吗?"徐先生马上说:"和他上法庭!"见孙则虎有为难之色,又说:"你不告他,他就溜过去了。"并答应帮他的忙。我在一边听着,对徐先生的态度感到意外,这里还会有谁去揽了别人的事来管。旁边一个人悄声告诉我,徐先生对白人有成见,他在省电力公司干了二十多年,每次提升都没他的份,周围的白人却一个一个提上去了,还要领导他。那人又对徐先生说:"加拿大也算对得起你了,这么好的房子住着。"徐先生说:"这么好的房子它送给我的吗?我交的税也够买这一幢房子了。"又说:"你们来了没几年不知道,越生活得久对歧视体会越深。哪怕是加拿大吧,什么也要自己去争取,别人不会送给你。我就恨华人都只顾自己,比爱尔兰人加勒比海黑人也不如,他们每年还搞一次爱尔兰人节黑人节呢,那么盛大的游行华人组织得起来?有这样的老百姓也出不了个领袖人物,也活该受歧视。"我们都笑了说:"徐先生你当个领袖人物,大家跟你走。"徐先生说:"华人社区谁出了一寸的头就有人来骂他了,要把这一寸砍平,中国人走到哪里也是中国人。"大家又笑了说:"徐先生一辈子的牢骚都发出来了。"徐先生说:"一辈子牢骚就这几句?讲个三天三夜我不讲一句重复的话,你们谁听?"大家笑了说:"过节呢,下次专门来听一次,徐先生你准备几箱啤酒就是的了。"徐先生又对一个刚来的人说:"不管你在国内是个什么人物,有过什么成就,都要统统忘记掉,要砸碎自尊心从零开始,慢慢挣扎出来。"那人点头如捣蒜说:"那是,那是。"我说:"徐先生,早听见你这句话我这几年又是另一番景象了。"说着我攥拳一下一下往下砸着,"砸碎,砸碎,砸碎了就有办法了。"

我到地下室去,几个多大的男女学生在打乒乓球。一个女孩子打着球说:"知不知道,工程系一个女学生又被约克大学的拐走了。"她的对手是个男的,说:"证明了多大的男的无能。"旁边几个男的窃笑说:"有意见了!抱怨我们怎么不去拐她们呢。"那女孩子又说:"约克大学的女同胞说,她们自己也不光彩,其实我们多大的男同胞就很光彩么?"我悄悄对那几个男的说:"意见可大了!"一个悄声说:"有什么不光彩?处理给约克那些没闻过女人气味的人的。"又高声对那女孩说:"小罗我早就想拐你,为多大挽回点面子,又拐不到手!"那女孩嘻嘻地笑。

上面有人叫:"吃饭了!"大家都上去。每人一只一次性的盘子,自己舀了东西吃。有几个人拼命喝啤酒,一瓶接一瓶,一副想不想喝都趁机多喝几瓶的架势。思文在客厅门边对我使个眼色,我过去了,她说:"等会儿我出去你也出去,我们一起走,跟你讲件事。"我心里有点紧张,怕她又会提起和好的事,但也只好答应了。袁小圆过来说:"两个人躲在这里讲悄悄话,可不可以公布公布?"回到客厅里,几个人正在议论谁考托福又没考过,还差五十多分,急得不得了。有人说:"差五十多分急什么呢,差五分急一下还摸着了个边。"我说:"急也要急有点影子的事,你看我不是布什总统又不是亿万富翁,我就不急。"大家哄笑起来。又听了半天我才知道,原来他们在议论的就是周毅龙。心想:"老周这下又栽了,怎么得了!"前几天跟他通了电话,只知道他的情绪又下了一个台阶,不知是为这件事。

严一川的太太凑到我身边,轻声跟我说:"等会儿一川说什么事,说到回国你劝他坚持下去,女儿过两年就上中学了,回去了怎么办?"我答应了。吃完饭严一川真走到我这边来,说:"真的准备回国啊?"

我说:"我要跟你一样学个金属材料,我还会回国?我们这些没有专业的臭鱼烂虾也只有这条路。"他说:"你不知道,你真的不知道。"我说:"一川你想回国去把威风抖一抖吧?博士后了,还是个洋的,回去把人也吓散了。"他说:"抖一抖是其次。"我说:"主要是想家里的人了。"他说:"你不知道,你真的不知道。我要不是个中国人,早就拿到课题,自己搞个碟子自己吃。别人高兴了碟子里拨一点给你,心里什么滋味。"原来他那个课题组最近有了突破性进展,他出力最多,论文拿出去连名字也不能署一个,精神上大受刺激,想回国去自己干。我说:"你老婆刚才交代我了,要我劝你留下,孩子不上不下的嘛!"他说:"孩子大学毕业我都五十了,回去还有什么用?为老板这样无限地做下去,实在也不甘心,心里苦得很呢。"我说:"你这叫苦?刚才你没听人说那个考托福差五十多分的人?比你小不了一岁两岁,国内原是博士,傲得一塌糊涂的,来三年了,事业还没见影呢!你这就算苦了?"他说:"还是你好,说溜就溜了。我们留在这边,一辈子也没有太多想法了,博士后做了这三年也看透了。"我说:"老板给你两万多一年呢!"他说:"为人作嫁也要几个手工钱吧。心里怎么不平衡,还作不得声!"

  孙则虎叫我过去打扑克,跟他打一对,我就过去了。看见思文和袁小圆两个在角落里说什么,挺亲热的样子。打着扑克,孙则虎看着电视里的时装模特,叹口气说:"也不知道这些模特最后都嫁给什么人了。"几个人都笑。我说:"肯定是嫁给男人了。"孙则虎说:"绝对是的。"一个人说:"老孟只说对了一半,肯定是嫁给有钱的男人了。"孙则虎说:"绝对是的。"又叹口气。我说:"老孙你叹气也不怕我们告诉小袁听?"他说:"她知道也没关系。是个男人就那么回事,她不知道?还要你们去说!"出了牌又盯了电视机。我说:"老孙我们换个位子,你老盯着模特的腿,自己马上就要钻到桌子下去表演了。"打一盘输了,我钻了桌子说:"跟老孙打一对真受刺激。不打了,到下面跳舞去。"叫另一个人接了手。孙则虎也想去跳舞,却没人接手,就叫袁小圆。袁小圆说:"钻桌子的还叫我来!"他说:"你打,输了归我钻。"把牌递给袁小圆,下楼去了。

乒乓球台已经搬开,有七八对在那里跳舞。徐先生夫妇也在跳。都是熟人,我胆子也壮了点,也加入进去邀了人跳。我心里想邀长得好些的那个女孩跳,观察了一会儿看出有一种不动声色的竞争,每当曲子一响那女孩就先被邀了,就放弃了那种打算。我又注意到有一次孙则虎邀思文跳,思文迟疑了一下,做了一个几乎不可察觉的拒绝的动作,但马上又接受了。虽然没有兴趣,我还是邀徐太太跳了一轮。不一会儿袁小圆来喊孙则虎:"上去!"孙则虎说:"有事?"袁小圆说:"去钻!"孙则虎说:"这么快就输了?"乖乖地跟了上去。一会儿回来说:"天下找得到第二个这么模范的模范丈夫吗?"

十点钟的时候,思文和徐先生道了别,又站在门口高声地和别人说"拜拜"。我知道她在提醒我,过了几分钟就悄悄地溜了出去。

100

出了门我冷得一哆嗦,雪又下起来了。站在台阶上透过雪花看见思文站在前面,穿着那件熟悉的粉红羽绒外套,邻居家门口的彩灯在她脸上一明一暗地闪。一阵风卷起雪花,遮没了她的身影,雪落了她仍站在那里一动不动。我推了单车,把铃摇得"叮叮"响。走过去她说:"这样的天也骑车来。"我说:"开始没下雪,又不太远。"她说:"花几十块钱买张月票也不会就穷死了你,人总要对自己好些,你不对自己好谁还会跑来对你好!"我说:"总想着过几天就回去了,过几天就回去了，就拖下来了。"我说着忽然意识到可以趁机给她一个不伤自尊的提醒，又说："真的过几天我就回去了，在这里再没有什么可等待的。看了三年多，我看透了，好地方，却不是我待的地方。"她说："你是应该回去。别人不了解你，总是要你留在这里，不要听他们的。"两人都沉默了，踩着雪地沙沙地响。到了路口她说："还早，去不去我那里坐一下？"我说："好。"她说："看见雪我又想起了纽芬兰。"声音中带着一种凄切。我心里发冷，说："多伦多的风没那么猛。"她说："纽芬兰的一幕幕就像昨天，那时候你刚来，现在又要走了。一晃三年多了，这么多日子就这样过去了。"我说："今年多伦多的雪比去年下得晚些。"她说："什么事都是一去不复返，人一辈子也是的。纽芬兰你这一辈子也不会去了，我大概也不会去了。"我说："多伦多到底还有不少富人，徐先生这幢房子恐怕要五十万。今天晚上他恐怕用了几百块钱，啤酒都是十箱。"她忽然一笑说："多伦多的风没有那么猛。雪比去年下得晚些。啤酒都是十箱。"我尴尬地笑几声，说："我骑车你敢不敢搭？"不料她说："下大雪搭你的车，也不是第一次了。"我说："我是怕别人看见了又嚼舌头呢，以为我们还怎么样。我反正过几天就走了。"她说："你不愿意去就算了。"我说："你不怕我怕什么！"抖落身上的雪花，骑了车，她跳上来，迎着雪向前骑去。

到了她房里，我问："到底有什么事？"她说："你想走了是吧，这里有鬼要吃了你！"我不好意思，坐下来说："烧点水泡杯茶来吃，口渴死了。"她去烧了水来说："其实你可以再等两年拿了公民权再走，绿卡别浪费掉了。有了护照来去就自由了，什么时候想来就来。"我说："还等两年？两个月对我的意志都是一个考验。闭了眼睛哪条街是什么样子也在心里画出来，还来干什么？来打工差不多，可钱我也不想赚了。"她笑了说："赚饱了。"我说："肚子吃什么山珍海味也会有个饱的时候，钱是赚不饱的，越多越饥渴，我只是不想去赚了。"她说：

"绿卡废了到底可惜，香港人想移民还得投资十五万呢。护照到了手，全世界任何国家的国门就像自己家的菜园子门一样。"我说："中国又不承认双重国籍，回去了我一个加拿大人在单位走来走去，别人还不看我是怪物。"她说："那也是，有人心里会恨你，不惹他他也会恨你，人就是这种东西。"我说："拿个加拿大护照回去了，我觉得心里对不起谁似的，其实我又明白也没有就背叛了谁这回事，何况我又不想当国家主席。"两人一起笑了。

我又问："你家里又来信了没有？"她说："来了。"我说："你妈妈又骂我了吧？"她说："她恨得你哭！我哥哥说等你回去了找人打你一顿。我赶快写信回去了，要他们别。"笑笑又说："你也别怪他们，他们没文化的人就是这样想的。"我说："要是不疼，打我一顿也是应该的。"她说："不说这些，讲好了你回去帮我带几样东西。"我说："已经有几个人要我带了。"她说："别人的东西你不要都揽在身上带了，他们利用你。"我说："帮你带就不是利用。"她直笑。我又说："带几件东西倒没什么，只是我怎么敢往你家里去送？那不是舍身饲虎？骂一顿倒算便宜的！"她说："你写信叫我哥哥去你家拿。"我说："也只好这样，东西别太多，会超重的。"她说："别人的我不管，反正我的东西差不多也就是十斤。"

我突然记起来，问："什么时候你跟袁小圆又好成了那样，两个人头凑在一起嘀嘀咕咕老半天，你出去她还送你。"她说："她脸上这几个月长了一些小疙瘩，她自己倒不在意，以为反正小孩也有了。我劝她找医生看看，不要就让它去。我跟她讲，男人都是有个坏心的，做妻子的要把自己装点好了。"我笑了说："你比男人自己还了解男人！怪不得跳舞的时候你还不想跟孙则虎跳。"她惊奇地望着我："你注意到了？我还是跟他跳了，总不好让人家难堪。"迟疑着又说："告诉你你千万别出去讲，讲了你就不是个人。孙则虎有几个星期总到我这里来，含含糊糊说些擦边的话，我总不应他的茬。有天忽然他抓了我的手想拉过去，我用力推开了。他说，我太不应该了，我犯错误了！退到椅子上坐了，垂头丧气地两手抱着头。我以为他怎么了，又过去安慰他。他又一次拉我的手，我还是很温和地拒绝了。后来两人又没事一样，说些七七八八的话。他走了，再没来过。"我说："说起来这一点也不奇怪，'都有个坏心'一句话全解释完了。"她冷笑一声说："什么你看了都不奇怪。"我忽然意识到自己太豁达了点，想做出惊讶气愤的样子也来不及了，说："天下怪事太多，太多了，见怪不怪了。"又扯开去说："最近还好吧？"她说："还可以，不好又怎么样，还不是要往下活。"我说："什么事也不要拖拖拉拉的，拖在那里总是件要做的事。"她说："什么事急也急不好，拖在那里不是好事，也没坏到哪里去，急成了坏事就完了。我这一辈子还能禁得几次？"我说："什么事还是要不动声色地主动点。"她说："什么事我也没太去在意。前不久我病了两个多月，胃有了毛病，人都瘦掉了十磅。看了医生也检查不出什么。医生说是心情不好引发的。我一急，干脆就想通了，什么事退一大步去想就想通了。反正人生是不完美的，世界上也没有完全幸福的人，关键是自己怎么去看，还有太多的人还排在我的后面。"我说："知足常乐这句话倒救了很多人，中国传统真有了不起的一面。可惜那些真正足的人他总是不知足，也总是不乐。"她说："那不然还怎么想？三十出头还是单身，钱也只剩一千多块了，身体又垮了，快毕业了工作也无影无踪，自己想起来好凄凉。再不乐观点，就没有命了。我这些事你不要告诉别人，你知道我不喜欢让别人知道我不幸的一面。你看我还乐观是不是？我的乐观是真乐观，不是做给人看的。要疼也疼过了，要悲观也悲观过了。"听了她的话我心中悲戚，心里"咚咚"地冲得厉害，她见我的神色不对，说："你也不必心里有什么，我自己都想通了，你心里还那个干什么？说到底一切都是命运，命运是对人生无法解释的一切的最终解释。想不通的时候想到是命中注定就想通了，痛苦也就不是痛苦，烦恼也就不是烦恼了。"

我最怕她一个人这样拖下去，问："打算怎么办呢？"她说："赚钱！毕业了我不想去找工作，不说找不到，就算找到了，赚钱也太慢了。赚钱，赚钱，这是我人生最后一个理想了。活到了今天可不敢再小看了钱。我要经商去，从零开始。我知道太难太难，但我不会放弃，你知道我做什么事是最有耐性的。"我说："总不能这样下去。"她说："那些我都不急，什么孩子，什么家，都排到后面去，别误了我的正事。这几年是最紧张的时候，别的也顾不上了。我一个人过着也挺好，要寂寞也寂寞惯了，要疼也疼过去了。一个女人，她最大的愿望吧，就是嫁给她自己愿意嫁的那个人，不然怎么说她是一个女人？可再怎么有色彩的女人，她成为妻子了，也就没有色彩了。色彩来自想象的余地。想通了这一点，我心里就轻松了，我并没有失去什么。我只是为天下女人悲哀。"我说："你的话我听了怕，还是个女强人派头。"她笑了说："要这么说也可以。我和别的女人不同，是在油锅里滚过几滚的。别的女人精明能干，冲锋陷阵，心里还挂念着男人的温情。只有连这个也不想了，女性才是真正地解放了自己。"她说得很轻松，我听去竟觉得彻骨的冷，打了个寒战，一身冷疙瘩都起来了。我说："思文想不到你这几个月变了这么多，我身上的汗毛都竖起来了。"她一笑说："人也是逼出来的。从凌志的事以后，我就想开了。现在去想那些十八二十岁的少女，觉得很可笑。"我说："到底世界上还是有值得投入的。我当然不是，但总还是有。"她说："也许就有那么几个吧。但你想都不能想他能被自己撞到，真的你想都不能这样去想，这样想的人一定要倒大霉的，那是一定的。"

又说了一会儿话，我说："快十二点了，我回去。"她说："咦，事情还没说呢，你这就走？"我说："不是说了吗？十斤东西。"她说："还有，你借点钱给我。"我说："你真的要借钱！"她说："不是早跟你说了吗？你不要担心，我立字据，付利息给你。我毕了业有段时间要做经商的准备，到处跑，又没收入，生活总要过得去才行。"我说："你还是去找工作好。"她说："你实在不愿借也没办法，你的钱我知道也是血汗换来的。"我说："借多少呢？"她说："一万块吧。"我从沙发上跳起来说："一万块！你还不如一刀把我宰了的好！"她笑了说："要了你的命吧，那就五千块，五千块再也不能少了，连原来的两千块，一共七千。我总要做半年到一年的打算。"我说："我这就回去了，你还不如找别人借。"她说："你还犹豫呢，别人更犹豫，在这里借钱可不是件容易的事。你放心你的钱总会在这里，还生着崽呢。除非我被汽车撞死了，你就吃了这个亏算了，不要跑到我家里去要，他们剥皮卖了也还不起。只要我这口气还在，你的钱等于还存在银行里。"我叹气说："不借给你呢，你也真的周转不过来，借给你呢，我心里又不是滋味。好不容易凑起了五万的整数，一下去了五千，心里就有个缺口。"她说："你这心情我太理解了，这就是你！但是你要想到你的钱还是在那里，心里算账的时候算进去，那个缺口就补上了。"我又叹气说："那就冒一回险了，以后上街你小心点，别给车撞了。"我从口袋摸出一张空白支票说："准备开了交房租的，先给了你吧。五千块！我到加拿大还没开出过这么大的支票呢。"她说："慢点。"她拿出纸笔，写了借据，利息多少，借期多久都写了，签了名给我。我填了支票签了名给她，说："马上就去把这笔钱取了，让我心里一刀两断，不要又拖几天，搞得我心里悬悬的，好难受。"

  有人敲门，是一群邻居来祝圣诞。白人、黑人、印度人、阿拉伯人都有，只没有华人。他们擎着蜡烛咿呀咿呀地唱，思文也跟着唱，像那么回事。我低头看见门口那双大拖鞋还在那里，就趁他们唱着，轻轻地踢到门外，又踢到人群后面去，弯腰一只手提了，跺了脚和思文打个招呼,她唱着微微点头,我就去了。下了楼,我把拖鞋用力甩到对面的房顶上去。

101

我心里似乎还在等待什么,可也确凿地明白已经没有什么可以等待,来加拿大三年,该发生的已经发生了。几次下了决心去订机票,但想到这是一去不复返的航行,又犹豫了。毕竟,在这片土地上,我度过了这么漫长的岁月。

圣诞节后赵文斌开了工具车来找我。我说:"就那么忙着赚钱吗,同乡聚会也不见你的影子毛!"近一年不见他,才知道他太太又生了一个儿子。他接到了一个室内装修的业务,要我去帮几天忙。我说:"你找别人好了,钱这几年我都赚怕了。失业的人一抓一大把的,要不我给你推荐一个。"他说:"别人也找过,还是熟人好些。"我说:"三年多我什么也做过,倒是装修没沾过边,别把你的事做坏了。"他说:"跟我走就是,也不必谦虚这么一大堆。"我说:"真的我这几天就要订票回去了。"他说:"十天之内总不会走吧,走之前赚张机票有什么不好。"我拗不过他,只好去了。到了那里才知道干活的就我和他两个人,一直还以为他开着多大的公司呢。中午他开车去买快餐盒饭来吃了,我说:"明天要你太太做了饭带来,反正有电炉热热就是。才赚了多少钱呢,每天这样买饭!还开车出去,费工费油的。"他说:"我前后请过十几个人,别人还只嫌饭不好,第一次你这样说。几块钱一份的饭,其实我自己心里也舍不得吃,只好陪着吃了。"第二天他就带饭来吃了。

干了几天才知道装修是这么难干的活。主家要求极苛刻,几乎是用画画的细心做出来的活,还不能使主妇满意,好几次我差不多都要绝望了。在巨大的压力下做了二十多天,把那家装修好了,临交货还提了无数的意见。赵文斌付给我一千多块钱,正好是我自己心里算出来的那么多。他够朋友,没在工时上玩一点小手脚。他还要我去做另一家,我坚决推辞了。我说:"真的佩服你,有勇气做这个行当。这二十多天我不是老板都是提心吊胆过来的,想不通这么大的压力你怎么承受的。她那样刁起来,你还只赔笑,我在旁边都想扇她个耳光了。她数你的不是的时候,我在心里祝愿她生崽没屁眼。"他笑笑说:"没办法呢,条条蛇咬人,开餐馆也咬,开店也咬,这一处不咬那一处咬,都一样。"我说:"是的,是的。你这么一说我更应该回去了,我的心理承受能力不能跟你比。"他说:"你要想清楚,真的不返回来?什么叫一失足成千古恨!"我说:"想了三年多我没想清楚!"

年三十晚上我去多大看联谊会组织的春节文艺晚会,在这一年一度的晚会上可以看到水平非常高的表演。许多国内知名的艺术家改行谋生去了,也愿意有这么个机会登台献艺。我去得早,坐在第二排。一会儿领事馆的总领事也来了,就坐在我前面。快开演的时候我回头望去,看见思文坐在后面不远的地方和人说笑。我脱衣服占了位子,心里对自己说:"解个手去。"满场绕了一周,模糊地希望看到张小禾,却没有看见。有人招呼我,是多大一个同乡。他过来神秘地对我说:"看见没有,徐丽萍后面那个人今天终于出场了,是个香港来的老板。"要带我到演员化妆室去看。我说:"他有本事赚到钱,活该他享艳福,只是你就失落了。去年圣诞节在老孙家里,你还为徐丽萍辩护那么多,吵了一架,白辛苦了一场。"他说:"他妈的博士读完了还是要想办法做生意去。搞研究?那要当得了和尚的人才行。"

演出到中间的时候,胡晓平唱了《蝴蝶夫人》,我也听不懂歌剧,出于对名人的景仰鼓了掌。接下来是一个双人舞。我怎么看着两个姑娘中的一个身影有些熟，回想是不是去年看过她的表演。去看她的脸，化了妆又闪来闪去看不真切。我忽然恍然大悟，那是张小禾。她跳舞跳这么好，我从没听她讲起过。看她小腿手臂在灯光下闪动着炫目的洁白，我有点得意地想到那是自己曾经历过的。眼睛看花了，心中又生出许多不可告人的回忆，又奇怪自己在经历的当时为什么对那种美好没有如此强烈的感受。音乐戛然而止，台上两人做出一个漂亮的造型。台下一片掌声，我却盯了舞台两侧的侧门，看张小禾下来。一会儿张小禾从右边侧门出来，一个四十来岁矮胖胖的男人迎上去接她手中的衣服。张小禾一让，那男人还是接了衣服跟在她后面走，挺顺从似的。我记起她跟我提起过一个当地华人，不知是不是他？这时我心中的得意还没来得及仔细品尝，就被一种剧烈的铺天盖地的痛苦覆盖了。我盯着张小禾，看她从后面的侧门出去了。我呆了似的盯着那扇门有几分钟，视线越过了后面几排的一个姑娘。她以为我如此放肆地盯着她，明显地把头一扭，显出气恼的神情。她这一扭提醒了我，我猛省过来，转了头仍看着台上。我浑身的皮肤着了火似的炽热，血一股一股沿着无数的通道往头上涌，裹挟着无数小钢针要从太阳穴往外奔突。眼睛也潮起来，眼前一片模糊。这其实也是意料中的事，但一旦看在眼中却无法接受。我再也坐不住，一分钟也无法忍受，蓦地站起来，弓了腰走到过道上，退到后面。我真的很为张小禾惋惜，我甚至宁愿她回过头去找原来那个人，心里恐怕还好受些。

这时我强烈地意识到如果今天不跟她见一面，今生今世就不会再有见面的机会了。前几天我到多大教育学院去过，想最后偷偷地看她一次，没有见着，才知道她已经毕业了。我紧张地思索着是不是该去见这最后一面。一会儿觉得惭愧，人家已经是人家的人了，还往前凑什么凑呢。一会儿又觉得自己立起也高高大大，那个人纵使有钱，又怎么样，钱又不是上帝本人。至少，我得去问个明白，那个神秘的电话和那个神奇的幻影是怎么回事。想到这里我从侧门走了出去。外面是一个厅，厅那边是一溜房子，有间半开着，门上贴着"演员休息室"几个字。我慢慢踱过去，从那门口经过，斜着眼往里面一瞧，看见有人在化妆，有人在吃东西，嚷嚷的一片，没有看见张小禾。我又回头走过去，看看厅里没人，侧着身子伸了一只手把门慢慢推开些。又一次从门前经过，瞟见张小禾正和另一个姑娘说什么。我不敢叫她，退到厅的另一边的椅子上坐了，等着。一会儿那男人出来站到门口，我望着他，觉得眼睛里火辣辣的，像充了血，就要喷射出来。我一会儿想象着自己怎么从容地走过去，突地起脚把他扫在地上，一会儿又想象着张小禾就躺在他怀中娇声软语。我站起来把手往那边一比画，估计着他也就齐自己的肩高，忽然勇气大增。等他进去了，我嘴上轻轻吹了几下，就把《末代儿女情》的主题歌吹了出来：

……我本有心，我本有情，奈何没有了天，爱恨在泪中间，聚散转眼成烟。秋风落叶飘满楼，儿女情长谁捉弄，这次远行没人相送，看来只有挥挥衣袖。飘啊飘啊飘的风，吹的是谁的痛……

这歌张小禾是熟悉的，就在去年这个时候，几十集电视剧我们一起听了几十遍，我也经常含在嘴里吹着。果然还没吹完，张小禾站到了门口，看见了我，一怔。我们在厅的两边互相注视，沉默着，不动，都显出严峻的平静。在这沉默中我强烈地感受到了生命的沉重。这样有好一会儿，自己也莫名其妙地，我忽然笑了，把右手放在腰部，食指勾动几下，一边往楼梯口走。头也不回，我知道她跟过来了。我下到楼梯中间，倚了扶手，等着。她出现在楼梯口，我仰望着她说："好漂亮哟，装饰得这光闪闪亮晶晶的，都认不出你了。"她说："你一开口就是一把刀子，割得人好疼。"我说："我骗你吗，骗你我也是王八。"她笑了。我说："看你跳舞我眼也看花了，忍不住想看你一眼，最后一眼。过几天我就走了，机票已经订了。"她说："演出完了你在街口那家咖啡店等我，我还有个集体舞节目。"我说："那我就不看了，看见了别人我心里难过。"她苦笑一下。我说："你来不为难吗？别人会准你的假吗？"她说："你只管去，我说来就会来。"

我在冷风中走着，踩着冻硬的雪。街上空空荡荡的，没人，偶尔有几辆小车来往。我把口哨吹得更响些，又对着路灯缓缓地呵出一口白气。走到街口，果然有家咖啡店。我从门口往里一望，光线暗暗的，看不清什么，轻轻地响着音乐。又继续往前走，看着那一片天，高高的，有些神秘，看不透似的。我心里想着，这天不就是氮气氧气吗，有什么神秘呢？可这样想了还是没有摆脱那神秘感，心中有鬼似的。怎么这世上就有了个天，又有了个地，有了白天让人工作，有了黑夜让人睡觉。有了男又有了女，有了快乐又有了痛苦。我望了那一片蓝黑的天，陌生而崇高，越想越觉得这世界奇怪又可笑。无限的世纪消逝了，天还是这片天。想来古代的哲人圣贤也曾这样望着天，心中无限涌动无穷追问。那些终极意义的追问从来就没有结果，也永远不会有什么结果。我躲到树的阴影下，瞧瞧四下无人，猛然发出一阵自己也不理解的大笑。糊涂的人是幸福的，怕只怕难得糊涂。走远了我又转回去，一个人迎面走来，叫一声："高力伟吗？"我抬头一看，是周毅龙。他说："你怎么才来，演出都要完了。"我说："你不看完就走？后面还有集体舞呢。"他说："看着心里突然就闷得慌，出来想吐口气，就没再进去。"我说："这几个月你到哪里去了？打电话也没人，影子毛也抓不到一根。"他说："老地方，你介绍去的，说说又快有一年了。你这几天就回去，是真的吗？"我说："你也知道？消息跑这么快！就是这几天了。"他说："你现在是知名人士了，今天报上都登出来了。"我说："别人这样说呢，我当他是开玩笑，你说就是骂我了。一条河里洗过澡，谁也见过谁的东西，是不？"他说:"你下得了这决心回去,对我心里冲击很大。我也想想是不是不熬了,把心一横就走!佩服你的决心。加拿大有什么好,最大的好处就是来一趟不容易!"我说:"你也说得太损了点,这是世界上最适于生活的地方呢,我只怪自己没有雄心壮志。"又说:"你打算怎么办,还这么下去?"他说:"谁知道,我自己也不知道。世界就像一张网把我网住了,要有一点小突破也那么的难,暂时就这么熬着吧。"我说:"我听你这话都有三年了,再过三年,'暂时'两个字就别说了,一辈子就那样了。"他叹口气说:"老高,你就这样看死了我?我怕是真的没什么戏了。"我说:"真有本领的人这个社会还是不会埋没的。"他说:"也要用得上。"又淡淡地说:"可能过不久我也步你的后尘了。孩子,让赵霞带着吧。我原来还担心不带小磊回去没法向我父亲交代,他最爱这个孙子的。上个月知道父亲早就死了,都死了快一年了,这我也就放心一点了。"我叹口气,不知说什么好,他又拍拍手套说:"那就这样告别了,不送你了。"我说:"就这样了。"他默默挥挥手,转身去了。我冲着他的背影说:"好自为之!"他头也不回说:"OK!"背影在夜里模糊起来,是白色雪地上一个蠕动的黑点,只听见他在唱:"跛子要跳舞,哑巴要唱戏,瞎子最爱耍杂技,聋子要听收音机。"渐行渐远了。

102

进了咖啡店,我选一个最暗的角落坐了。侍应小姐过来,我点了两杯咖啡,两块蛋糕,吩咐她等会儿再送来。一会儿张小禾进来了,四处张望。我轻轻吹声口哨,她走过来,把一个精致的小挎包放在桌上，在我对面坐下。我说："准假了？"她不回答，却说："真的要走，孟浪？"我说："真的。事到如今加拿大也没什么可留恋的了。也许到今天下午，我在自己的幻想中还有那么一点，现在没有了。明天我要去把订的票的日期改了，看能不能后天大后天就走。"她说："孟浪，你生我的气了。"我说："生气是要有资格的，我凭什么！这个人还是原来说的那个人吗？又接上头了！"她轻声说："你在心里笑我了吧？"我笑一声说："笑什么，在这么一个现实的社会里，男人不成功，还敢笑别人？那不是疯子吗？躲开点不让别人在心里笑死就很幸运了。所以这几年我对优等的人种，有钱的人，就是一个躲字。他们把自己的优越夹在语言神态之间让你领悟了，我怕，我装作不懂可是心里还是懂了。我也不恨他们，轮到我自己怕也是这样，人嘛。所以我还是逃回去的好。"又说："这几年我几乎理解了一切人，强盗，妓女，自杀者，乞丐，百万富翁，还有那些在感情和现实的冲突中服从了现实的人。因此也理解了这个世界，理解了为什么世界永远不会那么美好。我以前特别羡慕活在将来的人，现在觉得也没什么可羡慕的。人的故事在很多年以前就发生过，在很多年以后还会发生，过去的几千几万年就预示了未来的几千几万年，永远是人的世界嘛。某种与生俱来的东西已经把人规定好了，圣人也不能改变什么，世界变了，人是不会变的。"她说："你骂我吧，你应该骂。"我说："绝对没有那种意思。"她说："如果不带一点感情色彩地说，我想你回去是对的，我理解你。"我说："理解万岁嘛。"谁知她说："但是，我还有一句话！"她一字一句地说："如果你今天有了点新的想法，有些事情还来得及。"喘一口气接着说："跟你在一起我心里就过得去，这种感觉太难得了。"我说："小禾，我绝对相信你说的是真心话。换句话说，我很自信地相信你说的是真心话。但是！我没有办法改变自己，换句话说，我痛恨自己无法改变。我说出这样的话，不是在拒绝什么,这对我自己来说也是很残酷的。我头脑中有根神经在提醒自己直面惨淡的人生。有些很美好的东西我无法承受,我没有能力给别人带来幸福我就要放弃别人给我带来的幸福。有些感觉是很难得的,但人不能靠感觉活在这样一个世界上,对不?你自己也说过,有些东西的力量更加强大。"她说:"你也不要把话说绝了,穷一点我是不怕的。"我说:"凭你这句话我们没有白认识一场,我会记住你一辈子,这已经是很难得了。可这个世界穷不是荣耀,而是耻辱,是无能的证明。政府前几天授骑士勋章给皇家银行的董事长了,会授给我吗?李嘉诚去了北京,总书记总理都接见他,我去了一个科长也不理我。从东方到西方穷都不是荣耀。穷我能忍受却不能忍受穷证明着的那点东西。"她说:"只要自己好好活着,想那么多干什么?"我说:"人生了脑子就是要拿来想的,又念了几句书还想得多一点,一件事还要去想它的意义,我就是不能忍受那点意义。"又说:"真的佩服你的勇气,敢在这里奋斗挣扎下去,这么艰难的路张小禾她也敢走!"她凄然一笑说:"大家都要佩服你的勇气,说回去就回去了。你敢,你真的敢!"我也笑一笑说:"大家都佩服一个没出息的人,一个逃兵。"喘口气我一字一句地说:"如果你有了点新的想法,有些事情还来得及!"她沉默良久说:"可惜我又不是我自己,你知道的,我只是我自己我就不顾一切跟你走了!"我说:"说起来也可以理解。我不恨谁,只恨自己在这里争不来那一口气!"她垂了头连连叹气,突然爆发似的压低声音,头往我这边凑过来说:"我恨我自己,恨我自己!前几年我表姐为了从苏北农村迁到南京郊区来,随便找了个人就嫁了。表姐好漂亮呢,那男的我怎么看也看不来。我劝了她好久,她自己也哭了,可还是走了那一步。我怎么想也想不通,怎么会呢,这都应该是很久以前的故事了,旧社会的故事了。我都看不起她了。可是今天连我自己也这样做了,好像有什么力量逼着你不这样就不行。这个

社会给人的感情留的余地太小，我最后一点理想主义也破灭了！我连自己也看不起了！"我说："我无能，有本领的优秀青年其实还很多，多伦多就有很多。"她叹气说："要是我是男人就好了，慢慢来。前年我遇见你的时候才满二十四呢，这就快二十六了。世界还是那个样子呢，没怎么变呢，人已经就变了，一年一年不同了。女人啊，几年几年就不精彩了。我对自己说，算了吧，算了吧，趁自己还不太老，进入安全地带吧。自己又没工作，他对我也还好，心里叹着气也就这样了。现在要有的东西都有了，就是少了一点。"我说："就因为少了那一点，才要有的东西都有了。只要自己心里不太拒绝，也可以。我刚才坐这里还想，张小禾这么好个姑娘，被他得了去了，太可惜了。可是我又问自己，凭什么说被我得了就不可惜，我算老几呢？这里老几老几又是以成功来衡量的！我不甘心啊，不甘心！可也只有服了这口气！争不来那口气就只有服了这口气！"

张小禾一手捂了眼睛，低了头沉默不语。我怕她哭了，说："我胡说八道，别理我！"问她一些话，也不回答。我站起来走到她身边，扯一扯她的胳膊说："得了，得了，来说点高兴的事。"她抬起头，呜咽着说："有什么高兴的事可说！"猛地搂了我的腰，把我拖下去坐了，伏在我身上哭起来，温软的身子在我怀中轻轻地起伏，颤抖。我说不出话，默默地摸着她的头。哭了一会儿，她抬起身子，双手勾住我的脖子，发疯似的把脸在我脸上擦着，我舔到了她眼角的泪，咸咸的。她把嘴唇凑过来，两人就长久地吻着了。她唇舌之间比以前主动得多，如饥似渴的，一边仍在抽泣。我抱紧了她的身子，沉重的呼吸使胸膛一起一伏，更感到了她身子的柔软，脑海中幻现出她在舞台上那狂放的舞姿和灯光下的细腻洁白。我想："高力伟你好大一份福气啊，只可惜是最后一次了。"反反复复吻得有些累了，她放开我，轻轻喘息。我把她抱起来，灯光朦胧中凑近去看她的脸，说："到现在还没看清你，等会找个亮的地方让我看个够。"她点点头,又说:"那也让我看你看个够。"

等她平静了,我说:"问你一件事,你告诉我。我上一次见到你的那天晚上,是不是你站在厨房窗子外面?有个人站在对面街边的树下,好像是你。"她说:"是我,那天不是九月十五日吗?三个月。"我说:"怎么不进来?"她说:"不知道进来说什么才好。"我说:"那我喊你也听见了!"她说:"听见了,你跟房东讲话也听见了。我就站在树后面,你自己慌慌张张没有看见我。"我说:"那不是幻象!我还以为是自己神经错乱了!"她说:"你不知道,我一共去了五次,都是晚上去的。前两次没看到你,后来摸到规律了。有两次我就跟在你后面,看你上了电车。那一次二房东进去了,我看见你在前面跑,想喊你,又喊不出口,我自己就哭了,站在电车上眼泪一串串地流。"我说:"有几次我从教育学院门口一直跟着你,看你下了地铁,你知道不?"她说:"那我怎么知道?我又没长后眼睛。"我说:"你跟在后面怎么不喊我一声?"她说:"你怎么不喊?"我说:"不知道喊了说什么才好。"她说:"三个月呢,我总是等着你来找我,给我带来一个 surprise(惊喜),可是奇迹还是没有发生,我以为你忘记我了。九月十五号你来找了我,我知道你是专门来找我的。你还说是路过那里,你总是说谎也说不圆。"说着伸手摸我的脸,轻轻笑了一下,"那天我一看你的神态知道没有希望,就故意冷淡了你。我心里恨你!你也恨我吧?可是不冷淡又说什么呢,我又不能改变你的想法!我下了地铁没有上车,坐在里面想了好久,一列一列的车无穷无尽开过去,又有不三不四的男人来骚扰。快九点了,坐了几个小时我都想得麻木了,还是上来,去看你。那天二房东不出来,你会看到我的。你找不到我,我自己也会忍不住走出来。看你那样叫,太可怜了。"我说:"还有一件奇怪的事。那天中午是你打电话给我,没有说话!"她说:"是的。"我说:"在图书馆二楼打的!"她说:"是的。"我说:"第一次是忙音,你退出硬币准备下楼去了。"她吃惊地问："你怎么知道？"我说："你又转回来，换了一部电话机，通了。"她说："全部都是真的！可是你怎么会知道？那时你在家里！"我说："当时我头脑中就出现了这些画面。有时候我想象起来让自己害怕，昨天晚上这个时候你在什么地方和什么人在做什么，我都不敢去想。一想我全身发冷。有时候我想象起来太逼真太细致也太那个什么了，连我自己也会相信那不是想象出来的。"她说："别瞎想。"我说："那你不作声，我还以为是外面野人打来的电话。"她说："我临时又犹豫了，说什么呢？反正我好失望！"我说："今天呢？"她说："失望已经过去了。人总不能对确定的失败还抱着希望。"我笑一声说："人到底还是很难做一个爱情至上主义者，到底爱情不是绝对的。说出事实的真相很残酷，但不说出来真相仍然是真相，残酷仍然是残酷。"她说："你说我吗？你自己呢？"我说："我就是说我自己。"她说："孟浪！你就不能拿点男子汉气概出来挣扎一回？纽约有个北京人发了大财，还写了本书呢。"我说："纽约太远了，我眼睛近视看不见，多伦多谁发大财了呢？自己不行要承认，这不是谦虚。这几个月我想了又想，那次到北边去我也想了开餐馆的事。脑袋也想烂了，还是只有回去一条路。别人怎么样我不知道，人跟人是不同的。"她说："我知道你是对的，我并没有劝你，只是从此我们就海角天涯了。好在我们看到的还是同一个月亮。"我说："远在天边从月亮这面镜子里也可以互相看见。曾在天涯发生过一些什么事，没有人知道，对世界也不重要，只有自己是忘不了的，只有自己。"她轻声说："是只有自己。"我说："到自己生命完结了，连回忆也没有了，就彻底完结了，就像没有发生过一样。世界上平凡人的故事都是如此。"

咖啡店关门的时候我们出来，我单车搭了她沿着央街往东去。我说："跟我就只有单车了，可能你现在都不习惯了。"她在后面手指点我后脑勺一下，说："孟浪，你舌头好阴毒的。"我问："已经考了驾驶执照了吧？"她不吭声，我说："考了。"又问："有辆自己的车了吧？"她还不吭声。我说："有了。"又说："我胸中嫉妒之火熊熊燃烧，也只好自己泼了冷水浇下去。骑单车的人与开小车的人到底还不是一样的人。"她说："我不喜欢听这样的话。"又说："要怪最后也有一大半要怪你自己。"到了地铁站口，我一只脚点了地，停了，等她下去。她却像没意识到什么一样，那只挽了我腰的手紧了一紧。我好像刚才是单车滑了一下，马上又骑起来，自言自语地说："那就一直往前走了。"她不作声，我一直往前骑，心里一漾一漾地涌动起来，就右手扶了车把，嘴把左手的手套咬下来，叼着，伸到后面去捏了她的胳膊，仍叼着手套说："今天看你在台上，这胳膊一晃一闪的，我心里都激动起来了，哪里想得到做梦一样现在就抓在自己手里呢？我还算个有福的人。"她推开我的手说："好了，好了，冰上摔一跤你就知道了。"进了房子我凑在她耳边说："悄悄的！二房东耳朵可尖呢，听了你的声音就知道怎么回事。"在黑暗的楼梯上我迫不及待地把手从她的衣领伸了进去，把那浑圆的柔软摸索到了。她打一个冷战说："冷。"却并不挣开。进了房间，她说："还是这三样东西。"我说："你洗把脸吧，嘴唇跟个血瓢似的，看了心里挺那个的。"她说："化妆化的。"又望了我笑。我说："又怎么呢？"她手指在自己脸上点了点。我凑着镜子一看，满脸都是浅红的唇印。我说："你知道我不是那种好得要死的蠢人，也不是蠢得要死的好人，我不过是个男——人，对不？"她顺从地点点头。我说："别急，我先洗个澡去。"她半捂了脸羞羞地笑着说："谁急了什么呢，自己急成个猴子似的。"

　　那一夜她好浪，使我有些吃惊，也大大激发了我的情绪。从始至终我一直想象着她在舞台上的种种姿态，这种想象使我失去了克制而变得疯狂粗暴，对此她表示了宽容和回报。我长久的自我压抑在那种进程中得到了过度的发泄，也惊讶地知道了被激活的生命力能够得到怎样的自我表现,以至我觉得有必要对它重新认识。我们反反复复地接吻,呻吟,喘息,到凌晨才疲倦不堪地睡去。

第二天中午我被她叫醒了。她已经起来了,凑在我跟前说:"我这就走了。你睡着别动。"我在毯子下面摸到自己的身子有些惭愧,可还是起来了。我说:"做餐饭吃吧,最后的午餐。"她说:"不了,给我点冷牛奶喝。"喝了冷牛奶我们又长长地接吻,几乎窒息。她说:"给我张相片吧,我们也没有一起照过一张相。"我找出一叠相片给她说:"你觉得有必要我就让你选一张去。"她一张张仔细看了,把两张选出来放在一边,沉吟一会又拿开一张,眼睛盯着最后一张发呆。半天看我一眼,又看那张相片,一只手按着那张相片轻轻推开,又眼闭了,说:"算了,还是算了的好。不算了又还能怎么样呢?"我说:"我就没有勇气向你要一张相片。"我送她到电车站,站在那里说:"说说春天就要来了。"她说:"是的,春天。"我说:"说说雪又化了。"她说:"是的,雪。"我说:"草地上草长出来,树枝也发芽了。"她说:"是的,草地,还有树枝。"我说:"在草地上——"她打断我说:"电车来了,电车。"我心中猛地一紧,好像电车轰隆隆地在上面碾过。我说:"在草地上——有过一些故事。"她望着电车没听见似的。电车停了,我说:"到底还是少了点缘分。"她说:"现在说什么也晚了点。"很平静地和我握了手,像朋友一样说了"再见"。她上了车的那一瞬间,我松了她的手,大红色的羽绒衣在我眼前一晃。我还没来得及看清她的神色,车门就"咔嚓"一声关了。车启动了,她从车窗探出头来,很平静地默默挥手。我望着她,跟着车走,又小跑起来。她嘴唇微微嚅动,轻轻地道出一声:"孟浪,就这样了。"说着手伸下来,露出一丝微笑。我抢上一步想抓住她的手,却没抓住。她向后望着,手轻轻挥一挥,就停在那里了。我正把手举上去想挥手道别,也停在那里不能动了,眼泪也流了出来。

似乎是沉重又似乎是轻松，我那样举着手在冷风中伫立了很久。冷风吹在脸上，泪水流过的地方刺刺的冷。我有着一种残忍的清醒："虽然刻骨铭心，虽然终生难忘，但这却不是生命中的唯一。"

尾声

　　我一生总是在等待。从懂事的时候起我就有着一种幻觉，觉得在现实生活的世俗世界后面还有着一个深邃的精神世界，那是一个无比真实的永恒的世界。生命的意义只有在那里才能够得到最终的证明，而眼前的生活只是真正的生活展开之前的准备而已。我总是在等待着从光芒照耀的某一天开始新的生活，在这一天光芒的照耀下，过去那无数枯燥苍白的日子也被染上金色的光彩。进入大学、读研究生、结婚、出国、五万加元……我并没有得到想象中的巨大满足。多少年来，我在心中渴望着承担什么，却总也没有什么让我承担，所有的努力都没有过超出个人存在的意义，这才明白想承担一点什么也不是件容易的事情。而在今天，三年多的北美岁月倏然而过，我终于知道了那一天永远也不会到来。隔着这一千多个日子望过去，我已经步入中年，生命的暂时性有限性已经不再朦胧，而是如此清晰如此现实。生命的一个阶段无可挽回地过去了，生命的终点已隐约可见。可是我仍然在等待，这种等待的现世性功利性越来越明确。毕竟人在任何处境中都有什么在前面召唤，这种召唤因为自己心灵的需要而被看得神圣，它给生命的存在一种证实。我为自己感到悲哀，也感到了无可奈何的沮丧。在想象中我意识到生命的智慧抗拒着挣扎着，然而徒劳无益。伴随着徒劳无益的沉重的是一种推却了责任的轻松。终于我承认了自己的渺小与平庸，不再想象在暂时的凡俗之后有着永恒的辉煌景象。

我想起了十多年前那个秋雨绵绵的日子。那是刚进大学的某一天下午，我在图书馆看完《马克思传》，在合上书的那一刹那，一种巨大的感情激流不期而至，在心中奔突涌动。我走到窗前，无边丝雨那一片簌簌之声似远似近如诉如泣，像诉说着一种神秘的启示。我感到了自己这个生命来到这个世界不是偶然的，有一种神奇的力量在安排着，注定了自己要承担某种使命。就在那个时刻，我在心中对自己立下了宏誓大愿，在自己这一生中，要毫不犹豫地拒绝那种平庸的幸福，在某一天给世界一个意外的惊喜，意外的证明。十多年过去了，在三十多岁的时候，我才在心里承认了多年来拒绝承认的简单事实：自己只是一个普普通通平平凡凡的人，并没有一种伟大的使命等着我去完成，也没有一种神秘的许诺使这生命在某一天放出神奇的光彩。世界并不需要我去承担什么，上帝并不是为了某种特定的目的创造了我，宇宙间也没有一种不可知的力量为自己的存在作过特别的安排。我不过就是活着的我罢了。一个人哪怕他心比天高也只是活着而已。那些以前认为有着不平凡意义的追求，原来也只是一种对自己来说可能更好的生存方式，其平凡的本质在时间中渐渐显露。哪怕我真是个了不起的人物吧，那点了不起在如此浩漫的世界中，也是那么渺小，意义几近于零。既然这个世界没有了谁也并不真的就损失了什么，那么生命的意义就是对生命者的意义，平庸的生命也就与超凡的生命一样有了最充分的存在理由。事业其实不过是一种对自己来说更好的生存方式罢了。存在着的生命在完结之前必须以这种方式存在，这就是意义了，我不能一厢情愿地去设想意义之外又有某种看不透的意义。因为这点意义，该做的事还得努力去做，生命的挣扎不能放弃，毕竟生命存在的现实需求对虚无有着本能的反抗。对一个平庸的生命来说，暂时性就意味着一切。平凡的人没有历史，他存在的意义就是存在本身，他别无选择。而我，也和曾在远古曾在天涯的那些无名的逝者一样，来了，又去了，如此而已。我不能再依据古往今来的那些伟人的事迹去设想自己的人生，不能再去设想所有的牺牲和痛苦将在岁月的深处得到奇怪的不可理解的回报，痛苦不过只是痛苦者自身的痛苦体验罢了。世界之大，上帝只有一个，他来不及对这么多人负责到底。过去的一切过去了也就过去了，也并不会在未来的某个日子突然焕发出神奇的意义。自己生活着的岁月并不就是人类历史上最伟大的岁月。过去的日子，眼下的日子，未来的日子，都是生活着的日子，如此而已。在时间的后面，是一片浩渺的空空荡荡。

在又一段生命进程完结之后的今天，痛苦而轻快地，我明白了自己在这个世界的位置。明白了之后更加清醒，心中似有不甘，却更感到无可奈何，徒劳无益。多少年来，我在心中嘲笑着拒绝着平庸，现在却极为清醒极为深切地意识到平庸是那么自然而然的事。平庸的生活也是真正的生活，平庸的生命也是真正有意义的生命。这意义随着生命进程产生着又消逝着，并不留下最后的痕迹。过去的嘲笑和拒绝本身，今天也该受到嘲笑和拒绝了。这样，消减了虚张声势的豪迈和激越，我能以洞达者的无奈与心平气和看待平庸的生命进程。我在心中告诉自己，这是面对人生发出的诚实的声音。

明天我要走了，这一段生命历程已经确凿无疑地完结。上午我踩了雪在大街上慢慢地走，心里想着这是看加拿大最后一眼了。走到安大略湖边，我迎着风站了好久。冬日的太阳朗朗地照耀着，冰封的湖面无边无际，细碎的光在冰上跳跃着，一直延伸到看不见的远处。我木然地望着眼前的一切，时间在阳光中似乎已经凝固。我心中充溢着一种刻骨的悲凉，对自己，对这个世界。这种感情我无法回避，它使我把现实的一切看得虚幻。可马上又有一种清醒的意识在反抗着，活着就是活着，就要挣扎，要奋斗，其他的都是虚幻。终于我要走了。

想到三年多的北美岁月，就这样过来了，挣扎了，也奋斗了，有些留恋又有点害怕，绝对没有勇气把这一段日子再过一遍。明天我就要结束这种似乎没有尽头的精神流放，加拿大，这是一个好地方，却不是我心灵的故乡。

晚上几个朋友在顺发酒楼为我饯行，思文也来了。孙则虎说："三个月内你回来，保证这里还有个老板的位子在等你。"赵文斌说："我敢打赌老孟还会回来，我下一桌酒席的赌注。"袁小圆说："他可能是真的就这样走了。"赵文斌说："绿卡在他口袋里揣着呢，为了那张纸他也会回来。"思文默默地喝饮料，大家都问她的意思，她说："他不会回来了。"

孙则虎斟了啤酒说："朋友一场，老孟不喝酒的也干了这一杯。"我说："兄弟一场，我不喝的也干了这一杯。"他说："兄弟一场，兄弟一场。"两人一饮而尽。饭还没有吃完，思文笑着对大家说："我还有点事，就先走了。"我送她到门口，她急急地说："明天早上我就不送你了。你这一走，真的就是天涯海角了。"说着哭了，转了身急急地走。我追上几步说："你恨我吧？"她说："不恨，真的不恨。"又停下来说："向爸爸妈妈问好，他们对我好。那年有一次我偶然说喜欢吃辣椒，妈妈戴了口罩在厨房里给我炒辣椒，我还记得。还有我们认识的那年，两人骑了车到我家里去，一辆汽车开过来，我一让摔到坡下去了，你怕我摔坏了脑子，还问我一加一等于几呢，一晃又是这么多年了。"又说："还记得刚到多伦多时那条金项链吧，那不是我买的，你以为我真的会舍得买吗？是赵教授在我离开纽芬兰时送给我的。我怕你有想法，说是买的。为了那条项链，我们把钱分开了，就那样分手了。"我低了头不作声。她说："人，人。"嘴哆嗦着说不出话，眼角渗出两行泪，"人活在世界上还是应该接受一些自己不愿意接受的东西，什么都不能想得太好了，反正不接受这一点就要接受那一点。有些事也许我还是想错了。也许我这一辈子就是自己过了。"说完一路小跑去了，头也不回。我深深吸了几口冷气，冷到了心里，想哭，却哭不出来。

这天晚上不断有人打电话来道别，到十二点以后才安静了。一点多钟的时候，电话铃响了。拿起电话，那边的人不说话。我说："我知道你是谁。"那边还不吭声。现在说什么也没意义了，两人都沉默着。我吹起《末代儿女情》中的主题歌："飘啊飘啊飘的风，吹的是谁的痛。欠山欠水欠你最多，但愿来世有始有终。"吹完了又停下来，听见那边的呼吸声更加沉重，终于发出一声哭泣，电话突然就挂断了。

第二天清早孙则虎和赵文斌开了车送我去机场，在机场我们一块吃了早餐，照了几张合影。我拖了行李去做安全检查，他们在外面向我招手。办完了行李的手续我又转回去想和他们告别，他们已经走了。

飞机起飞了。远处的云在朝阳中翻滚着一片柔和的金色，仔细看去却又宁静不动，使人很难想象飞机在那样快地飞行。机翼下的云层呈现着青白色，一团团轻柔如梦向后移去。我想起了来加拿大那一个遥远的早晨，除了口袋中那一张支票和一些零散的记忆，这一千多个日子竟像不曾存在过一样。我知道自己在时间中飞行，它正迅速地离我而去，一去不再复返。我望着窗外的白云，好像是时间的帷幕在轻轻飘动，遮掩了后面浩漫的生存景象。我意识到这种景象无限地周而复始，我只是其中偶然的一环。新的生命新的事物新的创造新的成功从时间深处迅速地无限涌流出来，潮水般铺天盖地涌流出来，将曾经存在过的一切完全覆盖。林思文、张小禾、孙则虎、周毅龙、葛老板、赵文斌……所有的记忆蜂拥而来，像一阵风聚集起来的尘埃，又随着另一阵风飘散。